NATASCHA N. HOEFER

Woanders – am Ende der Welt

SPURBUCHVERLAG

NATASCHA N. HOEFER

Woanders – am Ende der Welt

EIN BRETAGNE-ROMAN

Bibliografische Information der Deutschen Nationalbibliothek

Die Deutsche Nationalbibliothek verzeichnet diese Publikation in der Deutschen Nationalbibliografie; detaillierte bibliografische Daten sind im Internet über http://dnb.d-nb.de abrufbar

Autorin und Verlag spenden gemeinsam je verkauftem Buch 1,00 Euro für das Deutsche Pfadfindermuseum in Baunach.

3. Auflage, März 2022

info@spurbuch.de, www.spurbuch.de

Ausführung: pth-mediaberatung GmbH, Würzburg

ISBN 978-3-88778-556-7

Weitere Bücher des Spurbuchverlages finden Sie unter www.spurbuch.de

Für Clelia
Für Jérôme

Inhaltsverzeichnis

1. Neuanfang

Marie stand auf, sah sich in ihrem Behandlungsraum noch einmal um. Sie hatte aufgeräumt, mit persönlichen Dingen den Raum ohnehin nie überfrachtet. Undenkbar, jetzt einfach hier fortzugehen, schoss es ihr durch den Kopf! Und prompt musste sie an ihre Patienten denken – Noirot, der scheue Kater, der sich nur von ihr berühren ließ ... Der alte Milou, der immer knochiger wurde, immer blinder und schwerhöriger; aber wie er sich freute, sie an ihrem Geruch zu erkennen, wenn er kam, damit sie mit ihm seine Ergotherapie machte ... Milou und Noirot, sie waren angemeldet für morgen, aber *sie* würde morgen nicht da sein, wie sollte es gehen ohne sie? – Sie musste sich auf den Schreibtisch aufstützen, weil ihr plötzlich die Kraft fehlte. Sie liebte ihre Patienten, sie liebte ihren Job als Veterinärin! Und jetzt musste sie das alles aufgeben, weil es ja doch so nicht weitergehen konnte, nein, es ging nicht länger!

Entschlossen raffte Marie sich auf, verließ das Zimmer. Doch schon im Flur knickte sie wieder ein, verschwand in der Toilette, anstatt direkt bei Sylvain reinzugehen. »Zieh es durch, Marie«, beschwor sie ihr Spiegelbild über dem kleinen Waschbecken. Und doch kam er hoch, der Schwall der Erinnerung.

Der Tag ihres Vorstellungsgespräches. Sie war hier drin gewesen, um sich kurz frischzumachen. Der Mann, dem sie beim Verlassen des Toilettenraums die Tür fast ins Gesicht gerammt hätte. Seine braunen Augen, dieser Blick, voller Bewunderung, aber zugleich voller spitzbübischer Galanterie. Komplizenhaft hatten sie sich zugelächelt. Als hätten sie es beide vom ersten Moment an gewusst.

Sie hatte den Job bekommen, natürlich, war jetzt *seine* Kollegin (und Ludovics; aber der war nur ein harmloser Kollege, der sich aus ihrer ganzen Geschichte dezent raushielt). Ihr erstes Röntgen also; Patient: Brutus, ein humpelnder und gereizter Rottweiler-Dogge-Mischling.

»Wie viel wiegt der Kerl?« (Frage vom erfahrenen Doktor Sylvain an die junge Novizin.)

»Keine Ahnung, nicht so wichtig.« (Keck zurück.)

»Wie wollen Sie ihn dann zum Röntgen narkotisieren, Mademoiselle Cadiou?« (Mit charmantem Lächeln.)

»Gar nicht, Monsieur Cozic.« (Lächelnd zurück.)

»Was soll das heißen, gar nicht?« (Zu perplex bis hin zu beunruhigt, um weiterzulächeln.)

»Vertrauen Sie mir nicht? Sie haben mich doch eingestellt ...«

Und Sylvain hatte zugesehen, wie sie es gemacht hatte: Beruhigung des Tiers durch Zureden und Akupressur, d.h. Massieren bestimmter Druckpunkte – et voilà. Ruhig und brav auf den Röntgentisch, und zack, schon gab es die schönsten Aufnahmen. Danach hatte Sylvain sie nur noch »die Hundeflüsterin« genannt. Und ihr später, sehr viel später gestanden, er habe seit dem Tag, an dem er ihre zarten Finger Brutus' Nacken und Rückgrat massieren sah, davon geträumt, wie es wäre, selbst von ihr so berührt zu werden ...

Ja, berührt hatten sie sich, und es war unglaublich gewesen.

Jener verhängnisvolle Abend, drei Jahre später – volle drei Jahre hatten sie es platonisch miteinander ausgehalten! Aber dann. Vorgeblich hatten sie beide geglaubt, die unliebsame Bereitschaftsschicht zu Heiligabend zu haben. Marie hatte sehr gut gewusst, dass nur sie sie gehabt hatte. Er war trotzdem aufgetaucht. Und dann ... sie hatten die Kontrolle verloren. Der Anfang von etwas ... Unbeschreiblichem. Sie hatte nicht gewusst, dass zwei Menschen sich wirklich derart verfallen konnten; wirklich, nicht nur in Büchern oder in Filmen!

Sylvain, zu den unmöglichsten Uhrzeiten vor ihrer Wohnungstür. »Du bist da – mein Gott, Marie, tut es gut, dich zu sehen. Komm her!« Seine Umarmungen, seine Liebkosungen. Als ob sie der Rettungsanker seines Lebens wäre. Aber sie, jedes Mal, mit flatterndem Herzen: »Wie viel Zeit hast du?« »Eine Stunde; die Kinder sind im Musikunterricht ...« »Béatrice ist mit den Kindern bei ihren Eltern – Marie, wir haben ein Wochenende für uns!« »Sie ist beim Yoga, die Kinder sind bei Freunden – bestimmt anderthalb Stunden noch ...« Geraubte Augenblicke – wie schön das klingt! *Aber das reicht nicht für ein Leben!*

»Schluss damit!«, zischte Marie ihrem Spiegelbild zu. »Schluss mit dem ewigen Warten und Hoffen! Ich kann nicht mehr! Es ist genug! Du weißt es, Marie, du weißt es! Die Kinder sind ausgewachsene Teenager inzwischen, und er hat *nicht* vor, sein Versprechen einzulösen! Er wird nie zu dir stehen, er hat keinen Mumm! Was er hat, Familie und Geliebte all inclusive, das will er nicht verlieren – aber wenn er seine Familie nicht verlieren will, verliert er zuletzt eben mich … Ist auch überfällig, verdammt!«

Marie drehte heftig den Wasserhahn auf, trank einen Schluck aus der zitternden Hand und verließ die Toilette.

»Hey, du bist da?« Sylvain strahlte sie an und sprang vom Rechner auf.

»Ich bin schon seit drei Tagen wieder zurück aus Paris.«

»Ich weiß; und ich wollte die ganze Zeit schon mit dir reden – nur, diese Woche war für mich extrem schwierig. Béatrice war krank – bzw., sie ist es immer noch; schwere Erkältung, da musste ich pünktlich heim, und sie rief hier dauernd an, weil ich ihr noch Medizin und so mitbringen sollte …«

Marie verschränkte die Arme.

»Aber ich hatte so sehr darauf gehofft, heute Abend einen ruhigen Moment mit dir zu haben. Wie war es also auf dieser Beerdigung? Deine Tante war das, nicht wahr?«

»Meine *Groß*tante, Elodie, die Schwester meines Großvaters Erwann!«, empörte sich Marie nun doch wider Willen. Sie hatte ruhig bleiben wollen, aber erst die übliche Béatrice-Leier, und dann hatte er sich nicht einmal gemerkt, wer Elodie war!!

»Großtante Elodie – sollte ich die kennen?«, fragte Sylvain jetzt auch noch arglos. Aber dann schob er rasch nach: »Hör zu, mein herzliches Beileid natürlich, und jetzt erinnere ich mich, klar: Großtante Elodie aus Paris; das war die Modemacherin, die du mal im Altenheim besucht hast, oder?«

Marie nickte, sie konnte nicht reden, wischte sich stumm die Tränen weg.

Sylvain wollte sie in den Arm nehmen. »Ich wusste nicht, dass du ihr *so* nahe … Komm her, lass dich trösten.«

»Lass dich trösten – als ob das so einfach wäre!«, platzte es aus Marie heraus und sie stieß ihn weg. »Weißt du, wie ich mich auf dem Friedhof gefühlt habe? Vor ihrer Urnenwand – es war nicht mal ein echtes Grab, nur eine Urnenwand! Und sie hätte in der Bretagne beerdigt werden sollen, sie war Bretonin! Sie hat die Bretagne geliebt, diese ganze blöde Zeremonie in Paris war ganz falsch!«

»Mein armer Schatz. Warum hast du mir das nicht vorher erzählt?«

»Das hast du mir doch gerade erklärt – Béatrice hin, schwere Erkältung her! Du warst nicht sprechbereit. Aber diesmal stecke ich das nicht mehr weg, Sylvain. Vor Elodies Urne ist mir etwas klar geworden. Ein menschliches Leben ist zu kurz, um es mit so etwas wie unserer Affäre zu verschwenden.«

»Du weißt sehr gut, dass das zwischen uns mehr als eine Affäre ist.« Sylvain war blass geworden.

»Ich stand *allein* vor Elodies Urne. Natürlich, meine Familie war auch da; aber ich fühlte mich allein, auf mich zurückgeworfen. Ohne einen Lebensgefährten, der mit mir mitfühlen und dessen Liebe mich in meiner Trauer stützen würde.«

»Ich fühle mit dir mit. Immer. Jetzt.«

»Aber du warst nicht da! Niemand aus meiner Familie hat dich jemals gesehen. Niemand weiß von dir. Niemand von deiner Familie weiß von mir – natürlich nicht! Wir sind in niemandes Augen ein Paar, wir sind Schatten im Leben des anderen. Ich hätte dich gebraucht, bei dieser Bestattung, nicht als Schatten, sondern ganz real neben mir. Aber du warst nicht da.«

Sylvain blähte die Backen auf, rang die Hände.

»Und sag jetzt bitte nichts. Erneuere keine Versprechen, die du nicht halten willst. Du willst deine Frau in Wahrheit *nicht* verlassen. Jetzt sagst du, weil die Kinder noch da sind; aber wenn die einmal ausgezogen sind, wirst du sagen, du kannst Béatrice erst recht nicht allein lassen.«

»Marie, das…«

»Nein, ich bin noch nicht fertig!« Sie holte Atem. »Ich habe Elodies Haus und eine gewisse Summe geerbt. Damit kann ich mir meine Freiheit leisten. Es ist aus zwischen uns. Ich gehe fort aus Brest. Es tut mir leid, enorm leid für die Praxis. Aber es geht nicht anders.«

»*Gehen*? Was soll das heißen, wohin willst du denn gehen?«

»Nach Mengleuff. Das ist auf Crozon.«

Sylvain schloss langsam die Augen, blinzelte, als wolle er aus einem Alptraum erwachen. »Marie, ich – ich kann nicht aufhören, dich zu lieben.«

Marie wandte sich ab und ging.

Wenn er sie aufhalten, wenn er sie an sich reißen, wenn er sich *jetzt* entscheiden würde, für sie! Aber er tat es nicht.

Marie startete den Wagen. Minuten lang hatte sie nur dagesessen und gehofft, inbrünstig gehofft, er würde noch kommen – darum kämpfen, sie nicht zu verlieren! Nicht einmal das.

In fiebriger Hast verließ sie das Zentrum der Großstadt, fuhr auf die Schnellstraße Richtung Quimper auf, zwang sich, wegen der Radarkontrollen nicht schneller als hundertzehn zu fahren.

Wie lange war sie nicht mehr in Mengleuff gewesen? An Elodies vierundachtzigstem Geburtstag, vor zehn Jahren, hatte diese verkündet, sie sei zu alt, um in die Bretagne zu fahren. Damit hatten Maries sommerliche Besuche bei ihrer Großtante aufgehört. Aber einmal noch war sie vor ein paar Jahren nach Mengleuff gefahren, um von außen das vereinsamte Haus ihrer Vorfahren zu sehen und sich in den verwilderten Garten zu schleichen, das Paradies ihrer Kindheit … Doch es hatte zu wehgetan, das Verwildern und den Verfall mitanzusehen und sich dabei zu sagen: Elodie wird nie mehr kommen; nie mehr, weil sie in einem Altenheim in Paris sitzt … und dort sitzen wird bis zu ihrem Tod.

Da war sie endlich, die Ausfahrt nach Châteaulin – auch hier war Marie ewig nicht mehr gewesen. Sie überquerte das Stadtzentrum und den breiten Fluss Aulne über die einstige Eisenbahnbrücke, verließ Châteaulin über die Weststadt wieder und bald wurde die Landschaft um sie wilder, rauer. Die Landstraße stieg an, um seitlich am Berg Ménez-Hom vorbeizuführen; dahinter erstreckte sich die Halbinsel Crozon, und dann dauerte es nicht mehr lange und Marie fuhr durch Telgruc, an der Dorfkirche vorbei, und dann Richtung Meer … Endlich kam der unscheinbare Abzweig, der rechts in die Senke hinunterführte und dann wieder hinauf, zu dem winzigen Dorf, das Mengleuff war. Marie holperte über den Feldweg, der ringförmig um den Dorfkern führte, und da lag es, das Haus. Elodies Haus – nein, *ihres*.

Sie verlangsamte, ließ den Blick über das alte Gemäuer aus Feldstein schweifen, hielt aber noch nicht an. Der Weg vor dem Haus war zum Parken zu eng. Sie fuhr um die nächste Kurve und hielt dort am Rand eines Feldes. Alles wie früher, stellte sie fest. Es gab ihr ein unerwartetes Gefühl der Ruhe.

Ohne Hast nahm sie den Schlüssel ihres Hauses aus dem Handschuhfach und stieg aus. Schwalben sirrten um sie herum, sie hörte die Schreie der Möwen, die höher als die Schwalben flogen. Das Brummen eines entfernten Traktors drang an ihr Ohr. In der Nähe zirpten Grillen. Sonst war es still.

Sie ging am Hof des Nachbarhauses vorbei und warf einen Blick hinüber. Das Haus stand leer, war in schlechtem Zustand. Dann wandte sie sich – und ihr Herz klopfte dabei – ihrem *eigenen* Haus zu. Kaum zu glauben, sie hatte ein Haus! Sie hatte nie zu hoffen gewagt, sich von ihrem kargen Einkommen ein Haus leisten zu können; aber dass Elodie an sie, Marie, gedacht hatte, dass *sie* selbst, Marie Cadiou, das alte Haus ihrer Vorfahren bewohnen würde …

Und es sah gar nicht so heruntergekommen aus, wie sie es befürchtet hatte. Der allgegenwärtige Efeu musste regelmäßig beschnitten worden sein, auch wenn das letzte Mal wohl ein Jahr her sein konnte, so wie das Grünzeug sich über die Regenrinne hinaus hochwand. Riesig geworden war das Hortensienmassiv, das um die rechte vordere Hausecke wuchs; aber leider war es vertrocknet. Oder doch nicht ganz? »Ich gieße euch gleich«, versprach Marie den Hortensien. Mit der Fingerspitze schabte sie ein Stück Farbe von einem geschlossenen Fensterladen. Blau, nicht mehr braun. Sie würde Tür und Läden blau streichen. Die duftenden Rosensträucher neben den Fenstern bogen sich weit über den Feldweg vor; sie mussten zurückgeschnitten werden, waren aber nicht vertrocknet. Marie sah nach oben. Das Schieferdach sah noch gut aus, zumindest auf dieser Seite des Hauses.

Sie steckte den Schlüssel in das alte Schloss und drehte. Die Tür schwang auf, ein Geruch nach Feuchtigkeit schlug Marie entgegen. Aber nicht so schlimm, wie sie befürchtet hatte. Wer auch immer den Efeu gebändigt hatte, er hatte hin und wieder gelüftet.

Im Halbdunkel tastete sie sich nacheinander zu den Fenstern, öffnete sie und schlug die Läden zurück. Ja, alles hier drinnen sah aus wie in ihrer Erinnerung, nur schien das Ganze geschrumpft zu sein. War dieser Raum, der Hauptraum des Hauses, schon immer so klein gewesen?

Sie ging in den Anbau mit dem Badezimmer, öffnete die Luke im Dach; ging dann über die Holztreppe nach oben. Ihr wurde bewusst, dass sie niemals im Obergeschoss gewesen war; Elodie hatte es nicht erlaubt. Gespannt drehte sie den Knauf der linken Tür. Ein eisernes Bettgestell und ein alter Schrank, sonst nichts. Aber aus den Erzählungen ihres Großvaters Erwann wusste sie, dass er und seine Brüder hier geschlafen hatten, vor … bald hundert Jahren, ja … Beklommen trat Marie ein, öffnete auch hier Fenster und Dachluke, sah sich noch einmal nach dem Bettgestell einer anderen Zeit und dem schweren Schrank um, verzichtete vorerst darauf hineinzusehen und betrat stattdessen den Raum rechts des Treppenabsatzes. Elodies Schlafzimmer.

Der alte Schrank hier war mit seinen Schnitzereien und der Spiegeltür schöner als der im Nebenraum; aber das kurze alte Bett unter dem Kruzifix an der Wand wollte Marie nicht gefallen; brrr, sie konnte sich nicht vorstellen, darin zu schlafen. Es war noch gemacht; es sah aus, als erwartete es Elodie – eine Tote …

Marie ging wieder nach unten. Da war es noch, das einstige Schrankbett. Das war einmal Elodies erstes Bett gewesen, als Kind hatte die Arme kein eigenes Zimmer gehabt. Und da – da war das Büffet mit dem alten Geschirr ihrer Vorfahren – und da – das indische Schränkchen… Marie trat darauf zu, strich flüchtig mit den Fingern darüber. Sie hinterließen eine Spur in der Staubschicht. Kurz zog sie einen Türflügel des kleinen Möbelstücks auf. Alle noch da, ihre Schätze. Als wäre die Zeit stehengeblieben…

Marie blinzelte. Für einen Moment war sie wieder das kleine Mädchen gewesen, das nach dem Crêpes-Essen mit den Dingen aus diesem Schrank spielen durfte. Sie drückte die Tür des Schränkchens wieder zu, ließ sich auf einen staubigen Stuhl fallen, stützte die Arme auf den hölzernen Esstisch auf und weinte.

Drei Stunden später hatte Marie Strom und Wasser in Betrieb genommen, einen Eimer aufgetrieben und die Hortensien begossen, altes Putzzeug gefunden und das Hausinnere gereinigt, bis sie es einigermaßen hygienisch fand. Jetzt fühlte sie sich zermalmt von den Ereignissen des Tages. Aber sich auf Elodies altem Bett ausstrecken, konnte sie einfach nicht.

Sie holte Reisetasche, Schlafsack und Isomatte aus dem Auto und suchte das zugewucherte Heckenloch, durch das man vom Feldweg aus den Garten betrat. Ihren Garten. Sie bahnte sich einen Weg durch das hüfthohe Gras. Die Feldsteine an der Rückwand des Hauses fühlten sich unter ihren Händen noch warm an. Nahe der Wand trampelte Marie das hohe Gras nieder und breitete Isomatte und Schlafsack aus. Sie setzte sich in das Nest, das sie sich zwischen den hohen Grashalmen geschaffen hatte. Die Grillen zirpten jetzt neben ihr, das Gras duftete herb. Marie holte einen Apfel und eine Flasche Wasser aus ihrer Reisetasche. Langsam aß und trank sie. Mit der Dämmerung kam ein kühler Luftzug. Marie legte sich auf den Rücken und deckte sich halb mit dem Schlafsack zu.

Es war der vierzehnte Juni. Sie würde sich dieses Datum merken. Der Tag ihres Neuanfangs, in Mengleuff. Sie versuchte, ihren Kopf von allen Gedanken zu leeren. Sah zu, wie der Himmel über ihr sich allmählich dunkelblau färbte. Fledermäuse huschten über den Garten hinweg, eine Eule rief, hell traten die ersten Sterne vom klaren Himmel hervor. Irgendwann kroch Marie in ihren Schlafsack, drehte sich auf die Seite, zog die Knie an und schlief ein.

2. Verlassen

Florian drehte den Schlüssel und drückte die Wohnungstür auf. Ein Schwall stickig-warmer Luft drängte sich ihm entgegen. Die Wohnung lag im zweiten Stock, es war ein besonders heißer fünfter Juli gewesen und die Sonne hatte den ganzen Tag gehabt, um den Altbau trotz seiner dicken Mauern und hohen Räume aufzuheizen.

»Hallo, ich bins!«, rief Florian aus, während er den Schlüssel an das Bord neben der Tür hing. Keine Reaktion. Katharina war noch nicht zuhause.

Im Bad schlüpfte Florian aus seiner verschwitzten Kleidung, stellte sich unter die Dusche und drehte das kalte Wasser voll auf.

Während er einfach nur dastand und sich köstlich kalt berieseln ließ, schloss er die Augen und atmete tief durch. Was für ein anstrengender Tag! Diese Frau Breidenstein brachte ihn noch zum Wahnsinn. Wenn das so weiter ging mit ihren plötzlichen Sonderwünschen, würde der Hausbau nie fertig werden. Er sah sie schon am Tag der Fertigstellung vor ihm auftauchen, um ihm zu verkünden: »Eigentlich wäre es doch besser gewesen, noch zehn Quadratmeter mehr Grundfläche zu haben. Können Sie das noch arrangieren, Herr Reinart?«

Florian drehte das Wasser aus, schnappte sich sein Duschtuch und begann, sich heftig abzurubbeln. Das Tuch um die Hüften gewickelt, ging er ins Schlafzimmer, um frische Kleidung überzustreifen. Nachdenklich musterte er sein Bild in der Spiegeltür des Kleiderschranks. Er beugte sich vor. War das ein graues Haar, an seiner Schläfe? Es gelang ihm, das Haar herauszureißen. Grau war es nicht, eher farblos. Ich werde alt, schoss es ihm durch den Kopf. Angewidert ließ er das farblose Haar zu Boden fallen. Er fühlte sich auch abgespannt in letzter Zeit. Boris hatte Recht, er sollte endlich Urlaub machen. Wollte er ja, aber nicht ohne Katharina!

Was war nur mit ihr los? Natürlich, als Stewardess war sie andauernd auf Reisen. Aber früher hatten sie trotzdem gemeinsame Auszeiten genommen. Sie waren nie in den Urlaub geflogen, sie waren gefahren, mit Florians Auto – dem Karmann Ghia Cabrio von 1957. Das war die Art zu reisen, die Florian liebte: sich den Wind um die Ohren wehen lassen und in gemächlichem Reisetempo über kleine Landstraßen kurven, über die Alpen nach Italien oder die Loire entlang oder nach Südfrankreich … Wie sehr hatten sie beide diese gemeinsamen Fahrten genossen. Er vermisste das. Sie brauchten so etwas mal wieder. Auch, um sich nicht voneinander zu entfremden.

Florian erschrak über diesen Gedanken. War das wirklich der Fall? Entfremdete er sich von seiner Frau – oder sie sich von ihm? Eines stand fest: die Romantik war irgendwo hinter der Alltagsroutine verschwunden. Nun, derzeit war der Karmann in der Werkstatt; aber sobald er wieder fit sein würde, würde Florian Katharina festnageln: *Wann verreisen wir zusammen*?

Beschwingt von diesem Gedanken beschloss er, ein Abendessen zu improvisieren, ein Candlelight-Dinner auf dem lauen Balkon.

Das Essen war vorbereitet – Tomate-Mozzarella-Salat mit Walnüssen, da sie keine Pinienkerne mehr hatten, und Basilikum vom eigenen Balkon; und für danach, Risotto mit Krabben. Der Balkontisch war mit dem guten Geschirr gedeckt, Florian faltete noch die Papierservietten zu Fächern. Was jetzt? Unter dem Risotto hatte er den Herd ausschalten müssen, damit es nicht zu trocken wurde; hoffentlich kam Katharina bald.

Aber sie kam nicht. Florian setzte sich erst an den Tisch und trank langsam ein Glas kühlen Weißwein; dann aß er einen kleinen Teller Tomate-Mozzarella-Salat; und als das Risotto längst abgekühlt war, nahm er sich ein Tellerchen auch davon, setzte sich enttäuscht und ungeduldig vor den Fernseher und sah unkonzentriert irgendwelchen Kram an, der über die Mattscheibe flimmerte.

Endlich, endlich hörte er die Wohnungstür in das Schloss rasten. Erleichtert sprang er auf, zwang sich aber dazu, seiner Frau nicht entgegenzustürmen und ihr schon gar keine Vorwürfe zu machen. Lass sie erst einmal in Ruhe ankommen, sagte er sich. Er rief lediglich: »Hallo, Katharina! Bin im Wohnzimmer!«

»Hallo«, kam es gedämpft aus dem Flur zurück.

Dann hörte Florian, wie sie ins Bad verschwand, wo sie eine ganze Weile lang blieb.

»Hey, schön, dass du da bist«, lächelte Florian, der den Fernseher ausgeschaltet hatte, als sie endlich zu ihm ins Wohnzimmer kam, im Bademantel und frisch duftend nach irgendeinem zitronigen Duschgel. Verführerisch, fand Florian, und stand auf. Aber dann lag plötzlich etwas anderes in der Luft, die Stimmung war nicht die, die es sein sollte – nein nein; und später würde es ihm beinah so vorkommen, als hätte er gewusst, was kommen würde, noch ehe es geschehen war; obwohl die Szene so irreal war, wie die eines schlechten Films oder einer missglückten Soap-Opera, die Florian im selben Moment zu betrachten schien, in dem er eine der beiden Hauptrollen spielte.

»Hallo Florian«, sagte Katharina müde und wehrte seinen Versuch einer Umarmung ab. Ein schmerzlicher Zug lag um ihren Mund, als sie anhob: »Wir müssen reden.«

Florian riss die Augenbrauen hoch und sagte: »Klar.«

»Klar, klar«, ereiferte Katharina sich plötzlich. »Bei dir ist immer alles klar, in Ordnung, okay, was weiß ich. Dabei ist gar nichts klar und in Ordnung zwischen uns, und das seit langem nicht mehr! Das kann doch nicht sein, dass du das nicht siehst! Du *willst* das nicht sehen, oder?«

Florian zwinkerte mit den Augen und hob hilflos die Hände.

Abrupt wandte Katharina sich ab, stürmte an ihm vorbei in die Küche. Langsam ging er ihr nach. Von der Türschwelle aus sah er zu, wie Katharina irritiert die Casserole mit dem Risotto anstarrte, sich ein Glas mit Leitungswasser füllte und es auf einen Zug leer trank.

»Was ist los?«, fragte er leise.

Katharina setzte das Glas hart neben der Spüle ab, sah Florian in die Augen und antwortete: »Ich liebe einen anderen.«

Florians Hand suchte den Türrahmen. Ihm war flau.

»Ich kann nichts dafür. Es ist so.«

Er brachte kein Wort heraus. Der Schock war zu groß.

Katharina senkte den Kopf. »Tut mir leid. Ich hätte das nicht so abrupt – aber lass uns rübergehen, im Wohnzimmer reden.«

»Worüber denn noch? Die Tatsachen scheinen vollendet zu sein«, hörte Florian sich krächzen. Er räusperte sich.

»Wir müssen auch gar nicht reden, weißt du?«, fuhr Katharina bitter auf und wollte sich an ihm vorbei aus der Küche drängen, doch er hielt sie am Arm fest. »Katharina. Sag' bitte, dass das nicht wahr ist. Das kann doch nicht sein.«

»Lass mich los«, fuhr Katharina ihn an.

»Aber das kann doch nicht sein«, wiederholte Florian fieberhaft, »wir gehören zusammen, du und ich! Ich wollte dich heute Abend fragen, ob wir nicht endlich mal wieder verreisen wollen, nur wir beide, um Zeit miteinander zu haben …«

»Hör auf, dazu ist es zu spät! Dinge ändern sich!«

»Dinge, wie das klingt! Wir reden von Gefühlen, von *uns* – unseren Plänen, unserem Leben, das wir teilen! Ich verstehe nicht, was los ist, du kommst nach Hause und knallst mir das so einfach in das Gesicht, so ganz ohne Vorwarnung, einfach so – «, Florian schnappte nach Luft. »Wer ist es überhaupt?«

»Das spielt im Grunde keine Rolle«, sagte Katharina, plötzlich ruhig und fest. »Ich wusste, dass wir uns trennen müssen, bevor ich ihn kennengelernt habe. Ich habe nicht vor, ihn zu heiraten. Ich habe vor, mein Leben, mit dem ich unglücklich bin, zu verändern. Denn ich bin unglücklich mit meinem Leben, Florian. Unglücklich mit dir. Wir sind doch schon lange kein Paar mehr, wie wir es mal waren. Nein«, Katharina wehrte Florians Versuch ab, ihre Hand zu ergreifen. »Ich bin müde. Ich möchte schlafen, allein.«

»Du – du willst uns nicht mal mehr eine Chance geben?«

»Gute Nacht.«

Sie ließ ihn stehen. Fassungslos hörte Florian das Klicken des Schlosses, das verriet, dass sie die Schlafzimmertür abgesperrt hatte. Dieses Klicken gab ihm den Rest. Glaubte sie, er würde ihr wie eine Bestie hinterherstürmen? Das tat weh. Richtig weh.

Florian stand komplett neben sich. Langsam ging er hinaus, auf den Balkon. Er ließ sich auf einen Stuhl fallen, starrte auf die zum Fächer gefaltete Papierserviette auf seinem Teller. Und griff nach der Weinflasche.

Die Sonne schien ungehindert auf die Couch. Florian blinzelte, hielt sich den Kopf und schaute auf den Wohnzimmertisch vor sich, auf die leeren Weinflaschen. Naja, die zweite war nicht *ganz* leer. Er stöhnte auf. Seine Zunge fühlte sich pelzig an. Wann war er vom Balkon in das Wohnzimmer umgezogen? Dann war plötzlich der Schock wieder da, die volle Erinnerung: Katharina!

Er schlich zur Schlafzimmertür und klopfte sacht an die Tür. Keine Reaktion. Er drückte die Klinke. Sie hatte wirklich abgeschlossen. Er biss sich auf die Lippen. Was sollte er tun? Und sein Kopf dröhnte, er konnte nicht mal klar denken!

Er schlich ins Bad, hielt den Kopf unter kaltes Wasser. Wusch sich, putzte sich die Zähne. Streifte ein frisches Hemd über und ging aus dem Haus. War er selbst das, dieses schleichende Elend?

Irgendwie schaffte er es, von seiner Wohnung am Nahrungsberg zum Architekturbüro in der Gartenstraße zu kommen. An sich war es ein Katzensprung, doch seine Beine fühlten sich so schwer an, wie mit Zementklötzen an den Füßen, und das Zwitschern der Vögel und der blendende Sonnenschein quälten seine angespannten Nerven.

Er atmete auf, als er den silbernen Porsche Cayenne halb auf dem Bürgersteig parken sah. Boris war also schon da. Nicht, dass Boris über besonders viel Fingerspitzengefühl in Gefühlsdingen verfügte, aber irgendjemandem musste Florian von seinem Schock und dem Schmerz erzählen.

»Hey Boris«, grüßte er leise, während er das gemeinsame Büro betrat.

»Hey. Was ist denn mit dir los, unter die Zombies gegangen?« Boris sah ihn schief an.

»Es ist Katharina. Sie will – mich verlassen.« Hilflos und verlegen und wütend über sich selbst spürte Florian seine Augen nass werden. Er wandte sich ab.

»Ah«, hörte er Boris nur sagen. Nichts weiter.

Florian räusperte sich. »Sie sagt, sie habe einen anderen. Und dass es zwischen uns längst aus gewesen sei.«

Boris pfiff leise. »Hm, Beileid. Und was willst du jetzt tun?«

»Weiß nicht.« Florian ließ sich auf seinen Schreibtischstuhl fallen und begrub das Gesicht in den Händen.

Boris betrachtete ihn von der Seite. »Hau einfach ab für ein paar Tage«, brach er zuletzt das Schweigen.

»Abhauen?«, entgeistert sah Florian auf.

»Gegen die Frauen sind wir völlig wehrlos. Unsere einzigen Waffen sind Schweigen und Abwesenheit. Widersprich nie. Regel Nummer eins. Und wenn es Zoff gibt, geh weg. Regel Nummer zwei. Wenn du jetzt für zwei oder drei Wochen weg bist, arbeitet ihr schlechtes Gewissen für dich. Erst ist sie wütend, dann findet sie sich zu hart und dann kriecht sie bei dir zu Kreuze und du diktierst die neuen Regeln.«

»Boris – das funktioniert nie!«

»Aber klar doch! Bei Katharina deine einzige Chance. Wenn du sie anflehst, also Schwäche zeigst, trampelt sie nur auf dir rum. Sie muss von allein darauf kommen, was sie verloren hat.«

»Und du meinst nicht, dass sie wegfahren als wegrennen interpretieren würde und damit als die größte Schwäche überhaupt?«

»Naja, das Risiko würde ich eingehen. Wie gesagt, anflehen bringt bei ihr nichts.«

Unglücklich musste Florian sich eingestehen, dass etwas an Boris' Einschätzung wahr sein konnte. »Aber wohin sollte ich denn gehen? Ich habe gar keine Lust auf Urlaub! Ich wollte Urlaub mit *ihr*!«

»Da hätte ich schon eine Idee …«

»Ach Boris, vergiss es …«

»Pass auf: Ich habe vor ein paar Jahren einem Bekannten ein Ferienhaus abgekauft, in der Bretagne. Der meinte, ein Architekt könnte aus der Bude 'was Feines machen; stimmt auch; nur hatte ich noch keine Zeit dazu. Das Problem ist, es ist echt weit weg, nämlich am Ende der Welt, und das wörtlich: im Finistère, finis terra, kapiert? Aber für deine Zwecke ist das Haus dadurch ideal. Da wird Katharina dich nie finden; und es ist eine reizvolle Gegend da zum Ablenken und Urlaub machen. Es gibt Strände, mit netten Mädels …«

»Boris, jetzt mach mal halblang. Ich fahre bestimmt nicht von Gießen bis ans Ende der Welt, um aus Rache an Katharina fremde Strandgängerinnen aufzureißen.«

»Die Schlüssel und so weiter muss ich allerdings von zuhause holen, aber das kann ich gleich tun; dauert nicht lange«, fuhr Boris unbeirrt fort und sprang auf.

»Moment! Ich habe nicht ja gesagt!«, protestierte Florian nachdrücklich.

»Nicht nachdenken. Mach' es oder lass' es. Nachdenken ist Frauensache.«

Florian hob abwehrend die Hände und schüttelte den Kopf. »Sogar wenn ich wegfahren wollen würde, es würde nicht gehen: Ich habe kein Auto! Der Karmann ist in der Werkstatt, und Katharinas Mini kann ich schlecht nehmen.«

Boris blähte die Backen auf. »Für wie lange ist dein Auto noch weg?«

»Bis Mittwoch nächster Woche.«

»Du musst aber gleich abhauen, sonst funktioniert die Strategie nicht. Dann nimm eben meinen Wagen, verdammt, ich hole dann den Karmann von der Werkstatt ab.«

»Tauschen?«, fragte Florian ungläubig.

»Ich behandle deinen Oldie wie ein rohes Ei, versprochen. Dasselbe erwarte ich von dir mit dem Cayenne – du weißt, dass das ein echter Freundschaftsdienst ist, oder?«

Florian nickte. Boris liebte seinen neuen SUV abgöttisch.

»Gut, abgemacht«, wollte Boris die Diskussion schon schließen, aber Florian schüttelte abermals den Kopf. »Boris, deine Idee ist aberwitzig! Ich werde nicht darum herum kommen, mit Katharina zu reden, sogar wenn es nichts bringen sollte. Versuchen muss ich es. Aber mal abgesehen davon, meine Eltern sind im Urlaub. Wenn ich auch weg bin, besucht niemand meine Oma.«

»Besuch' sie gleich und erklär' ihr alles. Das versteht die schon. Deine Eltern kommen doch bald zurück, und so lange kümmern sich die Leute aus dem Altenheim um deine Oma. Dafür ist sie schließlich im Altenheim, oder?«

»Und was wäre mit dem Bau am Breidenstein-Haus?«, gab Florian zuletzt zu bedenken.

»Oh, um die Breidenstein kümmere ich mich. Attraktive Frau, die Frau Breidenstein. Nervend, aber attraktiv. Wünsch mir Glück!« Boris grinste anzüglich.

Manchmal fragte Florian sich schon, wie er die Gesellschaft seines Kompagnons an fünf Tagen pro Woche ertragen konnte.

Marlene Braun saß an der offenen Balkontür ihres Zimmers und las Zeitung. Richtige Balkons gab es nicht in dem Seniorenheim in der Moltkestraße, nur sogenannte französische: Statt eines normalen Fensters war eine Balkontür eingebaut, vor der ein Gitter einbetoniert war. Florian hatte diese Lösung schon immer missraten gefunden. Nach wie vor tat es ihm weh, seine Oma hier zu sehen, anstatt in ihrem Nest, ihrem eigenen Häuschen. Das Reihenhaus der Brauns war klein gewesen, aber vollgestopft mit persönlichen Dingen – Dingen, die die kleinen Räume anheimelnd gemacht hatten; Dingen, die Florians Großeltern ein Ehe- und Familienleben lang angesammelt hatten. Wie wenig davon hatte seine Oma in das Heim mitnehmen können! Wenn Florian allein an die vielen Bücher dachte, die zum Teil noch von seinem Opa stammten …

Seine Oma hatte aufgeblickt und ein Strahlen ging durch ihre blauen Augen. »Florian! Guten Tag!« Sie legte rasch die Zeitung beiseite, um sich von ihrem Enkel, ihrem ganzen Stolz, einen Kuss geben zu lassen.

Der ließ sich auf die Bettkante fallen. Es gab nur den Sessel seiner Oma und das Bett als Sitzmöglichkeiten in dem engen Zimmer.

»Geht es dir gut?«, fragte Marlene erschrocken, jetzt wo sie ihren Enkel auf Augenhöhe genauer ansah.

»Nicht so wirklich. Ich glaube, ich sollte mal Urlaub machen. Boris will mich jedenfalls dazu überreden, in sein Ferienhaus zu fahren.«

»Ach, Boris hat ein Ferienhaus? Wo denn? Wann wollt ihr denn hinfahren?«

Florian schluckte, seine Kehle brannte. »Nicht *wir*, nur *ich*. Katharina würde nicht mitkommen. Sie …« Er konnte nicht weiterreden. Schon wieder war er nahe am Weinen, das ging nicht!

»Was ist los, Florian?«, fragte seine Oma weich und streckte eine Hand nach ihm aus. Er nahm die alte kleine Hand, die sehr zarten Finger mit den noch immer sorgsam gepflegten Fingernägeln in seine jungen Hände und versuchte zu lächeln. Dann räusperte er sich und sagte schlicht: »Katharina liebt einen anderen. Sie will mich verlassen.«

Bestürzt sah Marlene ihren Enkel an, bestürzt und ungläubig. Wie, ihren Florian? Diesen wunderbaren Jungen? Das konnte nicht sein! Aber ihr Junge begann nun, erst abgehackt, dann immer schneller sprechend von den Geschehnissen am vergangenen Abend zu erzählen.

»Ja, so ist das, Oma«, endete er schließlich. »Ich kann es selbst nicht fassen. Ich hatte keine Ahnung… Das heißt, ich hatte schon in letzter Zeit den Eindruck, wir würden etwas auseinanderdriften, im Alltagsstress – aber dass sie – einen anderen – das ist so ein Schock!«

»Das glaube ich. Nur, Florian, das wirst du doch nicht so stehenlassen? Du liebst doch deine Katharina? Dann musst du um sie kämpfen! Wegfahren ist die ganz falsche Idee!«

»Boris meint, erst der Abstand würde Katharina klarmachen, was sie an mir hätte. Und sie anflehen würde ohnehin nichts nützen. Die Wahrheit ist, ich fühle mich dieser Sache einfach nicht gewachsen!«

Marlene kannte ihren Florian, und sie kannte seine Katharina. Möglich, dass er sich seiner Frau nicht ganz gewachsen fühlte, in dieser Situation. Aber dann musste er sich eben ermannen! »Jetzt hör' mal zu«, hob sie an, »wenn man im Leben seine große Liebe gefunden hat, dann darf man nicht wegrennen, sobald sie gefährdet ist! Gefährdet heißt noch nicht verloren. Nichts ist schlimmer, als seine große Liebe zu verlieren – und dann auch noch kampflos! Katharina braucht einen neuen Liebesbeweis von dir. Ach, wenn ihr nur Kinder hättet …«

Florian hob abwehrend die Hand. »Ich bin nur froh, dass wir keine haben; das würde jetzt alles noch schlimmer machen! Nein. Ich weiß im Augenblick nicht, was ich tun soll. Der Gedanke, dass Katharina einen anderen liebt, macht mich rasend, und wie soll unser Zusammenleben in der Wohnung aussehen? Wird sie ihren Kerl etwa mitbringen? Ich will Katharina nicht verlieren, aber im Augenblick fühle ich mich so – so ohnmächtig vor lauter Schock; ich muss den erstmal verdauen. Vielleicht ist Boris' Idee wirklich nicht übel. Abstand, um den Kopf freizukriegen, die Balance wiederzufinden, verstehst du? Und ich werde ihr nicht sagen, wo ich hingehe; soll sie sich ruhig Sorgen machen! Die Bretagne ist so weit weg …«

»Die Bretagne?«, echote seine Oma.

»Ja, da ist Boris' Ferienhaus.«

»Wo – ist das Haus genau?« Marlene sah ihren Enkel unverwandt an.

»In einem Dorf, ich habe den Namen vergessen. Egal, es liegt auf der Halbinsel Crozon, ganz im Westen.«

Marlene schloss die Augen, atmete tief durch. »Ich weiß, wo Crozon ist. Ich war auch einmal in der Bretagne«, sagte sie dann langsam. »Im Krieg. Da war ich als Funkhelferin auf Crozon stationiert.«

»Nein!« stieß Florian aus. »Du? *Du* warst im Krieg? Als *Funkhelferin*?«

Wortlos rappelte seine Oma sich von ihrem Sessel auf und ging an den Kleiderschrank.

»Was tust du? Soll ich dir helfen?«, fragte Florian schnell, als er sah, wie seine Oma – seine liebe, sanfte Oma, die im Krieg gewesen war?! – sich vor dem geöffneten Schrank auf die Zehenspitzen stellte, um mit den Händen im obersten Fach herumzutasten. Sie wusste genau, irgendwo hinter ihren Hüten musste es liegen … Endlich spürten ihre Finger den Karton des Einbandes. Sie bekam das Buch zu fassen und zog es heraus.

Die Buchdeckel waren einst tiefschwarz gewesen, mittlerweile aber zu einem Dunkelgrau-Lila verblasst. Gedankenverloren sah Marlene ihr teures Buch an und schlug behutsam die erste Seite auf. Sie biss sich auf die Lippen. Wie lange das her war! Am anderen Ende ihres Lebens.

»Was ist das?«, fragte Florian vom Bett aus.

Ruckartig klappte Marlene die Kladde zu und zögerte. Sollte sie wirklich? Sie sah in das arglose Gesicht ihres Enkelsohns. »Ausgerechnet Crozon«, sagte sie halblaut und mehr zu sich selbst. Ein Wink des Schicksals, setzte sie in Gedanken hinzu. Dann ging sie zu Florian und hielt ihm das Buch hin. »Ich möchte, dass du das mitnimmst, in die Bretagne. Würdest du es lesen?«

Florian schlug seinerseits die Kladde auf. »Ist das ein Tagebuch? Etwa aus dem Krieg?«, fragte er schwach, mit Blick auf die Jahreszahl 1942. Das einzige, das er ohne weiteres entziffern konnte.

»Genau«, Marlene nickte.

»Das ist in Sütterlin geschrieben«, murmelte Florian, intuitiv voller Abwehr gegen die ungeahnte Vergangenheit seiner Großmutter, ihre aktive Teilnahme an diesem unsäglichen Krieg.

»Das ist gar keine Sütterlinschrift, das ist die Offenbacher Schrift!«, korrigierte Marlene ihren Enkel.

»So.« Florian zog eine Augenbraue hoch.

»Ja. Kannst du die nicht mehr lesen? Das lässt sich schnell lernen.«

Florian sah seine Oma bittend an. Konnte sie nicht verstehen, dass es ihm ohnehin schlecht ging und dass es nicht der richtige Zeitpunkt war, ihm ihre Kriegserinnerungen zum Lesen zu geben? Kriegserinnerungen! Von der Westfront, so sagte man wohl?

»Schon gut, wenn du nicht willst«, sagte Marlene bekümmert und hastig und wollte das Tagebuch wieder an sich nehmen.

Florian hielt die Kladde fest und zwang sich zu einem Lächeln. »Natürlich werde ich dein Tagebuch lesen, Oma, wenn du das möchtest. Bestimmt gibt es im Internet Schrifttabellen der Sütterlinschrift.«

»Offenbacher Schrift, Sütterlin war davor. Schön. Schön schön«, murmelte Marlene, halb erleichtert, halb alarmiert.

»Oma – erwarten mich da sehr schreckliche Enthüllungen in deinem schwarzen Buch? Hast du deshalb nie jemandem von uns verraten, dass du mal an der Westfront warst? Oder weiß Mama davon?«

Marlene befeuchtete ihre Lippen, ehe sie antwortete: »Deine Mutter weiß nichts. Aber – ich habe auf Crozon etwas ganz Wunderbares erlebt, etwas Unvergessliches. Zugleich war es auch schrecklich, ja; daher, wer wollte nach dem Krieg schon über solche Dinge reden? Und dennoch: Wenn ich die Zeit zurückdrehen könnte, ich würde es nie, niemals ungeschehen machen! Und wenn du am Ende alles gelesen haben wirst, wirst du verstehen, warum.« Sie sah ihren Enkel an; treuherzig, bittend, ängstlich.

»Ich lese dein Tagebuch Oma«, wiederholte Florian sein Versprechen und nahm die alte Frau in die Arme.

Nachdem ihr Enkelsohn gegangen war, konnte Marlene sich nicht einfach wieder in den Sessel setzen und Zeitung lesen. Crozon! Dass ihr Tagebuch nach Crozon reisen sollte, ohne sie, aber mit Florian, das bewegte sie zutiefst. Was würde er von ihr halten? Und war es richtig gewesen, ihn abreisen zu lassen? Hätte sie darauf beharren sollen, dass er bleiben möge, um mit seiner Katharina zu reden? Für seine Ehe war die Reise in die Bretagne nicht gut, bestimmt nicht! Und doch hatte sie, seine Oma, nichts getan, um ihren Enkelsohn aufzuhalten. Nein. Sie hatte ihm die Kladde gegeben und ihn aufgefordert, sie *dorthin* mitzunehmen – ja, sie hatte sich sofort in die Vorstellung vernarrt, wie Florian die Orte sehen würde, an denen es damals geschah – diese Orte, die mittlerweile in ihrem Gedächtnis verschwommen waren, doch manchmal, in Träumen, erschütternd real wiederauftauchten … Ach, was würde er von ihr und alledem halten? Fortan würde sie keine ruhige

Minute mehr haben. Sie würde mit dieser Frage leben müssen: *Wie viel weiß er schon?*

Zu Florians Erleichterung war Katharina nicht da, als er nachhause kam. Er packte eine kleine Reisetasche mit Kleidung, schob das Tagebuch seiner Oma dazu, suchte und fand im Internet eine Buchstabentafel mit der Offenbacher Schrift und druckte sie aus. Dann suchte er per Routenplaner eine Reiseroute nach Mengleuff auf der Halbinsel Crozon, fand zwei Varianten und druckte die kostengünstigere Nordroute über die Normandie ebenfalls aus. Boris' Protzauto hatte zwar ein Navigationssystem, aber Florian hatte keine Lust, sich damit vertraut zu machen.

Fast hätte er das Wichtigste vergessen, den Haustürschlüssel, die Bretagnekarte und das Blatt mit Tipps und Regeln, das Boris ihm noch gegeben hatte. Er steckte alles zu den anderen Dingen in die Reisetasche. Dann ging er an das Telefon, griff nach einem Zettel und einem Stift. »Bin für ein paar Tage weg, Florian«, schrieb er, drehte den Stift zwischen den Fingern, setzte aber nichts weiter hinzu. Er legte die Mini-Nachricht auf den Küchentisch, dann fiel ihm ein, den Wasserkocher mitzunehmen. Und ein Glas Schnellkaffee. Nur für alle Fälle, um an seinem ersten Morgen in der Bretagne zumindest damit versorgt zu sein. Boris hatte aufreizend wenig zur Ausstattung seines Ferienhauses gesagt.

Vor dem Haus erwartete ihn der Porsche Cayenne. Florian stieg ein und runzelte die Stirn. Zu viel Hightech-Schnick-Schnack, für seinen Geschmack. Sowieso, er mochte keine SUVs. Er startete. Vor ihm lag eine Reise von tausendzweihundert Kilometern. Genug Distanz zwischen ihm und Katharina.

Ein Lichtblitz riss Florian aus seinen Gedanken. Wie hatte er das Vergessen können? In Belgien waren nur hundertzwanzig Stundenkilometer auf der Autobahn erlaubt! Zermürbt rieb er sich die müden Augen. Er brauchte eine Pause.

In einem Rasthof bei Lüttich aß Florian ein lappiges Sandwich und trank dazu Kaffee. Währenddessen holte er das Handy aus der Tasche und schaltete es ein. Sofort piepte es los, er hatte mehrere neue Nachrichten. Hastig schaute Florian die Absender durch. Da! Vier von Katharina! Und eine von Boris. Er zwang sich dazu, die von Boris zuerst zu lesen: »Habe Verwalter informiert«, stand auf dem Display. Soso, es gab sogar einen Verwalter. War echt freundschaftlich von Boris, ihm so beizustehen. Nein, er würde ihm jetzt nicht den Tag versauen durch die Ankündigung eines Strafmandates. Das würden sie später regeln, wenn es soweit war. Und – Katharina? Nein. Nein, es war ausgeschlossen, dass ihre Nachrichten Zärtlichkeiten enthielten. Eher das Gegenteil. Er schaltete das Handy aus und verließ die Raststätte.

War es die hohe Temperatur, war es seine Müdigkeit bei gleichzeitiger innerer Unruhe? Von dem Moment an, in dem er in Nordostfrankreich von der Autobahn abfuhr, um Mautgebühren zu sparen, geriet Florian in einen merkwürdigen Zustand. Wie in Trance sah er eine Landschaft an sich vorüberziehen, die er trostlos fand wie seine Stimmung. Weite, ebene Flächen; riesige Felder, auf denen Heuwürfel sich stapelten. Weiler, die nur aus einer Durchfahrtsstraße bestanden mit Häusern aus dunkelrotem Backstein. Dann wieder Menschenleere, nur die Spitzen entfernter Kirchtürme zeigten hier und da verstreute Ortschaften an. Friedhöfe lagen an der Landstraße, lauter Soldatenfriedhöfe aus dem ersten Weltkrieg.

In Amiens rüttelte Florian sich wach, stärkte sich mit Pizza und weiterem Kaffee, entdeckte auch ein sympathisch aussehendes Hotel nahe der Kathedrale, war aber zu aufgewühlt, um an Schlafen zu denken. Also weiter. Immer weiter, Richtung Westen, vorbei an riesigen Feldern von Windrädern. Im Gegenlicht der untergehenden Sonne sahen sie schön aus, mit ihren regelmäßigen, majestätischen Flügelbewegungen, aber auch bedrohlich, wie Wesen mit einem Eigenleben aus einem Science-Fiction-Film. An Aumale vorbei, in die Normandie. Die Landschaft nun hügelig, mit Dörfern aus alten Fachwerkhäusern. Forges-les-Eaux, ein Miniatur-Kurort mit Kasino und einem See, über den weiße Schwäne ihre Kreise zogen. Und dann – zack! Florian blinzelte. Der zweite Blitzer des Tages! »Sorry, Boris«, sagte Florian laut und bretterte trotzig weiter.

Doch nach Caen und dem zweiten Sekundenschlaf sah er ein, dass er bald ein Hotel suchen musste. Bayeux, der Name sagte ihm etwas; war da nicht dieser uralte Teppich mit den Bildern der Normannen-Schlacht? Florian gähnte – und fuhr zusammen, als er dem dritten Wegelager des Tages in die Falle ging! War ganz Frankreich gespickt von solchen Dingern?! – Prompt verließ Florian Bayeux wieder, um über die nächstbeste Landstraße nach Porte-en-Bessin-Huppain zu gelangen, aber kein Hotel in dem Kaff zu sehen. Also weiter, in den nächsten Ort. Florian ließ die Fensterscheibe herunter, der salzige Geruch des nahen Meeres weckte ein wenig seine Lebensgeister. Und dann, nachdem er das Ortsschild von Colleville-sur-Mer passiert hatte, sah er es, an einem älteren Gebäude: das Wort »Hôtel«. Er bremste scharf und parkte am Straßenrand.

»Après douze heures, sonnez s. v. p.«, stand auf einem Schild am Eingang. Darunter auf Englisch: »After midnight, ring the bell please«.

Es war gegen ein Uhr morgens. Florian drückte den Klingelknopf. Eine Weile tat sich gar nichts. Sollte er etwa im Cayenne übernachten? Er klingelte noch einmal.

»J'arrive!«, rief eine tiefe Stimme aus dem Inneren des Hauses.

Jemand schloss die Tür auf und dann stand Florian vor einer alten gebeugten Frau in Morgenmantel und Pantoffeln, die ihn misstrauisch von unten anschaute.

»Can I have a room for one night, please?«, fragte Florian. Er war zu kaputt, um zu versuchen, Französisch zu reden. Er hatte zwar von der siebten bis zur elften Klasse Französisch in der Schule gehabt, aber das war lange her, und er war damals zu faul gewesen, um regelmäßig Vokabeln und Grammatik zu lernen.

Die alte Frau nickte und trat einen Schritt zurück, um ihn hineinzulassen. Florian folgte ihr an den Tresen, auf dem nichts stand als eine Vase mit drei kleinen Flaggen. Der französischen, der britischen und der amerikanischen. Wo bin ich denn hier hingeraten, fragte Florian sich, während die Alte in einem Buch blätterte und ihm dann einen Schlüssel reichte. »7«, stand auf dem Plastikschild daran. »American?«, fragte sie.

»No, German«, antwortete Florian vorsichtig und sein Blick schweifte zurück zu der Vase mit den drei kleinen Flaggen. Er begriff: Der Sturm auf die Normandie, der Einfall der Alliierten – das musste sich irgendwo hier abgespielt haben, an dieser Küste.

»Ah«, knurrte die Alte, und Florian meinte, einen scheelen Blick von ihr einzufangen.

»C'est en haut«, sagte sie und wies mit der Hand Richtung Treppe.

»Merci«, erwiderte Florian doch auf Französisch, was ein winziges Lächeln in die zuvor nach unten gezogenen Mundwinkel seines Gegenübers zauberte.

Zimmer Nummer 7, das Florian rechts am Ende eines engen, dunklen Korridors fand, war mit einem Doppelbett, einem Schrank, einem Tisch und einem Stuhl möbliert. Auf dem Tisch stand ein kleiner dickbauchiger Fernseher. Florian legte sich auf das Bett. Nur kurz ausruhen, dachte er, und dann die Tasche aus dem Auto holen.

3. Unterwegs

Es führte zu nichts, länger im Bett zu bleiben und zur Decke zu starren. Überhaupt, dieses schreckliche Bett! Nach ihrer ersten Nacht im Garten war Marie doch in Elodies Schlafzimmer eingezogen. Nur, bei jedem Herumwälzen, und Marie schlief unruhig, quietschten die Federn der alten Matratze wie eine Katze, der man auf den Schwanz tritt, und das ganze Bett geriet ins Wanken wie eine Boje auf hoher See.

Wie eine Greisin schob Marie in Zeitlupe erst das linke, dann das rechte Bein von der Matratze. Sie griff sich an den Kopf. Schon wieder Kopfschmerzen, nach einer weitgehend durchwachten Nacht. Aber sie hatte sich vorgenommen, keine Schlaftabletten mehr einzuwerfen. Und jede zweite oder dritte Nacht gelang es ihr doch, vor Übermüdung zu schlafen.

Sie tappte hinunter ins Erdgeschoss und öffnete die Fensterläden. Aus dem linken Fenster beugte sie sich weit hinaus, um ihre

Hortensien zu bewundern. Seitdem sie in Mengleuff war, hatte sie sie Tag für Tag und Woche für Woche mit viel Wasser und Liebe und gutem Zureden vor dem Vertrocknen gerettet. Sie liebte die zwischen rosa und hellblau changierende Farbe der prächtigen Blüten, den Duft, den sie verströmten. Sie liebte die den Pflanzen innewohnende Kraft, die eine solche Wiederauferstehung ermöglicht hatte. Die Hortensien sahen wieder prächtig aus, keine Fragen. Und wie ihre Hortensien, so würde auch sie selbst, Marie Cadiou, aus ihrem Tief wieder herauskommen, schwor sie sich – wie jeden Morgen, beim Öffnen der Läden. Aber leicht war das nicht.

Licht drang durch Florians geschlossene Augenlider. Dann die Erinnerung, der Schlag in die Magengrube. Langsam öffnete er die Augen.

Eine Weile starrte er nur an die Decke, versuchte zu verdauen, dass das alles kein bloßer Alptraum war, sondern die Realität. Katharina. Wie konnte sie ihm das antun?

Endlich rappelte er sich auf und kam am Bettrand zum Sitzen. Wie hässlich das primitive Hotelzimmer bei Tageslicht war. Die großgeblümten Tapeten wiesen in den Ecken des Raumes Risse auf und ihr weißer Grund war vergilbt. Eine leichte Übelkeit überkam Florian, er musste aufstehen und zum Fenster gehen, er brauchte Luft. Doch als er die alte Gardine beiseite zog, schreckte er zusammen. Sein Blick fiel auf schier endlose Reihen von weißen Kreuzen.

Er rieb sich die Augen. Das war doch ein Alptraum. Er musste weg hier. Duschen, frühstücken, weg hier. Halt, seine Tasche. Ans Auto musste er zuerst.

Draußen roch es nach Seeluft. Das tat gut, Florian sog begierig die salzige Luft ein. Auch den Cayenne vor dem Hotel vorzufinden, hatte etwas Beruhigendes. Er holte sein bescheidenes Gepäckstück aus dem Kofferraum und ging zurück in das Hotel, das bei Tageslicht auch von außen noch trostloser aussah.

Er fand die Dusche am anderen Ende des Korridors auf der Etage seines Zimmers; und keine halbe Stunde später saß er mit feuchten Haaren in dem kleinen Frühstücksraum. Es war gerade neun Uhr. Wortlos stellte die alte Frau, deren Bekanntschaft er in der Nacht gemacht hatte, einen Korb mit Baguettestücken vor ihn. Dazu stellte sie einen Teller mit verpackten Butterstücken und kleinen Plastiktöpfchen mit Marmelade. Schade, keine Nutella. »Du café ou du thé?«, fragte die Alte dann, und nachdem Florian Kaffee bestellt hatte, schlurfte sie aus dem Raum.

Während Florian auf den Kaffee wartete, sah er durch das Fenster auf die unbelebte Straße. Vielleicht lag es daran, dass der Himmel bedeckt war, aber die verwitterten Fassaden der Häuser und das halb verrottete Schild »A vendre« im Ladenhaus gegenüber wirkten auf ihn bedrückend. Dieser Ort sah aus, als wäre er vom Aussterben bedroht. Aber vielleicht sah er das nur so, weil es ihm selbst so schlecht ging.

Die alte Frau kam mit dem Kaffee. Eine große Tasse voll, er roch gut, eine dünne Schicht Milchschaum lag auf der Oberfläche. Neben die Tasse stellte die Frau eine Dose Zucker.

Der Kaffee schmeckte ausgezeichnet, stark, aber nicht bitter, und die Baguette war frisch und eben so, wie französische Baguette sein sollte. Erst beim Essen merkte Florian, dass er Hunger gehabt hatte. Während er auf einen zweiten Kaffee wartete, sah er schon munterer durch den Frühstücksraum. Erst jetzt fiel ihm das Tischchen in der Ecke neben der Eingangstür auf, auf dem verschiedene Prospekte lagen. Er schlenderte hin und überflog den Flyer eines »D-Day-Museums«. Jaja, so war das. Der Zufall hatte es so gewollt, dass er hier gelandet war, an diesem Ort, der direkten Bezug zum zweiten Weltkrieg hatte und zur Westfront – einen Bezug zu seiner eigenen Oma … Florian seufzte und legte den Flyer zurück. Das D-Day-Museum im benachbarten Arromanches würde er nicht besichtigen; aber vor der Abreise würde er noch einen Blick auf den Friedhof werfen, dessen Anblick ihn nach dem Aufstehen so erschreckt hatte.

Sechzehntausend amerikanische Soldaten seien hier beerdigt, las Florian auf einem Informationsschild, ehe er nach dem Auschecken den Friedhof durch ein breites Tor betrat. Er sah um sich. Parallele Reihen von weißen Kreuzen, ein riesiges Feld davon. Er begann, aufs Geratewohl eine Reihe abzuschreiten, las beiläufig Namen und Geburtsdaten, begann, im Kopf zu rechnen. Hier waren nur junge Männer beerdigt. Richard Brown, knappe zwanzig geworden; Euston

McCullom, einundzwanzig; Jeffrey Pendleton, zwanzig … Ich lebe schon fünfzehn Jahre länger als Jeffrey Pendleton; in fünf Jahren habe ich doppelt so lange gelebt wie dieser junge Mann, der 1944 in das Abwehrfeuer der Deutschen gelaufen ist.

»Hey, guys, come here!«

Florian fuhr herum. Zwei Kreuzreihen weiter sah er sie, die drei Männer. Sie waren mittleren Alters, trugen Armeehosen, Baseballkappen und große Fotoapparate in den Händen. Jetzt lichteten sie sich gegenseitig vor einem Grab ab. Lachend, laut und aufgeregt durcheinander redend.

Irritiert wandte Florian sich ab. Was waren das für merkwürdige Typen? Touristen, die die »D-Day-Küste« life erleben wollten? So etwas gefiel ihm gar nicht. Er verließ den Friedhof und stieg in den Cayenne.

Jeden Tag machte Marie sich ein straffes Programm; es gab immer genug zu tun, in Mengleuff, und sich abrackern war der beste Weg, um die Trauer abzuarbeiten; oder fortzuschieben, zumindest. Die Trauer um den Mann, an den sie nicht mehr denken durfte und nicht mehr denken wollte; denn er hatte nicht vor – nach fast drei Wochen ohne Lebenszeichen von ihm hatte er wirklich nicht vor, um sie zu kämpfen. (Aber die Hoffnung stirbt leider immer zuletzt; und dieses allmähliche Absterben tat weh, so weh …) Wenn Marie aber einmal Pause machen und mit einem Menschen reden wollte, der ihr ein kleines Gefühl der Geborgenheit gab, dann ging sie zu Yvonne Le Roux.

Yvonne war mittlerweile die Dorfälteste und gehörte für Marie untrennbar zu Mengleuff. Sie war »schon immer« da gewesen; nämlich soweit Maries Erinnerung an Mengleuff reichte. Yvonne strahlte eine unglaubliche Ruhe und gewitzte Weisheit aus; und sie hatte den schönsten Garten des Dorfes. Die alte Dame liebte Blumen. Sie hatte ein Meer verschiedenster Sorten davon, dazu aber auch nutzbare Pflanzen: Gemüse, Himbeer- und Stachelbeerbüsche und alte Apfelbäume. Dazwischen gackerten freilaufende Hühner. Deshalb hatte das Haus mit dem idyllischen Garten ein Gartentor, das niemals offenstehen durfte.

Marie lehnte sich über dieses Tor und rief: »Bonjour! Darf ich reinkommen?«

Yvonne saß auf dem Bänkchen neben der Haustür und schälte Kartoffeln. Die Schalen ließ sie in ihre karierte Schürze fallen, die geschälten Kartoffeln plumpsten in einen zerbeulten Eimer aus Blech. »Komm nur, Marie Cadiou, aber schließe das Törchen, wegen der Hühner!«

Marie tat es und setzte sich auf eine Geste der alten Dame hin neben diese auf die Bank.

»Na, hast du dich inzwischen gut eingelebt?«, erkundigte sich Yvonne. Sie konnte schälen, fast ohne hinzusehen.

»Ich komme gut voran mit dem Renovieren«, antwortete Marie ausweichend. »Den Dielenboden musste ich gar nicht abschleifen, ölen genügte. Meinen Teppich aus der alten Wohnung habe ich in das Schlafzimmer gelegt, ein Berber in warmen Farben, sieht gleich ganz anders aus. Die Tapeten im Schlafzimmer sind cremeweiß, unten habe ich weiß mit einem Hauch von gelb gestrichen. Ist wirklich schön. Aber die Plackerei mit dem Entleeren und Verschieben aller Möbel! Und dann gibt es noch ein Zimmer komplett zu renovieren, in dem hat früher mein Großvater geschlafen, als Kind …« Marie musste gähnen.

»Du arbeitest zu viel. Warum hilft dir niemand? Hast du keinen Freund?«, fragte Yvonne geradeheraus.

Marie wollte aufspringen. Die Vernunft hielt sie davon ab. »Ich habe einen *besten* Freund, er heißt Pierre, der wird mir bei den noch ausstehenden Möbeltransporten helfen«, brachte sie hervor.

»Und deine Eltern?«

»Bloß nicht!«

Verblüfft hielt Yvonne mit dem Schälen inne, und Marie erklärte müde: »Sie wissen vielleicht, dass mein Vater Elodies Patensohn war. Da dachte er … oder besser, meine Eltern dachten beide, *sie* würden ihr Haus erben. Wie ich mittlerweile erfahren habe, sind sie die letzten zehn Jahre lang, als Elodie nicht mehr kam, regelmäßig hierher gefahren, um das Haus instand zu halten. Ich wusste davon nichts; und überhaupt, ich kann nichts dafür, dass Elodie mir das Haus vermacht hat – warum auch immer!«

Yvonne Le Roux legte den Kopf schief. »Hauptsache ist, dass das alte Haus der Cadious wieder bewohnt ist. Es stehen so viele Häuser leer. Auch das neben deinem. Wie schade. Früher lebte die Familie Lévénès darin. Fünf Kinder. Was aus denen allen geworden ist? Der Vater war Dachdecker.«

»Dann ist es aber lange her, dass die Familie Lévénès nicht mehr in dem Haus wohnt! Ein Dachdecker hat sich dem Dach ewig nicht mehr genähert. Die losen Schieferplatten fallen herunter wie Regen.«

»Siehst du, schade. To pa ri ti, Pa ri ti to[1], sagt das Sprichwort. Dein Haus braucht ein Dach, und solange das Dach hält, kannst du dein Haus retten. Ist das Dach futsch, hast du bald eine Ruine.«

»Wem gehört das Haus denn inzwischen?«

»Einem deutschen Monsieur. Aber den habe ich nur einmal vor Jahren gesehen. Ab und zu kommt ein Mann, der ein bisschen Rasen mäht und Efeu zurückschneidet. Aber das genügt nicht. Das Haus verfällt, wenn nicht bald etwas geschieht. Der deutsche Monsieur müsste kommen. Schade, schade.« Yvonne zuckte die Achseln.

Schade? Im Gegenteil! Marie war erleichtert. So hatte sie im Garten ganz ihre Ruhe, und wenn sie nur daran dachte, dass sie einen männlichen Nachbar hätte haben können, kamen heftige Abwehrgefühle in ihr auf. Sie hatte die Nase voll von Männern; jedenfalls hatte sie keinen Bedarf an einem fremden Mann, der sie über die Grenzbüsche zwischen beiden Gärten hinweg anglotzen, anlabern oder im schlimmsten Fall anmachen könnte!

Nach ihrer Rückkehr von Yvonne machte Marie sich den Spaß, einmal um das leere Nachbarhaus herumzuschleichen. In gewisser Hinsicht hatte Yvonne natürlich recht: Es war ein altes Haus wie ihres und der Garten war ähnlich groß, ohne knorrige alte Apfelbäume allerdings, dafür mit einigen interessanten Felsblöcken, die aus dem hohen Gras ragten. War das Natur oder hatten einmal die keltischen Vorfahren Hand angelegt? Das war oft schwer zu sagen. Einer der Felsen sah nach menhir aus; ein anderer nach dem flachen Deckstein eines dolmen.

1 Setze ein Dach, wenn du baust, wenn du baust, setze ein Dach.

Marie ging bis zu den gelb blühenden Grenzbüschen und schaute hinüber in ihren eigenen Garten. Die Büsche waren hoch, aber natürlich gab es Sichtlücken. Nein nein, es war wirklich ein Glück, durch keine neugierigen Blicke gestört zu werden!

Gedankenverloren zupfte sie eine Blüte ab, die wärmer gelb war als die des Ginsters: eine verlorene Stechginsterblüte. Sie hielt sich die Blüte an die Nase, schloss die Augen und sog ihren Duft ein, der herb und süß zugleich war, ein wenig wie der von Kokos.

Sie würde jetzt hochgehen, in papys altes Schlafzimmer. Sie würde sich überlegen, was sie daraus machen würde – ein Gästezimmer? Ein Arbeitszimmer mit Leseecke und Schreibtisch? Oder beides kombiniert?

Oben im Zimmer war es warm und stickig. Marie öffnete Fenster und Dachluke. Dann wandte sie sich um, zu dem Bettgestell, das wirklich nicht mehr zu gebrauchen war, und seufzte. Noch etwas, das entsorgt werden musste. Aber der Schrank? Besonders schön war er nicht, aber stabil, aus Massivholz.

Sie drehte am Schrankschlüssel, um hineinzusehen, doch der Schlüssel drehte sich nur zur Hälfte. Ungeduldig ruckelte und drückte sie daran herum, bis er doch knackend nachgab. »Mit dem klemmenden Schloss kommst du doch weg«, beschimpfte Marie den Schrank, während sie die schweren Türen aufzog. Sie stieß einen leisen Schrei aus und sprang zurück, dann begriff sie: Die Augen, die sie aus dem Schrank heraus anstarrten, gehörten einer Figur aus bemaltem Holz.

»Was machst du denn im Schrank?«, fragte Marie laut in das leere Zimmer, um auch den letzten Rest ihres Schreckens loszuwerden. »Du bist mir ja eine schöne Heilige, mit der Oberweite«, grinste sie dann. Die dargestellte Heilige war eine junge Frau mit langem blondem Haar und stattlichem Dekolleté. In den Händen hielt sie einen kleinen Turm; ihre Miene hatte einen leidenden Ausdruck. Marie legte den Kopf schief. Es war eine Figur, wie sie in Kapellen stehen, nicht in Wohnhäusern und schon gar nicht in Schränken. Wo die beiden Schranktüren rechts und links der Heiligen zurückgeschlagen waren, sah das allerdings ein wenig wie ein Altar aus. Ein Haus-Altar?

Marie sah von der Figur zu ihrem Sockel; aber es war gar kein Sockel, es war eine Truhe. Eine hölzerne Truhe, mit Eisen beschlagen. Was war darin? Sofort wollte Marie es wissen! Sie hatte keine Lust, die Heilige anzufassen, hob sie aber doch aus dem Schrank, um den Deckel der Truhe zu öffnen. Sie sah hinein. Ha, da waren sie also, die alten Fotoalben! Sie hatte sich schon gefragt, wo Elodie ihre persönlichen Dinge aufbewahrt hatte.

Marie griff nach dem obersten Album. Es enthielt jedoch keine Fotos, das Album entpuppte sich als Mappe mit Zeichnungen.

Auf dem Rand des alten Bettgestells sitzend, blätterte Marie langsam die Zeichnungen durch. Sie waren alle datiert und signiert; Marie konnte den Namen »Elodie Cadiou« entziffern. Es waren Modezeichnungen aus den sechziger Jahren, und Marie hatte ja gewusst, dass ihre Großtante Modemacherin gewesen war, und keine unbekannte. Trotzdem hatte sie nicht gewusst, dass Elodie so gut, so künstlerisch zeichnen konnte. Marie ließ sich Zeit zum Bewundern jedes einzelnen Blattes, bevor sie sich die nächste Mappe holte. Es gab davon in der Truhe, soweit sie es im Halbdunkel des Schrankes erkennen konnte, zwei dicke Stapel.

Marie hatte alles um sich herum längst vergessen. Fasziniert war sie Mappe für Mappe durchgegangen und hatte nebst den Modeentwürfen aus verschiedenen Jahrzehnten die Zeichnungen von Menschen entdeckt – Portraits, die Elodie von Freunden oder Geliebten gemacht hatte, und Aktzeichnungen (die eine oder andere erotische Zeichnung hatte Marie in Verlegenheit gebracht). Aber das, was sie jetzt in den Händen hielt, war anders. Ganz unten aus der Truhe hatte sie diese grün-schwarz eingebundene, an den Kanten beschabte Mappe gehoben. Und die enthielt Bilder von – Heiligenfiguren! Lauter akkurat und aus mehreren Perspektiven gezeichnete Heiligenfiguren! Das fiel nun wirklich aus dem Rahmen. Und dann sah Marie auf das Datum unterhalb einer Signatur. 1943. Sie blätterte weiter. 1943, 1943 … Und da jetzt, 1944 … Aber da war doch Krieg gewesen! Elodie hatte im Krieg Heiligenfiguren gezeichnet? Warum? Und wo? Die stammten garantiert nicht aus *einer* Kirche, nicht einmal aus einer sehr großen!

Immer erstaunter über die Anzahl der Figuren und die große Präzision der teils mit Aquarellfarbe kolorierten Bilder blätterte Marie den ganzen Stapel durch, war nun fast unten. Da fiel ein kleineres Blatt ihr in die Hände. Sie zog eine Augenbraue hoch. Eine Liste der gezeichneten Figuren. Nach Monaten sortiert. Wie ein Heiligenkalender. Merkwürdig, wirklich merkwürdig.

Sie ließ die Liste sinken und schaute auf die unterste Heiligenzeichnung – heho, das war die Heilige, die vor ihr stand! »Wenn du reden könntest«, warf Marie der Blonden mit der Märtyrermiene bedauernd zu. Dann hob sie die Zeichnung hoch, um sie ins Licht zu halten. Da entdeckte sie, dass doch noch ein letztes Blatt unter ihr verborgen gewesen war. Mit spitzen Fingern nahm sie das Werk aus der Mappe und sah es sich mit gerunzelter Stirn an.

Das war kein Heiliger gewesen. Helle Augen, eine klassisch-gerade Nase, hohe Wangenknochen, ein energisches Kinn. Ja, der Portraitierte war regelrecht schön gewesen – nur – die militärische Mütze mit dem Adlerzeichen darauf, die war doch die eines Deutschen! Marie las hastig das Datum unter der Signatur: 25. Dezember 1943. Weihnachten. Im Krieg! Was hatte Elodie Weihnachten 1943 bei diesem deutschen Offizier gemacht? Hatte er sie gezwungen, ihn zu portraitieren? Aus einer Ahnung heraus wandte Marie das Blatt um. Und da stand es: »Pour mon amour.« Für meinen Geliebten.

Erschrocken ließ sie das Blatt los. Es glitt zu Boden, von wo aus der deutsche Offizier sie höhnisch anzusehen schien. »Nein, das ist unmöglich«, wies Marie sich zurecht und bückte sich nach der schockierenden Zeichnung. Sie verglich die Signatur mit der Schrift auf der Rückseite. Doch ja, dieselbe Schrift, kein Zweifel. Pour mon amour.

»Hier stimmt etwas nicht. Dafür gibt es eine andere, sinnvolle Erklärung«, sagte Marie sich laut, legte fast böse das Portrait zurück in die Mappe, schlug diese zu, warf sie in die Truhe auf den bereits durchgesehenen Stapel, wuchtete die Heiligenfigur darauf, schloss die Schranktüren und drehte den klemmenden Schlüssel. »Nicht zu fassen«, murmelte sie befremdet und beschloss, im Garten Unkraut mit Wurzel auszugraben, anstatt den zweiten Stapel Mappen durchzusehen, der ruhig länger in der Truhe vor sich hinmodern sollte!

Florian hatte die kleinen Straßen genommen. Er hatte die normannische Schweiz kennengelernt, eine Gegend mit sanft geschwungenen Hügeln, weidenden Kühen und Pferden und weiten Aussichten. In der Bucht von Avranches hatte er die berühmte Silhouette des Mont-Saint-Michel erspäht, jener beeindruckenden Klosteranlage, die auf einer Flutinsel aus Granitfelsen errichtet war und deren höchster Turm wie ein Pfeil in den lichtdurchfluteten Himmel geragt hatte. Dann war er entspannt die Bucht von Cancale entlang gefahren, hatte die alten Windmühlen an den Straßenrändern ebenso bestaunt wie in den kleinen Badeorten die phantasievollen Villen mit ihren Aussichtstürmchen und den großen Balkons. In Saint-Malo hatte er auf der hohen Altstadtmauer gesessen und ein riesiges Eis gegessen, mit Blick auf das glitzernde Meer mit den kleinen Granitinseln darin, bis – und das war ein Schock gewesen – eine große Sturmmöwe ihn attackiert und einen Teil seiner Eiswaffel erbeutet hatte. Zwei äußerst hübsche Bretoninnen hatten ihn gefragt, ob alles »bien« sei; und er hatte die Hürden der Sprachlosigkeit empfunden und kein vernünftiges Wort den beiden Schönen gegenüber herausgebracht.

Später am Tag hatte es dann noch einen Schrecken gegeben, als er die – zumindest kostenfreie – bretonische Autobahn benutzt hatte, aber dafür mit mehr als hundertzehn Kilometern pro Stunde über der Schlucht von Saint-Brieuc geblitzt worden war. Sorry nochmals, Boris. Seitdem fuhr er wieder auf kleinen Straßen; zu weit nördlich, er wusste es, aber er hatte ja Zeit; und die Aussichten, die er soeben genoss, waren atemberaubend. Die ganze Steilküste und die ihr vorgelagerten Inseln, alles war aus rosa Granit! Im goldenen Abendlicht erglühte der Stein fast orangefarben. Die Versuchung auszusteigen, sich auf einen der orange-rosa Felsen zu setzen und den Sonnenuntergang zu erwarten, war schon groß. Aber er widerstand ihr; er wollte nicht erst spät in der Nacht in Mengleuff ankommen.

Andererseits hatte er Zeit genug, um die Eindrücke auf sich wirken zu lassen. Fortan fuhr Florian langsam, langsamer als erlaubt, und den einen oder anderen Fahrer hinter ihm nervte das. Die meisten überholten ihn einfach und gut war's. Aber irgendwann war da dieser eine, der sich auf das Lichthupen versteifte. Florian war empört und fuhr erst recht nicht schneller. Da setzte der Hintermann im großen Renault endlich zum Überholen an. Shit. Der Renault blinkte nach rechts, als Signal, auch Florian solle an den Rand fahren. Es war ein Auto der Gendarmerie. Florian blieb nichts anderes übrig, als zu gehorchen. Er hielt hinter dem Polizeiwagen, und prompt stiegen aus dem gleich zwei Gendarme aus. Florian ließ resigniert die Seitenscheibe herunter.

»Vos papiers!« Der eine der beiden war an sein Fenster getreten und streckte fordernd die Hand aus.

»Sorry, but I wasn't too fast«, stellte Florian klar, beugte sich aber trotzdem zu seiner Tasche, die auf dem Beifahrersitz lag. Durch das Beifahrerfenster schaute nun der zweite Gendarm in den Cayenne, mit verschränkten Armen, in einer selbstgefälligen Pose. Florian konnte nicht umhin, den Mann halb amüsiert, halb verächtlich anzugrinsen – was der überraschenderweise erwiderte.

Florian reichte dem Gendarm an seiner Seite des Autos seinen Führerschein. Der nahm sich Zeit, das Dokument zu studieren, oder zumindest so zu tun, als täte er das. Dann verkündete er endlich: »Quatrevingt-dix. Vous pouvez rouler à quatrevingt-dix, pas à soixante. Ninety, d'accord? Bonnes vacances«, der Gendarm nickte und ging tatsächlich zurück zum Streifenwagen.

Florian atmete auf. Der andere Gendarm mit dem unerwarteten Grinsen nickte Florian seinerseits zu, grinste nochmals breit und unwiderstehlich und folgte seinem Kollegen. Florian schüttelte den Kopf und musste lachen.

Wenig später lachte er nicht mehr, denn er hatte sich hoffnungslos verfahren und fand die bretonische Ausschilderung miserabel.

Marie streckte sich und massierte sich den unteren Rücken. Nur noch die Hortensien gießen, dann war es mit der Gartenarbeit genug. Mit beiden Gießkannen ging sie zu der quietschenden Wasserpumpe. Die vollen Kannen schleppte sie um das Haus herum zu ihren geliebten Blumen, die sie reichlich begoss. Kurz begrub sie die Nase zwischen den duftenden Blütenblättern. Eine leichte Brise schien direkt vom Meer hochzuziehen und fuhr ihr durch das verschwitzte Haar. Marie beschloss, noch hinunterzugehen, in ihre kleine Lieblingsbucht am Fuße der Steilküste, und zu baden.

»Plouescat« stand auf dem Ortsschild, an dem Florian vorbeifuhr. Er stoppte und studierte die Landkarte. Verdammt, wo war das? War das Kaff zu klein, um in der Karte verzeichnet zu sein? Im Zentrum von Plouescat wendete Florian und fuhr die Strecke, die er gekommen war, zurück.

Cléder. Kurz darauf passierte Florian die Stelle, an der ihn die Gendarme gestoppt hatten. Saint-Pol-de-Léon, las er einige Zeit später, aber hier hatte er nicht hinfahren wollen. Dann eine Kreuzung. Links ging es nach Santec, rechts nach Plouénan, geradeaus nach Roscoff. Florian entschied sich für Roscoff. Als er das Städtchen erreicht hatte, wusste er, dass er noch falscher war als zuvor. Er war auf einem Zipfel ganz im Norden gelandet; vom Hafen aus meinte er fast, Großbritannien am Horizont zu erahnen. Das konnte aber nur Einbildung sein, das Licht der Abendsonne auf dem Meer blendete ihn.

An einem Restaurant in Hafennähe pries eine Tafel in ungelenken Buchstaben ein Menu touristique für zehn Euro an. Immerhin, das kam gut; Florian hatte großen Hunger und Durst. Er parkte den Cayenne vor dem Restaurant und betrat es.

»Tiens, bonsoir, Monsieur«, begrüßte ihn laut eine Stimme. Der Gendarm, der vorhin seinen Führerschein kontrolliert hatte!

»Bonsoir«, gab Florian perplex zurück.

»Sit down, s'il vous plaît«, forderte der Gendarm ihn auf, und der andere, der mit dem ansteckenden Grinsen, schaute kurz von seinem Teller auf und nickte ihm zu. Sollte er wirklich? Im Grunde hatte er keine Wahl, denn der laute Gendarm winkte schon der Bedienung, die vor Florian ein weißes Papierdeckchen ausbreitete. »Le plat du jour, c'est très bon«, verkündete der Mann dann, bevor Florian etwas sagen konnte.

Achselzuckend fügte Florian sich. Was würde als nächstes passieren? Während er auf sein Essen wartete, entlockte der Laute ihm mit Gesten und einer Mischung aus Französisch und Englisch sein Reiseziel und amüsierte sich köstlich darüber, dass der Deutsche sein Navigationsgerät nicht beherrschte. Dass der Porsche nicht ihm gehörte, wollte Florian nicht erklären. Dann kam die Bedienung mit zwei Gläsern, einem für Wasser und einem für Wein. Prompt bot der Laute Florian Wein an, aber der schüttelte dankend den Kopf und griff nach der Wasserkaraffe.

»Sie trinken unter Polizeischutz, da kann Ihnen nichts passieren.«

Das war plötzlich der andere Gendarm gewesen, und er hatte wieder dieses breite Grinsen im Gesicht.

»Sie sprechen Deutsch?«, stieß Florian aus.

»Ah, lui! Il adore tous ce qui est allemand«, rief der laute Polizist aus.

»Er sagt, ich liebe alles Deutsche. Olivier Rivoal.« Rivoal legte das Messer beiseite und hielt Florian die Hand hin.

Es wurde ein überraschend unterhaltsames Abendessen. Olivier Rivoal erwies sich als zuverlässiger Übersetzer und amüsanter Unterhalter. Es war seine Idee, sie sollten sich nach Feierabend *alle* (einschließlich Florian) mit den Vornamen ansprechen. Dass sie dabei trotzdem beim »Sie« blieben, belustigte Florian insgeheim. Der andere Gendarm hieß André; und Florians Namen sprachen die Bretonen französisch aus, mit Nasal am Ende.

Nachdem sie bezahlt hatten, fragte Florian Olivier verlegen, ob der ihm helfen könne, das Navigationsgerät des Porsches zu bedienen.

»Warum, Sie können das wirklich nicht?«, fragte Olivier ungläubig.

»Nein. Für gewöhnlich lese ich lieber Landkarten.«

Olivier verkniff sich eine weitere Bemerkung und kam zum Cayenne mit, um im Handumdrehen »Mengleuff« in das Navi einzuprogrammieren.

»Vielen Dank«, sagte Florian erleichtert, nachdem das gemacht war.

In diesem Moment überquerte eine Frau mit Hund nahe bei ihnen die Straße.

Es war noch nicht ganz dunkel, das letzte Rot des Sonnenuntergangs am Himmel zu sehen, und Florian konnte erkennen, dass die Frau lange Haare hatte und figurbetonend gekleidet war. Sie warf ihnen, oder dem Auto, über die Schulter hinweg einen neugierigen Blick zu.

»Seien Sie vorsichtig«, tuschelte Olivier.

»Wie bitte? Was meinen Sie?«, fragte Florian laut.

»Ich meine die bretonischen Frauen. Sie sind sehr schön und flirten gern, aber viele sind Zicken«, raunte Olivier.

»Ich will ganz bestimmt nicht flirten«, wehrte Florian ab und wollte schon erklären, dass er verheiratet sei – da durchfuhr ihn die schmerzliche Erkenntnis, dass er im Grunde ja ein Anrecht auf Flirten hatte, da Katharina einen anderen liebte. Was für ein Blödsinn, wies er sich sofort innerlich zurecht. Er war Katharina niemals fremdgegangen, er würde es auch jetzt nicht tun.

Olivier zuckte die Achseln. »Sie wollen nicht flirten? Aber das liegt nicht in Ihrer Hand, Florian, das entscheiden die bretonischen Zicken! Glauben Sie mir, ich weiß Bescheid, ich war mit einer verheiratet!«

Florian lachte gezwungen. Olivier war also ein geschiedener Mann. Armer Kerl.

Sie verabschiedeten sich herzlich voneinander, und Florian ließ sich vom Navi auf die richtige Landstraße leiten.

Die viele Gartenarbeit, das Schwimmen und ein reichhaltiges Abendessen hatten Marie so müde gemacht, dass sie schnell in einen Halbschlaf fiel. Doch in diesem Zustand zwischen Wachen und Träumen tauchte plötzlich das markante Gesicht des deutschen Offiziers auf, den Elodie Weihnachten 1943 portraitiert hatte. Das Gesicht wurde lebendig, die hellen Augen sahen Marie spöttisch an, der Mund bewegte sich zu einem Flüstern. »Mon amour«, hauchte der Offizier Marie zu, die die Augen aufriss und für einen Moment wieder hellwach war. Dann wälzte sie sich im Bett herum und versuchte, an nichts mehr zu denken.

Mengleuff. Erleichtert las Florian den winzigen Wegweiser, der nach rechts in die unbeleuchtete Nacht wies. Zuletzt war er durch Telgruc gefahren, ein Nest, von dem Boris gesagt hatte, Mengleuff sei fast ein Teil davon, so nahe liege es dabei. Von wegen! Aber gut, er hatte sein Ziel trotz allem gefunden. Der Cayenne holperte in eine Senke. Erste links, Rechtskurve, dann links auf den Hof einbiegen und du stehst vor dem Haus, hatte Boris gesagt. Das Navi war bereits am Ziel angekommen; einen Straßennamen und eine Hausnummer hatte Olivier nicht eingeben können, weil es in Mengleuff beides nicht gab.

Müde lenkte Florian den breiten Wagen in ein Gässchen, das immer enger wurde. Dann kam die angekündigte Rechtskurve und Florian fühlte sich stark beengt, als er zwischen dichten Büschen hindurchfuhr. Er sorgte sich um die Rückspiegel und lauerte auf die Hofeinfahrt, die er endlich erahnte, hinter einem weiteren großen Busch. Erleichtert zog er daran vorbei, registrierte aber erschrocken, dass die Pflanzen an dem Cayenne kratzten. Hoffentlich war der Lack nicht beschädigt, Boris würde ihn sonst killen! Florian parkte direkt vor dem kleinen Bruchsteinhaus, das im Scheinwerferlicht angestrahlt wurde, ehe es in der Nacht versank, als er den Motor ausmachte.

Hatte sie das tiefe Brummen eines Motors gehört? Mitten in der Nacht? Unmöglich. Marie wälzte sich auf die andere Seite und versuchte, endlich zu schlafen.

4. Erste Eindrücke

Staub tanzte in dem Lichtstrahl, der durch die Dachluke eindrang. Staub bedeckte den Nachttisch neben dem Bett. Staub überzog wie Puderzucker den Schirm der Lampe, die auf dem Nachttisch stand, und Staub lag als sichtbare Schicht auf dem Dielenboden. Florians Blick blieb an dem schweren Schrank aus dunklem Holz hängen, der die karge Einrichtung vervollständigte. Der war nicht nur mit Staubflocken bedeckt. Die Fäden eines immensen Spinnennetzes spannten sich von seinen oberen Kanten zur Zimmerwand. Die war aus Feldstein und nur bis auf Mannshöhe verputzt. Weitere Spinnweben zierten die alten Dachbalken und den Rahmen der Dachluke. Die Spinnen selbst bevölkerten gut sichtbar ihre Behausungen.

Danke, Boris, dachte Florian. Und in diesem Moment freute er sich auf das Gesicht seines Kompagnons, wenn der das belgische und die – wie viele waren es? – drei? –, also die drei französischen Strafmandate erhalten würde …

In der letzten Nacht hatte Florian nur noch Strom und Wasser in Betrieb gesetzt und herausgefunden, wo eine Toilette war (Erdgeschoss neben Treppenaufgang; historisches Toilettenbecken mit Kette) sowie das nächstliegende Waschbecken (keines im Toilettenraum, dafür in der Küche). Nun stieg er aus dem Bett, stakste auf den Fußballen über den schmutzigen Boden. Vielleicht hatte er nicht genug geschlafen, ihm fröstelte es; im Schrank mit den Spinnweben fand er einen nur leicht versifft aussehenden Bademantel, den er überzog, und ein paar Schlappen.

Er verließ das Schlafzimmer und erkundete die Räume des Hauses bei Tageslicht. Oben, dem Schlafzimmer gegenüber, fand er eine Rumpelkammer und ein Bad mit Warmwasserboiler und einer Badewanne unter der Dachschräge, mit Wasserhahn und Duschschlauch. *Sollte man da etwa im Liegen duschen?* Unten befanden sich, abgesehen von der famosen Toilette, die Küche und der Hauptraum des Hauses, der dominiert wurde durch einen langen Esstisch aus massiver Eiche. Dieser Tisch war das erste Möbelstück, das Florian in Boris' Haus gefiel. Die kleine Wohnecke am allerdings imposanten Kamin hingegen – nun ja; sie bestand aus einer verblasstroten Sitzgarnitur, einer niedrigen Truhe mit einem dickleibigen Fernsehgerät darauf und einem Rattanregal mit ein paar Büchern. Florian zog eines heraus und blies die Staubflocken fort. Ein Bretagne-Reiseführer, auf Deutsch. Immerhin.

Die Küche war ebenso staubig, von Spinnen bewohnt und museumsreif eingerichtet wie der Rest des Hauses. In einem Hängeschrank, dessen Tür ihm beinah ins Gesicht schlug (eine Halterung fehlte) fand Florian wider Erwarten ein paar Lebensmittel: eine Packung Spaghetti, eine Dose Kekse und ein Glas Kaffeepulver; doch das Pulver roch seltsam, und die Kaffeemaschine sah auch nicht vertrauenserweckend aus. So saß Florian am Ende an dem kleinen Tisch mit der Resopalplatte, eine bretonische Trinkschale mit seinem deutschen Schnellkaffee vor sich, den er zubereitet hatte mit Hilfe seines Gießener Wasserkochers. Hoffentlich vermisste Katharina den – hoffentlich vermisste Katharina *ihn*, ging es Florian durch den Kopf, und er fühlte sich wie zerschmettert.

Aus Frust aß er die halbe Dreihundert-Gramm-Dose der gefundenen Kekse auf, »Galettes bretonnes, pur beurre«. Sie schmeckten erstaunlich lecker. Und dann kam ihm eine Idee, was er tun konnte, um zumindest vorübergehend das Gefühl der Vereinsamung und Trostlosigkeit beiseitezuschieben, das Besitz von ihm ergriffen hatte, und etwas Sinnvolles zu tun. Er holte das Tagebuch seiner Oma und die Tabelle zum Dechiffrieren der alten Schrift.

Im Wohnzimmer setzte er sich an den großen Tisch. Behutsam, neugierig und furchtsam zugleich schlug er das alte Buch auf und begann, angestrengt zu entziffern: »15. August 1942. Die Marineschule war große Klasse. Jetzt geht es in den Krieg, ich weiß gar nicht, ob ich mich freuen soll.« Die weißen Kreuze, Colleville-sur-Mer, der Soldatenfriedhof. Freude auf den Krieg?! Stockend entzifferte er weiter, fand mühsam in die ungewohnten Schwünge, Bögen und Haken der Offenbacher Schrift hinein, vergaß die Zeit und die Umgebung um sich und allmählich wurde aus dem Entziffern ein langsames Lesen und die Geschichte seiner Oma vor Florians innerem Auge lebendig …

Mit einem lauten Schnaufen kommt die Dampflok vor ihnen zum Stehen. Hektische Betriebsamkeit herrscht um sie herum auf dem Bahnhof von Stralsund. Auf dem Bahnsteig sind sie angetreten, die sechzig Funkhelferinnen, darunter Marlene.

Marlene ist stolz und etwas aufgeregt. Fertig dazu ausgebildet, den Funkverkehr mit der U-Bootwaffe zu führen und feindlichen Funkverkehr aufzuzeichnen, wartet sie mit ihren Kameradinnen auf den ersten, echten Einsatz! Ihre Aufgabe ist verantwortungsvoll, hat man ihr und den anderen eingebläut. Die U-Boote müssen die Feinde von der europäischen Küste fernhalten und die Konvois des Nachschubs für das Reich sichern. Ja, der Krieg – jetzt wird es ernst damit. Nicht nur für die Blitzmädchen, wie die Landser die jungen Funkhelferinnen nennen. Neben ihnen stehen hundertzwanzig frisch gebackene Unteroffiziere der Marine am Gleis. Die Stimmung ist angespannt, aber freudig.

Alle wissen, der Krieg ist in die entscheidende Phase getreten. Seitdem die deutschen Truppen an der Atlantikküste stehen, ist er so gut wie gewonnen! Fahren sie bis dorthin, bis an den Atlantik?

Der Waggon, der die Funkhelferinnen zu ihrem Einsatzort bringen soll, ist ein betagter Passagierwaggon, mit Plattformen an beiden Enden. Die Fenster sind mit dunklem Papier verklebt. Marlene trägt einen großen Koffer, ihre Kameradin und alte Freundin Gisela einen Seesack über der Schulter.

»Ich wollte, ich hätte auch so einen Seesack«, seufzt Marlene.

»Wenn du willst, tauschen wir, ich hätte lieber einen Koffer«, lacht Gisela und rempelt Marlene absichtlich leicht an.

»He«, protestiert die und beeilt sich, hinter Gisela das Abteil zu betreten.

Die Abteile sind einzeln, für jeweils sechs Personen. Jedes hat eine eigene Tür zum Bahnsteig. Durch den Waggon gehen, wie es in den modernen Zügen der Reichsbahn möglich ist, geht hier nicht.

Im Abteil, das sie mit Traute (ausgerechnet!) und drei weiteren Kameradinnen teilen, zieht Gisela sofort ihr Federmesser aus der Tasche und schneidet ein Loch in das Tintenpapier, das auf die Fenster geklebt ist.

»Was machst du, das ist verboten«, protestiert Traute, die so gerne ein Spielverderber ist.

»Du brauchst ja nicht rausgucken«, versetzt Gisela und grinst.

»Hört auf zu streiten«, mahnt Marlene und lässt sich gegenüber Gisela auf den Fensterplatz fallen.

In der Abteiltür erscheint Leutnant zur See Rosen. »Nun, die Damen, alles zu Ihrer Zufriedenheit?«, fragt er, und als sie ihm das versichert haben, wirft Rosen mit Schwung die Abteiltür zu.

»Haben wir ein Glück, dass der mitfährt«, seufzt Gisela und lockert sich die Schulter, über der sie den Seesack getragen hat. Rosen ist ein schneidiger Bursche, blond, aber mit dunklen Augen; die Funkhelferinnen schwärmen für ihn.

Um neun Uhr setzt sich der Zug in Bewegung. Im Zentrum des Reichs ist vom Krieg nicht viel zu spüren. Alles ruhig draußen, der Zug nimmt rasch Fahrt auf und gut zwei Stunden später stehen die Waggons auf dem Anhalterbahnhof in Berlin.

»Berlin!«, ruft Marlene sehnsüchtig aus und schaut zu Gisela.

»Wir werden nicht aussteigen dürfen«, gibt die bedauernd zurück.

In diesem Moment wird die Abteiltür aufgerissen. »Sie dürfen sich jetzt am Bahnhof die Beine vertreten, der Zug zu Ihren Einsatzorten wird im Laufe des Tages zusammengestellt und dann soll es morgen früh weitergehen«, verkündet Rosen mit strahlendem Lächeln.

»Wo schlafen wir denn?«, will Gisela wissen.

»Ihr Waggon ist ein Schlafwagen, die Sitze werden zu Liegen gemacht und dann können Sie darauf schlafen«, erklärt Rosen.

Marlene und ihre Kameradinnen gehen in der großen Bahnhofshalle spazieren. Es herrscht reger Betrieb, viel Feldgrau ist zu sehen. Soldaten, die auf Heimaturlaub sind; Soldaten mit Marschbefehlen in das ganze Reich, aber auch ein paar Zivilisten, vorwiegend Frauen, eilen zu ihren Zügen. Die vielen Uniformen und die Plakate mit Aufschriften wie »Feind hört mit«, »Gib, was du kannst, für das Winterhilfswerk« sind aber das einzige, was daran erinnert, dass Krieg herrscht.

Den Nachmittag verbringen die Funkhelferinnen aus Marlenes Abteil mit Spielen. Verpflegung kommt aus der Gulaschkanone. Am Abend richten die jungen Frauen bald ihre Betten und gehen schlafen.

Was ist das? Von draußen hört Marlene das Getrappel vieler Stiefel. Das hat sie geweckt. »Gisela, bist du wach?«, fragt sie ins Dunkel. Jetzt sind Flugzeuge zu hören – Explosionen!

»Wir müssen raus«, ruft jemand; dann gibt es viel Gedränge im Abteil, bis sie sich auf den Bahnsteig schieben. Dort hallen Kommandorufe wider, Rosen eilt auf sie zu. »Es gibt nicht genug Schutzräume«, ruft er ihnen aufgeregt entgegen. »Der Feind kommt aus dem Westen. Die Bolschewiken haben keine Flugzeuge mit solcher Reichweite!«

Die Flieger scheinen gleich über dem Bahnhof zu sein, wie nah und laut die Explosionen über ihnen! Aber dann – nein, Marlene irrt sich nicht – entfernen sich die feindlichen Flieger. Ist die Gefahr vorbei? Wirklich? Doch nach Minuten scheint es wirklich so. Die Frauen sehen sich an, wollen wieder in ihr Abteil gehen.

Gisela drückt Marlene flüchtig die Hand.

»Meinst du, unser Viertel …«, beginnt Marlene besorgt …

Florian hielt inne. Was sollte das heißen, unser Viertel? Die Funkhelferinnen waren in Berlin – seine Oma stammte aus Wetzlar! Ein flaues Gefühl beschlich ihn. Er hatte nicht einmal geahnt, dass seine Oma im Krieg Funkhelferin gewesen war, und jetzt wollte das Tagebuch ihn mit einer weiteren überraschenden Information konfrontieren? Er kannte doch seine Oma – meinte doch, sie zu kennen! Mit neuer Anspannung las er weiter.

»Meinst du, über unserem Viertel …«, beginnt Marlene besorgt, aber bevor Gisela antworten kann, ruft Rosen von hinten: »Wir warten noch! Vielleicht kommt noch eine Angriffswelle.«

Müde und verstört warten Marlene und ihre Kameradinnen eine ganze Zeit lang, bis Rosen endlich Entwarnung gibt.

»Der wollte sich doch nur wichtigmachen«, schimpft Gisela, endlich im Abteil.

Marlene liegt noch lange wach. Sie ist im Krieg. Sie hat den Bombenangriff unversehrt überstanden. Und ihre Familie? Neuigkeiten von daheim werden sie erst erreichen, wenn sie an ihrem Einsatzort ist und den Eltern geschrieben hat, wo sie sich befindet.

Der Zug fährt durch eine wunderschöne Landschaft. Auch die brave Traute nutzt inzwischen jede Gelegenheit, durch die verbotenen Löcher zu schauen, die Gisela in die Papierverdunklung geschnitten hat. Zweiundzwanzig Personenwaggons und dazu mehrere Tieflader mit militärischem Gerät ziehen die beiden Dampflokomotiven durch das fremde Land. Auf dem ersten und dem letzten Tieflader sind Flugabwehrgeschütze aufgebaut. Doch bislang mussten sie noch nicht eingesetzt werden.

Sie sind in Frankreich, in der Normandie. Doch hier werden sie nicht bleiben. Rosen hat von den neuen U-Boothäfen am Atlantik gesprochen. Sie fahren also in die Bretagne, noch viel weiter in den Westen! Von dort werde der Krieg entschieden, hat der Leutnant feurig gesagt.

Von Berlin war der Zug zunächst einen Tag und eine Nacht Richtung Frankreich gefahren. Die vielen Stopps hatten auf die Stimmung gedrückt. Am achtzehnten August hatte der Zug dann im Bahnhof Metz gestanden – die Strecke nach Paris war gerade zerstört gewesen. Gestern Abend haben sie endlich Dieppe erreicht. Auch hier sind Geleise zerstört; aber die Eisenbahnpioniere arbeiten hart an der Reparatur, so Rosen. Nun steht der Zug also bei Dieppe auf einem Abstellgleis. Verlassen darf niemand die Waggons, trotz der brütenden Hitze. Erst abends erlaubt Rosen, zumindest für eine Weile die Türen zu öffnen.

Vier Tage in dem Abteil haben dazu geführt, dass die jungen Frauen noch vertrauter miteinander sind, als sie es in der Marineschule schon waren. Das hilft, die Strapazen der Reise zu überstehen. Es ist gut, solche Kameradinnen um sich zu haben.

Marlene schreckt hoch. Es muss mitten in der Nacht sein, sie hat tief geschlafen. Doch plötzlich, heftiges Maschinengewehrfeuer, Explosionen! Gisela und sie spähen angestrengt durch ihre Gucklöcher. Überall Feuergefechte und feindliche Soldaten! Im Licht der Flakscheinwerfer sieht Marlene Fallschirmspringer zu Boden schweben. Manche werden noch in der Luft von den Maschinengewehrsalven getötet. Traute hat sich auf ihrer Liege zusammengekrümmt und weint leise vor sich hin.

Zwei Stunden dauert der Spuk, dann wird es am Bahnhof endlich ruhig. Heftige Gefechte sind nur noch aus der Ferne zu hören. Rosen öffnet die Abteiltür. »Es ist vorbei, meine Damen«, verkündet er heftig.

Die Frauen steigen unsicher aus dem Waggon. Rosen hat einen Karabiner, den er ständig im Anschlag behält. Sie sind noch keine fünf Schritte gegangen, da löst sich aus dem Dunkel die Silhouette eines Mannes, eines Mannes mit erhobenen Armen. »I surrender«, ruft er laut und tritt ihnen entgegen.

Rosen reißt den Karabiner hoch und schießt. Der Mann fällt auf sein Gesicht.

»Aber – aber er hat sich doch ergeben!« Marlene kann nicht fassen, was sie angesehen hat.

Rosen fährt zu ihr herum. Marlene schreckt vor dem harten Glanz seiner Augen zurück.

»Das war ein Trick, der Feind ist heimtückisch«, sagt Rosen, mühsam beherrscht. Dann spielt ein merkwürdiges kleines Lächeln um

seine Lippen, als er hinzusetzt: »Sie müssen noch viel lernen, Fräulein Probst …«

Marlene sieht weg.

Sie und ihre Kameradinnen gehorchen wortlos, als der Leutnant sie zurück in den Waggon drängt.

Schweigend sitzen sie in ihrem Abteil.

»So ein Schwein«, sagt Gisela in die Stille.

Marlene geht Rosens kalter Blick nicht aus dem Kopf, sein merkwürdiges Lächeln, seine herablassende, gönnerhafte Belehrung. Und diesen Mann hatte sie attraktiv gefunden? Eine Gänsehaut überkommt sie. Und: Oh nein, es gibt Dinge, die ich nicht lernen will und niemals lernen werde, rebelliert sie innerlich!

Der Gefechtslärm ist jetzt weit weg. Die Frauen legen sich wieder auf ihre Liegen. Doch an Schlafen ist nicht zu denken. Sie warten. Horchen in die Nacht und warten.

Irgendwann, Marlene weiß nicht, wie lange sie so lagen, reißt Rosen die Tür auf. Draußen ist es dämmrig, ein neuer Tag beginnt.

»Alles wieder ruhig«, versichert Rosen. Ein Versuch der feindlichen Armee, am Strand von Dieppe zu landen, sei erfolgreich abgewehrt worden.

Keine der Frauen lächelt den attraktiven Marinesoldaten an. Nicht nur Marlene ist Rosen nach dem Schuss auf den unbewaffneten Soldaten unheimlich geworden.

»Die Eisenbahnpioniere sorgen dafür, dass es weitergeht, meine Damen«, sagt Rosen aufmunternd und lässt sie unter sich.

Schon bald ruckt der Waggon an, die Fahrt geht weiter. Marlene und Gisela schauen wieder durch ihr Guckloch am Fenster; doch die Landschaft kommt ihnen nicht mehr so schön vor wie am Tag zuvor.

21. August 1942. Der Zug steht im Bahnhof von Brest. Requirierte Lastwagen stehen zur Weiterfahrt bereit. Marlene hat in den sechs Tagen im Eisenbahnabteil den Vorteil eines Koffers zu schätzen gelernt. Gisela muss mehrmals am Tag ihren Seesack komplett auslehren, weil

das, was sie sucht, wieder ganz nach unten gewandert ist. Marlene hat in ihrem Koffer ihre penible Ordnung problemlos wahren können.

Die Frauen besteigen die Ladefläche eines Renault-Lastwagens. Marlene setzt sich auf ihren Koffer. Die LKW-Plane ist an den Seiten aufgerollt. Der Fahrer ist ein grobschlächtiger Matrose, der sich als Robert vorstellt. »Auf geht's in die Sommerfrische«, ruft er. Rosen setzt sich auf den Beifahrersitz und die Fahrt geht los.

Es ist merkwürdig still um sie herum, merkwürdig friedlich. Die Geschehnisse der Reise scheinen wie weggewischt, dieser Aufbruch hat wirklich etwas von einer Fahrt in die Sommerfrische. Marlene kann sich an der neuen Umgebung nicht satt sehen. Wie gut tut es, die Meeresluft einzuatmen, nach der stickigen Luft des Zugabteils! Sie staunt, als sie die Granitfelsen sieht, schwarz und zerklüftet, denn sie fahren auf einer Küstenstraße oberhalb des fremden Meeres entlang. Das also ist der Atlantik!

Die Lastwagen fahren im Konvoi in Richtung einer Halbinsel namens Crozon. Marlene freut sich fast wie ein Kind, als die Lastwagen nach einigen Kilometern auf eine Fähre auffahren. Eine Schifffahrt! Danach geht es wieder auf einer Küstenstraße weiter. Plougastel, liest Marlene auf einem Ortsschild. Sie weiß nicht, wie der fremde Name ausgesprochen wird. Loperhet, Daoulas; nach Le Faou ist die Landstraße bald von dichtem Wald umgeben und wird kurvig und eng. Plötzlich fährt der Konvoi aus dem Wald heraus auf eine lange Hängebrücke. Der Fluss tief unter ihnen glitzert in der Sonne.

»Was ist das für ein Fluss?«, fragt Marlene laut.

Gisela beugt sich seitlich über die Ladefläche des Lastwagens. »Robert, was ist das für ein Fluss?«, ruft sie.

»Aulne, der fließt in die Bucht von Brest. Das ist die Bucht, an der wir entlangfahren«, dröhnt Robert zurück.

Hat er »Olln« gesagt? Oll findet Marlene den Fluss unter ihr gar nicht. Sie muss lachen.

»Voilà, die Halbinsel Crozon«, verkündet Robert laut, als sie auf der anderen Seite der Brücke angekommen sind.

Marlene ist nicht die einzige, die von der Fahrt durch die fremde Landschaft regelrecht berauscht ist. Die Sonne brennt; links erhebt sich jetzt ein rundlicher Berg, laut Robert der Ménez-Hom, Möwen schreien über ihnen, obwohl sie inzwischen auf dem Festland der Halbinsel sind und sich von der Küste weiter entfernen. Nach einiger Zeit nähert sich der Konvoi einem Ort, sie sehen Häuser und darüber einen spitzen Kirchturm.

»Telgruc, Ihr Kurort, meine Damen«, ruft Robert, als er am Rande des Dorfes anhält.

»Absitzen«, befiehlt Rosen.

Zwei Baracken an der Straße. Es riecht nach frischem Holz und Teer. Ein paar junge Männer in Zivil, sehr einfach, fast armselig gekleidet, stehen vor dem Eingang der rechten Baracke. Es müssen Einheimische sein, Kriegsgefangene.

»Allez, Allez!«, ruft Rosen.

Die Kriegsgefangenen kommen zögernd näher. Marlene sieht, dass einer klobige Holzschuhe an den Füßen trägt.

»Vite, vite«, schnauzt Rosen die fremdartigen Gestalten an.

Diese ergreifen die Gepäckstücke der Frauen. Marlene hält zögernd ihren Koffer fest, als einer, mehr Junge als Mann, auf sie zukommt.

»S'il vous plaît, Mademoiselle«, sagt der Junge, seine Stimme klingt sanft.

Marlene schaut ihm in die schwarzen Augen und lässt unwillkürlich den Koffer los.

»Vite«, brüllt Rosen und stößt dem Jungen den Kolben seines Karabiners in den Rücken.

Erschrocken und empört sieht Marlene Rosen in das Gesicht und in seine kalt glänzenden Augen. Der Leutnant zieht die Mundwinkel spöttisch nach unten und wendet sich ab. Schnell schaut Marlene zurück zu dem jungen Mann mit ihrem Koffer. Der hat sich einige Schritte von ihr entfernt, dreht sich plötzlich zu ihr zurück – und zwinkert ihr zu.

Florian zuckte zusammen. Jemand klopfte vehement an die Haustür. Der Verwalter? Und er war noch im Bademantel! Egal, er sprang auf.

Der Mistkerl war groß, Marie musste zu ihm hochschauen, aber ansonsten war er eine jämmerliche Erscheinung: unrasiert, ungekämmt, blaue Ringe unter müden Augen, die ganze Gestalt in einen vertrieften Bademantel gehüllt. Dass der Jammerlappen sie seinerseits vom Kopf bis zu den Füßen taxierte, machte Marie nur noch wütender! Na und? Dann trug sie eben ihren ausgelutschten Pyjama und die alten charantaises an den Füßen! »Was fällt Ihnen ein, meine Blumen zu töten?«, barst es aus ihr heraus.

Die erschrockenen Augen des Typs weiteten sich. Auch das noch, der konnte nicht einmal Französisch! Marie kramte aus den Kammern ihres Gedächtnisses nach passenden deutschen Worten. »Sie haben getötet meine *hortensias*!«, fuhr sie den Dreckskerl an und zeigte hinter sich, Richtung Tatort.

Der Deutsche reckte sich, um über sie hinwegzuspähen, behauptete aber: »Ich verstehe nicht.«

Aber dass der sich dumm stellte, kam gar nicht in Frage! Entschlossen packte Marie den Mann am Ärmel und zog ihn hinter sich her, quer über den Hof bis zu ihrer Hausecke mit dem Desaster. »Voilà«, stieß sie traurig triumphierend hervor. Doch der Typ gab sich aalglatt und zuckte die Achseln, als würde ihn das alles nichts angehen! So nicht, dachte Marie und packte ihn erneut am Ärmel, um ihn zu seiner Protzkarosse zu ziehen, auf deren Kotflügel die abgerissenen Blüten für sich sprachen. Und endlich zeigte der Hortensienmörder ein Lebenszeichen: »Oh nein!«, rief er aus, »*das* war es also! Oh nee, Scheiße …« Und er streichelte dem Kotflügel die Blüten herunter – um nach Kratzern im Lack zu suchen!

Das war Marie zu viel. »Heho, das dicke Auto lebt, aber nicht meine *hortensias*«, brüllte sie, im vollen Bewusstsein dessen, dass sie eben die Kontrolle verlor.

Der Deutsche richtete sich auf und sah plötzlich gar nicht mehr hilflos aus wie ein Kaninchen. »Jetzt schreien Sie nicht so«, schrie er zurück, »das ist gestern Nacht passiert, es war dunkel ohne Straßenlaternen, ich habe das nicht gesehen!«

»Nicht gesehen? Und das? Mein Haus? Sie haben es auch nicht gesehen, vielleicht? Sie sind fast gefahren in mein Haus! Fast in mein Haus gefahren«, korrigierte Marie ihre Wortstellung und spie noch aus: »Eh, merde!«

»Das stimmt, ja, oh Mann, das war knapp … Wenn dem Cayenne was passiert wäre …«

»Ho, la pauvre Cayenne, das arme, arme Auto!«, Marie äffte übetrieben einen mitleidigen Tonfall nach, dann fixierte sie den Saukerl gnadenlos und brüllte: »Und meine *hortensias*?« Sie ballte die Fäuste und stampfte auf.

Der Fremde hob abwehrend die Hände. »Das ist eben blöd gelaufen, das kann schon mal passieren, auf so einem engen Feldweg …«

»Das ist kein enger Feldweg, das ist die alte Straße! Und sie ist *nicht* eng für normale Autos; nur für *Panzer*!« Marie schnappte nach Luft. Ha, sie war stolz darauf, sich an dieses Wort zu erinnern: Panzer, das hatte sie von Paul gelernt, dessen Brüder in der Résistance gekämpft hatten, gegen feindliche Panzerfahrer wie diesen!

»Was reden Sie da von Panzern?«, fragte der Fremde halb erschrocken, halb irritiert. »Wir sind nicht mehr im Krieg, seit 1945! Aber es tut mir aufrichtig leid, dass ich Ihre Hortensien angefahren habe, und ich werde Ihnen den Schaden bezahlen.«

Marie presste die Lippen zusammen, ehe sie verkündete: »Ich weiß nicht, wie das ist in Ihrem Land, aber hier in der Bretagne denken die Menschen nicht, alles ist mit Geld zu bezahlen!« Sie wandte sich ab. Dass ihr die Tränen gekommen waren, durfte der bescheuerte Deutsche nicht sehen. Ihre geliebten Hortensien! Wenn der wüsste, was sie ihr bedeuteten … Aber so einem wie dem da war das doch egal!

»Ist ja dramatisch«, ließ der Deutsche jetzt fallen, »aber Ihre Hortensien wachsen *wirklich* ganz schön in den Fahrweg hinein…«

»Sie wollen sagen, *ich* bin schuld?« Marie fuhr noch einmal herum. Das war nun wirklich … Sie rang nach Luft, dann stieß sie aus: »Meine Hortensien haben das Recht, in diesem Land, das ist ein freies Land, in Freiheit zu wachsen – *en liberté, c'est clair*? Wenn Sie noch einmal eine Blüte mit ihrem Panzer berühren, dann …« Sie blitzte ihn drohend an und ließ ihn stehen. »Grand niais germanique«, fauchte sie noch vor sich hin (großer germanischer Trottel) und wischte sich wütend die Tränen fort, egal, ob er das sehen würde oder nicht.

Da hatte Olivier wohl Recht, mit seiner Warnung vor bretonischen Zicken, sagte Florian sich bitter. So ein Konflikt hatte ihm gerade noch gefehlt. Aber hatte sie geweint, als sie gegangen war? – Unmöglich. Und wenn, dann bloß aus lauter Wut. Gift und Galle war sie gewesen, eine Furie!

Er brauchte jetzt eine Dusche. Ob die Badewanne dreckverkrustet war oder nicht, war ihm egal, er musste jetzt duschen!

Während er in zusammengekauerter Körperhaltung unter der Dachschräge hockte und das ganze Bad vollzuspritzte (musste ja ohnehin geputzt werden), ging Florian wider Willen die Nachbarin nicht aus dem Kopf. Was hatte die gehabt, das war doch eine totale Überreaktion von ihr gewesen? Aber natürlich war es blöd, dass das mit den Hortensien passiert war. Nur mal ehrlich, was sollte er tun, wenn sie nicht zumindest seine materielle Entschädigung annehmen wollte? Und sie hätte ihn wirklich nicht *derart* anschreien müssen!

Der Verwalter kam nicht, und Florian bekam Hunger. Die Mittagszeit war längst rum, und er musste irgendwoher etwas zu essen beschaffen. Außerdem machte es ihn halb wahnsinnig, dieses Warten. Er würde jetzt einen Rundgang durch Mengleuff machen.

Er verließ das Haus und folgte dem Feldweg (oder der alten Straße, wie die Furie den sagenhaften Weg also nannte), in entgegengesetzte Richtung ihres Hauses. Der eigentliche Dorfkern lag wohl rechts von ihm, lauter Feldsteinhäuser mit ummauerten Höfen, auf unübersichtliche Weise ineinandergeschachtelt; sein Weg aber, die famose alte Straße, führte ringförmig um diesen Dorfkern herum.

Florian hatte das Dorf fast komplett umrundet, als er es vorzog, umzukehren; bis zum Haus der Furie wollte er nicht gehen! So kam er ein zweites Mal an einem Haus vorbei, das bereits zuvor seine Aufmerksamkeit erregt hatte, und blieb davor stehen. Dieses Gebäude war nicht besonders schön mit seinem grauen Verputz, der an der Schlechtwetterseite rötlich verfärbt war; aber der Garten … Ein reines Meer von Farben und Düften, von Blumen und blühenden Sträuchern! Und um das alles noch pittoresker zu machen, erschien nun eine alte Dame mit einem Eimer, aus dem sie Korn unter ihre frei umherlaufenden Hühner warf.

Die Dame war alt, aber hellwach. Obwohl Florian keinen Laut von sich gegeben hatte, hatte sie ihn sofort entdeckt. »Degemer mat«, sagte sie und trat an das Gartentor.

»Wie? – Äh, bonjour«, gab Florian zurück.

»Je peux vous aider?«, fragte die Alte.

»Do you speak English?«, versuchte es Florian.

Die Alte lachte und machte eine abwehrende Handbewegung.

»Hm, supermarché?«

Die alte Dame sagte etwas von »Telgruc« und »dimanche«, das hieß Sonntag. Das Kopfschütteln dazu sprach für sich.

»Das dachte ich mir«, Florian zuckte resigniert die Achseln.

Nun stellte die alte Dame ihm eine Frage, in der das Wort »habiter« vorkam. »Ich wohne da hinten, là«, Florian zeigte vage in Richtung seiner Unterkunft.

»La maison à côté de celle de Marie? C'est vous, le propriétaire?«

Florian blähte die Backen auf. Marie – hieß so seine schreckliche Nachbarin?

»Attendez, Monsieur«, sagte die alte Dame und wies ihm an, am Gartentor stehenzubleiben. Was hatte sie vor?

Sie verschwand in ihrem Haus und kam kurz darauf mit einem Eierkarton und einer Flasche Wasser zurück. »Tenez«, sagte sie und hielt ihm beides hin. »Des oeufs tout frais!« Sie strahlte ihn an, ehe sie hinzufügte: »Trista tra 'zo er béd: Eun oaled heb tan, Eun daol heb bara, Eun ti heb maouez[2].«

»Wie bitte?«, fragte Florian zurück. War diese Sprache etwa Bretonisch gewesen?

»Pour vous, pour vous! Ah, attendez!«, rief die alte Dame, schlug sich an die Stirn und verschwand noch einmal in ihrem Haus. Was jetzt noch, fragte Florian sich und musste lächeln. Als seine Wohltäterin eine Untertasse mit einem großen Stück Butter auf dem Eierkarton platzierte, hatte er Mühe, seine Gaben festzuhalten.

»Du bon beurre, du beurre breton! Ça ira?«, fragte seine neue Bekannte.

---

2 Die drei traurigsten Dinge auf Erden: Ein Herd ohne Feuer, Ein Tisch ohne Brot, Ein Haus ohne Frau.

»Klar, ça va«, grinste Florian. Er wollte der alten Dame vorschlagen, ihre Lebensmittel zu bezahlen. Doch dann fielen ihm die Worte dieser Marie ein: »In der Bretagne denken die Menschen nicht, alles ist mit Geld zu bezahlen!« Starker Spruch, echt bühnenreif, dachte Florian ironisch. Trotzdem wollte er nicht noch einmal ins Fettnäpfchen treten. Also sagte er nur: »Merci, merci beaucoup. Hm, à propos: Je m'appelle Florian Reinart.«

»Moi, c'est Yvonne Le Roux«, gab die alte Dame heiter zurück. Sie winkte ihm zu und fuhr fort, ihre Hühner zu füttern.

Yvonne Le Roux. Ein warmes Gefühl stieg in Florian auf. Es gab also doch auch freundliche Nachbarinnen in der Bretagne.

Zurück in Boris' Küche, drehte Florian todesmutig am Verschluss der Gasflasche – er hatte keine Erfahrung damit – und schaffte es, eine Herdflamme zu entzünden. Das war schon mal etwas. Dann machte er sich Rührei, in Butter gebraten. Er fragte sich, was Yvonne Le Roux ihren Hühnern zu fressen gab, ein so orange-gelbes Eigelb hatte er noch nie gesehen. Die Butter schmeckte salzig, und das nicht wenig. Das war praktisch, so musste er nicht würzen, und Gewürze gab es nicht in Boris' famosem Ferienhaus. Als Nachtisch aß Florian von den leckeren Frühstückskeksen. Danach holte er sich den Bretagne-Reiseführer und setzte sich hinter das Haus in den Garten. Gartenstühle gab es nicht, aber einen Felsstein, dessen glatte Oberfläche zum Sitzen einlud.

Florian reckte sich und ließ den Blick schweifen. Aus dem Grundstück konnte man etwas machen, fand er. Es war groß, mit Wildblumen und diesen interessanten Felsbrocken hier und da im hohen Gras. Um den Garten herum lief eine uralt aussehende Mauer aus Feldstein, die, wie die Rückseite des Hauses, teilweise mit Efeu, Rosen und Brombeerzweigen überrankt war. Nur zum Nachbargrundstück hin (zum Glück war nichts von der Kratzbürste zu sehen!) ersetzten blühende Ginsterbüsche und pieksige Stechginsterbüsche die Umfriedungsmauer. Auch das Haus, so ungepflegt es war, war an sich ein reizvoller historischer Bau. Es war ein Fehler, es so herunterkommen zu lassen. Das Ensemble hier könnte ein kleines Idyll sein. Das musste man der Furie von drüben lassen, *ihr* Haus mit dem Garten und dem alten Nebengebäude war ein kleines Idyll.

Florian seufzte und öffnete den Reiseführer. Crozon waren mehrere Seiten gewidmet. Steilklippen und Grotten, Strände und Fischerorte mit bunten Häusern, die Fotos sahen vielversprechend aus. An einem davon blieb sein Blick hängen. Es zeigte eine Hafenansicht; in den Hafen hinaus führte eine schmale Landzunge, die das Hafenbecken schützend umschloss. Auf der Landzunge standen eine kleine Kapelle und ein blockartiger historischer Wehrturm aus rotem Stein. Der Ort hieß Camaret-sur-Mer. Der Reiseführer sprach auch von einem hervorragenden Fischrestaurant, Chez Philippe.

Florian schlug den Reiseführer zu. Die Möwen kreischten über ihm und sprachen von der Nähe des Meeres. Es war ein herrlicher Sommertag, und er hatte keine Lust, länger auf den Verwalter zu warten.

»Ah, du lebst noch.« Wie zu erwarten, hörte Isabelle sich am anderen Ende der Leitung pikiert an.

»Mehr oder weniger, ja. Aber es geht mir nicht gut«, gab Marie aufrichtig zurück und reckte sich dabei, das Telefon am Ohr, um durch das Fenster Richtung Ginsterhecke zu sehen. War er im Garten? Von hier aus sah sie es nicht. Verdammt, sie wollte in den Garten, aber nicht, wenn der bescheuerte Deutsche in seinem war!

Isabelle seufzte hörbar. »Ich kann mir denken, dass du am Boden zerstört bist. Nach all den Jahren, in denen du gehofft hast … Willst du mir endlich alles erzählen?«

»Euh – nein. Ich – kann noch nicht darüber reden, ohne die Fassung zu verlieren und so weiter. Deshalb konnte ich mich auch bei niemandem melden, nicht mal bei dir. Aber ich spüre, jetzt ist der Zeitpunkt gekommen, um wieder ein bisschen unter Menschen zu gehen. Du fehlst mir. Wollen wir nicht ausgehen? Den Sommerabend genießen, etwas Leckeres essen … Ich lade dich ein!«

»Bei dir, in deinem neuen alten Haus?«

»Lieber ein anderes Mal; ich würde gern wegfahren. Wie wär's?«

Nachdem Isabelle zugesagt hatte, fühlte Marie sich erleichtert. Heute Abend würde sie nicht in dumpfem Brüten versacken, sie würde mit ihrer Freundin lecker essen gehen, und vorher, jetzt gleich, würde sie schwimmen!

Die Küste lag zwei Kilometer von Mengleuff entfernt, Marie war die Strecke schon zu Fuß gegangen, aber heute hatte sie Lust auf Fahrtwind. Auf ihrem alten Rennrad strampelte sie eilig am Nachbarhof vorbei (er war irgendwo da; das Drecksauto parkte an derselben Stelle im Hof wie am Morgen), dann ging es den Hügel hoch und aus dem Dorf hinaus. Sie erreichte die Kuppe, von hier an ging es nur noch abwärts. Vor sich, oder genauer unter sich, sah sie das Meer; es war, als würde sie mit dem Fahrrad gleich von der Landstraße abheben und über den Ozean fliegen …

Plötzlich war das Auto hinter, jetzt direkt neben ihr – Marie schwenkte nach rechts, bremste, konnte dem Graben eben noch ausweichen … Schwer atmend stand sie und schaute dem Auto nach, das sie fast von der Straße gedrängt hatte. Natürlich, ein silberner Porsche Cayenne … War das Absicht gewesen?! »Das geht zu weit! Wir sind nicht wirklich im Krieg«, rief sie ihm nach. Dann atmete sie tief durch und fuhr weiter.

Der Cayenne parkte auf ihrem Parkplatz. Wütend kettete Marie ihr Fahrrad an einer Aussichtsbank fest. Aber klar war er hierhergefahren. Alle parkten hier, die zum Strand der großen Bucht wollten. Zum Glück lag ihre Lieblingsbucht woanders.

Marie folgte dem Küstenwanderweg, der an dem Parkplatz losging. Zwischen Heidekraut und Ginster wand er sich am Abgrund entlang. Nach einem knappen Kilometer bog sie auf den schmalen Pfad ab, der die Steilküste hinunterführte, zu einer kleinen, geschützten Bucht. Kaum jemand hatte Lust, das Strandzeug bis dorthin zu schleppen. Für gewöhnlich hatte Marie ihre Bucht für sich alleine. Umso größer der Schock, als es heute anders war.

Entgeistert starrte Marie auf das männliche Wesen, das in einigen Metern Entfernung arglos auf dem Bauch lag und sich die Sonne auf die blasse Haut knallen ließ. – Langsam und leise trat sie den Rückzug an. Sie war lange nicht mehr in der großen Bucht schwimmen gewesen, vielleicht doch keine schlechte Idee, für einmal. Aber nur für einmal! Das ging nicht an, dass dieser Deutsche hier auftauchte, sich an ihren Hortensien verging, sie selbst fast umfuhr mit seinem

Panzer, dann ihre Bucht in Besitz nahm und sie obendrein zur FKK-Zone erklärte!

Florian war begeistert. Obwohl der Autositz im sonnenverbrannten Rücken sich nicht angenehm anfühlte, genoss er seine erste Erkundungsfahrt über die Halbinsel Crozon. Diese Landschaft, er war dabei, sich in sie zu verlieben! Diese Ausblicke auf das Meer! Immer, wenn man es wiedersah, hatte es eine andere Farbe, leuchtendes Türkis, tiefdunkles Blau oder Hellblau mit weißer Schaumkrone. Hinter jeder Kurve konnte es auftauchen, die Küste war so zerklüftet. Mal führte die gewundene Straße auf einen Hügel, mal hoch hinauf auf die Steilküste, dann wieder talwärts direkt an den Meeresrand, zu größeren oder kleineren Stränden. Felsnasen rahmten sie ein, weit streckten sie sich vor in die See. Hier und da tauchten Granitinselchen zwischen den Wellen auf. Es war schön, einfach schön!

Und nicht nur die Landschaft sprach Florian an, auch die Architektur. Hier standen wirklich überall alte, teils uralt aussehende Häuser aus bräunlichem Feldstein, erfrischend wenig oder gar nicht modernisiert. Die meisten hatten dunkelgrau-glänzende Schieferdächer, wenige waren strohgedeckt. Alle hatten sie hölzerne Fenster und Türen, die im Kontrast zu den Farben des Steins und des Schiefers in kräftigen Farben gestrichen waren. Und genau so ein Haus hatte Boris! Und er machte nichts daraus! Nein wirklich, das konnte er nicht verstehen. Er würde die Läden an Boris' Haus übrigens blau streichen. Ein intensives Mittelblau, ähnlich wie an dem Haus der unmöglichen Nachbarin. Geschmack hatte die Frau schon, das ja. Aber Geschmack ist in manchen Fällen nicht alles.

Jetzt fuhr er eine steile Anhöhe hinauf und vorbei an zwei Ortsschildern: das obere war auf Französisch, das untere auf Bretonisch. Bretonisch hieß Camaret also Kameled. Dann bremste Florian abrupt, denn die Aussicht, die sich jenseits der Hügelkuppe vor ihm auftat, war überwältigend. Tief unter ihm lag der Hafen, wie aus der Vogelperspektive sah man auf ihn, mit seinen weißen Segelchen auf dem tiefblauen Wasser und mit einem roten Punkt, das musste der

Wehrturm aus dem Reiseführer sein, und daneben, ganz winzig, ein graues Kirchlein …

Marie und Isabelle fielen sich vor dem Chez Philippe in die Arme. Ach, es war doch schön, sich wiederzusehen! Sie setzten sich an einen Tisch auf der Terrasse, und als der Kellner kam, bestellte Isabelle Kir mit Cidre als Aperitif.

»Warum das? Gibt es etwas zu feiern?«, fragte Marie.

»Natürlich«, erwiderte Isabelle vergnügt. »Das Leben ist schön, besonders, wenn man seine beste Freundin nach langer Zeit wiedersieht und sie eine richtige Entscheidung getroffen hat. Aber ich weiß schon, du kannst oder willst nicht darüber reden, du freie Frau!«

Marie musste wider Willen lachen. Isabelle war wunderbar. Sie strahlte ihre eigene Heiterkeit aus und einen schier unermüdlichen Optimismus.

Der Kellner kam und stellte Brot, ein Töpfchen Butter und eine Karaffe Wasser auf den Tisch. Sobald er weg war, beugte Isabelle sich vor und rüttelte ihre Freundin am Arm. »Seit Januar wusste ich genau, dass es *dieses* Jahr Zeit war für deinen Schritt! Und du wusstest es auch, gib es zu.«

Marie runzelte die Stirn. Und das war das Nervende an Isabelle: dass sie im vergangen Jahr auf Esoterik gekommen war. Sie hatte diese verrückte Hellseherin entdeckt, die unschuldigen Opfern die Zukunft mit Karten auslegte oder sie mit einem Bleilot auspendeln wollte. Isabelle war so begeistert von der Frau gewesen, dass sie Marie einmal mitgeschleppt hatte, damit auch die in den Genuss einer Wahrsagung käme. »Was hat die Hellseherin dir noch einmal wörtlich gesagt?«, fragte Isabelle jetzt, vertraulich leise.

»Da kommt der Kir«, lenkte Marie ab.

Sie warteten, bis der Kellner wieder gegangen war. Dann prosteten sie sich zu und kosteten das erfrischende Getränk.

»He, du hast noch nicht auf meine Frage geantwortet«, griff Isabelle den Faden dann wieder auf. »Die Hellseherin hat dir gesagt, dass du bald dem Mann deines Lebens begegnen wirst!«

»Na, der lässt dann wohl auf sich warten, oder hast du ihn schon gesehen?«, fragte Marie ironisch. »Überhaupt, solche Sprüche kannst du in jedem Groschenmagazin nachlesen, findest du nicht? Du glaubst doch nicht wirklich an solche Prophezeiungen?«

»Hm, ich bin nicht ganz sicher. Weißt du, die Hellseherin hat mir schon Dinge vorhergesagt, die dann wirklich passiert sind.«

»Ah. Dass dein Freund dich einmal mehr betrogen hat?« Marie biss sich auf die Lippen. »Entschuldige. Das war gemein.«

Isabelle zog einen Flunsch. »Genau, das war es! Aber dafür wiederhole ich dir, was dir die Hellseherin geweissagt hat, sie sagte: Ich sehe einen Mann, der dich in Todesgefahr bringt, und ich sehe einen Mann, der dir gut tun wird. Dieser Mann stand dir immer schon nahe, auch wenn du ihn nie gesehen hast. Er wird dein Leben verändern, denn er ist deine Bestimmung. Siehst du? Ich habe nicht vergessen, was du mir damals erzählt hast! Und du hast es auch nicht …«

Verlegen sah Marie sich nach allen Seiten um. Hoffentlich hatte niemand den Unfug gehört! »Isabelle, das ist Blödsinn«, zischte sie. »Und zum Glück! Ich habe gar keine Lust darauf, einem Mann zu begegnen, der mich in Todesgefahr bringt.«

»Dafür kommt dann der andere, der dir gut tut und deine Bestimmung ist. Ich finde das nicht übel.«

Marie verdrehte die Augen, musste aber grinsen. »Es gibt übrigens wirklich einen neuen Mann in meinem Leben«, sagte sie verschwörerisch.

Isabelle riss die Augen auf.

»Ein Deutscher, mein neuer Nachbar. Um es dir aber gleich zu sagen: Der hat weder das Zeug zum Mann fürs Leben, noch zu einem, der mich in Lebensgefahr bringt. Wobei – ja doch! Heute hätte er mich fast umgefahren, als ich mit dem Rad unterwegs war …«

»Erzähl!«

»Dann mach dich auf das Schlimmste gefasst.«

Florian streckte die Beine unter dem Tisch aus. Das musste ein gutes Restaurant sein, die Terrasse war voll, und er hörte um sich nur Französisch: lauter Einheimische. Zum Glück hatte er einen der

Tische am Rand der Terrasse erwischt, von dem aus er die Aussicht zum Meer hin genoss. Die Sonne stand noch immer hoch am Himmel und spiegelte sich auf dem stillen Wasser des Hafenbeckens; am Horizont zeichneten sich die Silhouetten der tour Vauban und der kleinen Kapelle ab. Im roten Wehrturm war er nicht gewesen, aber in der Kapelle. Dass die Engländer ihr den Turm abgeschossen hatten, 1697, hatte ihn weniger beeindruckt als die MG-Einschusslöcher im Dachgebälk. Das waren, dem Reiseführer nach, Spuren der Befreiung Camarets durch die Amerikaner.

Aber es war ein zu schöner Abend, um über den zweiten Weltkrieg nachzugrübeln und über das Tagebuch seiner Oma. Der Kellner kam und Florian gab seine Bestellung auf. Er hatte sich für die Meeresfrüchteplatte entschieden; so etwas war hier sogar erschwinglich.

»Am liebsten würde ich den Typ vergraulen, und zwar schnellstmöglich! Hast du keine Idee, wie ich das machen könnte?« Marie sah Isabelle flehentlich an.

»Nein, aber weißt du was? Ich bin froh, dass dieser neue Nachbar da ist.«

»Wie bitte?«

»Wie es scheint, lenkt der dich von deinem Kummer ab.«

»Wie meinst du das jetzt?«, fragte Marie verblüfft.

»Den ganzen Abend hast du nur über *einen* Mann gesprochen, und es ist nicht der, von dem ich gedacht hatte, eine Menge zu hören.«

»Hm. Vielleicht ist sogar etwas dran. Vielleicht habe ich heute wirklich weniger an – *ihn* gedacht …«

»Kannst du wirklich nicht einmal seinen Namen aussprechen?«

»Doch«, sagte Marie langsam, »heute Abend vielleicht schon. Sylvain.« Sie wartete, aber die gewohnten Tränen wollten nicht kommen. Also holte sie tief Luft und begann, erstmals einem anderen Menschen von ihrer Trennung zu erzählen.

Florian riss die Augen auf, als die Meeresfrüchteplatte vor ihn gestellt wurde. »This is for one person?«, hakte er beim Kellner nach und hob einen Finger. Der Kellner nickte, wünschte ihm »bon appétit« und ließ ihn mit der Pyramide von Meeresfrüchten allein. Na denn, sagte sich Florian und musterte die ungewohnten Bestecke, die neben der Meeresfrüchteplatte ihrer Benutzung harrten. Vorerst griff er dann doch zur herkömmlichen Gabel und pulte eine Miesmuschel aus ihrer Schale. Miesmuscheln hatte er schon gegessen, mit denen kam er klar; für den Hummer gab es die Schere, für die Austern das Messer und die Spießchen mussten für die Meeresschnecken sein. Er würde das schon in den Griff kriegen.

»Sag mal, du lachst doch nicht über meine Probleme?«, fragte Marie schroff ihre Freundin.

Isabelles Gesicht wurde ernst. »Blödsinn, ich lache doch gar nicht, und schon gar nicht über dich! Was denkst du! Ich habe jedes Wort über dich und den Dreckskerl gehört! Ich lache nur ein bisschen über den da. Dreh dich mal unauffällig um. Er sitzt schräg rechts hinter dir. Unauffällig!«

Marie tat es – und ließ die Gabel los, die in die Hummersauce fiel. »Oh nein!« stieß sie hervor, aber nicht wegen der Soßenspritzer auf ihrem T-Shirt.

Isabelle, die den Ausruf ihrer Freundin noch anders interpretierte, beteuerte nachdrücklich: »Doch, das ist es ja eben. Das macht der schon die ganze Zeit! Der hat von Meeresfrüchten keine Ahnung«, sie kicherte. Der Mann, den sie beobachtet hatte, kämpfte eben mit der Schere, die ihm helfen sollten, den Hummer zu bewältigen. Besonders geschickt war er aber nicht …

Marie beugte sich zu ihrer Freundin vor und zischte: »Das ist er!«

»Wer?«, fragte Isabelle laut zurück.

»Na *er* – der Panzerfahrer und Hortensienmörder!«, raunte Marie entnervt.

»Echt?« Isabelles Blick schoss noch einmal zu dem Mann hin. »Der sieht gar nicht aus wie ein Deutscher«, stellte sie fest.

Marie verdrehte die Augen. »Warum, weil er nicht blond ist?«

»So oder so, der ist niedlich. Was ist der für ein Sternzeichen?«

Marie starrte ihre Freundin an. »*Niedlich*? – Mal ehrlich, willst du unbedingt ein Dessert? Ich würde gern gehen.«

»Du bist viel zu emotional, wie immer«, bemerkte Isabelle. »Ist doch nicht schlimm, wenn dein Nachbar zufällig im selben Restaurant mit uns sitzt. Ich werde jedenfalls nicht wegen ihm auf mein Dessert verzichten. Und das solltest du auch nicht.«

»Na toll, soll ich dir vielleicht seine Telefonnummer beschaffen?«

»Das Sternzeichen würde mir vorerst genügen.«

»Aïe!« Etwas Hartes hatte Marie am Hinterkopf getroffen. Sie hob das Geschoss vom Boden auf. Eine Meeresschnecke. Langsam wandte sie sich um. Auch er sah zu ihr – sein Gesicht annähernd so rot wie der Hummer auf seinem Teller.

»Sorry. Aus den Fingern geflutscht«, rief er zu ihnen hinüber und lächelte zerknirscht.

»Wirklich süß«, gluckste Isabelle. Aber Marie war der Appetit vergangen und sie setzte sich bald damit durch, das Restaurant ohne Dessert zu verlassen und ihrer Freundin stattdessen ein italienisches Eis in der Waffel zu spendieren.

Florian tat es leid, seine Nachbarin und ihre Freundin gehen zu sehen. Er hätte sich gerne richtig bei ihr entschuldigt – für sämtliche »Pannen« des Tages. Er hätte sie zu etwas einladen sollen, zu einem Nachtisch oder einem Wein. Aber plötzlich schien diese Marie es ja sehr eilig zu haben; und er kämpfte seinerseits noch immer mit seinem Hummer und Co … So blieb Florian noch einige Zeit im Chez Philippe und rundete sein Festmahl zuletzt mit einer köstlichen Mousse au chocolat blanc ab. Die war leichter zu essen; mit Löffeln kannte er sich aus.

Auf seinem Rückweg nach Mengleuff musste Florian später anhalten und aussteigen. Wegen des Sonnenuntergangs, über einer Bucht. Die Sonne war eben hinter der Horizontlinie des Meeres versunken; trotzdem war die Atmosphäre noch voller Licht. Durchdrungen von einem Licht, das intensiv violett war. Der Himmel hatte dieselbe Farbe wie das Meer. Nur durch die gekräuselte Spur der Wellen konnte man Wasser und Luft voneinander unterscheiden. Dann riss plötzlich die dünne Wolkenschicht auf und legte den kristallklaren Abendhimmel frei, transparentes Blau mit einem Hauch Gelb-Orange … Florian überkam eine Gänsehaut angesichts dieses bezaubernden Naturschauspiels. In diesem Moment meldete sein Handy, das er ohne zu überlegen nach dem Restaurantbesuch eingeschaltet hatte, eine Nachricht. Auf dem Display sah er ihren Namen: Katharina.

Er hatte eben an Katharina gedacht, den magischen Augenblick mit ihr teilen wollen, nun meldete sie sich von sich aus. Sofort las er ihre SMS: »Wo bist du? Es gibt viel zu regeln! Ich will die Scheidung.«

Etwas in Florians Bauch zog sich zusammen, und es war nicht der Hummer. Er versuchte tief durchzuatmen, den plötzlichen Brechreiz zu bekämpfen. Aus einem Impuls heraus startete er einen Rückruf – die Mailbox ihres Handys sprang an, sie hatte das Gerät ausgeschaltet.

»Scheiße! Verdammt, Katharinaaa!«, schrie er ihren Namen über das Meer; aber was nützte das? Sie war tausendzweihundert Kilometer weit weg, und innerlich noch viel weiter …

Marie hatte gleich gewusst, dass es regnen würde. Wenn der Sonnenuntergang so violett war, kündigte das einen Wetterwechsel an. Sie zog die Strickjacke fester um sich und setzte sich mit der Mappe auf das alte Bettgestell vor dem Altar-Schrank.

Es war mitten in der Nacht, aber wie so oft konnte Marie keinen Schlaf finden. Daher fing sie an, in Elodies alten Mappen zu blättern. Denn einen Stapel davon hatte sie ja noch nicht durchgesehen, und die Neugier war stärker als die Abschreckung durch das unheimliche Fundstück von neulich, das Portrait des deutschen Offiziers. Und so saß Marie da, bis sie dreizehn Mappen durch hatte. Alles Modezeichnungen, aus den neunziger bis fünfziger Jahren (nach unten hin wurden die Mappen des Stapels älter). Eine beachtliche Sammlung. Und dazwischen, immer wieder, Portraits, Portraits, Portraits. Gesichter von Menschen, die Marie nie gekannt hatte. Bis sie zur letzten, untersten Mappe kam. Und das waren keine Modezeichnungen mehr, nein; das waren die Zeichnungen der ganz jungen Elodie, aus der Bretagne!

Marie war zutiefst bewegt, als sie vertraute Landschaften wiedererkannte – gewisse Blicke von der hiesigen Steilküste; nahe Wegekreuzungen mit Kalvariensteinen; knorrige alte Apfelbäume – und ihr Haus, von der Rückseite! Und da, da war auch die Wasserpumpe! Noch nicht sichtbar verrostet. Wie seltsam, sie so auf Papier zu sehen, festgehalten von Elodies jugendlicher Hand! Und dann … Zutiefst gerührt hob Marie das Blatt heraus, ein Portrait ihres papys als Junge. Dem Datum nach war der kleine Erwann zwölf Jahre alt gewesen; aber diesen wachen und verschmitzten Blick, den kannte sie gut, das war noch immer ganz der ihres papys!

Lange konnte sie sich von dem Anblick dieses Bildes nicht lösen; als sie es doch beiseitelegte, erschien darunter ein verblasstes Schwarz-Weiß-Foto, auf dicke Pappe gezogen. Ein Mann mit schwarzem Haar und Schnurrbart; er trug eine Seemannsuniform. Um eine Ecke des Fotos war ein schwarzes Trauerband geklebt. Marie ahnte, wen sie vor sich hatte. Sie wandte das Foto um. Da stand es, in Elodies Handschrift: »Andenken an meinen geliebten Vater.« Marie schluckte. Ihr Urgroßvater Cadiou war bei einem Unwetter auf See ertrunken. Wann war das gewesen? Sie wusste es nicht genau.

Unter dem Trauerfoto lagen noch ein brauner Postumschlag und darunter vereinzelte Postkarten, anscheinend von Freunden an Elodie geschrieben, viel später, als sie bereits in Paris lebte. Marie hatte keine Lust mehr, das weiter durchzusehen. Sie fühlte sich ausgelaugt, vielleicht würde sie jetzt schlafen können.

Eine wahre Sturzflut prasselte auf das Dach; eingelullt von dem Tosen, schlief Marie wirklich bald ein.

Vergeblich wälzte Florian sich im Bett herum. Ihm gingen die Worte durch den Kopf, die er noch eben gelesen hatte. Seine Oma hatte ihre ersten Eindrücke von der »Fremde« beschrieben; sie hatte von dem Heimweh geschrieben, von der Sehnsucht nach ihren Eltern und von der Einsamkeit in ihrer Kammer, im Haus einer schweigsamen Witwe namens Madame Keroas. Einsamkeit in der Fremde, ja, das konnte er nachvollziehen. – Seine Oma hatte so genau geschildert, wo ihr Quartier in Telgruc gelegen hatte; würde er das Haus dort noch finden, am Kirchplatz?

Lange lag er noch wach, dachte mal an Katharina, mal an die junge Marlene, allein im Haus der Witwe Keroas. Er konnte innerlich nicht abschalten, obwohl er zutiefst erschöpft war. Er lag nur da und lauschte, lauschte auf das Prasseln des Regens auf dem Dach, eines Regens, der plötzlich losgegangen war, mit Urgewalt, niemals hätte Florian mit Regen gerechnet… Er schlief ein.

5. Gute Freunde

Florian ging auf die Rückseite des Hauses. Das Gras durchnässte ihm Schuhe und Strümpfe. Die Hände in die Seiten gestemmt, sah er nach oben und meinte zu erkennen, wo das Problem lag: Zwei Schieferplatten des Daches hatten sich gelöst und waren heruntergerutscht. Er fand sie unweit seiner nassen Füße im Gras. An einer der Platten war eine Ecke abgebrochen, die andere war unversehrt. Wenn er auf das Dach kletterte, konnte er versuchen, sie an ihren Platz zurückzuschieben. Unter der oberen Schieferschicht verkantet, würden beide Platten vorläufig halten; wenn er Glück hatte …

In der Gerümpelkammer des Hauses hatte er eine Leiter entdeckt, er ging sie holen. Wieder im Garten, stellte er die Leiter an die Hauswand, nahm die Schieferplatten an sich und stieg hinauf.

Die Stelle mit dem Loch lag höher, als es von unten ausgesehen hatte. Florian musste bis auf die oberste Sprosse der Leiter steigen. Nicht nach unten sehen, beschwor er sich; er hatte Höhenangst. Das Dach war glitschig. Nun lag er bäuchlings darauf und spürte, wie die Nässe in seine Kleider kroch. Vorsichtig streckte er sich, so weit es ging, er wollte nicht durch falsche Bewegungen weitere Schieferplatten zum Fallen bringen. Die Platten waren in gebogene Nägel geschoben, aber diese Nägel waren verrostet. Behutsam schob er die erste Schieferplatte an ihren Platz. Sie hielt. Dadurch motiviert, schob er die zweite daneben. Prompt fiel ihm die erste entgegen und schlitterte an ihm vorbei das Dach hinunter. »Mist«, knurrte Florian zwischen den Zähnen und fing zumindest die andere auf. Er schob sie wieder nach oben, drückte – sie schien zu halten. Oder doch nicht? Aber sie musste! Mit einem Ruck stellte Florian sich auf die Zehenspitzen und drückte den rechten Arm durch, um die Platte mit etwas Gewalt unter die darüber liegende zu zwingen. Da rutschten seine Zehen von der Leiter; er suchte vergeblich Halt, stürzte …

Nach dem Aufprall auf dem nassen Erdboden fragte er sich kurz, ob seine bisherige Reparatur funktioniert hatte und wo die vom Dach geschlitterte Platte lag. Dann erst spürte er einen stechenden Schmerz im Handballen.

Marie hielt sich die Ohren zu, es half nicht. Das Bollern hörte nicht auf. Dann war sie wach genug, um zu verstehen, dass das Geräusch von der Tür kam. War das schon Pierre? Der wollte erst um zehn kommen. So spät konnte es noch nicht sein?

Sie raffte sich auf und ging nach unten. Müde öffnete sie dir Tür – kein Pierre. Aber sie sah gleich, was los war. Sie wollte nicht, aber es musste sein. Sie ließ den Deutschen hinein.

Der humpelte zum erstbesten Stuhl am Esstisch und ließ sich darauf fallen. »Yvonne Le Roux hat gesagt, ich soll zu Ihnen gehen«, erklärte er matt, wie zur Entschuldigung.

Ohne ein Wort zu verlieren, füllte Marie eine Schüssel mit warmem Wasser und griff sich ein sauberes Tuch. Sie schüttelte den Kopf, als sie das bakterienverseuchte Ding sah, das er sich um die blutende Hand gewickelt hatte, und entfernte den blutgetränkten Lappen mit geschickten Fingern. Aïe. Das sah schmerzhaft aus. Prüfend sah sie dem Deutschen in das Gesicht, es war weiß wie ein Laken. »Sie können kein Blut sehen«, stellte sie fest.

»Zumindest nicht meines.« Er stöhnte auf, als sie seine Hand bewegte, um den langgezogenen Schnitt durch den Handballen aus einem anderen Winkel zu untersuchen.

»Es ist nicht tief«, murmelte sie.

Florian zwang sich, auf seine Hand zu sehen. Alles voller Blut, er konnte da gar nichts erkennen. »Haben Sie das gesehen, ja?«, fragte er skeptisch.

Einen Moment lang sahen sie sich in die Augen. Abwesend bemerkte Florian, wie groß und dunkel Maries waren, mit langen, gebogenen Wimpern.

Marie lächelte grimmig. »Nicht weinen, das ist nicht tödlich. Ich wasche es aus… Et voilà. Nicht tief, sehen Sie?«

»Lieber nicht.«

Wortlos ließ sie seine Hand los und ging ins Badezimmer, um Desinfektionsmittel, Klammerpflaster und Verbandszeug zu holen. Das würde genügen, zu nähen war nichts. Das deutsche Ekel hatte wirklich Glück. Es war ihr Vater, der leidenschaftliche Arzt, der seinen Töchtern eingebläut hatte, man müsse stets Klammerpflaster und Verbandszeug im Haus haben.

Als Marie aus dem Bad zurückkehrte, hing der Deutsche buchstäblich in den Seilen, genauer über der Stuhllehne. Der wollte jetzt nicht auch noch ohnmächtig werden? Der musste reden, damit er bei der Stange blieb! Also wusch Marie die Wunde nochmals aus und begann dabei mit einem kleinen Verhör. »Was ist passiert?«

»Da war … Au! Da waren Schieferplatten herausgerutscht … Wasser im Haus … Ich bin hochgestiegen, um das zu reparieren … Aber ich bin abgerutscht und habe mich an etwas geschnitten, an einer scharfen Schieferplatte oder einem rostige Nagel oder was weiß ich … Alles ging so schnell. Ist die Verletzung schlimm?«

Er sah sie an, wie … Irgendwie hatte dieser erwachsene Mann etwas von einem kleinen Jungen. Pah, geschah ihm ganz recht. Marie setzte ein strenges Gesicht auf. »Die Hand muss – wie sagt man für amputer?«, fragte sie.

»Amputieren?! Ach so, kleiner Scherz, ja?« Florian versuchte, tapfer zu lächeln, auch wenn er Maries Humor etwas morbide fand.

Grimmig sah sie von den blauen Kinderaugen zurück auf die Wunde. »Ich tue das darauf«, sie hielt ihm die Flasche Desinfektionsmittel vor die Nase. »Achtung, das brennt«, kündigte sie mit einer gewissen Genugtuung an.

Die Hand in der ihren zuckte bei dem Kontakt des Wattestäbchens mit der Verletzung, aber der Deutsche gab keinen Laut von sich. Marie griff zum Klammerpflaster.

»Es tut mir wirklich leid mit Ihren Hortensien«, murmelte er jetzt und schaute sie treuherzig an.

Was war nur los mit ihr? Sie würde doch jetzt nicht auf diese Jammerlappennummer reinfallen und weich werden? Energischer als nötig klammerte Marie die Wunde zusammen, wobei der Verletzte zischend die Luft ausstieß.

»Sie denken vielleicht, wir sind nun Freunde, weil ich Sie verbinde, aber das ist nicht wahr! Sie haben meine Hortensien getötet und das ist Ihnen egal, in Wahrheit! Sagen Sie nicht das Gegenteil. Leuten mit solchen Autos glaube ich nicht! Und ich will sie nicht als Nachbar. C'est clair? Die Hand! Für den Verband!« Marie streckte wütend ihre Hand nach seiner aus; er hatte sie ihr vor Schreck entrissen.

»Die Hand«, wiederholte sie ungeduldig. Weil er sie ihr nur zögerlich reichte, berührten ihre Fingerspitzen sich plötzlich ganz leicht – und beide zuckten zurück. Verwirrt sahen sie sich in die Augen, dann beide gleichzeitig weg. Keiner der beiden kommentierte das durchkribbelnde Gefühl bei der Berührung. Kein Schmerzgefühl; damit hatte es nichts zu tun gehabt.

»Also, die Hand?«, fragte Marie vor Schock extra patzig.

Florian reichte sie ihr noch einmal. Beide atmeten auf. Vielleicht, weil Marie gleich kräftig zugegriffen hatte, kam es nicht noch einmal zu unpassenden Nebenwirkungen.

Was war das eben, fluchte Marie innerlich und konnte nicht umhin, beim Bandagieren zu bemerken, wie groß seine Hand in ihrer war, aber dennoch feingliedrig, mit für einen Mann merkwürdig zarten Fingern. Nicht die Hände eines Mannes, der damit arbeiten muss, folgerte sie – und ärgerte sich sofort über sich: Was ging es sie an, ob dieser Mann Bauarbeiter oder kein Bauarbeiter war? Marie schnaubte und zog den Verband allzu fest zu.

»Hey, geht das etwas behutsamer?«, brachte Florian heraus. Wie konnte jemand mit so kleinen Händen und geradezu zart aussehenden Fingern dermaßen brutal zupacken?!

Wütend funkelte sie ihn an, lockerte den Verband aber.

»Ist doch wahr. Eine deutsche Ärztin hätte mich vorsichtiger verbunden«, murmelte Florian entnervt. Warum konnte sie ihn immer nur böse anstarren?

Marie grinste und sagte sanft: »Ich bin Veterinär.«

Sie wechselten kein Wort mehr, bis der Verband befestigt war.

Endlich stand der Deutsche auf und ging zur Haustür. Er hielt schon die Klinke, wandte sich aber noch einmal um. »Hören Sie«, begann er, »Sie haben mir geholfen, dabei wissen Sie gar nicht, wer ich bin. Mein Name ist Florian Reinart. Und Sie heißen Marie, nicht wahr?« Er wartete auf eine Antwort, aber Marie verschränkte nur die Arme und sah ihn schief an.

»Na gut. Dann Entschuldigung für gestern und nochmals danke für heute. Ich meine es ernst. Aufrichtigen Dank.«

Marie nickte ganz leicht, das musste ihm wohl genügen. Also nickte auch er und ging.

Sobald der Deutsche aus dem Haus war, stöhnte Marie auf. Zu viel Aufregung für einen Morgen. Und bald kam Pierre! Hastig räumte sie das Verbandszeug weg und ging duschen.

Draußen, im Hof vor Boris' Haus, standen zwei alte Clios, einer weiß, der andere rot. Ein Mann und eine Frau warteten vor der Haustür. Nun kam der Mann, untersetzt und grauhaarig, auf Florian zu. »Monsieur Reinart?«, rief er. »Bonjour. Monsieur Rapp m'a téléphoné.«

Der Verwalter, es gab ihn wirklich! Er stellte sich als Monsieur Le Guern vor und die Frau als Madame Tanguy. Madame Tanguy würde putzen. Florian atmete auf. Zumindest etwas, das sich von selbst regelte.

»A propos, the roof is damaged«, Florian zeigte auf das Dach.

Der Verwalter und die Putzhilfe sahen sich an, dann ihn; dann ließ Le Guern etwas von »téléphoner« und »Monsieur Rapp« fallen. Na gut, das Dachproblem würde sich offenbar nicht so schnell und schon gar nicht von allein lösen. Florian senkte den Kopf und ging voran in das Haus.

»Salut, Marie!« Pierre Manac'h strahlte sie an und beugte sich hinunter, um ihr die bises zu geben. Er roch stark nach Aftershave.

»Du bist früh«, stellte Marie fest und schob ihn weg. »Willst du einen Kaffee?«

Pierre lachte. »Na, das ist ja eine schöne Begrüßung dafür, dass wir uns das letzte Mal vor einem Monat gesehen haben und ich zum ersten Mal in deinem Haus bin!«

Marie seufzte. »Ich weiß, ich weiß. Isabelle hat gestern auch schon die Gekränkte gespielt. Aber ich *musste* eben mal ganz allein sein.«

»Jetzt entschuldige dich bloß nicht. Ich versteh' schon, was mit dir los war.« Er lächelte sie mitfühlend an.

Marie lächelte leise zurück. Das liebte sie so an ihrem besten Freund: Er zickte nie lange rum und war immer für einen da, wenn man ihn brauchte.

Sie führte ihn durch das Haus, erklärte ihm, welche Möbel zum Schrottplatz mussten und welche aus Brest zu holen waren und kochte ihm einen Kaffee. Er hatte sich extra frei genommen, ließ er beiläufig fallen; sie sah ihn dankbar und schuldbewusst und ein wenig forschend an. Manchmal wusste sie nicht genau, ob Pierre aus Freundschaft allein so immer für sie da war.

Florian fragte sich, was er mit seinem Vormittag machen sollte. Weggehen, solange die Putzfrau da war, wollte er nicht. Im Tagebuch seiner Oma lesen? Aber bei dem Brummen des Staubsaugers konnte er sich doch nicht konzentrieren, und er war obendrein hundemüde. Nun stoppte das Geräusch des Saugers und Madame Tanguy erschien, um vielsagend einen zum Bersten vollen Staubsaugerbeutel in die Höhe zu halten.

»Verstehe. Sie brauchen einen neuen«, interpretierte Florian die Geste. »Wait, please – attendre, s'il vous plaît!«

»Attendez«, korrigierte Madame Tanguy.

»Attendez«, murmelte Florian verlegen und huschte an der Putzfrau vorbei die Treppe hoch. Irgendwo in der Rumpelkammer hoffte er Staubsaugerbeutel zu finden.

Nachdem er tatsächlich fündig geworden war, verließ er mit dem vollen Beutel das Haus, um nach einer Mülltonne zu suchen. Er ging einmal um das Haus herum, aber da war keine. Als er mit seinem Beutel ratlos inmitten des Hofes stand, rollte ein schrottreifer VW-Bus Baujahr 1970 oder so langsam an ihm vorbei. Das Fenster auf der

Fahrerseite war heruntergekurbelt, Florian konnte nicht anders, als hineinzusehen. Sein Blick kreuzte den eines Womanizers mit Locken und Dreitagebart. Auf dem Beifahrersitz saß Marie.

War ja klar, dass so eine Frau einen Freund hatte; aber so einen? Das war ganz klar einer von denen, die sich selbst am meisten lieben. Nun, was regte er sich auf? Konnte ihm doch egal sein, mit wem die sich abgab …

»Wer war der Typ mit dem Müllbeutel und dem bohrenden Blick?«, wollte Pierre wissen, nachdem er um die Kurve gebogen war.

»Der Nachbar. Ein Deutscher.« Marie zuckte die Achseln. Etwas hielt sie davon ab, mehr ins Detail zu gehen.

»Ist der okay?«, hakte Pierre nach. »Der guckte so komisch.«

»Ich kenne ihn kaum«, gab Marie ausweichend zurück.

»Ich mag keine Typen mit solchen Protzautos«, verkündete Pierre.

»Ich auch nicht«, sagte Marie entschieden, und das ließen beide so stehen.

»Schön ist Brest nicht«, stellte Pierre dann fest, als sie eine Dreiviertelstunde später durch das Zentrum der Großstadt fuhren. Elodies muffige Couch hatten sie unterwegs entsorgt; sie waren auf dem Weg zu Maries Wohnung.

»Nein, schön ist Brest nicht«, stimmte Marie zu. »Aber es ist voller Leben. Eine echte Studenten- und Arbeiter- und Hafenstadt, da langweilt man sich nie.«

»Soll die Rue de Siam nicht etwas verrucht sein?«, raunte Pierre.

»Unbedingt. Eine echte Hafenstraße. Wenn du brav bist, nehme ich dich mal mit.«

»Ist das ein Versprechen?«

»Wenn du darauf bestehst …« Marie lachte. Aber etwas störte sie heute an seinen Blicken, seinem Tonfall.

Sie hatten Glück, direkt vor dem Eingang des Häuserblocks, in dem Marie gewohnt hatte, fanden sie einen Parkplatz.

Das Gebäude sah von außen heruntergekommen aus, von innen war es in Ordnung gewesen. Marie hatte ihre Wohnung sowieso nur als Zwischenlösung angesehen (das allerdings seit Jahren). Die

Wohnung aufzugeben, war jetzt nur schwer wegen der Erinnerungen an Sylvain. Wie oft war er heimlich bei ihr gewesen … Etwas von seiner Präsenz haftete noch an den fast gänzlich entleerten Räumen. Deshalb hatte Marie Angst davor, die erinnerungsgeschwängerte Wohnung nochmals zu betreten. Aber mit Pierre würde es gehen.

Mit Pierre und mit Kev, ihrem durchgeknallten Ex-Nachbarn. Der half ihnen, ihre Couch – ihre eigene, geliebte Kuschelcouch! – die drei Stockwerke hinunter zu schleppen. Die Couch war so groß, dass sie gerade mal so in den VW-Bus passte, Kühlschrank und Bett würden sie in einer Extrafahrt holen müssen. Aber damit hatte Pierre schon gerechnet.

»Dein Ex-Nachbar war komisch«, bemerkte er auf dem Weg aus der Stadt hinaus.

Marie lockerte sich Schulter- und Nackenmuskulatur und meinte: »Kev ist okay. Der lebt nur in zwei Welten gleichzeitig, ein bisschen in unserer und viel mehr in einer virtuellen. Der bräuchte eine Freundin. Jemanden, der ihn erdet und ihm einen Schubs in die richtige Richtung gibt«, analysierte Marie.

»Ja. Die richtige Frau an seiner Seite ist für jeden Mann wichtig, lebenswichtig«, betonte Pierre und sah Marie dabei durchdringend an.

Leicht irritiert hob sie eine Braue und gab ihrem besten Freund keine Antwort.

Florian sah auf die Uhr. Fast zwölf, er hatte schon den Eindruck gehabt, das Putzen würde niemals ein Ende nehmen. Doch nun war Madame Tanguy endlich fort, und er hatte Hunger. Er musste dringend einkaufen. Das Beste war, er fuhr dazu nach Telgruc. Und ja, dann konnte er dort auch nach dem Haus suchen, in dem die junge Marlene einst gewohnt hatte … Eine merkwürdige Aufregung überkam ihn bei dem Gedanken, das von seiner Oma Beschriebene, das bislang nur als Bild in seiner Vorstellung existierte, bald mit dem leibhaftigen Auge zu sehen.

Er wollte schon in den Porsche steigen, da rollte ein anderes Auto auf den Hof. Ein schwarzer VW Golf, nicht neu, aber gewienert. Wer war das? Irgendwie kam ihm der Fahrer bekannt vor.

»Bonjour, Florian Reinart!«, rief der Ankömmling aus, zog die Sonnenbrille ab und zeigte ein unwiderstehliches Grinsen.

»Olivier Rivoal!«, erkannte Florian jetzt den freundlichen Gendarm, »heute nicht in Uniform?

»Nein, ich habe Urlaub. Da dachte ich, ich sehe nach, ob die Porsche den Weg nach Mengleuff gefunden hat.«

Sie schüttelten sich die Hände, wobei Olivier erschrocken auf Florians verbundene Linke sah. »Was haben Sie, eine Verletzung?«, erkundigte er sich sofort.

»Ich bin vom Dach gefallen, aber gut verarztet worden, es ist nicht so schlimm«, winkte Florian tapfer ab. »Ich wollte eben nach Telgruc, etwas essen. Wollen Sie mitkommen?«

»Gut, aber wir nehmen die Porsche, nicht wahr?«

»*Den* Porsche? Na gut.«

»*Der* Porsche, d'accord – die Artikel in Ihrer Sprache sind sehr, sehr schwer zu lernen! Aber die deutschen Autos sind wirklich die besten«, begeisterte Olivier sich dann beim Anschnallen.

Florian startete den Wagen. »So? Boris, der Besitzer des Hauses, würde Ihnen zustimmen. Das hier ist nämlich sein Auto. Er hat es mir geliehen.«

»Warum?«, fragte der Gendarm, beinahe ungläubig.

Florian musste lächeln. »Weil mein Auto in der Werkstatt ist. Boris wird es morgen abholen. Wir haben getauscht, sozusagen.«

»Dann ist er ein sehr guter Freund von Ihnen, Boris?«

Du fragst gar nicht, was *ich* für ein Auto habe, dachte sich Florian, verkniff sich aber eine Bemerkung. Stattdessen antwortete er: »Boris ist jedenfalls ein sehr guter Kollege. Und ihm gehört, wie gesagt, das Haus, das Sie gesehen haben.«

»Tiens?« Olivier zog ungläubig die Augenbrauen hoch.

»Warum erstaunt Sie das jetzt?«

»Ich dachte, die Deutschen sind ordentlich.«

»An dieses Vorurteil würde ich nicht unbedingt glauben«, gab Florian schmunzelnd zurück.

Sie fanden einen Terrassenplatz in einer Brasserie am Kirchplatz. Das war günstig; hier ganz in der Nähe musste das einstige Quartier seiner Oma sein. Sie hatte von ihrer Kammer aus direkt auf den Kirchturm gesehen, hatte sie geschrieben.

Sie bestellten beide das Tagesgericht, ein Meeres-Cassoulet mit verschiedenen Fischsorten. »Und was haben Sie vor, in Ihren vacances?«, fragte Olivier und schenkte Florian Weißwein ein.

»Wollen wir uns nicht einfach duzen?«, fragte Florian zurück und probierte den Wein. »Hm, nicht zu herb, nicht zu fruchtig; sehr gut.«

Olivier legte den Kopf schief. »Très bien, mein Freund«, sagte er langsam. »Aber du musst aufpassen. Wenn du einen Franzosen zu schnell anredest mit du, findet er das aufdringlich. Wenn du einen Bretonen zu schnell anredest mit du, findet er das aufdringlich und er wird misstrauisch. Die Bretonen waren Jahrhunderte auf ihrer Halbinsel unter sich. Sie misstrauen den Fremden.«

»Also, bretonische Frauen sind zickig und Bretonen insgesamt sind misstrauisch gegenüber Fremden. Gibt es sonst noch etwas, was ich wissen sollte?«, fragte Florian amüsiert.

»Ah, du hast dir behalten, dass Bretoninnen Zicken sind. Das ist gut. Bretonen sind außerdem stur und rebellisch«, versicherte Olivier.

»Misstrauisch, stur und rebellisch; wenn weiblich, dann außerdem zickig. Warum bist du noch nicht ausgewandert?«, schmunzelte Florian und lehnte sich zurück.

»Ich weiß nicht«, Olivier schien nachzudenken. »Ich liebe das Meer«, sagte er dann. »Und ich bin einer von ihnen.« Er grinste. »Also, was hast du vor, in deinen vacances?«

Florian mochte diesen Mann, den er kaum kannte. Plötzlich verspürte er ein starkes Bedürfnis danach, ihm alles über Katharina anzuvertrauen. Aber dass er Olivier mit dem Duzen überfallen hatte, war wohl vorerst genug.

Sie unterhielten sich über belanglose Dinge, genossen ihr Cassoulet und ihren Wein. Es war erst gegen Ende des Essens, dass Florian schweigsam und nachdenklich wurde, bis der Gendarm, dem nichts entging, ihn fragte, was los war. Und so erklärte Florian ihm, dass seine Großmutter im Krieg auf Crozon stationiert war und dass sie hier, in Telgruc, gewohnt hatte.

»Wie interessant«, rief Olivier aus. »Du weißt, wo?«

»In etwa. Es muss hinter dieser Brasserie liegen, gegenüber vom Kirchturm.«

»Ah ça …« Der Gendarm sah auf die Tischplatte, auf die seine Finger trommelten.

»Wollen wir nachher nach dem Haus suchen?«, fragte Florian.

»Aber zuerst, ein Kaffee!«

Der Kirchplatz war umfasst von einer niedrigen Mauer mit einem höheren Rundbogentor, durch das sie traten. Florian musterte die Kirche vor sich. Sie war relativ groß und langgestreckt, mit schlankem Turm. Sie bestand ganz aus Granit; aber etwas damit stimmte nicht. Florian fing einen Seitenblick Oliviers auf. »Was denkst du, als Architekt?«, fragte der Gendarm, dem Florian beim Essen gesagt hatte, was sein Beruf war.

»Etwas stört mich. Diese Kirche ist nicht genügend verwittert. Entweder, man hat sie zu gründlich gereinigt, alle Patina entfernt; oder …«

»Oder?«, fragte Olivier, während sie das Eingangsportal fast erreicht hatten.

Da fiel Florians Blick auf eine Informationstafel. Er studierte die Reproduktion des alten Fotos und er nickte. »Diese Kirche ist nach dem Krieg neu aufgebaut worden«, sagte er. »Sie war ja fast komplett zerstört … und alles um sie herum auch. Aber das würde ja heißen …«, Florian wandte sich nach links.

Der Gendarm folgte seinem Blick und zuckte die Achseln. »Ich wollte es nicht sagen. Ich befürchtete schon, dass das Haus, das du suchst, nicht mehr existiert.«

Florian nickte enttäuscht. Da, wo er das Haus vermutet hätte, auf der Rückseite der Brasserie und einer angrenzenden Bäckerei, erstreckte sich ein Parkplatz. »Schade«, sagte er. »Sehr schade.«

»Es gibt andere Orte mit vielen Spuren des Krieges, weißt du«, hob Olivier an. »Wenn du Hilfe brauchst, für deine Recherchen, rufe mich an. Ich gebe dir die Nummer von meinem Handy.«

»Recherchen? Ich hatte nicht vor … Andererseits, warum nicht …« Florian verstummte. Aber ja, natürlich. Katharina drohte ihm mit der Scheidung; seit gestern Abend trug er diese Last mit sich herum, die ihn lähmte. Aber er würde *nicht* zu ihr zurückfahren, um seinen Teil dazu zu tun, die Scheidung noch zu beschleunigen. Vielleicht wollte Katharina keine Auszeit; aber er wollte genau das, für sich selbst und für sie! Er würde hierbleiben, für eine Weile, sich *und* Katharina Zeit geben, alles gründlich zu durchdenken. Überstürzt handeln war niemals gut. Nein; er würde in der Bretagne bleiben, und die Suche nach den Orten, an denen seine Oma gewesen war, würde ihm eine Aufgabe geben. Denn verdammt, er konnte nicht immer und ununterbrochen gedanklich um seinen Liebesschmerz kreisen! »Was für Spuren des Krieges hast du konkret gemeint?«, fragte er Olivier.

»An den Küsten findest du überall Kriegsanlagen der Deutschen. Ich kenne sogar welche, die heute geheim sind. Versteckt, unter der Erde«, das letzte hatte Olivier mehr geflüstert.

Ein Anflug von Misstrauen überkam Florian. »Olivier, warum sprichst du eigentlich so gut Deutsch?«, fragte er wie beiläufig.

»Oh, meine Schwester lebt in Essen, seit vielen Jahren. Ich habe sie oft besucht.«

»Ach so. Und was dein Kollege gesagt hat, stimmt das wirklich? Begeisterst du dich für alles, was deutsch ist?«

»Für alles? Nein. Aber für deutsche Autos!« Olivier lachte. »Und ich interessiere mich auch für deutsche Bunker etcetera, denn Geschichte fasziniert mich. Wenn ich studiert hätte, ich hätte Geschichte studiert. Aber mein Abitur war nicht gut genug, wegen Mathe …« Olivier schnitt eine Grimasse.

»Dann freue ich mich darauf, mit dir diese unterirdischen Bunker anzusehen, wenn du sie mir zeigen willst. Und deine Idee mit den Recherchen, die finde ich überhaupt gut. Ich habe gesehen, dass der Mann am Nachbartisch mit seinem Notebook im Internet war; offenbar gibt es in der Brasserie Internetzugang …«

»WIFI, ja, es stand an der Wand über den Fenstern.«

»Schön. Mein Notebook in Gießen ist uralt; ich denke, ich könnte ein neues gebrauchen. Ich muss ohnehin einkaufen. Wo finde ich ein Notebook, am besten in der Nähe von Lebensmitteln?«

»Du hast Glück, mein Freund, mich getroffen zu haben«, verkündete Olivier.

»Das denke ich auch.«

Wieder in Mengleuff, luden Marie und Pierre mit einiger Mühe die Couch aus dem Bus und stellten sie an ihren künftigen Platz. Außer Atem, aber glücklich ließ Marie sich auf ihr Kuschelmöbel fallen – jetzt war die Wohnecke am Kamin wirklich ihre! Als Pierre sich neben sie plumpsen ließ, sprang sie schnell wieder auf. »Komm, lass uns Elodies Bett abbauen und die Sache hinter uns bringen, ja?«

»Sklaventreiberin«, lachte Pierre, folgte Marie aber ins Schlafzimmer.

Später entsorgten sie Elodies auseinandergenommenes Bett und den brummenden Kühlschrank und fuhren danach zum zweiten Mal zu Maries alter Wohnung. Ihr Bett dort war bald auseinandergebaut; neben die Einzelteile passte noch gerade der große Kühlschrank in den VW- Bus. Damit war die Wohnung bereit für die Rückgabe.

Es war merkwürdig, noch einmal zum Abschied durch die leeren Räume zu wandeln. Sie wirkten ohne die Einrichtung kleiner. Da war das Bücherregal gewesen, da der marokkanische Couchtisch; da die Couch selbst, bis noch vor kurzem. Auf der Couch hatten sie, Sylvain und Marie … Sie hatten eigentlich überall mal. Es war so eine leidenschaftliche Liebe gewesen. Affäre. Liebe – Marie ging zur Balkontür und öffnete sie. Sie brauchte Luft. Pierre trat hinter ihr auf den engen Balkon und stellte sich neben sie an das Geländer.

»Das sind aber keine harmlosen Küchenkräuter, die dein Kev da unten anbaut«, bemerkte er.

»Ich weiß«, sagte Marie und sah gleichfalls auf Kevs mit Topfpflanzen vollgestellten Balkon. Sie sah wieder auf – und erstarrte. Sylvain. Auf der gegenüberliegenden Straßenseite. Er stand da und schaute zu ihr nach oben. Der Wind strich ihm die rebellische Haarsträhne in die Stirn. Ihre Blicke fanden sich. Marie zwinkerte. Der Gehweg dem Haus gegenüber war leer. – Was sollte sie tun, wenn Sylvain sie jetzt schon als Halluzination verfolgte?! Marie sah plötzlich nichts mehr. Heiß rann es ihr die Wangen hinab. »Marie«, hörte sie Pierre erschrocken flüstern und sie spürte seinen Arm um ihre Schulter. Sie ließ sich gegen seine Brust fallen und verlor gänzlich die Fassung.

Florian und Olivier landeten in einer Mall bei Quimper. Dort fanden sie alles, was Florian brauchte, vom Notebook zu Lebensmitteln und vom Französisch-Deutsch-Wörterbuch bis zu wander- und schwimmtauglicher Kleidung. Das Tüpfelchen auf dem i war für Florian aber das Gartencenter.

»Du musst Hortensien in der Bretagne nicht düngen, wirklich nicht! Sie wachsen hier ganz alleine. Und warum arbeitest du in deinen vacances? Es ist nicht dein Garten!«, protestierte Olivier noch immer, als sie den großen gelben Sack schon im Auto verstaut hatten. Aber Florian lächelte nur stumm vor sich hin.

Bis sie in Mengleuff vor Maries Haus standen. Hier kamen sie nicht weiter, denn der schrottreife VW-Bus des Womanizers versperrte die alte Straße und damit den Weg zu Boris' Hof. Florian hupte. Niemand kam, um den Bus wegzufahren. Hoffentlich war das Teil nicht liegengeblieben. Aber dann sah Florian, dass die seitliche Schiebetür offen stand. Das sah eher nach einer Ausladeaktion aus. Da kam endlich der Womanizer aus Maries Haus gesprungen und zerrte ein sperriges weißes Objekt aus dem Bus – eine Matratze. Ehebettformat, deutlich über eins vierzig breit.

»Wer ist das?«, wollte Olivier wissen. Nun war Marie herausgekommen, um dem Womanizer tragen zu helfen.

Florian zuckte entnervt die Achseln. »Die Nachbarin, sie heißt Marie. Wie *er* heißt, weiß ich nicht.«

Olivier sah ihn scharf von der Seite an, dann lachte er leise.

»Was?«, fragte Florian gereizt.

»Was habe ich dir gesagt, hein? Schön, aber zickig. So sind die Bretoninnen. Und oft schon vergeben.«

»Ich will nichts von der, keine Sorge.« Er drückte nochmals auf die Hupe.

»Er fährt schon, er fährt«, sagte Olivier beschwichtigend, und wirklich hatte der Womanizer die Karre gestartet und blies ihnen stinkendes Abgas zu.

Auf Boris' Hof bremste Florian scharf und stoppte den Motor.

»Du willst wissen, wie du mit ihr umgehen musst?«, fragte Olivier.

»Nein.«

Olivier grinste breit. »Hör zu, mon ami. Ich gebe dir Unterricht. Du musst lernen de draguer. Kennst du das Wort? *Draguer*. Merke es gut. Es ist wichtig.«

»Für mich nicht, danke.«

Doch Olivier fuhr unbeirrt fort: »Draguer, es heißt herangehen an die Frau, du verstehst?«

»Du meinst anmachen; aber dazu hat sie schon einen, der kann das sicher super gut.«

»Hör zu, so machst du es: Du siehst sie an, du sprichst sie an, und du berührst sie. Nicht zu viel, sonst wird sie böse. Eine Hand hier hin«, Olivier zeigte auf Florians Hüfte, »eine Hand an die Schulter, und die Finger natürlich, nur un peu, du verstehst?«

»Sag mal, geht's dir zu gut? Und überhaupt, gleich berühren? So ein Blödsinn, wenn man jemanden kaum kennt!«

»Si, si, die Franzosen machen das so. Die Frauen erwarten das. Sonst sehen sie nicht, dass du sie willst«, raunte Olivier verschwörerisch.

»Klasse. Das ist noch atemberaubender als Boris' übliche Ratschläge.«

»Wichtig ist: Der Mann muss ergreifen die Initiative!«, schärfte Olivier ihm nun auch noch ein.

Florian verdrehte die Augen, dieser Mann hier war jedenfalls nicht zu stoppen. »Wieso überhaupt der Mann?«, protestierte Florian aus Prinzip, »kann das nicht auch mal die Frau tun? Was ist denn das für eine veraltete Vorstellung, die ihr habt, in der Bretagne?«

»Bien sûr der Mann! Es geht nicht anders!«

»Ach.« Florian hob ironisch eine Augenbraue. Damals hatte Katharina die Initiative ergriffen. Aber das war nicht das richtige Thema. »Wollen wir die Sachen ausladen und das Notebook ausprobieren?«, fragte er.

»D'accord, on y va, aber ich habe heute nicht mehr viel Zeit«, antwortete Olivier überraschend bereitwillig und sprang aus dem Porsche.

»Gut, ich habe nachher auch noch etwas zu erledigen«, murmelte Florian für sich.

Marie ließ sich auf ihre Kuschelcouch fallen. Ihre bequeme Herumlümmelcouch!

Pierre setzte sich neben sie. »Na, wie haben wir das gemacht?«

»Perfekt«, lächelte Marie. Der Kühlschrank stand an seinem Platz; das Bett oben war aufgebaut, danach hatte sie Pierre schnellstmöglich aus dem Schlafzimmer gelotst, er war ja heute so seltsam … Obwohl Pierre natürlich ein Gentleman war. Er würde ihren Schwächeanfall vorhin auf dem Balkon bestimmt nicht ausnutzen, um später … Nein, nein. Zufrieden dehnte und reckte sie sich. Und fing einen intensiven Seitenblick von Pierre auf, allzu intensiv. Schnell fragte sie: »Einen Kaffee?«

»Nein«, Pierre schüttelte den Kopf. Er sah sie noch immer unverwandt an.

»Ein Glas Wein?«, fragte Marie. »Wir könnten uns auch etwas zu essen machen. Ich hasse es, das Mittagessen zu überspringen, und sterbe vor Hunger!«

Pierre sagte nichts. Er sah sie nur an. Dann war sein Gesicht plötzlich vor ihrem, seine Hand an ihrer Wange, seine Lippen drückten sich auf ihren Mund, seine Zunge drängte sich zwischen ihre Zähne, doch das war genug!

Sie wusste nicht, wie sie sich aus seiner Umarmung befreit hatte, aber als sie wieder klar denken konnte, stand Marie bebend vor der Couch, auf der Pierre saß und schuldbewusst zu ihr hochsah. »Was sollte das?«, fuhr sie ihn an.

»Entschuldige Marie, aber ich dachte …«

»Du dachtest was? Weißt du, was das für ein Schock war? Das war Vertrauensbruch, verdammt!«

Pierre war blass geworden.

»Entschuldige«, Marie strich sich fahrig die Haare zurück. »Entschuldige, Pierre«, sagte sie noch einmal, setzte sich wieder und legte ihre Hand an seine Wange. Pierre ließ den Kopf auf ihre Schulter sinken. Er tat ihr ja leid. Doch die tröstliche Geste war ein Fehler gewesen. Pierres Lippen suchten ihren Hals.

»Nein«, sagte Marie erschrocken und drückte seinen Kopf mit beiden Händen von sich.

»Warum nicht?«, fragte Pierre mit sehnsüchtigem Blick.

Marie konnte es ihm nicht sagen. Diese Welle des Widerwillens, die sie eben überkommen hatte, als seine Zunge nach der ihren suchte. Jetzt überkam sie diese Regung erneut. Sie ging schnell zum Wasserhahn und trank ein paar Schlucke. Sie wischte sich über den Mund. Pierre sah sie an. Er erwartete eine Antwort.

»Du bist mein bester Freund«, hob Marie an, »ich habe immer den besten Freund in dir gesehen, verstehst du?«

»Ich weiß, du hast Jahre lang nicht viel anderes gesehen als Sylvain und deine hoffnungslose Liebe für ihn. Sonst hättest du es bestimmt bemerkt. Dass ich dich liebe.« Pierre verstummte.

Oh nein. Er hatte es gesagt. Marie ging nervös im Raum auf und ab.

Pierre fuhr fort. »Ja, ich liebe dich, und nicht erst seit gestern. Aber weil ich dich liebe, wollte ich dein Glück. Und wenn Sylvain dich glücklich gemacht hätte, hättest du niemals ein Wort von mir über meine Gefühle gehört. Die ganze Zeit, solange du darauf gehofft hast, dass ihr noch einmal offiziell zusammenkommt, habe ich durchgehalten, war einfach nur als Freund für dich da, obwohl ich davon überzeugt war, dass es mit euch nichts würde. Der Mann hat dich nicht verdient, Marie. Ich weiß, wie sehr du jetzt leidest, aber es war Zeit, dich von Sylvain zu befreien.«

»Aber wenn du weißt, wie es mir jetzt geht, dann musst du auch wissen, dass ich mich nicht von heute auf morgen neu verlieben kann. Auch nicht …« Sie verstummte. Die Finger des Deutschen, die sanfte Zufallsberührung, das geradezu elektrische Kribbeln … Für den Bruchteil eines Augenblicks war das plötzlich wieder da gewesen, im Gedächtnis ihres Körpers. Verwirrt sah sie um sich, wie jemand, der aus einem déjà vu erwacht. Ihr Blick fiel auf Pierre.

»Dann werde ich warten«, sagte er schlicht.

Marie sah ihn betroffen an. Sie konnte ihm keine Hoffnung machen. Etwas sagte ihr, dass sie ihn niemals lieben könnte – nie anders als einen Freund. Aber sie fühlte sich erschöpft, dermaßen erschöpft … Dann klopfte es an der Tür. Schicksalsergeben ging sie hin und öffnete.

»Hallo«, grüßte Florian, und als er den Womanizer hinter Marie sah, zu diesem: »Bonjour!«

Pierre zog die Augenbrauen hoch und deutete ein Nicken an; Marie schaute entnervt vom einen zum anderen.

»Ich wollte nur etwas abgeben«, wandte Florian sich an Marie und reichte ihr einen schweren, gelb-grünen Sack. »Für Ihre Hortensien.«

Perplex nahm Marie den Sack entgegen. Düngemittel, las sie. Auf so eine Idee konnte auch nur dieser Deutsche kommen. »Et bien, vielen Dank«, sagte sie hastig. Sie spürte förmlich, wie Pierres Blicke sich ihr in den Nacken bohrten. »Wie geht es der Hand?«, fragte sie trotzdem.

»Ganz in Ordnung soweit. Sie tut weh, aber der Verband hält.«

»Wenn sie anschwillt, können Sie sie kühlen. Mit Eiswürfeln in einem Tuch. Nicht zu lange, vielleicht zehn Minuten, zwei-, dreimal am Tag.«

»Okay, alles klar. Nochmals vielen Dank. Und schönen Abend noch, Ihnen beiden.« Er nickte, hob linkisch die verbundene Hand und ging schnell nach draußen.

»Schönen Abend noch, Ihnen beiden. Klasse Spruch. Fein gemacht, Florian, ganz hervorragend. Wollen Sie nicht das Ehebett ausprobieren? Peinlich, peinlich hoch zehn«, beschimpfte Florian sich selbst, während er langsam in Boris' Haus zurückging. Er war nur froh, dass Olivier nicht mehr da war, um die Schmach als Zeuge mitzuerleben.

»Du hast gesagt, du kennst den Typ kaum«, brach es aus Pierre heraus, kaum dass die Haustür hinter dem Deutschen geschlossen war.

»Das stimmt auch«, trumpfte Marie auf. »Er hat meine Hortensien angefahren, wir haben uns gestritten und jetzt kauft er mir Düngemittel, na und?« Sie ließ den Sack Dünger neben der Tür auf den Boden fallen.

»Und seine Hand? Hast du die verbunden?«

»Dir ist klar, Pierre, dass man dazu verpflichtet ist, erste Hilfe zu leisten? Natürlich habe ich ihn verarztet. Er ist vom Dach gefallen und hat einen miesen Schnitt im Handballen!«

Pierre holte tief Luft. Dann stieß er hervor: »Mal ehrlich, Marie – macht er dich an, der schöne *boche*?«

Entgeistert starrte Marie ihren Freund an. »Dass du, mein bester Freund, solche Ausdrücke in den Mund nimmst, das hätte ich nie gedacht! *Boche*! Das ist Kriegsvokabular! Ich meine, unsere Großeltern haben den Weltkrieg mitgemacht; wenn noch jemand aus deren Generation verbittert gegen die Deutschen ist – aber wir, wir sind doch eine andere Generation! Ich bin mit dem Schulaustausch in Deutschland gewesen, mehrere Male, ich fand es schön da und immer wurde ich herzlich aufgenommen!«

Pierre war blass geworden. »Scheiße, du hast was mit diesem Deutschen«, stieß er aus.

»Was?« Marie meinte, sich verhört zu haben.

»Ja, klar, wenn du die Deutschen so verteidigst.«

»Was ist das denn für eine Logik, das ist ja absurd!« Marie kochte vor Wut.

»Na gut, das ging zu weit«, räumte Pierre ein, »aber warum regst du dich dann so auf? Das mit dem boche ist mit nur so rausgerutscht. Außerdem beschönigst du die Tatsachen. Die Leute, die dich in Deutschland aufgenommen haben, mochten Franzosen, na gut; aber es gibt auch andere. Hast du nie von diesem Kriegstourismus gehört, der gerade boomt? Da kommen Touristen in die Bretagne und in die Normandie, nur weil sie scharf darauf sind, Nazi-Bunker und so etwas zu sehen! Zu sehen, und zu filmen, und zu fotografieren …«

Marie schüttelte unwirsch den Kopf. »Ich habe davon gehört, ja. Soweit ich weiß, gibt es verrückte Engländer und Amerikaner, die so etwas machen. Von Deutschen habe ich so etwas noch nicht gehört, und diesen Florian zu so einem abzustempeln, geht zu weit, auch wenn ich ihn nicht leiden mag. Pierre, du hast mir heute enorm geholfen, aber ich bekomme gerade Kopfschmerzen und es ist besser, du gehst.«

Pierre sah sie ungläubig an. »Du wirfst mich raus?«

»Nicht böse gemeint, aber ja.«

Pierre stand auf. »Darf ich dich noch einmal in den Arm nehmen?«, bat er, als er schon an der Tür stand.

Es war Marie, die Pierre an sich zog. Sie hasste Streit, auch wenn manchmal ihr hitziges Temperament dazu führte, dass sie damit anfing. Sie standen eine Minute da, eng umschlossen, dann beendete Pierre abrupt die Umarmung. Marie ließ die Tür hinter ihm in das Schloss fallen. Ihr Blick fiel auf den Sack Blumendünger. Sie hob die Hand an den schmerzenden Kopf.

6. Folgen des Lambig

Florian fühlte, er würde keine Ruhe finden, obwohl er vollkommen fertig war. Aber was sollte er tun, so ganz allein tun? Es gab nur einen Menschen, von dem er sich vorstellen konnte, freundlich aufgenommen zu werden. Kurz entschlossen schnappte er sich das neue Wörterbuch und die Packung Rocher, die er für Yvonne Le Roux gekauft hatte, und ging sie besuchen.

Er fand die alte Dame vor ihrem Haus auf der Bank sitzend. Sie strickte.

»Bonjour«, grüßte Florian vom Gartentor aus.

Yvonne sah auf. »Tiens, c'est vous. Alors, elle va comment, votre main? Ar hleñved kuit; Gand al louzaouer ez a ar gounid[3].«

Florian begriff, dass die alte Dame nach seiner verbundenen Hand fragte, und sagte: »Alles gut – très bien! À propos: Merci, pour vous«, und er hielt ihr die Rochers hin.

Verblüfft, aber erfreut nahm die alte Dame die Süßigkeiten entgegen. »Vous voulez un apéritif?«, fragte sie dann.

Warum nicht? Florian nickte.

»Alors venez«, lud Yvonne ihn ein, ihr in ihr Haus zu folgen.

Ein enger Korridor, links und rechts jeweils zwei Türen; geradeaus die Treppe zum ersten Stock; unter dem Treppenabsatz eine weitere Tür, bestimmt zur Toilette. An den Wänden des Flurs eine

3 Die Krankheit kommt zu Pferd angeritten; Aber sie kehrt zu Fuß zurück.

großgeblümte Tapete, grün-weiß. Florian folgte Yvonne durch die erste Tür rechts und stand in der Küche.

»Asseyez-vous«, forderte die alte Dame ihn auf, und er setzte sich auf einen der vier Stühle an den rechteckigen Tisch. Während sie aus einem mit gedrechselten Säulen, Schnitzereien und Nägeln verzierten Küchenbüffet zwei geschliffene Gläser holte, ließ er den Blick weiter durch den kleinen Raum schweifen. Und staunte. Der hohe Kühlschrank mit dem verchromten Griff sah nach fünfziger Jahren aus. Das emaillierte Spülbecken daneben wirkte eher älter als jünger, auch wenn der Wasserhahn darüber neu war. Ein einfacher Gasherd und eine schöne alte Standuhr aus rötlichem Holz vervollkommneten die Einrichtung.

Nun stellte Yvonne eine Flasche auf den Tisch, dessen Platte durch eine gewachste Decke geschützt war. Man sah genau, wo Yvonne zu sitzen und zu essen pflegte, denn da war die einst blaue Decke mit ihren gelben Blumen ausgebleicht vom regelmäßigen Sauberwischen.

»C'est du Lambig breton«, erklärte Yvonne stolz, schenkte ein und schob ihm ein Glas zu. Sie setzte sich, hob ihres und rief aus: »Yehermat!«

»Yehermat«, wiederholte Florian, nahm einen Schluck und hustete.

»An tamm hag al lomm, A ra dezañ kaoud lamm.[4] C'est fort, mais c'est bon«, sagte Yvonne, zufrieden schmatzend. Sie hatte ihr Glas auf einen Zug geleert.

»Jaja, sehr gut«, sagte Florian mit rauer Stimme. Er hatte nur nicht mit etwas so Scharfem zum Aperitif gerechnet. Er nahm die Flasche und las: »Lambig. Eau de vie de Cidre. 40%.«

»Encore un?«, fragte Yvonne, sobald auch Florian sein erstes Glas Cidre-Schnaps geleert hatte.

Auf dem kurzen Rückweg zu Boris' Haus schwirrte Florian der Kopf und Mengleuff schien ein wenig zu wanken. Der Lambig war gut gewesen und das neue Wörterbuch war gut gewesen, denn jetzt wusste Florian, dass Yvonne Witwe war. Sie hatte zwei Kinder,

4 Der Krumen und der Tropfen halten den Menschen aufrecht.

Colette und Gilbert. Colette lebte in Paris und Gilbert in Quimper. Gilbert – Quimper. Das reimte sich, Florian kicherte. Enkel und Urenkel hatte Yvonne auch. Ganze sieben, Florian hatte Fotos gesehen.

Er fummelte den Schlüssel in das Schloss. Endlich bekam er die Haustür auf. Drinnen ließ er sich auf die Couch fallen. Wie viele Gläser von dem Zeug hatten sie noch gekippt? Es war jedenfalls Zeit, schlafen zu gehen. Aber warum war es dann noch so hell? Nein, da konnte man noch nicht ins Bett! Er rappelte sich von der Couch auf, ging in die Küche und drehte den Wasserhahn voll auf. Das kalte Wasser über dem Kopf brachte ihn ein wenig zu sich.

Mit dem Küchentuch rubbelte Florian sich die Haare ab, während er zurück in den Wohnraum ging und sich erneut auf die Couch fallen ließ. Sein Blick fiel auf das Tagebuch seiner Oma.

Schwungvoll blätterte er die Kladde auf. Er fand den Eintrag über das Haus der Madame Keroas wieder, wo die junge Marlene einquartiert worden war – das Haus, das noch im Krieg zerbombt worden war – und dann las er den nächsten Eintrag, vom 8. September 1942 …

»Obs stüürmt ooder schneit«, singt Traute, aber Gisela protestiert. Sie wollen ein Wanderlied singen, also Das Wandern ist des Müllers Lust. Marlene fällt mit ein, und zuletzt schließt auch Traute sich ihnen an.

Der Pfad ist zu eng, um nebeneinander zu gehen. Marlene führt den Zug an, ihr folgt Gisela, und Traute, die Langsamste, bildet das Schlusslicht. Jetzt wird der Pfad aber noch steiler, und Traute ruft von hinten: »Halt! Ich kriege keine Luft mehr!«

»Das Atmen ist der Traute Frust«, singt Marlene, und Gisela schüttelt sich vor Lachen.

»Habt ihr schon einmal etwas so Schönes gesehen?«, fragt Marlene ihre Freundinnen und lässt sich auf einen Felsbrocken sinken. Weit, weit unter ihnen liegt das Meer, und seine Farbe ist türkisblau.

»Ein echter Sommerfrischetag!«, ruft Gisela aus.

»Aber lasst uns weitergehen, zum deutschen Dorf«, drängelt Traute.

»Du hast doch gesagt, du kriegst keine Luft mehr beim Wandern«, bemerkt Gisela. Sie und Marlene wechseln einen Blick. Traute wollte unbedingt mitkommen bei ihrem Wanderausflug, dem ersten richtigen

Ausflug, den sie machen. Dabei wandert Traute nicht gern, und manchmal ist sie ja so ein Spielverderber.

Marlene steht auf. Sie können auch weitergehen, wenn Traute das will. Gisela sagt, dann soll Traute auch vorgehen. Die gibt zurück, dass sie dann auch das Lied aussuchen will. Also singen sie doch das Panzerlied, aber nur einmal. Marlene weiß sowieso, warum Traute das singen will: weil ihr Bruder in der Wehrmacht und ein Held ist, behauptet Traute. Giselas Bruder ist in der Luftwaffe. Nur Marlene hat weder Bruder, noch Schwester, und kann da nicht mitreden.

Mit dem Schatten der Pinienhaine ist es bald vorbei, vor ihnen erstreckt sich baumlose Heidelandschaft.

»Könnt ihr irgendwo eine Ziege sehen?«, fragt Gisela, wegen des lustigen Namens des Südkaps von Crozon, Cap de la Chèvre.

»Nö«, sagt Marlene. »Nur Heidekraut, Farne und Brombeerranken. Und den Himmel und das Meer.«

»Aber das Dorf, das muss gleich kommen, oder?«, beharrt Traute.

»Jaaa«, sagen Marlene und Gisela im Chor.

Als Marlene sie auf das Summen der Bienen aufmerksam macht, meint Gisela, das gebe Heide-Honig. Die Bemerkung macht den Freundinnen Appetit und sie rasten, um ihre Stullen zu essen. Traute hat hartgekochte Eier mit, die sie teilen, und Marlene drei Äpfel. Was für ein Festessen! Wie schön ist es, Freizeit zu haben! Heute merkt man gar nichts vom Krieg. Heute ist es, wie Gisela gesagt hat: ein echter Sommerfrischetag!

Nach dem Essen haben sie Durst, aber kein Wasser mehr. Das Dorf taucht noch immer nicht auf, auch nicht nach einer Dreiviertelstunde weiterwandern. Das neue Dorf oder das deutsche Dorf, wie es genannt wird, ist ihnen zur Einkehr empfohlen worden. In Windeseile wurde es als Unterkunft für ihre Soldaten gebaut; was die zum Leben gebraucht haben, wurde angesiedelt. Jetzt ist es ein richtiges Dorf, und es wächst weiter.

Traute meint, vielleicht sind sie schon an dem Dorf vorbei, aber Marlene sagt, das kann nicht sein, sie sind immer die Steilküste entlang gegangen. Eben, erwidert Traute, das Dorf liegt bestimmt nicht so nah am Abgrund. Also schlagen sie sich nach rechts in die Heide. Tatsächlich geraten sie bald auf einen richtigen Feldweg, und dann sehen sie ein einsames Haus. Als sie näherkommen, lesen sie auf einem roten Schild über der Tür: Chez Gégé.

»Da können wir etwas trinken«, freut sich Gisela. Sie waren noch nie in einem einheimischen Lokal, ein echtes Abenteuer!

Drinnen müssen sich ihre Augen erst daran gewöhnen, dass es hier so viel dunkler ist. Ein Tresen, fünf oder sechs Tische. Nur ein alter Mann sitzt allein an einem Tisch. Sonst niemand.

»Es ist komisch hier, lasst uns zum Dorf weitergehen«, murmelt Traute.

»Ach, papperlapapp!« Gisela setzt sich an einen Tisch, Marlene neben sie.

Der Wirt, den sie gar nicht gesehen hatten, kommt auf sie zu. »Bonjour, les demoiselles. Vous voulez boire quelque chose?«

»Cidre, s'il vous plaît!«, ruft Gisela aus.

»Du willst Alkohol trinken, am Nachmittag?«, fragt Traute entgeistert, als der Wirt gegangen ist.

»Wir sind nicht im Dienst, oder?« Gisela lacht.

Der Wirt kommt mit zwei Flaschen und drei Trinkschalen aus glasierter Keramik. »Trois bolées, du Doux et du Brut. Pour goûter«, der Wirt zwinkert ihnen zu.

Gisela schenkt ein. Sie stoßen an und sind überrascht: Der Apfelwein ist süß und süffig. Sie haben Durst, die Flasche ist schnell geleert. Sie haben nicht den Eindruck, viel Alkohol getrunken zu haben. »Deshalb hat er gleich zwei Flaschen hingestellt«, meint Marlene und schenkt aus der zweiten Flasche nach. Aber das ist ein anderer Cidre, herber als der erste. Sie streiten sich darüber, welcher der bessere ist.

Unterdessen hat sich die Bar gefüllt. Nach und nach sind immer mehr Leute gekommen. Alles nur Männer. Sie werden verstohlen von allen Seiten beobachtet, stellt Marlene fest; verstohlen und misstrauisch.

Aber der Wirt ist freundlich. »Alors, c'est bon, le Cidre?«, ruft er ihnen von hinter dem Tresen zu.

Die Freundinnen nicken und strahlen ihn an.

»Vous voulez goûter autre chose?«

»Was will er?«, fragt Traute, die nicht so gut Französisch kann.

»Er bringt uns noch etwas anderes zum Trinken«, erklärt Gisela.

Auf dem Tablett des Wirts stehen drei kleine Gläser und zwei neue Flaschen. Er stellt alles vor ihnen auf den Tisch und schenkt aus der dunkelgrünen Flasche zuerst ein. Die Flüssigkeit in den Gläsern ist goldbraun.

»Das ist was Starkes«, sagt Traute misstrauisch.

»Komm schon, probiere«, sagt Marlene und hebt ihr Glas.

Ein Mann mit Mütze nickt ihr zu. »C'est bon, le Chouchenn«, ruft er. Marlene probiert. Sehr süß, und sehr stark, wie Traute gesagt hat.

»Schmeckt nach Honig«, sagt Gisela.

»Schmeckt nach Medizin«, sagt Traute und verzieht den Mund.

Ein paar Einheimische lachen.

»Et après, le Lambig«, sagt der Wirt und zeigt auf die andere Flasche.

»Oh nein, tut es nicht, Mädels«, warnte Florian.

»Ich werde betrunken, wenn ich so viel und schnell trinke«, kichert Marlene.

»Siehste, Oma.«

»Auf ex!« Gisela trinkt erst einmal das Glas mit dem Honigschnaps leer.

Kaum, dass sie ausgetrunken haben, schenkt der Wirt von dem anderen Zeug ein. Es sieht nicht sehr viel anders aus als das von eben.

»Yehermat«, ruft der alte Mann am Nachbartisch ihnen zu.

»Prost«, rufen sie zurück und trinken.

Marlene hustet, das brennt! Der alte Mann, der ihnen zugeprostet hat, lacht und klopft auf den Tisch. Aber Traute setzt ihr Glas ab und sagt: »Das ist lecker!«

»Dann nimm noch einen«, und Gisela gießt Traute nach.

Als sie aus der Bar in die Sonne treten, fühlt Marlene sich leicht und lustig. Jetzt weiß sie, was ein echter Schwips ist.

»Au revoir«, ruft Gisela lachend über die Schulter zurück.

»A la prochaine«, hören sie den Wirt zurückrufen.

Traute hat Mühe, geradezugehen. Sie hat am meisten von dem Lambig getrunken.

»Was singen wir jetzt?«, fragt Marlene.

Traute fängt schon wieder mit dem Panzerlied an, aber Marlene und Gisela übertönen sie mit Oh Tannenbaum. Danach einigen sie sich auf Kling Glöckchen klingelingeling.

»Jetzt sind wir schon wieder falsch«, ruft Traute aus, als sie bald darauf an den Abgrund treten.

»Hu, mir ist schwindelig«, giggelt Gisela.

»Wir wollten zum Dorf«, mault Traute.

»Du mit deinem Dorf! Du willst dir wohl 'nen Soldaten anlachen!« Gisela lacht überdreht.

Marlene muss mitlachen.

»Sei du nur still«, faucht Traute sie an, »so wie du bei Leutnant Rosen Liebkind machst!«

»Was? Rosen?!«, ruft Marlene aus, mehr belustigt, als empört.

»Stimmt schon, dass er dich auffallend oft anspricht«, bemerkt Gisela und legt den Kopf schief. »Viel Spaß mit dem. Gratulation, Marlene!«

»Du spinnst ja«, protestiert Marlene, nun doch verärgert.

»Nein, Gisela hat Recht«, setzt Traute nach.

»Und du, sei still! Du willst ja nur in das Dorf, weil du sowieso zu faul zum Wandern bist!« Und sie äfft Trautes Gejammer von vorhin nach: »Ich krieg' keine Luft mehr! Ich bin außer Atem! Oh lasst uns atemlos das Panzerlied singen!«

Gisela kann nicht aufhören zu lachen.

Traute reißt die Augen auf, wendet sich ab und beginnt zu laufen.

»Was ist jetzt?«, fragt Marlene.

»Jetzt ist sie beleidigt«, gibt Gisela prustend zurück.

»Traute, es war doch nur Spaß«, ruft Marlene halbherzig, aber die Beleidigte rennt nur noch schneller.

»Vorsicht!«, ruft Gisela noch, plötzlich nüchtern, aber da passiert es: Traute rutscht auf dem Geröll aus – und stürzt in den Abgrund!

Sie weiß nicht, wie sie dorthin gekommen ist, aber als Marlene wieder klar denken kann, starrt sie in die Tiefe.

»Traute! Nicht bewegen!«, schreit Gisela neben ihr.

Gut vier Meter unter ihnen liegt Traute auf dem Rücken. Ein Auswuchs des Felsens hat sie gerettet. Unter ihr, gähnende Leere; dann, ganz weit unten, das anrollende Meer. Trautes Bein sieht merkwürdig verrenkt aus.

»Wir brauchen Hilfe«, sagt Marlene, »aus der Bar!«

»Du oder ich?«, fragt Gisela.

Marlene stürzt los.

Der Schock hat sie ernüchtert. Sie läuft, was sie laufen kann. Der Weg kommt ihr weit vor. Endlich, das Chez Gégé!

»Hilfe, à l'aide«, bringt Marlene hervor. Sie sieht in fragende, fast irritierte Gesichter. Sind die Leute hier noch mehr geworden? Alles ist so verqualmt.

Der Wirt tritt auf sie zu.

»Traute, mon amie! Tombée!« ruft Marlene verzweifelt.

Der Wirt nickt langsam. Er verschwindet in einem Nebenraum. Als er zurückkommt, trägt er ein zusammengerolltes Seil und eine Schaufel über der Schulter. Vier weitere Männer begleiten sie zu der Absturzstelle.

»Endlich!«, ruft Gisela ihnen entgegen.

Der Wirt schaut hinab. Traute liegt noch so da wie vorhin. Sie schluchzt hysterisch, will oder kann sich nicht bewegen.

Während einer der Männer das Seil um seine Hüften knotet, gräbt ein anderer eine Rille. Marlene begreift. Die Rille soll den Füßen der Männer Halt geben, die das Seil halten werden.

Es ist so weit. Der Angeseilte klettert zu Traute. Er beugt sich über sie, tastet sie ab. »C'est son genoux!«, ruft er nach oben.

Die Männer beraten sich. Marlene und Gisela schauen sich bange an.

Einer geht fort. Kommt Minuten später wieder, mit einem weiteren Seil und in Begleitung eines Einheimischen, der auffallend muskulös und groß ist. Der trägt eine Bahre, wie die aus dem Feldlazarett, und eine Decke. Wo haben die diese Bahre her, fragt sich Marlene? Aber sie geht dieser Frage nicht nach. Hauptsache, sie retten Traute!

Der Große wird abgeseilt. Marlene beugt sich vor. Jetzt ziehen sie den Mann, der Traute untersucht hatte und der bei ihr geblieben war, wieder nach oben. Dann binden sie die Bahre und die Decke an das Ende des Seils und lassen beides herunter. Auf der Felsnase ist kaum Platz, um die Decke über der Bahre auszubreiten. Der Große muss sich breitbeinig über Traute stellen, um das zu tun.

Marlene tritt einen Schritt zurück. Sie kann nicht länger hinabsehen. Ihr wird schlecht, sie erbricht sich. Wortlos reicht ihr einer der Umstehenden ein Taschentuch.

Es dauert noch lange, bis Traute auf die Bahre gebettet, in die Decke gerollt und mit dem Seil an der Bahre festgezurrt ist. Dann ziehen die Männer sie nach oben.

Am späten Nachmittag kommen Marlene und Gisela in dem Dorf an, das Traute so gerne sehen wollte. Sie liegt apathisch auf der Bahre, die stets zwei ihrer Helfer abwechselnd tragen.

Wochen später bestätigt sich die Befürchtung des Arztes: Trautes Knie ist steif. Sie wird ihr Leben lang lahm bleiben.

Es ist ihre Schuld, Marlenes. Ihre und Giselas; sie haben sich beide über Traute lustig gemacht. Deshalb ist die zu nah am Abgrund fortgerannt und hinuntergestürzt. Aber noch mehr ist es ihre Schuld, weiß Marlene; sie hat Traute zuletzt nachgeäfft. Sieht Gisela das genauso? Marlene weiß selbst nicht, wie es dazu kommt, es passiert einfach: Ihr Schuldbewusstsein schiebt sich zwischen sie und ihre einst beste Freundin. Marlene und Gisela verlieren Kontakt. Sie grüßen sich noch, wenn sie sich sehen, aber mehr nicht.

Traute redet mit Marlene kein Wort mehr. Wie es zwischen Traute und Gisela steht, weiß Marlene nicht.

Jetzt ist sie ganz allein in dem fremden Land.

Florian ließ das Tagebuch sinken. Er musste an Hildegard denken. Die beste Freundin seiner Oma war vor zwei Jahren gestorben. Das war ein harter Schlag für seine Oma gewesen. Danach hatte sie verkündet, sie sei alt und wolle in ein Heim. Florian hatte ihr zugeredet, es nicht zu tun. Aber sie – sie hatte sich aufgegeben, irgendwie. Ja, indem sie ihr Haus aufgegeben hatte, hatte sie ihr Leben aufgegeben. Seitdem wirkte sie ruhig und gelassen und – komplett gelangweilt, in diesem Heim, für das sie noch zu fit war. Gut, sie las, sah fern und lebte viel in ihren Gedanken. Aber war das noch *leben*? Sie war nicht wirr und auch körperlich noch ganz gut beieinander. Ihr fehlten Erlebnisse, neue Anregungen. Sie hätte reisen sollen, anstatt sich im Heim zu begraben!

Wenn ihm Boris' Haus gehören würde, dann würde er seine Oma einmal hierher mitnehmen. Oh ja, das wär's. Ein Haus in der Bretagne. Und warum nicht wirklich dieses hier? Boris schien es doch gar nichts zu bedeuten; der ließ es verfallen, kam nie hierher. Wenn er ihn einfach fragen würde? Hey Boris, willst du dein Haus in Mengleuff nicht verkaufen?

Gut, nun aber zurück zur Geschichte seiner Oma. Er spürte, dass er noch immer zu aufgekratzt war, um an schlafen zu denken. Im Bett lauerten die Gedanken an Katharina. Nein! Dann lieber weiterlesen, bis zur kompletten Erschöpfung. Doch zuvor nahm er sich einen Zettel. Er schrieb darauf: Cap de la Chèvre; Bar Chez Gégé; deutsches Dorf. Recherchieren, das war ab heute seine selbstgestellte Aufgabe. Recherchieren und Fotos machen oder zeichnen, für seine Oma. Um ihr Lust zu machen, mit ihm nochmal herzukommen. Also, dieses Cap würde er sich ansehen, gleich morgen.

Aber als Florian weiterlas, wurde ihm klar, dass er am nächsten Tag nicht zum Südkap von Crozon fahren würde. Etwa einen Monat nach Trautes Unfall, im Oktober 1942, war etwas viel Einschneidenderes passiert, und den Ort *dieses* Geschehens musste er als ersten sehen.

Das tat er dann allerdings nicht gleich am nächsten Tag; an dem hatte er einen totalen Durchhänger, verschuldet durch Yvonnes Lambig und eine durch Liebesschmerz bedingte Antriebslosigkeit. Während Marie nebenan verbissen Rasen mähte, Efeu kürzte und (schnell und leise, um bloß nicht von Florian dabei bemerkt zu werden) seinen Dünger auf die Erde unter den ramponierten Hortensien verstreute, lungerte Florian den Großteil des Tages im Bett herum, dann im Garten. So war es am Mittwoch, seinem dritten Tag in der Bretagne, dass Florian sich, das Tagebuch seiner Oma im Rucksack, auf den Weg zu »*dem* Berg« machte, wie die Einheimischen den Ménez-Hom laut Reiseführer nur nannten.

7. Verhängnisvolle Begegnungen

Sie reden kein Wort. Marlene starrt aus dem Fenster der Limousine. Sie hat sich rechtfertigen müssen, erklären, wo sie die Nacht über geblieben ist und warum sie die Botschaft nicht überbracht hat. Sie hat den durchweichten Umschlag zurückgegeben. Der Oberst hat sie durchdringend angesehen, als er das geöffnete Siegel sah. Aber er hat nichts dazu gesagt. Dann hat sie die Geschehnisse wahrheitsgemäß erzählt – aus der Ich-Perspektive, sie hat nie »wir« gesagt. Sie hat seine *Rolle, die Rolle ihres neuen, einzigen und unmöglichen Freundes, im Unklaren gelassen. Sie hat gefürchtet, dass man nach ihm ruft, um auch ihn auszufragen. Der Oberst tat es nicht. So hat sie alles andere erzählt – nur den Fremden in der Kapelle hat sie weggelassen. Hat der Oberst ihr trotzdem etwas angemerkt? Sobald sie auf die Kapelle kam, ist er hellhörig geworden. Warum will er die Kapelle jetzt sofort sehen? Marlene hat Angst. Angst davor, Spuren vorzufinden, des fremden Mannes von letzter Nacht und der Kameraden, die er haben könnte.* Er *kannte ihn, diesen Mann; er könnte Ärger bekommen, sollten sie ihn erwischen. Sie hofft, er ist schon weit weg. Dabei weiß sie, sie dürfte das nicht hoffen.*

»Wie weit noch?« Der Oberst dreht sich zu ihr und sieht sie an, forschend.

»Noch ein paar Kilometer, Herr Oberst. Die Kapelle liegt direkt an der Straße, auf der linken Seite.« Marlene bemüht sich um präzise Aussagen.

Der Oberst dreht sich wortlos zurück.

Sie sehen den Kirchturm aus der Ferne. Sie muss nichts sagen, der Oberst befiehlt dem Chauffeur, rechts am Straßenrand anzuhalten. Er steigt aus der Limousine und überquert die Landstraße. Soll Marlene mit? Der Oberst hat keinen Befehl dazu gegeben. Marlene bleibt sitzen und beobachtet ihn, wie er über die steinerne Schwelle den Kirchhof betritt.

Nach wenigen Minuten kehrt der Oberst zurück. »Abgeschlossen«, sagt er.

Seltsam, schießt es Marlene durch den Kopf. Letzte Nacht stand die Kapelle offen. Wer hat abgeschlossen seitdem, wann? Und dann, warum hat der Oberst nicht den Chauffeur geschickt, um zu überprüfen, ob das Kirchenportal offen ist? Er hatte es eilig, die Kapelle zu sehen, allein. Hat er einen Verdacht? Gegen wen? Marlenes Gedanken überstürzen sich.

Der Chauffeur fragt: »Aufbrechen, Herr Oberst?«

»Nein. Die Deutschen sind kein Volk der Barbaren. Wer hat den Schlüssel zu diesem Gotteshaus? Finden Sie das heraus!«

Der Befehl geht an den Chauffeur, der aus der Limousine steigt. Er steuert die Tür des nächstgelegenen Hauses an. Ein relativ großes Haus, vielleicht das des Pfarrers.

Die Tür öffnet sich nicht unter den anhämmernden Fäusten. Der Chauffeur versucht es bei den anderen der wenigen Häuser. Doch alles ist verlassen. Keine arbeitenden Menschen, keine spielenden Kinder. Die Stille um sie ist unnatürlich.

Im letzten Haus, bei dem der Chauffeur es probiert, öffnet sich doch eine Tür. Eine gebeugte Alte humpelt heraus. Der Chauffeur spricht mit ihr; die Alte antwortet und schüttelt den Kopf.

»Sprach nur den Kauderwelsch von hier, Herr Oberst«, meldet der Chauffeur. »Aber sie sagte etwas vom curé in Promodern. Das ist dieses größere Dorf im Südosten.«

»Plomodiern. Gut. Fahren Sie nach Plomodiern und holen Sie den Schlüssel beim Pfarrer«, befiehlt der Oberst. »Sie bleiben hier«, dies an Marlene.

Sie steigt aus der Limousine, der Chauffeur startet und fährt ab.

»Kommen Sie«, fordert der Oberst sie auf. »Wir sehen uns die Kapelle genauer an.«

Marlene ist verwirrt, als der Oberst eine kleine galante Verbeugung macht, um ihr den Vortritt in den Kirchhof zu lassen. Folgsam tritt sie über den Schwellenstein. Sie kommt sich ungelenk vor, spürt den Blick des Obersts in ihrem Rücken.

»Wissen Sie, welchen Zweck diese steinernen Schwellen erfüllen?«, fragt er.

»Nein, Herr Oberst.«

»Sie tragen eine symbolische Bedeutung. Sie grenzen den heiligen Kirchengrund vom Bereich des profanen Lebens ab.«

Marlene nickt, ohne zu begreifen. Worauf will der Oberst hinaus? Er ist schon ein paar Schritte weitergegangen und umrundet die drei Kalvariensteine. Vor dem höchsten, dem mittleren, bleibt er stehen. »Diese kniende Figur ist bemerkenswert«, sagt er.

Marlene sagt nichts. Was soll sie auch dazu sagen?

»Ich vermute, dass es sich um eine Darstellung der Maria Magdalena handelt. Eine schöne junge Frau mit sanften, regelmäßigen Gesichtszügen und langen, offenen Haaren. Sie betet Jesu an, und das gleich zweifach: direkt über ihr liegt er tot auf dem Schoß seiner Mutter – und darüber hängt er noch einmal, leidend am Kreuze. Obwohl der Granit steingrau ist, sieht man doch: Maria Magdalenas Locken sind rotblond.« Der Oberst schaut zu Marlene.

»Ja, jawohl, Herr Oberst«, stammelt sie.

Er lächelt. Mitleidig? Herablassend? »Wie alt sind Sie?«

Marlene fühlt sich erröten. »Siebzehn Jahre, Herr Oberst«, antwortet sie.

Der Oberst wendet den Blick zurück zu der knienden Maria Magdalena. »Aus welcher Richtung sind Sie vergangene Nacht bei dieser Kapelle angekommen?«, fragt er beiläufig.

»Von dort, Herr Oberst«, sie zeigt in Richtung des Berges. Jetzt beginnt das Verhör, denkt sie.

Doch sie irrt sich. Der Oberst befiehlt: »Kommen Sie«, und sie umrunden gemächlich die Kapelle. Er weist sie auf die grotesken Zierfiguren und auf die Wasserspeier hin – ein dicker Mann, ein affenähnliches Wesen, das aber ein Löwe sein soll, mit Mähne; langgezogene Mäuler, durch deren Zahnreihen bei Regen das Wasser herausschießt. Gestern Nacht muss es so gewesen sein. Ein ganzer Sturzbach muss zwischen diesen scharfen Zähnen hervorgeschossen sein, denkt Marlene. Heute ist der Himmel blau und rein, ohne Wolken. Nur das Gras durchnässt ihre Schuhe. Die Nacht ist hier draußen wie fortgewischt. Doch drinnen – was wird drinnen sein? Wo bleibt der Chauffeur mit dem Schlüssel?

Zerstreut hört Marlene die Worte, mit denen der Oberst die Architektur der Kapelle beschreibt. Renaissancekuppel, Barocktor, *drei Galerien, Rhythmisierung des Kirchturms – vergeblich versucht Marlene, dem Sinn dieser Begriffe zu folgen. Wo ist* er *jetzt? In Sicherheit?*

Endlich das ersehnte Motorgeräusch. Marlene blickt rasch zum Oberst, der in seinen Erläuterungen gestockt hat. Seine Wangen sind gerötet, in seinen Augen, die in Richtung Landstraße spähen, liegt ein Funkeln, das Marlene beunruhigt. Sie beißt sich auf die Lippen. Was erwartet der Oberst in der Kapelle? Mittlerweile weiß sie genau, was geschieht, wenn sie, die Deutschen, auf Konspiratorennester stoßen. Die Einheimischen wissen es auch. Haben sie deshalb den Ort verlassen? Und die gebeugte Alte? Vielleicht wollte sie nicht. Lieber zuhause sterben.

Der Oberst hat sie wortlos stehengelassen und ist auf dem Weg zum Kirchenportal. Eigenhändig schließt er auf. Lautlos schwingt die Tür in ihren Angeln – unerwartet lautlos für eine so alte Tür. Der Oberst atmet ein, senkt den Kopf, als ob er sich durch ein niedriges Tor bücken müsste, und verschwindet im dunklen Kircheninneren.

Marlene zögert. Dann geht sie ihm nach.

Es ist drinnen gar nicht so dunkel. Nach einigen Sekunden haben sich Marlenes Augen an das Dämmerlicht gewöhnt.

Der Oberst steht mit dem Rücken zu ihr, vor der Altarwand der Kirche. Der Goldglanz und die kräftigen Farben sind noch überwältigender als bei Nacht, im bloßen Schein der Öllampe. Marlene tritt selbst fasziniert näher, um die Reihe der bunten Figuren, der plastischen Bilder und des bewegt wirkenden Schnitzwerkes zu betrachten. Es stellt Ranken dar, erkennt sie, Blätter und Traubenreben, Schleifen um Engelsköpfe, alles goldschimmernd, voller Schnörkel und Kurven, ein einziges Gewimmel.

Marlene fühlt sich befremdet von dem Gold und dem Glanz, der Pracht und Verspieltheit dieses Kirchenschmuckes. Er ist so anders als der von zuhause, aber auch zu der Welt der armen Bauern- und Fischerhäuser von hier will er nicht passen. Noch weniger zu der Welt der Bomben und Maschinengewehre.

Sie tritt ganz nah an die hölzerne Balustrade heran, die den Altarbereich vom Kirchenschiff abtrennt, beugt sich ein wenig darüber. Nichts. Keine Decke, keine Öllampe mehr. Sie atmet auf. Schnell späht sie zum Oberst hinüber. Hat die Richtung ihres suchenden Blickes ihm etwas verraten? Nein. Der Oberst hat kein Auge für sie. »Ha. Direkt vor der Haustür«, stößt er heiser aus. Er schreitet die Altarwand von rechts nach links und von links nach rechts ab, ein Heiligenbild nach dem anderen fixierend. Er seufzt tief auf, blickt zu Marlene und sagt: »Gehen wir.«

Florian schlug die Kladde zu und blickte auf die Kapelle vor sich. Es war anders, den verstörenden Eintrag ein zweites Mal zu lesen – *vor Ort*, dort, wo alles passiert war.

Er saß auf dem Sockel des größten der drei Kalvariensteine, dem mit der knienden Maria Magdalena. Er hob den Kopf. Ja, diese Figur war schön. Er griff in den neuen Wanderrucksack und holte den gleichfalls neuen Skizzenblock und die Bleistifte heraus. Er hatte auch den Fotoapparat dabei; aber die Lust, einmal wieder zu zeichnen, hatte neulich in Camaret von ihm Besitz ergriffen. Wenn er zeichnete, war das eine andere, eine intensivere Art, Gegenstände, Orte oder Menschen zu erforschen.

Er stand auf und entfernte sich vom Kalvarienstein, um die Maria Magdalena aus günstigerer Perspektive zu skizzieren. Im Stehen, ohne feste Unterlage, war das nicht einfach; trotzdem verspürte er am Ende eine lange nicht mehr empfundene Zufriedenheit angesichts seiner gelungenen Skizze. Er setzte sich wieder auf den Sockel des Kalvariensteins, um jetzt die Kapelle zu umreißen. Ihren Turm mit der Kuppel, aus dem ein schmalerer, wiederum oben abgerundeter Türmchenabschluss erwuchs. Die Kuppelform war typisch für Renaissance- und Barockarchitektur; Marlenes Oberst hatte Bauzeit und Stil der Kapelle richtig eingeschätzt, der Mann hatte sich mit Architektur und Kunstgeschichte ausgekannt.

Florian hatte den Eintrag zur Entstehung der Kapelle an einem uralten Wegekreuz im Reiseführer nachgelesen, aber was ihn eigentlich interessierte, stand nicht darin: Welche Bedeutung hatte die Chapelle Sainte-Marie im zweiten Weltkrieg gehabt? War sie ein Konspiratorennest gewesen? Diese Frage stellte er sich zeichnend erneut; ehe er den Skizzenblock wegsteckte und aufstand, um die Kapelle zu umrunden.

Die groteske Figur des dicken Mannes, vielleicht ein Mönch, und das affenartige Löwenviech waren noch da, auch die brutal aussehenden Wasserspeier. Einen davon musste er doch noch skizzieren; dieser Wasserspeier glich einem Krokodilmaul mit Riesenzähnen, die ineinander verkantet waren. Vorne sah man das Loch für das abfließende Wasser. Florian setzte ein paar letzte Striche auf das Blatt und hielt inne. Sie war unheimlich, diese Begegnung mit den steinernen Zeugen der Vergangenheit seiner Oma. Es war fast, als würde er eine Zeitreise machen und Dinge sehen, die niemand sehen durfte. Andererseits wollte seine Oma, dass er sie sah. Sonst hätte sie ihm ihr Tagebuch nicht gegeben.

Plötzlich hatte er keine Geduld mehr zum Weiterzeichnen. Von wo aus hatte seine Oma sich damals der Kirche genähert? Jetzt sah er es. Nur nach hinten, zum Berg hin, war in der Kirchhofmauer eine Öffnung, eine Einfahrt. Von dort also. Von dort musste Marlene in den Kirchhof gefahren sein, bei Nacht und Unwetter auf einem Motorrad, festgeklammert an diesen Kriegsgefangenen, den sie nur den »Jungen« oder einfach »er« nannte oder einmal ihren »neuen und einzigen und unmöglichen Freund«.

Florian betrat die Kapelle. Diesen Augenblick hatte er sich für zuletzt aufgespart. Würde sie noch so aussehen, wie Marlene es beschrieben hatte?

Es war nicht mehr 1942, und für die modernen Touristen hatte man Scheinwerfer angebracht, die die Altarwand beleuchteten. Florian überkam eine Gänsehaut. Er tat es dem Oberst nach und schritt die Reihe der Heiligenfiguren ab, deren Farben nicht verblasst waren. Sie schienen unheimlich lebendig in ihren Nischen oder auf ihren Sockeln für ihn zu posieren.

Hatte der Oberst *das hier* sehen wollen? Und zwar unbedingt, nicht als Barbar, sondern dank des Schlüssels, den der Chauffeur aus dem nächstgrößeren Dorf holen musste? Für Konspiratoren hatte der sich doch nicht interessiert! Dabei, dieser Mann, der bei Nacht und Gewitter in der Kirche aufgetaucht war, war der nicht im Widerstand gewesen? Und der junge Kriegsgefangene selbst? Konnte er im Widerstand und zugleich ein Kriegsgefangener gewesen sein?

Florian trat hinaus in das blendende Licht. Er würde zu Fuß den Berg besteigen, beschloss er. Er hatte gesehen, dass es von der Kapelle aus einen Wanderweg zum Gipfel gab.

Marie fuhr an der Chapelle Sainte-Marie vorbei auf den Parkplatz. Es war ein idealer Tag zum Wandern – klarer Himmel, heiße Sonne, aber ein erfrischender Wind. Sie hatte die Nase voll von Gartenarbeit, sie brauchte mal eine Abwechslung.

Sie holte den Rucksack aus dem Kofferraum. Er enthielt zwei große Baguette-Sandwiches, einen Apfel und eine Flasche Wasser zum Picknicken. Dass der deutsche Cayenne am anderen Ende des Parkplatzes stand, bemerkte sie nicht.

Sie machte einen Haken über den Kirchhof und grüßte die schöne, aber etwas finstere Kapelle. Dann ließ sie sie im Rücken, um der Landstraße ein Stück weit zu folgen. Die wand sich, begleitet von einem glucksenden Bachlauf, in ein Tal hinunter. Aber Marie wollte hinauf; also bog sie bald in einen steilen Schotterweg ein, dessen Steine in der heißen Sonne weiß aufleuchteten. Auch die staubige Erde war weißlich-beige. Nach ein paar Hundert Metern endete der Weg vor einem Schild, das daran erinnerte, dass man sich in einem Naturschutzgebiet befand, in dem Fahrzeuge verboten waren. Der Fußpfad, auf dem es jetzt weiterging, wäre ohnehin für kein Fahrzeug befahrbar gewesen, meinte Marie kopfschüttelnd.

Sie kraxelte über Felsbrocken und Wurzeln, die sich hartnäckig im Boden festkrallten. Auf dieser Höhe des Berges wuchsen noch spärliche Haine aus windgebeutelten Kiefern. Nachdem sie eine Kieferngruppe durchschritten hatte, schaute Marie sich um: Unter ihr, bereits in der Ferne, lag die Chapelle Sainte-Marie, umgeben von gelben Feldern mit Heuballen und frischgrünen Weidewiesen. Weiter links erstreckten sich die Hügel in Richtung Châteaulin, bedeckt mit Feldern und Wäldern. Rechts sah man einen Streifen Blau am Horizont – das Meer.

Marie atmete auf und schritt weiter. Der Wind zerzauste ihr Haar. Der Wind war auf dem Ménez-Hom immer da, oft genug stürmisch. So stieß sie bald nur noch auf vereinzelte Bäume, denen man ihren

Kampf mit den Stürmen ansah: Ihr Astwerk war dünn, an der Nordseite manchmal gänzlich abgebrochen, so dass die Bäume wie Schilder gen Süden zeigten. Hin und wieder ragten ganz nackte Stämme wie Pfähle aus dem Boden. Die hohen Gräser, die den Ménez-Hom überzogen, neigten sich und blitzten in der Sonne auf wie grüne Wellen.

Ganz oben, auf dem yed, würden Menschen sein; ein Fahrweg führte dorthin, der Genuss der Panoramaaussicht war beliebt. Doch hier, um Marie herum, war keine Menschenseele. Nur Weite, Stille, das Rauschen des Windes. Und dann doch eine einsam dahinwandelnde Silhouette – ein zweiter Wanderer hatte zum Besteigen des Berges seine Füße dem Auto vorgezogen.

Sie folgte ihm in einiger Distanz, bis sie bemerkte, dass der Abstand zu ihm sich verringerte. Zunächst beschloss sie, ihrerseits langsamer zu gehen. Dann wurde ihr das zu nervend, zumal die Person stehengeblieben war, um etwas zu fotografieren. Was hatte der Wanderer entdeckt, fragte Marie sich? Einen Hinkelstein oder den Rest eines Hünengrabs? Die Kelten hatten auf dem Ménez-Hom Belen gehuldigt, dem Gott des Lichts. Außerdem gab es hier noch Mauerreste zu sehen, bei denen man nicht mehr wusste, ob sie von den Kelten stammten, von der Festung Aiqins des Normannen oder schlichtweg vom Teufel, wie der Volksmund behauptete. Manche Grundsteine hatten den Umriss eines marc'h, eines Pferdes, was schließlich nicht mit rechten Dingen zuging.

Als der Wanderer sich umdrehte, um seinen Rucksack aufzuheben, blitzte etwas weiß an seiner Hand auf. Ein Verband. Oh nein! *Er!*

Aber auf ein Treffen mit diesem Florian hatte Marie nun gar keine Lust! Entsprechend erleichtert war sie, als sich ein paar Minuten später ihre Wege trennten: Der Deutsche überquerte die Fahrstraße zum Gipfel und folgte weiter dem Fußpfad; Marie würde folglich den Fahrweg hochgehen. Als sie sich wenig später noch einmal umwandte, hatte der blöde Kerl es sich allerdings anders überlegt. Er ging nun hinter ihr die asphaltierte Straße hoch. Na toll!

Auf dem Parkplatz am Ende der Straße schloss Marie sich kurzerhand einer Gruppe von Ausflüglern an. Sie wandte sich um, wo war er? Da! Schnell wandte sie ihm den Rücken zu, als er an ihrer Gruppe vorbeiging. Jetzt schlurfte er auf den steinernen Rundtisch zu, der den höchsten Punkt des Berges markierte, stemmte die Hände in die Hüften und schaute um sich. Unschlüssig schlenderte er ein paar Schritte weiter, blieb dann abrupt stehen. Er zückte den Fotoapparat und drückte ab. Aber da war doch gar nichts, wunderte Marie sich. Nur die gelbe Markierung des Wanderweges. Jetzt schaute der Deutsche sich eifrig nach allen Seiten um. Er schien etwas Interessantes entdeckt zu haben, denn er hastete los.

Marie trat aus der Ausflüglergruppe heraus. Sie musste wissen, was ihren Nachbar derart gefesselt hatte. Der stapfte durch hohes Gras auf ein Buschmassiv zu. Vielleicht musste er mal, dachte sie und blieb lieber stehen. Aber dann zückte er wieder die Kamera – und fotografierte die Büsche. Er ging um die Büsche herum und knipste sie aus anderer Perspektive. Dann hatte er ein weiteres Buschmassiv entdeckt – es gab nicht viele hier oben – und nahm Kurs darauf. Hatte der einen Knall?

Marie näherte sich ihrerseits dem Grünzeug, das Florian begeistert und systematisch abgelichtet hatte. Und jetzt sah auch sie es: Inmitten des Buschmassivs war eine Treppe! Unten war das Fundament eines Kellers, überwuchert von Efeu, Farn, Gräsern, Brennnesseln und Dornenranken. Ein Keller? Nein! Das Baumaterial war Beton, erstaunlich intakt, nur hier und da von lichen überzogen, gelblichem Moos. Der Rest eines Bunkers.

Marie stieß einen leisen Pfiff aus. Sie sah nach ihrem Nachbar. Der machte gerade Fotos des zweiten Buschmassivs, das er entdeckt hatte. Eine zweite Bunkerruine? Marie sah mit neuem Argwohn um sich. Ja. Es war ihr vorher nie aufgefallen. Aber die einzigen Büsche, die auf der Bergkuppe wuchsen, standen hier, ganz oben auf dem yed, und zwar in ringförmiger Anordnung. Yed bedeutete »Ausguck«. Seitdem Menschen den Ménez-Hom bestiegen hatten, hatten sie den Berg strategisch genutzt: Von hier aus hatte man ein Dreihundertsechzig-Grad-Panorama und konnte die umliegende Gegend kilometerweit im Auge behalten. Die verdächtigen Buschmassive zeigten wie die Ziffern einer Uhr in alle Richtungen.

Marie ging ein paar Schritte zurück, sie musste etwas überprüfen. Ja, so war es: Dieser Mann, dieser Florian, der ihr gestern

Blumendünger geschenkt hatte, dieser Mann hatte vorhin *nicht* das gelbe Zeichen des Wanderwegs fotografiert. Das Zeichen war aufgemalt auf ein Stück deutschen Weltkriegsbeton.

Marie griff sich an den Kopf. Sie war erschüttert. Sie hatte immer so gerne die Landschaft von hier oben aus gesehen – die Windungen des Flusses Aulne, der in die Bucht von Brest einmündete; die Hügelketten im Osten; die Küsten der Bucht von Douarnenez und von Crozon, die wie zwei gebogene Arme am Horizont aufeinander zustrebten, dazwischen das schimmernde Meer. Sie hatte das alles nie mit einem militärischen Blick angesehen, und es plötzlich zu tun, war ein Schock für sie.

Der noch größere Schock war aber die andere Erkenntnis. Marie fühlte sich schwach. Sie hatte gewusst, dass ihr Nachbar ein rücksichtsloser Klotz mit einem Protzauto war, der auf Blumen und Nachbarinnen keine Rücksicht nahm. Aber *das* hätte sie ihm doch nicht zugetraut. Pierre hatte Recht gehabt. Florian war kein gewöhnlicher Tourist. Er war in die Bretagne gekommen, um Nazi-Bunker zu fotografieren. Und wenn ein Deutscher das tat, und zwar derart begeistert, dann … war Florian selbst ein Nazi?! *Dann war er wohl ein Nazi.*

Sie hatte den Eindruck, sich setzen zu müssen; genau in dem Moment setzte er sich, und zwar in den Schatten eines Nazi-Mauerrests, und nun blätterte er in einem schwarzen Heft. Marie wollte gar nicht wissen, was das für ein Heft war! Und diesen Mann – Marie wurde von Schamgefühl überkommen –, diesen Mann hatte sie vorgestern, widerwillig immerhin, beinah sympathisch gefunden; aber nein, es war schlimmer: Bei der Berührung ihrer Finger hatte buchstäblich etwas zwischen ihnen gefunkt!

Sie machte auf dem Absatz kehrt und ging. Sie hatte keine Lust mehr auf wandern.

Vergeblich versuchte Florian sich vorzustellen, wie dieser Berg mit der sagenhaften Aussicht unter deutscher Besatzung ausgesehen hatte. Hier war seine Oma hingeschickt worden, um irgendeinem Offizier diese merkwürdig nichtssagende Nachricht des Obersts zu überbringen. Er holte die Kladde aus dem Rucksack hervor. Also noch einmal, wie war das alles gewesen? Da war die Passage, so hatte alles angefangen …

Marlene ist im Büro des Obersts, auf der Kommandantur. Sie ist überrascht, fast erschrocken darüber, dem hohen Befehlshaber gegenüberzustehen. Er ist noch nicht lange da, gerade eine knappe Woche. Vorher war er im Landesinneren gewesen, Kommandant auf Schloss Trévarez, eine zentrale Schaltstelle der deutschen Besatzung. Mehr weiß Marlene von ihm nicht. Was will er von ihr, einer einfachen Funkhelferin? Sie weiß nicht, was sie erwartet.

Der Oberst fragt, ob sie schon einmal auf dem Ménez-Hom war. Sie bejaht das. Er legt ein Couvert vor ihr auf den Tisch. Es ist versiegelt. Es enthalte eine Botschaft für Oberstleutnant Hähnel. Ob sie sich den Namen merken könne? Jawohl, das kann sie. Die Botschaft sei persönlich abzugeben, an den Oberstleutnant selbst. Der Oberst legt einen von ihm unterzeichneten Passierschein daneben. Er soll den Durchlass zu Hähnel garantieren.

Marlene nimmt beide Dokumente mit klopfendem Herzen an sich. Warum gerade sie? Doch Befehl ist Befehl.

Als sie zögernd stehenbleibt, will der Oberst wissen, ob sie noch Fragen habe. Ja. Wie soll sie auf den Berg kommen? Sie kann nicht fahren. Der Oberst ruft Leutnant Rosen herein. Rosens Blick streift sie, dann steht Rosen vor dem Oberst stramm. Dem verdankt sie also ihre Mission, ahnt Marlene. Als ob sie seine Bevorzugung wollen würde! Rosen erhält den Befehl, einen Fahrer und ein Fahrzeug bereitzustellen. Nach einigen Minuten erscheint er mit einem Jungen. Viel mehr als das ist der Kriegsgefangene nicht. Es ist der, der Marlene zugezwinkert hat, als sie vor Monaten in Telgruc ankam. Aus der Entfernung hat sie ihn seitdem hin und wieder gesehen.

Der Oberst hebt skeptisch die Augenbrauen. Aber Rosen sagt: »Das ist ein fixer Junge. Fährt jedes Fahrzeug, spricht Französisch und sogar etwas Deutsch. Stimmt's, Erwin?«

»Jawohl«, sagt der Junge, der bestimmt nicht Erwin heißt, und seine Mundwinkel zucken. Macht er sich über Rosen lustig? Und das vor dem Oberst?

»Der Erwin ist zuverlässig«, betont Rosen, »der ist in seiner Gesinnung fast deutsch.«

»Breiz a tao?«, fragt der Oberst. Marlene hat von den bretonischen Nationalisten gehört, die für Hitler sind, weil sie glauben, der Führer überlasse ihnen nach dem Endsieg die Bretagne.

»Nein«, hebt Rosen an, aber …« Den Rest versteht Marlene nicht, weil Rosen sich zum Oberst beugt und flüstert.

Der Junge tut ganz unbeteiligt.

»Gut«, beschließt der Oberst.

Man hat ihnen einen Kübelwagen gegeben. Sie fahren langsam vom Hof, an einer Gruppe Soldaten vorbei. »He, Erwin«, ruft einer, »grüß deine Schwester von uns! Lad sie mal ein!« Die Soldaten lachen. Warum? Was ist mit seiner Schwester? Verstohlen sieht sie den Jungen an. Der beißt sich auf die Lippen.

Schweigend brausen sie die Landstraße entlang, als der Wind plötzlich da ist, urplötzlich. Kein Wind – ein Sturm! Wütende Böen rütteln am Wagen. Es ist, als hätte man das Licht ausgemacht. Sie hätten noch knappe zwei Stunden Tageslicht haben müssen, aber mit einem Mal ist es fast dunkel. Wie schnell die Wolken bleigrau geworden sind! Erste Tropfen fallen auf die Windschutzscheibe. Marlene fröstelt.

Der Junge lenkt den Kübelwagen konzentriert durch die Kurven. Der Weg steigt allmählich an. Dann erkennt Marlene die Kreuzung, an der sie links abbiegen müssen – die Straße zum Gipfel des Berges.

Sie haben mehr als die Hälfte des Weges geschafft, doch am liebsten würde Marlene umkehren. Das hier ist erst die Ruhe vor dem Sturm, ahnt sie, und jetzt schon fühlt sie sich in dem bebenden Wagen auf dem kahlen, einsamen Berg ungeschützt und verloren. Unsicher blickt sie zu dem Jungen hinüber, doch der sagt nichts. Er hat das Tempo gedrosselt, oder der Wagen kann nicht mehr schneller, denn der Sturm peitscht ihnen entgegen. Kiesel, Sand, die Zweige von Buschwerk schlagen prasselnd auf das Glas der Windschutzscheibe. Kann ein Kübelwagen von bloßem Wind fortgerissen werden, schießt es Marlene durch den Kopf?

Ein Blitz zuckt über den Himmel. Der Donnerschlag, der unmittelbar folgt, ist eine Explosion. Dann geht es los. Hagelkörner schlagen auf sie nieder, die Scheibenwischer stocken im Druck von zu viel Ansturm, die Atmosphäre ist fast schwarz um sie, mit orangefarbenen Schimmern, nur wenn die Blitze den Himmel überziehen, leuchtet fahl die karge Landschaft auf und das niedergedrückte Gras wird für

Bruchteile von Sekunden grell sichtbar. Dann tut es einen Schlag, eine Bewegung vor ihnen, der Junge reißt den Lenker herum, der Wagen steht – was war das?! Der Junge öffnet die Tür des Fahrzeugs, der Wind reißt sie ihm aus der Hand, Hagelkörner springen in die Fahrerkabine, das Tosen ist noch lauter hörbar. Der Junge springt hinaus – Marlene folgt ihm. Der Sturm ergreift sie, sie fasst nach der Tür, die plötzlich auf sie zuschlägt, doch sie fühlt sich zur Seite gerissen. »Ça va?«, ruft der Junge. Dann zeigt er nach vorn: »Der Baum!«

Der Baumstamm liegt quer über der Straße. Ein bloßer Pfahl, ohne Äste, die Reste eines toten Baums. Wäre das Ding auf das Verdeck des Kübelwagens gefallen, sie hätten selbst tot sein können. Das ging noch einmal gut. Aber jetzt kommen sie hier nicht weiter.

Der Junge schiebt sie zurück in den Wagen. Mit Mühe gelingt es ihm, die Tür zu schließen. Jetzt sitzen sie fest, auf halber Höhe dieses entsetzlichen Berges, der der Hölle gleicht! Marlene hat Angst. So etwas hat sie noch nie erlebt, nicht für denkbar gehalten. Sie krallt die Hände in die Sitzbank, jedes Mal, wenn ein neuer Donnerschlag ihr die Ohren zerreißt. Der Wagen steht, aber er vibriert verdächtig, manchmal ruckt er so, dass sie denkt, nun reißt der Sturm sie fort in das Tal. Und dann, dieser Auftrag! Selbst wenn sie es könnte, sie darf nicht zurück. Sie muss ja nach da oben!

»Wir warten«, sagt der Junge und lächelt ihr zu.

Zaghaft lächelt Marlene zurück.

Sie weiß nicht, wie lange sie schon da sitzen. Das Unwetter tobt mit unablässlicher Wucht. Nur hagelt es nicht mehr. Regenfluten stürzen auf sie herab. Blitze überziehen noch immer den Himmel, der nun komplett schwarz ist. Marlene hält sich noch immer mit beiden Händen am Sitz fest.

»Du hast Angst?«, fragt der Junge.

Sie sollte ihm das vertrauliche »Du« verweisen. Aber die Frage kam so freundlich. Marlene schießen Tränen in die Augen. Die Frage kam wie von einem Freund. »Ja«, sagt sie und wendet das Gesicht ab.

»Ça ira«, hört sie den Jungen sagen, »es wird gehen.«

»Ich hoffe, es wird bald weggehen«, versucht Marlene ein Wortspiel. Sie weiß nicht, ob der Bretone das versteht.

»Bald heißt bientôt, nicht wahr?«

Marlene bejaht das.

»Es wird bald weggehen«, behauptet der Junge. »Aber nicht sehr bald«, fügt er hinzu.

»Das dachte ich mir.«

Sie sitzen wieder eine lange Zeit schweigend. Marlene ist in ihren Gedanken zuhause, bei ihren Eltern, von denen sie seit Wochen nichts mehr gehört hat.

»Jetzt wird es bald weggehen«, verkündet der Junge nach einiger Zeit und reißt sie aus ihren Träumen.

Ach ja? Noch immer regnet es in Sturzbächen, es blitzt und donnert. Aber es stimmt, die Abstände dazwischen sind größer geworden, und der Kübelwagen ruckt nicht mehr so bedrohlich im Sturm.

»Nach oben?«, fragt der Junge.

»Ja, nach oben«, gibt Marlene entschlossen zurück.

»Auf einem anderen Weg«, sagt er.

»Gut«, stimmt sie zu. Ihr ist bewusst, dass der Erfolg ihrer Mission damit ganz von dem Jungen abhängt. Sie weiß nicht, wo sie sind und wie sie jemals den Gipfel erreichen sollen.

Der Junge dreht den Zündschlüssel. Nichts. Er versucht es noch einmal. Der Motor des Kübelwagens bleibt stumm. »Dame, ha!«, schimpft der Junge.

Marlene ist erschrocken. Nun hängen sie wirklich fest, in Nacht und Einöde. Sie friert und ist hungrig. Und sie hat einen Auftrag. »Was machen wir?«, rutscht es ihr heraus. Sie schämt sich, sie weiß, sie sollte Befehle erteilen.

»Warte«, sagt er und springt hinaus, in das verregnete Chaos.

Marlene reißt ihre Tür auf. »Wo willst du hin?«, schreit sie, sie kann ihn nicht sehen.

»Warte im Auto«, hört sie ihn, dann nichts mehr.

Marlene schließt die Wagentür. Jetzt ist sie allein.

Marlene hat sich auf dem Sitz zusammengerollt, die hochgezogenen Knie hält sie zwischen den Armen. Sie hat einmal versucht, aus dem Wagen zu steigen und zu Fuß Richtung Gipfel zu gehen, aber sie musste nach wenigen Metern zurück in den Schutz des Wageninneren. Sie weiß nicht, ob der Junge zurückkehren wird. Wahrscheinlich nicht. Warum sollte er? Es ist seine Chance, der Kriegsgefangenschaft zu entfliehen.

Obwohl sie steif vor Kälte ist, nickt sie ein. Ein Geräusch bringt sie zu sich – das Geräusch eines Motors. Sie rappelt sich auf, öffnet die Tür. Ein gelbliches Licht ist hinter dem Wagen aufgetaucht – der Scheinwerfer eines Motorrads

»Tu viens?«, ruft der Junge.

Während sie ungelenk aus dem Laster klettert, fragt Marlene sich, wo er das Motorrad herhat. Nun hat er es gewendet. Sie steigt hinter ihm auf. Sie ist noch nie Motorrad gefahren. Zögernd legt sie die Arme um ihn. Dann ruckt es, als er Gas gibt, und sie drückt sich fester an ihn.

Er fährt nicht schnell, trotzdem reißt die Luft an ihnen, es ist noch genug von den stürmischen Windböen da. Der Regen peitscht ihr in das Gesicht, sie drückt den Kopf auf die Schulter des Jungen. Sie fahren bergab. »Wir müssen hoch«, ruft sie ihm ins Ohr.

»Je sais«, ruft er zurück.

Sie legt das Gesicht wieder auf die schützende Schulter. Sie gleiten durch Nacht und Regen. Es fühlt sich nach Gefahr an, aber es ist kein nur schreckliches Kribbeln. Bis sie von der Straße abbiegen. Plötzlich hüpft das Motorrad, sie fahren über Erde und Stein. Das Hinterrad rutscht manchmal kurz weg, auf dem nassen und unebenen Boden, Marlene muss sich mit aller Kraft ihrer taub werdenden Hände am Jungen festhalten, um nicht vom Beifahrersitz zu gleiten. Lange wird sie diese Fahrweise nicht mehr aushalten. Doch sie fahren bergauf – es kann nicht mehr weit sein?

Ein Donnerschlag lässt sie zusammenzucken. Marlene fällt auf, wie lange nur noch das Prasseln des Regens und das Rattern des Motors zu hören gewesen waren, sonst nichts mehr. Wo kommt der Donner erneut her? Ein Netzwerk von Blitzen überspannt den Himmel. Sie sieht eine Mondlandschaft um sich, ohne Bäume, hier und da weiße Formen, Gestein. Der Junge flucht, stoppt das Motorrad. »Ça recommence«, stellt er fest.

Es geht wieder los, ja, Marlene sieht es. Das Motorrad steht, mit laufendem Motor.

»Ist es noch weit?« schreit Marlene, um den Donner zu übertönen. Aber in dem Moment weiß sie schon selbst, dass der Gipfel des Berges zu weit unter diesen Umständen ist.

»Nach unten! Wir müssen!«, hört sie den Jungen.

»Ja«, ruft sie. Und dann geht es wieder los. Der Wind ist kein Wind mehr, er nimmt ihnen den Atem, der Junge hat Mühe, das Motorrad auf seiner Spur zu halten, sie rasen bergab, der Junge bremst nicht, er weiß, es ist ein Wettlauf mit der Zeit, das Unwetter wird schlimmer werden! Es ist ein Sturzflug, Marlene hat Panik, zigmal meint sie, sie stürzen, aber es geht immer weiter, sie springen über etwas, das im Weg lag, das Motorrad kommt schlingernd wieder auf, und weiter, nach unten, immer weiter, nur geben Marlenes jetzt taube Hände nach, sie spürt es … Der Junge schreit etwas, sie kann ihn nicht verstehen, aber es wirkt: Sie nimmt sich zusammen, drückt ihre Finger, die sie nicht mehr fühlt, um den Körper zusammen, an den sie sich festhält, der ihr einziger Halt ist.

Dann rollen sie plötzlich über Asphalt. Das Motorrad beschleunigt. Die Hoffnung gibt Marlene neue Energie. Sie spannt den schmerzenden Körper an, das Motorrad jagt einen Hügel hinauf, sie rollen langsamer, dann an einer Mauer vorbei auf weichen Untergrund. Die Räder drehen durch, lassen Schlamm auffliegen, dann greifen sie, und langsam schlingern sie auf ein Gebäude zu. Sie halten an der Wand der Kirche.

Mit zittrigen Beinen steigt Marlene ab. Fast sinkt sie zu Boden. Sie ist am Ende. Sie lehnt sich an die Kirchenwand, neben das Motorrad. Der Junge nimmt sie am Ellenbogen, zieht sie mit sich. Sie gehen immer an der Kirchenwand entlang, dann stoßen sie auf ein Portal. Der Junge drückt die schwere Klinke, zu Marlenes Überraschung schwingt das Portal auf. Sie treten ein.

Es riecht muffig. Die Kälte ist nicht geringer als draußen. Doch es ist trocken hier, und das Tosen des Unwetters dringt nur gedämpft durch die dicken Mauern.

Der Junge bewegt sich sicher durch den finsteren Raum, springt über etwas hinweg. Dann ein Zischen, eine Flamme. Das Zündholz erlischt, doch wird sein kleines flackerndes Licht durch das warme, größere einer Öllampe ersetzt. Wo kommt sie her? Der Junge steht hinter einer Balustrade. Er steht in einem hellen Glanz, der nicht nur von der Lampe herkommt. Marlene staunt. Sie tritt näher an die Balustrade heran.

Goldgeflimmer überall, Augen, die über sie hinweg in die Kirche schauen, dramatische Gesten, rote und blaue und gelbe Gewänder – es sind nur die Statuen von einem Altaraufbau, aber der erstreckt sich über den Lichtschein der Öllampe hinaus über die ganze Rückwand der Kirche.

»Voilà«, der Junge reicht ihr etwas über die Balustrade, es ist weich, eine Decke. Marlene legt sie sich ungelenk um. »Komm«, fordert der Junge sie auf und leuchtet ihr den Weg bis zum Altar, wo die Balustrade sich öffnet. Marlene scheut sich ein wenig davor, den Altarbereich zu betreten, aber der Junge nimmt sie an der Hand und zieht sie zu sich. Er stellt die Öllampe auf den Boden und macht Marlene Zeichen, sich zu setzen. Dann lässt er sich neben sie fallen.

»Die Schuhe«, sagt er schlotternd und zieht seine Schuhe aus. Marlenes Finger sind taub. Der Junge muss ihr helfen, ihre durchnässten Schuhe auszuziehen. »Die Jacke«, sagt er dann mit klappernden Zähnen. Er zieht seine aus und hängt sie über die Balustrade, dann die von Marlene. Der Junge wickelt sie fest in ihre Decke. »Le reste séchera«, versichert er.

»Ich glaube nicht, dass hier etwas trocknet«, antwortet Marlene, deren Zähne ebenfalls klappern.

»Tu parles français?«, bringt der Junge heraus.

»Ein wenig.«

Sie schweigen, lauschen dem Gewitter da draußen und dem Klappern ihrer Zähne. Die Decke tut gut, aber sie reicht nicht aus. Und der Junge hat gar keine.

»Tu as froid?«, bringt er nach einer Weile schlotternd hervor.

»Weniger als du«, sagt Marlene. Sie wickelt sich aus ihrer Decke und reicht ihm einen Teil. Er rückt näher an sie heran und sie legen die Decke um sie beide. Es ist das erste Mal, dass Marlene einem Jungen so nah ist. Sie berührt aus Versehen seine Hand, sie ist eiskalt. Nach und nach hört Marlene auf zu zittern und die Erschöpfung überwältigt sie. Im Halbschlaf lässt sie sich fallen, gegen den Jungen, wie sie noch restweise wahrnimmt. Er fühlt sich angenehm warm an.

Ein Lichtschein dringt durch ihre geschlossenen Augen. Blinzelnd versucht Marlene zu erkennen, was los ist. Jemand leuchtet ihr in das Gesicht. Der Junge brummt wie ein verschlafenes Kind, das nicht geweckt werden will. Dann plötzlich ist er doch wach, springt auf, verfängt sich in der Decke. Er sagt etwas zu der Person mit der Lampe. Die Worte kann Marlene nicht verstehen, sie sind bretonisch. Aber die Stimme des Jungen klingt erleichtert. Er kennt den Eindringling offenbar.

Leise stellt der dem Jungen knappe Fragen. Er leuchtet ihr erneut voll in das Gesicht. Marlene dreht sich fort. Sie versteht: Der Fremde will wissen, was sie hier zu suchen hat. Wer ist das? Was macht er hier, mitten in der Nacht? Will auch er sich vor dem Unwetter schützen? Was machte er dann da draußen? So lange nach Sperrstunde! Wer schleicht nach der Sperrstunde noch herum, wenn nicht …? Diese Decke und diese Öllampe in der einsamen Kapelle, die nicht abgeschlossen war. Marlene drückt sich mit dem Rücken an die Balustrade, an der sie lehnt, intuitiv zieht sie die Decke um sich zusammen. Weglaufen würde nicht helfen. Wohin sollte sie? Sie meint, in der Hand des Mannes, die er in seiner Jackentasche hält, etwas Eckiges, Großes zu erkennen – eine Waffe. Es ist kein Problem für den Fremden, sie auf der Stelle zu töten. Niemand sieht es, niemand hört es. Marlene schaut flehentlich zu dem Jungen.

Überraschend ruhig antwortet der dem Fremden. Ist seine Ruhe nur vorgetäuscht? Marlene weiß es nicht, aber sie fühlt sich selbst ein wenig ruhiger. Sie beobachtet den Mann, dessen Züge sie, noch immer geblendet von der Lampe, nicht ausmachen kann. Doch auch er hat aufgehört mit seinen brüsken Schritten vor und zurück, mit seinen zackigen Gesten. Er hört den Erklärungen des Jungen zu, den Rechtfertigungen, warum sie, Marlene, hier ist. Ihr Herz pocht wild. Der Mann ist noch nicht zufrieden mit den Erklärungen, seinerseits hebt er zu einer Rede an, es klingt wie ein Sermon, er liest dem Jungen die Leviten, aber nicht mehr so böse, mehr wie ein großer Bruder den kleinen zurechtweist. Der Junge hört sich alles an, dann sagt er wieder ein paar Sätze in diesem Tonfall, der eine so große Ruhe ausstrahlt.

Der Fremde senkt den Kopf. Jetzt wird über sie gerichtet, weiß Marlene. Noch kann sie aufspringen, durch die dunkle Kapelle rennen, sich zumindest nicht wie ein zusammengekauertes Kaninchen erschießen lassen. Sie fängt einen Blick des Jungen auf. Hat er ihr zugezwinkert?

Der Mann brummt etwas vor sich hin und boxt den Jungen gegen die Schulter. Der legt dem Mann einen Arm um den Hals. Der Mann gibt ihm einen Klaps auf den Hinterkopf. Dann stellt er ihre Öllampe ab und geht. Marlene sieht ihm nach, wie er im Dunkeln außerhalb des Lichtkegels verschwindet. Sie kann es kaum fassen. Da dreht sich der Fremde noch einmal um und sagt etwas, das ermahnend klingt, trotz allem bedrohlich. Marlene will, dass er endlich weggeht! Das Kirchenportal schlägt zu. Danke, lieber Gott. Sie ist nicht besonders gläubig, aber sie wiederholt innerlich ihr Stoßgebet.

Der Junge setzt sich neben sie, sie reicht ihm seinen Teil der Decke und er legt ihn wortlos um sich. Er lächelt ihr zu. »Alles gut«, sagt er. Ja, sie weiß das. Sie hat keine Scheu mehr davor, sich an ihn zu lehnen, den Kopf an seine Schulter. Sie schließt die Augen und schläft wieder ein.

Sie wacht auf, weil etwas fehlt. Seine Wärme, sein Geruch. Marlene schaut um sich. Dämmerlicht erfüllt die Kapelle. Sie steht auf, er ist fort. Ja, fort, seine Jacke und Schuhe liegen nicht mehr an ihrem Platz. Natürlich, jetzt endlich hat er die Gelegenheit ergriffen zu fliehen.

Marlene zieht ihrerseits Jacke und Schuhe an. Alles noch klamm, aber nicht mehr triefend. Sie tritt vor die Kapelle. Die Sonne steht noch niedrig, ein leichter Dunst liegt über der Erde. Aber regnen tut es nicht mehr. Es riecht nach Feuchtigkeit und Laub – zum ersten Mal riecht es nach Herbst, nach Oktober. Marlene wandelt von der Kirche fort, um sich einen versteckten Ort für ihr Bedürfnis zu suchen und die steifen Glieder zu bewegen. Sie geht einmal um die Kapelle herum. An der Frontseite, am Rande der Landstraße, steht der Junge neben dem Motorrad, dessen Sitze er mit dem Ärmel abwischt. »On y va?«

Marlene strahlt ihn an. Sie kann nicht anders.

Sie besteigen das Motorrad und brausen los. Das Wasser der nassen Straße spritzt unter ihren Reifen. Sie sehen den Sonnenaufgang nicht, die Sonne ist ihnen im Rücken. Aber sie sehen ihren eigenen langen Schatten, der vor ihnen her huscht. Und sie sehen das Licht der Sonne. Sie fahren aus dem Dunst heraus, und die Sonne färbt die Landschaft vor ihnen goldgelb. Es ist ein lebendiges Goldgelb, nicht das feierliche, verfallend-alte des Altaraufbaus in der Kirche. Das goldgelbe Licht tönt die Farne, die Büsche, die Bäume, die weiten Wiesen um sie herum noch grüner. Der gelbe Stechginster am Straßenrand glüht ihnen entgegen, rauscht an ihnen vorbei, liegt schon wieder hinter ihnen. Goldgelb glänzend erstreckt sich zu ihrer Linken das Meer.

Sie rasen die Straße entlang, bergauf, bergab, neigen sich in die Kurven, Marlene fühlt sich schwerelos, frei wie eine Möwe. Sie möchte auch schreien wie eine Möwe, aber sie tut es nicht. Sie legt ihren Kopf auf seiner Schulter ab, nur noch einmal. Sie wünscht, dieser Augenblick möge nie zuendegehen.

Das Motorrad verlangsamt, als Telgruc vor ihnen auftaucht. Der Junge hält an. Marlene begreift. Sie steigt ab. Jetzt ist der Moment des Abschieds gekommen. Sie weiß nicht, was sie empfinden soll. Sie ist wie ein Seemann, der wieder festen Boden unter den Füßen hat, fühlt noch den Rausch dieser einzigartigen Fahrt. Aber da sind noch die anderen Gefühle … Sie steht neben ihm, sie sehen sich an, keiner sagt etwas. Dann grinst er plötzlich und fragt: »Comment t'appelles-tu?«

Marlene nennt ihren Namen. Er nennt auch seinen. Sie versteht ihn nicht. Er sagt ihn noch einmal. Marlene wiederholt ihn. Er nickt. Dann wendet er das Motorrad auf der nassen, goldglänzenden Landstraße und rast davon, der Sonne entgegen.

Marlene schaut ihm nach, bis er verschwunden ist.

Wenn die Botschaft nicht gewesen wäre, wäre das alles nicht passiert. Die Botschaft. Marlene holt das Couvert hervor. Es ist feucht, das Siegel hat sich gelöst. Marlene zögert. Sie ist vollkommen allein, niemand sieht sie. Sie will wissen, wofür das alles gut war. Behutsam zieht sie das zusammengefaltete Blatt hervor. Es ist kaum mehr als eine Notiz. Die Tinte ist großteils verlaufen, aber die Schrift ist noch lesbar: »Lieber Hähnel, herzlichen Dank bezüglich Ave Maria! Alles gut angekommen. Deine Kiste Champagner erwartet Dich.« Gruß und Unterschrift. Das war es. Mehr nicht.

Marlene faltet das Blatt wieder zusammen, schiebt es in das Couvert zurück. Dafür also. Dafür also?! Dafür die Stunden des Frierens und Hungerns, sie kann kaum mehr stehen vor Hunger und kaum mehr denken! Dafür die Stunden der Angst, vor dem Unwetter, vor dem Fremden in der Kapelle! Dafür – ja dafür auch alles andere …

Marlene geht los. Aber sie geht langsam. Vielleicht wird sie noch mehr Ärger bekommen, je später sie meldet, dass sie ihre Mission nicht erfüllt hat. Wobei sie nicht glaubt, dass die Sache in irgendeiner Weise wichtig war oder eilig. So oder so. Sie will, dass er einen Vorsprung hat, wenn sie anfangen, ihn zu suchen.

Florian ließ die Kladde sinken. Wer war er gewesen, der junge Kerl? Aber er konnte verstehen, warum seine Oma nie seinen Namen notiert hatte. Wie sicher war so ein Tagebuch damals gewesen, in dieser Zeit, in der so viele Nazi-Deutsche ihre Nachbarn, Kollegen, Freunde und Familienangehörigen ausspionierten? Dass sie seinen Namen nicht verraten hatte, war also verständlich; noch immer nicht verstehen konnte Florian aber, was damals weiter geschehen war.

Denn als Marlene später am Tag mit dem Oberst von der Kapelle zurückgekommen war, hatte der Kübelwagen, den sie auf dem Berg gelassen hatten, im Hof der Kommandantur gestanden, und daneben – er selbst, der Junge. Er war zurückgekommen, war nicht geflohen. Stand da, als hätte er nichts Besseres zu tun, als heimlich Marlene zuzuzwinkern – genau das hatte er nämlich getan. Also, Mut hatte der junge Mann gehabt, aber ein bisschen blöd war er wohl auch gewesen, sich so eine Chance entgehen zu lassen. Und seine Oma? War hin- und hergerissen gewesen, zwischen Erleichterung, Fassungslosigkeit und … unsinniger Freude.

Ach Oma. Was für eine schreckliche Zeit. Und wie konntest du das nur aufschreiben? Name hin, Name her, wenn dir jemand Böses gewollt hätte, wäre so eine Geschichte auch so kompromittierend genug gewesen! Seine Oma …

Bestürzt und nachdenklich schob Florian die Kladde tief in den Rucksack. Seine Hand stieß dabei an das Handy. Mechanisch zog er es heraus. Keine Nachrichten, von niemandem. Dabei musste Boris heute den Karmann Ghia aus der Werkstatt abholen. Es war Zeit, ihn zu kontaktieren; später. Aber jetzt … Er konnte nicht anders, er *musste* anrufen … Natürlich ging niemand dran. Aber nach dem sechsten Freizeichen kam das Klicken des Anrufbeantworters, und dann: »Dies ist der Anschluss von Katharina und Florian Reinart. Bitte hinterlassen Sie eine Nachricht, wir rufen gerne zurück.«

Florian drückte schnell den Knopf mit dem roten Hörerzeichen. Er wollte keine Nachricht hinterlassen. Er wollte nur Katharinas Stimme hören; sie hatte das Band besprochen. Er wählte seine Nummer noch einmal.

8. Von einer Maus und einem Rat

Unterhalb der Kathedrale, die dem heiligen Corentin geweiht war, erstreckte sich die Fußgängerzone von Quimper mit ihren schiefen Fachwerkhäusern und den verwinkelten Plätzen; hier steuerte Marie den großen Marktplatz an. Jenseits der Markthalle lag ihr Treffpunkt mit Isabelle.

Die saß schon an einem der bunten Tische am Ufer des Steir und winkte ihr zu. Die Freundinnen gaben sich die bises. »Schön, dass du so spontan kommen konntest«, sagte Marie dann. »Ich hoffe, Momo ist nicht sauer darüber, dass du ihn im Laden allein lässt?« Isabelles unsteter Lebenspartner war zugleich ihr Geschäftspartner. Die beiden hatten einen kleinen Laden, in dem sie hochwertiges Kunsthandwerk und Wohnaccessoires aus Marokko verkauften.

Isabelle zog einen Flunsch. »Oh, ich habe ihm keine Wahl gelassen. In letzter Zeit ertrage ich ihn kaum mehr.«

»So schlimm?«

»Sagen wir es mal so: Hast du das Sternzeichen deines Nachbars für mich herausgefunden?«

Maries kritische Augenbraue zuckte nach oben, sie wollte schon mit ihrer neuesten Entdeckung loslegen, aber da kam die Bedienung und kaum, dass sie bestellt hatten, verkündete Isabelle, sie müsse auf die Toilette.

Ihr Handy hatte Isabelle auf dem Tisch liegen gelassen. Marie griff danach; sie hatte ihres nicht mit, denn sie hatte mit einer Entziehungskur begonnen. Sie ertrug es selbst nicht mehr, wie sie zigmal am Tag – nein, wenn sie es bei sich hatte, zigmal pro Minute auf das Display starrte, in der absurden Hoffnung, *er* würde sich melden … Ah, Sylvain. Sie verstand selbst nicht, warum etwas in ihr an ihm festhielt.

Marie wusste die Nummer der Schifffahrtsgesellschaft Penn ar Bed auswendig. Sie reservierte einen Platz für die Acht-Uhr-Überfahrt zur Insel Sein in zwei Tagen und rief danach gleich ihren papy an, um ihm ihren baldigen Besuch anzukündigen.

»Das ist aber schön!«, freute sich Erwann Cadiou.

»Ich freue mich auch«, gab Marie aus tiefstem Herzen zurück. »Ich wollte dich schon längst sehen, aber ich hatte so viel zu tun mit Elodies Haus …«

»Das kann ich mir denken. Und gibt es sonst etwas Neues? Von dem unseligen Syl- …«

»Ein Nachbar. Ich habe einen neuen Nachbar«, unterbrach Marie ihren papy schnell. »Oh papy, es ist schrecklich! Dieser Mann ist Deutscher, und er ist – wie soll ich sagen – eine unhaltbare Lebenszumutung!«

In diesem Moment kam Isabelle zurück, die den letzten Satz ihrer Freundin aufgeschnappt hatte und sich kopfschüttelnd setzte.

»Ein Deutscher, der eine unhaltbare Lebenszumutung ist, soso«, hörte Marie ihren papy neugierig und eher amüsiert sagen.

»Es ist wahr!«, protestierte sie. »Er hat meine Hortensien überfahren und dann fast mich selbst, bevor er meine Lieblingsbucht okkupiert und mich mit einer Meeresschnecke beschossen hat, und – was gibt es da zu lachen?«

»Die Liste der Missetaten war etwas komisch«, gab ihr papy zurück und Marie meinte, ihn schmunzeln zu sehen. Unwillkürlich schmunzelte sie mit. »Ich finde die Situation aber gar nicht komisch«, beteuerte sie. »Heute hat der Deutsche Nazi-Bunker auf dem Ménez-Hom fotografiert. Der ist mir unheimlich, ich will den loswerden!«

»Gib mal den Hörer«, hörte Marie eine bekannte Stimme aus dem Hintergrund. Paul, der beste Freund ihres papys, war also bei ihm. Im nächsten Moment sprach Paul in den Hörer: »Du willst einen Deutschen loswerden? Sehr gut, das ist alte bretonische Tradition!«

»Naja, seit siebzig Jahren nicht mehr, aber ich habe gute Gründe«, gab Marie etwas vorsichtiger zurück. Sie dachte an Pierre. Nein, *sie* war bestimmt keine, die Deutsche »boches« nannte.

»Du weißt doch, was die Résistance damals gemacht hat«, fuhr Paul unbeirrt fort. »Sabotage! Telefonkabel durchschneiden, Reifen von deutschen Fahrzeugen durchstechen, Züge entgleisen lassen und so weiter …«

»Paul, du hast mir oft genug von der Résistance und deinen Brüdern erzählt, aber …«

»Kein aber, wenn du ihn ernsthaft loswerden willst. Und wenn der Mann die alten Gefechtsbunker fotografiert, dann *ist* das seltsam.«

»Ich weiß; aber ich kann dem Typ doch nicht einfach die Reifen seines Porsches durchstechen. So ein Protzauto fährt der nämlich. Der zeigt mich an und ich lande hinter Gittern.«

»Du kannst uns mehr von deinem Nachbar erzählen, wenn du bei uns bist«, sagte ihr papy, der den Hörer wieder an sich genommen hatte. »Bis dahin, lass seine Reifen bitte heil und ihn selbst am Leben.«

»Sabotage – du wirst alt, mein Freund, und vergisst wohl, welches Jahrtausend wir haben«, bemerkte Erwann dann, nachdem er den Telefonhörer aufgelegt hatte.

»Das tue ich nicht! Ich bin absolut klar im Kopf, auch wenn die Gelenke nicht mehr so wollen«, hielt Paul dagegen.

»Dann solltest du Marie keinen Floh ins Ohr setzen. Du kennst sie, sie ist so impulsiv. Nachher macht sie wirklich irgendwelchen Unsinn«, gab Erwann zu bedenken.

»Und wenn schon«, knurrte Paul, »das kann dem boche doch nicht schaden. Ein Mann, der sich für die Gefechtsstationen der Nazis auf dem Ménez-Hom begeistert, pah!«

»Ein Tourist, der überraschend alte Kriegsanlagen entdeckt hat, das denke ich eher. Ist doch immer spannend, Ruinen und so etwas zu finden. Ich wusste gar nicht, dass da noch etwas zu sehen ist, du?«

Paul zuckte die Achseln.

Erwann versank im Nachdenken. Dann schüttelte er den Kopf. »Diese jungen Menschen von heute, die wissen gar nicht mehr, was diese Anlagen bedeuteten.«

»Hm.« Paul schob die Unterlippe vor. »Bald sind wir tot, und dann weiß es niemand mehr. Nur noch die Geschichtsbücher, und die liest keiner.«

»Ist heute schlimm, mit deiner Arthritis, wie? Mein armer Alter. Komm, lass uns an den Strand gehen, die Sonne genießen«, Erwann klopfte Paul aufmunternd auf die Schultern.

»Ist gut, Erwann«, brummte Paul. Sie hakten sich ein, damit Paul sich mit seinen schlechten Knien auf Erwann stützen konnte. Fridu, Erwanns bretonischer Spaniel, sprang Möwen jagend um sie her, als sie langsam in Richtung Strand liefen. Zwei alte Männer und ein junger Hund, auf den Quais der Île de Sein.

»Sag mal, was hast du da von deinem süßen Nachbar erzählt, das mit den Bunkern?«, fragte Isabelle ungläubig, sobald Marie das Telefonat beendet hatte.

Die Bestellung kam, ein Crumble und zwei Latte Macchiato aus in Quimper geröstetem Kaffee. Marie wartete, bis die Bedienung sich wieder entfernt hatte, dann brach es aus ihr heraus: »Ich habe es mit eigenen Augen gesehen! Ich war auf dem Ménez-Hom wandern; und *er* war zufällig auch da; das heißt, für ihn war es eben gar kein Zufall, nein, der wusste bestimmt, was er auf dem suchte: Da sind Reste von Bunkern, Isabelle, von Gebüschen überwuchert, und ich habe es noch nie bemerkt! *Er* schon. Er fotografierte, einen Bunker nach dem anderen, aus allen Perspektiven, systematisch. Er wirkte regelrecht high dabei. Ich will nicht neben so einem wohnen!« Marie machte eine brüske Protestgeste mit ihrem Kaffeelöffel, so dass der Milchschaum ihrer Freundin ins Gesicht spritzte.

»Danke«, meinte Isabelle und wischte sich mit der Papierserviette ab. »Du bist ja nicht besser als dein Deutscher mit seiner Meeresschnecke.«

»*Mein* Deutscher? Jetzt hör endlich auf! Du hast doch gehört, der ist ein Nazi!« Maries Augen funkelten zornig.

Doch Isabelle kannte diese Ausbrüche ihrer Kindheitsfreundin und meinte nur: »Iss erstmal deinen Crumble, sonst wird er kalt. Dann erzähle ich dir solange, was Momo diesmal verbrochen hat.«

Der Crumble war zu lecker, um ihn erkalten zu lassen; schicksalsergeben schob Marie sich den ersten Löffel in den Mund, Flap Jack-Stücke, verrührt mit einem Kompott aus roten Früchten,

Apfelstücken und Walnüssen … Langsam und genüsslich aß Marie ihre Nervennahrung, während Isabelle ihr im Grunde nichts Neues erzählte. Momo hatte sich mit einer anderen Frau getroffen, obwohl er mit Isabelle verabredet gewesen war, und so weiter und so weiter … Marie schloss die Augen, als sie den letzten Bissen der Köstlichkeit in den Mund schob. Als sie sie wieder öffnete, sah sie in die traurigen Augen ihrer Freundin, die mit ihrem Bericht fertig war. »Was soll ich sagen?«, fragte Marie ertappt, aber mitfühlend. »Seitdem du mit Momo zusammen bist, kannst du dich nicht dazu entscheiden, ihn zu verlassen. Mach Schluss, Isabelle, ein für alle Mal. Wie lange willst du dich noch mit ihm herumquälen?«

»Ich weiß, es wäre Zeit für etwas Richtiges, etwas Ernstes. Wenn die magische Schwelle der dreißig einmal überschritten ist … Komisch, ich fühle mich noch gar nicht so uralt. Aber meine Eltern sehen in mir eine alte Jungfer – da sie ja Momo geflissentlich übersehen –, und was die Produktion von Enkelkindern betrifft, bin ich für sie längst ein hoffnungsloser Fall.«

Marie streckte die Hand nach der ihrer Freundin aus. »Sprich nicht so bitter. Du hörst dich gar nicht an wie du selbst. Eltern sind manchmal bescheuert. Ich kenne das.« Sie wechselte das Thema und berichtete von Pierres schockierendem Annäherungsversuch.

Isabelle sah nicht sonderlich überrascht aus und murmelte nur ein paar Teilnahme ausdrückende Worte. Dann runzelte sie die Stirn und fragte: »Dieser mysteriöse Nachbar – wie heißt der eigentlich?«

»Florian«, seufzte Marie abwehrend, »aber warum fängst du schon wieder von dem an?«

»Flori-yann?«, hakte Isabelle nach.

»Du weißt doch, die Deutschen haben keine Nasale.«

»Floriyann, das ist hübsch. Und du bist sicher, dass du den nicht insgeheim magst und dass *er* der Richtige ist, du weißt schon, der Mann fürs Leben der Wahrsagung?«

Marie verschluckte sich an ihrem Kaffee.

»Ich meine, du bist so betroffen darüber, dass Florian ein Nazi sein soll«, beharrte Isabelle.

Marie hörte endlich auf zu husten und brachte hervor: »Du bist unverbesserlich! Ich habe dir x-mal gesagt, dass ich an Hellseherei und Schicksal nicht glaube; und abgesehen davon: Die Wahrsagerin prophezeite mir einen Mann, der mir immer schon nahe gewesen sein soll; aber wo kommt Florian her? Aus Deutschland. Das ist nicht gerade nah, oder? So, reicht dir das? Lässt du mich jetzt mit dem Nazi in Ruhe? Oder willst du noch immer sein Sternzeichen für den Eigenbedarf?«

»Jetzt bist du es, die viel zu sarkastisch klingt. – He, lass uns das Leben genießen! Lass uns mal wieder tanzen gehen! Das haben wir ewig nicht mehr gemacht, und Sonntag ist der 14. Juli! Da gibt es das ganze Wochenende überall Fest Noz. Wie wär's: Ich komme auf deine Halbinsel, und du suchst aus, wo wir hingehen.«

»Tanzen?«

»Aber klar!« Isabelle lachte. »Und heute kaufen wir dir einen heißen Fummel.«

So klapperten die Freundinnen, nachdem sie das Café verlassen hatten, ein Geschäft nach dem anderen ab und probierten die verrücktesten Kleider an, manche nur so, zum Spaß, weil sie sie so furchtbar fanden. Dann hatte Marie »ihr« Kleid gefunden, fand Isabelle. Marie stand vor dem Spiegel und zupfte am Dekolleté herum. »Ich komme mir ein bisschen nackt vor«, stellte sie fest und zog eine Schnute.

»Du siehst toll aus, in Rot«, versicherte Isabelle, »grandios! Da fangen die Kerle gleich an zu sabbern.«

»Dann nehme ich es garantiert *nicht*!«

»Klar nimmst du's.«

Am Ende kaufte Marie wirklich das rote Kleid. Es würde ohnehin abends frisch sein, da konnte sie ein Jäckchen überziehen.

Zum Abschied nahmen die Freundinnen sich lange in die Arme.

»Du«, hob Marie zaghaft an, bevor sie sich vor der Kathedrale endgültig trennten.

»Ja?«

»Meinst du, Florian ist wirklich ein Nazi?«

»Nein, Marie. Ich habe den Mann gesehen. Der sah vollkommen harmlos aus.«

»Jaja, und süß, hast du gesagt«, spottete Marie. »Er hat trotzdem diese Bunker fotografiert.«

»Vielleicht interessiert er sich für Geschichte«, schlug Isabelle eine Erklärung vor.

»Eben – für Nazi-Geschichte«, bestätigte Marie.

»Wenn du dich in eine Idee verbohrst, ist es sowieso egal, was ich sage. Du bist ja so stur!« Isabelle stemmte die Hände in die Hüften.

Marie machte eine Grimasse. »Ich bin nicht stur. Ich will nur nicht neben einem Nazi wohnen. Übrigens ist er vom Dach gefallen und ich musste ihn auch noch verbinden.«

»Ach, und das erfahre ich erst jetzt?!«

»Was sollte ich tun, er blutete, da musste ich helfen. Jetzt bereue ich es beinahe. Soll ich tatsächlich anfangen, ihn zu sabotieren? Ich frage mich, wie ich das machen sollte.«

»Marie, du spinnst«, schimpfte Isabelle. »Du verurteilst den armen Florian, ohne ihn im Geringsten zu kennen. Ich sehe ein, dass es heikel wäre, ihn direkt nach seinen politischen Gesinnungen zu fragen. Andererseits – ich würde erstmal abwarten. Mir allmählich ein Urteil bilden. Ich meine – ich weiß auch nicht. Behalte ihn einfach erstmal im Auge.«

Behalte ihn im Auge – diesen Rat fand Marie gar nicht mal schlecht, als sie später auf der Heimfahrt darüber nachdachte.

Florian wachte auf und streckte sich. Er war nach seiner Wanderung auf dem Ménez-Hom erschöpft auf der Couch eingeschlafen. Jetzt hatte er Hunger. Er schlurfte in die Küche und öffnete den Küchenschrank. Zwei schwarze Äugelein. Dann war die Maus hinter seine Vorräte gehuscht.

»Scheiße«, schrie Florian und begann hastig, den Küchenschrank auszuräumen. Wo war das Viech hin? Bei jedem Griff in den Schrank hatte er Angst, es werde hinterrücks zubeißen. Da war sie! Der Schrank war fast leer, die Maus konnte sich nicht mehr verstecken. Nur noch das Glas mit dem alten Kaffeepulver, und dann – für den Bruchteil einer Sekunde sahen Maus und Mensch sich in die Augen. Dann rannte die Maus panisch los, nach rechts, nach links, sie fand keinen Ausweg, Florian näherte seine Hand zögernd dem Schrank, da schoss die Maus auf ihn los, machte einen Satz auf seine Schulter, er spürte ihre kralligen Pfötchen seinen Arm hinabhuschen, dann sprang die Maus wie ein Geschoss auf die Spüle, von der Spüle auf den Boden, ehe sie in der Ritze zwischen Küchenschrank und Hauswand verschwand.

Florian stolperte zurück und ließ sich auf einen Küchenstuhl fallen. »Horror«, stieß er aus. Dann schnappte er sich sein Wörterbuch und rannte aus dem mäuseverseuchten Haus.

In dem Garten mit dem duftenden Blumenmeer spazierten wie stets Hühner umher. Immerhin attackierten die einen nicht, dachte Florian. Er klopfte heftig an Yvonnes Haustür. »Bonjour«, grüßte die alte Dame und sah ihm fragend in sein bestürztes Gesicht.

Maus, Florian suchte das Wort hastig im Wörterbuch. »Souris!«, stieß er aus, »dans ma maison!«

»Ah ça, c'est moche«, Yvonne Le Roux schüttelte den Kopf.

»Und was mache ich jetzt?«, fragte Florian verzweifelt.

»Vous avez besoin d'une trappe«, sagte die alte Dame.

Besoin, brauchen, aber was hieß trappe? Er fand das Wort, es hieß Falle. »Ja klar«, jammerte er, »aber wo kriege ich eine Falle her? Ich habe so etwas noch nie gemacht. Gibt es zumindest Lebendfallen in Frankreich?« Er suchte das Wort »Lebendfalle«, während Yvonne geduldig wartete, fand es aber im Wörterbuch nicht.

»Il y a des trappes au supermarché, je pense. Ou bien au bricomarché. Il y en a un à Châteaulin«, überlegte Yvonne.

»Bricomarché, Châteaulin, alles klar«, rief Florian aus. »Merci!«

Der Baumarkt von Châteaulin war ausgeschildert, Florian fand ihn zum Glück ohne Schwierigkeiten. Als er dann aber vor dem Regal stand, zu dem ein Angestellter ihn geführt hatte, gingen die Probleme erst recht los. Er fühlte sich überfordert. Ein Fach vor ihm war leer. Vielleicht waren darin die Lebendfallen gewesen. Im Fach daneben lagen die guten alten Schnappfallen. Er stellte sich vor, wie er die Mauseleiche entsorgen musste, das könnte er niemals tun. Der Fallentyp im dritten Fach sah schließlich nach Bastelbogen aus. Ein flaches Stück Pappe. Florian war vollkommen unklar, wie die Pappfalle funktionieren sollte. Doch sie konnte kaum so brutal wie die Schnappfalle sein, und er *musste* eine Falle kaufen. Also nahm er die Pappfalle mit an die Kasse.

Zuhause angekommen, öffnete Florian die Verpackung und sah sich den Zettel an, der den Aufbau der Falle erklärte. Es war ganz einfach: Man musste die Pappe an drei Falzstellen falten und zu einer Röhre zusammenfügen. Dafür waren Klebestellen vorgesehen. Nachdem er einen Streifen Schutzfolie entfernt hatte, begriff Florian: Das war der Boden der Röhre, deshalb mit einem Klebefilm bedeckt. Nicht schlecht. Wenn die Maus darauf festpappte, konnte man sie in der Falle nach draußen in ein Feld tragen und wieder befreien. Er legte ein Stück Käse in die Pappröhre und legte sie auf den Küchenboden. Dann ging er ins Wohnzimmer und wartete.

Nicht lange, und ein entsetzliches Geräusch ließ ihn hochfahren: Die Maus *schrie*. Sie schrie schrill und fiepte – er hatte noch nie im Leben etwas Herzzerreißenderes gehört! Die Maus schrie um ihr Leben.

Florians Herz schlug wild. Was sollte er machen? Er traute sich kaum in die Küche. Aber er musste!

Die ganze Falle bebte und zuckte auf dem Küchenboden. Die Maus war so leicht gewesen, dass sie nicht in der Mitte der Pappröhre festgeklebt war. Mit den Vorderpfoten hatte sie es nach draußen geschafft, nur das Hinterteil klebte fest. Das Stück Käse hatte sie fallengelassen und sie versuchte, sich mit den freien Pfoten aus der Falle zu ziehen – vergeblich!

Florian kam sich schändlich vor. Etwas musste geschehen. Er konnte das Tier nicht so leiden lassen. Er griff nach den neuen Spülhandschuhen und suchte die Schere. Er zog die Handschuhe über, er wollte die Maus nicht berühren, und hob die Falle samt Maus vorsichtig hoch. Mit der Schere in der anderen Hand eilte er nach draußen.

Marie fuhr am Hof des Nachbarhauses vorbei. Er war zuhause, da stand unübersehbar das Protzauto. Sie fuhr weiter, parkte hinter der Kurve am Feldrand. Sie stieg aus und ging an den Kofferraum, um den Wanderrucksack und die Tüte mit dem neuen Kleid herauszuholen. Doch dazu kam sie nicht. Sie erstarrte. Mitten im Feld hockte er, Florian. In seiner rosa behandschuhten Rechten hielt er eine Schere – und in der anderen Hand, der mit dem Verband, hielt er etwas Längliches, von dem ein fiependes Mäuschen baumelte. Sadist war er auch noch!

Sie schoss auf den Unhold los. »Was machen Sie?«, rief sie aus, bebend vor Emotionen.

Der Deutsche blickte zu ihr auf, ohne das Stück Pappe mit der Feldmaus loszulassen. »Helfen Sie mir«, bat er. »Die Maus zappelt so, ich habe Angst, sie zu verletzen.«

»Was machen Sie?«, fragte Marie noch einmal, diesmal perplex.

»Sie ist festgeklebt, ich will sie befreien«, erklärte Florian. »Können Sie die Pappe festhalten? Dann kann ich besser schneiden.«

Marie hockte sich ebenfalls hin und nahm das Stück Pappe, von dem die arme Maus zappelte. Ihr fehlten die Worte.

Jetzt, wo er beide Hände frei hatte, gelang es Florian, mit vorsichtigen Schnitten das klebende Pappstück um die Maus Stück für Stück zu verkleinern. »Sie ist hübsch, nicht?« Er sah Marie an.

Die Maus war klein und braun mit weißem Bauch. Ihre Öhrchen waren fast durchscheinend zart, ihre Augen groß und schwarz. Marie lächelte. »Bien!«, rief sie dann lobend aus. Der Maus war es durch eine ruckartige Windung ihres Körpers gelungen, die Hinterpfoten von der Pappe zu befreien. Nun blieb von der Falle nur noch ein dünner Streifen, der an der Schwanzwurzel des Tiers festklebte.

Florian hielt inne. »Das kriege ich nicht ganz weg, fürchte ich.« Er sah fragend Marie an.

»Noch ein bisschen«, sagte sie.

»Und wenn ich ihr wehtue?«

»Wir tauschen.«

Florian mühte sich, seinen Handschuh auszuziehen, und reichte ihn Marie.

»Nicht für mich«, sagte sie ungeduldig.

Es ließ sich nicht vermeiden, dass sich ihre Finger berührten, als er ihr den dünnen Pappstreifen abnahm. Marie riss sich zusammen, um sich ganz auf die Maus zu konzentrieren. Mit ruhiger Hand schnippelte sie so lange um die Verklebung im Fell des Tierchens herum, bis das Pappstück nicht breiter als der Mauseschwanz war.

»Nach unten«, dirigierte sie Florian. Der senkte die Hand, die Maus wand sich und zappelte wilder. Mit einem Schnappen der Schere zertrennte Marie die Pappe ganz dicht am Schwänzchen, die Maus schoss davon.

»Uff«, stöhnte Marie, stand auf und dehnte sich.

»Au revoir, Maus«, sagte Florian, der sich gleichfalls erhob.

Marie reichte ihm die Schere. Eine verlegene Pause entstand.

»Warum haben Sie die Falle gekauft, wenn Sie die Maus rennen lassen?«, fragte Marie dann.

»Sie ist auf mich gesprungen, aus dem Küchenschrank. Die Maus, nicht die Falle, ist ja klar.« Was redete er da für einen Unsinn, dachte Marie sich, ohne zu ahnen, dass Florian sich soeben dieselbe Frage stellte. Laut fuhr er fort: »Ich musste irgendetwas machen, aber Lebendfallen gab es nicht.«

»Lebendfallen?«

»Kennen Sie das nicht? Die Maus geht in die Falle, man trägt sie raus und lässt sie laufen, ohne diese Klebergeschichte.«

»Und die Maus geht vom Feld zurück in das Haus.« Marie nickte ironisch.

»Nein, wieso?«, ereiferte sich Florian. »Die Maus hat eine negative Erfahrung gemacht, sie will nicht noch einmal in eine Falle geraten, also kehrt sie nicht in das Haus zurück.«

»Sie geht in das Haus der Nachbarin«, Marie grinste.

»Ich hoffe nicht«, sagte Florian ernst.

»Hm. Vergessen Sie nicht Ihre schönen Handschuhe«, sagte Marie, drehte sich um und ließ Florian stehen.

Während sie im Haus in ihre charantaises schlüpfte, fiel ihr auf, dass sie den Rucksack und das Kleid im Auto vergessen hatte. Egal, später! Sie wollte diesem Florian nicht noch einmal begegnen. Wie hatte Isabelle ihn genannt? Den mysteriösen Deutschen. Nicht ganz unpassend, er war wirklich nicht zu ergründen. Ein Nazi, der keine Maus töten wollte? Was sollte sie davon halten? Einmal mehr hatte er sie völlig aus dem Konzept gebracht.

Nun, es gab einen Weg, der Verwirrung ein Ende zu bereiten. Sie musste tun, was Isabelle ihr geraten hatte. Sie musste ihn im Auge behalten. Konsequent gedacht hieß das, sie würde ihn beschatten.

Gleich morgen. Um zu sehen, ob er wieder auf die Suche nach Nazi-Bunkern gehen würde.

Nach dem Abendessen telefonierte Florian längere Zeit mit Boris. Der hatte den Karmann Ghia aus der Werkstatt geholt und schlug sich wacker mit dem Hausbau für die gute Frau Breidenstein herum. (Flachgelegt, wie er es charmant ausdrückte, hatte er die bislang noch nicht.) Von Katharina hatte Boris nichts zu melden, wollte aber wissen, ob Florian schon »eine bretonische Mieze gerissen« habe. Er habe schließlich ein Anrecht auf Spaß, wo Katharina ihn betrogen habe. Danach sprachen sie noch über das Haus in Mengleuff, und Boris sagte vorsichtig, er werde darüber nachdenken, ob ein Verkauf für ihn in Frage käme.

Nachdem Florian das Telefonat beendet hatte, fragte er sich, ob es nicht einfacher wäre, so unromantisch zu sein wie Boris. So ungebunden wie er. Nehmen, was man kriegen kann, keine Verpflichtungen eingehen. Aber könnte er das? Unwillkürlich musste er an Marie denken. Eine schöne Frau. Sexy (sogar, wenn sie schreckliche alte Pyjamas und Opi-Pantoffeln trug). Eine interessante Frau, temperamentvoll und schlagfertig – ein wenig zu sehr sogar, wenn man es genau nahm. Wäre er Boris, er würde sie anmachen. Wäre er Olivier, würde er *draguer*. Aber wie kam es, dass beide angebliche Frauenhelden allein waren?

Nein, er war nicht Boris und auch nicht Olivier. Er war … noch Katharinas Mann; und außerdem ein Enkel, der seiner Oma ein Versprechen gegeben hatte. Er holte ihre Kladde.

Aber es war ein Fehler, darin weiterzulesen. Anstatt ihn zu beruhigen, ihn müde zu machen, alarmierte die Lektüre ihn und machte ihn hellwach. Er wollte Olivier anrufen, sofort, aber dazu war es zu spät; dabei *musste* er ihn fragen, wo es auf Crozon solche Grotten gab. Dann fiel ihm Boris' Reiseführer ein. Er holte ihn, und nach einigem Herumblättern fand er tatsächlich einen Hinweis auf Seegrotten, bei Morgat. Bei Morgat, das zu Füßen des Cap de la Chèvre lag. Marlene musste einst durch Morgat gekommen sein, um von da auf das Cap zu wandern – wo Traute dann von der Steilküste gestürzt war, nach dem ausgiebigen Genuss alkoholischer Getränke in dieser Bar, dem Chez Gégé. War seine Oma danach noch einmal in den Ort mit den berühmten Seegrotten zurückgekehrt, diesmal mit ihrer verbotenen Liebe?

Florian schlug den Reiseführer zu und stierte finster vor sich hin. Seine Ausflugsziele für morgen standen fest.

9. In den Seegrotten

Das Motorgeräusch des Cayennes! Marie sprang förmlich in ihre Sandalen, schnappte sich Autoschlüssel und Tasche und rannte aus dem Haus. Trotzdem war der Porsche bereits außer Sichtweite, als Marie aus dem Dorf bis zur Landstraße fuhr. Und jetzt? Welche Richtung? Zum Meer oder nach Telgruc? Sie versuchte es auf gut Glück mit dem Dorf; und ja, bald sah sie ihn vor sich, den Deutschen! Jetzt abbremsen, auf Sicherheitsabstand gehen …

Langsam fuhren die beiden Autos im Konvoi durch den spätmorgendlich regsamen Ort. Der Cayenne blinkte und parkte vor der Bäckerei am Kirchplatz, Marie hielt in einigen Metern Entfernung am Straßenrand an. Würde Florian bloß Baguette kaufen? Nein, er ging in die Brasserie. Wollte er da ein spätes Frühstück einnehmen?

Kurz entschlossen stoppte sie den Motor, sprang aus dem Auto und rannte in die Bäckerei. Sie hatte am Morgen keinen Appetit gehabt, jetzt Hunger. Sie entschied sich für eine große Rosinenschnecke, die sie, zurück im Auto, gleich zu essen begann. Doch kaum hatte sie die Hälfte ihrer Leckerei verspeist, erschien Florian schon wieder in der Tür der Brasserie. Der konnte unmöglich so schnell gefrühstückt haben! Einen Kaffee runtergegossen, gerade mal so. Hastig schob sie den Rest der Rosinenschnecke in die Papiertüte – und fuhr zusammen. Jemand hatte an die Fensterscheibe der Beifahrertür geklopft. Pierre!

Was machte der hier? Ausgerechnet! Schicksalsergeben beugte Marie sich zur Beifahrertür, entriegelte und Pierre riss die Tür auf. Er beugte sich in das Auto. »Ich war auf dem Weg zu dir und habe dein Auto hier stehen gesehen. Ich parke da drüben.«

Marie war es egal, wo Pierre parkte. Sie hörte den Porsche starten. »Musst du nicht arbeiten?«, fragte sie zerstreut.

»Ich habe mir freigenommen.«

»Schon wieder?« Das sah Pierre nicht ähnlich. Marie sah die Ringe unter seinen Augen, ihr Freund sah ziemlich kaputt aus. Sofort überkam sie Mitleid und schlechtes Gewissen.

»Hast du gerade Zeit?«, fragte Pierre nun, »können wir reden? Ich kann das nicht so stehen lassen, unser missglücktes Gespräch von Montag, ich –«

»Okay, steige ein«, entschied Marie sich kurzentschlossen. Wenn er jetzt anfangen würde, über seine Gefühle zu reden, würden sie morgen noch hier stehen und Florian wäre über alle Berge!

Kaum, dass Pierre die Wagentür zugezogen hatte, startete Marie und schoss auf die Straße. Ein Auto hupte. Klar, es hätte Vorfahrt gehabt. »Lässt du mich bitte noch den Sicherheitsgurt anlegen vor dem Unfall?«, fragte Pierre und beeilte sich, den Gurt zu schließen. Dann schob er nach: »Macht es dich so nervös, mit mir zu sprechen?«

»Was? Ach nein. Ach ja!« Da war der Porsche! Sie hatte ihn wieder sicher im Blick. Marie ging etwas vom Gas weg.

»Ach nein, ach ja? Was nun?«, lächelte Pierre unsicher.

»Ich will mit dir reden, Pierre, aber nicht sofort. Nicht gerade im Auto, weißt du?«

»Na gut. Wohin fahren wir?«

»Lass dich überraschen«, sagte Marie ausweichend, aber genau das war ja die Frage. Was hatte der Deutsche vor?

»Was machst du?«, rief Pierre kurz darauf auf der Landstraße, während der Mazda hupte.

»Das war ein astreines Überholmanöver! Ist doch meine Sache, wenn ich schneller als neunzig fahre«, sagte Marie cool. Vor ihr sah sie das silberne Protzauto hinter der nächsten Kurve verschwinden. Sie gab Gas. Die Sache fing an, ihr Spaß zu machen.

»Willst du mir nicht doch sagen, wohin wir so eilig müssen?«, versuchte Pierre es noch einmal.

Aber Marie blockte ab: »Jetzt warte doch einfach mal ab!«

Sie fuhren in die Stadt Crozon ein. Wollte Florian hier etwas besichtigen? Etwas einkaufen? Maries Bauchgefühl sagte ihr, dass er nicht aussteigen würde. Sie lag richtig. Der Cayenne kurvte aus dem Zentrum wieder heraus. An einem Kreisverkehr konnte man Richtung Roscanvel oder Camaret und Morgat weiterfahren. Roscanvel also nicht. Am nächsten Kreisverkehr teilten sich die Wege nach Camaret und Morgat. »Wir fahren nach Morgat«, verkündete Marie. De facto fuhren sie bereits an dem Ortsschild vorbei; der Badeort lag unmittelbar hinter der Stadt Crozon an der Küste. Nun setzte der Porsche den Blinker und fuhr auf einen Parkplatz. Dieser Trottel. Marie blinkte trotzdem.

»Warum parken wir hier?«, fragte Pierre.

»Ich denke, weil der Parkplatz kostenfrei ist.«

»Dafür ist er privat. Der gehört zu dem Nachtclub.«

»Ich weiß«, seufzte Marie und stoppte den Wagen. Was machte Florian? Er stand noch immer am Kofferraum seines Protzautos, vielleicht fünf Meter entfernt von ihrem Peugeot. Hoffentlich würde er den nicht sehen! Mach schon, geh schon vom Parkplatz, Florian.

»Steigen wir aus?«, wollte Pierre wissen.

»Klar, ich mache nur noch die Krümel weg«, und Marie las Krümel für Krümel ihrer Rosinenschnecke vom Sitz auf. »Jetzt können wir«, entschied sie. Florian hatte Vorsprung genug.

Florian spürte, wie er die Müdigkeit abschüttelte und seine Lebensgeister sich regten. Er war froh, einen kostenfreien Parkplatz am Rande von Morgat gefunden zu haben. Laut Reiseführer sollte der Ort sehr touristisch sein, da war es besser, etwas außerhalb zu parken. Jetzt hatte er den Strand erreicht; den musste er nur entlanggehen, dann würde er das Zentrum des einstigen Fischerorts bald erreichen.

Das Meer hatte sich weit zurückgezogen, der Strand war riesig. Florian zog die Wandersandalen aus. Der Sand unter seinen Füßen war warm, weich und etwas klebrig. Zügig schritt er über trockenen, dann feucht schimmernden Boden auf die Wellen zu, die ihm endlich sanft um die Fußgelenke strichen. Er blinzelte in die Sonne, lauschte dem leisen Rauschen, inhalierte die Seeluft und fühlte, wie sein Brustkorb sich weitete. Was auch immer er in den Seegrotten finden oder nicht finden würde, dieser Strandgang allein war den Ausflug wert …

Während er mit den Füßen mal durch das Wasser, mal über trockenen Sand ging, fielen Florian die Muscheln und Steine auf, deren Tönung von grau über gelb bis zu orange-braun ging. Er bückte sich nach einer besonders großen, braun-weiß getigerten Muschel und fuhr mit den Fingerspitzen über ihre geriffelte Oberfläche. Diese Muschel war schön; er ließ sie in eine Seitentasche seiner Cargo-Shorts gleiten. Weitere Muscheln gesellten sich dazu, während Florian sich der Zeile der bunten Häuser am Hafen von Morgat näherte.

»Eine gute Idee, dieser Ausflug«, sagte Pierre. Hier am Strand war der ideale Moment für ein ruhiges Gespräch. Wie sollte er anfangen?

»Hier, sieh mal!« Marie bückte sich und hob eine hellgrau-rosafarbene Muschel hoch. »Sie ist ganz glattgewaschen«, sagte sie und hielt sie Pierre hin.

Der zögerte. Anscheinend wollte Marie noch nicht über ihr Verhältnis zueinander reden. Nun ja, nicht so schlimm. Der Tag fing erst an – der Tag mit ihr! Als Pierre die Muschel aus Maries Hand nahm, berührten sich kurz ihre Finger. Pierre durchrieselte es. Dieses Gefühl, das musste sie doch auch … Aber wenn Marie ähnlich empfunden hatte, zeigte sie es nicht. Sie sammelte weiter Muscheln. Bis sie leise auflachte.

»Was ist los?«, wollte Pierre wissen.

»Nichts«, sagte sie und zog die Augenbrauen zusammen. »Sag mal, meinst du, es gibt Nazis, die Muscheln sammeln?«, fragte sie dann.

»Wie kommst du auf so etwas?«, fragte Pierre ratlos. »Du hast zu viel Phantasie!« Aber genau das liebte er so an Marie, dieses Phantasievolle und Spontane, Kindliche, das sie sich bewahrt hatte. Marie war sehr stark, aber zugleich sehr verletzlich. Eigenwillig war sie allerdings auch, und Pierre war sich bewusst, dass er sich auf ihre Spielregeln einließ, als er wieder in Schweigen verfiel, wie sie es wünschte, bis sie die Strandpromenade des Stadtzentrums erreichten.

Die Touristen-Information war leicht zu finden. Sie lag direkt an der Strandpromenade, und die Tür war einladend geöffnet, was daran lag, dass es Mittag war und sehr heiß. Florian trat ein. Er bemerkte noch immer nicht die beiden Personen, die ihm schon am Strand gefolgt waren. Eine davon, die Frau, hockte sich nun dicht vor die geöffnete Tür der Touristeninformation, um ihre Sandale auszuziehen und Sand zwischen den Zehen zu entfernen.

Marie spitzte die Ohren. Die Seegrotten? Wollte er wirklich nur harmloses Sightseeing machen? Unwahrscheinlich!

»Sieh mal, das Plakat. In der Nacht auf den 14. Juli findet hier ein Fest Noz statt, mit Feuerwerk über dem Meer. Wäre das nichts?«, fragte Pierre.

»Schöne Idee, aber ich habe schon Isabelle versprochen, mit ihr zu feiern. Unter Frauen, weißt du«, gab Marie zurück. Aber natürlich – sie würde mit Isabelle hier, in Morgat, feiern und tanzen! Dass ausgerechnet Pierre sie auf die Idee gebracht hatte … Verdammt! Marie duckte sich über ihrer Sandale und hielt die Luft an. Direkt hinter Pierres Rücken streifte Florian vorbei. Fast hätte er Pierre angerempelt. Aber der Deutsche studierte einen Flyer und hatte sie deshalb nicht gesehen. Glück gehabt!

»Warst du schon in den Seegrotten?«, fragte Marie, und Pierre im Schlepptau, betrat sie die Touristeninformation.

Keine fünf Minuten später eilte sie schon wieder heraus. Sie sah nach links, sie sah nach rechts. Kein Florian.

»Was hetzt du denn so?«, klagte Pierre. »Es ist gerade mal viertel vor eins. Wir haben fast eine Stunde Zeit, bis wir die Karten am Kai kaufen müssen. Wollen wir etwas essen?«

»Gute Idee, ich habe nicht viel gefrühstückt«, stimmte Marie zu. Sie würde Florian später am Pier wiederfinden.

Sie picknickten auf einer Bank am Hafen, weil Pierre keinen Sand in seiner Nahrung mochte. Marie konnte ihr Essen nicht vollkommen genießen, weil Pierres Blicke sie nervös machten. Ja, sie musste mit ihm reden, aber wann? Jetzt war einfach nicht der richtige Zeitpunkt dazu.

»Du hast einen Eis-Bart«, schmachtete Pierre sie an, da sie eben an ihrem Nachtisch lutschten.

»Habe ich doch immer, wenn ich Eis esse«, murmelte Marie halb verlegen, halb verärgert und wandte sich ab. »Wir müssen gleich los«, sagte sie dann, um ihren besten Freund auf andere Ideen zu bringen.

»Komm, gehen wir Tickets kaufen«, stimmte Pierre zu und stand sofort auf.

Es war Zeit, das Ticket zu kaufen. Florian, der am Strand gepicknickt hatte, ging zum Hafen und sah schon von weitem den Stand der Vedettes Rosmeur, vor dem eine lange Reihe Menschen anstand. Während er sich selbst anstellte, holte er den Fotoapparat aus dem Rucksack und überprüfte den Batteriestand. Alles klar, würde reichen. Nur, reichen wofür? Plötzlich stellte er diese ganze Unternehmung in Frage. Eine Botschaft – er wusste ja nicht mal, wie sie aussehen und wonach genau er suchen sollte! Aber gut. Jetzt war er schon einmal da. Die Grotten waren ohnehin sehenswert. Er sah nach der Uhr. Noch eine Viertelstunde, dann ging es los.

Marie kaufte zwei Tickets. Auf den letzten Drücker, das Anstehen in der Schlange hatte länger gedauert, als erwartet. Florian hatte schon vor ihr sein Ticket gehabt. Sie hatte ihn entdeckt, aber er sie nicht. Besorgt sah sie auf die vielen Menschen, die auch mitwollten. »Wie viele Leute passen denn auf ein Schiff?«, fragte sie die junge Frau an der Kasse.

Die antwortete: »Keine Sorge, Madame, es fahren immer zwei Boote gleichzeitig. Sie legen kurz hintereinander hier an. Ich an Ihrer Stelle würde nicht gleich mit dem ersten Boot fahren. Meistens stürzen sich die Leute darauf, und im zweiten Boot haben Sie dann viel Platz.«

Boot hatte die Frau gesagt, nicht Schiff. Das hörte sich klein an. Ein Raunen ging nun durch die Menge. Ein Boot kam auf den Pier zugesteuert – de facto klein, gelb und mit knatterndem Motor.

Jemand hatte das nahende Boot entdeckt, und schon war die Bewegung nach vorn allgemein geworden. Florian sah über die Köpfe der anderen hinweg in das recht kleine, gelbe Gefährt, das von der letzten Fahrt voll besetzt war. »Bitte zurücktreten«, rief der Fahrer, während eine Frau in blau-weiß-gestreiftem T-Shirt an Land sprang, um das Boot zu vertäuen. Dann half sie den Fahrgästen der letzten Tour hinaus, die windzerzaust und sonnenverbrannt aussahen. Sonnencreme, schoss es Florian durch den Kopf. Die hatte er vergessen. Dann dachte er nur noch daran, auf das Boot zu kommen, das nun bestiegen werden durfte.

Er hatte es geschafft und einen hervorragenden Platz ergattert, vorne, direkt an der Reling. Er zog den Fotoapparat aus dem Rucksack und stellte den zwischen seine Füße. Jetzt konnte es losgehen!

Marie und Pierre warteten auf das nächste Boot, es nahte bereits, ein grünes. Wenn das grüne Boot dem gelben unmittelbar folgte, würde sie auf ihrer Fahrt zu den Seegrotten den Deutschen beobachten können, hoffte Marie.

Beim Einsteigen bestand Pierre darauf, ihr in das wankende Boot zu helfen. Sie setzten sich nach vorn an die Reling, gleich hinter den Fahrer. Der andere Mann, den Marie erst für einen Matrosen gehalten hatte, war offenbar Reiseführer, er nahm jetzt ein Mikro zur Hand. Er begrüßte die Leute und kündigte an, er werde die Fahrt kommentieren. Dann legte das Boot ab.

Florian verstand kein Wort von dem, was die blau-weiß gestreifte Frau mit dem Mikro erzählte. Der Motor dröhnte, die Wellen platschten an die Bootswand, die Hintergrundgeräusche waren zu laut. Im Vorbeifahren sah er auf den Strand, über den er vorhin spaziert war. Am Ende der Bucht riss er den Fotoapparat hoch: Die Granitmasse, die sich vom Festland in das Meer vordrängte, war durchlöchert, eine schwarze Grottenöffnung lag neben der anderen! Das war ja vielversprechend, aber auch erschreckend. Wie sollte er unter diesen vielen Grotten die mit der Botschaft finden? Wenn sie überhaupt hier war, bei Morgat?

Mehr und mehr entfernten sie sich vom Strand und folgten der Landnase, die weit hinaus in das Meer ragte. Das Boot verlangsamte. Es näherte sich einer der schwarzen Öffnungen. Etwas schoss aus der Grotte heraus. Fledermäuse? Nein, Tauben. Das Boot tuckerte tiefer in die Grotte hinein. Zwei Kanufahrer kamen ihnen aus der Schwärze entgegen. Dann griff die Reiseführerin zu einer Lampe und richtete ihren starken Lichtstrahl an die Wände der Grotte. Rot, Grün, Schwarz.

Florian stieß zischend die Luft aus. Der Granit war alles, nur nicht grau! Das passte und passte nicht; seine Oma hatte nichts von einer grünen Färbung geschrieben. Und ihre Grotte war nicht so weit draußen gewesen, sie hatten sie bei Ebbe zu Fuß erreicht. Trotzdem. Florian wusste nun, dass er auf der richtigen Spur war. Es war die richtige Art von Gestein, also die richtige Gegend …

Der Strahl der Lampe wanderte durch die zerklüfteten Gewölbe der Grotte, die viel größer war, als er erwartet hatte. Dann blieb das Licht auf einer Granitinsel inmitten der Grotte haften. Die Insel war oben glatt wie eine Tischplatte. Die Frau am Mikro erzählte etwas, Florian hörte nicht hin. Von so einer Insel hatte seine Oma nichts geschrieben – aber durchaus etwas von einem Felsenplateau in einer Seegrotte … Ach Oma!

Marie war enttäuscht. Die Grotten waren zu eng für zwei Boote. Vor der ersten, die sie anfuhren, mussten sie warten, bis das gelbe Boot mit dem Deutschen rückwärts herauskam. Sie schaffte es kaum, einen Blick auf den Kerl zu erhaschen, dann war er schon weg und sie auf dem Weg nach drinnen. Immerhin, was sie dann sah, war durchaus beeindruckend. Eine Grotte dieser Größe! Achtzig Meter sollte sie in die Tiefe gehen.

»Wusstest du, dass Mineralien den Granit so färben können?«, fragte Pierre begeistert, wobei er sich allzu dicht zu Marie beugte, um das Motorgeräusch zu übertönen.

»Nein«, sagte sie so laut, dass sich ein paar Bootstouristen nach ihr umdrehten. Marie zuckte die Achseln. Nur mit halber

Aufmerksamkeit hörte sie dem Mann am Mikro zu, der etwas von heimlichen Gottesdiensten um die altarförmige Insel der Grotte erzählte, zur Zeit der französischen Revolution, als Gottesdienste verboten waren.

»Entschuldigen Sie«, rief sie dem Reiseführer zu.

Der fragte bereitwillig: »Ja?«

»Wissen Sie, ob diese Grotte oder eine andere in der Gegend im zweiten Weltkrieg eine Rolle gespielt hat?«

Der Mann stand nah vor ihr. Er senkte das Mikro, so dass nur sie seine Antwort hörte: »Auf der anderen Seite der Bucht, wo wir später noch hinfahren, gibt es Grotten, die schon von Piraten als Verstecke genutzt wurden. Wer weiß, vielleicht hat das die Résistance auch gemacht? Aber das ist nur eine Vermutung.«

»Seit wann interessierst du dich für den zweiten Weltkrieg?« Pierre hatte sich schon wieder gefährlich nah zu ihr hinuntergebeugt.

Das war das Stichwort. Jetzt könnte sie Pierre erklären, was da gerade ablief, die Beschattung Florians. Nur – es war zu laut, zu wenig intim. Außerdem würde Pierre wahrscheinlich sofort anfangen, sie zu kritisieren. Diskussionen im Boot? Nein, danke! Also zuckte Marie doch nur mit den Schultern und winkte ab.

Nun fuhren sie in die Heilige. Diese Grotte hatte eine so blutrote Wand, dass sie »die Schürze des Fleischers« genannt wurde. Dann horchte Marie auf, als der Mann mit dem Mikro schmunzelnd erzählte, die Korrigans, die Kobolde, würden von hier aus durch einen geheimen Tunnel bis zur Guérande gelangen. Gab es wirklich geheime Tunnel durch den Granit? Das wäre in der Tat günstig für die Résistance gewesen – und für deren Feinde! Marie wollte den Mann mit dem Mikro danach fragen, wo sie herausfinden könnte, ob nicht *diese* Grotte eine besondere Rolle gespielt hatte, da spürte sie Pierres Arm um ihre Schultern. »Nein«, fauchte sie. Pierre zog den Arm wieder weg. Dann waren sie aus der dunklen Grotte heraus und Marie konnte sehen, wie enttäuscht ihr Freund aussah. Er tat ihr ja leid, aber was sollte sie machen? Und wo war das Boot mit dem Deutschen? Sie konnten es doch nicht verloren haben? Dann begriff sie. Ihr Boot wendete und nahm Tempo auf. Die Fahrt ging zurück auf die andere Seite der Bucht. Ha, da erkannte Marie das gelbe Boot in der Ferne! »Können wir nicht schneller fahren?«, rief sie dem Fahrer zu.

Der ignorierte ihre Frage. Pierre nicht. »Ist schon gut, ich lasse dich in Ruhe. Wir sind bald zurück und aus dem Boot raus. So lange kann ich mich leider nicht in Luft auflösen«, sagte er resigniert.

Marie wusste nicht, was sie darauf erwidern sollte. Pierre tat ihr leid, aber er nervte. Und diese Opferrolle, die er neuerdings angenommen hatte, stand ihm nicht.

Florian genoss die Gischt in seinem Gesicht, er genoss das Tempo der Bootsfahrt und er war beeindruckt von den Seegrotten. Aber Marlenes Grotte würde er nicht darunter finden, da war er sich mittlerweile sicher. Diese Seegrotten hier waren alle zu groß, sie waren alle zu wenig intim und vor allem lagen sie alle viel zu weit draußen in der offenen See. Schade.

Sie passierten ein natürliches Felsentor, dann fuhren sie langsam an das Granitmassiv dahinter heran und in ein schwarzes Loch, dem jegliches Licht fehlte. Florian war froh, wieder bald an das Tageslicht zu fahren, doch blieb das Boot nicht lange in der Sonne, sofort ging es in die nächste Felsspalte. Florian merkte auf. Hier war es nicht ganz so dunkel, weil ein Riss durch die gesamte Felsmasse ging. Sie befanden sich in einer Art riesigem Trichter. Und dann bekam Florian eine Gänsehaut. Das Licht, das durch den Trichter hereinfiel, sorgte für ein einzigartiges Naturschauspiel: An den Innenwänden der Trichtergrotte schienen rote und schwarze Flammen zu tanzen! Er fotografierte. Er schaltete den Modus um und besah hastig seine Fotos. Leider kam das Flackern der roten und schwarzen Flammen auf dem Bild nicht richtig heraus. Aber egal, er hatte es gesehen. Jetzt wusste er, was seine Oma beschrieben hatte! Auch wenn sie nicht in *dieser* Grotte gewesen sein konnte, nein, aber dann musste es woanders eben noch eine mit Trichter geben, vielleicht ganz in der Nähe, nur weiter zum Strand hin …

Als er von seinem Display hochsah, hatten sie den Trichter verlassen und kreuzten ein Boot. Ein grünes Boot. In dem grünen Boot saß Marie, neben ihr der Womanizer. Verblüfft starrten sich alle drei an. Florian hob lahm die Hand, zu einem kleinen Gruß. Dann nahm sein Boot Fahrt auf.

Was machte Marie hier? Mit diesem Typen! Und warum hatte sie ihn, Florian, so völlig entgeistert, fast feindselig angestarrt? Betroffen fuhr Florian zum Pier zurück. Die Fahrt war zuende.

»Das war dein Nachbar«, stellte Pierre fest.

Marie wich seinem Blick aus. »Hast du gehört? Diese Grotte hier heißt Teufelsschornstein. Irre, diese rot-schwarzen Flammen«, versuchte sie, Pierre abzulenken.

Doch der fragte, plötzlich misstrauisch: »Du wusstest doch nicht, dass der hier sein würde?«

»Was wird das hier für ein Verhör?«, ging Marie in die Gegenoffensive.

Pierre öffnete den Mund, als ob er etwas sagen wolle. Dann schloss er ihn wieder. Aber Marie wusste, auf dem Festland stand eine Aussprache an, an der sie nicht vorbeikommen würde.

Als Pierre und sie dann aus dem Boot stiegen, war von Florian nichts zu sehen. Marie war erleichtert und enttäuscht zugleich.

»Was war das für ein Spiel?«, fragte Pierre.

»Was für ein Spiel?«

»Halt mich nicht für blöd, Marie. Ich will wissen, was da läuft, zwischen dir und diesem Deutschen.«

»Gar nichts läuft da, der Mann ist ein Nazi!«

»Ein Nazi? Das sagt die Frau, die mir verboten hat, das Wort *boche* für den Typ zu benutzen?«

»Da wusste ich noch nicht, dass er ein Nazi ist. Aber ich habe ihn gesehen, wie er begeistert Nazi-Bunker fotografiert hat, gestern, auf dem Ménez-Hom!«

»Ach, da warst du auch schon mit ihm?«, fragte Pierre wütend.

»Natürlich nicht! Ich habe ihn zufällig gesehen und er mich gar nicht!« Auch Marie wurde zornig. Mit welchem Recht stellte Pierre diese Fragen?

»Und was hat das mit diesem Ausflug hier zu tun?«, fragte Pierre, leiser, aber eindringlich.

»Ich wollte wissen, ob Florian weiter nach Spuren der Nazis sucht. Ob er wirklich ein Nazi ist.«

»Ach. Und welche Rolle spiele ich dabei? Ich fühle mich total verarscht! Ich dachte, du willst einen schönen Tag mit mir verbringen und dass wir in Ruhe über uns reden. Stattdessen renne ich mit dir – und das, ohne es zu wissen – einem boche nach, der übrigens auch nichts von seinem Glück weiß. Ich meine, wie du den behandelst, kann mir egal sein. Wie du mich behandelst aber nicht! Was auch immer du für mich bist – wir sind Freunde oder sind es gewesen, dachte ich.« Pierres Stimme zitterte, als er die letzten Worte sagte.

Marie hatte es die Sprache verschlagen. Das war ja pathetisch. Freunde *gewesen*? Was war das für ein Quatsch?

»Warum hast du mir nicht zumindest den ganzen idiotischen Unfug erklärt mit diesem Deutschen?« Pierre rang sichtlich um Fassung.

»Weil ich nicht von dir, meinem besten Freund, hören wollte, dass – das hier«, Marie machte eine vage Geste, »ein idiotischer Unfug ist. Aber es tut mir leid, dich verärgert zu haben. Ehrlich.«

Schweigend sahen sie sich an. Dann sagte Marie sanft: »Es tut mir auch leid, dass ich mich nicht in dich verlieben kann. Es wäre ja schön, aber es geht nun mal nicht.«

Pierre blickte nach unten. Dann stieß er aus: »Du fühlst dich zu ihm hingezogen, stimmt's?«

»Zu wem?«

»Na, zu dem Deutschen! Dann gib es wenigstens zu, wenn ich dein Freund bin!«

»Was redest du da?«

»Na klar, sonst würdest du dieses Theater hier doch nicht machen!«

Marie schnappte nach Luft. Dann fragte sie ungläubig: »So, soll ich dich jetzt belügen, damit du mich in Ruhe lässt? – Na gut: Florian ist harmlos und niedlich und was meinem Glück fehlt, ist sein Sternzeichen zu wissen. Bist du zufrieden?«

Mit aufgerissenen Augen starrte Pierre sie an.

»Pierre. *Sternzeichen*, kapierst du nicht? Ich habe eben Isabelle zitiert! *Ich* will *nichts* von diesem Deutschen! Aber ich will auch nichts von dir – außer deiner Freundschaft, die mir so viel bedeutet.«

»Ich glaube, du bist ernstlich verwirrt durch deine Trennung von Sylvain.« Pierres Stimme klang hart.

Marie war zusammengezuckt bei der Nennung des Namens. Pierre sah es, fuhr aber unbeirrt fort: »Ist ja nicht normal, diese ganze Situation hier. Ganz ehrlich, Marie, vielleicht brauchst du Hilfe im Augenblick, professionelle. Ist ja keine Schande, wenn… Aber dass du unsere alte Freundschaft so – so hinten anstellst, hinter deine *Obsession* durch diesen Fremden … Ich habe jedenfalls genug.« Er wandte sich ab und ging.

»Wohin gehst du?«, rief Marie hastig.

»Ich nehme ein Taxi nach Telgruc«, antwortete Pierre, über die Schulter hinweg.

10. Am Abgrund

Marie war fassungslos. Das war krass! Das von Pierre, der immer mit ihr mitgefühlt und zu ihr gehalten hatte … So hatte sie sich auch in ihm geirrt. Das war schrecklich!

Die Welt um sie schien sich zu drehen, als erwarteten sie Abgründe überall. Sie musste hier fort, aus der Menschenmenge am Hafen. Wie betäubt ging sie auf eine Gasse zu, die hinter den Wagenständen, an denen man Snacks und Eis kaufen konnte, bergauf führte.

Sie atmete auf. Hier war es ruhiger. Aber was jetzt, wohin? Maries blinzelnder Blick fiel auf ein hölzernes Schild, Hinweis auf einen sentier côtier. Der Küstenwanderweg würde auf das Cap de la Chèvre hochführen. Da oben würde sie vielleicht freier durchatmen können, in der weiten Heidelandschaft hoch über dem Meer.

Der Schatten der hohen Pinien tat gut, der mit Piniennadeln bedeckte Boden war angenehm federnd unter ihren Füßen. Zwischen den windgebeugten Bäumen eröffneten sich atemberaubende Ausblicke auf die türkisblaue Bucht mit dem natürlichen Felsentor, an dem sie vorhin vorbeigefahren war, mit Pierre, im Boot … Warum dieser Streit mit Pierre? Warum die Trennung von Sylvain? Warum konnte sie nicht einfach glücklich sein? Sie verbarg das Gesicht in den Händen. Doch als sie Stimmen hörte, riss sie sich zusammen. Schnell fuhr sie sich mit dem Handrücken über das nasse Gesicht und eilte an den beiden Wanderern vorbei, die ihr entgegenkamen.

Den Pinienhain hatte sie hinter sich gelassen, nun ging es über Farn, Ginster, gelbe Wildblumen und Heidekraut weiter bergauf. Plötzlich mündete der Wanderpfad in eine asphaltierte Straße. Ob das die war, die bis zum großen Leuchtturm führte? Es war jedenfalls die richtige Richtung.

Sie war keine zehn Minuten die einsame Straße entlanggegangen, als sie ein Motorgeräusch hinter sich hörte. Sie ging vom Asphalt herunter auf das ausgetretene Gras daneben. Im tiefen Schatten einer Pinie hielt sie an und wandte sich mechanisch um, um nach dem vorbeirauschenden Auto zu sehen. Danach musste sie trocken auflachen. Sie hatte nicht erwartet, Florian noch einmal an diesem Nachmittag zu sehen. Doch jetzt war er ihr auf das Cap gefolgt!

Sie sah dem silbernen Protzauto nach, das verlangsamte und stehenblieb. Einen Moment lang war Marie erschrocken. Hatte Florian sie erkannt und hielt wegen ihr? Aber dann stieg er aus, holte seinen Rucksack aus dem Kofferraum und marschierte los, ohne sich nach ihr umzusehen.

Marie setzte sich ihrerseits in Bewegung. Wenn der Zufall es so wollte, dass sie Florian auf diese Weise wiedersah, dann konnte sie ebenso gut mit dem Beschatten weitermachen, dachte sie trotzig.

Blühendes Heidekraut überall, ein violettes Meer, das in sanften Neigungen abfiel, ehe das Festland abrupt abbrach und unten, viel weiter unten, das andere, türkisblaue Meer schimmerte. In dem Violett gleißten weiße Inseln und Linien im starken Licht – Felsbrocken und die schotterigen Spuren der Wanderpfade. Florian fand das Cap de la Chèvre wunderschön. Vorhin hatte er drei verwunschene Häuser und den Stumpf einer alten Windmühle entdeckt. Aber da es drei Häuser waren, konnte keines davon die isolierte Bar Chez Gégé gewesen sein. Hinter der Windmühle hatte der Feldweg dann aufgehört, und Florian war in das Netzwerk von Pfaden geraten, die sich vom Rücken des Caps zu seinen Rändern hin spannten. Er hatte keine Ahnung, wo das ominöse deutsche Dorf sich befunden hatte. Also ließ er sich aufs Geratewohl treiben. Irgendwann würde er schon die Reste des Dorfes finden oder ein einsames Haus, das nach einstiger Bar aussah.

Als er an den Rand der Steilküste geriet, wurde ihm erst richtig klar, welcher Gefahr Traute entgangen war. Ihm schauderte, als er an den Abgrund herantrat. Sofort ergriff ihn seine Höhenangst; und der abschüssige Boden war mit Geröll und losem Gestein bedeckt. Wie schnell konnte man da abrutschen! Hastig trat er einen Schritt zurück und wanderte weiter, Richtung Westen.

Bald hatte Florian den Eindruck, dass die Landschaft um ihn immer rauer wurde, immer zerklüfteter die Form der Küste. Das Heidekraut wurde weniger, der Anteil an kargem Boden nahm zu. Eine Mondlandschaft, dachte Florian. Als er hinter der nächsten Windung seines Pfads auf einen Strand zu Füßen der Steilküste blickte, ahnte er, dass er zu weit gegangen war. Traute war über keinem Strand abgestürzt, von einem Strand war gar nicht die Rede gewesen. Obwohl er verlockt war, einen Pfad zu suchen, der ihn an den Sandstrand hinunterführen würde, verzichtete Florian darauf und machte kehrt.

Hatte Florian ein Ziel, fragte Marie sich? Mittlerweile wanderten sie schon eine ganze Weile direkt an der Steilküste entlang. Das waren natürlich die beeindruckendsten Pfade, unmittelbar am Abgrund. Man musste allerdings aufpassen. Man konnte schnell ausrutschen, auf dem losen Geröll. Um sich zu sichern, hatten vergangene Generationen von Menschen niedrige Bruchsteinmauern errichtet, Reihen von Bruchsteinmauern oder unregelmäßige Rechtecke. Sie mochten an die Umfassungen von Feldern erinnern, doch Felder hatte es auf dem Kap nie gegeben. Der Boden war zu karg, zu steinig.

Marie wurde aus ihren Gedanken gerissen: Florian hatte kehrtgemacht und kam direkt auf sie zu! Deckung konnte ihr nur ein größerer Felsbrocken abgeben, der einzige weit und breit. Schnell schlitterte sie auf glatten Ledersohlen den Hang hinab, auf den Felsen zu; unversehens geriet sie in Fahrt, die Steine unter ihren Füßen rutschten …

Hart prallte sie auf den Felsbrocken auf, hinter dem sie sich verstecken wollte; doch noch ging es nicht, sie musste Luft schöpfen, durchatmen nach dem Schrecken. Aber alles war gut, sie brauchte nur die glattsohligen Sandalen auszuziehen. Sie tat es, um barfuß hinter den Felsen zu kriechen. Zum Glück war sie schwindelfrei; viel Bodenraum blieb zwischen ihr und dem freien Fall nicht....

Ein Schrei. Florian zuckte zusammen. Es war nur eine Sturmmöwe gewesen, in elegantem Bogen zog sie über ihn hinweg. Aber wo war es nun, das deutsche Dorf? Der große Leuchtturm, auf den er zuging, hatte nichts damit zu tun. Der war erst nach dem Krieg gebaut worden, so wie der aussah. Geduld, sagte er sich. Er würde es schon noch finden.

Nachdem Florian an ihrem Versteck vorbeigewandert war, ohne sie zu entdecken, blieb Marie noch einen Moment lang sitzen. Es war nicht gut, zu dicht hinter ihm herzugehen. So etwas wie eben sollte kein zweites Mal passieren. Besser, sie gab ihm mehr Vorsprung.

Vielleicht hatte sie ihm am Ende zu viel Vorsprung gegeben, denn plötzlich war Florian aus ihrem Sichtfeld verschwunden. Weit und breit nichts mehr von ihm zu sehen! Aber keine Panik, sie würde ihn schon wiederfinden. Entschlossen ging sie in Richtung des großen Leuchtturms.

Es war jenseits des Leuchtturms, dass sie ihn wiedersah. Bei den Bunkern. Zwei gedrungene Bauwerke aus Beton. Der linke Bunker war in das Gelände hineingebaut, eine Rampe führte hoch auf das flache Dach, diese Rampe bestieg Florian soeben, nachdem er die Bunker von allen Seiten fotografiert hatte.

Marie fühlte sich elend. Angewidert. Schockiert darüber, dass sie jetzt wusste, wirklich wusste, wo seine Interessen lagen. Dieser Eifer, mit dem er ans Werk ging, und diese Systematik ... Sie blinzelte. Und wo war er jetzt? Doch nicht vom Dach des Bunkers gestürzt? Eine unwillige Unruhe ergriff sie. Er war ein Schwein; aber es war besser, nachzusehen, was ihm geschehen war!

Auf dem Bunkerdach begriff sie, dass Florian nicht abgestürzt war. Er hatte das Dach über eine andere Rampe wieder verlassen. Diese führte im rechten Winkel auf einen schwarzen Eingang zu – Florian musste da drinnen sein, im Bunker.

Marie zögerte, doch die Neugier war stärker als der Widerwille. Auch sie übertrat vorsichtig die Schwelle aus Beton.

Sie befand sich in einem engen Raum, dessen Boden mit Trümmern bedeckt war. Eine einzige Türöffnung, in der rechten Wand. Ein feuchter Gang mit grünlichen Wänden. Am Ende des Ganges ein Türrahmen aus verrostetem Stahl. Dahinter ein lichtloser Korridor. Maries Schritte knirschten auf dem herumliegenden Schutt. Aber von Florian war nichts zu sehen, nicht zu hören.

Endlich, hinter einer schweren rostroten Eisentür, ein Raum, erhellt durch – einen Sehschlitz. Marie schauderte. Der Sehschlitz – oder Geschützschlitz – war auf zwei Drittel Höhe der Rückwand angebracht und eröffnete eine panoramatische Aussicht zum Meer hin. Sie trat näher. Durch den Seeschlitz sah sie auf die Bucht von Douarnenez – und auf eine niedrige, schemenhafte Form im Meer … Die Insel Sein! Wo ihr papy und Paul lebten; wo sie hinfahren würde, morgen! Sie bekam eine Gänsehaut.

Da hörte sie Schritte hallen, aus einem weiteren Raum dieses unheimlichen Geschützbunkers. Florian! Marie hastete los, stieß sich einen Zeh schmerzhaft an einem Stück Geröll und verließ halb humpelnd, halb rennend den Betonbau der Nazis.

Bald nach ihr kam Florian heraus. Marie war um die Ecke des Bunkers geeilt und beobachtete, wie der Deutsche im Schatten stehenblieb, um das Display des Fotoapparats zu betrachten. Dann setzte er sich wieder in Bewegung – und Marie folgte.

Doch eine gute halbe Stunde später hatte sie die Nase voll. Erst der Sehschlitz-Bunker, dann diese unterirdischen mit den nach oben hin offenen Höfen! Das waren wohl Geschützbunker gewesen, die Verankerungen der Geschütze im Boden erkannte man noch. Und das alles war so widerlich intakt! Noch widerlicher war es aber, wie high der Deutsche schon wieder aussah, wie hingebungsvoll akribisch er erforschte und ablichtete, von allen Seiten … Dabei war das hier die dritte dieser identischen

Geschützstationen, denn alle sahen wirklich genau gleich aus, und Marie wusste, die hinter rostigen Türen verborgenen Kellerräume stanken sogar gleich, nach Fäulnis und Urin! Und trotzdem musste der bekloppte Deutsche alles aufs Neue ablichten! Ablichten, und jetzt – und irgendwie war das der Gipfel – jetzt hatte er einen Block und Stifte vorgezogen, setzte sich hin und *zeichnete*! – Marie starrte den Mann an, der von so etwas inspiriert werden konnte. Schade, dass Pierre das nicht sah. Schade, dass Pierre *sie* jetzt nicht sah, nicht sah, wie sie sich fühlte.

Sie wandte sich ab, ging stracks Richtung Meer. Sie würde sich ein ruhiges Fleckchen suchen und einfach nur auf die Bucht von Douarnenez und die Insel Sein sehen, ohne kriegerischen Sehschlitz-Blick. Sie brauchte Ruhe, vollkommene Abendruhe, um das zu verdauen.

Damit hatte Florian nicht gerechnet. Dass man noch so viele Gefechtsanlagen aus dem Krieg sehen würde! Es war unheimlich, die einst Tod bringenden Bauten zu erkunden, und doch faszinierend zugleich.

Endlich steckte er den Skizzenblock weg. Nun hatte er alles dokumentiert, fotografisch und zuletzt noch einmal zeichnerisch. Für wen, wozu? Nein, seiner Oma konnte und wollte er das hier nicht zeigen. Es war eher für sich selbst. Der Versuch, das Ungeheuerliche dieses Krieges, in dem seine Oma unmittelbar verwickelt gewesen war, besser zu begreifen. Aber begriff er es denn besser, wenn er diese Bunker ablichtete oder mit Bleistift umriss? Plötzlich fühlte Florian sich sehr müde. Er musste sich einen Moment setzen. Am besten vorn an der Steilküste, wo er auf das Meer schauen konnte, das sich weit unten, heute ganz sanft, an den Felsen brach.

Die Sonne stand schräg, Abendstimmung senkte sich über dem Cap. Kein Mensch war weit und breit mehr zu sehen; doch, da, eine einsame Gestalt. Durch das Gegenlicht geblendet, erspähte Florian sie jetzt erst, am Abgrund stehend. Er wollte unbemerkt hinter dem Rücken der Frau ein Stück weitergehen, da blickte sie sich um. Florian kniff die geblendeten Augen zusammen. Dann ging alles blitzschnell.

Die Frau – Marie?! – machte eine brüske Bewegung, einen halben Schritt zurück, rutschte – und stürzte.

Marie fühlte etwas von ihrer Anspannung weichen. Das Licht hatte eine goldene Färbung angenommen, die Stimmung des Abends senkte sich über das Cap. Sie genoss es, keine menschlichen Laute zu hören. Sie stand ganz still und beobachtete eine weiße Yacht, die mit geblähtem Segel in die Bucht von Douarnenez glitt. Dann hatte sie plötzlich das Gefühl, nicht mehr alleine zu sein. Sie wandte sich um. Nein! Reflexartig machte sie einen Schritt zurück, kam mit dem Fußballen auf Geröll zu stehen, rutschte – . Sie hörte sich aufschreien und spürte Schmerz, ihr Knie schabte an Gestein entlang, ihre Hände griffen blindlings nach etwas …

Sie musste für Bruchteile von Sekunden die Besinnung verloren haben, denn wie durch Watte hörte sie jemanden ihren Namen rufen. Ja, hier, wollte sie sagen, aber es kam keine Stimme. Jemand riss ihr den Arm aus, der Schmerz war kaum zu ertragen. Sie blinzelte, dann begriff sie: Das verzerrte Gesicht über ihr, es war Florians. »Marie, los! Sie können jetzt nicht ohnmächtig werden!«, schrie er.

Jetzt war sie wieder da. Sie hing an der Felswand. Florians Hände krallten sich um ihr Handgelenk, ihr rechtes. Sein Griff tat weh. Sie sah nach unten. Nichts, nichts als die Tiefe. Ganz unten Türkis und Weiß, Wasser und Gischt. Diese Aussicht begann, sich vor Maries Augen zu drehen, Schwindel hatte sie ergriffen und Übelkeit.

»Nicht nach unten sehen«, hörte sie Florian. »Sehen Sie mich an! Mich!«

Marie tat es.

Er durfte nicht nach unten sehen, sonst würde ihm schwindelig und dann war es aus. Er starrte in das Gesicht unter ihm, sah die Panik in Maries Augen. Seine Gedanken überschlugen sich, er war auf den Bauch geknallt und hatte gerade noch ein Handgelenk von ihr erwischt! Sie war leichter als er und konnte sein Gewicht nicht mit hinunterziehen; aber lange konnte er sie so nicht halten. Seine Finger und Arme begannen, vor Anspannung zu zittern. Marie musste mitmachen, sonst ging es nicht!

»Kommen Sie … helfen Sie mir … Ihre linke Hand … greifen Sie nach mir«, stieß er hervor. Aber verstand sie ihn? Ihr Blick flackerte noch immer so panisch.

»Wenn Sie … stürzen, dann … dann fahre ich … den Rest Ihrer Hortensien um, ich schwör's!« So ein Quatsch, aber der Unsinn funktionierte: ein Blitzen ging durch Maries Augen, dann riss sie sich zusammen und den linken Arm hoch, bekam mit der freien Hand seinen rechten Unterarm zu fassen.

»Gut«, keuchte er und spannte nochmals alle Kraft an, denn jetzt hatte Marie begonnen, sich zu bewegen, mit Beinen und Füßen zu strampeln auf der Suche nach Halt an der Felswand.

»Warten Sie«, schrie er, denn er hatte Maries Handgelenk zwischen seinen Fingern rutschen gespürt. Er zwang sich, von ihrem Gesicht weg in den Abgrund zu sehen. Sofort krampfte sich etwas in seinem Magen zusammen. Er fokussierte gezielt die Felswand, das entfernte Blau da unten wollte er nicht beachten. »Da ist ein Felsstück … rechts oben von … Ihrem linken Fuß«, zwang er sich ruhig zu sagen.

Maries Fuß suchte und fand das vorstehende Felsstück. Sie setzte den Fußballen darauf, drückte sich ab und zog sich am Felsen hoch, bis ihr Kopf nahe vor dem Florians auftauchte. Der wagte es, mit einer Hand ihr Handgelenk loszulassen, und bekam ihren Oberarm unter der Achselhöhle zu packen. Jetzt musste er aus der Bauchlage hochkommen. Er fühlte den Schweiß am ganzen Körper herabrinnen, als er sich auf den Ellenbogen hochdrückte, um die Knie unter den Körper zu ziehen. Marie hatte mit der linken Hand nach seiner Schulter gegriffen.

»Und los«, stieß er aus und zog mit einem letzten, verzweifelten Ruck seines ganzen Körpers Marie hoch.

Marie spürte festen Boden unter den Knien, mit dem Oberkörper lag sie auf Florian. Sein Bauch hob und senkte sich unter ihr. Auch sie keuchte. Dann rappelte sie sich auf und krabbelte auf allen vieren über Florians Körper hinweg, fort vom Abgrund. Florian warf sich auf den Bauch herum und krabbelte ihr nach. Erst in mehreren Metern Sicherheitsabstand ließ Marie sich in eine sitzende Position fallen, Florian neben sie.

»Alles okay?«, fragte er, »Sie zittern.«

»Vous aussi«, antwortete Marie mechanisch. Es stimmte, sie beide zitterten wie Espenlaub. Die Nerven.

»Ich hätte gerne eine Zigarette«, sagte Florian, »aber ich rauche nicht mehr.«

»Ich hätte gerne … eine Dusche«, stieß Marie hervor. Ihr Kopf war so leer, sie konnte kaum einen klaren Gedanken fassen. Eine Brise war aufgekommen, die sie, schweißnass wie sie war, frösteln ließ. Sie musste aufstehen und nachhause, nach Mengleuff. Aber sie konnte nicht, mit diesen zitternden Beinen.

»Wo ist dein Freund?«, platzte Florian heraus und bereute es sofort. Was ging es ihn an, wo der Womanizer steckte? Also sagte er schnell: »Ich kann immer noch nicht fassen, was da eben passiert ist! Es war wie ein déjà-vu, als hätte ich das alles schon einmal erlebt, als du – und ausgerechnet *du … Sie*«, korrigierte sich Florian, der jetzt erst merkte, dass er seine Nachbarin geduzt hatte.

Marie hörte nicht zu. Das Denken hatte wiedereingesetzt und es sagte ihr: Sie war gestürzt, von der Steilküste, und der Deutsche hatte sie festgehalten. Er hatte sie hochgezogen, ihr das Leben gerettet. Florian, der Nazi. Marie verbarg aufstöhnend das Gesicht in den Händen.

»Wir sollten gehen. Mein Auto steht nicht weit von hier, glaube ich. Und … Ihres?«, hörte sie ihn fragen.

Mein Auto steht seit heute Morgen auf dem Parkplatz des Nachtclubs. Ich dachte, deins auch. Das konnte sie ihm nicht sagen. Also sagte sie nichts.

Die arme Marie, sie stand noch unter Schock, sah Florian. Er stand auf und streckte ihr eine Hand hin. »Gehen wir«, sagte er.

Wie ein Automat erhob sich Marie, die Hand des Deutschen ignorierend. Als sie den linken Fuß belastete, spürte sie einen stechenden Schmerz. Sie stieß die Luft aus. Sie musste sich beim Stürzen verletzt haben.

»Ich stütze Sie, ja?«, bot Florian an.

Resigniert lehnte Marie sich auf seinen Arm.

Schweigend gingen sie durch die Heide zum Leuchtturm, Marie humpelnd und Florian ihrem Tempo angepasst neben ihr. Hinter dem Leuchtturm begann die asphaltierte Landstraße. Der mussten sie folgen, dann würden sie irgendwann den Cayenne erreichen.

Eine unwirkliche Wanderung. Unwirklich und doch, und das war das Verrückte, reizvoll, überaus reizvoll. Halt einfach die Klappe, Florian, befahl er sich, aus Angst, den geringsten Anlass zum Streiten zu geben. Wobei diese Angst absurd war, nach dem, was eben geschehen war. Vollkommen unkontrolliert kam es vor, dass das Bild sich ihm vor das innere Auge drängte, das Bild, wie sie da hing, über dem Abgrund. Wenn er dieses Bild vor Augen hatte, ging ein leichtes Zittern durch seinen Körper, das sich auf seine Nachbarin übertrug. Manchmal ging das Zittern auch von ihr aus. Dann sah sie ihn flüchtig aus ihren ernsten, dunklen Augen an, flüchtig und fragend.

Diese Blicke, sie bohrten sich in Florians Gedächtnis. Diese merkwürdige Verbundenheit, sie an seinem Arm. Er bedauerte es fast, den Porsche zu erreichen. Hier half er Marie auf den Beifahrersitz. »Wo steht denn Ihr Auto?«, fragte er.

»Am anderen Ende von Morgat. Auf einem Parkplatz. Bei einem Club«, antwortete Marie abwesend und sah von Florian weg. Dann sprachen sie nicht mehr.

»Da«, sagte Marie erst auf dem Parkplatz und wies in Richtung ihres Peugeots.

»So ein Zufall! Heute Morgen hatte ich auch hier geparkt«, brachte Florian hervor.

»Et bien, merci«, flüsterte Marie. Mehr konnte sie nicht sagen. Dabei – er hatte ihr das Leben gerettet! Nachdem er den Nazi-Bunker gezeichnet hatte. Wie ein Refrain waren ihr diese beiden Tatsachen seit ihrer Wanderung zum Porsche unablässig durch den Kopf gegangen.

»Können Sie überhaupt fahren? Sonst kann ich Sie mitnehmen. Ihr Auto können wir morgen holen«, schlug Florian vor.

Marie schüttelte entschieden den Kopf. Genug war genug.

»Ich kann auch hinter Ihnen herfahren, und wenn es doch nicht geht, geben Sie mir ein Zeichen und ich gabele Sie auf«, schlug Florian vor.

»Aufgabeln? Was heißt das?«, fragte Marie misstrauisch.

»Mitnehmen, ein anderes Wort dafür.«

»Hm. Merci, aber es wird gehen.« Um das dem Deutschen zu zeigen, stieg sie ohne seine Hilfe aus dem Cayenne und humpelte allein zu ihrem Auto. Aber es tat weh. Immerhin, geschwollen war das Fußgelenk kaum. So wie es aussah, waren die Bänder in Ordnung.

Sie stieg ein, startete, fuhr los.

Auf der Heimfahrt blickte sie wiederholt in den Rückspiegel. Das silberne Protzauto fuhr treu hinter ihr her, wie der Deutsche es versprochen hatte.

Sie wusste nicht, was sie von ihm denken sollte. Sie konnte gar nicht nachdenken, ihr Kopf war wie leergefegt. War das die Nachwirkung des Schocks?

Zuhause angekommen, brachte Marie kaum einen Bissen herunter. Sie nahm Arnika ein, duschte und tupfte Jod auf die tieferen Hautabschürfungen am linken Knie. Sie stellte ihren Wecker – morgen wollte sie auf die Insel Sein, das kam ihr unwirklich vor –, ließ sich in ihr Bett fallen und schlief erschöpft ein.

Zuhause angekommen, nahm Florian ein Bad. Er stellte ein Glas Rotwein und die angebrochene Flasche auf einen Hocker neben die Badewanne. Nach den ersten Schlucken fühlte er angenehm die Wirkung des Weines, anregend und entspannend zugleich.

Er wollte den Ablauf des Tages noch einmal im Geiste Revue passieren lassen, doch es gelang nicht. Etwas Ungeheuerliches war passiert. Dieser Gedanke beherrschte in ihm alles. Er hatte einem Menschen das Leben gerettet.

Er hatte einem Menschen das Leben gerettet! Wenn er nicht gesprungen wäre, sie wäre gestürzt, gestorben. Da war kein Felsvorsprung, auf dem sie gelandet wäre wie Traute damals. Sie wäre gefallen, auf das Meer aufgeschlagen – Florian überkam ein Schauder. Es war nicht vorstellbar! Er hatte es verhindert.

Lange Zeit lag er in der Wanne, trank seinen Wein, versuchte zu begreifen, dass er den Tod abgewendet hatte, den Tod eines

Menschen, Maries Tod. Das überstieg sein Fassungsvermögen. Dass *er* das getan hatte.

Und dann stieg *das Ereignis selbst* in ihm wieder hoch, er durchlebte es wieder, fühlte, sah, nahm wahr … Verworren war noch immer alles, er versuchte, seine Eindrücke zu ordnen. Es gelang ihm nicht, Bilder, Geräusche, das Schmerzgefühl, das Schlagen seines Herzens, ihr dunkler Blick, alles war Chaos in ihm.

Aber er hatte es getan, sie gerettet!

Dann kam der Schock, der Zweifel, die Frage: Warum hatte er sie überhaupt erst derart erschreckt? Sie musste ihn doch erkannt haben, als sie sich nach ihm umdrehte? Er jedenfalls hatte sie erkannt, und das gegen das blendende Gegenlicht. Wieso war sie so schreckhaft gewesen? Als ob er ihr regelrecht Angst gemacht hätte. Konnte das sein? Aber nein, wieso auch? Trotzdem, es war so gewesen: Sie hatte sich zu ihm umgedreht und fast im selben Moment schon die fatale Bewegung zurück gemacht … Ja, er war sich sicher.

Gedankenverloren sah er auf seine nassen Knie, auf denen sich rötlich-blaue Flecken abzeichneten, Spuren des unfassbaren Ereignisses an seinem Körper. Plötzlich fühlte er eine bleischwere Müdigkeit in sich. Er trank die Flasche Wein leer, stieg aus der Wanne und ging zu Bett. Wie ein Stein schlief er ein.

11. Zur Insel, und ihren Mauern des Schweigens

Bip – bip – bip – bip – in weiter Entfernung hörte Marie das nervtötende Piepen. Sie wälzte sich im Bett herum und zog die Decke über die Ohren. Es ging weiter – bip – bip – bip – der Wecker, wieso? Sie schlug die Augen auf. Die Insel! Und dann der nächste Gedanke: gestern …

Sie tastete nach dem Schalter der Nachttischlampe, fand ihn, drückte endlich den Knopf, der das nervtötende Geräusch beendete. Sechs Uhr, zeigte der Wecker an. Eine Dreiviertelstunde hatte sie, dann sollte sie im Auto sitzen. Keine Zeit, an gestern zu denken; aber die Flut der Gedanken würde sie im Auto ereilen, sie wusste es jetzt schon.

Sie ging in die Küche und bereitete Kaffee zu. Dann duschte sie sich fünf Minuten lang wach, wobei das Wasser an den Schürfwunden brannte und ihr schon die gefürchteten Erinnerungen durch den Kopf schossen. Nein, jetzt nicht! Sie trocknete sich ab und belastete den verletzten Fuß. Das Gelenk schmerzte, aber nicht wie am Vortag. Sie nahm eine Dosis Arnika ein und steckte das Fläschchen mit den Globuli in den Rucksack. Während sie weitere Dinge einpackte, schlürfte sie in vorsichtigen Schlucken den heißen Kaffee.

Pünktlich um sechs Uhr dreiundvierzig verließ sie das Haus. Im aufdämmernden Licht des Tages huschte sie an der massigen Form des Cayennes vorbei und warf einen Blick auf das Haus dahinter. Dann rannte sie zum Peugeot.

Vom Sonnenaufgang hatte Marie nicht viel, der Himmel war bedeckt. Die Straßen waren noch nass von einem nächtlichen Regen. Die Landstraßen von Crozon waren leer, Châteaulin noch verschlafen, selbst die Schnellstraße war kaum befahren. In dem Zwielicht des Morgens und der großen Stille konnte Marie das Zurückdenken nicht länger aufhalten. Gestern war ihr Kopf wie blockiert gewesen, heute setzten sich Bilder und Gefühle in ihr in Bewegung, unkontrolliert und überwältigend, sie nahmen Besitz von ihr. Und plötzlich, der Schock, als ob sie es ganz neu gewahren würde: Wenn Florian sie nicht gerettet hätte, *dann säße sie jetzt nicht im Auto.* – Sie würde nicht auf die Insel reisen. – Sie würde nichts mehr von der Welt sehen, nichts hören können, würde das Lenkrad nicht unter den Fingern und den Sitz nicht im Rücken spüren. *Sie wäre nicht mehr auf der Welt.*

Es war zu ungeheuerlich. Es war undenkbar. *Ich wäre jetzt nicht mehr da, um das hier zu denken.*

Sie bremste scharf und schüttelte den Kopf, um sich aus ihren Gedanken zu reißen. Fast hätte sie die Ausfahrt Richtung Audierne verpasst. Sie musste sich auf das Fahren konzentrieren, nicht heute einen Unfall bauen, weil der Unfall von gestern sie aus dem Gleichgewicht brachte.

Sie versuchte, an anderes zu denken, an ihr Reiseziel heute. Ihr fiel ein, sie hatte Elodies bretonische Zeichnungen vergessen. Die hatte sie ihrem papy zeigen wollen, Pech gehabt, zu spät. Ihr papy – er würde sie nach dem deutschen Nachbar fragen. Paul auch. Und das nach gestern! Ja, er war wirklich mutig und geistesgegenwärtig gewesen, diesen Sprung nach vorne zu machen, um sie gerade noch am Handgelenk zu erwischen. So musste es gewesen sein; es war ja alles so schnell gegangen … Aber nur wegen ihm hatte sie den fatalen Schritt erst gemacht!

Wenn sie Isabelle wäre, dann könnte sie fast glauben, die Wahrsagerin hätte Recht gehabt. *Ich sehe einen Mann, der dich in Todesgefahr bringt.* So ein Blödsinn! Natürlich war das Blödsinn. So etwas wie Prophezeiungen und Schicksal gab es nicht; alles war Zufall, das gestern auch, Zufall … So, jetzt aber Schluss mit dem Grübeln, sie war in Plozévet, dem letzten Dorf vor Audierne.

Sie hielt am Straßenrand gegenüber ihrer Lieblingsbäckerei und kaufte dort Palets bretons, mit Pflaumenmus gefüllt. Sie merkte jetzt erst, wie hungrig sie war. Hunger macht einen erst recht angreifbar, sagte sie sich und aß einen der fingerdicken Kekse sofort. Dabei fiel ihr Blick wider Willen über die nahe Kirchhofmauer auf das Hinkelsteinfeld vor der Kirche, auf den steinernen Frauenkopf, vom Bildhauer einem der Steine aufgesetzt. Sie stockte im Kauen, wusste genau, was der Kopf mit den schmerzverzerrten Zügen bedeutete. Das war ein Mahnmal, an dem Hinkelstein-Körper war eine Gedenktafel mit roten Lettern angebracht, den Namen der im zweiten Weltkrieg Gefallenen. Den Namen der von Deutschen Getöteten! Von den Deutschen, die die Bunker gebaut hatten, die Florian gestern begeistert fotografiert hatte, und gezeichnet … Schnell stieg Marie in den Wagen.

Noch zwölf Kilometer bis zum Schiff, bis dreißig Minuten vor Abfahrt musste sie da sein, sonst würde ihr reserviertes Ticket jemand anderem verkauft werden. Endlich fuhr sie am Ortsschild von Audierne vorbei und den Hügel zum Ort hinunter. Die weißen Häuser am Hafenbecken spiegelten sich im Wasser, das glatt und ruhig dalag; die Masten der ankernden Segelboote schaukelten sacht hin und her. Marie beruhigte sich etwas; da war das Schild Richtung Île de Sein, was genauer Richtung Saint-Evette hieß; von diesem Dorf an der Pointe de Lervily aus fuhren die Schiffe zur Insel ab.

Sie lag sogar gut in der Zeit, als sie den Peugeot auf dem Parkplatz hinter den Hafengebäuden abstellte, die Schlange der Wartenden im Büro der Schifffahrtsgesellschaft war überschaubar, bald war sie an der Reihe und bezahlte ihre Fahrkarte.

Jetzt war der Zeitdruck von ihr genommen, sie musste nur noch zur Anlegestelle und warten. Das kleine Schiff mit dem bretonischen Namen der Insel, Enez Sun, lag schon da. Ein Seil war quer über den Landesteg gespannt. Noch durften die Passagiere nicht einsteigen. Marie setzte sich auf einen Steinstumpf am Rande des Stegs und holte ihre Palets hervor. Während sie aß, fiel ihr Blick auf die Garage des Rettungsboots. In Notsituationen rutschte das Boot die Rampe hinunter, von der Garage ins Meer. In Notsituation – *über dem Abgrund, nur von Florian gehalten ….*

Die Tüte mit den Keksen war ihr aus den Händen geglitten. Ein älterer Herr bückte sich danach und reichte sie ihr, galant lächelnd. »Merci«, lächelte Marie gezwungen zurück.

Das konnte so nicht weitergehen! Sie stand auf, ging auf und ab unter den anderen Passagieren. Beobachtete die drei kräftigen Seeleute der Enez Sun, die zwei Container heranrollten. Jetzt ging ein Ruck durch die Menge der Wartenden, denn einer der Seeleute entfernte das Seil, das als Barriere gedient hatte. Es ging los.

An Bord stieg Marie die Treppe zur Terrasse hinauf und suchte sich einen Platz an der rechten Reling. Sie zog eine windfeste Regenjacke aus dem Rucksack und schlüpfte hinein. Der junge Mann in Shorts und T-Shirt, der sich neben sie gesetzt hatte, sah sie befremdet an. Warte nur, dachte Marie. Endlich wurde der Motor angeworfen, der Wind blies das Abgas auf Deck, denn die Enez Sun fuhr zunächst rückwärts, um dann in großem Bogen zu wenden und Kurs nach Nord-West aufzunehmen.

Das Schiff blieb in Sichtweite der Küste, der es folgen würde bis zur Pointe du Raz, doch heute war vom Festland nicht viel zu erkennen. Ein feiner Nieselregen füllte die Luft, wie ein Nebel hing er über allen Konturen. Die leichte Brise, die Marie am Hafen registriert hattc, hatte sich auf offener See zu heftigen Böen gesteigert. Das kleine Schiff hob und senkte sich beim Überfahren der Wellenberge; die Gischt spritzte meterhoch vom Bug auf, das Meereswasser sah aus wie eine grau glänzende Materie mit unheimlichem Eigenleben. Mit der spaßigen Beschattungsfahrt gestern zu den Seegrotten hatte diese Seefahrt hier nichts zu tun. – Gestern …

Trotz Sweatshirt und Jacke kroch die feuchte Kälte Marie in die Glieder. Sie strich sich das Haar aus der Stirn, es war nass. Vor ihnen tauchte schemenhaft der zackige Umriss der Pointe du Raz auf, die so vielen Seefahrern das Leben gekostet hatte. Auch die verschwommene Säulenform links am Horizont hatte daran nichts geändert, der Leuchtturm La Vieille. Die Touristen auf der Terrasse hatten ihre Fotoapparate gezückt und knipsten Landzunge und Leuchtturm, wie sie vor ihnen größer wurden, bis das Schiff daran vorbei war und alles wieder im Nebel verschwand.

Die Enez Sun hatte Kurs geändert, von Nord-West auf West. Die Île de Sein lag nun direkt vor ihnen. Da sie so flach war, war sie noch unsichtbar im kalten Dunst. Marie schielte zu ihrem Sitznachbarn hinüber. Der junge Mann sah nicht jubilierend aus. Er hatte die Arme um den Oberkörper gelegt und hielt den Kopf auf die Brust gesenkt. Seine Augen waren geschlossen. Wenn du kotzen musst, tu's nicht in meine Richtung, dachte sie grimmig.

Ein Aufschrei, und die Leute erhoben sich. Jemand hatte die Insel erspäht. Marie blieb sitzen. Sie musste nur die Augen schließen und sah sie vor sich auftauchen, ihre Île de Sein: der Kirchturm und der Leuchtturm von Men Brial überragten die Kulisse der kleinen, dicht aneinandergebauten Häuser; die Uferkontur war zerklüftet und voll spitzer Granitnasen; unzählige kleinere und größere Riffs ragten um die Küste herum aus dem Wasser. Qui voit Sein, voit sa fin – wer Sein sieht, sieht sein Ende, sagte nicht umsonst ein Sprichwort. Sogar wenn man als Schiffer die scharfen Felsspitzen sah, an denen sich die Wellen brachen, konnten tückische Strömungen einen daran auflaufen lassen.

Sie fuhren am Ebbe-Anlegesteg neben dem Leuchtturm von Men Brial vorbei, der Flut-Anlegesteg lag bei der weißen Hütte mit dem Rettungsboot und der langen Notfallrampe der Insel. Wie oft hatte ihr papy sein Leben in diesem Rettungsboot riskiert! Sein Amt in der Rettungsmannschaft aufzugeben, war Erwanns Bekenntnis seines Alterns gewesen und ihm nicht leicht gefallen. Ach, sie freute sich so, ihn gleich zu sehen!

Sie fühlte sich steif vor Kälte, als sie endlich über die Rampe vom Schiff auf den Kai trat. Etwas Blitzschnelles sprang auf sie zu und an ihr hoch. »Sachte, Fridu«, lachte sie und kraulte dem bretonischen Spaniel mit klammen Fingern die warmen, langen Ohren. Der Hund stupste sie freudewinselnd mit der Nase an, der er seinen bretonischen Namen verdankte: »Fridu« bedeutete »schwarze Nase«. Ansonsten war Fridu rot-weiß gefleckt. »Wo ist Herrchen?«, fragte Marie und folgte dem klugen Tier, das sich durch die Ansammlung von Menschen schlängelte, die mit der Enez Sun auf das Festland zurückwollten oder Ankömmlinge erwarteten.

Ihr papy wartete außerhalb des Gedränges. Eine schmächtige Gestalt mit einer Mütze auf den weißen Haaren. Marie sah schon von weitem, dass die Haare zu lang waren. Das würde sie im Laufe des Tages ändern.

Sie umarmten sich wortlos. Mittlerweile waren sie auf Augenhöhe. Früher war ihr Großvater größer gewesen als sie.

Fünf Minuten später saßen sie am Esstisch des winzigen Hauses in der Rue du Niou. Fast alle Möbel darin waren museumsreif, Erbstücke eines entfernten Verwandten, die Erwann bei seiner Übersiedlung nach Sein Mitte der fünfziger Jahre mitgebracht hatte. Die massiven bretonischen Bauernmöbel waren mit Ziernägeln versehen, welche den Grad des Wohlstandes anzeigten, der in diesem Fall nicht groß gewesen war – viele Ziernägel waren an Erwann Möbelstücken nicht vorhanden. Eines davon hatte gar keine, stach aber aus anderen Gründen unter allen anderen hervor, und Marie liebte es von klein auf besonders: das Küchenbüffet. Das war auf der Insel gezimmert worden – auf dieser Insel, auf der es keine Bäume gab. So bestand es aus Treibholz, den Resten von Schiffswracks. Das Wrackholz war vom Meer ausgewaschen und stumpf geworden, daher wurden die Möbel daraus mit kräftigen Farben bemalt. So war Erwanns Küchenbüffet leuchtend blau und rot, mit gelben und weißen Ornamentmustern. Aus diesem Möbelstück holte ihr papy nun zwei große Trinkschalen.

Eine davon stellte er vor seine Enkelin. Der bol war handbemalt, innen mit einem Paar in bretonischer Tracht, außen stand »Marie« darauf. Es war ein echter Henriot, ein Stück der berühmten Faïencerie aus Quimper, wie das Geschirr ihrer Urgroßeltern, das Marie in Mengleuff benutzte. Sie hätte weinen mögen. Jede Rückkehr in das

Haus ihres Großvaters war für sie wie ein Heimkommen. Bei ihm fühlte sie sich geborgen.

Sie legte ihre klammen Hände um ihren bol, als Erwann heißen Kaffee hineinschüttete. Dann holte er aus dem oberen Teil des bunten Büffets eine Packung Crêpes und ein Keramikgefäß mit Butter. Schweigend butterte Erwann zwei Crêpes, rollte sie zusammen und reichte Marie eine. Sie tunkten die Crêperollen in den dampfenden Kaffee. Zuhause aß Marie Crêpes gern mit Nutella und ohne sie in ihr Getränk zu tunken, aber bei ihrem papy schmeckten sie ihr auf die traditionelle Weise am besten.

»Ist dir warm?«, fragte Erwann, nachdem sie genug gegessen hatten.

»Mir geht es gut.« Marie seufzte und lächelte trauriger, als ihrem papy lieb war. Er sah sie prüfend an, stellte aber keine Fragen, sondern das Geschirr auf die Spüle. Fridu sprang auf und begann, um den Tisch zu jagen. Großvater und Enkelin lächelten sich an und gingen zur Haustür. Fridu schoss in den winzigen Hof, rannte fast den angerosteten Wäscheständer um und wich geschmeidig dem Handwagen aus. Erwann öffnete das Gartentürchen, von dem grüne Farbe abblätterte. »Ich muss wieder streichen«, stellte Marie fest.

»Schon wieder?«, fragte Erwann.

Sie hatten ihre kleinen Rituale. Eines davon war der gemeinsame Rundgang um die Insel. Es war wie ein Spiel. Sie ließen sich durch die kaum zwei Meter breiten labyrinthischen Gässchen von Men Brial treiben, ihr Weg stand nie von vornherein fest. Wo sie abbiegen würden, überließen sie dem Zufall: Kam ein Einheimischer ihnen mit einem Handkarren entgegen, in dem Einkäufe oder Lasten transportiert wurden, dann musste man zusehen, in welche nächstbeste Gasse man auswich. Früher oder später kam man unweigerlich am Meer heraus; diesmal am Quai des Paimpolais.

Der Himmel war noch immer bedeckt, aber eine Ahnung Licht war spürbar. Am Sandstrand unterhalb des Quais spielten Kinder fangen. An diesem Quai lagen die beiden Museen der Insel, und das gab Marie ihre Idee.

»Wie geht es Marguerite?«, fragte sie, als sie an den Museen vorbeikamen.

»Marguerite geht es gut«, versicherte Erwann. »Sie macht heute den ganzen Tag.«

Wenn seine Enkelin kam, sprach Erwann das so mit seiner Kollegin ab. Dann saß sie vormittags an der Kasse des Rettungsmuseums, nachmittags an der des Inselmuseums. Sonst teilten sich Erwann und Marguerite die Kassendienste.

»Und du bist sicher, dass Marguerite nicht verliebt in dich ist?« Marie zog ihren papy gern damit auf.

Der murrte: »Jetzt hör schon auf.« Er mochte Marguerite, fand sie aber nicht attraktiv, hatte er Marie eines Tages gestanden.

»Ich würde ihr gerne hallo sagen. Außerdem könnten wir mal wieder ins Inselmuseum gehen.« »Da warst du doch schon unzählige Male, mit Paul«, protestierte Erwann, »warum gehen wir nicht wenn schon ins Rettungsmuseum?«

Marie lachte. Das Rettungsmuseum war die Leidenschaft ihres Großvaters. Er war an der Bergung vieler der ausgestellten Dinge beteiligt gewesen. Allerdings hätte es korrekter Schiffbruchsmuseum heißen sollen – in einfachen Glasvitrinen und an den Wänden des Hangars wurden die Überreste von Schiffen ausgestellt, die um die Insel herum gesunken waren. Manches Wrackgut war erst nach hunderten von Jahren geborgen worden; es war interessant, das anzusehen, aber es war auch traurig, und gerade heute wollte Marie keine algenüberkrusteten Bestecke vor Zeiten ertrunkener Seefahrer sehen.

»Ich würde lieber ins Inselmuseum gehen. In den ersten Stock«, sagte sie aufrichtig.

»Die Kriegs- und- Résistance-Ausstellung? Hat das etwa mit deinem Nachbar zu tun?«

Marie fühlte, wie ihr die Röte in das Gesicht schoss und die Verwirrung ihr die Worte nahm.

»Ah, ich habe richtig geraten«, schmunzelte ihr papy.

Marie zwang sich zu einem Grinsen. »Nur zum Teil«, gab sie ausweichend zurück. Sie suchte auch einen Anlass, um mit ihrem papy über Elodie und die Zeichnung des deutschen Offiziers zu reden.

Erwann wollte seiner Enkelin den Spaß nicht verderben. Also gingen sie zu Marguerite, die sie mit strahlendem Lächeln empfing, und liehen sich die Schlüssel. Offiziell war das Inselmuseum erst nachmittags geöffnet. Fridu würde bei Marguerite bleiben.

Das Erdgeschoss des Museums war dem traditionellen Inselleben und den Überflutungen von Sein gewidmet; doch die Exponate dazu sahen sie sich nicht an. Zielstrebig ging Marie nach oben, ihr papy notgedrungen hinterher.

Wann war sie das letzte Mal hier gewesen? Vor fünfzehn, sechzehn Jahren? Sie sah, dass sich nichts verändert hatte: Noch immer keine Spur einer professionellen, modernen Ausstellungskonzeption. Gerade das hatte sie immer besonders berührt, das Authentische. Alle Fotos, alle Dinge hier waren von Einwohnern der Insel abgegeben worden, um ausgestellt zu werden, damit die Erinnerung fortbestünde.

Marie trat an die größte Vitrine und las die ersten Zeilen des Auszugs einer historischen Zeitung: »An alle Franzosen. Frankreich hat eine Schlacht verloren! Aber Frankreich hat den Krieg nicht verloren …«

Erwann stellte sich neben seine Enkelin, und sie fragte ihn: »Deine großen Brüder sind dem Aufruf des Generals de Gaulle gefolgt, nicht?«

»Das sind sie«, seufzte Erwann.

»Sie wurden Teil von de Gaulles Armee, den Forces françaises libres?«

»Hatte ich nicht schon davon erzählt?«

»Ich würde es gerne noch einmal hören.«

»Da gibt es nicht viel zu erzählen. Hier auf Sein sorgte de Gaulles Aufruf dafür, dass diese sechs Schiffe da bei Nacht und Nebel verschwanden, da stehen ihre Namen.«

Marie las vor: »L'ar Zénith, la Velléda, le Rouannez Ar Mor, le Corbeau des Mers, le Maris Stella, le Rouannez Ar Pench. Verließen die Insel in den Nächten des 19. bis 23. Juni 1940. Hunderteinundvierzig Insulaner sowie weitere Männer, die vom Festland nach Sein gekommen waren – und da waren deine Brüder dabei?«

»Das waren sie; und als de Gaulle die Bretonen in London empfing, soll er ausgerufen haben: Ist die Île de Sein etwa ein Viertel Frankreichs? Weil nämlich alle Bretonen zusammen ein Viertel der Männer ausmachten, die überhaupt seinem Aufruf gefolgt waren.«

»Macht dich das nicht stolz auf deine Brüder?«

»Schon. Aber es wäre mir lieber gewesen, sie hätten den Krieg überlebt.« Erwann wandte sich von der Vitrine ab.

»Euer Vater tot, und die großen Brüder dann auch weg. Das muss schrecklich gewesen sein, für dich und – für Elodie und eure Mutter«, sagte Marie vorsichtig.

»Nun ja. Es war eine böse Zeit, für alle.« Erwann wies auf die nächste Vitrine und sagte: »Sieh sie dir an, diese Kindergesichter! Sie alle sind fort, um mit de Gaulle zu kämpfen. Ich wäre auch gerne dabei gewesen. Manche von ihnen waren kaum älter als ich.«

Ja, sie waren sehr jung gewesen, zwischen vierzehn und dreiundzwanzig. Stolz und finster blickend posierten die jungen Männer der Île de Sein, die nach England geflohen waren, vor der Kamera. Unter vielen Fotografierten standen handschriftlich ihre Namen notiert, manchmal gefolgt von ihren Geburts- und Sterbedaten. Wie viele von ihnen hatten ihre Insel nie wieder gesehen!

Marie beugte sich über die nächste Vitrine. Das vergilbte Schwarz-Weiß-Foto hatte Paul dem Museum überlassen; in seiner Handschrift waren die Namen der drei Jungen über ihre Köpfe geschrieben. »Yann, Yvon und Gwenaël Le Meur«, las Marie laut. »Hast du sie gekannt, papy, Pauls Brüder?« Sie hatten ein Telefonkabel durchgeschnitten. Für den Widerstand. Man hatte sie erwischt und unverzüglich hingerichtet. Zur Abschreckung waren alle erfolgten Hinrichtungen in den Zeitungen bekannt gemacht worden; die Bekanntmachung des Todes der Le Meur-Brüder lag im Original neben ihrem Foto. Erschossen am 14. Mai 1942.

Widerstrebend beugte auch Erwann sich zu dem alten Foto. »Nein, ich habe sie nicht gekannt. Sie sind nie mit Paul auf Crozon gewesen. Ha! Hätten sie das nur gelassen! Ein Telefonkabel durchschneiden – ein Dummejungenstreich. Die Leitung war schnell wieder repariert. Aber dafür ließen drei Jungen ihr Leben. Ihr Tod hat weder dem Widerstand, noch de Gaulle, noch der Bretagne viel genützt«, schloss er bitter.

Marie war leicht irritiert. »Bist du denn nicht für den Widerstand gewesen?«, fragte sie.

Erwann zuckte die Achseln. »Doch.«

»Und – *im* Widerstand?«

»Nein, nur Paul.«

»*Paul*?«

»Aber ja. – Jetzt sag nur, dass du das nicht wusstest. Er ist doch zigmal mit dir hierhergekommen …«

»Um mir das Foto seiner Brüder zu zeigen und mir von ihnen zu erzählen! Von ihm selbst hat er nie ein Wörtchen gesagt.«

»Der alte Geheimniskrämer. Nimm es ihm nicht übel. Ich liebe Paul wie einen Bruder, das weißt du, aber das Intrigieren lag ihm schon immer im Blut.«

»Aber was hatte er davon, mir so etwas zu verschweigen?«, fragte Marie perplex.

»Frag ihn doch. Aber erwarte nicht unbedingt eine Antwort. Du kennst ihn.«

»Ich werde ihn fragen, auf jeden Fall! Aber papy – warum warst du nicht auch in der Résistance?«

»Meine Mutter hätte es nicht gewollt, dass ich mein Leben riskiere – und ich war Kriegsgefangener und musste für die Deutschen Zwangsarbeit leisten, also…«

»*Du*? – Ein *Kriegsgefangener*?!«, rief Marie aus. Sie war wie vor den Kopf gestoßen. Sie schnappte nach Luft, dann rief sie aus: »Aber wie alt warst du denn da, du warst doch viel jünger als deine Brüder und Elodie und …«

»Ja ja ja ja; aber was soll's, meine Brüder sind bei der Befreiung gestorben, Pauls Brüder beim Sabotieren, und mich hat die Zwangsarbeit eben nicht umgebracht, wie du siehst.« Erwann zwang sich zu einem verzerrten Lächeln und hob die Hand. »Aber genug damit. Es ist nicht schön, über den Krieg zu reden. Wollen wir gehen? Ich mag dieses Museum nicht. Zu viele Erinnerungen, zu viele Tote.«

Marie öffnete den Mund, sie *wollte* fragen, wie es Elodie im Krieg ergangen war, egal, wie heikel das Thema war; aber ihr papy ging schon die Treppe hinunter. Na gut, dann später.

Wie in Zeitlupe wandte sie sich nach ihm um. Ihre Blicke trafen sich. Sie machte eine Bewegung zurück, was er registrierte, dann kam das Begreifen, er schnellte vor. Sie verschwand vor seinen Augen hinter der Felskante, er streckte sich nach ihren greifenden Händen, packte zu. Hart schlug er mit dem ganzen Körper auf dem Steinboden auf, seine Zähne schlugen aufeinander, aber er hatte sie, an einem Handgelenk! – Florian stöhnte und wälzte sich im Bett herum.

Die Kraftanstrengung. Ihre Panik. Der gemeinsame Ruck. Dann fand er sich schwer atmend auf dem Rücken wieder. Marie lag halb auf ihm. Er spürte ihren heißen, weichen Körper auf seinem Bauch, ihr Haar unter seinem Kinn. Einen Moment lang blieben sie so. Dann kroch sie über seine Brust hinweg, ohne recht aufzupassen, wohin sie Hände und Knie setzte. – Florian stöhnte erneut auf und wälzte sich auf die andere Seite. Dann wurde er ganz wach und schlug die Augen auf.

Seltsam, dachte er. In der ersten Erschöpfung und Erleichterung nach der Rettung Maries hatte er diesen körperlichen Kontakt zu ihr als beschwerlich empfunden. Sie hatte ihn beim Atmen gestört, und er hatte sie weghaben wollen, weiter weg vom gefährlichen Abgrund. Aber eben, im Halbschlaf, hatte dieser Kontakt, dieses Gefühl ihres Körpers auf seinem, als bestürzende Erinnerung von ihm Besitz genommen. Er fühlte sich wie von Nadeln durchprickelt. Was war mit ihm los? Eine merkwürdige Sehnsucht nach Marie, ihrem weichem Körper, quälte ihn.

Mit aufgerissenen Augen lag er im Bett und starrte auf das Dachgebälk des Zimmers. Was war das? Klar, er hatte seit seiner Heirat keine solche Nähe mehr zu einer anderen Frau als Katharina gehabt. Aber das hieß doch nicht, dass er den Kopf verlieren durfte wegen … Ohnehin, sie mochte ihn nicht, sie war vor ihm zurückgeschreckt und deshalb war alles passiert … Andererseits – er sah Maries dunkle Augen, ihren fragenden Blick, während sie sich auf seinen Arm stützte, auf dem Weg zum Auto. Er bekam eine Gänsehaut.

»Jetzt reicht's«, sagte Florian laut und ging kalt duschen.

Danach holte er das Handy. Er musste Olivier anrufen. Der konnte ihm vielleicht helfen, die Liebesgrotte zu finden; vor allem aber brauchte er jemanden, um über gestern zu reden! Er suchte die Nummer im Adressbuch und wählte.

»Âllo?«, meldete sich eine entnervte Stimme.

Hatte er Olivier aus dem Bett gerissen? Florian räusperte sich und sagte: »Guten Morgen Olivier, ich hoffe, ich störe nicht, hier ist Florian.«

»Florian? – Ah, oui«, brummte Olivier.

Florian bereute es, angerufen zu haben.

»Wie geht es dir, Florian?«, fragte Olivier, etwas freundlicher.

»Danke – ganz gut. Du hattest doch gesagt, du könntest mir bei Recherchen helfen, wegen meiner Oma. Da wollte ich fragen …«

»Warte«, unterbrach Olivier ihn, dann hatte er offenbar eine Hand auf den Hörer gelegt, denn gedämpft hörte Florian ihn ausrufen: »Mais attends, Mathilde …«

Was Mathilde antwortete, verstand Florian nicht, aber es klang hitzig. Dann hörte er einen Knall. Eine Tür war zugeschlagen.

»Florian?«, hörte er Oliviers Stimme wieder laut. Wie peinlich, diesen Streit mitbekommen zu haben.

»Alles klar bei dir?«

»Bof … Was machst du heute? Wollen wir etwas essen, zu Mittag? Diese Brasserie in Telgruc, die war gut.«

Danke, Mathilde, dachte Florian ironisch. Laut antwortete er: »Ja gut, treffen wir uns in Telgruc!«

Sie verabredeten sich für zwölf Uhr dreißig.

»Und – wie geht es deiner schönen Nachbarin?«, fragte Olivier noch.

Nein, am Telefon konnte er das nicht erzählen. »Äh – ganz gut, nehme ich an; und – wer war die Frau bei dir im Hintergrund?«

»Eine bretonische Zicke«, verkündete Olivier düster.

Sie schritten an der wehrhaften Kirche vorbei, einem Bollwerk gegen die Winterstürme, und an den Schwätzern. Die zwei Hinkelsteine schienen miteinander zu reden, der eine vorgebeugt, der andere zugewandt lauschend; Marie und ihr Großvater redeten jedoch nicht; jeder war absorbiert in seinen Gedanken.

Sie verließen Men Brial am Friedhof vorbei. Aufgeregt sprang Fridu, die Nase am Boden, im Zickzack vor ihnen auf dem Weg herum. Zu ihrer Linken erstreckte sich ein steiniger Strand mit stark riechenden Algen, zu ihrer Rechten karges Heideland, Farn, Disteln, Gräser, eine Flut gelber Wildblumen. Aber auch daran grenzte unmittelbar das Meer, das an scharfe Felsen anrollte. Die Insel war hier nicht mehr als ein schmaler Streifen Festland, im Schnitt anderthalb Meter über dem Meeresspiegel. Dem Meer konnte man auf Sein nicht entgehen. Man sah es, man hörte es, man roch es überall.

»Papy, was meinst du, warum hat Elodie gerade mir das Haus vermacht?«, brach Marie schließlich das Schweigen.

»Sie muss dich gemocht haben, vermute ich.«

»Aber du warst ihr Bruder, und papa ihr Patensohn.«

»Wenn Elodie dir ihre Entscheidung nicht erklärt hat, werden wir ihre Gründe dafür nicht mehr erfahren, nicht wahr? Aber ich bin froh darüber, dass du das alte Haus bewohnst, Marie.«

Marie wollte weiterfragen und fühlte sich doch gehemmt. Sie ärgerte sich über sich selbst und ihre Familie: Warum diese Tabufragen unter Cadious, warum wollte niemand über die Vergangenheit reden? Warum war Erwann damals nach Sein umgesiedelt, ohne seinen Sohn, den er nach Quimper ins Internat gegeben hatte? Und warum hatte Elodie die Kosten für die Erziehung des kleinen Jean-Luc bezahlt, wo es doch irgendein Zerwürfnis zwischen ihr und Erwann gegeben hatte, denn sie hatten keinen Kontakt gepflegt, nie! Lagen die Gründe dafür etwa in der Kriegszeit? Hing es damit zusammen, dass ihr papy Kriegsgefangener gewesen war, während seine große Schwester sich mit dem von ihr portraitierten Deutschen eingelassen hatte? Während ihre beiden großen Brüder in de Gaulles Armee auf ihren Einsatz warteten? Aber das konnte doch nicht sein, das konnte Elodie nicht gemacht haben!

»Papy, was ich fragen möchte …«

»Elodie wusste immer genau, was sie wollte«, fiel Erwann seiner Enkelin ins Wort, als habe er ihre letzten Worte gar nicht vernommen. »Dann tat sie alles, um ihren Willen durchzusetzen. Aber im Kern war meine Schwester ein guter Mensch. Daran glaube ich fest.«

»Aber – das wollte ich gar nicht bezweifeln«, beteuerte Marie rasch. »Hat denn jemand das Gegenteil …«

Und wieder fiel ihr papy ihr ins Wort, was ihm nicht ähnlich sah: »Dieses Denkmal hat Elodie natürlich gefallen«, sagte er und nickte in Richtung des Monuments, das de Gaulle persönlich nach dem Krieg eingeweiht hatte.

»Das *Widerstandsdenkmal*?« Jetzt war Marie wirklich verwirrt.

»Sie war einmal hier«, sinnierte Erwann. »Es ist sehr lange her. Sie wollte Paul besuchen. Und mich dann wohl auch.«

»Paul? Wie-wieso denn?«, stotterte Marie entgeistert. »Hatten die etwas miteinander?« Sie dachte an Elodies Pariser Affären; aber eine Affäre mit Paul, in der Bretagne?!

»Ich glaube nicht, dass sie seine Geliebte war«, überlegte Erwann. »Aber ich war mir nie sicher.«

Aha. Noch etwas, das Marie zu verdauen hatte. Sie verstand weniger und weniger, was für ein Leben ihre Großtante geführt hatte.

Nun waren sie an dem Denkmal angekommen. Es war aus Granit, mit lichen überzogen, wie mehr oder weniger alles auf der Insel. Auf einem massiven Steinblock ragte ein mächtiges Doppelkreuz empor, das Zeichen der Widerstandsbewegung. Davor stand aufrecht auf einem kleineren Sockel die Figur eines Mannes, der boutou kinou tachou an den Füßen trug, Holzschuhe, an die ein Stiefelteil aus wasserabweisendem Material festgenagelt war. Darüber trug der Mann weite Hosen und einen Kapuzenmantel – ein Fischer der Insel Sein. Unter der Figur des Fischers standen zwei Worte, Kentoc'h mervel – lieber sterben. Weiter unten stand auf Französisch die längere Inschrift: Der Soldat, der sich nicht geschlagen gibt, hat immer Recht.

»He, Fridu! Weg da!«, schimpfte Erwann. Der Hund hatte das Bein am Monument gehoben. »Andererseits – der Spruch ist scheinheilig. Ich habe Menschen gekannt, die genau das gemacht haben: nie aufgeben, sich aufopfern, weiterkämpfen. Aber niemand hat sich bei ihnen dafür bedankt. Bei Elodie bestimmt nicht.«

Marie hielt die Luft an. Was für eine Erklärung würde diesen Worten folgen?

Gar keine. Erwann schwieg und ging weiter.

Marie folgte ihm schnell auf die Felsen, gegen die die Wellen platschten. Da wandte er sich zu ihr. »Du wolltest mir etwas über deinen nichtsnutzigen Sylvain erzählen. *Das* ist wichtig. Das ist die Gegenwart!«

»Oh nein, das ist jetzt definitiv Vergangenheit«, ließ Marie sich vorerst auf den Themenwechsel ein und begann, während sie ihren Spaziergang wieder aufnahmen, von ihrer Trennung zu erzählen.

Erwann war insgeheim froh, dass dieser Sylvain, von dem er sich ein wenig glanzvolles Bild gemacht hatte, sich nicht mehr bei seiner Enkelin meldete. Der Mann hatte sie lange genug hingehalten mit seinen halbherzigen Versprechen. »Du hast das Richtige getan, dich von dem Nichtsnutz zu trennen«, sagte er daher schroff, als sie schon am großen Leuchtturm der Insel vorbeigingen und einem Betonbollwerk gegen die See folgten, um »ihre« Bank zu erreichen.

»Ich weiß«, sagte Marie todunglücklich und ließ sich auf die Bank fallen. Die hatte unter einer Sturmflut gelitten, stand links auf ihrem ursprünglichen Holzfuß, rechts aber auf drei aufeinander gestapelten, vom Meer rundgeschliffenen Steinen.

Ihr Großvater setzte sich seinerseits und knurrte etwas zwischen den Zähnen. Dann schwiegen sie und schauten Fridu zu, wie er am felsigen Strand unter ihnen Möwen jagte, bis in das Wasser hinein, das hoch um den Hund aufspritzte.

»Trauer ist Liebe, die über den Tod hinausgeht«, murmelte Erwann.

»Das ist poetisch«, lächelte Marie.

»Vor allem ist es wahr. Der Schmerz ist schrecklich. Du glaubst, du kannst nicht allein weiterleben. Aber dann setzt sich das Leben in dir durch. Du bist noch so jung, Marie. Du wirst sehen.«

»Du hast mamie sehr geliebt, nicht wahr?«

»Deine Großmutter?« Erwann besann sich und suchte nach Worten. »Sie war sehr, sehr lieb und hatte immer ein Lächeln. Als ich elf Jahre alt war, habe ich mich in ihr Lächeln verliebt. Wir waren petits-cousins, entfernte Verwandte. Damals heirateten oft Cousins und Cousinen. Unsere Familien wollten auch immer, dass wir heiraten. Dann kam der Krieg und … Wir haben ein paar Jahre nach dem Krieg geheiratet.«

Marie verstand die Traurigkeit in der Stimme ihres Großvaters. Ihre mamie, die sie nie kennenlernen durfte, war viel zu jung an Tuberkulose gestorben. Marie seufzte und zog das Sweatshirt aus. Die

Sonne, die lange unentschieden gegen die Wolken gekämpft hatte, war endgültig hervorgebrochen. Der Himmel über ihnen war rein und blau. Men Brial im Osten lag noch im Schatten. Das gute Wetter würde diesmal von Westen kommen.

»Hast du Lust auf die zweihundertvierzig Stufen?«, fragte Erwann plötzlich.

Sie waren länger nicht mehr auf den großen Leuchtturm hochgestiegen. Aber gerade heute! Leichte Panik kam in Marie auf. Nach ihrem Steilküstensturz wollte sie nicht nach oben, nicht wieder in irgendwelche Abgründe und Tiefen schauen!

»Kommst du?«, Erwann war aufgestanden.

»Euh – na gut.«

Der Eingang des Leuchtturms befand sich auf der Landseite. »Leuchtturm der Insel Sein« stand darüber. Als ob es nur diesen einen gäbe. Dabei gab es zwei weitere auf der Insel. Nur waren die kleiner, weniger beeindruckend und weniger wichtig. Der Turm hier lag an der Nord-Westseite der Insel, zum offenen Ozean hin. Weiter draußen auf See stand nur noch ein menschliches Bauwerk auf einer winzigen Granitinsel: der legendärste Leuchtturm, der zu Sein gehörte, der Ar Men.

Nelly, die Jugendliche an der Kasse, ließ sie kostenlos hinein. Es war gegen zwölf Uhr, das Gros der Touristen würde am Nachmittag kommen, derzeit war niemand oben.

Die zweihundertvierzig Stufen führten als schwindelerregende Spiraltreppe zur Plattform hinauf. Marie hielt sich dicht an der Wand, stellte aber fest, dass das Hochsteigen ihr keine Panik bereitete. Fridu trabte voraus und wartete auf jedem Treppenabsatz, auf dem sein Herr verschnaufte. Beim dritten Absatz wartete Marie nicht mit den beiden, sondern ging vor. Es war besser, allein den ersten Blick in die Tiefe zu wagen.

Ihr Herz pochte heftig, als sie endlich auf der Plattform stand und sich mit beiden Händen am Geländer festhielt. Der Wind zerzauste ihr das Haar, sie meinte sogar, den Leuchtturm leicht vibrieren zu spüren. Doch es ging – sie konnte nach unten sehen und die überwältigende Aussicht genießen.

Irgendwo da hinten, auf dem Festland, das man im Dunst sah, war Florian. Sie wünschte sich, durch den Dunst hindurchzusehen, was er jetzt gerade tat. In seine Gedanken hineinzusehen – was dachte er von gestern, was dachte er über sie? Warum war er in die Bretagne gekommen, was führte er im Schilde? Wer war er – ein gefährlicher Nazi oder der harmlose und sogar fürsorgliche (um nicht zu sagen heldenhafte) Kerl, der er zu sein vorgab? Und warum vermischten sich in ihren Träumen manchmal die Bilder von Elodies deutschem Offizier und dem ihres Nachbarn? War das ein negatives Zeichen? Glaubte sie an so etwas?

Sie senkte den Kopf. Das Problem war: Egal, wer er war – was gestern geschehen war, hatte eine Verbindung zwischen ihnen geschaffen. Eine Gänsehaut überkam sie, plötzlich hatte sie seine Augen wiedergesehen, die beschwörend in ihre blickten, während sie in der Leere hing, nur von ihm gehalten. Sie schloss die Augen, als ein Schwindel sie ergriff.

Sie öffnete die Augen erst wieder, als etwas sie von hinten anstupste.

»Fridu«, sagte Marie leise und streichelte dem Hund den Kopf. Das Streicheln des Tieres beruhigte und brachte sie in die Gegenwart zurück; der Schwindel ließ nach. Dann erschien ihr papy auf der Plattform, außer Atem, mit geröteten Wangen und blitzenden Augen.

»Geht doch«, sagte er, und Freude und Stolz auf ihren unglaublichen papy, der in seinem Alter noch diesen Aufstieg geschafft hatte, ließen Marie aufstrahlen.

12. Sog der Vergangenheit

Sie war nicht da. Enttäuschung breitete sich in Florian aus. Er hatte sie sehen, sie fragen wollen, wie es ihr ging, nach gestern. Aber sie war nicht da.

Langsam ging Florian zu Boris' Haus zurück. Jetzt hatte er den ganzen Vormittag totzuschlagen, bis er Olivier in Telgruc treffen würde. Vielleicht – aber es wäre unangenehm – vielleicht sollte er trotzdem noch einmal die Passage im Tagebuch durchlesen. Die mit der verdammten Seegrotte. Wieso hatte seine Oma ihm *das* zu lesen gegeben? Kein Enkel wollte so etwas von seiner Großmutter lesen.

Trotz allem nahm er sich das Tagebuch noch einmal vor, um sich die Beschreibung der Grotte, die er finden wollte, bestmöglich einzuprägen.

Marlene hat Schwierigkeiten, sich auf die Stimme zu konzentrieren, die sie soeben im Äther abfängt. Die Worte sind englisch und erreichen sie nur fetzenweise. Ein U-Boot? Ein Flugzeug? Nur noch Knistern, das war es. Sie hat die Stimme wieder verloren. Marlene lauscht dem Knistern und lässt die Gedanken schweifen.

Er ist wieder da.

Wo war er die ganze Zeit über? Die Kriegsgefangenen seien an einem anderen Ort als Zwangsarbeiter eingesetzt worden, hatte Marlene aufgeschnappt. Nichts weiter. Sie dachte, sie würde ihn nicht wiedersehen. Besser so, hatte sie entschieden. Doch nun ist er wieder da. Gestern hat sie ihn vor einer der Baracke erspäht, in der die Kriegsgefangenen schlafen.

Inzwischen weiß sie mehr vom ihm. Sie hat sich vorsichtig umgehört. Seine Schwester wird von den Deutschen hofiert und missachtet. Sie ist eines der Offiziersliebchen. Sie muss sehr schön sein. Marlene hat sie nie gesehen. Sie muss älter sein als ihr Bruder. Wie alt ist er überhaupt? In den kaum sechs Monaten, die er fortgewesen ist, hat er sich verändert. Er sieht nicht mehr nach dem Jungen aus, der er damals noch war – damals, in jener Nacht auf dem Ménez-Hom. Er ist größer geworden, sehr mager, sein Gesicht schmaler. Die dunklen Augen stechen noch auffallender daraus hervor. Er ist noch schöner geworden, findet Marlene. Sie haben nicht miteinander gesprochen. Sie haben sich nur angesehen, und er hat ihr zugezwinkert. Wie damals, als sie ihn zum ersten Mal sah, bei ihrer Ankunft in Telgruc. Rosen hatte ihn in den Rücken gestoßen, aber er … Er hat Mut; wie er sie dann verteidigte, vor dem gefährlichen Fremden, in der Kapelle … Ja, diese Nacht, mit ihm unter einer Decke, die Nähe zu ihm, sein Geruch, die Fahrt auf dem Motorrad im goldenen Morgenlicht … Ach, als sie ihn jetzt wiedersah, kam das alles in ihr hoch, ihr wurde heiß unter seinem Blick, ihr wird jetzt wieder heiß bei der Erinnerung an ihn, diesen durchdringenden Blick seiner samtschwarzen Augen. – Pass auf, Marlene, pass auf!

Marlene schläft unruhig. Sie träumt oft von der Nacht in der Kapelle. Von seinem Körper, an den ihrer sich anschmiegt. Und dann bleibt es im Traum nicht dabei …

Marlene schämt sich. So etwas zu träumen! Und mit einem Bretonen! Sie würde gern einer Freundin von ihrer Unruhe erzählen. Wie gut hätte es getan, sich Gisela anzuvertrauen! Aber es geht nicht. Marlene darf niemandem vertrauen unter ihren Kameradinnen. Ja, die tauschen sich zwar über ihre Erfahrungen aus. Es ist nicht immer einfach als Funkhelferin, sich gegen die Soldaten zu wehren, die sich nach deutschen Mädchen sehnen. Mittlerweile versteht Marlene besser, was ihr Vater beim Abschied gemeint hat. »Komm bloß nicht mit einem Balg zurück«, hatte er gebrummt. Es war einer seiner schlechten Tage gewesen, die alte Verletzung aus dem Krieg von 1914-18 setzte ihm zu. Vielleicht war er deshalb weniger begeistert von dem neuen Krieg als ihre Mutter. Die hatte den Vater zurechtgewiesen. Was er da sagen würde, der Führer sorge ja wohl für Ordnung an der Front. Marlenes Mutter schwärmt für den Führer. Sie hat ihn einmal leibhaftig gesehen. Er sei ein schöner Mann mit faszinierenden Augen, hat sie damals gesagt.

Das schlechte Gewissen steigt in Marlene auf. Wenn ihre Eltern wüssten … Und niemand, keine ihrer Kameradinnen hätte Verständnis dafür, dass Marlene schwach wird, wenn sie in die Augen eines Feindes sieht! Niemand darf es erfahren! Nie!

Marlene kann sich dagegen nicht wehren. Nachts träumt sie von ihm, am Tag zieht es sie zu den Zwangsarbeitern. Sie sucht nach Vorwänden, um an den Baracken vorbeizugehen. Er ist nicht immer da. Aber wenn er da ist, treffen sich ihre Blicke und saugen sich ineinander fest. Zugezwinkert hat er ihr nicht mehr. Dafür ist die Sache zu ernst. Sie wissen beide, dass das nicht gut ist.

Sie hat wieder von ihm geträumt. Sie ist davon aufgewacht. Sie sehnt sich so sehr nach seiner Nähe. Aber ich kenne ihn doch gar nicht, schilt sie sich! Spielt das eine Rolle?

Sie haben sich berührt. Flüchtig.

Er arbeitete im Hof der Kommandantur, lud einen Lastwagen aus. Er ist dort oft anzutreffen. Er weiß jegliches Fahrzeug zu fahren und zu reparieren, und Rosen setzt ihn als Übersetzer ein, weil er Bretonisch, Französisch und immer besser Deutsch spricht. Er genießt mehr Achtung als andere Kriegsgefangene und hat mehr Freiheiten. Neulich ist er frühmorgens nicht in der Baracke gewesen. Jemand behauptete, er sei die Nacht über ganz verschwunden. Später war er plötzlich wieder da. Wie damals, als er mit dem Motorrad nicht geflohen ist, nach der Nacht in der Kapelle. Warum kommt er immer wieder zu den Deutschen zurück? Macht er das wegen seiner Schwester? Vertrauen die Deutschen ihm deshalb? Man denkt wohl, wenn seine Schwester mit den Deutschen »kooperiert«, wird der Bruder das auf seine Weise auch tun. Aber macht er das? Wer war der Mann, damals in der Kapelle?

Es ist sinnlos, Marlene helfen diese Zweifel nicht dabei, Abstand zu halten. Jetzt erst recht nicht mehr. Er arbeitete im Hof der Kommandantur, und dort berührten sie sich. Marlene trug Mappen unter dem Arm, eine davon fiel zu Boden. Er hob die Mappe auf. Als er sie Marlene reichte, berührten sich ihre Finger. Es war wie ein elektrischer Schlag!

Seitdem es geschehen ist, kann Marlene noch weniger schlafen.

Ende April. Er hat sie heute so lange angesehen, so fest, sie musste sich zwingen fortzusehen, um sich nicht zu verraten. Sie spürte die heiße Welle in sich aufsteigen. Sie weiß nicht, wie lange das noch so gehen kann.

Marlene schreckt aus dem Bett auf. Etwas schlägt an ihr Fenster. Sie späht hinaus. Die Nacht ist sternklar, der Mond fast voll. Sie meint, eine dunkle Silhouette unter dem Haus zu erkennen. Und wenn es er *ist?*

Sie schlüpft in ihre Kleidung, schleicht aus der Kammer, nur leise! Nicht Frau Keroas wecken! Draußen ergreift sie eine warme Hand. »Komm«, flüstert er ihr ins Ohr. Er schwingt sich auf das Fahrrad und zieht Marlene zu sich. Klopfenden Herzens nimmt sie auf der Querstange Platz. Sie sitzt nicht sicher, muss sich mit einer Hand an der Stange, mit der anderen an ihm festhalten. Seine Arme umschließen sie, als er nach dem Lenker greift.

So fahren sie durch die Nacht. Sie spürt seine Wärme, atmet seinen Geruch. Ja, sie erkennt den Geruch, sie hat ihn nie vergessen seit der Nacht in der Kapelle. Ihr Herz schlägt wild. Sie ahnt, was kommen muss. Auch sie will es.

Sie fahren an die Küste. Marlene riecht die See. Kies knirscht unter den Reifen. Dann müssen sie absteigen.

»Komm«, raunt er und nimmt ihre Hand. Sie lässt sich fortziehen.

Sie schreiten über einen unebenen Pfad. Hell stechen weiße Steine im Mondschein zwischen schwarzem Gestrüpp ab. Dicht neben ihnen, zu ihrer Linken, muss es steil in die Tiefe gehen. Marlene hört von dort das Rauschen. Ein Schwindel ergreift sie, als sie an Traute denkt. Sie strauchelt. Er fängt sie auf, drückt sie an sich. Sie spürt seinen Mund auf ihren Lippen. Sie wusste nicht, dass Küsse so nass sind, echte Küsse, Liebesküsse. Sie hat das noch nie so gefühlt, dieses Brennen, das vom unteren Bauch in ihr hochsteigt. Sie gibt sich seinen Küssen hin, dann stehen sie einen Moment lang nur da, eng umschlungen. Nicht wieder loslassen, denkt Marlene! Sie will, dass der Augenblick nie zu Ende geht, sie will alles behalten: seine Wärme, das Rauschen, diesen süßlich-herben Geruch, der sich mit dem seinen vermengt …

»Marlene«, haucht ihr Liebster ihr in das Ohr. Sie nennt auch seinen Namen. Dann schiebt er sie sanft von sich und reißt an einem Strauch. Er nimmt ihre Hand und legt etwas hinein. »C'est l'ajonc, il sent bon«, sagt er.

Marlene riecht an der kleinen Blüte. Der süßlich-herbe Duft. »Stechginster«, sagt sie. »Ja, er riecht gut.«

»Komm«, stößt ihr Liebster aus und reißt sie beinahe gewaltsam weiter.

Marlene hatte den Eindruck, immer höher zu steigen, aber plötzlich will er hinunter. Dahin? Marlene schreckt zurück. Traute! Der Absturz!

»Du hast Angst?«, fragt ihr Liebster.

»Nein«, lügt Marlene. Sie zittert. Vor Aufregung, vor Kälte? Aber es ist nicht kalt und seine Hand ist heiß.

Er hilft ihr. Langsam, ganz langsam klettern sie und kommen dem Rauschen näher. Das Wasser unter ihnen glitzert so schön. Wenn sie jetzt fallen würden, würden sie gemeinsam sterben, denkt Marlene. Aber will sie das?

Endlich, weicher Sand unter ihren Füßen, sie versinken darin, Wasser dringt in ihre Schuhe. Dann vor ihnen ein schwarzer Schlund. Ihr Liebster zieht sie in die Grotte hinein. Er zündet ein Streichholz an, damit eine Kerze. Blutrot erscheint eine Höhlenwand. Die Flamme erlischt im Luftzug. Noch einmal zündet ihr Liebster die Kerze an, schützt die Flamme mit der Hand, mit der er Marlenes losließ.

Sie hält sich dicht bei ihm. Schritt für Schritt tasten sie sich über feuchten Steinboden vor, stoßen mit den Zehen an Felsstücke, klettern darüber hinweg. Über die blutroten Wände neben ihnen huscht der zitternde Schein der Kerze. Dann weichen die roten Wände zurück. Wo sind sie? Ein Raum, eine Grotte tief im Felsen. Trotzdem kommt irgendwoher ein kalter Luftzug. Marlene stolpert ihrem Liebsten nach, der in die Grotte vordringt. Der Boden ist hier noch feuchter als im Gang eben, Marlene tritt in eine Wasserlache, die ihr bis über den Knöchel geht. Sie erreichen eine Felsstufe, oder eher, ein hüfthohes Plateau. Sie klettern hinauf. Der Untergrund unter ihnen ist glatt und trocken. Noch ein Schritt weiter, dann tritt Marlene in etwas Weiches, Knisterndes. Heu? Dann begreift sie, ihr Liebster hat das hier vorbereitet. Nun steckt er die Kerze in den Hals einer leeren Weinflasche.

»Machst du sie aus?«, bittet Marlene.

Es wird dunkel um sie. Marlene zittert. An der Kälte allein liegt es nicht. Dann ist er bei ihr. Umarmt sie behutsam. Ihre bebenden Lippen suchen sich. Sie küssen sich, erst unbeholfen, dann voller Leidenschaft. Marlenes Knie geben nach, sie sinkt mit ihm auf das Lager. Er zieht etwas über sie, einen Mantel. Sie umschlingen sich, ihre Hände tasten an unbekannten Konturen, die es zu berühren gilt, koste es, was es wolle! Es gibt kein Zurück, spürt Marlene und drängt sich fester an ihn. Sie hat das hier noch niemals gemacht, er vielleicht auch nicht. Ungeschickte Hände zerren an Kleideröffnungen. Endlich, seine Hand auf ihrer Brust, Marlene stöhnt auf. Dann, nach fieberhaftem Fingern und Verheddern im Mantelstoff, seine andere Hand unter ihrem Rock, zwischen ihren Beinen. Dann geht alles ganz schnell, es tut etwas weh.

Danach liegen sie lange da, eng umschlungen. Marlene weint. Wenn sie jemals nachhause zurückkommt, wird das hier auf ewig zwischen ihr und den Eltern stehen. Und ihm? Muss es ihm nicht ebenso gehen? Er streichelt ihre nasse Wange und flüstert zärtliche Worte, die sie nicht versteht. Bretonisch. Aber den Tonfall seiner Stimme versteht sie. »Ich liebe dich auch«, flüstert sie.

Später tun sie es noch einmal. Langsamer, zärtlicher, es tut nicht mehr ganz so weh. Dann schlafen sie nebeneinander ein.

Seine Lippen küssen sie wach. »Regarde«, fordert ihr Liebster sie auf. Marlene staunt: Rote und schwarze Flammen tanzen um sie herum, sie huschen über die roten Wände der Grotte! Sie reibt sich die Augen. Wie kann das sein? Ihr Liebster lacht, sie so verwundert zu sehen. Er deutet nach oben. Dort ist ja der Felsen durchbrochen, Tageslicht fällt hinein und bricht sich – auf Wasser? Marlene springt auf. Die Grotte ist überflutet!

»Keine Angst«, beruhigt sie ihr Liebster.

»Aber es ist Tag! Wie spät ist es?«, entfährt es ihr. Wenn es Tag ist, ist alles aus!

»Es ist sehr früh«, beruhigt sie ihr Liebster.

»Aber das Wasser? Wie kommen wir heraus?«

»Ça ira«, sagt er nur und zieht sie an sich.

»Ich möchte immer hier bleiben. Niemals zurückgehen«, flüstert Marlene.

»J'ai une idée«, sagt ihr Geliebter und springt auf.

Sie hinterlassen eine Botschaft, ein Zeichen ihrer Liebe. Nun wird etwas in der Grotte ihre Liebe überdauern, falls sie umkommen. Dieser Gedanke ist tröstlich und schön.

Sie haben Zeit mit ihrer Botschaft verloren. Nass bis auf die Haut und schlotternd fleht Marlene ihren Geliebten um Eile an, als sie durch die

Morgenkühle nach Telgruc zurückfahren. Es ist ein Wunder, dass niemand sie sieht. Es ist ein größeres Wunder, dass Marlene es schafft, ungesehen in das Haus zu schleichen. Ihr Liebster ist bei den Baracken geblieben. Sie haben mehr Glück als Verstand gehabt. Das Glück der Liebenden, denkt Marlene, als sie die Tür ihrer Schlafkammer hinter sich schließt.

Nass, wie sie ist, fällt sie auf ihr Bett. Es ist dasselbe Bett, in das sie sich am Vorabend gelegt hat. Und doch ist alles anders. Sie ist nun eine Frau. Sie hat einen Geliebten. Ach was, Geliebter, für sie ist er ihr Mann. Wenn er nur Deutscher wäre! Wenn nicht Krieg wäre zwischen seinem Land und ihrem!

Florian schlug bedachtsam die Kladde zu und legte sie neben sich auf die Couch. Die Grotte mit der Botschaft. Würde er sie jemals finden? Wollte er es überhaupt? – Ein Blick auf die Uhr verriet ihm, dass er sich bald auf den Weg nach Telgruc machen konnte.

Maries Auto stand noch immer nicht am Feldrand, als er kurz darauf daran vorbeifuhr.

Da standen sie, mit den Ellenbogen auf das Geländer der Leuchtturmplattform gestützt, und unter ihnen erstreckte sich die lange, schmale, an ihren Rändern ausgefranste Insel fast wie auf einer Landkarte. Men Brial im Süd-Osten wurde von schnellen Licht- und Schattenstreifen überzogen. Die Küste des Festlands dahinter war gut zu erkennen, lag aber noch immer im Dunst. Im Süd-Westen, direkt unter ihnen, sah die Chapelle Saint-Corentin wie ein Modell aus. Winzige Menschlein bewegten sich zwischen den Hinkelsteinchen im ummauerten Kirchhof. Mäuerchen aus Feldstein umfriedeten nicht nur den Hof der Kapelle. Sie überzogen die Heidelandschaft überall da, wo der Boden erdig genug gewesen war, um winzige Felder anzulegen. Von oben betrachtet, bildeten die Mauern ein Muster aus unregelmäßigen Kästchen. Zur Seeseite hin ragten dunkle Granitinselchen aus dem tiefblauen Wasser, sie lagen da wie ausgeschüttete Erbsen auf einer glatten Tischplatte. Wenn man Glück hatte, konnte man Seehunde darauf beobachten, auch Delphine gab es um die Insel zu sehen, doch heute nicht.

Gegen halb eins verließen sie den Leuchtturm. »Lass uns zur Kapelle gehen, Fridu hat Durst«, schlug Erwann vor. Also gingen sie zu der kleinen Kapelle, in deren ummauertem Hof nicht nur vier Hinkelsteine standen, sondern auch drei prähistorische Regenwasserbrunnen, aus denen der Hund nacheinander schlabberte.

»Wo warst du eigentlich, als die Deutschen Crozon besetzten?«, fragte Marie und setzte sich auf den Rand eines der ausgehöhlten Granitblöcke.

»Fängst du schon wieder mit dem alten Kram an?«, fuhr Erwann auf. »Na gut. Ich war in Telgruc. Da habe ich die Deutschen einmarschieren gesehen.«

»Und wie war das?«

»Beeindruckend«, gab Erwann langsam zurück. Er zögerte, dann fuhr er fort: »Sehr beeindruckend war das. Weißt du, diese Deutschen, sie waren viel größer als wir. Gut, ich war noch ein kleiner Junge, aber nicht nur mir kamen sie groß vor, und überaus athletisch. Ihre Uniformen sahen brandneu aus, nicht nur die der Offiziere, auch die der Soldaten. Wir hatten ja so wenig damals, da fiel uns das auf. Was mich am meisten frappierte, war aber die Disziplin. Diese Soldaten, sie marschierten wie Maschinen, so perfekt war ihr Gleichschritt. Dabei schauten sie nicht hierhin und dorthin, sondern stur geradeaus. Nun, aus den Augenwinkeln werden sie schon um sich gesehen haben. Jedenfalls hatten sie so ein kleines Lächeln im Gesicht, das Lächeln der Sieger …«

Marie sah das Gesicht von Elodies Offizier vor sich. Das herrische kleine Lächeln, den kühlen Glanz der hellen Augen, die Elodie zeichnerisch verewigt hatte.

Ihr papy fuhr fort: »Mir haben diese Soldaten Angst gemacht. Außerdem machten sie mich wütend, diese Eindringlinge, die uns mit ihrer Kriegsmaschinerie viel zu leicht überrollt hatten. Und dann war da noch etwas. Es gab Mädchen, die wie ich an der Straße standen und dem Einmarsch zusahen. Ja, und man sah, sie waren ebenso beeindruckt wie ich von diesen großen Soldaten. Nur, ihnen gefiel dieser Ausdruck der Macht und des Sieges in ihren Gesichtern. Manche lächelten die Deutschen an oder winkten. – Das hat einen merkwürdigen Eindruck in mir hinterlassen.«

Marie schluckte. Der Moment war gekommen. »Und deine Schwester ...?«

»Meine Schwester, ah ... Nein, sie lächelte nicht damals. Gehen wir zurück?«

Marie wäre beinah geplatzt vor Ungeduld, aber sie beherrschte sich – vorläufig. Doch als sie auf den Friedhof der Cholera-Toten zugingen, mit seinen vom Wetter ausgewaschenen Grabplatten ohne Namen und Daten, schoss es ihr durch den Kopf: Nein. Nein, das geht nicht. Auch wenn er nicht reden will, ich muss es! Und sie begann: »Erinnerst du dich an den Schrank in dem Zimmer, in dem du als Kind geschlafen hast? Darin habe ich eine alte Truhe gefunden, voller Zeichnungen von Elodie. Auf die Truhe hatte sie eine große Heiligenfigur gestellt, wie eine Wache; eine weibliche Heilige mit einem Turm in den Händen. Sagt dir das etwas?«

»Eine Heiligenfigur?«, fragte Erwann perplex. »So etwas haben wir zuhause niemals gehabt. Und Zeichnungen? Ja, sie hat immer gezeichnet. Was ist darauf, hast du sie dir angesehen?«

»Oh ja, und eine Mappe wollte ich mitbringen, mit den ältesten Zeichnungen, aus der Bretagne. Es ist ein sehr schönes Bild dabei, ein Portrait von dir als Zwölfjährigem.«

»Ach was«, sagte Erwann betroffen. Es war so lange her, aber er meinte zu wissen, welche Zeichnung es sein musste. Ostern, es war Ostern gewesen. Elodie hatte ihn dazu überredet, das Stillsitzen war nicht leicht gewesen, aber für Elodie ... Sie hatte sein Bild also aufgehoben ...

Marie holte Luft. »Papy, ich weiß, du willst nicht darüber reden, aber ich möchte wirklich wissen, was mit Elodie, mit dir und eurer Familie im Krieg war, und ob deshalb danach alles so verlief, wie es verlaufen ist, du weißt schon, Elodie in Paris, du hier und so weiter.«

Erwann machte eine hilflose Geste. »Findest du nicht, man sollte die Toten und ihre Geschichten ruhen lassen?«, fragte er unglücklich.

»Welche Toten, meinst du Elodie? Aber verflixt nochmal, was hat sie denn getan? Diese ganze Geheimniskrämerei, die macht alles nur schlimmer! Als wäre Elodie eine Schwerverbrecherin gewesen!«

»Eine Schwerverbrecherin? Nein! Das darfst du nicht denken! Meine Schwester hat freilich Dinge getan, die – sie hat es gut gemeint, aber es waren schlimme Dinge. Zumindest meinten das die Leute. Und niemand hat ihr jemals verziehen. Deshalb verließ sie nach dem Krieg die Bretagne und fing in Paris ein neues Leben an. Wahrscheinlich war es wirklich so besser.«

»Was soll das heißen? Jetzt sag schon! Und was irgendwelche Leute über meine Großtante dachten, ist mir egal. Ich möchte mir mein eigenes Urteil bilden!«

Erwann blieb stehen. »Na schön«, sagte er unsicher. »Ich selbst weiß nicht, ob es richtig oder falsch war. Ich weiß nur, dass es für uns, meine Mutter und mich, nicht einfach war, mit dem Gerede der Leute klarzukommen. Und mit ihrem Misstrauen. Ich erzählte dir doch von diesen Mädchen, die den deutschen Soldaten schöne Augen machten. Elodie hat mehr als das getan. Sie war die Geliebte von deutschen Offizieren.«

Es war ein Schock, es ausgesprochen zu hören. Ein Schock, obwohl es keine komplette Überraschung war.

»Sie war nicht die einzige Frau, die so etwas tat«, fuhr Erwann schnell fort. »Und vor allem, sie tat es nicht, um – um sich von den Siegern aushalten zu lassen. Sie war keine Verräterin. Ich weiß, *einen* Deutschen hat sie aufrichtig geliebt, zu sehr sogar, zu sehr. Aber ihre leidenschaftlichste Hingabe gehörte der Résistance. Sie hat ihre deutschen Liebhaber für die Résistance ausspioniert. Das ist es, was Elodie getan hat.«

13. Nachforschen und nachstochern

Jetzt hatte Olivier ihn gesehen und trat zu ihm an den Bistrottisch. »Du bist pünktlich, ah oui, die deutsche Pünktlichkeit«, rief der Gendarm aus, als er Florian die Hand schüttelte.

»*Du* bist pünktlich. Es ist zwölf Uhr fünfundzwanzig«, Florian zeigte auf die Zeitanzeige des Notebooks, das vor ihm stand.

»Du bist zufrieden damit?«, erkundigte sich Olivier.

»Sehr, war eine gute Wahl.«

»Und was machst du? Suchst du eine Freundin?«

»Im Internet? Nein!«, wehrte Florian ab. »Ich sehe mir gerade den Plan von Boris' Haus in Mengleuff an, den er mir geschickt hat. Hier, siehst du?« Er drehte das Notebook in Oliviers Richtung.

»Ah, wenn das Haus so ordentlich wäre wie dieser Plan«, spöttelte der.

»Der Plan mag ordentlich aussehen, aber er stimmt nicht«, gab Florian zurück.

»Ah bon?«

»Ach, ich muss mir das vor Ort genauer ansehen.« Florian winkte ab und schloss das Dokument.

»Warum hat dein Kollege dir diesen Plan geschickt?«

»Oh, ich habe ihn gefragt, ob er das Haus verkaufen würde.«

»Hm. Wie viel Geld will er haben?«

»Er schreibt, er hätte das Haus für hunderttausend gekauft.«

»Francs?«

»Nein, Euro.«

»Pfff. Hunderttausend Euro! Er ist verrückt, dein Kollege! Fünfzigtausend Euro, au maximum!«

Florian war überrascht. Allein seine Lage machte das Grundstück hochwertig. Waren die bretonischen Immobilienpreise wirklich so niedrig? »So oder so, da steht noch nichts fest, also …« Florian wollte den Computer herunterfahren, aber Olivier legte ihm die Hand auf den Arm. »Darf ich etwas sehen?«, fragte er und tippte schon etwas in das Notebook ein. »Hm, nichts«, ärgerte er sich dann. »Kennst du diese Seite?«

Florian warf einen Blick darauf. Darling.fr. »Suchst du echt eine Frau über Internet?«, fragte er verblüfft. Olivier, der ihm Vorträge über draguer gehalten hatte, die französische Art, Frauen anzumachen?

»Et bien, das ist nicht schlecht. Ich habe nicht viel Zeit, um auszugehen. Gut, jetzt habe ich meine vacances. Da habe ich mehr Zeit und ich will mein Glück versuchen!«

Florian zog eine Augenbraue hoch. Er musste an die bretonische Zicke denken, mit der Olivier gestritten und die die Tür hinter sich zugeschlagen hatte. Und er musste schon wieder an Marie denken, schon wieder, das machte ihn fertig!

»Garçon«, rief Olivier, der offenbar das Thema wechseln wollte, was Florian recht war. Aber wenn sein Verdacht wegen des Grundstücksplans stimmte, hatte er zumindest einen Grund, um sie aufzusuchen und mit ihr zu reden. Er musste sie einfach heute noch sehen.

… ihre deutschen Liebhaber für die Résistance ausspioniert … keine Verräterin … einen Deutschen aufrichtig geliebt, zu sehr sogar, zu sehr … Die Worte ihres Großvaters schwirrten Marie noch in den Ohren. Fassungslos starrte sie ihm nach, als er sich von ihr abwandte und schnellen Schritts weiterging. »Papy, warte«, rief sie und rannte ihm nach.

»Lass uns noch zum Ar Guéveur gehen«, Erwann lächelte Marie zu, als ob nichts Außergewöhnliches zwischen ihnen geschehen wäre.

Marie biss sich auf die Lippen. »Papy, versuche nicht auszuweichen, erzähle mir mehr von früher!«

»Lieber nicht. Nein, heute nicht mehr«, Erwann winkte ab. Plötzlich wirkte er müde und alt. Aber entschlossen.

Marie machte ein langes Gesicht. Bei all seiner Sanftmut war ihr papy im Kern stur. Wenn er wirklich nicht mehr reden wollte, würde er es auch nicht weiter tun.

Der südöstliche Zipfel der Insel war wenig touristisch. Der Leuchtturm Ar Guéveur lag abgelegen noch hinter der Müllhalde und war in einem schlechten Zustand. Auch der Steg aus Beton, der über eine schmale Felsnase zum Leuchtturm führte, hatte Risse und Löcher. Trotzdem mochte Marie den Ar Guéveur, sein Name bedeutete »Ecke des Nebels.«

»Weißt du, dass ich dich früher manchmal belogen habe?«, fragte sie plötzlich. »Da war ich so vierzehn, fünfzehn. Ich habe behauptet, ich würde mit dem Zwölf-Uhr-Schiff abfahren, in Wahrheit habe ich das nächste genommen.«

»Was hattest du vor?«

»Du wirst lachen, ich wollte ins Inselmuseum. Allein. Mir die Fotos der jungen Leute ansehen, die für die Résistance gestorben waren.«

»Na so etwas …«

»Ja, weißt du, für mich waren das Helden, und ich war verliebt in das Foto von Pauls Bruder Yann.« Marie lachte verlegen. »Ich dachte mir Geschichten aus, in denen Yann heldenmütig gegen die Nazis kämpfte. Natürlich kam auch ein Mädchen in den Geschichten vor, in das Yann verliebt war, und dieses Mädchen, das war irgendwie ich. Das war auch die Zeit, in der ich die Mutproben machte. Einmal hier; es war im Herbst, ich wollte bei dir übernachten. Es war früher Abend, aber schon dämmrig, und ich behauptete, ich wolle noch zu Elaine gehen. In Wahrheit kam ich hierher und stieg auf die Plattform. Ich wollte da oben auf dem Leuchtturm das Partisanenlied der Résistance singen, im Sturm! Aber Lust auf singen hatte ich auf dem Leuchtturm dann nicht mehr. Der Wind zerrte an mir, der Turm bebte und die Gischt spritzte bis zu mir hoch. Ich bekam Angst, weit und breit war niemand. Am Ende habe ich die Augen geschlossen und mich blind die Leiter hinuntergetastet.«

»Ich muss schon sagen!«, rief Erwann aus. »Das habe ich nicht einmal geahnt!«

»Deshalb erzähle ich es ja«, gab Marie verschmitzt zurück. »Es wäre doch langweilig, wenn du mir lange verschwiegene Dinge offenbarst und ich dir gar keine, oder?«

Erwann musste lachen. »Lauf, Fridu, hopp«, forderte er dann seinen Hund auf, der auf das Felsmassiv zum Leuchtturm sprang. Marie und ihr Großvater folgten. Vorsichtig gingen sie bis zum Ende des Plateaus und sahen auf die Wellen, die unter ihnen langsam gegen die Steine rollten, bis plötzlich eine hohe kam und heftig aufspritzte.

»Die siebte Welle«, sagte Erwann und legte seiner Enkelin einen größeren Stein in die Hand, er hatte am Strand mehrere eingesammelt. »Wirf ihn mit aller Kraft in das Meer. Denk dabei an deinen nichtsnutzigen Sylvain. Schrei, wenn du willst, hier hört dich niemand.«

Marie wog den Stein, der schwer war, grau und wie eine knollige Kartoffel geformt, und holte grimmig aus. Sie schrie auf, als sie den Stein losließ, und fühlte sich tatsächlich danach erleichtert.

»Gut«, lächelte ihr Großvater. »Und der kleine, harmlose hier, der ist für deinen mysteriösen Deutschen, von dem du noch gar nicht gesprochen hast, der dich aber nicht weiter ärgern soll.«

Der münzgroße Stein, den Marie perplex empfing, war rötlich, mit einer weißen Äderung darin. Er fühlte sich angenehm glatt in der Hand an. »Den behalte ich«, entschied sie spontan.

»Dann hast du dich wohl versöhnt mit dem Deutschen?«, fragte Erwann spöttisch.

»Nein«, gab Marie heftig zurück und wurde rot, wie sie fühlte. »Aber ein Nazi ist es doch nicht wert, ihm diesen schönen Stein zu opfern, oder?«

»Ach so. Jetzt bin ich dran. Siehst du, den Dicken hier habe ich für mich aufgehoben. Der ist für den Krieg und alles Unglück, das diese schlimme Zeit mit sich gebracht hat.« Erwann holte weit aus und warf. »Wollen wir essen?«, fragte er dann, nachdem sein schwerer Stein mit dumpfen Geräusch im Meer versunken war.

Die Seeluft hatte ihnen Appetit gemacht. Zügig marschierten sie nach Men Brial, wobei sie unversehens anfingen, gemeinsam das Partisanenlied zu pfeifen.

Pauls Lokal hieß mittlerweile längst Chez Michel, weil Pauls Enkelsohn die Küche übernommen hatte. Das Chez Michel war ein schmales Haus am Quai des Français libres, gelb gestrichen, eine Bar mit Restaurantbetrieb. Als sie darauf zukamen, sahen sie, dass die Terrasse mit Touristen gut besetzt war. Kein Wunder, die Sonne brannte inzwischen von einem klarblauen Himmel. Im Inneren der Bar war es leer. Nur ein Mann saß an einem Tisch in der Ecke und las eine Zeitung. Er war einmal groß gewesen, aber jetzt stark altersgebeugt. Der Greis trug eine ähnliche Mütze wie Erwann. Ohne von seiner Zeitung aufzusehen, rief Paul, der es war, ihnen zu: »Da seid ihr ja! Komm her, Fridu!«

Der Hund begrüßte seinen alten Freud, indem er ihm den Kopf auf den Schoß legte und seine Zeitung zerknäulte.

»Woher wusstest du, dass wir es sind?«, fragte Marie und beugte sich zu Paul, um ihm die bises zu geben.

»Er hat den siebten Sinn«, erklärte Erwann.

»Ich habe heute noch mehr als das«, verkündete Paul und hob beide Hände, deren arthrosedeformierte Finger er bewegte. »Ich habe Lust, für uns zu kochen. Heute geht es, kaum Arthritis! Ich gehe in die Küche, ihr geht nach oben! Ich rufe euch, wenn ich Hilfe beim Hochtragen brauche.«

Gehorsam stiegen Marie, Erwann und Fridu die Treppe zur Wohnetage hinauf. Marie fragte sich einmal mehr, was passieren würde, wenn Paul die Stufen zu viel würden. Schon jetzt hatte er Schwierigkeiten mit dem Hochsteigen. Er war sehr alt geworden in letzter Zeit. Aber er würde nie ausziehen wollen. Das Haus hatte einmal seinen Eltern gehört. Paul schlief in ihrem alten Schlafzimmer. Vor über neunzig Jahren war er in dem Doppelbett geboren worden, in dem er seit dem Tod seiner Frau allein schlief.

»Paul schickt uns hoch, weil Michel nicht will, dass wir zahlenden Gästen Sitzplätze wegnehmen. Dabei will bei Sonne sowieso niemand rein«, bemerkte Marie, als sie sich auf die bequeme Couch sinken ließ. Pauls Räumlichkeiten waren luxuriöser und moderner eingerichtet als die ihres Großvaters.

Bevor Erwann die Wohnungstür hinter sich schloss, blieb er auf der Türschwelle stehen, setzte seine Mütze ab und warf sie wie eine Frisbeescheibe quer durch das Zimmer. Die Mütze verfehlte den Kopf des hölzernen Heiligen um Weniges.

»Knapp daneben«, lachte Marie, jetzt ich!« Sie rappelte sich von der Couch hoch, hob die Mütze ihres Großvaters auf und trat neben ihm auf die Türschwelle. Sie visierte den heiligen Guénolé an und warf.

»Auch daneben«, sagte Erwann. »Ich noch einmal. Fridu, hol die Mütze.«

Der Hund nahm die Mütze behutsam zwischen die Zähne und brachte sie seinem Herrn. Erwann tätschelte ihm den Kopf, nahm ihm die Mütze ab, fixierte die Statue und warf. »Siehst du?«, triumphierte er.

»Gekonnt!«, gab Marie zu. »Aber Guénolé kann nichts sehen.« Sie trat auf die Figur zu und schob ihr die zu große Mütze auf den Hinterkopf. »So siehst du hübsch aus«, sagte sie dem hölzernen Heiligen, der sie mit naivem Gesichtsausdruck anglotzte. Die rechte Hand hielt Guénolé segnend vor seinen Brustkorb. Seine Füße standen auf einem leuchtend blau und gelb angemalten Untergrund. Der sollte eine sandige Schneise zwischen zwei Seiten Wasser darstellen. Wie vor Moses, so hatte sich auch vor Guénolé eine Schneise im Meer geöffnet, damit er in Landévénnec, an der Mündung des Flusses Aulne in die Bucht von Brest, ein Kloster gründete.

»Wie ist Paul nur auf die Idee gekommen, den armen Heiligen als Mützenständer zu benutzen?«, fragte Marie und begann, den Tisch zu decken.

»Paul ist Atheist. Er ist Kommunist, weißt du«, erklärte Erwann und holte Besteck.

»Als ob alle Atheisten und Kommunisten Heiligenfiguren als Mützenständer benutzen würden.« Da dachte sie an Elodies Heiligenfigur, die eine Truhe mit Zeichnungen unter ihren Füßen bewachte. Zwei umfunktionierte Heiligenfiguren. Seltsam. Ein Zufall?

Sie deckten den Tisch fertig. Dann durchblätterten sie die alten Fotoalben, die sie schon tausende von Malen angesehen hatten, bis Paul nach ihnen rief und sie gemeinsam das Essen nach oben trugen. Eine große Suppenterrine, frisches Brot und eine Schüssel knuspriger Pommes frites. Marie lief das Wasser im Munde zusammen, sie erkannte den Duft. Die Terrine enthielt Stockfisch mit Miesmuscheln, Lauch und Curry, eines der Spezialrezepte von Paul. Dazu stellte er eine Flasche Cidre Brut auf den Tisch.

Sie setzten sich, aber Paul kämpfte sich gleich wieder hoch. »Ich habe ja etwas vergessen«, rief er und ging zurück zur Wohnungstür. Er stellte sich auf die Türschwelle, zog die Mütze ab und entblößte die Glatze darunter. Er sah dem heiligen Guénolé fest in die Augen und warf.

»Daneben. Komm essen«, forderte Erwann seinen Freund auf.

»Gleich«, brummte der. Er versuchte es noch dreimal, aber die Mütze landete nie auf der von Erwann.

»Jetzt komm schon, du sturer Hund«, brummte Erwann.

»Na gut. Na warte, Freundchen«, Paul drohte dem hölzernen Heiligen mit dem Finger.

»Wo hast du Guénolé eigentlich her?«, fragte Marie beiläufig und tunkte ein Stück Brot in ihre Sauce.

Paul grinste. »Kleines Andenken.«

»Von deinen Eltern?«, fragte Erwann.

»Wollt ihr?« Paul goss ihnen großzügig Cidre ein. Dann sagte er: »Ach was, von meinen Eltern, so devot waren die nicht. Aus dem Krieg! Alte Geschichte.«

Marie starrte Paul neugierig an, Erwann überrascht.

»Servietten! Ich habe unten Servietten vergessen!« Paul machte Anstalten aufzustehen, um welche zu holen.

»Nein, lass doch, wir nehmen Küchenrolle«, protestierte Marie.

Paul und Marie diskutierten Minuten lang hin und her, bevor Paul zuließ, dass Marie in der Küche seiner Wohnung nach Küchenrolle suchte und feststellte, dass es keine gab.

»Ich hole welche von unten«, entschied sie.

»Dann bring gleich das Tablett mit dem Dessert mit«, rief Paul ihr nach.

Als Marie zurückkam, aßen die alten Männer in schweigendem Genuss ihren Stockfisch und tätschelten abwechselnd Fridu, der um Probierhappen bettelte. Sie setzte sich zu ihnen, aß mit und teilte ihre zufriedene Stille. Sie wollte jetzt einfach ihr Essen genießen; wo der Guénolé herkam, war ihr egal, ebenso Elodies Vergangenheit und ihr Sturz von der Steilküste, gestern … Nun ja, fast egal.

»Und warum suchst du diese Grotte? Was hat sie mit deiner Großmutter zu tun?«, fragte Olivier und schob sich eine Miesmuschel in den Mund. Florian hatte die Trichter-Grotte aus rot-schwarzem Granit detailliert aus dem Gedächtnis beschrieben, während sie das Tagesgericht bestellt hatten, Moules frites au curry.

»Ehrlich gesagt, diese ganze alte Geschichte, die meine Oma notierte, war ganz schön heikel. Sie hat sich in der Bretagne verliebt. In der Grotte ist sie heimlich mit ihrem Geliebten zusammengekommen – einem jungen Bretonen …« Florian seufzte und nahm einen Schluck Cidre.

»Oh là là, das war nicht gut in dieser Zeit«, kommentierte Olivier. »Und das hat sie aufgeschrieben, deine grand-mère? Das war gefährlich. Wenn jemand es erfahren hätte, wahrscheinlich hätte man sie getötet, beide. Den Feind lieben, das war Verrat.«

»Das wussten sie. Meine Oma schrieb nie den Namen ihres Geliebten auf, um ihn zu schützen. Aber um ihre Liebe zu verewigen, schrieb sie trotzdem dieses Tagebuch; und außerdem hinterließen sie und ihr Geliebter eine Botschaft, in dieser Grotte.« Florian seufzte noch einmal.

»Eine Botschaft?«, hakte Olivier nach.

»Ich habe keine Ahnung, was es war. So genau hat sie das nicht aufgeschrieben. Vielleicht haben sie etwas in den Felsen geritzt? Eben das will ich herausfinden.«

»Du kannst nichts in Granit ritzen!«, protestierte Olivier.

»Nein, wohl nicht. Also, hast du einen Tipp, wo ich nach so einer Grotte suchen könnte?«

»Was ist nun mit deinem Nachbar, dem Nazi-Deutschen? Hast du ihn sabotiert, ja?« Paul blinzelte Marie zu, die sich fast an ihrem Milchreis verschluckte. Musste Paul ausgerechnet jetzt damit anfangen! »Darf ich erst mein Dessert essen?«, motzte sie hitzig.

»Hat einen wechselhaften Charakter, deine Enkelin«, bemerkte Paul zu Erwann. »Heute Sonne, morgen Hagel.«

»Das sagt der richtige«, gab Erwann gelassen zurück.

»Ich hasse es, beim Dessert zu reden«, schimpfte Marie und fügte innerlich hinzu: Und vor allem über *ihn*! Ah, warum war er nach Mengleuff gekommen? Wo sie ungestört und allein sein wollte! Zu sich selbst kommen, ihre innere Ruhe finden. Und jetzt? Aber – aber sie *konnte* das von gestern auf keinen Fall erzählen! Nicht alles, nicht, wenn Paul dabei war. Der würde tausend Fragen stellen, ewig nachbohren, nein, das kam nicht in Frage!

Brüsk schob sie das leere Schälchen von sich und sagte nur: »Er hat gestern wieder Bunker fotografiert. Geschützstationen oder so etwas. Auf dem Cap de la Chèvre. Ich habe ihn dort zufällig gesehen. Kennt ihr die Anlagen da oben, wisst ihr, was das genau war?«

Erwann und Paul tauschten einen Blick.

»Sie dachten, sie wären damit uneinnehmbar. Sie hatten sich so gut verschanzt da oben, und zu ihrer Versorgung ein ganzes Dorf aus dem Boden gestampft; das deutsche Dorf, nannten sie es«, erinnerte Paul sich düster.

»Was für ein Dorf? Da ist keins, da oben«, warf Marie ein.

»Oh nein, das Dorf gibt es nicht mehr«, sagte Paul lakonisch. »Das haben wir oder sie oder alle zusammen dem Erdboden gleichgemacht, in der vorletzten Schlacht der Befreiung Crozons.«

»Dem Erdboden gleichgemacht«, wiederholte Marie schaudernd.

Ihr papy starrte vor sich hin, und Paul wiederholte: »Dem Erdboden gleich. Die Deutschen hatten sich alle auf das Cap de la Chèvre zurückgezogen, doch nun waren sie in einer Sackgasse. Da wandten sie ihre Geschützte um hundertachtzig Grad um, vom Meer zum Festland. Denn von da kamen wir, die Amerikaner und freien Franzosen. Es war ein Gemetzel.«

Eine drückende Stille hing über dem Esstisch.

»Wart ihr da? Auf dem Cap?«, fragte Marie fast tonlos.

»Ich war da«, antwortete Paul. »Und ich werde es nie vergessen können. Ebenso wenig wie Telgruc. Ha. Telgruc war noch schlimmer. Wir hatten Telgruc schon befreit, und dann bombardieren uns unsere Freunde, die Amerikaner, am Tag darauf versehentlich noch einmal … Sie zerbombten die Kirche, sie zerbombten die Häuser, sie zerbombten die Menschen, einfach so, ein Irrtum …«

»Ich weiß, ich kenne die Geschichte«, flüsterte Marie.

»Also, du hast deinen Nachbarn gestern gesehen, wie er die Andenken auf dem Cap fotografiert hat? Ha, ein starkes Stück, das muss ich schon sagen!«, rief Paul aus, plötzlich in energischem Tonfall.

»Ja, und eine dieser Anlagen hat er danach noch gezeichnet.« Marie senkte den Blick, hätte fast heulen mögen.

»Das ist … schon merkwürdig«, murmelte Erwann.

»Merkwürdig, ja, das ist das richtige Wort«, griff Marie unglücklich das Wort auf. »Ich hatte ihn zufällig gerade vorher in den Seegrotten von Morgat gesehen; und ehrlich gesagt, schon da war sein Verhalten merkwürdig. Denn er sah gar nicht wie ein Tourist aus, der einfach Spaß am Herumknipsen hat; er hatte diesen absorbierten, aufgeregten Gesichtsausdruck beim Fotografieren, wie bei den Bunkern; und ich weiß auch nicht, ich hatte den Eindruck, als würde er in den Grotten nach etwas suchen. Nur, wonach? Nach etwas, das mit den Nazis zu tun hat? Aber was könnte das sein?«

»Vielleicht ist er ein Schatzsucher.« Erwann hatte das gesagt.

Die Sonne kämpfte sich allmählich durch den Dunst und beleuchtete die Pointe de Pen Hir und die Tas de Pois vor ihnen. »Die Haufen

Erbsen« hieß das, hatte Olivier eben erklärt. Die drei runden Felsen, die einzeln aus dem Meer ragten, verlängerten den Ausläufer des Festlands.

»Und wo gibt es hier Seegrotten?«, wollte Florian wissen.

Olivier nahm ihn am Arm, um ihn nach links zu drehen. »Et voilà«, sagte er trocken.

»Ist das die Bucht von Morgat?« Florian war verwirrt. Von ihrem Standort aus sahen sie auf eine andere Landnase, jenseits einer weiten Bucht. Das Gestein dieser Felsmasse, die spitz in das Meer vorragte, war durchlöchert von den schwarzen Eingängen unzähliger Seegrotten.

»Nein, mein Freund. Das ist die Pointe de Dinan. Dahinter, auf der anderen Seite, kommt Morgat.«

So viele Grotten?! »Wie viele Seegrotten gibt es eigentlich auf Crozon?«, fragte Florian kleinlaut, während er die frustrierende Aussicht knipste.

»Ich weiß nicht, aber es sind zu viele. Das wollte ich dir damit zeigen. Tut mir leid, Florian. Ich glaube nicht, dass du sie finden wirst, die Grotte deiner Großmutter.«

»Wenn es hier überall Seegrotten gibt, dann gibt es vielleicht auch welche in der Nähe von Telgruc«, überlegte Florian. »Es wäre sowieso unwahrscheinlich gewesen, dass meine Oma und ihr Geliebter auf einem Fahrrad bis Morgat hin und zurück gefahren wären, in derselben Nacht.«

»Ich sehe, du willst nicht aufgeben«, lachte Olivier, »das gefällt mir. Ich kenne keine Grotte, aber ich kann dir etwas anderes zeigen. Auch deshalb sind wir hier. Allons, gehen wir.«

»Ein Schatzsucher?« Marie sah ihren papy ungläubig an.

Doch der nickte. »Da gab es so eine Geschichte, im Krieg. Die Deutschen sollen einen Schatz versteckt haben …«

»Ach was, warum fängst du jetzt damit an«, unterbrach ihn Paul.

»Diese Frage, von dir?« Erwann klang ironisch, fast gereizt.

Marie, die nicht begriff, was plötzlich zwischen den alten Freunden vorging, fragte schnell: »Ein Schatz? Was soll ich mir darunter vorstellen?«

»Da gab es schon so ein Gerücht«, bekannte Paul widerwillig. »Es ging um Raubgut. Angeblich sollen die Deutschen Raubgut in einer Seegrotte versteckt haben. Dann kam die Befreiung, die Deutschen konnten ihr Raubgut nicht mehr holen, und bis heute hat niemand die Grotte mit dem sogenannten Schatz gefunden. Ein Märchen«, Paul zuckte die Achseln.

»Warum stempelst *du* die Sache als Märchen ab, Paul, warum hast du sie dann damals verbreitet?«, brach es plötzlich aus Erwann heraus.

»Aber das habe ich doch gar nicht«, wehrte sich Paul.

»Doch. Warum kannst du bis heute nicht offen über die Vergangenheit reden? Nicht einmal Marie hast du gesagt, dass du selbst in der Résistance warst!«

Marie sah ihren papy erschrocken an. So aufgebracht, und das gegen seinen ältesten Freund, hatte sie ihn noch nie gesehen.

»Als ob du gern über den alten Kram reden würdest«, stieß Paul nur aus, dann schwieg er und presste die Lippen zusammen. »Wollt ihr noch etwas trinken? Einen Lambig? Ich könnte einen vertragen.«

Marie sah fragend zu ihrem Großvater – und erschrak über den Schmerz in seinen Augen. »Wir sollten gehen«, wandte sie sich sachte an ihn. »Ich will dir noch die Haare schneiden, und um vier geht mein Schiff.«

»Na gut, dann trinke ich eben alleine«, murrte Paul. Dann fragte er gespielt heiter und augenzwinkernd: »Und was willst du jetzt tun, Marie? Den Nazi sabotieren?«

»Ich denke mal darüber nach«, ging Marie darauf ein. »Was hat papy?«, tuschelte sie Paul aber noch ins Ohr, als sie ihm zum Abschied die bises gab, während Erwann seine Mütze vom heiligen Guénolé holte.

»Nichts. Das wird schon wieder«, flüsterte Paul und streichelte Marie über die Wange, ehe er bitter hinzusetzte: »Aber es liegt an den Deutschen. Erwanns Leben wäre anders verlaufen ohne die Deutschen. Und auch Elodies Leben. Ha, die Deutschen haben viel Unheil über deine Familie gebracht, Marie. Aber pst!« Denn Erwann trat eben auf sie zu.

14. Streit hier, Streit dort

Boris saß an seinem Rechner. Die Ärmel seines Hemds hatte er hochgekrempelt, es war stickig im Büro. Florian hatte es gut. Der machte jetzt Urlaub am Meer und genoss die Sonne. Falls es nicht regnete. Boris war nur einmal in Mengleuff gewesen, nachdem er das Haus mehr aus einer Laune heraus gekauft hatte. Drei Tage Bretagne, im Frühsommer, und es hatte durchgehend geregnet! Wenn Florian ihm das Haus abkaufen wollte, würde er einwilligen, beschloss Boris. Wenn die Summe am Ende stimmte. Hunderttausend Euro, das war natürlich hochgegriffen, aber er war ja bereit, etwas zu handeln.

Er öffnete seinen E-Mail-account und überflog seine neuen Nachrichten. Noch keine Reaktion von Florian auf seine Mail mit dem Grundstücksplan. Ein Klopfen. Ehe er »herein« sagen konnte, riss jemand die Tür auf.

»Oh hallo, Katharina«, brachte er heraus.

»Also, wo ist er?«, kam die sofort zur Sache.

»Wer?«

»Spiel nicht den Blöden! Oder hältst du mich für blöd?«

»Natürlich nicht. Wir reden von Florian. Aber ich schwöre dir, ich habe keine Ahnung, wo der ist!«

»Florian ist keiner, der das Büro einfach so stehen- und liegenlassen würde. Der hat dir gesagt, wo er hin ist und für wie lange.« Sie sah Boris herausfordernd an.

»Hör mal Katharina«, sagte der langsam und lehnte sich mit verschränkten Armen zurück. »Ich kann verstehen, wenn du sauer bist, weil dein Mann eine Auszeit nimmt. Ich bin auch nicht glücklich über diese Auszeit, denn hier sitze ich und arbeite für zwei. Aber habe ich dich mit Fragen und Anschuldigungen belästigt? Nein!«

»Eben«, sagte Katharina, ihrerseits ruhiger. »Und allein das sagt mir schon, dass du weißt, wo er ist. Aber abgesehen davon – du fährst seinen Karmann.«

Shit.

»Also fährt er deinen Cayenne. Wenn das nicht abgesprochen ist …«

Boris schluckte. »Das heißt aber noch lange nicht, dass ich weiß, wo er hin ist«, beharrte er trotzdem.

»Boris. Er ist jetzt fast eine Woche weg. Er hat auf keine meiner Nachrichten reagiert. Dabei habe ich ihm geschrieben, dass ich ihn hier brauche, um die Scheidung zu regeln. Und es beunruhigt mich schon, nicht zu wissen, was mit ihm los ist!«

»Sagtest du eben – die Scheidung?! Findest du nicht, dass das etwas vorschnell ist?«

»Ich würde mal sagen, das geht dich nichts an. Also?«

»Katharina, hör zu. Ich weiß wirklich von gar nichts. Aber wenn du Lust hast, über Florian zu reden, dann lass uns doch etwas trinken gehen. Ich mache früher Schluss heute, und dann …«

»Nein danke«, unterbrach Katharina Boris wütend und ging zur Tür. Doch da wandte sie sich noch einmal um und setzte bittend hinzu: »Wenn du etwas hörst von Florian, sagst du es mir?«

»Sicher«, gab Boris zurück, während er für sich dachte: Vergiss es, Katharina! Armer Florian. Zurückkommen, um sich scheiden zu lassen? So ein Bullshit!

Paul stand am Fenster und sah Erwann und Marie nach, wie sie sich von der Bar entfernten. Ha, die Deutschen! Es war lange her, dass er den alten Hass so heftig verspürt hatte. Über die Jahre hatte er sich allmählich verloren, da die Erinnerungen an die Schrecken des Krieges verblasst waren. Verblasst, aber nie ganz erloschen. Paul überlegte. Und nun diese seltsame Geschichte. Wenn Maries Nachbar *wirklich* ein Schatzsucher wäre? Wenn er irgendwo von der alten Geschichte gehört hätte – auch jemand von deutscher Seite konnte etwas darüber verbreitet haben – in Deutschland … ein unschönerer Gedanke …

Langsam kehrte Paul zurück an den Tisch. Versonnen fingerte er an seinem Glas Lambig herum. Auch wenn der Mann nur ein einfacher Kriegstourist war, er wohnte neben Marie. Das musste das Mädchen nicht ertragen. Aber sie selbst würde den nicht loswerden. Sie hatte ja Recht, sie konnte ihm schlecht die Reifen durchstechen. Aber vielleicht gab es einen anderen Weg … Er ging zum Telefon und suchte im Adressbuch die Nummer. Ein merkwürdiges Kribbeln stieg in ihm auf. Als wäre etwas vom alten Paul wach geworden.

Sie standen hinter dem riesigen Lothringer Kreuz der Pointe de Pen Hir, dem monumentalsten Résistance-Denkmal, das Florian bislang gesehen hatte, und Olivier zeigte auf die nächste sichtbare Landnase Richtung Norden. »Da hinten, das ist die Pointe de Touliguet. Betrachte die Felsen der Küste. Was siehst du?«

»Oh nein«, entfuhr es Florian. Auch diese Steilküste war zur See hin durchlöchert. Nur, das waren keine Seegrotten. Wie eckige Backenzähne waren die Bunker auf der Steilküste aufgereiht, von seinem Standort aus erspähte Florian allein vier.

»Die Atlantikmauer – die Bunker von Kerbonn«, verkündete Olivier.

Nachdem Marie ihrem Großvater die Haare geschnitten hatte, war er wieder besser gelaunt. Er sah mit kürzeren Haaren verjüngt aus, fand sie. Er hatte Glück, noch immer so volles Haar zu haben.

Gegen drei Uhr dreißig schlenderten sie mit Fridu zum Ebbe-Anlegesteg, dem Steg am Leuchtturm von Men Brial.

»Es war schön, dich zu sehen, wie immer; auch wenn es diesmal etwas … aufreibend war«, sagte Marie, als ihr papy sich mit ihr in die Reihe der Passagiere stellte. Die Enez Sun wartete bereits.

»Es war schön, *dich* zu sehen, wie immer – auch wenn es diesmal etwas aufreibend war«, gab Erwann schmunzelnd zurück.

»Ich komme bald wieder. Ich muss doch von dem Schatzsucher berichten«, versprach Marie leichthin.

Erwann lächelte verlegen. »Das war nur so eine verrückte Idee, weißt du …«

»Ich fand sie interessant.«

Erwann sah seine Enkelin prüfend an. »Du wirst den armen Mann doch in Ruhe lassen? Wie heißt er überhaupt?«

»Florian«, gab sie unwirsch zurück.

»Florian«, wiederholte Erwann, »und weiter?«

»Den Nachnamen habe ich vergessen. Ist auch egal. Ich lasse Florian in Ruhe, wenn er mich in Ruhe lässt …« Sie klang störrisch.

»Manchmal bist du so stur wie Elodie«, Erwann schüttelte den Kopf. »Übrigens, was ich dir von meiner Schwester erzählt habe – ich wollte dich nicht schockieren. Vielleicht hätte ich es für mich behalten sollen.«

»Nein, nein, im Gegenteil, ich bin froh, das zu wissen! Auch darüber muss ich nochmal mit dir reden …« Marie hätte gern mehr gesagt, aber die Schlange der Passagiere setzte sich in Bewegung. Sie umarmte rasch ihren papy und küsste Fridu auf die schwarze Nase, dann betrat sie über die Rampe das Schiff.

»Mal ehrlich, Olivier, gibt es in der Bretagne noch ungute Gefühle gegen die Deutschen?«, grübelte Florian, als sie sich den Bunkern von Kerbonn näherten.

»Mais non«, winkte Olivier ab. »Als ich klein war, gab es alte Leute, die kritisch waren. Aber heute – die Franzosen respektieren die Deutschen. Sie bewundern sie, ihre Wirtschaft, ihren Fleiß, ihre Ordnung und Systematik. Und Madame Merkel, natürlich …«

»Ach was«, Florian musste lachen. »In diesem Licht sehen die Franzosen die Deutschen? Das ist schon etwas klischeehaft!«

»Wir müssen da lang, links. Da beginnt der Schutzgraben«, Olivier zeigte auf eine Betontreppe.

Der Graben wies zu seiner Seeseite Eingänge auf, zu den Untergeschossen der Gefechtsanlagen, doch diese Eingänge waren vergittert.

»Hier kann man nicht in die Bunker hinein, aber oben«, erklärte Olivier und führte Florian den Graben entlang bis zu einer weiteren Betontreppe. Dabei sinnierte er: »Es gibt sie schon, die deutsche Qualität. Siehst du, diese Bunker, ich liebe sie nicht. Aber ich bewundere die deutschen Konstrukteure. Diese Bunker sind nicht zu zerstören! Man hat es versucht, aber sie sind zu gut gebaut. Und dann, das zweite Beispiel, die Autos.«

»Oh nein, jetzt fang bloß nicht damit an! Weißt du, wer ein wirklich unverwüstliches Auto fährt? Meine Nachbarin, Marie …« Florian war selbst erschrocken über den Gefühlsaufwall, den die bloße Nennung ihres Namens in ihm auslöste.

»Marie«, wiederholte Olivier jetzt auch noch belustigt.

»Ja«, Florian versuchte, sachlich zu bleiben. »Sie fährt einen Peugeot 205, bestimmt zwanzig Jahre alt, aber das Ding fährt noch immer. Das muss wohl französische Qualität sein.«

»Eine Peugeot 205. Florian, du bist verblendet durch diese Frau und siehst ihr Auto in einem falschen Licht«, Olivier schüttelte grinsend den Kopf. »Wie geht es ihr? Hast du sie wiedergesehen? Hast du es ausprobiert, du weißt schon, *draguer*?«

Nein. Nein, Olivier konnte er nicht von gestern erzählen.

»Was hast du?« Olivier sah ihn forschend an.

»Nichts. Nichts, ich bin nur insgesamt – verwirrt. Diese Anlagen hier«, Florian zeigte um sich. Sie bewegten sich eben auf den Eingang eines Geschützbunkers zu, Florian blieb abrupt stehen und rief aus: »Ich fasse es immer noch nicht, dass meine Oma hier war; vielleicht nicht direkt *hier*, aber auf Crozon! Sie hat solche Bunker gesehen; sie hat sie betreten, vermutlich – aber klar, muss sie ja, nur schreibt sie über ihre Tätigkeit als Funkhelferin so gut wie gar nichts, alles dreht sich nur um ihre Gefühle für diesen bretonischen jungen Mann! Wie kann sie das nur für sich behalten haben, all die Jahrzehnte? Niemand in meiner Familie hat davon etwas gewusst, da bin ich mir so gut wie sicher! Und dann gibt sie *mir* ihr Tagebuch – ich weiß nicht, was ich davon halten soll, ehrlich …«

Olivier sah Florian verständnisvoll an.

Der setzte sich langsam wieder in Bewegung, auf den Bunker zu, blieb dann aber erneut stehen, um Olivier in die Augen zu sehen und dabei zu sagen: »Das ist aber nicht das einzige, das mich verwirrt. Es ist das erste Mal seit langem, dass ich Zeit habe und Abstand zu meiner Lebensroutine. Ich denke über dies und über das nach, ertappe mich beim Zweifeln an meiner Lebensweise, an meiner Arbeit – an meiner Ehe. Ich weiß nicht mehr, wie ich zu meiner Frau stehe, Katharina. Wegen ihr bin ich hier.«

»Du bist verheiratet?«, fragte Olivier verblüfft. »Du trägst keinen Ring.«

»Wollte Katharina damals nicht haben«, Florian winkte ab. »Ach komm, lassen wir das Thema und gehen wir da rein.«

Ein Geruch nach Alkohol und Zigarette wehte ihnen entgegen. Sie waren nicht allein in dem Bunker. Vor der Geschützöffnung standen mehrere junge Männer mit Kippen und Bierdosen in den Händen.

Florian war unangenehm überrascht; es war das erste Mal, dass er jemandem in einem Bunker begegnete, und die Gruppe vor ihm gefiel ihm nicht.

»Und deine Frau, willst du dich von ihr trennen?«, fragte Olivier jetzt.

»*Sie* will sich scheiden lassen. Ich nehme eine Auszeit«, erklärte Florian lakonisch und nahm aus den Augenwinkeln wahr, wie die jungen Männer zu ihnen herüberstarrten. In diesem Moment wünschte er sich, er und Olivier würden nicht ausgerechnet Deutsch sprechen.

»Ah, mein Freund! Das habe ich hinter mir!«, rief Olivier voller Verständnis.

Die Blicke der Biertrinker hatten etwas entschieden Feindseliges. Jetzt steckten sie die Köpfe zusammen, wie Verschwörer. »Lass uns gehen«, bat Florian Olivier leise und wandte sich der Tür des Bunkers zu.

Einer der Männer trat ihm in den Weg. »Qu'est-ce que tu veux ici, le *boche*?«

»Ého, ça va pas, non?«, reagierte Olivier und riss Florian an der Schulter zurück, um sich vor ihn zu schieben. Dann fingen der Mann und Olivier an, sich anzuschreien, die anderen Männer waren näher gerückt, einer schubste Olivier gegen Florian, der hob abwehrend die Hände und rief: »Hey! Aufhören! Stopp!«

»Police!«, brüllte Olivier plötzlich und zückte einen Ausweis, den er schnell wieder wegsteckte. Hatten die Typen gesehen, dass es nur der Ausweis eines Gendarm gewesen war? Florian hielt den Atem an. Die Typen hielten in ihrer Vorwärtsbewegung inne. In autoritärem Tonfall redete Olivier auf sie ein, machte eine Geste, sie sollten den Ausgang freimachen. Murrend wichen sie zurück.

»Bien«, schnarrte Olivier und zog Florian zur Tür. Eine Bierflasche zerbrach neben ihnen an der Betonwand.

»Allez«, raunte Olivier und schob Florian hinaus.

Der hörte die Typen lachen und grölen. Aber folgen taten sie ihnen nicht.

Eilig entfernten sie sich von dem Bunker.

»Tut mir leid, mein Freund«, sagte Olivier zerknirscht, »ich schäme mich für diese Leute.«

»Schon gut, die sahen so aus, als ob die einfach Lust auf Ärger hatten«, gab Florian zurück und versuchte, den Schrecken abzuschütteln.

»Das waren keine typischen Bretonen!«, beteuerte Olivier.

»Das glaube ich«, versicherte Florian. »Trotzdem habe ich genug von Bunkern. Wollen wir uns etwas anderes ansehen? Etwas Schönes, das nichts mit dem Krieg zu tun hat?«

»Natürlich, das ist mein Plan«, sagte Olivier und eilte mit finsterem Blick fort von der Atlantikmauer und den Bunkern von Kerbonn.

Die Rückfahrt tat so, als würde sie an einem anderen Tag als die Hinfahrt stattfinden. Das Meer war strahlend blau und glatt. Die Enez Sun fuhr dicht am Leuchtturm la Vieille vorbei, der rot und einsam auf seinem Granitmassiv ausharrte.

War Florian ein Schatzsucher? Auch jetzt, wenn sie an ihn dachte, fühlte Marie ihr Herz schneller schlagen. Den ganzen Tag über hatte sie sich dagegen gewehrt. Sie hatte Angst vor diesen Gefühlen, konnte sie nicht einordnen. Sie mochte ihn doch nicht. Er war ein Nazi! Ein Nazi! Wie der Mann, den Elodie geliebt und ausspioniert hatte! (Naja, vielleicht war Elodies Nazi doch schlimmer gewesen als …) Aber gab es bessere und schlechtere Nazis?! Sie war komplett verwirrt! Nur weil er ihr – das Leben gerettet hatte, ja, war plötzlich alles so schwierig. Wie konnte sie ihn da weiterhassen? (Aber hatte sie ihn denn vorher *gehasst*?) Ah, es machte sie wütend! Und dass sie ihm fortan *dankbar* sein musste, das erst recht! Ja, wahrscheinlich meinte er, jetzt könne er sich alles erlauben! (Ach was, Marie, nun übertreib mal nicht. Was sollte er sich denn erlauben wollen?) Na, Pierre hätte da schon seine Ideen … (Aber Pierre hatte sich selbst als Vollidiot herausgestellt!)

Ah, das Beste wäre, er würde einfach wieder verschwinden, dann gäbe es endlich Ruhe. (Abgesehen vom Denken an ihn …) Nein nein, das wäre die Lösung – nur, dafür schien es ihm in der Bretagne viel zu gut zu gefallen. – Also doch Sabotage? Aber wie?

Florian atmete auf. Kein Beton, keine aggressiven Typen. Nur ein paar harmlose Touristen spazierten zwischen den hundertdreiundvierzig Hinkelsteinen herum, deren weißer Quarz in der Sonne glitzerte. Früher hatte es auf Crozon überall Hinkelsteinfelder gegeben, erklärte Olivier eben.

»Stört es dich, wenn ich ein wenig zeichne?«, fragte Florian, der fasziniert war von der Aura des Ortes.

»Euh – nein, tu es, wenn du willst«, gab Olivier überrascht zurück.

Die anschließende Dreiviertelstunde verbrachte Florian auf dem Boden sitzend oder hockend, den Zeichenblock auf den Knien. Olivier, der neben ihm saß, sah voller Bewunderung zu, wie auf dem Papier das Hinkelsteinfeld von Lagatjar noch einmal entstand.

»Ich habe lange nicht mehr so gezeichnet«, murmelte Florian, als er die fertige Zeichnung betrachtete und mit Datum und Signatur versah. Dann dehnte und lockerte er sich die Beine.

»Du bist ein Künstler«, sagte Olivier ehrfurchtsvoll, und aus einem plötzlichen Impuls heraus fragte Florian: »Willst du das Bild?«

»Du – du willst es nicht behalten?« Olivier sah ihn ungläubig an.

»Ich würde es dir gern geben.«

Olivier sah ihn groß an. Dann weitete sich sein Mund zum typischen unwiderstehlichen Grinsen. »Merci beaucoup, mein Freund. Merci beaucoup. Und weißt du was? Das nächste machst du für Marie. Oh, das ist besser als das normale *draguer*!«

»Kannst du nur an eines denken?«, stöhnte Florian und stand auf. Er würde bestimmt Marie keine Zeichnung schenken. Aus welchem Grund auch? Aber wiedersehen musste er sie heute Abend; so drängte er Olivier zur Heimfahrt.

Während sie zurück zum Auto gingen, fragte der Gendarm plötzlich: »Willst du trotzdem noch mehr Bunker sehen? Du weißt schon, die von denen ich in Telgruc sprach; die unter der Erde?«

Florian zögerte. »Unter der Erde … Naja …«

»Dann machen wir es, wir fahren nach Roscanvel!«

»Äh – nicht jetzt, ja?«

»Nein, natürlich nicht jetzt, ich muss erst einen Freund anrufen. Er ist der Experte für diese Labyrinthe; und die Öffnungen sind versteckt und man hat sie verschlossen.«

»Was nun, Bunker oder Labyrinthe?« Nun war Florian Neugier doch geweckt.

»Bunker, Labyrinthe, Tunnel – du wirst sehen! Aber keine Sorge, es ist nicht gefährlich.«

»Soso.« Und plötzlich war sie da, die irre Vorstellung: Mit Marie am Arm in unterirdischen Tunneln verloren … Florian biss sich hart auf die Lippen, um sich selbst zurechtzuweisen: Du bist ja komplett verrückt …

»Pierre, Marie ist meine Freundin, und wenn sie mit mir tanzen gehen will, dann werde ich dich nicht hinter ihrem Rücken mit dazu einladen!« Isabelle sah Pierre streng an. Was dachte der sich? Sie hatte gerade das Geschäft schließen wollen, da war er aufgetaucht und damit herausgeplatzt, dass er sich mit Marie zerstritten hätte. Er müsse sie wiedersehen, um sich mit ihr zu versöhnen. Ob er mitkommen könne, auf die Feier zum 14. Juli? Isabelle schnaubte. Sie stand mit verschränkten Armen hinter der Kasse. Pierre sah sie verzweifelt an.

»Okay, keine so gute Idee«, sagte er schnell. »Versteh mich nicht falsch, ich akzeptiere ja, dass Marie mit dir feiern will und nicht mit mir. Ich würde sie nur gerne sehen und mit ihr reden. Dann eben ein anderes Mal. Ich weiß nur gar nicht, wie es ihr geht nach unserem blöden Streit. Ich habe zigmal versucht, sie auf Handy zu erreichen, aber sie geht nicht dran!«

Isabelle seufzte, dann sagte sie: »Wenn es dich beruhigt, Pierre, ich weiß, wo Marie heute war: bei ihrem Großvater. Es geht ihr also gut und sie hat euren Streit überstanden, okay? Jetzt muss ich dich aber rauswerfen.«

»Und sie hat dir nichts von dem Streit gestern erzählt?«, beharrte Pierre.

»Ich sagte doch, nein«, gab Isabelle geduldig zurück.

»Kannst du mir zumindest sagen, ob ihr euch morgen oder übermorgen trefft? Dann kann ich es an dem anderen der beiden Tage versuchen!«

»Pierre, noch einmal, ich weiß es nicht. Marie ruft mich deswegen noch an. Wir haben bislang nichts Festes ausgemacht.«

»Wart's ab, nachher schlägt sie dir vor, in Morgat zu feiern. Auf das Plakat des Fest Noz habe ich sie aufmerksam gemacht!«

»Das wäre auch eine tolle Idee«, sagte Isabelle, allmählich ungeduldig. In diesem Moment klingelte ihr Handy.

»Ist sie es?«, rief Pierre aus.

Isabelle ärgerte sich. Es war Maries Nummer. »Du entschuldigst mich«, sagte sie und wandte sich von ihm ab. »Hallo«, meldete sie sich, »schön, dass du anrufst.« Sie schielte nach Pierre. Er war ein paar Schritte von der Kasse fortgegangen, aber sie war sicher, er lauschte. Ironie des Schicksals, Pierre hatte Recht: Marie lud sie für den kommenden Abend nach Morgat ein ... Fest Noz mit Feuerwerk über dem Meer.

»Gute Idee, das machen wir«, sagte Isabelle sofort. »Wie war's auf der Insel?«

Pierres Blick schoss herum. Spätestens jetzt war er sicher, dass es Marie war.

»Erzählst du morgen? Ja, gut, ist auch besser, ich habe hier noch jemanden im Geschäft. Also treffen wir uns dann bei dir? Gut, alles klar. Ja, ich freue mich auch! Ciao!« Isabelle ließ das Handy sinken.

Bittend sah Pierre sie an.

»Du hast gehört, wir feiern morgen«, sagte Isabelle widerwillig.

»In Morgat?«, fragte er fast tonlos.

»Jetzt mach kein Drama draus!«, platzte es aus Isabelle heraus. »Marie gehört dir nicht, Morgat gehört dir nicht, und da du Maries alter Freund bist, wird sie sich wahrscheinlich früher oder später wieder mit dir vertragen. Außer, du hast sie zu schlimm verletzt, und dann bist du selbst schuld! Tut mir leid, dass dich das so fertigmacht«, schloss Isabelle versöhnlicher. »Aber wenn es daran liegt, dass du dir irgendwelche tiefergehenden Hoffnungen gemacht hast, du weißt schon, dann ...« Isabelle zuckte mitleidig mit den Schultern.

»Versteh schon«, murmelte Pierre. »Danke, dass du mir zugehört hast. Bis dann.«

Isabelle sah ihm nach, wie er die Tür des Geschäfts hinter sich zuzog. Hoffentlich war es kein Fehler gewesen, dass sie zugegeben hatte, mit Marie in Morgat zu feiern. Wenn Pierre auf die Idee käme, sie dort zufällig zu treffen …

Florian klopfte an Maries Tür. Er hatte nachgesehen, ihr Peugeot war wieder da. *Sie* war wieder da. Wenn er sie heute nicht mehr sähe, würde er doch keine Ruhe finden. Wo blieb sie, sie würde ihm doch öffnen? Er klopfte noch einmal, worüber das Notebook aus dem Gleichgewicht kam.

Ein Objekt schlug ihr entgegen, Marie griff zu.

»Danke, das Notebook ist neu«, sagte Florian.

Marie starrte auf das Gerät, das sie aufgefangen hatte, und spürte, wie sie über und über errötete. Verlegenheit, Herzrasen, Wut, ja Wut! Konnte er sie nicht in Ruhe lassen?? »Voilà«, stieß sie aus und streckte ihm das Notebook entgegen. Ihre Finger berührten sich, sie erschauerte und trat hastig einen Schritt zurück. Aber er verstand das als Aufforderung und trat über die Schwelle. Marie verdrehte die Augen – und schloss schicksalsergeben die Tür.

»Wie geht es Ihnen?«, brachte Florian heraus und versuchte, ihren schwarzen Blick zu deuten.

»Es geht – «, sagte Marie und verstummte. Fragend sah sie Florian an. Was wollte er? Was sollte das Ding da?

Florian versuchte, ruhig zu reden: »Es freut mich zu hören, dass es Ihnen gut geht. Für mich selbst war das ein so enormer Schock gestern, dass ich den ganzen Tag lang immer wieder daran denken musste …«

»Es geht mir gut«, sagte Marie scharf und machte eine herausfordernde Geste Richtung Notebook.

»Ja, das; das habe ich aus einem bestimmten Grund mit«, hob Florian an. »Es gibt da ein Missverständnis – das sich einfach klären lässt«, er setzte das Notebook auf dem Esstisch ab und redete einfach weiter. »Ich habe eine E-Mail von Boris erhalten, dem das Haus nebenan gehört; ich will es ihm abkaufen, daher hat Boris mir einen Grundriss geschickt, und der stimmt nicht mit der Realität überein. Sehen Sie, hier«, Florian wies auf das Notebook, »kommen Sie nur näher, sonst sehen Sie nichts …«

Was war hier los, schoss es Marie durch den Kopf, *was* wollte er von ihr? Jedenfalls nicht wirklich wissen, wie es ihr ging! Das war nur ein Vorwand gewesen, um sie mit dieser anderen Sache hier zu konfrontieren – einer Sache, die ihr Misstrauen einflößte, noch ehe sie wirklich wusste, worum es ging. Da hatte sie es, diesem Mann war nicht zu trauen! Schon wieder ein Hintergedanke! Sie litt daran, sich dabei zu ertappen, dass sie das enttäuschte. Jetzt sah er sie so gespielt harmlos an, fast unsicher immerhin, na gut, was sollte die Chose mit dem Notebook? Widerstrebend beugte sie sich über das Gerät, wobei ihr Arm den seinen berührte. Sie wollte zurückzucken, dann beherrschte sie sich. Er sollte nicht auch noch denken, dass sie Angst vor ihm hätte!

Florian wollte zurückzucken, dann beherrschte er sich. Diese kleine Berührung, es durchrieselte ihn förmlich. Trotzdem musste er Marie mehr Platz machen, um ihr den Plan zu erklären. »Da, sehen Sie? Das ist der Grundstücksplan. Da endet Boris' Garten, da ist dann Ihrer. Aber sehen Sie diese Stelle da? Der Winkel ist im Plan anders als in der Realität. Verstehen Sie?«

Marie war jetzt ganz auf den Plan konzentriert. »Der Plan ist falsch«, rief sie aus, als sie verstand. »Da ist *meine* Wasserpumpe! Und der Komposthaufen!«

»Genau das meine ich«, bestätigte Florian. »Dem Plan nach gehört beides zu Boris' Grundstück.«

»Ah, je comprends … ah non!« Sie funkelte Florian voller Abfälligkeit und Zorn an. »Allons, wir gehen«, rief sie aus und packte ihn am Arm. Leider keine zärtliche Berührung.

»Hey, wohin gehen wir? Und das Notebook? Sie tragen übrigens noch Hausschuhe«, erinnerte Florian, während Marie ihn aus dem Haus riss. Aber die Art, wie sie ihn eben angesehen hatte, war nicht zum Lachen gewesen.

»Toi et ton foutu Notebook. Et puis, ce ne sont pas des simples chaussons, ce sont des charantaises!«, schimpfte Marie.

»Wie bitte?«

»Oh, la ferme!«

Im Eilschritt hastete Florian hinter Marie die alte Straße entlang, bis sie vor Yvonnes Haus ankamen. Das war gut, in Yvonnes ruhiger Gegenwart würde Marie ihn nicht töten. Noch immer schimpfend stieß die das Gartentor auf, wobei sie ein Huhn erschreckte, das gackernd davonsprang.

»Moment, wir müssen das Tor wieder schließen«, protestierte Florian, schließlich konnten sie Yvonnes Hühner nicht abhauen lassen.

Marie ließ ihn erst los, als sie in Yvonnes Küche standen. Die alte Dame löffelte eine Suppe. »Bonsoir«, sagte sie, als wäre sie keineswegs überrascht.

Marie begann, sehr schnell und empört auf Yvonne einzureden.

»Das ist unfair, ich kann nichts verstehen! Da können Sie Yvonne ja sonst was erzählen!«, beschwerte Florian sich. Aber Marie hörte nicht auf, wobei sie große Gesten machte und ihn mehrfach funkelnd ansah. Wenn Blicke töten könnten, dachte Florian … Und diese Frau war sanft wie ein Kätzchen an seinem Arm zum Cayenne gegangen, erst gestern! Verdammt, er hatte ihr immerhin das Leben gerettet – ihr auch nie etwas wirklich Schlimmes angetan; sie war nicht fair, ihn so zu – hassen, oder was war das, was gerade aus ihren Augen sprach?

»Wir reden mit Yvonne und ich übersetze«, sagte Marie endlich auf Deutsch, etwas ruhiger.

»Gut«, erwiderte Florian, dem indessen nicht klar war, was Yvonne in der Sache sollte.

»Yvonne ist die Älteste im Dorf«, erklärte Marie, als hätte sie seinen Gedanken gelesen. »Sie weiß alles, über jedes Haus. Alors, Yvonne, la pompe derrière ma maison et le morceau de terre à côté, ça appartient à qui? Ich habe gefragt, wem die Pumpe und das Stück Boden daneben gehören«, übersetzte Marie für Florian.

»Aux Cadiou, je pense«, sagte Yvonne.

»Voilà«, triumphierte Marie, »den Cadious, das ist meine Familie!«

»De l'autre côté, je ne suis pas sûre«, überlegte Yvonne, und sie hob an zu einer Erklärung, während der Maries Gesicht immer länger wurde.

»Was sagt sie jetzt?«, wollte Florian wissen.

Marie sah ihn irritiert an, übersetzte aber widerwillig: »Yvonne sagt, sie ist nicht *ganz* sicher. Sie sagt, dass Grenzen nicht so klar sind in Mengleuff. Es gibt alte Familien und neue im Dorf, und sie sagt, dass *vielleicht* in den Papieren etwas anderes steht als die Sitte ist. Sagt man das so?«

»Ich glaube zu verstehen. Es gibt so etwas wie alte Gewohnheitsrechte auf der einen Seite und Grundstückspläne wie den von Boris auf der anderen. Ist es so?«

»Ich denke«, bestätigte Marie zögernd und zwischen Unglaube und leiser Furcht schwankend. Doch dann siegte der Unglaube. Nein, unmöglich! Das konnte nicht sein! Der Plan war falsch!

»Ist auch egal«, sagte Florian, der diesmal Maries wechselnde Mimik durchschaut hatte. »Ich will keinen Streit, ich will eine praktische Einigung, das ist alles! Mein Vorschlag ist dieser: Auf Boris' Grundstück gibt es weder eine Wasserpumpe, noch einen ordentlichen Komposthaufen. Wenn ich sein Haus kaufe, darf ich von Ihrer Pumpe Wasser holen und mal etwas auf den Kompost werfen. Das merken Sie kaum, ich werde sowieso nur für den Urlaub in Mengleuff sein. Im Prinzip bleibt alles so, wie es ist. Nur dass der Status quo dann auf einer klaren Abmachung beruht.«

»Qu'est-ce qu'il a dit?«, wollte Yvonne wissen.

Marie, die Florian wortlos angestarrt hatte, erklärte es ihr knapp auf Französisch.

»Voilà, très bien, une bonne solution. Koll amzer Deski arm ad hép e ober[5]«, sagte Yvonne befriedigt, wobei sie amüsiert von Marie zu Florian und von Florian zu Marie guckte.

»*Sie* sagt, das ist eine gute Lösung«, knurrte Marie, um innerlich hinzuzufügen: aber willst du *meine* Ansicht wissen?

»Schön, dann wäre das ja geklärt«, gab Florian zurück, obwohl ihm die besondere Betonung in Maries Aussage durchaus aufgefallen war.

Sie verabschiedeten sich von Yvonne und gingen zurück zu Maries Haus, notgedrungen zusammen. Bei Marie stand noch Florians Notebook. Schwalben schwirrten über sie hinweg, die Abendsonne schien golden. Alles könnte so schön sein, ging es Florian durch den

---

5 Es ist Zeitverschwendung, das Gute zu lehren und es nicht zu tun.

Kopf; wenn sie nur nichts gegen mich hätte. Er gab sich einen Ruck und fragte geradeheraus: »Was haben Sie gegen mich?«

Überrascht, dann mit einem Als-ob-du-das-nicht-wissen-müsstest-Blick, den Florian überhaupt nicht verstand, öffnete Marie nur wortlos ihre Haustür und sagte: »Ich hole das Notebook.« Was heißen sollte, er durfte nicht reinkommen. *Wieso* nicht, fragte er sich? Er hatte keine ansteckende Krankheit, er war kein Monster, er hatte ihr im Gegenteil zu zeigen versucht, dass er ihr nichts Böses wollte!

Als Marie Florian das Notebook in die Hand drückte, sah er sie verletzt und vorwurfsvoll an – und sie fühlte einen Anflug von schlechtem Gewissen, ja Rührung, und dann erneute Empörung darüber, dass sie so empfand! Hatte er gedacht, sie würde ihm um den Hals fallen, weil er ihr großzügig erlaubte, ihren Komposthaufen und die Wasserpumpe ihrer Familie weiterzubenutzen? Oder wollte er *jetzt* etwa ihren Dank für gestern – den Dank, den sie nicht aussprechen würde, nein, da konnte er lange warten! »Au revoir«, sagte sie bebend und schloss heftig die Tür.

Später war Marie so unglücklich und aufgewühlt, dass weder an essen, noch an schlafen zu denken war. Zuletzt griff sie einmal mehr zu der Mappe mit Elodies ältesten, den bretonischen Zeichnungen.

Lange saß sie da und blätterte alles noch einmal durch, langsamer und sorgsamer als das erste Mal, als sie die Blätter mehr überflogen hatte. Wenn sie gehofft hatte, ihre Seelenruhe über die Zeichnungen wiederzufinden, war das aber nicht der Fall. Denn da war ganz unten der braune Postumschlag, den sie das letzte Mal nicht mehr geöffnet hatte. Sie tat es jetzt; er enthielt drei alte Fotos. Eines zeigte ihren papy als Elfjährigen, im Kommunionsgewand; das zweite, größere hielt Marie lange in den Händen, es war das Hochzeitsfoto ihrer Großeltern. Sie musste an die Worte ihres papys zum Lächeln seiner Frau denken. Ja, sie hatte ein schönes Lächeln gehabt, ihre mamie. Aber die Personen auf dem dritten Foto, *die* gefielen ihr *nicht*.

Auf den ersten Blick sah alles ganz harmlos aus: Ein Mann stand an der Fahrertür eines VW-Käfers; er stand so, dass man sein Gesicht nicht sah. Auf der anderen Seite des Fahrzeugs, auf dem Gehweg, beugte sich eine junge Frau mit locker gebundenem Kopftuch zu einem kleinen Mädchen, vermutlich die Tochter. Die Frau sah man im Profil; das kleine Mädchen schaute jedoch in die Kamera. Es hatte den Fotografen entdeckt, oder die Fotografin. Elodie? *Was hatte Elodie in Deutschland gemacht?* Denn das war das Störende: Das Auto, das Kennzeichen, die Form der Häuser – Marie war sich sicher, dass das ein deutsches Wohnviertel war, der Mode und dem Auto nach in den fünfziger Jahren.

Wie es aussah, hatte Elodie nach dem Krieg den Kontakt zu Deutschen nicht ganz verloren. Und wenn das Verwandte ihres Offiziers waren? War er es am Ende selbst, dieser Mann neben dem VW-Käfer, dessen Gesicht man nicht sah? Prüfend sah Marie auf das Foto. Sie würde es niemals erfahren. Außer, ihr papy wüsste etwas und würde es ihr eines Tages verraten. Wenn er das wollte, und sie seine Mauern des Schweigens durchbrechen könnte …

15. Sabotage

Es klappte nicht, keine Gasflamme. Würde nichts werden mit dem Frühstücksei. Er würde das überleben; aber er brauchte einen funktionstüchtigen Herd! Unwillkürlich schossen Florians Gedanken zu Marie. Natürlich, wenn sie normale Nachbarn wären, könnte er sie jetzt fragen, ob sie sich den Herd kurz ansehen würde. Die hatte selbst so einen, die kannte sich aus. Nur … ihm wurde leicht flau im Magen. Aber nein, er bereute nicht, was er getan hatte!

Er biss sich auf die Lippen. Doch, er bereute es schon. Eine komplette Überreaktion seinerseits, peinlich. Aber warum war sie gestern auch so abweisend, ja so feindselig gewesen? Er hatte erwartet – natürlich hatte er erwartet, dass nach der Aktion auf dem Cap de la Chèvre alles anders sein würde zwischen ihnen. Es *war* alles anders, spürte sie das denn nicht? Klar spürte sie das, sie war ja kein Klotz! Aber sie wollte nicht; warum nicht? Warum wollte sie ihn partout als einen Feind sehen, mit einem Panzer-Auto, als ob er nur in die Bretagne gekommen wäre, um sie zu attackieren … Und jetzt hatte er das sogar.

Florian stützte sich auf dem Herd auf, schüttelte über sich den Kopf. Er war so frustriert gewesen, heute Morgen, am Ende einer unruhigen Nacht; so aufgebracht gegen Marie. Trotzdem hätte er nicht zur Heckenschere greifen dürfen. Unruhig summte er eine Melodie vor sich hin. Und jetzt wartete er nur darauf, dass sie angeschossen kommen würde, nach der Entdeckung … Er musste ihr zuvorkommen. Es ihr selbst sagen. Versuchen, es ihr zu erklären. Ja. Da war der Herd vielleicht ein guter Grund, um zunächst in ein unverfängliches Gespräch zu kommen. Er richtete sich auf, klopfte einen unruhigen Rhythmus auf seine Schenkel und machte sich auf den Weg zum Nachbarhaus.

»Ihr Herd geht nicht?«

Sie hatte das »H« so hart herausgebracht, dass das allein Florian zum Schwitzen brachte. Er räusperte sich. »So ist es. Ich kenne mich gar nicht aus mit Gasherden. Würden Sie, bitte, einen kurzen Blick darauf werfen?«

Marie kniff die Augen zusammen. Kam einfach hier an und tat so, als ob nichts wäre! Andererseits – ein wenig neugierig war sie schon auf das Innere des Nachbarhauses. Und darauf, ob Verdächtiges herumlag – alte Nazi-Bücher vielleicht … »D'accord«, sagte sie herausfordernd.

»Danke, das ist sehr freundlich«, beeilte Florian sich zu sagen.

Marie sah sich schnell um, sobald sie die Türschwelle überschritten hatte. Nein, auf Anhieb fiel ihr nichts Verdächtiges auf; kein Wunder, er würde es weggeräumt haben.

»Boris' Haus ist nicht schön eingerichtet wie Ihres; aber den großen Tisch mag ich«, sagte Florian, der Maries umherschweifendem Blick gefolgt war.

Marie sah ihn unangenehm überrascht an. Dasselbe hatte sie auch gerade gedacht.

»Da lang geht es zur Küche«, sagte er dann und ging voran.

»Hier sieht es aus wie in einem Museum, was?«, hob Florian in der Küche wieder an und wies entschuldigend um sich. »Was leider nicht heißt, dass alte Möbel schön sein müssen. In dem Schrank da war übrigens die Maus«, er zeigte auf den Küchenschrank und Marie sah ihn irritiert an. Warum musste er jetzt mit der geretteten Maus anfangen? Wollte er sie manipulieren, mal wieder den freundlichen Typen spielen?

»Und das da ist der Herd«, sagte er unnötigerweise, und Marie trat nur kurz an das Gerät heran, um dann den Schrank unter der Spüle zu öffnen. Sie drehte am Hahn der Gasflasche, schraubte die Flasche von der Leitung zum Herd, hob sie heraus und schwenkte sie leicht.

Florian wurde noch nervöser als allein durch die Präsenz Maries so dicht neben ihm. Konnte flüssiges Gas nicht in die Luft gehen, wenn man es so bewegte? Aber er verstand nun selbst, warum der Herd nicht funktionierte, noch ehe Marie verkündet hatte: »Leer.«

»Okay. Hätte ich mir denken können. Und was mache ich jetzt?«

»Eine neue kaufen?« Marie zog eine Augenbraue hoch und sah spöttisch zu ihm herauf. Sie stand zu nah vor ihm in der engen Küche. Er meinte, ihr Haar zu riechen oder ihr Duschgel, ein Hauch von Vanille. Sie in den Arm nehmen und küssen, schoss es ihm durch den Kopf. Natürlich tat er nichts dergleichen, sondern fragte errötend: »Wo gibt es denn Gasflaschen zu kaufen?«

Marie hatte sich schnell abgewandt, undeutlich murmelte sie: »An der Tankstelle. Diese Flasche nehmen Sie mit, sie hat, wie sagt man …«

»Pfand?«, fragte Florian rau und räusperte sich.

Marie nickte und räusperte sich ihrerseits.

Plötzlich hatte Florian keine Lust mehr, ihr den Durchgang in der Hecke zu beichten. Sie war gar nicht *so* giftig zu ihm, bislang; wenn alles zwischen ihnen entspannt gewesen wäre, er hätte sie zu einem Kaffee eingeladen, oder zu einem gemeinsamen Frühstück, oder – und dann streifte ihn wieder diese aberwitzige Idee der letzten Nacht, und er hörte sich sagen: »Was ist eigentlich ein Fest noz? Überall lese ich den Begriff auf Plakaten.« Florian merkte nicht, wie sanft sich seine unsichere Stimme anhörte.

Was sollte das jetzt? Marie verspürte eine seltsame Alarmbereitschaft, versuchte aber, sachlich zu antworten: »Et bien, Fest noz, das heißt Fest der Nacht. Die Fest noz an diesem Wochenende finden statt wegen des 14. Juli, Sie wissen, der – der Feiertag.« Sie stockte.

Ihr war plötzlich heiß. Es war viel zu eng hier in dieser Küche, sie waren sich viel zu nahe …

Nun fuhr er sich mit einer nervösen Geste durch das Haar und brachte hervor: »Das hört sich interessant an. Was machen denn *Sie* heute Abend?«

»Ich gehe feiern – mit einer Freundin«, stieß Marie hervor, nachdem sie ihn einen Moment lang mit einer gehobenen Augenbraue angestarrt hatte. Hatte er – möglicherweise – *sie* fragen wollen, ob sie – mit *ihm* …?

Florian wollte schon den Mund öffnen, um nachzuhaken: und morgen? Aber dann riss er sich zusammen, hob abwehrend die Hände. Was machte er da? Das war doch ohnehin aussichtslos. Es war besser, es ihr jetzt gleich zu sagen. Sie würde sowieso hochgehen wie flüssiges Gas. »Ich habe heute Morgen einen schmalen Durchgang in die Ginsterhecke geschnitten, direkt an der Wasserpumpe. So muss ich nicht immer den Umweg durch Ihren Garten gehen, das würde Sie sicher stören.« Er sagte es ironisch und sah sie regelrecht störrisch an.

Marie riss angesichts der unerwarteten, ungeheuerlichen Provokation die Augenbrauen hoch und den Mund auf. Sie war wirklich zu schockiert, um auch nur irgendetwas herauszubringen. Sie machte einen Schritt zurück, stieß gegen den Küchentisch.

»Ich – es tut mir leid, ich hätte fragen sollen – «, sagte Florian hastig, aber Marie wandte sich um, seinem Blick ausweichend, eilte aus der Küche, und dann knallte die Haustür hinter ihr zu. »Bravo, Florian. Bravissimo.« Er rang die Hände und stampfte vor Zorn über sich auf den Fußboden.

Marie stand bebend vor Schmerz und Wut vor der Katastrophe. Ein *schmaler* Durchgang! Wollte der sie *verarschen*? Das war wie ein Schlag ins Gesicht. Das *war* ein gewollter Schlag ins Gesicht! Mit den Hortensien, das mochte noch Zufall gewesen sein, aber das hier, nein! Das war Absicht. Und das hieß: Er wollte in ihren Garten! Ungefragt in *ihren* Garten! Wann immer er wollte, er würde sich das Recht dazu nehmen, wenn er sich schon das Recht genommen hatte, das hier zu tun, ihren Ginster anzutasten! Ihr wurde schlecht. So, das war er gewesen, der Tropfen, der das Fass zum Überlaufen brachte. Florian Reinart, das bedeutet Krieg. Das bedeutet – *Sabotage*!

Florian fuhr zusammen. Nicht jetzt! Scheiß-Telefon! Wo hatte er es gelassen? Er rannte im Haus herum und fand es zuletzt im Bad. »Reinart«, meldete er sich, außer Atem. Und seine Mutter sprudelte los: Sie kam eben aus Schottland zurück, wo sie und Florians Vater von den Mücken zerfressen und braun geworden waren, von wegen das geht nicht im Norden; sie hatten ergreifende Landschaften gesehen und schöne Städte, hatten Berge bestiegen und lange Wanderungen gemacht und waren sich sicher, mehr Wadenmuskeln bekommen zu haben, und dann waren sie nachhause gekommen und sie, Florians Mutter, hatte angerufen bei ihm, ihrem Sohn. Und was musste sie von Katharina erfahren? »Wo steckst du, Florian? Wenn du wüsstest, wie wütend und verletzt Katharina ist. Sie will, dass du heimkommst, und das solltest du tun; nicht, um die Scheidung zu regeln, außer du willst es, aber um um deine Frau zu kämpfen!«

Florian ließ den Kopf auf die Brust sinken. Die übliche Energie seiner Mutter machte ihn fertig. Kein Wunder, dass sein Vater sie liebevoll »mein Flummi« nannte oder entnervt »mein Squashball«. Heute war sie ein Squashball, und sie machte ihn platt.

»Hör zu, Mama, ich fühle mich zu mitgenommen, um mit dir über die Sache zu reden. Nur so viel: Katharina ist nicht das Opfer und schon gar kein Unschuldslamm. Ich muss nicht immer für alle zur Verfügung stehen. Übrigens, wie geht es Oma?« Seine Frage enthielt eine Anklage. Nicht *er* war es, der so viel herumreiste und seine Mutter allein im Heim ließ!

»Das sagt sie dir selbst, ich reiche das Handy weiter«, hörte er dann, und prompt die Stimme seiner Oma: »Hallo Florian, hast du denn gelesen, in meinem Buch?«

Er atmete die angehaltene Luft aus. »Hallo Oma, wie geht es dir?«

»Wie immer. *Und*?«

»Also, diese Offenbacher Schrift ist schwer zu entziffern …«

»Aber du hast es versprochen!« Marlene klang störrisch.

»Jaja, ich bin auch dabei, es zu lesen …« Wie sollte er denn mit ihr über ihre alte Liebesaffäre reden? Am Telefon, mit seiner Mutter im Hintergrund? Er senkte die Stimme: »Sag mal, Oma, du hast Mama nicht gesagt, wo ich bin?«

»Nö.«

Er schloss die Augen. »Danke, das ist sehr gut so.« Seiner Mutter wäre es fast zuzutrauen, dass sie herkäme, um ihn nach Gießen zurückzuholen, nur zu seinem Besten, natürlich.

»Wie weit bist du denn schon?«, fragte Marlene hartnäckig.

Florian seufzte. So sanft seine Oma in der Regel war, so entschieden und unnachgiebig war sie in für sie wichtigen Dingen. Daher entschloss Florian sich, mit einem Teil der Wahrheit herauszurücken und sagte: »Ich habe von dem Unwetter auf dem Ménez-Hom gelesen und davon, wie du und dieser junge Kriegsgefangene Schutz in der Kapelle gesucht habt. Die Kapelle habe ich mir angesehen. Ich habe Zeichnungen und Fotos für dich gemacht.«

»Da bist du aber noch nicht sehr weit.«

»Sag mal, wie hieß der junge Mann eigentlich?«

»Wieso willst du das wissen?«, fragte Marlene nach einer kurzen Pause zurück.

»Über Internet ist es doch möglich, Namen zu recherchieren. Wäre spannend, den Jungen von damals wiederzufinden, oder nicht?«

»Internet bringt nichts. Der ist doch tot.«

Pause. Dann die Stimme seiner Mutter: »Ich weiß ja nicht, worüber ihr beiden da redet, aber ich will jetzt auf den Markt und habe deshalb Oma das Handy abgenommen. Du kannst sie ja gleich auf Festnetz anrufen. Oder nein, Oma winkt ab. Was sagst du? Hast du gehört, Florian? Unbedingt weiterlesen, hat Oma gesagt. Ich lasse euch mal eure kleinen Geheimnisse und verabschiede mich! Aber, wie gesagt – ich an deiner Stelle würde *sofort* heimkommen – wenn dir noch etwas an deiner Frau liegt.«

Florian ließ sich auf den Rand der Badewanne sinken. »Wenn dir noch etwas an deiner Frau liegt«, echote in ihm die Stimme seiner Mutter nach, und dann die seiner Oma: »Der ist doch tot.« Was hatte er denn erwartet? Es war Krieg gewesen, und außerdem siebzig Jahre her. Trotzdem spürte Florian sich ernüchtert. Kaputt und ernüchtert. Manchmal fragte er sich wirklich, was er hier machte; aber nachhause, die Konfrontation mit Katharina, das packte er jetzt nicht. Noch nicht.

Sabotage, ja; aber wie sollte sie das angehen? Zunächst musste sie sich gegen seinen Angriff von gestern wappnen. Sie musste wissen, wo es solche Pläne der Grundstücke des Dorfes gab, denn sie jedenfalls hatte keinen. Also zunächst zu Yvonne, vielleicht hatte die ja als alte Hausbesitzerin eine Ahnung von so etwas.

Sie fand Yvonne am Crêpes backen. »Degemer mat«, grüßte Marie und setzte sich auf den alten Hocker neben dem Tisch. Sie war dem Duft zerlassener Butter gefolgt (Yvonnes Haustür stand immer offen), und der hatte sie in das Kämmerchen am Ende des Hausflurs geführt. Hier stand der bilic, die gusseiserne Crêpeplatte, auf einem Gestell über einer Gasflasche.

»Du schon wieder«, grüßte Yvonne und sah Marie neugierig an.

Die schloss die Augen und sog den Duft ein. »Mit Butter und Zucker?«, hörte sie wie von fern eine vertraute Stimme. »Ich liebe diesen Duft«, sagte Marie leise. »Er erinnert mich an meine Kindheit. Elodie machte uns Crêpes, wenn wir sie hier besuchten.«

»Bediene dich. Die Crêpes sind für meinen Sohn, aber es sind genug da«, Yvonne wies auf einen Teller, auf dem ein Stapel goldgelber, perfekt gerundeter Crêpes lag.

Marie dankte und nahm mit spitzen Fingern die oberste, noch heiße Crêpe herunter. »Köstlich«, murmelte sie und ließ sich den Geschmack auf der Zunge zergehen.

Sie beobachtete Yvonnes ruhige und fließende Gesten, das Eintauchen der Kelle in die Teigschüssel, das Abtropfenlassen, das rasche, doch präzise Ausgießen des Teigs auf den heißen bilic, unverzüglich gefolgt von dem Ausstreichen mit dem Schieber, in kurzen Schwüngen zu einem weiten Rund. Nun musste der Teig garen, und Yvonne wandte sich an Marie: »Was machst du heute Abend, gehst du zu einem Fest noz?«

»Ja, nach Morgat. Mit meiner besten Freundin«, bestätigte Marie – und dachte an Florian. Hatte er *wirklich* fragen wollen, ob sie beide zusammen …? Das war doch die Höhe! Nach dem, was er ihren Büschen angetan hatte!

»Mit einer Freundin tanzen ist gut, aber noch besser ist ein junger Mann«, lächelte Yvonne verschmitzt. »Warum nicht mit Florian? Er ist ein beau garçon, hat viel Charme, ist so freundlich und höflich, und dann gestern Abend, wie gut er euer Problem gelöst hat!«

»Ah«, brachte Marie nur heraus. »Yvonne, wissen Sie, warum Florian in der Bretagne ist? Weil er sich für Bunker der Nazis begeistert! Für Bunker, und vielleicht sogar für einen alten Nazi-Schatz!«

»Ach was. A-raog meuli, tamall, Gwelit hag ez eo leal[6]«, die alte Dame schüttelte missbilligend den Kopf.

»Ich habe es aber *selbst gesehen*, wie er Bunker fotografierte und zeichnete, und er sucht in Seegrotten nach etwas, und in einer Seegrotte soll angeblich ein Nazi-Schatz noch versteckt sein …«

Plötzlich sah Yvonne Marie bohrend an. »Sag mal, warst du neulich zu Besuch bei deinem Großvater auf Sein? Hat dir Paul Le Meur von diesem Schatz erzählt? Lebt er da noch? Er muss mittlerweile uralt sein.«

Marie war komplett überrumpelt. »Sie kennen ihn, Sie kennen Paul?«

»Jeder hier kannte früher Paul Le Meur. Ein Wichtigtuer! Kam oft von der Île de Sein rüber, ging in Kneipen und erzählte abenteuerliche Geschichten von seiner Rolle als Held des Widerstands. Und von diesem Schatz hat er auch erzählt, dass er noch immer in seinem Versteck liege, einer Seegrotte, und so weiter. Das hat mir mein Mann so gesagt; ich bin ja selbst nicht in Kneipen gegangen, und mein Jean auch nicht oft, damit du nichts Falsches von ihm denkst, aber von dem weiß ich es.«

Paul als Wichtigtuer, der in Kneipen Märchen erzählte – das konnte Marie nicht glauben! Das war selbst nur irgendwelches Kneipengeschwätz, aber das konnte sie der alten Dame nicht sagen, ohne ein schlechtes Licht auf ihren verstorbenen Jean zu werfen. Also sagte sie nur: »Paul Le Meur hat *nicht* mit der Schatz-Geschichte

6 Bevor ihr lobt oder anklagt, seht, ob es gerecht ist.

angefangen. Das war mein Großvater, und der hat kaum den Ruf eines Märchenerzählers!«

»Ich mag Florian«, fiel Yvonne Marie fast ins Wort, »er ist kein Nazi. Und Paul Le Meur würde ich nicht alles glauben.«

»Aber es war doch nicht Paul, es war mein papy, der …«, wollte Marie wiederholen, aber Yvonne unterbrach sie: »Florian ist ein guter Junge, das sagt mir mein Instinkt! Ihr jungen Leute habt verlernt, auf euren Instinkt zu hören. Alles entscheidet ihr mit dem Kopf. Frag einmal deinen Instinkt, Marie Cadiou, ob Florian ein schlechter Mensch ist.« Die alte Dame sah Marie bedeutungsvoll an.

Sie sah seine Augen, hörte seine Stimme, spürte seine Hand, die sie schmerzhaft hielt, an einem Gelenk, die Panik schnürte ihr den Atem ab, sie musste sie abschütteln, sprang auf. »Danke für die Crêpes, ich muss jetzt gehen«, stieß Marie aus und eilte nach draußen.

Vor dem Haus atmete sie erst einmal tief durch. Instinkt, Instinkt! Aber das war ja gerade das Problem! Dass ihr Instinkt sich täuschte, sich von dem Nazi betrügen ließ! Man konnte nicht gleichzeitig ein Nazi und ein moralisch guter Mensch sein; also war Florian ein Heuchler, verlogen. Die Rettung der Maus, ihre eigene Rettung – das hatte nichts zu sagen; das hatte er vielleicht wirklich aus einer Art Impuls getan. Auch ein Nazi konnte solche Retter-Impulse haben. Egal. Jetzt wollte er in ihren Garten, wollte sich breiter und breiter machen in ihrem Leben, und das ging nicht! Und – ja, immerhin das hatte der Besuch bei Yvonne ihr gebracht. Sie hatte jetzt eine Idee, wie und wo sie ihn sabotieren konnte …

Marie holte den Autoschlüssel und stieg in den Peugeot.

»Pas de café?«, fragte Florian verwundert. Er hatte auf dem Markt in Telgruc eingekauft und sich kurz in die Brasserie setzen wollen.

»Pas de café«, gab der Mann hinter dem Tresen noch einmal zurück.

Florian kapierte es nicht. Er sah doch, dass Leute Kaffee tranken.

»Il n’y a pas de café *pour des boches* dans cette brasserie«, sagte der Inhaber der Brasserie jetzt laut und deutlich.

Wie? Hatte er das richtig verstanden, fragte Florian sich erschrocken. Dieses Wort, boche, er erinnerte sich: Das hatte der angetrunkene Typ benutzt, der ihn im Bunker bedroht hatte! Was sollte dieses Schimpfwort hier? »Je ne comprends pas«, sagte er in die plötzliche Stille.

»On n'aime pas *les nazis* en Bretagne. C'est clair? Et tu laisseras tranquille ta voisine, compris?«

Der Brasserie-Inhaber hatte zu schnell und zu hitzig gesprochen, so dass Florian nachhaken musste: »Quoi?«

»Nazi! Hitler!« Der Brasserie-Besitzer machte einen Hitlergruß, ehe er knurrte: »Pas de *Heil Hitler* ici – *pas de nazis*!«

Florian fehlten die Worte. Er hatte zweimal in dieser Brasserie gegessen, mit Olivier, und beide Male waren sie freundlich und höflich behandelt worden. Was sollte plötzlich diese Nazi-Nummer? Jetzt wurde er von allen Seiten angeglotzt, misstrauisch, böse; der Dialog mit dem Inhaber war niemandem entgangen.

»Je ne suis pas un Nazi«, sagte Florian in die Stille.

Köpfe beugten sich zueinander, er hörte Gemurmel, abfälliges Gemurmel, meinte Florian zu begreifen. Nein, er hatte keine Lust, länger unter diesen Leuten zu bleiben, die er nicht verstand und gegen die er nicht ankam, weil er ihre Sprache zu schlecht beherrschte. Dabei musste da ein Missverständnis vorliegen, ein ganz blödes Missverständnis.

Hilflos wandte er sich um und verließ die Brasserie. Er fühlte sich gedemütigt durch das ungerechtfertigte Misstrauen, das ihm auf einmal entgegengebracht wurde, und durch seine eigene Ohnmacht, die Sachlage zu klären.

»Monsieur?«

Er fuhr herum.

»Cette Porsche est à vous?«, fragte der Gendarm.

Der nächste Schock. Er starrte auf die Windschutzscheibe des Cayennes, von der durchsichtig und gelb mit weißen Schalenresten zwei rohe Eier herunterglibberten.

»Elle est à vous, cette Porsche?«, wiederholte der Gendarm. »Elle est mal garée. Ça fait cinquante Euros.«

»Was?«, platzte es aus Florian heraus. Jemand hatte rohes Ei auf Boris' Auto verteilt und er sollte fünfzig Euro bezahlen? Das war ja absurd!

Ohne mit der Wimper zu zucken, wies der Gendarm auf die Vorderreifen des Porsches, die den Bordstein berührten, so dass die Front des Autos ein wenig über den Gehweg ragte.

Florian starrte den Gendarm an. War das hier Teil eines abgekarteten Spiels?

»J'attends«, erinnerte der Mann aufreizend ruhig.

»Et ça?«, fragte Florian mühsam beherrscht und zeigte auf das Eiergeschmier.

Der Gendarm zuckte die Achseln.

»I have no money«, behauptete Florian, bewusst in das Englische wechselnd, und verschränkte die Arme.

»Cartes de crédit?«

»No.«

»Vos papiers«, und der Gendarm streckte die Hand aus.

Florian lachte trocken auf. Was für eine Farce! Na gut. Er drehte sich von dem Gendarm weg, während er seinen Führerschein aus der Geldbörse zog.

Mit Pokermiene nahm der Gendarm den Führerschein entgegen, blätterte eine gute Minute lang darin herum und notierte zuletzt etwas. Dann hielt er Florian den Führerschein hin und äußerte sich, wenn dieser es richtig verstand, dahingehend, dass die Rechnung an die deutsche Adresse geschickt würde. Fein; dann freut sich diesmal Katharina, nicht Boris, dachte Florian sarkastisch.

Er nahm seinen Führerschein an sich, bestieg wortlos den Cayenne, wischte mit Hilfe der Scheibenwaschanlage das Eiergeschmodder aus dem Sichtfeld, legte den Rückwärtsgang ein und gab Gas.

Doch in Mengleuff fühlte er sich noch immer angegriffen. Er verstand das nicht! Was war plötzlich los? Wenn er nur besser Französisch sprechen könnte, um seine Angreifer zur Rede zu stellen! Kurz entschlossen packte Florian das Wörterbuch und machte sich auf zu Yvonne. Marie konnte er nach ihrem morgendlichen Konflikt kaum aufsuchen, und Olivier wollte er auch nicht mit der Sache behelligen, sonst würde der sich einmal mehr für seine Landsleute schämen. »Das waren keine typischen Bretonen«, hörte er Olivier noch sagen – aber vielleicht waren die typischen Bretonen ja deutschenfeindlich wie die Typen gestern im Bunker oder die Leute eben in der Brasserie? Konnte das sein? Das wäre furchtbar!

»Entrez«, ertönte Yvonnes Stimme aus dem Inneren des Hauses. Florian fand die alte Dame in der Küche, wo sie sich die Hände wusch. Auf dem Küchentisch stand ein Teller mit einem Berg goldgelber Crêpes; ihr Duft vermischte sich mit dem nach Kaffee.

»Florian, quelle bonne surprise!«, rief die alte Dame aus.

»Bonjour«, murmelte Florian.

Was war mit dem armen Jungen los? Der schaute ja drein wie ein geprügelter Hund. Der musste gestärkt werden. Munter schwatzend stellte Yvonne zwei Trinkschalen auf den Tisch. »Tu prendras du café et des crêpes avec moi«, verkündete sie.

Florian zögerte und musste lächeln. Yvonne hatte ihn zum ersten Mal geduzt. Ein warmes Gefühl stieg in ihm auf. Plötzlich hatte er keine Lust mehr, mit ihr über den bösen Brasseriebesuch zu reden. Nun baute sie Milch, Zucker, Butter und ein Marmeladenglas vor ihm auf. Keinen Teller. Sie nahm die oberste Crêpe vom Stapel, legte sie auf das Wachstischtuch, bestrich sie mit Butter, rollte sie zusammen und reichte sie ihm.

»Merci«, lächelte Florian, wobei ihm fast Tränen in die Augen traten. Schnell sah er auf das Tischtuch. Es war alles etwas viel in letzter Zeit. Das machte einen angreifbar, verletzlich. Und heute Morgen auch aggressiv; schuldbewusst dachte er an das Heckenloch. Ob es Marie ähnlich ging wie ihm gerade? Auch sie wirkte verletzt, war oft aggressiv, neigte zu Überreaktionen. Warum lebte sie allein hier in Mengleuff? (Der Womanizer war wohl nicht bei ihr eingezogen?) Warum war sie Tage lang zuhause, schien nicht zu arbeiten? Was war mit ihr los? Hatte sie bloß Urlaub und kein Geld, um wegzufahren, oder machte auch sie eine Lebenskrise durch?

Yvonne schenkte ihm Kaffee ein, er sah zu ihr auf. Sie lächelte und machte eine Geste.

»Ich soll die Crêpe in den Kaffee tunken? Ach, lieber nicht«, lächelte Florian zurück und biss so in die Crêpe, deren Teig weich war und köstlich.

»Merci«, nuschelte er zwischen zwei Bissen, »très, très bon! So gute Crêpes habe ich noch niemals gegessen, hat nichts mit den deutschen zu tun! Aber ich kann das jetzt nicht übersetzen; Sie – *du* verstehst mich trotzdem, nicht wahr?«

Yvonne lachte ihn an. Dann wurde ihr Blick verschmitzt und sie ließ etwas fallen von »quatorze juillet«, um dann nachzuschieben: »Alors, tu vas à la fête, ce soir ou demain?«

La fête. Fast hätte er Marie gefragt, ob sie ihn begleiten würde, zu einem dieser Feste der Nacht … Er *hatte* sie gefragt, indirekt … Oh Mann. Er schüttelte stumm den Kopf.

»Mais le Fest noz à Morgat, par exemple, c'est magnifique«, rief Yvonne aus, »avec un grand feu d'artifice sur la mer!«

In Morgat gab es ein Fest noz mit Feuerwerk über dem Meer? Natürlich hörte sich das reizvoll an, trotz allem.

»Alors, tu vas à la fête?«, fragte Yvonne noch einmal.

»Avec toi?«, gab Florian schmunzelnd zurück.

»Moi? Non, je ne danse plus! Koz gwezenn 'zo droug da blega: Kentoh e torrfe eged eeuna![7]« Yvonne schüttelte lachend den Kopf.

Schade, etwas sagte Florian, dass die junge Yvonne eine sagenhafte Tänzerin gewesen war. »Et boire?«, fragte er und zwinkerte.

»Ah non, je suis trop vieille!«, protestierte Yvonne.

Florian lachte: »Zu alt? Du? Nein!«

Das hatte Yvonne verstanden. Sie sah ihn gerührt an und füllte seine Kaffeeschale wieder auf. »Moi, je sors avec mon fils, ce soir. Mais toi aussi, tu danseras! Pourquoi pas à Morgat?«

Auf Morgat hatte sie sich ja wirklich festgelegt. Florian zuckte lächelnd die Achseln.

16. Rotschwarzer Granit

Es war gegen drei Uhr nachmittags, Gezeitenwechsel, wusste Marie. Zeit für den nächsten Schritt ihrer Sabotage. Ob Schritt eins etwas nützen würde? Fabien, der Brasserie-Inhaber, hatte schon entgeistert dreingesehen, nachdem sie ihm reinen Wein über seinen »netten« Fast-schon-Stammgast eingeschenkt hatte. Der Deutsche mit dem

---

7 Der alte Baum neigt sich schwerlich: Eher bricht er, als sich wieder aufzurichten.

Cayenne; jeder hatte gleich gewusst, wer damit gemeint gewesen war. Jeder; es hatte genug Zeugen des Gespräches gegeben. Ja, Bars und Brasseries waren auch heute noch Orte, an denen sich Gerüchte verbreiten konnten. Gerüchte … in diesem Fall auf Tatsachen beruhend. Nein, Marie, jetzt kein schlechtes Gewissen haben! Du hast nur verraten, was du ihn tun gesehen hast! Und dass er in deinen Garten will. Komisch, *das* hatte Fabien besonders beeindruckt.

Aber jetzt, Sabotage, Schritt zwei: die Seegrotte. Zu gewagt? Nein; Florian musste kapieren, dass sie ihn nicht mochte, auf keinen Fall, trotz Cap de la Chèvre (nein, nein und nein!); daher würde sie ihn in die unangenehme, durchaus erschreckende, letztlich aber ungefährliche Situation schicken; und ihm würde danach klarwerden, dass das Absicht gewesen war (so wie ihr klargeworden war, dass er sie mit dem Heckenloch absichtlich provozieren wollte!). Das war das. Gut, dass sie als Jugendliche so neugierig gewesen war und diese Mutproben gemacht hatte, sonst würde sie jetzt die Seegrotte nicht kennen – diese Seegrotte, die bei Flut teils unter Wasser stand – nie ganz; man schaffte es aber immer heraus; nur dass man dabei schön nass wurde …

Energisch klopfte Marie an Florians Tür, aber keine Reaktion. Sie fand ihn schließlich im Garten. Nur in knapper Badehose bekleidet, lag er auf einem Tuch und sonnte sich – in vielleicht zwei Metern Entfernung von dem neuen Heckenloch.

»Hohé«, rief sie, aber er reagierte nicht. »Hého! – Florian?«

Entnervt trat sie von einem Fuß auf den anderen. Dann hockte sie sich neben ihn und schüttelte ihn sacht an der Schulter. Er brummte. Sie schüttelte fester.

»Was«, murmelte er und machte ein Auge einen Spalt auf. Dann schoss er hoch in eine sitzende Position. Verlegen sah er an sich herunter. Sein Pech, wenn er so winzige Badehöschen anzog!

»Bonjour«, grinste Marie. Dann verging ihr das Grinsen, als sie die blauen Flecken an seinem Körper sah – Erinnerungen an seinen verzweifelten Bauchklatscher, um sie zu retten …

Florian rieb sich verlegen die Augen. »Ich muss eingenickt sein, wie viel Uhr ist es?«, murmelte er, noch verschlafen.

Doch Marie ging nicht darauf ein, sondern fragte stattdessen: »Sie interessieren sich für Grotten? Grotten am Meer?«

Er beschirmte seine Augen und sah zu ihr hoch. Woher wusste sie das? Ach ja, sie hatten sich bei den Seegrotten von Morgat gesehen …

»Ich kenne eine solche Grotte, in dieser Gegend«, verkündete Marie geheimnisvoll.

»Wirklich?«, fragte Florian, schon wacher.

Sie nickte. »Wollen Sie die Grotte sehen?«

»So- sofort?« Das wurde ja immer besser.

»Ich habe Zeit, also …«

Er kniff die Augen zusammen. »Wieso wollen Sie mir plötzlich …«

»Wollen Sie sie sehen oder nicht?«

Vielleicht war das eine Geste des Verzeihens? Aber wieso gerade jetzt? Heute? Florian sah zum Loch in der Ginsterhecke.

»Gut, ich warte im Auto, Sie ziehen besser etwas an«, Marie wandte sich um und ging. Florian fiel auf, dass sie leicht humpelte. Das ist noch von vorgestern, dachte er betroffen, und prompt stiegen alle damit verbundenen Gefühle in ihm hoch. Er versuchte, sie abzuschütteln und rappelte sich auf. Mal sehen, was sie vorhatte.

Wenig später hatte Florian Mühe, Marie in den engen Kurven des Landsträßchens zu folgen. Sie fuhr erstaunlich flott mit ihrem Winzlingsauto. Warum hatte sie es so eilig? Und warum hatte sie bestimmt, dass sie in zwei Autos fahren sollten? Etwas war merkwürdig an der ganzen Sache, *sie* war merkwürdig drauf, das spürte er.

Sie fuhren zu dem Parkplatz, auf dem er den Cayenne abstellte, um in seiner Lieblingsbucht schwimmen zu gehen. Er hielt neben dem kleinen Peugeot an und stoppte den Motor. Die Taschenlampe fiel ihm ein, er holte sie aus dem Handschuhfach. Die konnte ihm bei der Untersuchung der Grotte behilflich sein – wenn es denn diese Grotte gab. Irgendwie konnte er noch nicht recht glauben, dass so nah an Mengleuff eine Seegrotte existieren sollte. Andererseits – *wenn* das der Fall war, dann … Plötzlich war er aufgeregt. Seine Oma und ihr Geliebter konnten nicht in einer Nacht mit dem Fahrrad weite Strecken zurückgelegt haben. Die Grotte konnte nicht weit von Mengleuff weggewesen sein. Aber es wäre arg verrückt, wenn ausgerechnet Marie ihn zu dieser Grotte führen würde – der Grotte mit der Botschaft! Schnell stieg Florian aus.

Marie wartete schon. »Da«, forderte sie ihn auf und wies auf den Küstenwanderweg.

Also würden sie wirklich in Richtung seiner Lieblingsbucht gehen. »Was ist das für eine Grotte, die Sie mir zeigen wollen?«, fragte Florian.

»Lassen Sie sich überraschen. Sie ist schön, Sie werden sehen.«

Sie konnten nicht nebeneinander gehen. Dafür war der Steilküstenpfad zu eng. Also ging Florian hinter Marie. Erneut bemerkte er ihr leichtes Humpeln. Er wollte fragen, wie es ihr ging, seit dem Cap; die Worte wollten nicht kommen. »Ich dachte, Sie würden mich killen, wegen dem Durchgang in der Hecke«, sagte er zuletzt. »Es war wirklich unbedacht von mir, so voreilig zu handeln. Ich weiß, das Haus gehört mir noch nicht.«

Marie warf ihm über die Schulter hinweg einen ihrer Sphinx-Blicke zu. Keine Antwort.

Schweigend gingen sie an dem Pfad vorbei, der in die Badebucht hinunterführte.

»Ist es noch weit? Ich glaube, Sie haben Schmerzen«, bemerkte er nun doch.

»Es geht.«

»Hätten Sie etwas gegen eine weniger einsilbige Unterhaltung?«

»Wollen Sie reden oder die Grotte sehen?«

»Geht nicht beides?«

»Kommunikation auf diese Weise ist ungesund für die Muskulatur meines Nackens.« Sie grinste ihn kurz an und sah dann wieder nach vorn.

»Verstehe. Naja«, brummte Florian, grinste aber auch.

Sie wanderten weiter. Der Pfad führte immer mehr in die Höhe hinauf, entfernte sich vom Meer. Also war es gar keine Seegrotte? Florian beschleunigte seine Schritte, um Marie darauf anzusprechen; eben war sie vor ihm hinter der Biegung der Felswand verschwunden. »Hoppla«, entfuhr es ihm. Nun hatte er sie fast umgerannt! Sie war direkt hinter der Biegung stehengeblieben.

Beide waren verlegen wegen des ungewollten Körperkontakts, der zumindest einem von beiden den Atem stockengelassen hatte. Marie, die rasch zurückgetreten war, räusperte sich. »Voilà«, sagte sie heiser und zeigte in die Tiefe. Ein weißer Pfad, ausgebleichte Erde und Kieselstein, wand sich hinab, bis zu einer engen, trichterförmigen Bucht. Der winzige Strand der Bucht war von der türkisfarbenen See fast überflutet.

»Und da unten ist eine Grotte, ja?«, fragte Florian. Es würde eine kraxelige Angelegenheit werden, da hinunter zu kommen und danach wieder hoch.

Marie nickte. »Sie ist sehr beeindruckend.«

»Bestimmt«, murmelte Florian. Ganz geheuer war ihm das alles nicht.

»Alors, je vous laisse«, sagte Marie jetzt auch noch und zeigte auf ihren Fuß: »Ich kann nicht mitkommen, Sie verstehen …«

»Ach so.«

»Viel Spaß!« Sie hob die Hand zu einem kleinen Gruß.

»Danke«, gab Florian langsam zurück. Schon sah er, wie sie hinter der Biegung der Felswand verschwand. Fast, als würde sie fliehen. Wovor? Vor ihm? Ihrer unliebsamen Zweisamkeit? Dabei hatte *er* sie genossen, trotz allem, obwohl es ja sinn- und aussichtslos war …

Nicht nachdenken, klettern, wies er sich zurecht. Wenn da wirklich eine Seegrotte war, dann würde er sie sich ansehen.

War es wirklich richtig, was sie getan hatte? Sollte sie umkehren? Nein, ertrinken konnte da unten niemand; aber wenn er ausrutschte, sich verletzte? – Dreimal auf dem Weg zum Parkplatz zurück war Marie nahe daran, zurückzueilen, um Florian aufzuhalten oder ihm nachzuklettern. Jedes Mal brachte sie sich dazu, an das Loch in der Ginsterhecke zu denken, und ging dann doch mit frischer Wut weiter. In sich zerrissen und unglücklich.

Der Abstieg in die trichterförmige Bucht war steil. Florian bewegte sich ängstlich und vorsichtig. So nahe am Abgrund, kämpfte er gegen dieses Bild – Marie, wie sie den Schritt zurück machte und hinter der

Kante der Steilküste verschwand … Aber daran durfte er jetzt nicht denken, er musste sich konzentrieren! Nun tanzten ihm die Worte seiner Oma aus dem Tagebuch durch den Kopf, die Worte jenes Eintrages, die er nach dem zweiten Lesen fast auswendig konnte – *das Wasser unter ihnen glitzert so schön. Wenn sie jetzt fallen würden, würden sie gemeinsam sterben. Aber will sie das?* Natürlich wollte Marlene nicht sterben, und auch Marie nicht – und jetzt war sie mit ihm hergekommen, an dieses Stück Steilküste, dabei musste sie nach ihrem Sturz doch auch Angst vor Abgründen haben! Wieso war es ihr so wichtig gewesen, ihm diese Grotte zu zeigen?

Erleichtert sprang er auf den Sandboden der Bucht. Mit dem linken Fuß versackte er im weichen Schlick, dann überspülte eine lange Welle seine Füße. Stieg das Wasser oder ging es zurück? War es klug, bei diesem Wasserstand weiterzugehen? Er stellte sich diese Frage nicht mehr, als er den Eingang der Grotte sah. Die Bucht war eng, und genau in der Mitte … Es war, als hätte er das alles schon einmal erlebt, als wäre die Erinnerung seiner Großmutter seine eigene geworden: *Weicher Sand unter ihren Füßen, sie versinken darin, Wasser dringt in ihre Schuhe. Dann vor ihnen ein schwarzer Schlund.*

Als er näher an die Grottenöffnung herankam, stieg seine Aufregung: Nicht grauschwarz, nein, tiefrot schien der Granit in der Sonne zu glühen! Wie im Tagebuch! *Er zündet ein Streichholz an … Blutrot erscheint eine Höhlenwand …* Florian legte eine Hand auf den blutroten Stein, der sonnendurchwärmt war. Dann trat er ein.

Im Inneren der Grotte war es dämmrig. Sie war gut fünf Meter breit und um die drei Meter hoch, dann verengte sie sich nach hinten hin. Als er weiter hineinging, schaltete Florian die Taschenlampe an – und stutzte. Die Grotte hörte nicht auf; sie verengte sich zu einer schlitzartigen Spalte. Florian leuchtete auf Armeslänge hinein. Die Felsspalte schien sich weiter in den Granit hineinzuziehen; wie weit wohl? Er würde es herausfinden …

Der Strahl der Taschenlampe glitt vor ihm über den Boden, an den roten Wänden dieses schmalen Ganges entlang, der noch enger wurde und sich gleichzeitig senkte. Dann verbarrikadierte ein kniehoher Steinbrocken den Weg. Sollte er umkehren? Nur, was war da hinten? Da war doch etwas, Licht am Ende des Tunnels, assoziierte Florians

Gehirn, und dann die alten Worte – *Schritt für Schritt tasten sie sich über feuchten Steinboden vor … Über die blutroten Wände huscht der zitternde Schein der Kerze … Dann weichen die roten Wände zurück.*

Entschlossen stieg Florian über den Steinbrocken, noch einige Schritte, dann wichen die Wände um ihn zurück – wirklich! –; wo war er? *Ein Raum, eine Grotte tief im Felsen, trotzdem kommt irgendwoher ein Luftzug* – genau, wie der Teufelsschornstein! Ein vertikaler Spalt durch den Granit! In vielleicht zehn Metern Höhe sah Florian das Lichtloch. Gebündelte Sonnenstrahlen fielen in die Grotte hinein und erhellten sie wie ein Scheinwerfer.

Er schaltete die Taschenlampe aus. Die Granitwände um ihn glommen dunkelrot aus dem Dämmerlicht hervor und blutrot da, wo Licht auf sie fiel. Er schloss die Augen, für einen Moment war er so aufgeregt, dass der genaue Wortlaut ihm nicht mehr einfallen wollte. Er atmete durch, konzentrierte sich, bekam seine verwirrte Erinnerung wieder in den Griff. Während er Schritt für Schritt vorging, murmelte er halblaut die Worte seiner Oma – *Der Boden ist noch feuchter als im Gang eben … eine Wasserlache, die bis über den Knöchel geht … ein hüfthohes Plateau …* Florian legte eine Hand auf die natürliche Plattform vor der Höhlenrückwand. Vielleicht spielt seine Phantasie ihm eben einen Streich, oder seine Erinnerung an den Tagebucheintrag; vielleicht biegt er sich Marlenes Worte gerade zurecht und da steht etwas völlig anderes; aber *wenn* es die Liebesgrotte wäre, was er immer noch nicht glauben kann, dann gäbe es hier irgendwo eine Botschaft – ?

Er macht die Taschenlampe wieder an, um die Grottenwand vor ihm zu untersuchen. Olivier hatte Recht, in diesen Granit kann man keine Botschaften einritzen. Enttäuscht wendet Florian sich ab – als etwas matt aufblitzt. Schnell lenkt er den Schein der Lampe zurück auf das, was das Licht reflektiert hat. Plötzlich zittert die Hand mit der Taschenlampe vor Aufregung.

Jetzt bleib mal ruhig, das ist bestimmt kein Behälter einer siebzig Jahre alten Botschaft, das ist Restmüll! Da hat jemand keine Lust gehabt, das Ding wieder mit rauszunehmen und sich einen kleinen Scherz erlaubt! Andererseits, und das weiß er noch genau, *hatte*

Marlenes Geliebter eine Weinflasche gehabt – um die Kerze in den Hals zu stecken, bevor Marlene darum bat, sie zu löschen, und …

Die Weinflasche stand in einer natürlichen Nische der Grottenwand, wie eine Heiligenfigur in einer Wandnische. Er nahm sie heraus, sie fühlte sich kalt an. Das Glas war trüb, der Flaschenhals mit einer Masse verschlossen, dem Gefühl nach Wachs. Kerzenwachs? Er hielt den Strahl der Lampe auf die Flasche, nichts, das Licht wurde zurückgeworfen, anstatt das Glas zu durchleuchten. Er schüttelte die Flasche, spürte aber nichts darin herumrutschen, hörte auch nichts, bis auf ein Plätschern.

Ein Plätschern? Das kam nicht aus der Flasche! Bestürzt sah er das Wasser, das aus dem Tunnelgang in die Grotte schoss, ein ganzer Schwall auf einmal, und dann war er sich sicher, dass er in der Liebesgrotte war, denn da waren sie: *Rote und schwarze Flammen tanzen, sie huschen über die roten Wände der Grotten – die Grotte ist überflutet!* Florian sprang von dem Plateau. Watete durch das Flutwasser, bekam Panik, was, wenn er nicht mehr aus dem engen Tunnel herauskam? Die Flasche an den Körper gedrückt, die Taschenlampe in der anderen Hand, duckte er sich in den engen Gang, schob sich vor durch knietiefes Wasser, stieß sich das Scheinbein – der Felsbrocken von vorhin, schon nicht mehr zu sehen – kletterte, torkelte weiter, rutschte, stürzte beinah, fing sich und schaffte es aus dem Tunnel heraus. Doch in der Eingangsgrotte stand ihm das Wasser bis zu den Oberschenkeln, strudelte um ihn herum, mit jedem Schritt wurde es tiefer! Der Strand war verschwunden, Florian kämpfte sich durch das hüfthohe Meer, die anrollenden Wellen schwappten ihm bis hoch zur Brust. Die Taschenlampe hatte er fortgeschmissen, nur die Flasche presste er krampfhaft an sich. Wie kam er hier raus, wo war der verdammte Pfad nach oben, wie sollte er hochkommen auf den nassen, rutschigen Felsen?

Da! Endlich hatte er ein Stück des Pfades entdeckt, halb ging, halb schwamm er einarmig darauf zu, bis er zusammenzuckte, er hatte sich unter Wasser das Knie angestoßen, aber da war es, das Festland! Beim ersten Versuch, sich einhändig aus dem Wasser zu ziehen, glitt Florian aus; beim zweiten fand sein Fuß Halt und er schaffte es. Keuchend schaute er zurück, die Flasche an das nasse T-Shirt gepresst.

Nur weiter, und er kletterte, bis er und sein Fundstück aus der Gefahrenzone heraus waren … Noch einmal wandte Florian sich um und sah nach unten auf die trichterförmige Bucht, in der irgendwo die Öffnung der Grotte sein musste, die er nicht mehr sah, vielleicht war der Grotteneingang schon ganz überflutet…

Ein Schaudern überkam ihn. Er musste sich setzen. Die wärmende Sonne tat ihm gut. Es war so schön, so undramatisch hier auf dem Felsen; von oben gesehen, sah das Anrollen der Wellen an den Fuße der Steilklippen ganz harmlos aus. Florian wartete darauf, dass das Zittern nachließ. Er setzte die Flasche neben sich auf den Boden und zog das triefende T-Shirt aus. Bestimmt keine Botschaft, nur Müll, sagte er sich, er konnte nicht an sein Fundstück glauben, er würde doch nur enttäuscht werden.

Gedankenverloren schaute er auf das Meer. Nein. Marie konnte das nicht gewusst haben, dass das Wasser so schnell in die Grotte fließen würde. Wie hatte er das nur einen Augenblick denken können? Er hatte ihr das Leben gerettet. Niemand, dem man das Leben gerettet hatte, würde sich so dafür revanchieren.

Nachdenklich nahm er die alte Flasche an sich und hielt sie gegen das Licht. Vielleicht, vielleicht war da etwas hinter dem trüben Glas. Er musste die Flasche öffnen. Der Verschluss bestand wirklich aus einer heruntergebrannten Kerze, erkannte er beklommen, als er mit dem Fingernagel ein Stück verkohlten Docht freikratzte. Das Wachs saß fest, keine Chance, es ohne Werkzeug zu entfernen. Er musste nachhause. Florian stand auf und kletterte weiter.

Noch bis halb fünf. Um halb fünf würde sie nach ihm suchen! Marie war in Aufruhr. Warum war Florian noch nicht zurück? Und wenn ihm doch etwas passiert war da unten? Noch einmal ging sie im Kopf die Minuten durch, die er gebraucht haben würde, um bis zur Grotte hinabzuklettern; dann war er hineingegangen und, wenn er neugierig war (und das war er), über den Tunnel in den zweiten Grottenraum mit der Lichtspalte geraten … Aber so viel zu sehen gab es da auch wieder nicht, außer das rotschwarze Geflacker der Lichtreflexe; doch dazu kam es erst, wenn das Wasser eintrat, und das war der Moment gewesen, in dem sie damals – wie jeder vernünftige Mensch! – aus der Grotte getürmt war. Verdammt, wo blieb er?

Sie ging ins Haus und griff nach dem Autoschlüssel. Vier Uhr fünfundzwanzig, sie würde da jetzt runterfahren. Sie eilte auf die Haustür zu und riss sie auf – um auf den Cayenne zu sehen, der im Zeitlupentempo an ihr vorbeifuhr.

Klitschnasse Haare, stellte sie aufatmend fest. Aber sie war so närrisch beglückt darüber, dass er endlich aufgetaucht war, dass das ein neuer Schreck für sie war.

Florian schlug die Tür des Cayennes zu. Sofort zu Marie und sie zur Rede stellen oder erst die Flasche öffnen? Er sah an sich herunter. Zuerst aus den nassen Klamotten!

Er eilte ins Haus und die Treppe hoch, hastig zog er sich um. Dabei löste sich das nasse Klammerpflaster von seiner Hand. Er besah den Schnitt in seinem Handballen, der gut verheilt war. Frisch offen war hingegen das Knie, das er sich unter Wasser am Granit gestoßen hatte. An dem nassen Bein war das Blut heruntergeflossen und hatte rote Schlieren hinterlassen. Florian ging in das Badezimmer, um Bein und Kniewunde zu waschen. Das Wasser brannte in der Wunde. Er musste Desinfektionsmittel und Pflaster aus dem Auto holen, dachte er, aber zuerst die Flasche.

Mit einem Küchenmesser setzte er sich an den Wohnzimmertisch und pulte in dem Verschluss aus Kerzenwachs herum. Ungeduldig begann er, mit der Messerspitze darauf herumzuhacken, Wachsstückchen flogen ihm in Augen und Nase, er hackte weiter. Endlich zerbrach der Rest des Wachses im Flaschenhals, ein Stück davon pulte Florian mit der Messerspitze heraus, das andere fiel in das Innere des Flaschenkörpers. Er hob den Flaschenhals vor das Auge. War da etwas? Da war doch etwas! So oder so, er würde nicht drankommen.

Er ging in die Abstellkammer, suchte und fand einen Hammer. Er nahm die Flasche mit in die Küche, wickelte sie in ein Küchentuch und legte sie in die Spüle. Er zielte mit dem Hammer und schlug zu. Die Flasche zerbrach. Florian faltete das Tuch auseinander, schob mit dem Hammerkopf Scherben zur Seite. Darunter lag es, das Objekt. Eine Wurst aus grobem, bräunlichem Stoff. Ein darum gewickelter Faden hielt die Stoffrolle zusammen.

Florian nahm sie mit spitzen Fingern, ging an den Wohnzimmertisch, wo das Küchenmesser noch lag. Er zerschnitt den Faden und rollte den muffigen Stoff auseinander. Er fuhr zurück, ein Schauder überkam ihn. Auf dem Stoffstück ringelten sich zwei Haarlocken, eine schwarze und eine blonde.

Er konnte das Haar nicht berühren. Wenn er sich nicht irrte, gehörte das schwarze Haar einem Toten und die blonde Strähne einer bald Neunzigjährigen, die seit Jahrzehnten ergraut war.

Er sprang auf, lief im Wohnzimmer hin und her. Wie absurd. Wie berührend. Er war so bewegt, er musste mit jemandem reden. Er holte das Handy und suchte die Nummer. Aber Olivier ging nicht dran. Florian holte Luft und sprach auf die Mailbox: »Hallo, Olivier, hier ist Florian. Ich habe die Grotte gefunden. Es gab keine Einritzung in der Granitwand, aber dafür eine Flaschenpost. Ruf doch zurück.«

Er legte das Handy weg. Er fand sie gruselig, diese Locken. Er ging zum Tisch und schlug die Enden des Stofffetzens um sie. Sogar diesen Stoff anzufassen, erfüllte ihn mit Abscheu. Als berührte man etwas Totes oder etwas, das längst tot sein sollte, aber restweise lebendig geblieben war. Brr, Florian schüttelte es. Nach seinem morbiden Fund brauchte er Kontakt zu lebenden Menschen. Also doch Morgat, heute Abend. Aber vorher zu Marie. Er *musste* wissen, warum sie ihn bei steigender Flut in die Grotte geschickt hatte.

Er holte sich Desinfektionsmittel und Pflaster aus dem Erste-Hilfe-Kasten des Cayennes und folgte dann seinem Instinkt, der ihm sagte, dass er Marie im Garten finden würde. Wie gut, dass er jetzt das praktische Heckenloch hatte, um nachzusehen, dachte er ironisch.

Und da war sie. Saß seelenruhig und mit Unschuldsmiene an ihrem Gartentisch und blätterte in irgendwelchen Papieren. »Hey, hallo! Marie«, rief er ihr zu.

Typisch! »Hey, hallo« – als ob er seinen Hund riefe! Sie schlug heftig die Mappe zu. Elodies bretonische Zeichnungen, die sie noch einmal durchblättern wollte (um wegen *ihm* auf andere Gedanken zu kommen), gingen den Deutschen nichts an!

»Ja?«, fragte sie dann herausfordernd, als sie zur Gegenwehr gewappnet neben der Wasserpumpe stand.

»Wieso haben Sie mich in die Grotte geschickt?«, kam Florian unumwunden zur Sache.

»Warum, war sie nicht schön?«

»Schön nass vor allem. Die Grotte wurde überflutet, wussten Sie das?«

»Sie sind nicht ertrunken, wie ich sehe.«

»Also Sie wussten es?« Florian schnappte entsetzt nach Luft.

Marie sagte nichts. Sie hatte es ihm entgegenschleudern wollen, dass sie ihn absichtlich in die Nässe geschickt hatte, dass sie ihn nicht mochte, dass sie wusste, dass er ein Nazi war und vielleicht ein Schatzsucher. Sie konnte es nicht. Das schlechte Gewissen nagte an ihr, ja die Scham über ihr unüberlegtes, unverantwortliches Verhalten. Sie sah auf und Florian fest in die Augen. »Ich bin *sehr* froh, dass Ihnen nicht etwas Schlimmes passiert ist«, sagte sie.

Florian war aus dem Konzept. So hatte sie ihn noch nie angesehen. Nicht direkt zärtlich, aber … »Warum haben sie mich bei steigender Flut in die Grotte geschickt?«, fragte er trotzdem, doch ohne Zorn.

Marie biss sich auf die Lippen. Sie wollte wegschauen und konnte es doch nicht; sie war fasziniert von seinen Augen, die eben merkwürdig aufgeblitzt hatten, bevor er seine heikle Frage gestellt hatte.

»Wie auch dem«, sagte er schließlich sanfter, als er gewollt hatte, wo sie ihn so unverwandt ansah, »ich bin froh, dass Sie mir die Grotte gezeigt haben. Genau diese hatte ich nämlich gesucht.«

Nein! Der Schatz, das Raubgut der Nazis, in *ihrer* Seegrotte? Aber da war nie so etwas gewesen! »Sie – haben etwas in der Grotte gefunden?«, hakte Marie ungläubig nach.

»Woher wissen Sie das?« Jetzt war Florian verblüfft.

»Euh, können wir ein anderes Mal reden? Ich habe jetzt keine Zeit. Isabelle wird kommen, meine Freundin, wegen dem Fest Noz …« Marie verstummte, zu verwirrt und in Verlegenheit, um weiterzureden.

»Verstehe. Dann also ein anderes Mal?«, fragte Florian.

Seltsam, wie bereitwillig er über seine Schatzsuche sprechen wollte, wunderte Marie sich. »D'accord. Morgen?«, schlug sie vor.

»Gut, bis morgen also.«

Es stand ihm, dieses freudige Lächeln, schoss es Marie durch den Kopf; sie wandte sich hastig ab, hob die Hand zu einem kleinen Gruß und eilte ins Haus.

17. Fest Noz

Marie stand vor dem Spiegel. Das neue Kleid sah apart aus, mit dem asymmetrisch fallenden Saum, nur … nervös zubbelte sie an ihrem Dekolleté herum, vergeblich: Der Ausschnitt wollte nicht kleiner werden.

»Kommst du?«, rief Isabelle von unten.

»Ja!« Sie warf ihrem Spiegelbild einen letzten prüfenden Blick zu. Die dunklen Ringe unter den Augen waren verschwunden und in dem roten Kleid sah sie ganz und gar nicht mehr nach trauernder Witwe aus. Gut so! Sie war auf dem richtigen Weg. Und heute Nacht würde sie sich amüsieren! Einfach tanzen und loslassen von allem!

Sie mussten allerdings an Florians Hof vorbei, um zu Isabelles Auto zu kommen. Die hatte hinter Maries Peugeot am Feldrand geparkt.

»Hier wohnt er also«, stellte Isabelle fest, die das große Auto mit dem deutschen Kennzeichen erblickt hatte.

Marie nickte, zog es aber vor, nichts weiter zu sagen. Nein, nicht heute Abend, nahm sie sich vor. Loslassen und tanzen – keine Problemgespräche!

»Wollen wir fragen, ob er mitkommen will?«, stichelte Isabelle.

Marie fühlte sich rot werden. »Wollen wir nicht!«

Isabelle lachte; sie stiegen ein.

Florian dehnte sich und gähnte. Wie spät war es? – Derrick war Schuld. Derrick sprach fließend Französisch. Florian hatte Boris' dickleibigen Fernseher ausprobiert und sich mithilfe eines Decoders und eines Receivers, die beide deutlich neuer als das Fernsehgerät waren, durch immerhin sieben Programme gezappt. Bei Derrick war er hängengeblieben – und eingeschlafen.

Jetzt war es schon nach zehn. Also was nun, Bett, Fernseher oder Morgat? Er war zu wach, um schlafen zu gehen, zu schlau für die dümmlichen Shows und zu schlecht für die französischen Dialoge der Spielfilme, die auf seinen sieben Sendern gerade liefen. Dann doch Morgat, entschied er.

Blieb die Frage, was er anziehen sollte. Er öffnete den Kleiderschrank im Schlafzimmer, in den er seine wenigen mitgebrachten Sachen geräumt hatte, und griff nach seiner ausgewaschenen Lieblingsjeans, einem weißen Hemd, dessen Ärmel er hochkrempelte, und nach dem einzigen Sakko, das er dabei hatte.

Als er das Haus verließ, bemerkte er, dass er kein Sakko brauchen würde, es war noch immer warm. Er stieg in den Cayenne, startete und fuhr los. Maries Peugeot stand am Feldrand, sah er; ihre Freundin musste sie abgeholt haben.

Es war kurz nach elf und die Sonne eben untergegangen, aber es gab noch einen Rest Licht und einen rosa-gelblichen Streifen am Horizont. Darüber färbte sich der Abendhimmel allmählich in tieferes Blau. Am Kai des Hafens leuchteten bunte Lämpchen, gelb, grün, blau, rot. Morgat hatte als touristischer Badeort im Sommer immer etwas von einem Jahrmarkt, aber an diesem Festabend hatte sich zu den üblichen Wagenständen mit Essen und Getränken noch eine Bühne gesellt, für die Live-Musik. Davor tanzte augenblicklich niemand, weil das letzte Stück gerade verklungen war. Nun hob ein langsamer, fast klagender Gesang an, die Einladung zu einer Gavotte.

Marie und Isabelle lächelten sich an und traten zu den Tänzerinnen und Tänzern, die sich erneut vor der Bühne versammelten. Nur die Einladung zur Gavotte war so getragen; gleich würde es losgehen, Marie spürte ihn schon in den Zehenspitzen, den hüpfenden Rhythmus der Gavotte …

Florian fühlte ein Kribbeln in sich hochsteigen. Wie gut, dass er sich noch zu der Fahrt hierher aufgerafft hatte! Es war diese Musik. Seitdem er den Porsche verlassen hatte, hörte er die Musik immer deutlicher auf seinem Weg zum Hafen. Ein Dudelsack, eine Trommel und ein hohes, quäkiges Instrument; eine Melodie, die sich weiter und weiter wiederholte, und trotzdem war das Ganze nicht langweilig, sondern hatte einen pulsierenden, mitreißenden Rhythmus.

Die Musik wurde lauter, die bunten Lichter am Kai des Hafens leuchteten Florian entgegen, der Himmel darüber war tiefblau mit ersten hell erstrahlenden Sternen. Florian hatte den Eindruck, sein Herz zöge sich zusammen, so schön fand er den Anblick. Seine Sorgen erschienen ihm plötzlich nicht mehr so drückend, er würde sie hinter sich lassen, sich in dieser merkwürdigen Musik vergessen, beschloss er, und beschleunigte seine Schritte.

Sie schlürfte einen Schluck Cidre, als Isabelle ihr zuraunte: »Kennst du den?«

Maries Blick folgte dem ihrer Freundin. Der Mann, dem sie voll in die Augen sah, nahm dies als Aufforderung, sich zu nähern. Er war mittelgroß, stämmig und sehr braun gebrannt. Leider kam er Marie bekannt vor.

»Ciao, Marie«, sagte er mit heiserer Stimme und zog sie, ehe sie es sich versah, an sich, um ihr die bises zu geben. Seine schwarze Lederjacke roch stark nach Tabak.

»Roger, hallo«, zwang Marie sich den Gruß ab und ging auf Sicherheitsabstand. Das Grinsen des Mannes, der Roger hieß, vertiefte sich, als er Marie von unten bis oben musterte, genauer von unten bis auf Höhe ihres Dekolletés. Dann starrte er Isabelle so lange an, bis sie sich ihm vorstellte. Prompt umarmte und küsste der Mann auch sie.

»Euh, woher kennt ihr euch?«, fragte Isabelle, als sie sich von dem Fremden freigemacht hatte.

»Roger ist aus Telgruc. Jugendbekanntschaft«, erklärte Marie lahm. Roger Le Braz. Das hatte ihr gerade noch gefehlt. Der war wie eine Bulldogge. Wenn der zugebissen hatte, ließ er nicht mehr los.

»Jugendbekanntschaft?« Roger bleckte die Zähne. »He, Marie, als ob das nicht mehr zwischen uns gewesen wäre! Charmant wie immer!« Er brach in schallendes Lachen aus und wollte ihr die Hüfte tätscheln, aber Marie wich geschickt dem Fummelversuch aus, indem sie sich wie zufällig zur Tanzfläche drehte. »Da kommen die Musiker wieder«, sagte sie, »gleich geht es weiter!« Die Musiker hatten eine Pause gemacht, es war in den letzten Minuten bretonische Musik von CD gespielt worden.

»Bestens, wollen wir …«, fing Roger Le Braz an; aber bevor er das Wort »tanzen« hinzusetzen konnte, fragte Marie schnell: »Und was machst du so im Leben?«

»Mir gehört hier in Morgat eine Segelschule, natürlich die beste.«

»Toll«, betont gelangweilt nippte Marie an ihrem Cidre.

Roger fragte nicht zurück, was Marie im Leben machte, sondern kam unaufhaltsam zur Sache: »Tanzen?«, spuckte er das gefürchtete Wort aus.

Die Musiker hatten wieder angestimmt. Diesmal ein Dudelsack und zwei binious – Marie musste grinsen. Gavotte und so weiter war sicher nicht die Art von Tanzen, die Roger im Sinn lag. Über das Pfeifen der Instrumente hinweg rief sie: »Ich kann nicht! Fuß verstaucht!«

»Aha. Schade. Wollt ihr was trinken?«

Marie und Isabelle wiesen auf ihre fast vollen Cidrebecher und schüttelten entschieden die Köpfe.

»Vielleicht später, ja?«, versuchte Roger es noch. Als keine Zustimmung kam, zauderte er. Dann ging er endlich.

Marie atmete auf. »Ich setze mal wirklich kurz aus mit dem Tanzen«, beschloss sie.

»Wer war der Kerl genau?«, wollte Isabelle wissen.

»Vergiss es«, Marie schüttelte sich. »Der wollte etwas von mir, als ich dreizehn war. Roger, weißt du nicht mehr? Der mit der Mopedbande! Der jeden Sommer wieder in Mengleuff aufkreuzte, sobald ich bei Elodie zu Besuch war!«

»Ach so, der! Dem du mal gegen das Schienbein getreten hast?«

»Er wurde unverschämt, was willst du?« Marie grinste, doch dann verfinsterte sich ihre Miene. »Dass gerade der hier auftaucht! Du warnst mich, wenn er noch einmal ankommen sollte, ja?«

»Gut«, versprach Isabelle und setzte hinzu: »Zumindest wissen wir jetzt eines.«

»Und das wäre?«

»Dein Kleid funktioniert. Ich habe dir gleich gesagt, da beginnen die Typen zu sabbern.«

»Na großartig. Ich hatte das nicht so wörtlich genommen«, grinste Marie.

»Du hast Recht. Was waren Rogers bises nass!« Isabelle zog eine Grimasse.

Am Hafen angekommen, erblickte Florian die Musiker auf einer Bühne. Der Festbereich war voller Menschen. Über die Schultern der Leute hinweg sah er, dass vor der Bühne getanzt wurde.

Der Tanz war ebenso seltsam wie die Musik. Ein Kreis von Tänzern hatte sich zusammengeschlossen. Sie tanzten dicht an dicht nebeneinander, mit angelegten Ellenbogen, dabei hielten sie sich an den Händen. Der ganze Kreis bewegte sich in kurzen, hüpfenden Schritten im Uhrzeigersinn. Es schien sich um eine Schrittfolge zu handeln, die sich wieder und wieder wiederholte, passend zu der immer wiederkehrenden Melodie des Dudelsacks und der zwei trötenähnlichen Instrumente. Florian staunte darüber, wie durchdringend die Musik aus der Nähe war, und wie unwiderstehlich mitreißend. Er ertappte sich dabei, mit dem rechten Fuß im Takt mitzuwippen.

Eine Weile sah er dem Tanz zu, bis das lange Lied endete. Der Kreis löste sich auf, die alten und jungen Tänzer gingen mit erhitzten Gesichtern auseinander. Einige strebten auf einen bestimmten Stand zu. Florian folgte ihnen und kaufte selbst einen Cidre. Sein erster, fiel ihm auf; bislang hatte er nur französische Weine probiert und Yvonnes Lambig. Der bretonische Apfelwein war fruchtiger als deutscher, obwohl Florian schon die herbere Brut-Variante ausgewählt hatte. Das Getränk erfrischte und schmeckte so gut, dass Florian es ausgetrunken hatte, noch ehe der nächste Tanz losging. Der Cidre schien nicht sehr alkoholhaltig zu sein; Florian kaufte sich einen zweiten und kehrte zur Tanzfläche zurück. Ein Geiger war zu den anderen Musikern auf die Bühne getreten. Er spielte auf, der Tanz begann.

Die Schritte sahen anders aus, das Prinzip war dasselbe. Einige Leute betraten die Tanzfläche und griffen sich an den Händen; schnell hatte sich eine Kette gebildet, die sich in hüpfenden Schritten ein wenig nach vorn und ein wenig zurück, hauptsächlich aber nach links bewegte. Der Mann, der die Kette anführte, hatte seine freie linke Hand an den Rücken gelegt; Florian gefiel seine aufrechte Körperhaltung. Dann kamen mehr und mehr Tänzer dazu, die Kette wuchs, bis sie sich zu einem Kreis schloss. Es kamen weitere Leute, die tanzen wollten. Sie klopften denen im Kreis auf die Schultern und wurden in den Zirkel aufgenommen.

Florian verspürte enorme Lust darauf mitzumachen. War das der Cidre, den er doch leicht zu spüren begann, oder die Musik? Egal, er wollte es wirklich versuchen! Konzentriert sah er auf die Füße der Tänzer. Wie machte man das? Doch die Füße bewegten sich zu schnell, um sich die Schrittfolge von ihnen abzugucken.

Resigniert holte er sich den nächsten Cidre. Es war schön, sich beschwingt und leicht berauscht zu fühlen, mehr von der Musik, den bunten Lichtern, dem Duft des nahen Meeres, dem Windhauch, der von der offenen See herüberwehte, als von dem süffigen Getränk. Er positionierte sich erneut an der Tanzfläche, den Cidrebecher in der Hand und nippte daran. Er würde schon herausfinden, wie diese Tänze gingen. Er musste nur ein Paar Füße finden, die die Sache besonders gut machten, und diese Füße mit den Augen lange genug verfolgen.

Der Kreis der Tanzenden war mittlerweile so groß geworden, dass er aufbrach und sich zwei kleinere Zirkel formierten. In dem einen davon, dem näheren, hatte Florian plötzlich sein Paar Füße entdeckt: Füße in weißen Ballerinas, sie tanzten anmutig leicht und in sehr deutlich zu verfolgenden Schritten. Auf der Stelle zuckten Florians Füße mit den weißen Ballerinas mit. So ganz hatte er noch nicht begriffen, aber er war nah dran, er fühlte es! Dann hörte die Musik auf, das Lied war zu Ende.

Mist, dachte Florian. Er blickte von den weißen Ballerinas auf. Wow, was für eine Frau! Er schluckte. Sie drehte ihm den Rücken zu. Aber diese perfekte Figur, grazil und doch mit weiblichen Rundungen, die durch das eng anliegende Kleid noch betont wurden …

Dieses irre Kleid ließ den Rücken entblößt, einen schönen Rücken mit bräunlicher Haut, wie Florian unter der künstlichen Beleuchtung dennoch erkannte. Das Rot des Kleides passte zu dieser samtig braunen Haut und zu den dunklen Haaren darüber. Man hätte es malen müssen – malen, nicht fotografieren, nicht bei diesem Licht, nein … Florian ließ das faszinierende Bild vor ihm nicht aus den Augen, zugleich wusste er, es war nicht nur ein Bild – dreh dich zu mir, bat er innerlich und fürchtete doch den Moment, in dem die geheimnisvolle Schöne es tun würde. Es konnte immerhin sein, dass sie ein Gesicht wie ein Waldschrat hatte, dann wäre der Zauber auf einen Schlag vorbei. Der Zauber. Florian lachte leise über sich selbst und hielt trotzdem den Atem an. Es konnte jeden Moment geschehen. Sieh mich an, beschwor er sie innerlich. Und sie tat es.

Er ließ den Cidrebecher fallen, sah hastig zu Boden, wieder zu ihr hin. Er spürte die Glut in seinen Wangen. Zumindest hatte sie ihn doch nicht gesehen, nur vage in seine Richtung … Was machte *Marie* auf diesem Tanzfest? Blöde Frage; er wusste doch, dass sie mit einer Freundin ausgehen wollte! Aber dass sie nun beide hier waren, sie und er … Er strich sich über die Stirn und konnte nicht umhin, sie erneut anzustarren.

»Ich hatte echt Angst, Roger würde ankommen und sich an meinen Arm krallen«, gestand Marie, sobald der Tanz zuende war.

»Ach was, und wenn! Du wirst wegen so einem doch nicht auf das Tanzen verzichten, oder?«, schalt Isabelle. Sie hatte insgeheim ihre eigene, schlimmere Befürchtung: War das *Pierre* gewesen, den sie gerade erspäht hatte? Schnell sah sie sich noch einmal um. Dann stutzte sie und lachte auf. »Ich glaube, du hast noch eine Eroberung gemacht«, sagte sie.

»Wer und wo?«, fragte Marie mit einem unguten Gefühl.

»Ach Marie«, sagte ihre Freundin spöttisch bedauernd, »rechts hinter dir. Aber es wird dir nicht gefallen, und wer könnte es anderes sein als …?«

Wirklich besorgt wandte Marie sich um.

Ihre Blicke trafen sich und sie erstarrte, während Florian entschuldigend die Hände hob.

Schnell drehte sie sich zu Isabelle zurück. »Nicht heute Abend!«, stieß sie aus, »und ich will *nicht* mit ihm tanzen!«

Isabelle betrachtete ihre Freundin halb amüsiert, halb erstaunt. Dann verkündete sie plötzlich: »Ich halte ihn dir vom Hals. Bis gleich!«

»Was hast du vor?«, rief Marie noch, aber Isabelle war schon auf dem Weg zu Florian. Was machte sie jetzt? Ungläubig verfolgte Marie, wie ihre Freundin Florian ansprach, mit den Händen fuchtelte und auf die Tanzfläche zeigte. Er zögerte, sagte etwas. Und Isabelle fing an, ihm in Zeitlupe die Schritte des An dro zu zeigen, zu dem die Musiker angestimmt hatten.

Marie schnappte nach Luft. Sie stieß dabei einen fiependen Laut aus, der in ihren eigenen Ohren seltsam klang.

Florian war überrascht, aber höchst angenehm. Maries Freundin war nicht so atemberaubend schön wie Marie selbst heute Abend, aber sie war überhaupt nicht zickig (soweit zu Oliviers falschem Bild der Bretoninnen), sondern unkompliziert und aufgeschlossen. Sie sprach kein Deutsch und hatte ihm trotzdem im Handumdrehen gezeigt, wie der nächste Schritt getanzt wurde. Eins-zwei-drei, eins-zwei-drei, was die Füße zu tun hatten, war wirklich nicht schwer. Kniffliger war das Gekreise mit den Armen und Händen und dass man sich mit den kleinen Fingern bei den Mittänzern einhaken musste. Das klappte noch nicht perfekt; trotzdem ließ Florian sich aufgeregt zur Tanzfläche ziehen.

Seine neue Bekannte klopfte einer tanzenden Dame auf die Schulter, der Kreis vor ihnen öffnete sich, sie mussten sich beeilen, ihn wieder zu schließen. Florian hakte schnell seinen linken kleinen Finger bei dem seiner freundlichen Begleiterin ein, während die Dame, die sie in den Kreis gelassen hatte, sich seinen rechten schnappte. Eins-zwei-drei, eins-zwei-drei, musste Florian im Kopf viel schneller mitzählen als gerade beim Üben, aber nach ersten Fehltritten funktionierte es! Seine Füße fanden in den Rhythmus hinein, und seine Hände zu dirigieren überließ er den anderen.

Phantastisch! Als er nicht mehr mitzählen musste, strahlte er dankbar seine neue Freundin an, die ein ansteckendes Lächeln hatte. Jedes Mal, wenn sie an Marie vorbeitanzten, hatte er allerdings den Eindruck, von pfeilscharfen Blicken getötet zu werden. Er meinte zu verstehen – er nahm Marie ihre Gesellschaft weg. Aber warum machte sie nicht einfach mit?

Doch da ging der Tanz schon zu Ende. Glücklich ließ Florian den kleinen Finger seiner neuen Bekannten los. »Je m'appelle Florian«, stellte er sich vor.

»Je sais, Flori-yann«, Isabelle kicherte. »Moi, c'est Isabelle«, sie reichte ihm ihre Hand.

»Isabelle, a beautiful name«, Florian lächelte und ließ die Hand nicht los. »Wollen wir noch einen Tanz versuchen? Encore?«

Isabelle sah sich nach Marie um und tauschte mit ihr einen Blick. Sie sah sehr wohl Maries entgeisterte Miene, zuckte dann aber halb entschuldigend, halb spöttisch die Achseln. An die Nazi-Theorie ihrer Freundin konnte sie nicht glauben, also warum nicht noch einmal mit dem Deutschen tanzen, der ihr von Nahem noch besser gefiel, mit seinem verschmitzten, sehr wachen Blick unter den schön geschwungenen Brauen?

»Et Marie?«, fragte er jetzt und sah seinerseits zu der besagten Person hin.

»Elle ne veut pas«, antwortete Isabelle, dann hob sie den Zeigefinger und horchte auf, als der langsame Auftakt zu einem neuen Stück ertönte. »Gavotte! C'est plus compliqué!«

»Compliqué? Ach was, no problem!«, versicherte Florian. Vorerst übten sie trotzdem am Rande der Tanzfläche. Isabelle hatte zwar Recht, die Musik beschleunigte unversehens und die Gavotteschritte waren wirklich komplizierter als die des vorigen Tanzes. Doch Florian schluderte sich so gut durch den schwierigen Schritt, dass Isabelle beschied »ça ira« und ihn schnell auf die Tanzfläche zog.

Sie hängten sich an den Beginn einer Kette, diesmal mussten sie sich an den Händen greifen, die Ellenbogen dicht an den Körper gelegt, wie Florian es vorhin gesehen hatte, und schon ging es los: eins zwei, eins-zwei-drei, eins zwei drei hopp; eins zwei, eins-zwei-drei, eins zwei drei hopp … Isabelle machte ihm ein Zeichen, beim Hopp nicht zu hoch zu springen, unten zu bleiben, mehr auf dem Fußballen und im Knie zu federn. Florian begriff, und gleich ging es besser. Und wie das ging! Er geriet in einen regelrechten Rausch: Er wollte nichts anderes, als die ganze Nacht weitertanzen! Jemand klopfte ihm auf die Schulter, wollte sich zwischen ihn und Isabelle drängen, aber er rief scharf: »Non!« und die Person gab es auf.

»Vous n'êtes pas poli, mais très galant«, rief ihm Isabelle lachend zu und Florian lachte mit; dann suchte sein Blick erneut nach dem roten Fleck in der Menge, der ihn wie magnetisch anzog. Sie sah noch immer so böse aus – *was*, was hatte sie nur gegen ihn? Aber das würde er nicht so stehen lassen. Er würde mit ihr tanzen, noch diese Nacht! Er musste und würde sie dazu bewegen, mit ihm zu tanzen!

Marie kochte innerlich. Was fiel Isabelle ein? Diese beiden schmachteten sich in aller Öffentlichkeit auf eine Weise an, dass es regelrecht peinlich war! Schämte Isabelle sich denn nicht, mit einem *Nazi* zu flirten? Gut, sie hatte ihrer Freundin noch nichts vom Cap de la Chèvre erzählt, nur vom Ménez-Hom. Aber genügte das nicht?! Sie wandte sich von der Tanzfläche ab und holte sich einen Cidre.

Als sie mühsam beherrscht mit ihrem Cidrebecher zur Tanzfläche zurückging, trat Marie eine strahlende Isabelle entgegen. »Er ist ja so süß, dein Florian!«, rief sie aus. »Warum tanzt du nicht doch mal mit ihm?«

»Oh, ich will dich nicht davon abhalten, dich ihm weiter an den Hals zu schmeißen«, entgegnete Marie hitzig.

Isabelle zog die Augenbrauen hoch. »Du bist doch nicht eifersüchtig, oder?«

»Hoh, schon wieder! Wie oft muss ich dir noch sagen, dass *ich* nicht auf Nazis stehe?«

»Aber Marie, vergiss doch mal diesen Nazi-Quatsch …«

»Vergessen? Wenn du gesehen hättest, was ich gesehen habe, dann würdest du nicht …«

»Marie, beruhige dich mal, ich glaube, du bist wirklich eifersüchtig …«

»Nein!« Dann explodierte etwas in ihr.

Als Marie wieder klar sah, stand Isabelle fassungslos vor ihr, fassungslos und nass. »Danke, die Dusche hätte ich nicht gebraucht«, sagte sie nüchtern. Aus ihren Haaren und von ihrem Kleid tropfte Cidre, während Maries Becher plötzlich leer war.

»Tut mir leid«, brachte Marie hervor, erschrocken, betroffen und beschämt über ihren Aussetzer. »Tut mit wirklich leid, ich weiß nicht, was in mich gefahren ist …«

»Hm. Schon okay. Vorausgesetzt, das Zeug geht aus dem Kleid raus. Ich verschwinde mal eben auf das Dixi-Klo da hinten.« Isabelle wandte sich ab.

»Soll ich mitkommen?«, bot Marie kleinlaut an.

»Nein. Zum Feuerwerk bin ich wieder da«, und Isabelle ließ ihre Freundin stehen.

»Ich Idiotin«, schalt Marie sich laut und schlug sich gegen die Stirn. Wie hatte das nur geschehen können! Was hatte sie getan! Was war nur los mit ihr, so etwas war ihr noch nie passiert! Einfach so die Kontrolle zu verlieren … Und war es wirklich schon Zeit für das Feuerwerk? Nicht, dass Isabelle das auch noch wegen ihr verpasste! Ja, jetzt bestätigte es der Geiger: Noch ein Lied, dann wäre es Mitternacht und die Musiker würden Pause machen. Die Musik begann, ein Walzer, wie Marie vage wahrnahm. Sie blickte erschüttert zu Boden. Diese Gefühle in ihr, das war nicht gut, das ging nicht, das musste sie in den Griff kriegen!

»Du hier? Ich habe mich also nicht geirrt eben!« Entgeistert sah Isabelle Pierre an.

»Was hast du, dieses Fest ist schließlich öffentlich«, stieß Pierre mit schwerer Zunge aus.

In Isabelle gingen alle Alarmglocken an. »Hör mal, Pierre, wenn du vorhast, Marie hier eine Szene zu machen«, begann sie, aber der fiel ihr ins Wort: »Ich wusste doch, dass da was läuft zwischen Marie und dem boche!«

»Was redest du da, du bist ja betrunken!« Isabelle hatte einen Schritt zurück gemacht. Der hatte nicht nur Cidre getrunken. Und sonst trank Pierre nie.

»Was redest *du* da, wo sie dich – mit ihrem Cidre – sieh dich doch an! Die war eifersüchtig! Weil du – und dass *du* mit dem Nazi getanzt hast, das finde ich von dir auch nichtswürdig!«

»Hého, jetzt mal langsam, und fang nicht auch noch mit diesen Nazi-Vorurteilen an! Weißt du schon, wie du heimkommst? Fahren kannst du nicht mehr.«

»Was soll das, lass mich in Ruhe! Das wissen jetzt sowieso alle, dass der boche ein Nazi ist! Das hat Marie doch öffentlich erzählt. Und weißt du, was sie noch gesagt hat? Der stellt ihr nach! Das ist ein Voyeur, der beobachtet sie im Garten, wenn sie, wenn sie sich sonnt und so …« Pierre verstummte.

Isabelle sah Pierre komplett entgeistert an. Sie wollte den klebrigen Cidre aus ihrem Haar und dem Kleid waschen und nicht diese kranke Story anhören. »*Das* soll Marie erzählt haben? Niemals!«

»Oh doch, das hat sie, in der Brasserie in Telgruc! Ich habe da einen Kaffee getrunken vorhin und mich mit dem Inhaber unterhalten. Zufällig kam das Gespräch auf Marie …«

»Zufällig?«, fuhr Isabelle auf. »Du spinnst ja, Marie so nachzustellen! Wenn ich dir einen Rat geben darf, lass sie in Ruhe, vor allem heute Abend, und wenn du mit ihr reden willst, dann tu es nüchtern!« Verärgert wandte Isabelle sich ab und betrat das Dixi-Klo.

Während sie mit einem feuchten Papiertuch an ihrem Kleid rieb, schüttelte sie nochmals den Kopf. Was war das für eine Geschichte? Marie in einer Brasserie, um Florian anzuschwärzen? Das war nicht ihr Stil! Als Nazi und *Voyeur* – was hatte Pierre sich da zusammengesponnen? Sie würde mit ihrer Freundin darüber sprechen; aber nicht gerade hier und jetzt! Morgen.

Hey, das war ja ein Walzer, crkannte Florian, ein Paartanz … Er holte tief Luft. Ja, jetzt war der Moment gekommen. Marie allein an der Tanzfläche; die nette Isabelle nirgends zu sehen… Also los.

»Guten Abend.« Er blieb vor ihr stehen und sah zu ihr hinunter. Wie schön sie war, ihm wurde fast schwindelig. Oder war das der Cidre auf nüchternen Magen? Jetzt nur nichts vermasseln! »Wollen wir tanzen?«, fragte er schlicht.

Sie starrte ihn an, und er wusste, was sie antworten würde: »Nein.«

»Warum nicht?«

Sie schnappte nach Luft, dann stieß sie aus: »Lassen Sie mich in Ruhe.«

Sie hatte es sehr betont, aber so leise gesagt, dass er sich unwillkürlich zu ihr nach unten gebeugt hatte, um sie besser zu verstehen. So waren sich ihre Gesichter nahe und er sah ihren schwarzen Blick, einen Blick, über den er erschrak. Es lag Wut darin, aber auch etwas Gequältes.

»Hören Sie«, sagte er sanft. »Lassen Sie uns einfach tanzen. Lassen Sie uns unsere vergangenen Unstimmigkeiten vergessen und neu anfangen. Ich bin nicht der schlechte Kerl, für den Sie mich halten, ich weiß nicht mal, warum eigentlich …«

»Sie wissen es nicht?« Ihre Stimme klang ungläubig, sarkastisch. »Für wen halten Sie mich, für wie naiv?«

»Ich halte Sie gar nicht für naiv. Aber für wen halten Sie *mich*?« Florian spürte trotzigen Groll und einen vagen Schmerz in sich aufsteigen. »Sie wollen mich gar nicht kennenlernen, gar nicht verstehen, nicht wahr?« Seine Augen verengten sich zu Schlitzen.

»Ich habe Sie gesehen. Auf dem Ménez-Hom und auf dem – auf dem Cap de la Chèvre«, sagte Marie und sah ihm gerade in die Augen.

»Ich weiß, dass wir uns auf dem Cap de la Chèvre gesehen haben«, erwiderte Florian ungeduldig und ohne zu verstehen, worauf sie hinauswollte. »Aber gerade nach dem, was auf dem Cap passiert ist, dachte ich …«

»Nein!« Marie hatte einen Schritt zurück gemacht. »Was dort passiert ist, gibt Ihnen kein Recht – kein Recht auf mich! Haben Sie es noch nicht kapiert? *Ich mag Sie nicht!* – Ich *verabscheue* Leute wie Sie! – Gehen Sie, ich will keinen Kontakt haben zu einem …«

In diesem Moment fühlte Florian sich am Arm zurückgerissen.

»He!«, protestierte er, riss sich los und starrte erbost den bulligen Typ an, der sich jetzt zwischen ihn und Marie gedrängt hatte.

»Hat der *boche* dich belästigt?«, fragte Roger Marie.

»Nicht mehr als sonst«, gab Marie komplett entnervt zurück; sie brauchte keinen Beschützer und schon gar nicht Roger!

Der drehte sich zu Florian und brüllte: »Hé, toi! Laisse-la!«

In diesem Augenblick ertönte ein Knall. Alle drei fuhren herum. Über dem Meer fiel ein goldener Sternenregen hernieder. Ein Feuerwerkskörper war zu früh losgegangen.

»Ach Katharina, es ist schön, dass wir zusammen ausgehen!« Boris versuchte, nach ihren Fingern zu greifen, aber sie zog die Hand zurück. Schon fast Mitternacht, verriet ihr ein flüchtiger Blick auf das Smartphone. Boris hatte schon einiges getrunken, sie waren seit neun Uhr im Biergarten am Bootshaus an der Lahn. Immer noch waren alle Bänke fast voll besetzt, die Luft war erfüllt mit den Stimmen der Leute, die über ihren Bieren lachten und sich unterhielten. »Noch ein Hefeweizen?«, fragte sie.

»Nur, wenn du schnell zurückkommst«, sagte Boris mit schrägem Grinsen. Er hatte wirklich viel getrunken. Trotzdem hatte er dichtgehalten, bisher. Aber er war sauer auf Florian, stinksauer, da hatte er keine Skrupel, mit Katharina zu flirten; sowieso, sie hatte Florian ja verlassen, und ob sie nun mit ihrem Neuen rummachte oder mit ihm …

Katharina kam mit ihren Bieren zurück. Sie hatte viel weniger Alkohol mit Boris getrunken, als der meinte. Jedes Mal, wenn sie eine Runde geholt hatte, hatte sie alkoholfreies Bier für sich genommen. »Prost«, sagte sie, und sie stießen an.

»Wieso haben wir das nicht längst schon gemacht?«, fragte Boris.

»Weil ich die Frau deines Kompagnons bin?«, schlug Katharina vor.

»Ja, aber du willst Florian nicht mehr, oder?« Boris nahm einen langen Zug und strich sich Schaum von den Lippen.

Katharina schloss kurz die Augen. Nein. Das Schlimmste war sein dauerndes, fruchtlos bleibendes Pläneschmieden. Darin war Florian wirklich gut. Mit Feuer und Flamme verfolgte er seine Projekte, bis zu dem Punkt, wo irgendetwas nicht klappte, ein Widerstand kam oder einfach die Luft raus war. Deshalb brauchte er als Architekt Boris; nur als Team waren die beiden erfolgreich: Florian, der Kreative, lieferte Ideen und Boris boxte durch, dass sie verwirklicht wurden. Und in ihrer Ehe war es nicht anders gewesen: Da war sie stets diejenige gewesen, die alles durchboxen musste. Aber sie, Katharina, hatte nicht mehr die Energie, um Florian hinterherzulaufen und durchzusetzen, irgendwann einmal ein eigenes Haus zu haben – geschweige denn gemeinsame Kinder … Nun ja, das war jetzt vorbei!

»Warum sagst du nichts, verrate es mir, ist es echt aus mit Florian oder lässt du ihn nur ein bisschen zappeln?«, bohrte Boris.

»Das geht dich nichts an, Boris, aber wie auch dem, ich mache mir Sorgen um Florian. Warum hast du mir nicht gesagt, wo er ist?«

»Habe ich doch: am Ende der Welt vermutlich …«, Boris lachte auf.

»Ich weiß sowieso bescheid«, sagte Katharina ruhig und griff nach ihrer Handtasche. »Ich habe den Schlüssel zu eurem Büro; Florian hat ihn nicht mitgenommen. Gestern Abend habe ich eine Stippvisite gemacht, um euren AB abzuhören, falls Florian daraufgesprochen hätte. Hat er nicht; aber dafür habe ich das hier«, sie holte die Papiere aus der Handtasche, »auf deinem Schreibtisch gefunden. Schon vermisst?«

Boris stöhnte auf. Er wusste genau, was Katharina gefunden hatte.

Florian nutzte die kleine Konfusion nach der zu frühen Explosion der Feuerwerksrakete, um sich aus der unmittelbaren Reichweite des aggressiven Mackers zu entfernen. Sich prügeln nützte doch nichts. Und er fühlte sich ohnehin wie ein geprügelter Hund. Was hatte Marie ihm da eben an den Kopf geschmissen? Peinvoll hallten ihre Worte ihm im Gedächtnis nach – *Ich mag Sie nicht!* Ich *verabscheue* Leute wie Sie …

Ein Knall, ein roter Funkenregen, der am Nachthimmel hinabfloss, bis er sich selbst auf dem spiegelnden Wasser berührte – jetzt begann das Feuerwerk. Die Leute um Florian riefen nach jeder Farbenexplosion über dem blanken Meeresspiegel laut »Oh« und »Ah« aus. Ja, es war schön, aber Florian war nicht mehr in Feststimmung und seine Blase drückte ihn unangenehm. Nur, wohin? Dixi-Klos mochte er nicht. Lieber entfernte er sich von der Menschenmenge und aus dem Schein der Feuerwerks- und Lampenlichter. Auf der anderen Seite der Hafenstraße fand er einen Gehweg, der steil den Berg hochführte.

Keine Menschen und kein Licht da oben. Er ging ein paar Schritte in die Finsternis und nestelte an seiner Hose.

Eine Hand riss ihn an der Schulter herum, ein Schlag traf ihn seitlich am Kiefer, Florian strauchelte, dann traf eine Faust ihn voll in den Bauch, er krümmte sich, es hagelte weitere Schläge und Tritte aus dem Dunkeln.

Ernüchtert sah Boris auf die Dokumente, die Katharina ihm zugeschoben hatte.

»Na, bereust du's, dass du ihm dein Auto geliehen hast?«, provozierte Katharina. »Viermal geblitzt. Bei Lüttich, Forges-les-Eaux, Bayeux, Saint-Brieuc. Die Spur seiner Ordnungswidrigkeiten führt Richtung Westfrankreich … Blöd, dass das alles offiziell auf dein Konto geht. Wer wird denn bezahlen?«

»Er natürlich«, gab Boris gereizt zurück.

»Also, ich tippe auf die Bretagne. Wo ist er genau?« Katharina stützte die Ellenbogen auf den Tisch und beugte sich erwartungsvoll vor.

Boris biss sich auf die Lippen. Saint-Brieuc war nicht Mengleuff, die Bretagne war groß und wenn Katharina nur mit ihm ausgegangen war, um ihm den Papierkram zurückzugeben, den sie ihm zuvor gestohlen und den er de facto verzweifelt gesucht hatte, dann konnte sie lange darauf warten, dass er mit der Sprache herausrücken würde. »Warum gönnst du Florian nicht auch mal ein bisschen Spaß?«, fragte er patzig.

Florian stöhnte. Zusammengekrümmt lag er auf dem Erdboden. Wie lange schon? Schmerz durchschoss ihn, als er versuchte, sich zu bewegen. Aber er musste aufstehen und da runter, zurück an den Hafen, in das Licht, wo Menschen waren und Hilfe. Was war das? Er hielt den Atem an. Er hörte kein Knallen mehr, das Feuerwerk war zuende. In der Stille hörte er Schritte knirschen. Das Knirschen kam näher. Freund oder Feind, fragte er sich? Er hielt still und atmete flach. Ein bläulicher Schein, eine Handy-Taschenlampe. Florian schloss geblendet die Augen.

»Merde«, fluchte eine Männerstimme.

Roger und Florian waren beide zu Beginn des Feuerwerks plötzlich verschwunden. Seitdem sie weg waren, ging für Marie die Feier noch einmal richtig los. Von dem Notarztwagen, der mit Blaulicht, aber ohne Sirene bis zum Hafenbereich vorfuhr, bekam sie nichts mit. Isabelle und sie tanzten, als Florian in die Notaufnahme des Krankenhauses von Quimper eingewiesen wurde.

18. Im Krankenhaus, am 14. Juli

Florian lag auf dem Rücken und starrte an die Decke. Wenn er sich bewegte oder tief einatmete, fühlte er ein Stechen in der Brust, das ihn die Luft anhalten ließ und ihm Angst machte. In der Notaufnahme und im Röntgenraum hatte niemand von den ihn Behandelnden Anstalten gemacht, ihm zu erklären, was für Verletzungen er hatte.

Auf dem Zimmer war er irgendwann in einen unruhigen, von wirren Träumen durchsetzten Schlaf gefallen. Als er aufgewacht war, war er aufgestanden und auf die Toilette gegangen. Im Bad hatte er sein Gesicht im Spiegel betrachtet, das Pflaster an der Schläfe und den blauen Fleck an der Kinnlade. Dann hatte er das im Rücken geknöpfte Krankenhausnachthemd hochgezogen und seinen Körper untersucht. Schlimme Blutergüsse, aber nichts sichtbar verarztet. Warum dann der stechende Schmerz im Brustkorb? Schnell hatte er sich zurück in das Bett gelegt. Unter dem hellblauen Baumwollfummel war er nackt und fühlte sich lächerlich und angreifbar.

Der Mann im Nebenbett schnarchte. Hin und wieder stöhnte er auf. Die Hand auf der Bettdecke war bandagiert. Es roch nicht gut im Zimmer, nach süßlichem Desinfektionsmittel, Schweiß und Alkohol. Das waren doch nicht seine Ausdünstungen, fragte sich Florian? Wo waren seine Sachen? Er sah sie nirgends im Zimmer. Er wollte wissen, was mit ihm los war. Und er wollte hier raus!

❧

Marie lag auf dem Rücken und streckte sich. Ihr Körper fühlte sich angenehm ermattet an vom vielen Tanzen. Sie hatte Hunger; sie sollte aufstehen und sich Frühstück machen.

Sie war am Kaffeekochen, als das Handy klingelte. Das Display zeigte Pierres Nummer. Marie legte das Gerät wieder weg.

❧

Florian zuckte zusammen. Obwohl er protestiert hatte, hatte die Krankenhausschwester ihm eine Spritze in den Bauch gegeben. Gegen Thrombose, wenn er sie richtig verstanden hatte. Würde sie ihm als nächstes Stützstrümpfe anziehen? Empörung und Panik stiegen in ihm auf. »Excuse me, do you speak English?«, versuchte er es.

»A bit«, antwortete die Schwester, mit lang gezogenem i.

»Am I injured? And where are my clothes?«, fragte Florian langsam und deutlich.

Die Schwester zuckte nur die Schultern und sagte etwas von »docteur«.

»You are English?«, fragte der Mann im Nebenbett, gleichfalls mit langem i.

Nicht auch das noch, nicht Smalltalk mit dem da.

»Hé, toi-là! Are you English?«, wiederholte der Mann überlaut.

»No, German«, gab Florian resigniert zurück.

»Ah! Mercédes, BMW, Merkel, hein?« Der Mann lachte hustend.

Stöhnend drehte Florian sich weg. Wenn er nur sein Handy hätte. Er musste Olivier anrufen. Der würde ihm helfen, ihn rausholen aus diesem Horror! Wo waren seine Sachen mit dem Handy? Dann fiel Florian ein, wo scin Telefon war. Er hatte es in die Innentasche des Sakkos gesteckt. Das Sakko lag im Cayenne. Der Cayenne stand in Morgat.

❧

Marie wollte eben in ihre Baguette beißen, als das Handy erneut klingelte. Schon wieder Pierre. Ausmachen oder drangehen? »Guten Morgen, Pierre«, begrüßte sie ihn schließlich versöhnlich.

»Hallo Marie. Ich habe gesehen, du hast getanzt, gestern Nacht in Morgat. Ich hoffe, du hattest Spaß.«

Marie riss, für Pierre unsichtbar, die Augen auf. »Wie, du hast gesehen?«

»Ich war da.«

Sie bereute es, ans Telefon gegangen zu sein. »Wenn du genau hingesehen hast, weißt du, dass ich *viel* Spaß hatte«, betonte sie erzürnt. Worauf wollte Pierre hinaus? War er wirklich in Morgat gewesen?

»Dein Nachbar war auch da.«

Das wurde ja immer besser.

»Aber du hast nicht mit ihm getanzt. Isabelle hat. Und du warst eifersüchtig und hast sie mit Cidre begossen.«

»Hého!«, fuhr Marie wütend auf. »Es ist Sonntagmorgen, ein Feiertag, ich sitze gerade am Frühstück – kannst du mich nicht einfach in Ruhe lassen? Ja, ich war in Morgat, ich habe getanzt und Spaß gehabt, na und? Ist das verboten, nur weil …«

»Bitte, reg dich nicht auf«, fiel Pierre ihr beschwichtigend ins Wort. »Ich rufe an, um dir zu sagen, dass dein Nachbar im Krankenhaus liegt. Er wurde verprügelt.«

»Etwa von dir?«, brachte Marie nach einer Schrecksekunde heraus.

»Nein! Ich habe ihn gefunden und die Ambulanz angerufen.«

Marie ließ ihr Baguettestück vor sich auf den Tisch fallen. »Erzähl«, forderte sie Pierre auf.

»Das ist schnell gemacht. Ich wollte mal zwischen die Büsche gehen, da wurde ich von einem Mann fast umgerannt. Der Kerl fluchte, stieß mich brutal zur Seite und rannte fort. Das fand ich seltsam genug, aber dann hörte ich aus dem Dunkeln auch noch ein Stöhnen. Ich ging nachsehen, und da lag er am Boden, dein Nachbar, und konnte sich auch mit meiner Hilfe kaum bewegen. Also habe ich den Notarzt gerufen, mich neben ihn gesetzt und Händchen gehalten, sozusagen. Mehr konnte ich nicht tun.«

»Wohin haben sie ihn gebracht, Brest oder Quimper?« Marie versuchte, sachlich zu klingen.

»Nach Quimper. Also, ich weiß nicht, warum der Deutsche Dresche bezogen hat, aber vielleicht hängt es mit dem zusammen, was du in Telgruc herumerzählt hast.«

Marie fehlten die Worte. Im selben Moment sagte ihr eine innere Stimme: Blödsinn, da *kann* es keinen Zusammenhang geben!

»Marie, bist du noch dran?«

»Ja«, krächzte sie in das Telefon. »Woher weißt du, was ich erzählt habe, in Telgruc?«

»Ich war in der Brasserie. Es machte da ganz schön die Runde. Ist was dran? Ich meine, ist er wirklich ein Spanner?«

»Was?!«

»Es hieß, er würde dir auflauern, wenn du im Garten bist … beim Sonnen und so weiter.«

Marie schnappte nach Luft. »Das ist eine Lüge! Das habe ich nie gesagt! Nicht zu fassen, wer erzählt so etwas?«

Pierre schwieg einen Moment lang, dann fragte er lakonisch: »Was willst du jetzt machen?«

Marie schloss kurz die Augen. »Ich fahre nach Quimper.«

Florian hätte weinen mögen. Natürlich, es war Sonntag und ein Feiertag noch dazu, da konnte er sich vorstellen, dass es auf der Station vor Ärzten nicht gerade wimmelte. Aber er wartete seit Stunden! Sein Bettnachbar fand das Warten anscheinend weniger schlimm. Er hatte den Fernseher angemacht und sah die Live-Übertragung der Militärparade in Paris an. Dabei beschimpfte und verhöhnte er unentwegt alle Soldaten, Zuschauer und anwesenden Politiker. Florian konnte das Gezeter nicht mehr ertragen. Er zog die Bettdecke über die Ohren, schloss die Augen und versuchte, seine Umgebung auszublenden. Dass die Tür des Krankenzimmers sich öffnete, hörte er nicht.

Marie versuchte, das anzügliche Grinsen des Mannes im vorderen Bett zu ignorieren. Im hinteren musste Florian sein, ganz unter seiner Decke begraben. Sie ging um das Bett herum und blieb unschlüssig stehen. Jetzt sah sie nur etwas Haar und Stirn vom ihm. Schlief er?

»Florian?«, sprach sie ihn an.

Keine Reaktion.

»Florian?« Vorsichtig legte sie eine Hand auf die Decke. Er fuhr hoch, stöhnte auf und versuchte im nächsten Moment ungeschickt, sich wieder mit der weggerutschten Decke zu verhüllen. »*Sie*«, stieß er aus.

»Sie sind verletzt?«

Am liebsten hätte er sie angefasst, um sicher zu sein, dass sie wirklich da war. »Ich weiß nicht so recht, es war noch kein Arzt hier. Marie«, er beugte sich zu ihr und sah sie flehentlich an, »ich weiß, dass Sie mich nicht mögen und so weiter, aber helfen Sie mir, bitte! Ich muss hier raus.«

»Na- natürlich.« Marie nickte und wandte sich bewegt ab. Ihm in das Gesicht mit der blauen Kinnseite und dem Pflaster an der Schläfe zu sehen, tat ihr selbst weh. »Ich suche den Arzt«, sagte sie rasch und eilte aus dem Krankenzimmer.

Erleichtert ließ Florian sich auf das Bett zurücksinken. Sie würde ihn rausholen! Aber woher wusste sie, dass er hier war?

Marie ging zum Zimmer des Pflegepersonals der Station, sprach eine Frau mit asymmetrischem Haarschnitt an und fragte nach dem deutschen Monsieur, der in der Nacht eingeliefert worden war, Zimmer 407. »Was ist mit ihm?«

»Sind Sie eine Verwandte?«, fragte die Schwester.

Marie zögerte, aber nur einen Moment. Es würde auch so schwer genug sein, Florians Entlassung durchzusetzen, sie kannte die strengen Regeln und hierarchischen Strukturen des Krankenhauses. »Er ist mein Verlobter«, behauptete sie entschlossen.

»Ach so«, gab die Schwester zurück, »der Monsieur hat gar nicht gesagt, dass Sie zu benachrichtigen wären.«

»Wie Sie sehen, bin ich benachrichtigt«, sagte Marie ruhig. »Hat mein Verlobter Verletzungen, die es notwendig machen, dass er hierbleibt? Er spricht nicht sehr gut Französisch und hat nicht verstanden, was man ihm nach der Behandlung gesagt hat.«

»Sie können mit dem Doktor reden, wenn er kommt, Mademoiselle.«

»Aha. Und kann mein Verlobter gehen, sobald der Doktor ihn gesehen hat?«

»Das weiß ich nicht, Mademoiselle. Das sagt dann der Doktor.«

»Hm. Und seine Sachen, wo sind die? Auf dem Zimmer habe ich sie nicht gesehen?«

»Die sind verschmutzt. Sie müssen Ihrem Verlobten saubere Kleidung mitbringen, wenn er entlassen wird.«

»Verstehe. Und welcher Arzt ist heute im Dienst? Vielleicht kenne ich ihn ja; mein Vater hat in diesem Krankenhaus gearbeitet. Als Chefarzt. Doktor Cadiou.«

»Ach ja? Heute ist Doktor Le Goff im Dienst.«

Die Schwester war zu jung, um ihren Vater noch gekannt zu haben; das erschwerte die Sache. Auch dass Feiertag war, war ungünstig. Es konnte ewig dauern, bis der diensthabende Arzt seine Runde in Florians Zimmer machte.

Marie verließ das Schwesternzimmer und zückte das Handy. Sie tat es nicht gerne, aber es musste sein.

»Hallo?«, meldete sich eine Kinderstimme.

»Fanny?«, fragte Marie überrascht. Dann fiel es ihr ein. Das große Familienessen! Aber niemand hatte sie eingeladen dieses Jahr, vielleicht wegen der Eifersucht auf Elodies Erbe.

»Ja, hier ist Fanny, Fanny Lanvallec. Bist du es, Tante Marie?«

Marie schmunzelte über ihre eifrige kleine Nichte. »Aber ja. Kannst du bitte deinen papy an das Telefon holen, meinen papa?«

»Ja, er ist in der Küche. Wann kommst du? Alle warten schon.«

»Ach wirklich? Gleich. Ich komme gleich. Wenn du deinen papy rufst, geht es schneller.«

»Gut, papyyy!«

Marie hielt das Handy von ihrem Ohr weg. Ihre Nichte hatte gute Lungen, um so zu schreien.

»Marie, wo bleibst du?«, meldete sich kurz darauf Jean-Luc Cadious Stimme.

»Ich wusste gar nicht, dass ich kommen soll.«

»Aber wir essen doch jedes Jahr zusammen am 14. Juli, das ist doch selbstredend.«

»Hör zu, papa, ich bin im Krankenhaus und brauche deine Hilfc …«

»Wo willst du hin, Jean-Luc, wir essen doch bald?«, fragte Noëlle, Maries Mutter, entgeistert.

»Ich fahre nur eben ins Krankenhaus.« Jean-Luc lächelte beruhigend und band seinen Schuh zu.

»Heute? Aber wieso? Du bist im Ruhestand und musst dich endlich vom Krankenhaus lösen!«, entrüstete sich Noëlle. Ihre Eltern waren bereits da und auch ihre jüngere Tochter Cécile samt Familie. Nur Marie fehlte noch, und jetzt fuhr ihr Mann weg!

»Es geht ganz schnell, chérie. Hilfst du mir bitte? Ich brauche ein paar Sachen aus meinem Schrank, eine Hose, ein Hemd und Unterwäsche. Marie hat mich darum gebeten.«

»Marie? Wieso Marie? Warum ist sie im Krankenhaus? Was will sie mit Männerkleidung?«

»Ihr geht es gut. Ich soll ihr helfen, ihren Nachbar rauszuholen. Du weißt doch, wie es sonntags im Krankenhaus ist, da tut sich nicht viel.« Jean-Luc hatte seinen zweiten Schuh angezogen. »Serviere doch schon einmal den Aperitif, chérie, um die Vorspeise kümmert sich Cécile, alles andere braucht derzeit keine Aufsicht.«

»Welcher Nachbar?«, fragte Noëlle irritiert.

»Ein Deutscher, mehr weiß ich auch nicht.«

»Ist er jung?«

»Chérie, die Kleidung!«

»Jaja, ich hole sie, und dann komme ich mit!«

Marie lungerte vor dem Schwesternzimmer herum. Da kam er; nein, da kamen sie. Beide. Nun ja.

Sie begrüßten sich rasch, ehe Jean-Luc zu Maries Erleichterung direkt auf das Schwesternzimmer zuging.

»Wie heißt dein Nach …?«, begann er über die Schulter hinweg zu fragen, aber Marie fiel ihm schon ins Wort: »Florian! Zimmer 407.«

Ihr Vater zog amüsiert eine Augenbraue hoch, nickte und begrüßte die Schwestern.

»Doktor Cadiou«, rief die ältere aus, »das ist aber eine schöne Überraschung!«

Marie atmete auf. Die junge Schwester von vorhin sah unruhig von ihrer Kollegin zu dem fremden Doktor hin.

»Na, wie geht es Ihnen, Giselle?«, fragte Maries Vater in freundlich-autoritärem Tonfall und erkundigte sich sogleich nach dem deutschen Monsieur auf Zimmer 407.

»Monsieur Reinart? Sie kennen ihn?«, fragte Giselle.

»Das ist doch der Verlobte der Tochter«, tuschelte die junge Schwester so laut, dass alle es hörten.

Maries Gesicht glühte. Sie fühlte sich festgenagelt von dem doppelten elterlichen Blick.

»Nun, dürfte ich die Krankenakte meines Schwiegersohnes in spe einsehen?«, fragte Maries Vater, der sich als erster wieder gefangen hatte.

»Gern, sofort, Doktor Cadiou«, ereiferte sich Giselle und suchte die Akte und zwei Röntgenbilder heraus. »Wenn ich gewusst hätte, Herr Doktor … Der Verlobte Ihrer Tochter … Dann hätte ich mich persönlich um den jungen Mann gekümmert …«

Marie blickte auf ihre Schuhspitzen. Ihre Mutter starrte sie noch immer an, die Neugier sprang ihr förmlich aus den Augen.

»Sieh mal«, sagte ihr Vater und hielt ihr die Röntgenbilder hin.

Marie sah schnell auf und studierte die Röntgenaufnahmen. »Eine Rippe ist angebrochen«, murmelte sie.

»Weitere Rippen geprellt«, las Jean-Luc den Arztbericht vor, »Blutergüsse … Platzwunde an der Schläfe. Sehr schön«, Jean-Luc wandte sich an die Schwestern, »nichts, was akut im Krankenhaus weiterbehandelt werden muss. Dann kann der Patient ja entlassen werden. Er wird heute gebraucht, bei unserem traditionellen Familienfest, Sie verstehen …«

Maries Blick war zu ihrem Vater geschossen. »Aber Doktor Le Goff …«, hörte sie die junge Schwester einwerfen, ehe die ältere sie unterbrach: »Wir suchen den Doktor, Herr Doktor; Sie suchen ihn sofort, Fabienne, ich bereite so lange die Entlassungspapiere vor.« Und sie setzte sich sofort an den Rechner.

Kaum waren sie aus dem Schwesternzimmer heraus, griff Jean-Luc Marie am Ellenbogen. »Hast du uns etwas mitzuteilen, meine Tochter?«, raunte er ihr zu.

Noëlle sagte nichts, drängte sich aber begierig an Maries andere Seite, um jedes Wort über den mysteriösen Verlobten ihrer Tochter zu hören.

»Ich schwöre, ich bin nicht verlobt!«, zischte Marie. »Der Mann, um den es geht, ist mein Nachbar, mehr nicht! Ich mag ihn eigentlich nicht – sonderlich; aber er spricht schlecht Französisch und braucht Hilfe. Also habe ich das mit der Verlobung behauptet, um … Da sind wir! Zimmer 407.« Marie zeigte auf die Tür, die sie schnell öffnete, um weiteren Fragen zuvorzukommen.

Noëlle betrat hinter ihrer Tochter das Krankenzimmer und rümpfte die Nase. Es roch ja ekelhaft hier! Kritisch sah sie auf den Mann um die fünfzig, der ungewaschen und unrasiert war und sie unverschämt angrinste. Dann erhellte sich ihre Miene. Marie war auf das hintere Bett zugetreten, und das Gesicht, das sich aus der Bettdecke herausschälte, war auch unrasiert und etwas ramponiert, aber … Nicht schlecht, der Geschmack ihrer Tochter! Und von wegen, die würde den jungen Mann nicht recht mögen; man sah ja, wie besorgt sie ihn ansah! Und wie bewegt er Marie anlächelte, der arme Verletzte … Nur sie, sie sollte etwas weniger steif sein. Aber wahrscheinlich war sie nervös. Auf diese Weise den Eltern den attraktiven Nachbarn vorstellen, war auch ungewöhnlich. Sie würde Maries Befangenheit ausgleichen, beschloss Noëlle, und nahm herzlich die Hand des jungen Mannes in ihre beiden, als sie sich vorstellte.

Eine Viertelstunde später war alles erledigt. Doktor Le Goff hatte seinen alten Vorgesetzten respektvoll begrüßt und die Entlassungspapiere unterschrieben. Florian hatte den ersten Schreck, Maries Eltern vor sich zu haben, hinter sich, war über seine Verletzungen aufgeklärt und saß jetzt neben Marie in ihrem Peugeot. Nervös krempelte er sich die zu kurzen Ärmel des schwarzen Hemdes hoch, das Maries Vater ihm geliehen hatte, ebenso wie die Leinenhose, deren Beine gleichfalls zu kurz waren; dafür saß sie überraschend gut im Bund. Florians eigene, verschmutzte Sachen waren in einer verknoteten Plastiktüte im Kofferraum.

»Und es war wirklich der Womani – ich meine, Ihr Bekannter, der mich gefunden hat?«, wunderte er sich noch einmal. »Im Dunkeln habe ich ihn nicht erkannt. Er hat auch seinerseits nicht gesagt, dass und woher er mich kannte … Aber wie gut von ihm, dass er die Ambulanz gerufen hat. Das war sehr freundlich.«

Marie zuckte unbestimmt die Achseln.

Eine Weile sagte keiner der beiden etwas; dann brach Florian das Schweigen. »Wissen Sie, was das Merkwürdigste war, gestern Nacht?« Er hatte Marie und ihren Eltern in Kurzform erzählt, was ihm passiert war. Nur über einen Punkt hatte er bislang geschwiegen. »Da ist etwas, was mich nicht loslässt, weil ich es nicht verstehen kann. Als ich zusammengeschlagen auf dem Boden lag, sagte der Täter etwas: *Go home, le nazi, go home.*« Florian hatte die Stimme verstellt und so tief und krächzend gesprochen, dass es übertrieben und komisch wirken sollte.

Aber Marie fand das nicht komisch. Ihr Mund war plötzlich trocken.

»Naja, was mich aber wirklich befremdet, ist, dass mir etwas in der Art schon am Morgen passiert war, in Telgruc. Da hat mich der Inhaber der Brasserie als Nazi beschimpft. Woher kommt das?«

Marie fühlte eine Beklemmung in ihrer Brust und eine immense Last. Es war also die Wahrheit? Pierre hätte Recht gehabt; *sie* wäre Schuld an Florians Verletzungen? »Das ist … seltsam«, brachte sie hervor und biss sich auf die Lippen.

Florian fuhr sich mit der Hand über das Gesicht, wie um einen bösen Traum wegzuwischen. »Und jetzt soll ich bei Ihren Eltern mitessen?«, wechselte er das Thema. »Geht denn das? Ich störe doch bestimmt. Ich störe *Sie*«, setzte er hinzu, mit Blick auf Maries versteinerte Miene, und sie widersprach nicht.

»Sagen Sie's ruhig, Sie freuen sich nicht über die Einladung«, stellte Florian müde fest. »Also hören Sie, Sie können mich einfach rauslassen. Ich nehme ein Taxi und fahre nachhause. Sagen Sie Ihren Eltern noch einmal vielen Dank von mir, aber ich sei zu erschöpft. Wollen wir es so machen?«

Marie musterte ihn von der Seite. Dann sagte sie: »Danke für das Angebot. Aber Sie sind verletzt. Ein Taxi – nein.« Sie schüttelte energisch den Kopf. Sie hätte das niemals tun dürfen, Florian öffentlich denunzieren, egal, ob er sich für Nazi-Bunker begeisterte oder nicht. Es war vollkommen verrückt, dass ihre Eltern ihn jetzt zum Essen einluden, zu ihrem großen, endlosen Familienessen auch noch; und das nur, weil sie allem Anschein nach trotz allem hofften, dass …

Wie dem auch sei, unter gegebenen Umständen stand es Florian irgendwie zu, zumindest kulinarisch verwöhnt zu werden.

»Wird denn noch jemand da sein?«, fragte er besorgt.

»Oh, meine Schwester mit Mann und Kindern und meine Großeltern aus Rennes, mehr nicht.« Spöttisch hob Marie eine Augenbraue.

Florian sackte noch mehr in seinem Sitz zusammen. »Ich bin nicht mal rasiert, geschweige denn geduscht.«

»Meine Eltern haben ein Badezimmer.«

Florian warf Marie einen halb amüsierten, halb entnervten Blick zu, den sie genau so erwiderte. Dann mussten sie beide lachen. Es war das erste Mal, dass sie gemeinsam lachten.

»Alles wird gut«, sagte Marie noch immer spöttisch, aber es klang freundlicher als zuvor.

19. Das Familienfest

Während Florian sofort das Bad aufsuchte, begrüßte Marie ihre Familie und legte ein weiteres Gedeck auf den mit Blumen geschmückten Tisch. Natürlich musste ihre Mutter sofort von der Notlüge mit dem Verlobten erzählen.

»Er ist aber nur mein Nachbar«, versicherte Marie noch einmal vor versammelter Runde, während ihre Eltern sich, vielsagende Blicke austauschend, in die Küche zurückzogen.

»Wie heißt er noch, dein Verlobter?«, fragte laut ihre Großmutter.

»Mein *Nachbar*! Florian! Du musst das Hörgerät lauter stellen, mémé!«

»Aber es ist doch laut«, die alte Dame drehte am Regler. »*Wie* heißt er?«

»Flori-yann!«

»Ein Nachbar aus Mengleuff?«, fragte ihr pépé, ihr Großvater mütterlicherseits. (Ihr papy Cadiou würde auch zu diesem Fest nicht von seiner Insel kommen.)

»So ist es, pépé, aber er ist nur für ein paar Wochen da. Er macht Urlaub in der Bretagne.«

»Und wie gefällt es dir in Elodies Haus?« Maries Schwester Cécile schob ihr ein Glas Muscat de Rivesaltes zu.

»Sehr gut, wirklich. Besuche mich doch mal.« War Cécile auch eifersüchtig auf ihr Erbe? Geld hatte sie doch auch gekriegt, oder?

»Wer ist der Mann da?«, fragte Maries kleiner Neffe Bastien, der eben mit seiner Schwester Fanny vom Spielen im Garten hereinkam.

Marie drehte sich um. Im Türrahmen stand Florian, noch mit seinem Ein-Tage-Bart (der ihm ganz gut stand), aber das dichte Haar verwuschelt nach dem Duschen. Noch feucht, sah sein Haar dunkelbraun aus, fast so dunkel wie seine Augenbrauen, die seltsamerweise dunkler als das Haupthaar waren. Das war ihr schon vorher aufgefallen; das führte dazu, dass unter diesen dunklen, scharf geschnittenen Augenbrauen die sehr blauen Augen erst recht herausstachen. Ja, sie hatte schon recht, Isabelle, er sah gut aus, dieser Florian; auch mit Pflaster, blauem Fleck am Kinn und zu kurzen Hosen … Sie wollte sich schnell abwenden, aber jetzt lächelte er sie an – das einzige vertraute Gesicht, das er im Raum fand. Es war ein rührendes Lächeln, unsicher, vorsichtig; und Marie musste unwillkürlich an den Vorabend zurückdenken, an die deutlichen Worte, die sie ihm entgegengeschleudert hatte. Wie absurd, wie irreal, dass er nach alledem jetzt hier war, im Haus ihrer Eltern!

»Der Monsieur heißt Florian, Bastien, und man zeigt nicht auf andere Leute«, hörte Marie ihren Schwager Michel sagen, und ihr war klar, wie all diese fremden Gesichter und Namen auf den armen Gast wirken mussten. Sie gab sich einen Ruck, ging auf ihn zu und nahm ihn am Arm. »Allons«, sagte sie und zog ihn in das Wohn- und Esszimmer, dessen Schiebetüren zur Terrasse hin weit geöffnet waren. Man hörte die Vögel im Garten zwitschern und das leise Klirren der Gläser, die die Familienmitglieder auf dem niedrigen Wohnzimmertisch absetzten.

Marie spürte Florians Nervosität. »Du trinkst auch etwas?«, fragte sie. »Der Muscat de Rivesaltes ist sehr gut.« Unwillkürlich hatte sie ihn geduzt, worüber sie selbst leicht erschrak. Er auch. Überraschung und noch etwas anderes lagen in seinen Augen. Fast mochte sie dieses verschmitzte Lächeln. Verwirrt beugte Marie sich zu den Aperitif-Flaschen. »Bien, was haben wir noch?«

»Salut, je suis Cécile«, stellte Maries elegante Schwester sich Florian vor und gab ihm die bises. Sie roch gut, fand er. Dann gab er dem bebrillten jungen Mann die Hand, Maries Schwager Michel. Die Kinder, Bastien und Fanny, sagten wohlerzogen »bonjour«. Und dann standen die Großeltern vor ihm und er musste sich bücken, um sich von Louise Coadec (wie sollte er sich alle Namen merken??) küssen zu lassen und dann von ihrem Mann, Robert. Der erste Mann, der ihm die bises gab! Florian war verlegen, erst recht, als Maries Großmutter ausrief: »Il est grand!« Dabei war *sie* doch so klein!

Jetzt drückte Marie ihm ein Gläschen in die Hand, mit einer gelben Flüssigkeit. Sie hielt auch so eines und stieß mit ihm an, wobei sie sich ganz kurz nur in die Augen sahen. Ein süßer Aperitif-Wein, schmeckte sehr fein, sagte Florian auf Deutsch und dann »très bon« auf Französisch, was die Großmutter freute. Dann rief jemand »à table«, das war Maries Mutter gewesen, Noëlle solle er sie nennen, sagte sie ihm jetzt noch einmal, und alle standen auf und drängten an den festlich gedeckten Tisch. Mit Erstaunen sah Florian die größere Anzahl Bestecke neben den Tellern liegen.

Jemand, es war Maries Vater (sollte er ihn Jean-Luc nennen?), drückte ihn auf einen Stuhl. Schnell sah er zu Marie, die sich zum Glück neben ihn setzte. Auch wenn er wirklich nicht wusste, wie sie zu ihm stand, sie war sein einziger Ankerpunkt, der Mensch, den er kannte unter diesen Fremden. (Er fragte sich noch immer, was er eigentlich hier machte, wie er in dieses Familienfest hineingeraten war.) Auf seiner anderen Seite, am Kopfende des Tisches, nahm Jean-Luc als Hausherr Platz.

Nun, wo er saß, fand Florian erstmals die innere Muße, um sich genauer im Raum umzusehen. Dann musste er sich erstaunt Marie zuwenden, die seinem Blick jedoch auswich. Er wunderte sich. Sie war ein Chamäleon, oder ein Kuckuckskind. Wenn sie in Mengleuff im Garten arbeitete, sah sie aus wie ein jugendlicher Bauarbeiter in ihren alten Klamotten. Wenn sie wandern ging, war sie eine sportliche junge Frau, athletisch und grazil zugleich. Gestern Nacht war sie ein Filmstar gewesen, nein, die unbekannte Schöne eines kostbaren Gemäldes. Heute war sie die einzige, die sich nicht für das Essen schickgemacht hatte. Sie trug Jeans und T-Shirt, beides sehr körperbetont – und sah darin umwerfend sexy aus. Aber anders als die anderen. Denn ihre gesamte Familie war wie ihr Elternhaus hier: extrem gutbürgerlich. Zwei großformatige abstrakte Bilder über der Couch; eine fast mannshohe Bronzefigur neben dem Flachbildfernseher; die ganze Einrichtung betont modern und luxuriös. Das passte zu diesem Haus, das in den siebziger Jahren gebaut sein mochte, aber an allen Ecken und Enden auf modernste Standards hin renoviert war – alles das genaue Gegenteil von Maries Haus in Mengleuff.

Marie entspannte sich etwas. Die erste Fragerunde an Florian, bei der sie übersetzt hatte, war vorbei. Jetzt wusste auch sie, dass er also Architekt war, aus einer Stadt namens Gießen im Bundesland Hessen. Nun diskutierte die Tischrunde darüber, was ein Bundesland war; aber dann kam die erste Vorspeise und damit eine Phase des vorfreudigen Schweigens, der sich eine genüssliche Stille anschließen würde.

»Sind das Jakobsmuscheln?«, fragte Florian Marie leise und deutete auf seinen Teller. »Coquilles Saint-Jacques«, bestätigte Marie, der Florian viel zu nah war, so zu ihrem Ohr gebeugt erst recht! Ihr wurde heiß; schnell sah sie von ihm weg und legte die auseinandergefaltete Serviette auf ihren Schoß. Florian tat es ihr nach.

»Do you want some wine?«, fragte Jean-Luc in fast akzentfreiem Englisch und hielt ihm eine Flasche Weißwein hin.

»Yes, thank you«, gab Florian zurück, ebenso erfreut über das Angebot des Getränks wie über die Möglichkeit, sich mit Maries Vater auf Englisch zu verständigen.

Als alle Erwachsenen mit Wein bedient waren, hob Jean-Luc das Glas. »A votre santé!«, sagte er in die Runde und lächelte zuletzt dem verletzten Gast bedeutungsvoll zu.

»Yehermat«, gab der zurück, wie Yvonne le Roux es ihm beim Lambig-Trinken beigebracht hatte.

»Il parle breton!«, rief Maries Mutter aus und alle prosteten sich lachend zu.

Florian probierte den Wein. Frisch, kühl und angenehm herb. Als Marie zu ihrer Gabel griff, streifte ihr rechter Arm unwillkürlich seinen linken. Er schloss kurz die Augen. War das alles ein Traum?

Marie versuchte, sich auf ihren Teller zu konzentrieren und nicht auf ihren rechten Ellenbogen, der ab und zu versehentlich Florians linken Arm streifte. Zehn Personen passten an den Tisch, aber es war eng. Sie war froh, dass Florian sich lebhaft mit ihrem Vater auf Englisch unterhielt, da musste sie nicht übersetzen. Worüber sprachen sie? Wenn nur nicht die Rede auf Politik kam! – Sie fing einen anerkennenden Blick ihrer Mutter auf; stumm, aber vehement schüttelte sie den Kopf und protestierte mit den Lippen: Non! Dann bekam sie eine Gänsehaut und zog schnell den rechten Arm weg, um nach ihrem Glas zu greifen. Einmal mehr hatte Florians Arm versehentlich ihren gestreift. Sie nahm einen Schluck, der Wein schmeckte köstlich. Ihre Coquilles Saint-Jacques schmeckte köstlich. So lange Florian keine Bunker anschmachtete, war es nicht so schlimm, neben ihm zu sitzen; nein, nur – merkwürdig aufregend, und sie wünschte sich plötzlich, wünschte sich sehr, er wäre kein Nazi, sondern ein gewöhnlicher Architekt mit schlechtem Geschmack für Protzautos.

Die Vorspeise hatte so gut geschmeckt, dass Florian es fast bedauerte, als ihm kein Nachschlag angeboten wurde. Andererseits waren da die vielen Bestecke. Und jetzt stellte Marie, die beim Servieren half, tatsächlich einen Teller vor ihn, der nach einer zweiten Vorspeise aussah.

»Foie gras, mit Chutney aus Pfirsich und Mango«, sagte sie.

Gänsestopfleber? Dagegen hatte Florian aus ethischen Gründen immer Vorbehalte gehabt! Aber so, wie die Familie um ihn in »Ahs« und »Ohs« ausbrach, sollte er aus Höflichkeit kein Theater machen. Zögerlich probierte er ein Eckchen. So ein Mist. Er sah schon seine ethischen Vorsätze den Bach runtergehen. Das Zeug zerging förmlich auf der Zunge, und dieses intensive Aroma, erst recht kombiniert mit dem Chutney … Jetzt gab es noch einen anderen Wein dazu, Florian nippte, der goldene Wein war süß. »C’est bon?«, rief Noëlle ihm über den Tisch hinweg zu.

»Ah, oui«, versicherte er, seufzte und ließ sich gehen in seinem unmoralischen Schwelgen. Aus den Augenwinkeln nahm er wahr, wie Marie ihn ansah.

»Na, bin ich ein erträglicher Gast?«, konnte er sich nicht verkneifen, ihr zuzuraunen.

Marie, die fast die Gabel fallengelassen hätte, sah ihn mit ihrem Sphinx-Blick an. Dann gab sie zurück, leise, aber eindringlich: »Bisher ja. Aber ich würde *nicht* über Politik reden, oder über Geschichte.«

Florian zog die Augenbrauen hoch. »Wieso, tut man das nicht bei Tisch, in Frankreich?«

Marie sah ihn merkwürdig an, entgeistert und entnervt. Dann schüttelte sie leicht den Kopf und wandte sich wieder ihrem foie gras zu.

Florian blieb nichts weiter übrig, als es ihr gleichzutun. Da musste er stutzen. Der kleine Bastien, Maries Neffe, hatte ihm eben über den Tisch hinweg eine Grimasse geschnitten; seine kleine Schwester hielt sich den Mund zu, um nicht laut zu lachen. So, dachte Florian sich und machte blitzschnell seinerseits eine Fratze. Der Effekt kam prompt: Die kleine Fanny lachte lauthals los und Bastien warf vor Schreck sein Wasserglas um… Aber das war zum Glück kein Problem hier. Mama Cécile tupfte das Wasser mit der Serviette weg und schenkte ihrem Sohn neu ein. Florian atmete aus. Anfangs hatte er befürchtet, diese gutbürgerliche Familie sei etwas etepetete, aber das war wohl nicht so.

Er zwinkerte Bastien zu; der musste grinsen. Dann spürte Florian erneut Maries Blick von der Seite. Er wandte sich ihr zu, wartete darauf, dass sie etwas sagen würde. Aber dann verfingen sich ihre Blicke nur ineinander. Die Stimmen der anderen schienen leiser zu werden, Florian hörte plötzlich sein Herz pochen. Noch immer sah sie ihn nur an, aus ihren großen, dunklen, rätselhaften Augen. Er erschauerte und bewegte sich leicht, dabei berührte seine linke Hand, die auf dem Tisch lag, Maries rechte, die sie auch abgelegt hatte, an den Fingern. Sie fuhren zusammen, wie elektrisch durchzuckt.

»Jetzt hat Tante Marie auch ihr Glas umgeschmissen«, triumphierte Bastien.

»Nichts passiert, nichts passiert«, Michel, der Schwager, hob zum Beweis Maries intaktes Glas hoch, es war leer gewesen.

»Ich hole Küchenrolle – falls nochmal so etwas passiert«, sagte Marie, sprang auf und eilte davon.

Später, als sie nach den Vorspeisen in der Küche das schmutzige Geschirr in die Spülmaschine räumte, trat ihre Mutter neben sie, um zu helfen und um loszuwerden: »Er ist ganz und gar charmant, dein Florian! Wieso hast du ihn uns nicht früher vorgestellt?«

Entnervt riss Marie ihrer Mutter die schmutzigen Teller aus den Händen. »Wie oft soll ich noch sagen, dass er nur mein Nachbar ist?«

»Ach was, das sieht man doch sofort, was ihr füreinander empfindet.«

Fast hätte Marie die Teller fallengelassen. »Wirklich, maman, du bildest dir das ein! Du kennst diesen Mann gar nicht. Glaube mir, er hat – euh, in wesentlichen Dingen völlig andere Interessen als ich oder ihr. Ihr würdet kaum miteinander klarkommen, wenn ihr ihn besser kennen würdet.«

»Was erzählst du da? Ich meine es ernst, wenn ich Florian charmant nenne! Und erzähle mir nicht, Marie, dass er dir gleichgültig ist. Für einen x-beliebigen Nachbar hättest du dir keine Mühe gegeben wie heute im Krankenhaus!«

»Maman – *er ist schon verheiratet*«, improvisierte Marie aufs Geratewohl; es war der einzige Weg, ihre Mutter zu stoppen.

Die sah in der Tat bedröppelt drein. Aber dann fragte sie: »Und wo ist Florians Frau?«

»In Deutschland, sie muss arbeiten«, log Marie weiter.

»Ah. Wenn ein Paar nicht gemeinsam Urlaub macht, dann ist es aus mit der großen Liebe. Da bin ich mir sicher …« Bedeutsam sah Noëlle ihre Tochter an.

Die rang die Hände und verdrehte die Augen. Dann eben die Wahrheit. Einen Teil davon. »Ich habe Florian helfen wollen, weil ich ihm etwas schuldig bin«, begann sie, was sie sofort bereute, als sie den Gesichtsausdruck ihrer Mutter sah.

»Wieso?«, hakte Noëlle sofort nach.

Marie wischte sich zögernd die Hände an den Jeans ab. »Er hat mich festgehalten«, gestand sie, »als ich stürzte … an der Steilküste …«

Noëlle riss die Augen auf. »Was? Was soll das heißen, ein Sturz an der Steilküste?«

Marie konnte nichts sagen; aber vielleicht las ihre Mutter das Wesentliche aus ihrem Blick.

In diesem Moment betrat Jean-Luc die Küche. »Wie sieht sie aus, die Bouillabaisse?« Er lüftete den Deckel des großen Kupferkochtopfes auf dem Herd, dem sofort ein intensiver Duft nach Fisch entströmte.

»Ich trage die tiefen Teller auf«, murmelte Marie und verließ schnell die Küche. Hinter sich hörte sie ihre Mutter ausrufen: »Jean-Luc, weißt du, was Marie gerade gesagt hat?«

Unermüdlich futterte Florian sich durch das erste Hauptgericht, eine Bouillabaisse wie sie in Marseille gespeist wurde, mit Rouille, einer scharfen Knoblauchmayonnaise, und geröstetem Brot. Dazu gab es schon wieder einen neuen Wein, einen Rosé diesmal. Bildete Florian sich das ein oder hatte er die Löwenportion gekriegt? Maries Mutter hatte ihm seinen übervollen Teller serviert und ihm dabei geradezu liebevoll über die Schulter gestreichelt.

Er fühlte sich wohl. Er war so mit Essen, Trinken und Maries Nähe beschäftigt, dass er den französischen Tischgesprächen nicht mehr zu folgen versuchte. Hin und wieder sah er von seinem Teller auf in Gesichter, die ihn warm anlächelten. Dann machte es ihm Spaß, Maries Eltern, ihre Schwester und ihre Großeltern zu mustern, um nach Ähnlichkeiten zu Marie zu suchen, aber er konnte nicht sagen, wem sie am meisten ähnelte. Am liebsten hätte er dauernd nur zu ihr hingesehen, ihr selbst; aber das ging nicht, denn bei Drehungen des Oberkörpers riskierte er, den Brustschmerz zu provozieren. Er schloss die Augen. Plötzlich lag sein Arm so dicht an ihrem, dass sie sich fast berührten, er spürte ihre Wärme durch den dünnen Hemdstoff. Er bewegte sich nicht. Sie zog den Arm nicht weg.

»Tu aimes?«, fragte Maries Mutter ihn fürsorglich. Kalbsmedaillons mit Roquefortsauße, im Ofen gebackene Kartoffelscheiben und Salat mit Senfvinaigrette, köstlich. Irgendwann im Laufe des zweiten

Hauptgerichts waren Noëlle und der Rest der Familie zum Duzen übergegangen. Von wegen, Bretonen sind misstrauisch und brauchen lange bis zum Du, dachte Florian, das würde er Olivier erzählen!

»Très, très bon«, formulierte er und sah unwillkürlich erneut Richtung Tür, wo Marie eben verschwunden war, um ans Telefon zu gehen.

»C'est son autre grand-père, her other grandfather«, erklärte Noëlle, die Florians Blick gefolgt war.

»My father lives on a small island, the Île de Sein, do you know it?«, fragte Jean-Luc.

Florian schüttelte den Kopf. »Not yet.«

»Maybe Marie will take you for a visit,« Jean-Luc zwinkerte ihm lustig zu.

»Oh, I don't know«, murmelte Florian. Nein, er konnte und wollte Maries Eltern nicht gestehen, dass er ihre Tochter nicht so gut kannte, wie sie es wohl annahmen. Nein, *er* würde nicht von sich aus die Seifenblase dieses wunderbaren Tages zum Platzen bringen. Wenn Marie es geschehen ließ …

»Ja, also ist alles meine Schuld!«, sagte Marie verzweifelt ins Telefon.

»Ah, Marie, das war wirklich nicht gut, was du getan hast! Wenn du wüsstest, was solch ein Gerede anrichten kann …« Erwanns Stimme hörte sich zutiefst betroffen an.

»Jetzt weiß ich es doch«, beteuerte Marie, »und ich wünschte mir, dass ich nie in diese bescheuerte Brasserie gefahren wäre!«

»Die Brasserie in Telgruc … Marie, wie gesagt, ich finde es falsch, was du getan hast; aber Schuld an den Prügeln deines Nachbarn bist du doch nicht. Sieh mal, es wäre doch äußerst unwahrscheinlich, dass jemand morgens in Telgruc in die Brasserie gegangen wäre *und* abends in Morgat auf das Fest noz, um dort deinen Nachbar zu treffen und ihn zu verprügeln … Nein, das halte ich für unwahrscheinlich.«

»Ah, papy, sprich weiter, mach mir Hoffnung! Aber im Grunde fühle ich doch, dass ich Schuld bin.«

»Wo ist Florian denn jetzt?«, fragte Erwann vorsichtig.

»Beim Essen. Gleich kommt die Käseplatte.«

Marie hörte ein Hüsteln. »Soll ich daraus entnehmen, dass er … *bei euch isst*?«

»Papa hat geholfen, ihn aus dem Krankenhaus rauszuholen. Da wäre er sonst über den Feiertag geblieben …«

»Marie – ist das eine Art Buße, die du da tust? Sitzt du auch neben ihm? Hältst du zum Trost seine Hand?«

»Papy, hör auf! Maman und papa haben ihn eingeladen, und – jetzt kommt papa, ich reiche dich weiter«, murrte Marie, patzig und insgeheim beschämt darüber, wie gut ihr papy sie durchschaut hatte. Eine Art Buße, jaja, ganz falsch war es nicht …

»Dein Vater sagte eben, du hast mit deinem Großvater telefoniert, der auf einer Insel lebt?«, versuchte Florian gleich ein Gespräch anzuknüpfen, sobald Marie vom Telefonieren zurück war.

Sie sah ihn herausfordernd an. »Du hast seine Insel gesehen, vielleicht; man sieht sie von einem –« aber dann konnte sie das Wort »Bunker« nicht über die Lippen bringen, nicht vor ihrer Familie, also korrigierte sie sich: »vom Cap de la Chèvre aus.« Sie biss sich auf die Lippen.

»Marie«, Florian beugte sich zu ihr. Es war nicht der richtige Ort, um sich derartige Dinge zu sagen, trotzdem fuhr er leise und eindringlich fort: »Was da geschehen ist, auf dem Cap – wenn ich mir vorstelle, was hätte passieren können, dann …« Er rang nach Luft und nach Worten. »Es ist das – *Großartigste*, was ich jemals im Leben vollbracht habe. Dich festzuhalten, meine ich.«

Beide fuhren zusammen. »Dessert, dessert«, hatten die Kinder lautstark zu skandieren begonnen, wobei sie mit den Löffeln auf den Tisch klopften.

»Das auch noch?«, fragte Florian und lachte nervös auf.

»Dessert muss sein, für le petit creu, das kleine Loch im Magen«, erklärte Marie zerstreut und versuchte, sich nichts davon anmerken zu lassen, wie tief ihr seine Worte und mehr noch seine Stimme von eben unter die Haut gegangen waren. Verunsichert und prüfend sah sie ihn an. Doch er hatte Tonfall und Thema gewechselt und lachte nur: »Was für ein Loch im Magen? Da ist schon lange keins mehr.« Aber seine Augen blitzten sie auf eine Weise an … Marie griff nach ihrem Glas und leerte es auf einen Zug. Als sie danach wieder zu ihm hinsehen musste, schaute er schnell weg.

Nach der Käseplatte und der Crème brûlée mit üppiger Karamellkruste verlagerte sich die Familie mit den Kaffeetassen in den Garten. Auf der Terrasse standen unter dem Sonnenschirm zwei Liegestühle, auf denen sich die Großeltern niederließen, die anderen holten sich Stühle aus dem Haus. Florian zog es vor, sich die Beine zu vertreten. Langsam ging er im Garten auf und ab, aber wieder und wieder musste er zu Marie hinsehen. Eben nippte sie an ihrem Kaffee und setzte sich auf die Lehne des Liegestuhls ihres Großvaters. Wie sie gestikulierte, in ihrem lebhaften Gespräch. Florian blinzelte. Wenn er seine Augen schloss, sah er ihre. Wie sie ihn angesehen hatte, vorhin, als er über ihre Rettung gesprochen hatte. – Aber er durfte sich keine Illusionen machen. Ihre unmissverständlichen Worte auf dem Fest Noz, die konnte und durfte er nicht vergessen, auch wenn sie ihn heute in ihrer Familie duldete, warum auch immer. Er zwang sich, von ihr wegzusehen.

Wo war Florian? Wider Willen musste Marie zu ihm hinüberschielen. Dabei war sie eben dabei, ihrem pépé, der Direktor des Musée breton in Rennes gewesen war, von Elodies Heiligenfigur zu erzählen.

»Hast du gehört, Louise?«, Maries pépé wandte sich zu seiner Frau. »Marie hat von Elodie eine heilige Barbara geerbt, mit einem Turm in den Händen!«

»Nicht so laut, Robert, ich bin nicht schwerhörig!«

»Du musst das Hörgerät leiser stellen.«

»Ach was, es ist leise genug! Ist das wahr, Marie? Sainte Barbe, la grande martyre! Ihr Vater wollte sie mit einem Mann seiner Wahl verheiraten, aber sie wollte nicht, sie wollte keusch bleiben und Christin werden. Also sperrte ihr böser Vater sie in einen Turm. Und später, da war sie geflohen, da verriet ein böser Hirte ihr Versteck und der Vater fand sie und brachte sie vor den Herrscher; und der befahl dem Vater, seine eigene Tochter zu foltern! Schrecklich, diese Märtyrergeschichten!« Maries Großmutter nahm kopfschüttelnd einen tröstlichen Schluck Kaffee.

»Das ist wohl wahr, aber rege dich nicht so auf, Louise; außerdem hast du das Ende vergessen«, übernahm Maries pépé wieder das Wort. »Pass auf, Marie, das eigentliche Ende der Geschichte geht so: Die gefolterte Barbe weigert sich, von dem christlichen Glauben abzulassen, also tötet ihr Vater sie. Dafür wird er vom Blitz erschlagen. Und so schützt die heilige Barbara oder bretonisch Barba die, die daran glauben, bis heute vor Blitzen. Außerdem ist sie die Heilige der Bergleute, vielleicht, weil sie so lange in ihrem Turm gefangen war, wie die Bergleute unter Tage. – Seltsam, wo Elodie eine solche Figur wohl herhatte? Ich würde sie gerne einmal sehen.«

»Hast du nicht gesagt, es sind wieder Heiligenfiguren gestohlen worden, Robert?«, fragte Maries mémé, die dem letzten Teil des Gespräches nicht mehr aufmerksam gefolgt war.

»Ja, doch. Gerade letzte Woche ist wieder so etwas passiert. Aus einer Kapelle im Argoat wurden zwei oder drei Figuren gestohlen, spätes Barock, natürlich sehr wertvoll heutzutage. Du solltest deine Figur versichern lassen, Marie.«

»Wie bitte?« Marie hatte eben unwillkürlich an den Schatz der Nazis gedacht – ein Schatz *aus Raubgut*, hatte Paul gesagt … Aber sie konnte und wollte ihren Gedanken nicht weiterverfolgen, da ihre mémé nun fragte: »Marie, wann besuchst du uns einmal wieder? Du kannst Florian gern mitbringen! Ist es wahr, dass er dich festgehalten hat, als du an einer Steilküste gestürzt bist? Wie romantisch, wie im Film!«

»Nicht so laut, mémé, du hast das Hörgerät zu leise gestellt!«

»Wie bitte?«

»Oh Louise, im Film wäre Marie nicht *an*, sondern *von* einer Steilküste gestürzt und der Held hätte sie im letzten Moment noch gerettet, am besten indem er sein eigenes Leben riskiert hätte, nicht wahr?« Maries pépé zwinkerte ihr zu.

Marie zog eine gequälte Grimasse, die ein Lächeln imitieren sollte. Es war Zeit zu gehen.

20. Ende des Festtags

Sie kurvten die enge Straße den Berg hinab. Etwas überraschend für Florian, kamen sie auf einer vierspurigen Straße heraus.

»Kennst du Quimper? Das ist das Viertel der Faïencerien«, Marie zeigte auf einen Komplex massiver Gebäude zu ihrer Linken.

»Und was ist das für ein Fluss?«, fragte Florian und unterdrückte ein Gähnen. Sechs Uhr, und er fühlte sich buchstäblich zerschlagen.

»Das ist der Odet. Es gibt zwei Flüsse in Quimper, den Odet und den Steir.«

»Schöne Kathedralentürme, da hinten. Und hinter diesem Wald rechts von uns, auf dem Berg, da waren wir eben, da wohnen deine Eltern, nicht wahr?«

Marie nickte. Er hatte einen guten Orientierungssinn, dieser Florian.

»Tolle Wohnlage, ruhig und trotzdem so nah am Zentrum«, fuhr Florian fort. »Deine Eltern sind Rentner?«

»Ja«, antwortete Marie zunächst verblüfft, doch dann fiel ihr ein: »Ich sagte doch, dass mein Vater Arzt im Krankenhaus *war*.«

»Stimmt. Aber ich hätte auch so auf Rentner getippt. Der Ruhestand bedeutet einen Neuanfang im Leben. Man muss sich neu organisieren, einen neuen Rhythmus finden, die Zeit verplanen, die man plötzlich hat. Manche Leute markieren das dadurch, dass sie ihre Häuser renovieren. Alles soll modern sein – jung sozusagen.«

Marie seufzte und zuckte die Achseln. »Ja, meine Eltern haben alles neu gemacht. Ich glaube, das ist Angst vor dem Alter. Ich finde ihr Haus nun kühl und leer. Es hat seinen Charakter verloren.«

»Ach naja, es *hat* einen Charakter«, widersprach Florian, »aber ich verstehe schon. Es ist vermutlich weniger persönlich als früher. Alle Dinge, die sich im Laufe eines Menschenlebens im Wohnraum ansammeln, verraten etwas über die Bewohner. Sie verströmen eine persönliche Aura. Wenn man aussortiert und neu dekoriert, sind die alten Lebensspuren erst einmal fort. Es kommen aber neue.« Er lächelte Marie zu und musste nun doch gähnen.

Marie runzelte die Brauen. Er hatte vielleicht Recht; aber es war ihr nicht lieb, dass Florian einen so intimen Einblick in das Leben ihrer Familie genommen hatte, dieser Mensch mit den merkwürdig vielfältig gestreuten Interessen.

Florian verspürte das Bedürfnis, Marie seinerseits etwas von sich, von seiner Familie preiszugeben. Er hob an: »Seitdem meine Eltern Rentner sind, sind sie nur noch auf Reisen. Das Dumme ist, dass sie deshalb nur selten meine Oma besuchen. Sie lebt in einem Altenheim. Bevor ich abfuhr, war ich noch einmal bei ihr; ehrlich gesagt, ich wäre gar nicht in die Bretagne gefahren, wenn sie mich nicht förmlich dazu gedrängt hätte. Sie war ganz aufgeregt, als ich ihr sagte, dass ich das Angebot hätte, in die Bretagne zu reisen; denn sie war auch einmal in der Bretagne …« Sollte er Marie von der Kladde erzählen?

»Wie alt ist deine Großmutter?«, wollte Marie wissen.

»Sie wird dieses Jahr neunzig …« Florian rieb sich die müden Augen.

»Mein papy auf der Île de Sein wird im August achtundachtzig. Doch man meint es nicht, er sieht nicht so aus. Nur seine Hände sind die eines alten Mannes.« Marie sah sich wieder auf dem Leuchtturm, ihr papy neben sich, die verschränkten Arme auf die Brüstung gelehnt.

»Dann lebt dein Großvater noch zu Hause, nicht in einem Heim?«

»Oh nein, kein Heim! Es gibt keines auf der Île de Sein. Und meinem papy geht es noch sehr gut; er steigt auf Leuchttürme und geht jeden Tag spazieren, einmal um die Insel, mit Fridu, seinem Hund. Er ist sehr, sehr lange schon Witwer, aber er ist nicht allein, denn er hat einen besten Freund, Paul. Ich sage, sie sind Freunde, aber im Grunde sind sie wie Brüder. Paul ist noch älter als papy, er ist zweiundneunzig Jahre alt und sehr schwach geworden. Ich war erschrocken, als ich ihn sah, vor zwei Tagen. Wie wird es sein, wenn Paul nicht mehr da ist? Wenn einer stirbt, was wird aus dem anderen werden?«

Marie hielt inne. Warum hatte sie Florian das alles gesagt? Sie sah zu ihm hinüber. Sein Kopf war auf die Brust gesunken. Er schlief. Marie war halbwegs erleichtert darüber.

»Florian! Wir sind da!«

»Hm«, brummte er.

»Vor dem Haus wartet ein Mann«, sagte Marie.

»Ein Mann?« Florian rieb sich die Augen. Der Verwalter?

Sie stiegen aus dem Auto und Florian holte die Tüte mit der Schmutzwäsche aus dem Kofferraum. Der Mann kam ihnen entgegen.

»Olivier!«, rief Florian überrascht aus. »Das ist mein Freund Olivier! Olivier – Marie«, stellte Florian vor.

Olivier nickte Marie überrascht zu, wandte sich dann aber sofort an Florian: »Was ist dir passiert, mein Freund?«

Nachdem Florian die Ereignisse der vergangenen Nacht resümiert hatte, zeigte sich Olivier zutiefst bestürzt. »Wie furchtbar!«, rief er aus. »*Deshalb* habe ich dich nicht erreicht über dein Handy! Ich habe deine Nachricht erhalten, du weißt, und sehr oft versucht, dich zurückzurufen!« Bedeutsam sah Olivier Florian an.

Der brauchte einen Moment, um zu begreifen. Er hatte Olivier die Nachricht hinterlassen, dass er die Botschaft, oder besser das Andenken in der Grotte gefunden hatte. Anscheinend wollte Olivier dieses Thema aus Diskretion nicht vor Marie ansprechen. »Das Handy ist in der Innentasche meines Sakkos, das Sakko liegt auf dem Beifahrersitz des Cayenne und der Cayenne steht in Morgat«, erklärte er. »Vor dem Nachtclub«, setzte er hinzu, mit Blick zu Marie.

»Oh, das ist nicht gut. Wir holen den Porsche sofort«, bot Olivier an.

»Das wäre schön«, sagte Florian erleichtert. Boris würde es bestimmt nicht gutheißen, wenn sein Auto Tage lang unbewacht vor bretonischen Nachtclubs stünde.

»Du bist zu müde, ich fahre mit deinem Freund«, sagte Marie schroff.

»Ach was, ich kann sehr wohl fahren; du hast schon so viel für mich gemacht, und deine Eltern …«

»Fahren Sie oder soll ich?«, fragte Marie Olivier kurzerhand auf Französisch.

Am Ende musste Florian sich geschlagen geben und zusehen, wie die beiden aus dem Dorf abfuhren, in Maries Auto. Olivier wollte es so; er wollte unbedingt den Cayenne nach Mengleuff zurückfahren.

Marie war müde und überwältigt von den Ereignissen des Tages, die in ihr nachschwangen. Jetzt, wo Florian nicht mehr neben ihr saß, ertappte sie sich dabei, wie sie seine Worte und sein Verhalten Revue passieren ließ, um sie zu analysieren. Nichts an ihm hatte den Nazi verraten, gar nichts! Entweder, er war Experte darin, sich zu verstellen, oder – es stimmte etwas nicht. Konnte sie sich in ihm geirrt haben? Konnte es andere Gründe dafür geben, warum Florian sich für die Weltkriegsbunker interessierte? Er war Architekt; aber architektonische Studien machte er wohl kaum anhand der alten Betonbauten?! Sie könnte diesen Olivier ausfragen. Sie warf ihm einen raschen Seitenblick zu. Aber wenn der das später Florian erzählte?

Olivier brannte vor Neugier darauf zu erfahren, was zwischen Florian und Marie gelaufen war. Sie hatte ihn aus dem Krankenhaus abgeholt, so viel hatte er verstanden. Aber war nicht auch die Rede von einem Essen gewesen, bei ihren Eltern? Unglaublich! Es stimmte ja, von seinem Aussehen her musste Florian den Frauen gefallen; aber bislang hatte er eher wie einer von denen gewirkt, denen gar nicht richtig klar ist, was für ein Potenzial sie haben. Und jetzt war er bei der zickigen Marie so schnell vorankommen! Das hatte er Florian wirklich nicht zugetraut! Olivier seufzte. Sein Essen mit Magalie in Dinard war eine Katastrophe gewesen. Eine Unverschämtheit war das. Ihr Foto auf darling.fr musste Jahre alt sein. Inzwischen hatte sie mindestens zwanzig Kilo Gewicht zugelegt. Neben dieser Frau hatte er, Olivier, wie ein Zahnstocher ausgesehen. Natürlich, es ging ihm bei Frauen nicht nur um Äußerlichkeiten, aber etwas Attraktivität musste schon sein! Flüchtig sah er zu Marie hinüber. Ja, die war schon eine äußerst attraktive bretonische Zicke. Schön, aber wortkarg. Nun, sie war tabu für ihn, und er würde auch nicht so indiskret sein, sie nach ihrer Beziehung zu Florian auszufragen. Nicht *sie*. Aber Florian würde er festnageln, später!

Marie blinkte und parkte neben dem Cayenne, der als einziges Auto vor dem Nachtclub stand.

»Das ist ein Privatparkplatz«, bemerkte Olivier.

»Sie sind Gendarm, sagten Sie?« Marie grinste. »Wollen Sie Ihrem Freund ein Knöllchen verpassen?«

Süß-sauer grinste Olivier zurück und schnallte sich ab.

»Soll ich warten?«, fragte Marie.

»Nein. Sehen wir uns nachher bei Florian?« Olivier hatte große Lust darauf, allein mit dem Traumauto Bekanntschaft zu machen.

»Vielleicht kurz, nur zum Verabschieden«, gab Marie zurück.

»Gut, dann bis später.« Frohlockend stieg Olivier aus.

Marie setzte ein Stück zurück, um in großem Bogen auf dem leeren Parkplatz zu wenden. Sie sah, wie Olivier in den Porsche stieg. Jetzt hörte sie den Motor. Sollte sie ihn vorfahren lassen? Sie würden sowieso im Konvoi fahren. Andererseits, wahrscheinlich fuhr sie schneller als der Gendarm. Sie wollte schon Gas geben, als der Cayenne hupte. Was war jetzt? Als Olivier wieder ausstieg, schaltete Marie gleichfalls den Motor ab. Nun rannte er wie ein aufgescheuchtes Huhn um den Porsche herum.

»Was ist los?«, fragte Marie, als sie neben Olivier trat.

»Durchgestochen! Alle vier! Diese Schweine!« Olivier bebte vor Wut.

Marie erblasste. Sabotage, Reifen durchstechen, echote Pauls Stimme durch ihren Kopf. Aber es gab keinen Krieg und keine Widerstandskämpfer mehr, die deutsche Autos lahmlegten! Egal, was sie in Telgruc über Florian erzählt hatte!

Olivier fluchte und rang die Hände. »Nichts zu machen!«, rief er aus. »Armer Florian! Wie kann ein einzelner Mensch so viel Pech haben? Wie soll ich ihm das beibringen? Sein Freund wird ihn töten!«

»Welcher Freund?«, fragte Marie verständnislos.

»Boris! Der ihm den Porsche geliehen hat!«

»Boris! Heißt so nicht der Besitzer des Hauses in Mengleuff?«

»Aber ja, Boris ist Florians Kollege und Freund.«

»Der Porsche gehört gar nicht Florian?« Entgeistert starrte Marie Olivier an. Aber der hörte gar nicht weiter auf sie, sondern ging Hände ringend auf und ab und schimpfte vor sich hin.

Am Ende blieb ihnen nichts anderes übrig, als im Peugeot nach Mengleuff zurückzufahren. Das einzige, was sie Florian mitbringen konnten, war sein Sakko mit dem Handy.

»Er wird ein ganz falsches Bild von der Bretagne bekommen«, regte Olivier sich noch immer auf.

Marie schämte sich. *Sie* hatte gewollt, dass Florian sich nicht länger in der Bretagne wohlfühlte. Und sie hatte ihn von Anfang an schon allein dafür verurteilt, dieses Protzauto zu fahren. Sogar dass er ihre Hortensien angefahren hatte, erschien ihr nun in einem anderen Licht – wenn es nicht sein Auto war, hatte er vielleicht nicht das rechte Gefühl für die Dimensionen des Porsches gehabt. Sie biss sich auf die Lippen.

»Zusammengeschlagen, und jetzt die Reifen!«, ereiferte sich Olivier. »Als ob es nur Kriminelle hier gäbe! Und schon vorgestern, diese hässliche Szene im Bunker!« Olivier bedeckte die Augen mit der Hand und schüttelte den Kopf.

Marie war bei dem Wort »Bunker« zusammengezuckt. »Was für eine Szene in was für einem Bunker?«, fragte sie schwach.

»Ich habe Florian die Bunker von Kerbonn gezeigt, die Atlantikmauer«, erklärte Olivier. »Wir sind auf einen Haufen dreckiger Lumpen gestoßen, die in einem der Geschützbunker Bier soffen. Sie haben mitgekriegt, dass wir Deutsch sprachen, und uns blöd angemacht.«

»Was ist genau passiert?«

»Oh, es ging gut aus. Sie haben uns bedroht und ich habe ihnen meine Dienstmarke gezeigt. Naja, ich habe Kriminalpolizist gespielt, ich habe geblufft.«

Marie nickte anerkennend, gab dann aber zu bedenken: »Ohne solche Typen verteidigen zu wollen – auch ich hätte ein ungutes Gefühl, in einem Nazi-Bunker auf einen Deutschen zu stoßen, der sich für solche Bauwerke begeistert. Das hat doch einen merkwürdigen Beigeschmack.«

»Ého!«, widersprach Olivier. »Man kann sich für Geschichte interessieren ohne Sympathien oder Antipathien! Ich selbst bin fasziniert von diesen Bunkern, ich gebe es zu! Sie sind schrecklich, aber faszinierend. Diese Langlebigkeit, diese Präzision, mit denen sie erbaut wurden …«

Wer war ihr da in das Auto geraten? Marie sagte lieber nichts. Aber das passte wieder ins Bild, dass so einer Florians Freund war!

»Und außerdem, Florian ist nicht so einer«, fuhr Olivier fort. »Er sucht Spuren der eigenen Familiengeschichte, Spuren der Geschichte seiner Großmutter!« Olivier verstummte. Hatte er zu viel gesagt? Hatte Florian Marie von seinen Recherchen erzählt?

»Seine fast neunzigjährige Großmutter, die einmal in der Bretagne war«, es war keine Frage. Marie wiederholte nur, was Florian ihr vorhin auf der Heimfahrt gesagt hatte.

»Genau die«, Olivier atmete auf, er hatte keine Indiskretion begangen, Marie wusste Bescheid. »Gut, sie war nicht in den Bunkern von Kerbonn stationiert, sie war Funkhelferin in Telgruc. Aber alles, was vom Krieg noch zu sehen ist, ist interessant für Florian; er will nicht nur die Orte aus dem Tagebuch sehen.«

»Ein Tagebuch? Ist es schwarz?« Das schwarze Buch, in dem Florian auf dem Ménez-Hom geblättert hatte!

»Ich weiß nicht, Florian hat es mir nicht gezeigt.«

»Dann war seine Großmutter also ein Nazi?«, fragte Marie sich laut.

»Seien Sie nicht unlogisch«, tadelte Olivier. »Sie war kein Nazi, sie war verliebt in einen Bretonen!« Schön, aber unlogisch. Auch nicht perfekt, diese Marie.

Marie sagte nichts mehr. Sie rief im Kopf die Bilder von Florian ab, wie er auf dem Ménez-Hom die überwucherten Bunkerreste fotografierte, dann die Geschützbunker auf dem Cap de la Chèvre (der Gedanke daran ließ sie wie stets erschauern). Alles stand plötzlich in einem neuen Licht da, konnte eine ganz andere, unerwartete Bedeutung haben … »Was sucht Florian in Seegrotten?«, fragte sie unvermittelt. »Einen Schatz?«

»Einen Schatz? Hat er das so genannt? Interessant. Ich weiß nicht, was er gefunden hat, Sie? Er hatte von einer Botschaft gesprochen, von seiner Großmutter und ihrem Geliebten.« Erwartungsvoll sah Olivier Marie an.

Sie schüttelte den Kopf. »Ich weiß auch nicht, was Florian gefunden hat, aber ich weiß, wo. In einer kleinen Seegrotte, nicht weit von Mengleuff. Ich kenne sie gut.« Marie atmete tief durch. Wie leicht sie sich plötzlich fühlte! Unsagbar erleichtert. Florian kein Nazi, das war … Aber dann! Dann hätte sie ihn in Telgruc nicht denunziert. *Sie hätte ihn verleumdet!*

Sie musste in die Brasserie. Klarstellen, dass sie sich geirrt hatte. Egal, ob sie dann als Idiotin dastand. Das war der einzig richtige Weg.
»Was ist das?«, schreckte sie hoch.

»Sein Handy«, sagte Olivier und fingerte es aus der Tasche des Sakkos. »Daheim«, las er das deutsche Wort auf dem Display und schob das Gerät schnell zurück in die Tasche. Er wusste nicht, ob Marie wusste, dass bei Florian »daheim« seine Ehefrau war.

Vergeblich klopften sie an Florians Haustür. Keine Reaktion.

»Er schläft«, vermutete Olivier.

»Vielleicht im Garten?« Marie ging voran, hinter das Haus. In der Tat, da lag Florian unweit des Lochs in den Ginsterbüschen auf einer Decke. Als würde er ihre Nähe suchen, die Nähe zu ihrem Garten – Marie verwarf schnell den albernen Gedanken. Sie hockte sich neben ihn. »Florian?«

Er war sofort wach und rappelte sich hoch, unter Schmerzen.

»Mein Freund, wir haben schlechte Nachrichten«, verkündete Olivier mit Grabesmiene.

»Was?«, fragte Florian erschrocken. »Doch nichts mit dem …?«

»Doch.« Olivier sah zu Boden.

»Die Reifen sind zerstochen, aber immerhin, man kann neue kaufen«, sagte Marie schnell. Allerdings befürchtete sie, dass solche Reifen sehr teuer waren.

»Die Reifen …!« Florian riss fassungslos die Augen auf. »Wer kann das gemacht haben? Warum?«

»Das Telefon hat geklingelt, auf der Rückfahrt«, murmelte Olivier jetzt und hielt Florian sein Sakko hin.

Mechanisch zog der das Handy heraus. Er fand eine SMS und einen verpassten Anruf. Die SMS war von Boris – der verpasste Anruf kam von daheim. Die SMS las er zuerst: »Katharina weiß, wo du bist, Strafmandate teuer, willst du noch Haus?«

Florian schluckte. Einen Moment starrte er auf die SMS, dann tippte er sich zu seiner Mailbox durch, um zu überprüfen, ob Katharina eine Nachricht hinterlassen hatte. Er entfernte sich ein paar Schritte von Marie und Olivier, um die Mailbox abzuhören. Nach einer Minute, die Marie wie eine Ewigkeit erschien, kam er zurück.

»Katharina weiß, dass ich in der Bretagne bin, aber nicht, wo genau.« Er sah Marie in die Augen. »Meine Frau.« Er fühlte einen Kloß im Hals.

Sie sah ihn groß an – und dann weg. Seine Frau. Ihr Magen zog sich zusammen. »Ich muss gehen«, brachte sie kühl hervor.

So. Das war es. Geplatzt, die Seifenblase. Nun ja, er hatte immer gewusst, dass es nur eine Seifenblase sein würde. »Danke für alles. Es war wunderschön heute«, beeilte Florian sich trotzdem zu sagen und versuchte, ihren Blick einzufangen; aber es war zu spät.

»Soll ich auch gehen?«, fragte Olivier.

»Ja, vielleicht wäre das besser. Ich bin … todmüde. Aber wenn du morgen helfen könntest, mit dem Cayenne …«

»Natürlich! Ich hole dich ab, wir fahren zu einer guten Werkstatt«, versicherte Olivier schnell. Er hatte den Eindruck, dass sich vor seinen Augen ein stummes Drama abspielte. Hatte Florian Marie nicht gesagt, dass er eine Frau hatte? Eine Frau, die die Scheidung wollte. Nun, wenn er schnell abfuhr, gab er den beiden die Chance, sich unter vier Augen auszusprechen. Also verabschiedete er sich.

Aber Marie ging auch und es kam zu keiner Aussprache. Florian ging zu Bett, obwohl es kaum neun Uhr war. Er war so erschöpft, dass er wider Erwarten sofort einschlief.

Marie war erschöpft, aber sie konnte nicht schlafen. Sie war viel zu aufgebracht dazu. Florian anscheinend kein Nazi, nicht der Besitzer des Protzautos, ihre ganze Familie entzückt von ihm. Fein. Aber dann, seine Verletzungen, die Reifen des Autos. Das konnte doch nicht sein, nicht *sie* konnte daran schuld sein! Und dann, das Tüpfelchen auf dem i: verheiratet. Natürlich. *Katharina.* Sie hörte noch die Stimme, mit der er diesen Namen sagte, sah noch seinen angstvollen, entschuldigenden, traurigen Blick. Dieser Blick, es war, als wollte er bestätigen … Hatte er wirklich gewisse Gefühle für sie, Marie, entwickelt? Verheirateten Männern passierte zuweilen so etwas. Darin kannte Marie sich aus. Sie war ja Expertin.

Ob er schon schlief, da drüben? Natürlich schlief er, das ganze Dorf schlief, nur sie nicht! Sie holte sich ihre Lieblings-DVD, Stolz und Vorurteil nach einem Roman von Jane Austen, mit Keira Knightley als Elizabeth und Matthew Macfadyen als atemberaubendem Mr. Darcy. Sie fand in den Film hinein, fühlte sich aber hartnäckig von Macfadyen-Darcy an Florian erinnert, der doch schmaler war als der Darcy des Films und ohnehin anders – das war absurd, wollte ihr selbst nicht einleuchten! Das Filmende fand sie trotzdem wie immer ergreifend. Wie Darcy aus weiter Ferne, unaufhaltsam durch den Morgendunst auf Elizabeth zuschritt, mit wehendem Mantel, zerzaustem Haar und geöffnetem Hemdkragen. Wie er sie noch einmal, noch inniger und leidenschaftlicher fragte, ob sie ihn haben wolle. Wie sie, nachdem sie jetzt wusste, dass sie sich vorschnell in ihm geirrt hatte, vor lauter Gefühl nichts sagen konnte, aber ihre Augen sprachen für sie … Marie heulte, es war alles zu schön! Aber so etwas gab es nur in Romanen und Filmen.

Danach konnte sie erst recht nicht schlafen. Irgendwann suchte sie die Schlaftabletten hervor, die ihr in den ersten Nächten nach der Trennung von Sylvain ein wenig geholfen hatten, entschied sich aber doch dagegen, sie einzunehmen. Sie *musste* in die Brasserie; morgen früh; so früh wie möglich!

21. Überraschendes und Besorgniserregendes

Marie hielt vor der Brasserie am Kirchplatz von Telgruc an. Sie ging hinein und setzte sich an die Bar, wo sie der einzige Gast war, was sie zugleich erleichterte und enttäuschte. Es war wohl noch zu früh. Dabei hätte sie gern mehr Zeugen gehabt. Sie unterdrückte ein Gähnen und sagte: »Einen Café au lait, bitte.«

Fabien, der Inhaber, faltete seine Zeitung auf dem Tresen zusammen.

Marie wartete, bis das Zischen der Kaffeemaschine verstummt war und Fabien ihr die dampfende Tasse zuschob. Vorsichtig schüttete sie Zucker auf ihren Löffel, stach damit durch den Milchschaum und rührte. »Florian Reinhart, mein Nachbar, von dem ich Samstag erzählt habe. Er ist zusammengeschlagen worden. Es geht ihm nicht gut. Jemand hat die Reifen des Porsches zerstochen. Schlimme

Geschichte. Geht mir sehr nah, denn ich habe mich in dem Mann geirrt.« Marie legte den Löffel ab und sah Fabien in die erwartungsvollen Augen.

Als sie die Brasserie wieder verließ, fühlte sie sich besser, leichter. Jetzt konnte sie beruhigt zu ihren Großeltern nach Rennes fahren, wie sie es am frühen Morgen mit ihrer mémé ausgemacht hatte. Der Gedanke, ein oder zwei Tage mal außer Reichweite des verheirateten Nicht-Nazis zu sein, erschien ihr *überaus* verlockend.

Noch einmal hielt Florian sich das Handy ans Ohr und hörte Katharinas Nachricht ab: »Hi Florian. Ich weiß, dass du in der Bretagne bist. Bei Boris stapeln sich deine Strafmandate. Belgien, dann quer durch Frankreich – ich sage dir nicht, wie teuer das wird. Ruf an, dann erfährst du's. – Und Florian. Vergiss es, wenn ich mich gerade schnippisch angehört habe. Ich mache mir Sorgen um dich. Ich weiß, dass unsere Situation für dich schwierig ist; auch für mich ist sie das, glaube mir. Ich leide sehr darunter, wie sollte es anders sein? Ich wünschte, es wäre anders! Also, gib mir ein Lebenszeichen von dir, ja? Ciao.«

Er legte sanft das Handy auf den Tisch, schob es etwas von sich. Wie rührend – wie lachhaft. Konnte es sein, dass Boris' Strategie aufging? Hatte wirklich sein Wegfahren dazu geführt, dass … »Ich wünschte, es wäre anders«, sollte das heißen, dass Katharina verunsichert war, die Scheidung doch nicht mehr wollte? Er wusste, er sollte sich ins Auto setzen und nach Gießen zurückfahren, sofort. Dann hätte er vielleicht eine Chance, seine Ehe zu retten …

Er stöhnte auf, fuhr sich mit den Händen durchs Haar. Heimfahren? Er konnte es nicht! Er konnte es nicht, weil er sich mit seinen Verletzungen schlicht zu zerschlagen fühlte, um sich die lange Reise zuzutrauen. Was ihn aber selbst erschreckte war, wie sehr es ihn erleichterte, nicht wegfahren zu müssen.

»Was hast du, mein Freund?« Olivier schnipste mit den Fingern vor Florians Augen herum, um ihn aus seinen trüben Gedanken zu holen. Sie waren auf dem Weg zur Autowerkstatt in Morgat. »Deine Nachbarin?«, setzte Olivier mitfühlend nach.

»Wie kommst du darauf?«, wehrte sich Florian.

»Et bien?«

»Du weißt doch, dass ich jede Menge Ärger habe. Sie ist nur ein Teil davon.«

»Sehr diplomatisch, mein Freund.«

Wider Willen musste Florian grinsen. »Übrigens ist Marie nicht in Mengleuff. Schon früh am Morgen war sie verschwunden.«

»C'est ça ce qui te tracasse? Das macht dir Sorgen? Oh là là. Dich hat es sehr, sehr erwischt, so sagt man, oder?«

Florian machte eine ungeduldige Geste. »Erwischt kann man *grundsätzlich* sagen, aber nicht in meinem Fall. Erstens bin ich noch verheiratet und habe theoretisch gesehen eine Chance, meine Ehe zu retten. Und zweitens«, er senkte die Stimme, »Marie empfindet vielleicht so etwas wie Mitleid mit mir, wegen meiner Verletzungen, aber mehr nicht. Soll ich dir sagen, was sie mir auf dem Fest Noz buchstäblich entgegengeschleudert hat?« Und lakonisch berichtete er von seinem vergeblichen Versuch, Marie zum Tanzen aufzufordern, und von ihren allzu klaren Worten.

Olivier zuckte die Achseln. »Ich denke, sie hat nur herumgezickt. Sie mag dich.«

»Warum denkst du, dass sie mich mag?«, fragte Florian irritiert. Olivier sollte ihm keinen Floh ins Ohr setzen!

»Es gefiel ihr nicht, dass deine Frau angerufen hatte«, erklärte Olivier.

Sofort wollte irrationale Hoffnung in Florian aufflammen; er wies sich innerlich zurecht und fragte Olivier, um das Thema zu wechseln: »Und wie geht's mit deinen bretonischen Zicken? Ich meine, suchst du noch eine Freundin?«

»Natürlich; das nächste Rendez-vous ist morgen. In Lorient. Sie heißt Delphine. Ein schöner Name, nicht wahr? Sie sieht nicht schlecht aus; sie ist Ergotherapeutin, dreiundzwanzig Jahre; sie schreibt nette Dinge beim Chatten und ihre Stimme ist so làlà.«

Zu jung für Olivier, dachte Florian, und wenn er schon ihre Stimme nur so làlà fand … Hatte offenbar hohe Ansprüche an das weibliche Geschlecht, sein bretonischer Freund.

Der schlug ihn auf den Oberschenkel. »Florian, ich habe eine Idee! In Lorient gibt es diesen phantastischen Hafen, für U-Boote, du weißt schon, aus dem Krieg. Alles intakt! Es würde dich interessieren. Du kommst mit?«

Florian stutzte. »Zu deinem Rendez-vous?«

»Nein, du wartest; weißt du, meine Rendez-vous sind oft Katastrophen und sehr kurz.«

Florian musste lachen, wobei es ihm prompt in der Brust stach. »Nein, lass mal«, sagte er. »Aber du hattest doch von unterirdischen Bunkern auf Roscanvel gesprochen. Weißt du was? Wir könnten einen Ausflug zu viert daraus machen. Marie hat eine sehr einnehmende Freundin, sie heißt Isabelle; ich habe mit ihr getanzt auf dem Fest Noz. Sie ist hübsch, nicht zu alt und nicht zu jung, sie lacht gern und hat eine angenehme Stimme. Und sie ist überhaupt nicht zickig.«

Jetzt lachte Olivier. »Du willst mich – wie sagt man?«

»Verkuppeln? Na, und wenn es klappt?«

»Und du meinst, Marie will mitkommen, hein?«

Florian schwieg. »Nein«, gab er dann zerknirscht zu; doch Olivier ignorierte das und verkündete: »Et bien, wir werden fünf sein mit meinem Bekannten, dem Experten. Nachher, in der Werkstatt, rufe ich ihn an und wir machen einen Termin aus.«

»Ist gut, aber sag deinem Bekannten nur, dass wir zu zweit kommen werden. Das mit Marie und Isabelle war eine Schnapsidee.«

»Oh, on verra. Du wirst mit Marie reden!«

Leichte Panik flatterte in Florian auf. Da hatte er sich etwas Schönes eingebrockt.

»Und ihre Freundin, sie ist keine Zicke, n'est-ce pas?«, hakte Olivier nach.

Florian lächelte schwach. »Keine Zicke. Aber ob sie mitkommt …«

»Du arrangierst das, mein Freund, hein?« Zuversichtlich klopfte Olivier seinem deutschen Kumpel auf die Schulter.

Später, in der Autowerkstatt, rief er wie geplant seinen Bekannten an, der in zwei Tagen oder erst wieder in zwei Wochen Zeit haben würde, die kleine Gruppe durch das unterirdische Roscanvel zu führen. Olivier versicherte, übermorgen sei bestens.

Der weitere Tagesverlauf hielt für Florian noch mehr Überraschungen parat. Überraschend hoch war der Preis der Reifen für den Cayenne, die außerdem nicht vorrätig waren, sondern bestellt werden mussten. Der Porsche würde erst am nächsten Tag abholbereit sein. Nach dem Werkstattbesuch fühlte Florian sich erst recht deprimiert.

Dann die nächste Überraschung. Nachdem sie zusammen eingekauft hatten (unter anderem die dringend notwendige Gasflasche für den Herd), war Florian im Auto eingenickt. Er wachte erst auf, als Olivier ihn zum Aussteigen aufforderte – vor der Brasserie von Telgruc.

»Du willst *hier* essen?!« Florian war plötzlich hellwach.

»Natürlich, wie immer.«

»Nein nein, das geht nicht! Mir ist Samstag hier etwas passiert …«

»Erzähle es mir bei Tisch, ich habe Hunger!« Und Olivier war schon aus dem Wagen gesprungen.

Florian fluchte leise in sich hinein, als der Gendarm die Beifahrertür aufriss. »Was soll das jetzt?«, fragte er irritiert.

»Ich kümmere mich um den Verletzten«, grinste Olivier.

»Der Verletzte *will* aber nicht aussteigen«, gab Florian mit Nachdruck zurück.

»Aber es gibt Steak mit Pommes frites«, Olivier wies in Richtung der Tafel, auf dem das Tagesgericht stand.

»Das ist schön; dann kannst du ja auf dem Rückweg von Mengleuff alleine hier speisen«, sprach Florian gespielt sanft. Im nächsten Moment spürte er Schreck und Zorn in sich aufsteigen, denn der miese Brasserie-Chef persönlich kam von hinter Olivier angehetzt; suchte der etwa Ärger? Jetzt schob der Mann sich neben Olivier – und versperrte ihm, Florian, damit die Fahrertür! Florian ballte die Fäuste, er fühlte sich in der Falle.

»Bonjour, Messieurs. Vous voulez une table?«, fragte der Brasserie-Inhaber höflich.

»Pardon?« Ungläubig und mit zusammengezogenen Brauen starrte Florian zu dem Mann hoch, der sich ein wenig bückte, um in das Auto zu sehen.

»Mais bien sûr, merci«, erwiderte Olivier, vergnügt und überrascht über so viel Entgegenkommen.

»Très bien, très bien, voilà une bonne place qui est libre«, und der Brasserie-Inhaber wies auf einen Tisch auf der sonnigen Terrasse.

Florian fasste es nicht. Was war hier los? Als wolle der Mann sich mit seinem Eifer dafür entschuldigen, ihn das letzte Mal so ungerecht abserviert zu haben. Sollte er wirklich dieses Spiel mitspielen?

»Allez, gehen wir endlich?«, drängte Olivier.

»Na gut«, sagte Florian langsam und stieg aus dem Wagen.

Innerhalb der folgenden Stunde aß er das beste Steak seines Lebens. Der Kaffee und die Konfekte danach gingen auf Kosten des Hauses.

Später, als Florian auf der Couch in Boris' Haus lag, ließ er seine beiden letzten Besuche in der Brasserie noch einmal im Geiste Revue passieren. Dann glitt er in den Halbschlaf, und in das vage Denken an Marie … Wie hatte sie auf dem Fest Noz gesagt? Sie wolle nichts zu tun haben mit Leuten *wie ihm*. Leute wie *wer*? Florian öffnete brüsk die Augen. Und wenn auch sie mitbekommen hatte, dass man ihn in der Brasserie zum Nazi gestempelt hatte? Sie hatte auch gesagt, auf dem Fest Noz – ja, jetzt erinnerte er sich genau –, dass sie ihn gesehen hätte – auf dem Cap de la Chèvre – und auf dem Ménez-Hom? Und wenn sie ihn gesehen hatte, als er Bunker durchforschte? Und fotografierte? Und gezeichnet hatte er auf dem Cap auch …

Florian setzte sich auf, fuhr sich durch das Haar. Und wenn schon! Sogar wenn sie ihn bei irgendwelchen Bunkern beobachtet und von der Verleumdung gegen ihn gehört hätte, das würde sie doch nicht einfach so von ihm glauben?! Nein; dann hätte sie ihm nicht gestern geholfen und danach gleich ihrer ganzen Familie vorgestellt. Trotzdem, er musste Klarheit haben. Er würde zu ihr gehen, sofort.

Doch vergeblich klopfte er an Maries Haustür. *Wo war sie?* Enttäuscht wandte Florian sich von ihrem Haus ab. An der Ecke mit den Hortensien blieb er unschlüssig stehen. Sie sahen gar nicht mehr übel aus, die fatalen Hortensien. Zum Glück! Wenn er sie wirklich getötet hätte … Ob Marie seinen Dünger verwendet hatte? Behutsam schob er ein paar Zweige zur Seite, um den Boden darunter zu begutachten. Und da lag es. Ein kleines, ein sehr kleines Kätzchen.

War es tot? Es rührte sich nicht, war stark abgemagert und sein Fell feucht-strähnig. Florian berührte es vorsichtig mit der Schuhspitze. Da, die Pfötchen! Sie hatten gezuckt. Florian sah sich nach allen Seiten um. Weder eine Katzenmutter, noch weitere Junge zu sehen. Da fing das Kätzchen an zu maunzen. Leise, schwach und kläglich.

Marie war nicht da, und so konnte das Tierchen nicht liegenbleiben. Schicksalsergeben schob Florian eine Hand unter das Katzenjunge und hob es hoch. Es ließ alles mit sich geschehen. Wie leicht es in seiner Hand war, wie fragil. Wie dünn. Florian ging mit dem Tier geradeswegs in seine Küche. Das Katzenjunge auf dem Schoß und eine Schale Milch vor sich, tunkte er einen Finger in die Milch und hielt den Tropfen vor das trockene Näschen. »Na komm schon, Winzling«, murmelte er. Aber das Kätzchen wirkte apathisch und interessierte sich nicht für die Milch. Florian versuchte es noch einmal, dann noch einmal, dabei redete er sanft auf das Tier ein. Und endlich spürte er die raue Zunge an seinem Finger.

Von diesem Moment an wartete er mit verdoppelter Ungeduld auf die Rückkehr Maries. Doch die Stunden verstrichen, sie kam nicht. In der Zwischenzeit gelang es ihm, das Tierchen mit winzigen Stücken blanchiertem Lachs zum Fressen zu verlocken – aber es fraß so mühsam und wenig – , ehe es sich auf seinem Schoß zusammenkrümmte; seine Pfoten zuckten ein paar Mal, dann fielen ihm die Augen zu.

Es schlief; und doch waren das Pfotenzucken und der Zustand des Jungtiers Florian unheimlich. Es würde doch nicht hier und jetzt, auf seinem Schoß, sterben? Es brauchte einen Tierarzt! Aber er kannte keinen, außer Marie …

Mittlerweile war er mit dem kranken Winzling in das Wohnzimmer umgezogen, wo neben ihm die Kladde seiner Oma auf der Couch lag. Irgendwie musste er sich die Wartezeit vertreiben; also warum nicht damit … Er legte das Buch seitlich neben sich und suchte die letzte gelesene Seite. Die anfangs so ordentliche Schrift seiner Oma wurde nun krakelig. Er beugte sich über das Buch und las mit einiger Mühe.

Marlene hat Angst. Sie fühlt sich beobachtet. Wem kann sie vertrauen? Zwei Monate sind vergangen seit der Nacht in der Grotte. Anstatt die Sehnsucht nacheinander zu stillen, hat diese Nacht alles nur schlimmer gemacht. Marlene lebt auf die flüchtigen Momente hin, in denen sie sich ansehen können, stumm und verhalten. Jeder Kontakt darüber hinaus ist fast unmöglich geworden.

Die Stimmung unter den Deutschen hat sich gewandelt. Zwar haben sie zahlreiche feindliche U-Boote zerstört, seitdem Marlene hier ist. Aber es gab auch Verluste, und niemand spricht mehr von der baldigen Eroberung Großbritanniens. Dafür von der Ostfront und vom Vernichtungskrieg. Die Atmosphäre ist zum Bersten angespannt. Das macht es nicht leichter, alles nicht leichter.

Je länger die Tage werden, desto unmöglicher wird es, sich auch nur flüchtig in die Arme zu nehmen an einem verborgenen Ort. Er fehlt ihr so sehr. Er ist ihr nah und unerreichbar zugleich, wenn sie ihn bei den Baracken der Kriegsgefangenen sieht oder, in letzter Zeit öfter, bei der Limousine des Obersts vor der Kommandantur. Neuerdings wird er nicht nur zur Wartung der Limousine eingesetzt, sondern auch als Chauffeur. Böse Zungen behaupten, dass seine Schwester sich hochgearbeitet hat, von Hähnels Bett zu dem des Obersts persönlich. Daher die Privilegien des Bruders.

Marlene würde die Frau gerne sehen. Die Geliebte deutscher Offiziere. Die Geliebte des Feindes. Wie sie selbst, nicht so viel anders. Und doch ganz anders: denn sie, Marlene, liebt den »Feind« von Herzen! Mit ihrem Liebsten spricht sie nicht über seine Schwester. Er will es nicht, sie hat es versucht.

Sie steht nachts am Fenster, schaut hinaus, sieht den »Tannenbaum«, wie die Leuchtbombe der Lancaster-Flieger so trügerisch schön genannt wird. Dann sieht sie nach unten, aus einer Ahnung heraus. Da ist er, unter ihrem Fenster.

Sie huscht aus der Kammer, die Treppe hinunter. Unter dem Dröhnen der Motoren nimmt sie ihn an der Hand, zieht ihn in den Garten, hinter das Toilettenhaus. Viel Deckung ist da nicht, aber … Sie erbebt unter seinen Küssen, seinen Händen. Sie lieben sich keuchend an der Toilettenwand, während die Flieger über sie hinwegknattern.

Danach klammern sie sich aneinander wie zwei Ertrinkende. Marlene zittert vor Aufregung und Angst. Sie muss wieder rein, die Flieger sind fort. Die britischen Lancasters werfen ihre Bomben blind ab, der Fackelregen hilft ihnen nicht viel. Einmal mehr hat Telgruc Glück gehabt, offenbar ist das Dorf unversehrt. Aber das nächste Mal?

»Wir können das nicht mehr tun«, flüstert Marlene ihrem Geliebten ins Ohr und will sich losreißen. Er zieht sie fester an sich.

Sie hat den Eindruck, alle starren sie an. Egal, was sie tut, egal, wo sie ist. Madame Keroas, sie hat bestimmt alles gemerkt, die alte Katze! Jeder, jeder um sie herum! Manchmal glaubt das Marlene. Dann wieder sagt sie sich, dass sie eine unbedeutende Funkhelferin ist. Wer sollte groß auf sie achten? Ha! Aber wenn sie wüssten! Und dann – was ihr am meisten Angst macht, ist Rosens wissender Blick. Sein wissender, kalter, abschätzender Blick. Oder ist es nur Marlenes Einbildung, dass er sie so ansieht? Trotzdem, sie kann nicht anders als an damals denken, wo Rosen sie erstmals so angesehen hatte: nachdem er den Mann erschossen hatte, den Mann mit den erhobenen Händen …

Er weint. Sie hat ihren Geliebten noch nie weinen gesehen. Sie liegen zwischen den Halmen eines brachliegenden Feldes. Der Boden ist kalt und feucht und riecht nach Herbst. Freunde von ihm sind getötet worden, erschossen von den Deutschen. Es ist das erste Mal, dass er offen von Freunden im Widerstand spricht. Marlene tröstet ihn, so gut sie kann. Aber es erhöht ihre Angst, jetzt sicher zu wissen, dass er Kontakt hat zu diesen Leuten. Sie denkt an den Mann, damals in der Unwetternacht, in der Kapelle. Jaja, schon da. Sie fühlt sich immer mehr in die Ecke gedrängt. Wenn sie in diesem Land geboren wäre und es wären fremde Eroberer gekommen? Würde sie nicht auch …? Aber das sind Gedanken, die darf sie nicht denken!

Gisela und Traute. Sie sind entfernte Gesichter geworden. Jetzt kommt Traute auf sie zu, um zu sagen, dass Gisela krank ist und sie sprechen will. Warum? Marlene ist erschöpft. Sie war vierundzwanzig Stunden im Dienst. Trotzdem geht sie.

Damals hat Marlene ihre Freundinnen dafür beneidet, zusammen wohnen zu dürfen. In einem Hof am Rand von Telgruc. Als Marlene das Haus betritt, sind die deutschen Frauen nicht zu sehen. Eine alte Bäuerin strickt in einem Stuhl und nickt in Richtung der Tür, hinter der Gisela sein muss.

»Gisela«, sagt Marlene unsicher und tritt an das Bett. Ihre Freundin aus Kindertagen sieht leichenblass aus, mit fahlen, trockenen Lippen und tiefen Ringen unter den Augen. Ihre Haare sind klebrig und ihre Haut glänzt matt von einem ungesunden Schweiß.

Gisela blickt auf und hebt müde die Hand. Marlene ergreift sie und drückt die klammen Finger.

»Hast du Post gekriegt?«, will Gisela wissen.

»Lange nicht mehr. Wieso?« Eine bange Vorahnung überkommt Marlene.

»Es gab einen Bombenangriff auf unser Viertel.«

Marlene starrt mit angstgeweiteten Augen in das bleiche Gesicht. »Woher weißt du …?«

»Ich habe Post gekriegt«, sagt Gisela und schließt die Augen.

»Deine … Familie?«, hört Marlene sich fragen.

»Vielleicht sind alle mittlerweile gefunden.« Trotzig presst Gisela die zitternden Lippen zusammen.

Und meine Eltern, meine?, will Marlene schreien.

»Ich weiß nichts von deinen Leuten«, sagt Gisela tonlos, sie hat Marlenes Gedanken erraten. »Ich dachte, du weißt vielleicht etwas.«

Marlene atmet auf. Sie hat keine Post erhalten. Das ist ein gutes Zeichen, nicht? »Bist du deshalb krank?«, fragt sie. Es ist seltsam, mit Gisela zu reden. Es ist so lange her.

»Nein«, sagt ihre alte Freundin nach einer Weile.

»Was ist es dann? Kann ich dir helfen?«

Zu Marlenes Schreck beginnt Gisela, leise zu schluchzen. Marlene setzt sich an den Rand des Bettes, streichelt Gisela über das Haar. »Scht, scht«, macht sie, wie es ihre Mutter getan hat, als sie ein Kind war, nach Alpträumen.

Gisela beruhigt sich etwas. »Ich habe mir schon selbst geholfen«, sagt sie rau.

»Wie meinst du das?«

»Ich habe Verschiedenes ausprobiert. Sogar überlegt, mich die Treppe runterzuschmeißen. Dann habe ich etwas geschluckt. Jemand hat mir gesagt, was man nehmen muss. Es hat funktioniert. Alles raus, gestern Abend.«

»Du … du …« Marlenes Mund ist trocken. »Von wem war es?«

»Ich will nicht darüber reden.«

Marlene schweigt. Dann sagt sie: »Du brauchst einen Arzt.«

»Nein, es geht schon.«

»Versprich mir, dass du einen Arzt holen lässt, wenn es nicht besser wird.«

»Mal sehen. Sag du mir, wenn du Post bekommst.«

Marlene nickt, aber die Härchen an ihren Armen stellen sich auf bei dem Gedanken. Nicht solche. Solche Post nicht!

Beim Gehen trifft sie vor dem Haus auf Traute. Traute sieht sie scharf an. Was hat sie? Sie weiß doch, dass Gisela wollte, dass sie kommt.

»Es wäre besser, einen Arzt zu holen«, sagt Marlene.

»Vielleicht. Was wollte sie von dir?«, fragt Traute kalt.

»Neuigkeiten von zuhause. Ich habe keine.«

»An deiner Stelle würde ich öfters an zuhause denken. Dein Vaterland«, sagt Traute knapp.

Einen Moment lang sehen sie sich stumm in die Augen. Trautes Augen sind durchscheinend wasserblau und trotzdem undurchschaubar. Sie ist merkwürdig selbstsicher geworden, Traute.

»An deiner Stelle würde ich nicht so um Rosen herumscharwenzeln«, sagt Marlene langsam. Denn ihr ist seit einiger Zeit aufgefallen, dass Traute das tut.

»Ach? Bist du eifersüchtig, weil er dich nicht mehr bevorzugt?«, fragt Traute Marlene geradezu triumphierend.

Vielleicht war es ein Fehler, Traute auf Rosen anzusprechen. Aber sie war einmal eine Art Freundin, also fährt Marlene fort: »Weißt du nicht mehr, auf unserer Anreise? Wie Rosen den Mann erschossen hat, der sich schon ergeben hatte? So einer ist Rosen!«

»Pass du lieber auf dich selbst auf«, zischt Traute und schubst Marlene zur Seite, um in das Haus zu humpeln.

Marlene schließt kurz die Augen, dann geht sie.

Aber am nächsten Tag ist sie wieder bei Gisela. »Ich habe keine Post bekommen, ich will nur sehen, wie es dir geht«, sagt sie schnell.

Das hoffnungsvolle Flackern in Giselas Augen erlischt.

Der Arzt war da. Es ging nicht anders. Über Nacht hatten die Blutungen wieder eingesetzt. »Er hat gesagt, ich überstehe das. Mit Mut, Willenskraft und Selbstbeherrschung, als braves deutsches Mädchen.«

Marlene ist erleichtert darüber, dass Gisela dem Arzt nachäfft. Das ist sie wieder, ihre alte Freundin von früher! Aber dann schlägt Giselas Stimmung um. Tränen treten ihr in die Augen. »Er hat gesagt, es war ein Unrecht von mir.« Sie ergreift Marlenes Hand, dann platzt es aus ihr heraus: »Ein Unrecht am Führer! Ich hätte das Kind austragen müssen, für ihn! Aber was hätt ich denn tun sollen damit? Wohin hätte ich gehen sollen? Wenn doch daheim niemand mehr ist!«

Marlene wiegt ihre Freundin in den Armen. Ein Kloß sitzt ihr im Hals. »Vielleicht sind sie nicht tot«, sagt sie ohne Überzeugung.

»Ich glaube, doch!«, schluchzt Gisela.

Marlene streichelt ihr die Tränen vom Gesicht. »War er ein Deutscher? Der dir das Kind gemacht hat?«, fragt sie leise. Sie muss es wissen.

»Aber ja, wo denkst du hin!« Gisela befreit sich aus Marlenes Armen und sieht sie fast böse an.

»Und wenn es kein Deutscher gewesen wäre? Hätten die das Kind dann auch für den Führer gewollt?«, fragt Marlene mehr sich selbst als ihre Freundin.

»Sei still! Was redest du da!«, fährt Gisela sie an.

Ein Geräusch hinter ihr lässt Marlene herumfahren.

»Du hast gleich Dienst?« Traute steht in der Tür.

Marlene steht auf. »Ja.«

Traute nickt und geht an Giselas Bett vorbei zu ihrem.

Gisela hat ihre Hand ergriffen und sieht Marlene beschwörend an, kurz Richtung Traute und dann wieder Marlene in die Augen.

Die weiß, was Gisela sagen will. Sie glaubt, es zu wissen.

Die Post ist gekommen. Marlene hat keine Eltern mehr. Wie ein Automat verrichtet sie ihre Pflicht. Ihn sieht sie nicht mehr. Sie will nicht mehr. Das ist sie ihren Eltern schuldig. Ein Tribut ihrer Liebe an sie, dieser Liebe, die niemanden mehr erreichen wird von jetzt an. Wenn sie nur Heimurlaub genommen hätte! Wenn sie ihre Eltern noch einmal gesehen hätte! Sie *hätte sterben sollen, nicht die Eltern.* Sie *ist in Feindesland, ihre Eltern waren zuhause. Sie waren nicht schnell genug im Luftschutzkeller.*

Sie hat seine Schwester gesehen. Nach all der Zeit und dem vielen Hörensagen. Es war ein Schock. Eine Dame steigt aus der Limousine des Obersts. Marlene will nicht sehen, ob er am Steuer sitzt, ihr verlorener Geliebter. Sie steht vor der Kommandantur und muss zur Seite treten, um der Dame Platz zu machen. Eine echte Dame, so elegant, als ob gar kein Krieg wäre. Wer ist das? Als die Dame an ihr vorbeistreift, wendet sie ihr das Gesicht zu. Und Marlene sieht in seine *Augen.* Seine *Augenbrauen heben sich zur stummen Frage. Verwirrt schaut Marlene zu Boden. Damit hatte sie nicht gerechnet, mit dieser Ähnlichkeit! Verstohlen sieht sie jetzt doch zu der Limousine. Da sitzt er. Durch die Scheiben sehen sie sich an. Marlene wendet sich ab und stolpert hastig davon.*

Sie kann nicht ohne ihn leben, es geht nicht! Aber dieser Plan, mit dem er sie überfallen hat, er ist verrückt! Kann das gutgehen? Andererseits, was hat sie schon zu verlieren? Sie hat keine Eltern mehr, die erfahren könnten, dass ihre Tochter ihnen Schande bringt oder gestorben ist wegen einer törichten verbotenen Liebe!

Aber was heißt verboten und töricht, verboten töricht ist der Krieg, nicht ihr Gefühl füreinander! So sieht er es und sie selbst auch. Ja, sie wird auf seinen Plan eingehen. Eine Woche mit ihm, wenn es gut geht. Wenn es schiefgeht, sterben sie zusammen.

Sie ist auf dem Weg nach Châteaulin, zum Bahnhof. Ihren Koffer hält sie auf dem Schoß, mit beiden Händen. Robert fährt den

Kübelwagen. Im Rückspiegel sieht er sie neugierig an. Sie fährt als einzige in den Heimurlaub; sie hat gesagt, sie muss, wegen ihrer Eltern. Das Grab sehen. (Sie weiß gar nicht, ob es eines gibt.) Sie staunt noch immer darüber, dass sie die Genehmigung bekommen hat. Steckt sie dahinter, seine Schwester? Seine Sondergenehmigung hat er jedenfalls über die Schwester erhalten. Eine Woche in seinem Elternhaus, um sich um den Hof zu kümmern – ein gewöhnlicher Kriegsgefangener ist er nicht mehr. Er ist der Bruder seiner Schwester, einer Frau, die einen gewissen Einfluss hat. Die Macht der Schönheit, denkt Marlene. Aber ihr ist nicht wohl dabei, von dieser unwägbaren Frau mit der schmutzig erkauften Macht abzuhängen.

Am Bahnhof verabschiedet Marlene sich bei Robert und steigt aus. Erleichtert sieht sie den Kübelwagen wenden und abfahren.

Sie geht auf die Bahnhofstoilette. Man kann nicht abschließen, kein Riegel ist mehr vorhanden. Schnell hockt Marlene sich hin, öffnet den Koffer und holt die Sachen heraus. In ständiger Angst, dass jemand hereinkommen könnte, schlüpft sie aus ihrer Uniform und in das Kleid. Das Kleid ist zu weit; sie hofft, die Haube korrekt angelegt zu haben. Sie schaut in den beschlagenen Spiegel über dem Waschbecken. Nimmt man ihr die Bretonin ab? Sie zweifelt. Sie schlägt das Umlegetuch um. Ist es so richtig? Sie packt die Uniform in den Koffer, gerade noch rechtzeitig, dann schwingt die Tür auf. »Pardon, Mademoiselle«, sagt die Frau, die sie fast umgestoßen hätte.

Marlene verlässt mit dem Koffer den Bahnhof, geht ein Stück die Straße herunter. Sie geht langsam, wie es ausgemacht ist. Ein Motorrad hält neben ihr. Sie schreckt auf, aber alles ist gut. Ein Motorrad also. Sie lächeln sich an. Wie damals. Aber der Koffer?

»Attends«, sagt ihr Geliebter. Er nimmt den Koffer und geht in den Bahnhof zurück. Marlene wartet beim Motorrad. Es sind schreckliche Minuten, natürlich gibt es Soldaten hier, was, wenn man sie anspricht? Und sie kommt nicht los von der fixen Idee, Rosen könnte unter ihnen sein! Da kommt endlich ihr Geliebter zurück. Ohne Koffer. Er zeigt ihr einen Schlüssel. Gepäckaufbewahrung? Marlene muss lachen. Es ist die Nervosität, aber auch ein närrisches Gefühl von Freiheit. Ja, sie spielen einen Lausbubenstreich, einen Streich, der tödlich enden kann, und?

Ihr Geliebter wickelt sie besser in das Umlegetuch und macht im Rücken einen festen Knoten. »Ich habe keinen Mantel«, sagt er bedauernd. Er selbst trägt nur eine dünne Jacke. Sie haben nur sich, um sich gegenseitig warmzuhalten auf ihrer Fahrt zurück auf die Halbinsel. Die Sonne wärmt schon, aber die Luft ist noch kalt. Bald ist Ostern. Sie fahren in die Osterferien, eine Woche im Paradies.

Das Paradies. Ein Paradies mit Hausarrest. Die Leute in seinem Dorf dürfen Marlene nicht sehen.

Es ist eine unwirkliche Situation, ein wackeliger Traum, eine kleine Seifenblase unter einem riesigen Damoklesschwert. Marlene hatte solche Angst auf der Fahrt hierher. Doch jetzt, in diesem alten Haus, fühlt sie sich geborgen. Vorübergehend geborgen. Sie kann sich der Illusion hingeben, dass sie es ist.

Als sie ankamen, hat er ihr das Haus gezeigt wie ein Bräutigam seiner Braut. Seine Mutter ist nicht da. Sie pflegt seine Tante und seine Cousine, die schwer erkrankt sind. Das ist der Grund für die Sondergenehmigung, die seine Schwester erwirkt hat. Er kümmert sich um den Hof – das ist allerdings übertrieben. Es ist kein Hof, es ist ein kleines Haus mit etwas Land dahinter und einem Stall darauf, für eine Kuh und eine Ziege. Milch gibt es wenig, aber ein paar Hühner legen Eier und es gibt etwas Gemüse im Garten. Hätten sich darum keine Nachbarn kümmern können?

Aber es ist nicht die Zeit, sich zu viele Fragen zu stellen. Eine Woche. Jeder Augenblick ist kostbar und auszukosten bis zur Neige. Bis alles wieder zuende ist. Und dann? Nicht nachdenken, Marlene, nicht nachdenken!

Die meiste Zeit sind sie oben, in seinem Zimmer, das er früher mit den Brüdern geteilt hat. Das Bett ist ihr Nest, sie bauen sich Mauern aus allen Decken, die sie gefunden haben. Sie lieben sich, unersättlich. Es ist auch ein Weg, alles Schreckliche zu vergessen. Wenn sie eins sind, ist da nichts als ihr leises Stöhnen, die aufsteigenden Welle des Glücks, die sie beide trägt, bis sie über ihnen zusammenschlägt.

Wenn er draußen ist, um die Tiere zu versorgen, schleicht sie im Hemd wie ein Gespenst durch das Haus. Hier ist er aufgewachsen.

Das ist seine Welt. So anders als ihre. Wie karg sein Zimmer ist im Vergleich zu dem, das sie hatte, in dem zerbombten Haus in Berlin. Im Raum gegenüber war sie nur einmal. Der Raum seiner Mutter. Das große Kreuz über dem Bett, das gerahmte Hochzeitsfoto als einziger Wandschmuck. Eine Scheu hat sie ergriffen, schnell ging sie wieder heraus. Aber unten, im großen Raum, da ist mehr zu sehen. Der Boden aus gestampfter Erde, der riesige Kamin, den man mit hölzernen Türen schließen kann. Wie in einer anderen Zeit. In einer Zeit, in der es keinen Krieg gab, keine modernen U-Boote und Panzer und Bomber. Der große Tisch mit den Bänken daran, hier hat die Familie gegessen. Über dem Tisch hängen Kordelstücke, da hing früher der Schinken, außerhalb der Reichweite der Mäuse. Die Bänke kann man wie Truhen öffnen, da wird das Brot aufbewahrt und das Mehl. Marlene sieht gerne das bunte Geschirr an, das Hochzeitsgeschirr seiner Eltern. Sie mag die naiven Figuren darauf, Männer und Frauen in Tracht, Dudelsackspieler. Jedes Familienmitglied hatte seine Trinkschale, mit dem eigenen Namen darauf. Das findet sie hübsch. Sie streichelt über den Namen ihres Geliebten. Dann geht sie weiter und schaut sich das traurige Foto an, mit der schwarzen Schleife am Rahmen. Es ist das einzige Foto im Raum, das Bild des verstorbenen Vaters. Die exotischen Schätze hat er mitgebracht, von seinen Reisen. Marlene darf sie jederzeit ansehen, hat ihr Geliebter gesagt, aber sie tut es nur mit ihm zusammen. Dann gehen sie selbst auf Reise, gedanklich. Auf Hochzeitsreise, sagt er.

Heute ist etwas Erschreckendes passiert. Sie sitzen vor dem Schrank mit den hübschen Kostbarkeiten, als die Tür hinter ihnen aufschwingt. Licht dringt ein, ein kühler Luftzug. In der Tür steht seine Schwester. Sie erstarrt in ihrer Bewegung und sieht erschrocken zu ihnen hin, ungläubig, dann wütend. Sie macht einen Schritt zurück, dann fällt die Tür in das Schloss.

Ihr Geliebter springt auf und rennt hinterher. Marlene tritt an das Fenster, kann von da aus aber niemanden sehen. Sie meint, einen Motor zu hören. Ihr Geliebter kommt zurück.

»Was ist?«, fragt Marlene angstvoll.

»Sie fährt«, gibt er betroffen zurück. »Sie will nicht reden.«

»Wusste sie nicht …?«

»Nein«, sagt er abwesend.

Die Standuhr tickt laut in dem stummen Raum.
»Was wird sie tun?«, fragt Marlene schließlich.
»Nichts. Sie ist meine Schwester.«
»Kannst du ihr vertrauen?«
»Ja«, sagt er fest.
Marlene hofft, dass er Recht hat! Und wider Willen muss sie an Rosen denken, und an Traute; Rosen, Traute, und nun seine Schwester – und plötzlich weiß Marlene, sie weiß es genau, ihr Geliebter und sie, sie werden an ihrer verbotenen Liebe zugrunde gehen, früher oder später.

Florian schlug heftig das Tagebuch zu. »Stimmt nicht, du hast überlebt! Aber dein Geliebter? Warum, Oma, warum hast du mir das alles zu lesen gegeben?« Gedankenverloren sah Florian von der Kladde zum Katzenbaby auf seinem Schoß. Als hätte es seinen Blick gespürt, räkelte es sich und schlug die Augen auf. »Na, wieder wach?«, fragte Florian, und dann: »Ich denke, wir gehen nochmal nach Marie schauen. Und wenn die immer noch nicht da ist, dann gehen wir zu Yvonne. Nichts gegen dich, aber etwas menschliche Gesellschaft und Ablenkung kämen mir jetzt gelegen. Auf geht's, Winzling!« Und Florian rappelte sich von der Couch hoch.

Florian fluchte, er war im Dunkeln über etwas gestolpert. Er merkte wirklich, wie viel Lambig er getrunken hatte: das hatte er gar nicht gewollt, Yvonne hatte ungefragt immer wieder nachgeschenkt. Die konnte auch ganz gut was wegstecken. Den Winzling hatte er die ganze Zeit über auf dem Schoß gehabt, wo auch das kleine »malheur« passiert war, wie Yvonne es genannt hatte. Er hätte das Kätzchen zwischendurch mal raussetzen sollen, wie er es daraufhin noch gemacht hatte. Zum Glück, da war noch mehr gekommen.

Yvonne hatte das kleine Tier auf Anhieb ins Herz geschlossen. Nachdem der Winzling sich erleichtert hatte, hatte er den Rest des langen Abends dann auf ihrem Schoß verbracht. Unterdessen hatte Florian, so gut es ging, von seinem unglücklichen Fest Noz in Morgat und von seinem glücklicheren Festessen bei Maries Eltern erzählt. Dann war er irgendwann zu beschwipst geworden für eine geordnete

Kommunikation. Hatte er Yvonne zuletzt auf Deutsch zugelabert? Er war sich nicht mehr ganz sicher…

Maries Haus lag noch immer licht- und leblos da. Wie frustrierend. Auch Boris' Haus war so dunkel und einsam, dass Florian froh war, den Winzling an sich gedrückt zu spüren. »Bevor wir schlafen gehen, müssen wir noch telefonieren«, erklärte er, suchte sein Handy und wählte Katharinas Nummer. Sie ging nicht dran, nur die Mailbox. »Ich bin es, Florian. Mach dir keine Sorgen, mir geht es gut. Ich kann noch nicht weg, es gibt hier etwas, das mir enorm am Herzen liegt. Dann bis in ein paar Wochen oder so, ciao. – So, Winzling, und jetzt Boris.« Er wählte. Auch nur die Mailbox. »Hey, Boris, ich nehme das Haus. Du gehst mit dem Preis runter oder auch nicht, wir reden drüber. Tschüs.«

Er wankte auf die Toilette, danach die Treppe hoch ins Bad. Einhändig war das alles nicht so einfach, aber er musste ja den Winzling festhalten. Er schaffte es, mit der Zahnbürste den Mund zu treffen, und fiel schließlich ins Bett. »Aber wenn dir hier ein Malheur passiert, werde ich richtig sauer«, brummte er noch dem kleinen Tier zu; dann dachte er an Marie, die nicht ewig wegbleiben konnte, und schlief mit diesem tröstlichen Gedanken ein.

22. Der Verdacht

Florian stöhnte auf. Dieses Pochen, war das nur in seinem Schädel? Nein, da war noch eins, von unten … Er raffte sich auf und bewegte sich zur Haustür, in der vagen Hoffnung, es könne Marie sein, oder zumindest Olivier …

»Bonjour, Monsieur. Je suis là pour le ménage«, begrüßte ihn die Frau, die nicht Marie war.

Die Putzfrau. Wie hieß sie noch? Fragend sah sie ihn an, da er noch in der Tür stand und ihr den Eintritt versperrte. Am liebsten hätte er ihr gesagt, heute nicht, Madame Dingens; aber dann trat er doch ergeben beiseite und winkte sie herein. Irgendetwas hatte er vergessen, nur was? – »Un moment, Madame«, bat er und eilte an der Putzfrau vorbei die Treppe hoch. Tanguy, fiel ihm auf der obersten Stufe wieder ein.

Das Katzenjunge lag unter der Decke und machte die Augen einen Spalt breit auf, um sich andeutungsweise zu dehnen und dann wieder einzuschlafen. Florian fuhr sich fahrig über das Gesicht. Das Katzenjunge. Gestern Abend, der viele Lambig. Und davor … das Tagebuch.

Die nächsten Stunden verbrachte Florian damit, vor Madame Tanguy von einem Raum, in dem sie eben nicht war, in den nächsten zu fliehen. Zwischendurch schaffte er es zu duschen, in ständiger Angst, die Frau könnte in das riegellose Bad eindringen. Er versuchte einmal, sie zu fragen, ob sie sich mit jungen Katzen auskenne, aber sie zuckte entschuldigend die Achseln. Der Winzling trank und fraß kleine Mengen und schlief ansonsten trotz Staubsaugergeräuschen auf Florians Schoß durch. Ob Marie in Mengleuff war, überprüfte Florian zweimal, jedes Mal ohne Erfolg.

Am Nachmittag ging er mit Katze, Decke und Kladde in den Garten. Er breitete die Decke unweit vom Heckenloch aus, um es sicher mitzubekommen, wenn Marie heimkäme. Bald weckten Sonne und Luft die Lebensgeister des Kätzchens; es stand auf wackeligen Beinen auf, um seine Geschäfte zu verrichten. Danach kam es sofort auf die Decke zurück und suchte Körperkontakt. Behutsam streichelte Florian mit den Fingerspitzen über das weiche Fell, das grau-schwarz getigert war, nur die rechte Vorderpfote des Winzlings war weiß, wie eine Socke. Er seufzte, dann öffnete er mit der anderen Hand das Tagebuch.

Nach der Lektüre des letzten Eintrags war ihm ein erschreckender Verdacht gekommen. Zu erschreckend, um mehr wissen zu wollen. Zu unwahrscheinlich, um glaubwürdig zu sein. Und doch … und doch. Es nützte alles nichts, Bescheid wissen musste er. Er begann zu lesen.

Kein Durchkommen mehr zu ihm, seit ihrer getrennten Rückkehr nach Telgruc. Tagsüber dient er als Chauffeur des Obersts, nach außen hin mag das nach einem Privileg aussehen, aber keine Freiheiten mehr, keine Sondergenehmigungen; nachts schläft er strikt überwacht bei den anderen Kriegsgefangenen. Marlene stöhnt auf. Sie ist schuld, diese

Schwester, diese Geliebte des Obersts! So muss es sein! Der Bruder soll nicht bestraft werden, der Bruder soll nur aufhören mit dem Verbotenen. Fein! Aber sie selbst, das Offiziersliebchen?

Es hilft nicht, das stille Grämen. Marlenes Blutung ist nicht gekommen, zum zweiten Mal.

Etwas erfahren, was man befürchtet hat, bleibt trotzdem ein Schock. Florian brauchte einen Moment, um sich zu sammeln. Dann las er weiter.

Nachts wacht Marlene mit Angstschweiß auf. Natürlich, sie könnte behaupten, das Kind sei rein deutsch. Es einem Soldaten anhängen? Mit einem der ihren Geschlechtsverkehr haben, möglichst bald? Oder es machen wie Gisela, etwas schlucken, es töten, was da in ihr entsteht? Noch ist da doch gar nichts, kein echtes Kind. Aber wenn es schiefgeht? Gisela wäre beinahe daran gestorben. Und überhaupt, will sie das? Das Kind töten? Sie muss es ihm mitteilen, dem – dem Vater. Nur wie? Und was würde es helfen, wenn er es wüsste?

Seit Wochen sucht sie seinen Blick. Seit Wochen vergeblich. Jemand muss ihm eine unüberwindbare Angst eingejagt haben. Er sieht nicht einmal mehr zu ihr hin. Nicht einmal mehr das. Marlene ist allein mit ihrem Dilemma, mit ihrer Fassungslosigkeit, ihrem Schmerz.

Sie ist krank, hustet, hat hohes Fieber. Bloß keinen Arzt! Sie hat nach Gisela verlangt. Sie wird Gisela bitten, ihm das Couvert zu geben. Wenn Gisela sie verrät, ist alles verloren. Aber vielleicht tut sie es ja nicht. Sie kennen sich schon so lange. Nein, Gisela kann ihre Kinderfreundin doch nicht verraten?

Gisela ist gekommen und wieder gegangen. Jetzt hat sie das Couvert. Jetzt ist sie auf dem Weg – wohin? Direkt in die Kommandantur? Wem würde sie es geben? Rosen? Oder tut sie, worum Marlene sie bat, und geht wirklich zu ihm, dem Kriegsgefangenen in der Baracke? Gisela war nicht wirklich erstaunt. Wie lange ahnte sie es?

Nichts von ihrem Geliebten; Gisela ist nicht wiedergekommen, aber es kam auch niemand, um Marlene festzunehmen. Ihre alte Freundin hat sie nicht verraten, noch nicht. Marlene kämpft mit ihrer Lungenentzündung. Sie darf nicht aufgeben. Sie muss kämpfen, für sich und das Kind! Denn sie hat sich entschieden, sie will es.

Nur im Hintergrund bekommt sie den großen Aufschrei mit. Die Amerikaner in Frankreich! Sie landeten in der Normandie. Sie bewegen sich Richtung Westen.

Täglich treffen deutsche Soldaten aus der ganzen Bretagne auf Crozon ein. Manche machen Station in Telgruc, andere ziehen gleich weiter, nach Süden oder Norden. Der Befehl lautet, sich in den Brückenköpfen zu verschanzen, die massiv nachgerüstet werden. Brest, Lorient, Saint-Nazaire mit den U-Boot-Häfen sind zu verteidigen bis zum Tod. Im Nordosten sind Paimpol und Saint-Malo kleinere Brückenköpfe, weiß Marlene, die wieder im Einsatz ist. Aber der Ménez-Hom und Crozon sind wichtiger denn je als die Brückenköpfe, die Brest verteidigen sollen. Bis zum Tod.

Marlene hört Schreckliches. Die Soldaten aus dem Inneren der Bretagne berichten von Rachetaten an der Bevölkerung. Da war ein Dorf nahe eines Waldes, in dem sich Konspiratoren organisierten. Die Einwohner erhielten Befehl, das Dorf zu verlassen. Auf der Landstraße, in einer Talsenke, wurden sie mit MGs niedergemäht; alle, auch die Alten, auch die Kinder. Die Jagd auf Konspiratoren ist scharf wie nie, bloße Verdächtige wurden exemplarisch vor der Bevölkerung exekutiert, auf der Rückzugsroute der Deutschen. Marlene ist entsetzt. Dieser Krieg macht aus Menschen Bestien! Wer gab die Befehle zu diesen entsetzlichen Taten? Wie dumm sie war, wie hoffnungslos naiv, als sie vor zwei Jahren geglaubt hat, es sei heldenhaft, für das Vaterland in den Krieg zu ziehen!

Marlenes Leib schwillt immer sichtbarer an. Wie kann sie sich und das Kind schützen, in diesem Krieg, in dem das Unmenschliche möglich ist? Was ist mit ihm, ihrem Geliebten, von dem sie nichts weiß, nicht einmal, ob er noch in Telgruc ist und am Leben?

Saint-Malo und Paimpol sind verloren. Die Amerikaner sind weiter auf dem Vormarsch. Manchmal ertappt Marlene sich in ihrer Kammer dabei, blöde lächelnd den Talisman zu streicheln, das Andenken, das ihr Geliebter ihr geschenkt hat, am Ende der ihr wie ein Traum erscheinenden Woche im Haus seiner Familie. Und doch, es ist kein Traum gewesen; der Talisman beweist es – und das, was sich immer schwerer verbergen lässt … Die alte Katze, die Hausbesitzerin, sieht sie inzwischen verächtlich an, meint Marlene. Auch Traute hat sie vorhin fast triumphierend fixiert. Kommt keiner auf die Idee, dass das Kind das eines Bretonen ist, wundert sich Marlene beinahe? Ihr Kopf ist so leer. Dann wieder fühlt sie sich von einem irrwitzigen Mut der Verzweiflung gepackt und meint, sie müsse sofort fliehen! Nur wohin? In die Arme der Amerikaner?

14. August. Gespannte Kampfbereitschaft in Telgruc. Die Amerikaner und de Gaulles freie Franzosen haben Brest erreicht, vor einer Woche. Aber Brest hält sich. Wenn das so weitergeht, werden die Amerikaner und de Gaulles Heer es mit einem Flankenangriff versuchen, von Crozon aus. Aber noch ist es nicht soweit. Erst müssten sie über den Ménez-Hom, auf dem fünfzehntausend deutsche Fallschirmjäger den Feind erwarten.

Noch immer weiß Marlene nichts über ihren Geliebten. Sie ist lediglich sicher, dass er nicht in Telgruc ist. Er ist verschwunden, mit ihm eine Reihe weiterer Kriegsgefangener. Was hat man mit ihnen vor? Oder wurden sie exekutiert? Mit Grauen fragt Marlene sich, ob das Töten von Kriegsgefangenen nicht auch möglich geworden ist? Wird sie den Vater ihres Kindes je wiedersehen?

Florian hielt mit dem Lesen inne. Er blätterte eine Seite vor, dann zwei. Sie hatte nicht mehr mit Tinte geschrieben, sondern mit Bleistift, jetzt so krakelig, dass es kaum mehr lesbar war.

27. August. Brest hält sich weiterhin, das Spektakel über der Stadt wütet Tag für Tag, die Bomben prasseln fast unaufhörlich auf das nieder, was bereits eine Ruinenstadt ist. Aber General Ramcke und seine Elitetruppen werden sich nicht ergeben, heißt es. Bis zum Tod, ist ihre Devise.

Die Amerikaner tun das, was zu erwarten war. Seit gestern tobt ein zweiter, näherer Kampf, um den Ménez-Hom. Wenn der Feind es über den Berg schafft, wird Telgruc der nächste Kriegsschauplatz sein.

Aber Marlene ist das augenblicklich egal. Mit einer merkwürdigen Ruhe sieht sie Gisela nach, die von ihr forthastet. Auf offener Straße hat Gisela Marlene am Arm gepackt und ihr die drei Worte ins Ohr gezischt: »Du bist verraten.«

Florian sah vom Tagebuch auf. Er musste blinzeln, die starke Sonne blendete ihn. Er sog tief die reine Luft ein, horchte auf den entfernten Schrei einer Möwe. Der Winzling neben ihm lag ganz ruhig da, auf der Seite, den Rücken an Florians Bauch geschmiegt.

Wie ruhig war alles um sie herum. Kaum vorstellbar, dass bis vor einundsiebzig Jahren die Schlussphase dieses Krieges hier getobt hatte. Dieses Krieges, in dem das Unmenschliche möglich geworden war, wie die junge Marlene es formulierte …

Ruckartig setzte Florian sich auf. Der Winzling erwachte und gähnte groß. Florian musste lächeln und kraulte das Tierchen unter dem Kinn und hinter den Ohren. Der kleine Kopf drückte sich an die kraulenden Fingerspitzen, erstmals vernahm Florian von dem Kätzchen ein Schnurren. »Das gefällt dir, du kleiner Bretone«, murmelte Florian, aber seine Gedanken waren woanders. Wann genau? Wann genau im März 1944 war Marlene mit ihrem Geliebten in seinem Dorf gewesen? Anfang, Mitte oder Ende? Diese Frage war entscheidend; und daran gebunden eine zweite: Wann hatte Marlene den Mann kennengelernt, den sie geheiratet hatte?

Opa. Florian erinnerte sich kaum an ihn. Opa war an einem Herzinfarkt gestorben, als er, Florian, drei Jahre alt gewesen war. Aber er meinte, sich an die spitzen Knie von Opa zu erinnern, auf denen er reiten durfte. Hoppe hoppe Reiter … Oma hatte geschimpft, wenn das Reiten zu wild wurde.

Opa. Sein Opa. *War er gar nicht sein Opa gewesen?*

Der Winzling drehte sich auf den Rücken. Seine Vorderpfoten schlugen nach Florians Finger. Er spielte. »Gut, das ist schon etwas. Wir gehen gleich rein und du kriegst Milch und Fisch. Und danach sollte ich mit Oma telefonieren … Aber weißt du was? Das bringe ich nicht über mich. Wenn sie mir etwas sagen wollte, dann hätte sie es geradeheraus tun müssen, nicht über dieses Tagebuch! Und sie hätte es nicht *mir* sagen müssen, sondern Mama. Mama wäre die Halbbretonin, nicht ich …«

Florian schüttelte heftig den Kopf. Nein; nein, das war unmöglich …

23. Katzensitting

Marie parkte das Auto am Feldrand. Sie war müde von den über zwei Stunden Autofahrt von Rennes nachhause.

»Guten Abend, Marie Cadiou!«

»Guten Abend«, gab Marie zurück und lachte: »Sie haben mich erschreckt!« Hinter ihr stand plötzlich Yvonne.

»Sag mal, Marie, was hast du mit dem armen Florian gemacht?«

Marie zuckte zurück. Woher wusste Yvonne von ihrer Verleumdungsaktion in der Brasserie? »Wieso?«, fragte sie defensiv.

»Weiche mir nicht aus, Marie, ich weiß alles! Florian hat mir erzählt, dass er verprügelt wurde und dass du ihn aus dem Krankenhaus geholt hast, mit deinen Eltern. Ist das richtig?«

Marie nickte vorsichtig.

»Und dann habt ihr bei deinen Eltern gegessen, das war eine nette Idee. Aber was war *dann*?«

»Wie, dann?«, fragte Marie verständnislos.

»Der arme Junge war so aufgelöst, in seiner Verwirrung hat er zum Schluss auf Deutsch auf mich eingeredet, aber dein Name, Marie Cadiou, der kam dauernd vor! Nicht nur wegen des Kätzchens, da war garantiert noch mehr. Habt ihr euch gestritten?«

Perplex schüttelte Marie den Kopf. Was sollte das jetzt? Und welches Kätzchen?

»Du solltest dich mit Florian aussprechen«, riet Yvonne, »am besten, gleich. Da ist er ja schon. Ich lasse euch mal alleine.« Sie drehte sich um und ging.

Marie sah, dass Florian wirklich in entgegengesetzter Richtung auf dem Feldweg stand. Nun setzte er sich in Bewegung. Unaufhaltsam kam er in großen Schritten auf sie zu – und – für einen Moment hatte sie wirklich gedacht, er werde sie in die Arme schließen?! Dieser Ansatz der Geste … Aber nein, was bildete sie sich ein! Trotzdem musste Marie um Fassung ringen. Als sei er wirklich in Versuchung gewesen, verschränkte Florian fest seine Arme und sah sie vorwurfsvoll an. Dieser Blick brachte Marie allerdings auf die Palme. »Was ist?«, fuhr sie auf. *Was* hatte Yvonne da eben für einen Unsinn erzählt?

»Könntest du mal den Trotz aus der Stimme nehmen?«, fragte Florian ironisch zurück. Ironisch, und irgendwie auch … enttäuscht.

»Pardon?« Marie hob fragend eine Augenbraue.

»Nichts, vergiss es. Ich habe gestern ein krankes Katzenjunges gefunden, unter deinen Hortensien. Vielleicht hat jemand es absichtlich vor deine Tür gelegt; jemand, der wusste, dass du Tierärztin bist? Ich habe mich jedenfalls um das Kätzchen gekümmert, bin aber wirklich froh, dass du da bist …«

Mit so etwas hatte Marie nicht gerechnet! »Wo ist die kleine Katze?«, fragte sie.

»Bei mir.«

»Gut, allons voir«, sagte Marie und ging los.

Sie sah das Tier sofort, es lag auf der Couch, schlafend. Sie setzte sich, sprach es an und berührte es vorsichtig. Er schlug die Augen auf und ließ sich von ihr hochnehmen, betasten und in Augen, Maul und Ohren schauen. »Ich hole meine Instrumente«, sagte sie und stand auf. Sie wollte sicher gehen.

Kurz darauf begann die zweite Untersuchung, diesmal mit Stethoskop.

»Wo ist eigentlich deine Praxis?«, fragte Florian, der neben Marie vor der Couch hockte.

»Ich arbeitete in Brest«, gab sie knapp zurück, verärgert darüber, abgelenkt zu werden – und verärgert über diese ins Persönliche gehende Frage.

»Hast du jetzt Urlaub?« Er sah sie fragend an.

Sie runzelte die Stirn und legte das Stethoskop weg. »Der kleine Kater ist nicht krank. Er ist aber geschwächt, zu dünn und dehydré – du verstehst?«

»Ich habe ihm gestern und heute immer wieder Milch gegeben, und blanchierten Fisch.«

»Milch ist nicht gut; Fisch, ja, das geht. Du gibst ihm Wasser.«

Florian zögerte.

Hatte er angenommen, *sie* werde sich des Kätzchens annehmen, fragte sich Marie? Wollte er es loswerden? Wahrscheinlich. Nun gut, natürlich würde sie sich um den Katzenwelpen kümmern.

»Okay. Fisch und Wasser«, wiederholte Florian nun zustimmend, zu Maries Überraschung.

»Ja. Aber wenn Sie möchten, dass ich ihn nehme …«

»Nein nein, ich mache das schon. – Aber waren wir vorgestern nicht beim Du?«

Marie wurde rot.

»Möchtest du mit mir zu Abend essen?«

»Pardon?!« Das wurde ja immer besser!

»Ich kümmere mich gerne um den Winzling, aber, ich weiß nicht; ich wäre beruhigt, wenn ein Tierarzt ihn noch eine Weile mit mir zusammen im Auge behalten könnte. Und da du die einzige Tierärztin bist, die ich kenne … Außerdem würde ich mich gerne für die Einladung von vorgestern revanchieren.«

»Das waren meine Eltern. *Sie* haben dich eingeladen.« Marie sah auf das Katerchen hinunter. Aus professioneller Sicht wäre es natürlich besser, es noch eine Weile zu beobachten. Prüfend sah sie den Deutschen an; dann zurück auf den Mini-Kater. »Eh bien …«

»Heißt das ja?«, hakte Florian nach.

Marie zuckte die Achseln und sah ihn bedröppelt an.

»Schön. Freut mich.«

»Aber zuerst muss ich zu mir«, sagte Marie hastig und wandte sich um, zum Gehen.

»So gegen acht?«, rief Florian ihr schnell hinterher.

»D'accord, à plus«, murmelte Marie und zog die Tür hinter sich zu.

Oh là, wo hatte sie sich da hineinmanövrieren lassen? Zuhause schloss sie die Haustür hinter sich und lehnte sich mit dem Rücken dagegen. Dann stürzte sie zum Telefon. Isabelle!

»Danke, Kleiner. Sie kommt zum Essen! Kein Rendez-vous, nur ein Katzensitting, ganz für dich, aber immerhin … Ein Katzensitting, das ist in Ordnung. Das ist allen gegenüber korrekt; auch Katharina … Trotzdem mache ich nachher das Handy aus. Wäre schon blöd, wenn Katharina noch einmal anrufen würde, ausgerechnet im Beisein dieser undurchschaubaren, aber faszinierenden Marie… Okay, du bleibst erstmal auf der Couch liegen und ich plane das Essen!« Und Florian schoss zum Kühlschrank.

Sie hat die Einladung angenommen, sie hat die Einladung angenommen, ging es ihm in den nächsten Minuten wie eine Melodie durch den Kopf. Und dann wieder, der Selbstverweis: Aber nur wegen des Kätzchens. Und dann, eine ganz leise kleine Stimme: Wirklich *nur* deswegen? – Nicht zu viel nachdenken, Florian, einfach … leben. »Genau, Florian, schreib mal einen Ratgeber. Einfach leben, toller Titel. Wird bestimmt ein Bestseller. Regel Nummer eins: Nicht laut mit sich selbst reden, wenn der Besuch einer schönen Frau ansteht. Regel Nummer zwei: Vor allem nicht laut mit sich selbst reden, während die schöne Frau da ist. Regel Nummer drei: Mit Schweigen am besten sofort beginnen, um konzentriert den Lachs zu schneiden, nicht die Finger.«

Isabelle fand die neusten Entwicklungen großartig (wer hätte es gedacht). Marie hatte sie abwürgen müssen, weil ihre Nachfragen kein Ende nahmen. Aber egal, was Isabelle ihr geraten hatte – und die konnte in Liebesdingen ganz schön skrupellos sein –, sie würde sich Florian, einem verheirateten Mann (der sie ohnehin nicht interessierte, *sie* war nicht Isabelle,) *garantiert nicht* an den Hals werfen! Es ging um den Katzenwelpen, diesen armen Minus; um den ging es. Und wenn der Deutsche anfangen würde, sie anzumachen, würde sie wieder gehen!

Sie schaute auf die Standuhr. Zwei nach acht. Dann los.

»Olivier, es hat geklopft, ich mache Schluss! Was? Ja, ich frage sie wegen Roscanvel! Nervensäge.« Kaum hatte Florian das Telefonat mit dem Gendarm beendet, schaltete er schon das Handy aus. Dann ging er klopfenden Herzens zur Haustür. Armer Olivier, dachte er noch, schon wieder ein Fiasko mit der Internet-Frau aus Lorient. Zur Ablenkung hatte er ihm vom Fund der alten Locken erzählt, um dann, vielleicht etwas ungeschickt, auf das Katzensitting mit Marie zu kommen. Olivier hatte ihm prompt wiederholt, wie das mit dem draguer gehen sollte; aber genau das würde Florian nicht tun!

Er öffnete die Tür. »Hallo, komm rein.«

Er wirkte aufgeregt. Das beruhigte Marie seltsamerweise. Sie trat ein. Der Minus lag auf der Couch; eine Untertasse mit Fischresten und eine Schale Wasser standen auf einem Küchentuch neben ihm.

»Er hat eben gefressen und getrunken«, versicherte Florian, ein wenig stolz.

»Das ist gut«, nickte Marie.

»Ich denke, er schläft gleich wieder ein; da können wir erstmal…« Florian beendete seinen Satz mit einer Geste zum Esstisch, die er selbst linkisch fand.

Die zwei Gedecke lagen einander gegenüber, weit auseinander, stellte Marie befriedigt fest. Sie setzte sich und stutzte. »Das ist hübsch«, sagte sie und hob das aus Küchenrolle gefaltete Schiffchen von ihrem Teller.

»Ich hatte keine Servietten«, entschuldigte sich Florian.

»Das ist nicht schlimm, ich mag dieses Schiff«, versicherte Marie noch einmal.

»Ich habe auch keinen Aperitif. Aber Wein kann ich anbieten. Und Wasser, natürlich.«

»Sehr gut, ich nehme Wasser.« Sie griff nach der Flasche.

»Genau, bediene dich selbst. Das ist Salat, verschiedene Sorten. Und hier, Baguette.«

»Das sehe ich.«

Sie sahen sich an und mussten lachen.

»Ich bin etwas aufgeregt«, gestand Florian. »Wenn ich Unsinn rede, liegt das daran.«

»Und was macht Sie so nervös?« Marie kniff die Augen zusammen.

»Dass wir uns nicht streiten vermutlich. Aber das ist gut so. Ich will keinen Streit.«

»Also streiten wir nicht. Gute Idee.«

»Na dann«, Florian atmete auf, »doch etwas Wein? Und wir waren beim Du …«

Das Essen lief gut, meinte Florian. Bei den Salaten hatten sie beide ordentlich zugelangt, vielleicht, um ihre Verlegenheit zu überspielen. Zwischendrin hatte der Winzling gemaunzt und Florian hatte ihn auf den Schoß genommen. Er hatte den Eindruck, dass das Marie gefallen hatte. Sie hatte so etwas in ihrem Blick … Jetzt bat er sie: »Nimmst du den Kleinen? Damit ich abräumen kann«, und er reichte ihr das schläfrige Tier. Als sie es entgegennahm, berührten sich ihre Fingerspitzen.

Er zuckte zurück. Sie sah auf die Katze. Wortlos ging er in die Küche. Dort atmete er aus. Verdammt, nicht heute Abend! Nicht diese merkwürdige Spannung zwischen ihnen, wenn sie sich berührten! Das war nicht gut, das wollte er nicht! Er wollte plaudern, einfach nur einen netten Abend haben mit einer attraktiven Frau, die sich obendrein mit schwachen Tierjungen auskannte … Er riss sich zusammen, ging ins große Zimmer zurück.

»Du hast die Teller vergessen. Du wolltest abräumen«, empfing Marie ihn, ein merkwürdiges Funkeln in den Sphinx-Augen.

»Ist mir auch eben aufgefallen«, Florian grinste unsicher und griff nach den Tellern.

»Voilà«, sagte er dann, als er, aus der Küche zurückkommend, seinem Gast einen großen, reich gefüllten Teller vorsetzte.

Marie riss die Augen auf. Für wie viele Personen war das gedacht? Immerhin, anders als die Salate, war das hier selbst zubereitet. Sie warf Florian einen anerkennenden Blick zu. Der Minus auf ihrem Schoß setzte sich auf, um Richtung Lachs zu schnuppern.

»Tagliatelle mit Lachs und Zucchini«, verkündete Florian. »Soll ich dir den Kleinen wieder abnehmen, bevor er an deinen Lachs geht?«

Marie grinste. »Vielleicht muss er auch raus. Ich gehe.« Und sie verließ mit der Katze das Haus.

»Jetzt wird alles kalt«, protestierte Florian; doch da kam sie schon wieder.

»Du brauchst eine Toilette für Katzen, er muss üben«, sagte sie, während sie das Katerchen auf die Couch und sich auf den Stuhl setzte. »Er darf nicht lernen, beim Essen so nah am Tisch der Menschen zu sein«, erklärte sie.

Florian nickte. Er wollte zu bedenken geben, dass der kleine Kater vorerst nur sein Pflegetier war, dass gar nicht gesagt war, dass er ihn behalten konnte; andererseits hatte sie Recht, gewisse Dinge sollte der Winzling baldmöglichst lernen.

Marie probierte die Tagliatelle. Das Aroma der angebratenen Lachs- und Zucchinistücke harmonierte, verbunden durch eine ordentliche Portion Crème fraîche, mit dem Geschmack der frischen Nudeln. »Sehr gut«, nickte sie.

»Schön«, sagte Florian, ein wenig erleichtert, »noch etwas Wein? Ich habe hier einen weißen …«

»Nur ein kleiner Schluck, bitte …«

Sie unterhielten sich über ihre ersten Kochversuche; darüber, wie Marie als kleines Mädchen viel Mehl, Zucker, Milch und ein Ei zusammengerührt und im Ofen zu einem dunkelbraunen Gummi-Kuchen gebacken hatte, an dem sich ihr papy fast die Zähne ausgebissen hätte, gegessen hatte er das Zeug trotzdem; und Florian konnte das nachvollziehen, denn er hatte bei seiner Oma einmal Bockwürste mit Salamischeiben umwickelt und in einen Topf mit heißem Wasser geschmissen, als Würstchen im Schlafrock.

»Die Würstchen waren am Ende aufgeplatzt und die Salami schwamm auf dem kochenden Wasser; appetitlich war das Ganze nicht, aber meine Oma hat wie dein papy tapfer mit mir aufgegessen …“ Florian lachte.

Marie lag es danach auf der Zunge, nach dieser Oma zu fragen, die in der Bretagne gewesen war, im Krieg, und die sich in einen Bretonen verliebt hatte, wie sie von Olivier wusste. Aber da nicht Florian selbst ihr das anvertraut hatte, hielt sie sich lieber bedeckt.

Sollte er Marie anvertrauen, was er in der Seegrotte gefunden hatte, fragte sich Florian? Aber vielleicht war das noch zu früh; etwas hielt ihn davon zurück, Marie mit seiner schwierigen Familiengeschichte zu überfallen. »Willst du ein Dessert?«, fragte er stattdessen, allerdings erstaunt darüber, dass Marie ihre Riesenportion Nudeln restlos weggeputzt hatte. Er selbst hatte seinen Teller mit Mühe geschafft.

»Danke, noch nicht. Mein Magen braucht Zeit.« Lachend winkte sie ab.

»Mal grundsätzlich, bin ich zu schnell beim Servieren?«

Marie sah ihn über den Rand ihres Weinglases hinweg bedeutungsvoll an. »Schnell, begeistert und systematisch.«

Florian wusste nicht, ob das ein Kompliment sein sollte. »Okay, ich merke es mir. Käse willst du wohl nicht?«

»Ah non! Nur das Dessert!«

»Einen Kaffee?«, bot Florian später an, nachdem beide ihre Mousse au chocolat gegessen hatten. Nicht schlecht für ein gekauftes Dessert, aber das nächste Mal würde er selbst eine Mousse zubereiten. Das nächste Mal – was dachte er da? Würde es überhaupt ein nächstes Mal geben?

Marie lehnte den Kaffee ab, danach könne sie nicht schlafen.

»Ah, das Problem hast du auch?«, fragte Florian.

Schweigend sahen sie sich einen Moment lang an. Dann schaute Marie Richtung Couch, wo der Winzling – zum Glück oder zum Unglück, wie man es wollte – artig und gefahrlos schlief. Wenn er nichts sagte, würde sie gehen, dachte Florian; und sie sollte nicht gehen. Noch nicht. Sie sah ihn an und fragte: »Was macht jetzt deine Frau?« Ein Satz, für den sie sich am liebsten die Zunge abgebissen hätte; so wie er nach seinem nächsten: »Sie hat einen Liebhaber.«

Mit aufgerissen Augen sah Marie Florian an. »Das meinte ich nicht.«

»Es stimmt trotzdem. Aber wollen wir rübergehen, auf die Couch?«

Sie setzten sich einer rechts, einer links neben das Katzenjunge, das zusammengerollt blieb und nicht aufwachte.

»Meinst du, der wird wieder?«, fragte Florian besorgt.

Marie sah ihn prüfend an. »Er ist interessiert an Futter, das ist gut«, gab sie vorsichtig zurück. Florian nickte gedankenverloren. Dann sagte er langsam: »Was ich eben über meine Frau gesagt habe – das ist der Grund, warum ich hier bin. Ich hätte mit allem gerechnet, aber nicht damit, dass … Wie auch dem. Boris hat mir den Schlüssel zu diesem Haus gegeben, meine Oma war plötzlich auch ganz wild darauf, dass ich in die Bretagne fahren sollte, und so bin ich hier. Ehrlich gesagt, ich war einfach überfordert. Ich wollte weg, um nachzudenken, und weil ich ein Problem mit Konflikten habe. Es gehört nicht zu meinen Stärken, mich denen auszusetzen, fürchte ich …«

Marie hob eine skeptische Augenbraue. Nun, immerhin sah er es ein. »Deine Frau, sie hat sich gemeldet?«, fragte sie zögernd. Wenn es das war, was er von ihr wollte – dass sie zuhörte, wenn er über seinen Liebeskummer sprach –, dann … würde sie es eben tun.

»Naja, sie hat vorgestern angerufen, auf Handy, du weißt schon«, Florian wich Maries Blick aus. »Aber ich weiß nicht mehr, wie sie zu mir steht. Erst hat sie von Scheidung gesprochen, jetzt macht sie sich Sorgen um mich. Was soll ich davon halten?« Was machte er da grade, fragte sich Florian. *Das* hatte er bestimmt nicht heute Abend vorgehabt – mit Marie über seine zerrüttete Ehe reden! Doch die fragte jetzt weiter: »Bist du seit langem verheiratet?«

Florian schüttelte unwirsch den Kopf. Gedankenverloren begann er, den kleinen Kater zu streicheln, der ein Auge öffnete und sich zurechträkelte.

»Oh, wir müssen nicht darüber reden«, begann Marie, und klang beinah verletzt.

Zerknirscht sah Florian zu ihr hoch. »Entschuldige, ich selbst habe ja mit Katharina angefangen. Aber willst du das wirklich wissen?«

Marie wusste erst nicht, was sie darauf antworten sollte. Dann sagte sie ironisch: »Ich weiß gut, was Liebesschmerz ist. Ich habe viel Verständnis.«

»Vielen Dank im Voraus«, gab Florian zurück und verbeugte sich leicht, gleichfalls ironisch. Dabei sah er sie prüfend an. Also hatte auch sie eine Trennung hinter sich? Kürzlich? »Machst auch du gerade eine Auszeit?«, fragte er vorsichtig.

Marie biss sich auf die Lippen. Das Gespräch nahm eine unerwartete Wendung. Sie hatte nicht vorgehabt, über *ihren* Liebesschmerz zu reden! Aber vielleicht war es der Wein, vielleicht die Nachwirkung des guten Essens, vielleicht die vertrauliche Atmosphäre dieses Abends. Sie hörte sich sagen: »Er hieß Sylvain.« Und zögernd begann sie zu reden.

»Voilà, jetzt weißt du alles«, schloss Marie ihren traurigen Bericht, und Florian nickte mitfühlend. Dabei hätte er ihr gerne gesagt, wie sehr er diesen Mann verachtete, der sie Jahre lang hatte zappeln lassen. Nur, eines stand fest: So wie Marie über diesen Ex von ihr sprach, würde sie nichts auf ihn kommen lassen, trotz allem. Und sich ihm an den Hals schmeißen, sobald er in Mengleuff auftauchen würde. *Wenn* er in Mengleuff auftauchen würde. Und Florians Instinkt (oder eine geheime Hoffnung) wollten ihm sagen, dass dieser Sylvain das nicht tun würde. Nicht nachzuvollziehen. Eine Frau wie Marie gehenzulassen!

»Jetzt bist du dran«, sagte Marie und ließ sich erschöpft gegen die Couchlehne zurücksinken. Erwartungsvoll sah sie Florian an.

»Okay«, begann er. Jetzt, wo er wusste, was Marie widerfahren war, fiel es ihm selbst leichter, über seinen Schmerz und seine Ängste zu reden. So erzählte er ihr alles; wie Katharina und er sich kennen- und liebengelernt hatten; von ihrer kurzen Verlobungszeit und frühen Heirat; von ihrem glücklichen Eheleben mit seinen kleinen Schwierigkeiten – Katharinas Abwesenheiten als Stewardess – und von ihren kleinen Ritualen, die sie erfunden hatten, um jede Heimkehr zu feiern und die Abschiede erträglicher zu machen; davon, wie diese Rituale sich abgenutzt hatten, im Laufe der Zeit, unmerklich; von beider Stress mit ihren Jobs, der dazu geführt hatte, dass sie sich unversehens mehr und mehr voneinander entfremdet hatten …

Er verstummte. Lehnte sich gleichfalls in der Couch zurück.

»Und jetzt?«, fragte Marie. »Was willst du machen?«

»Was willst *du* machen?«, fragte er ausweichend zurück.

»Oh, ich werde irgendwann wieder arbeiten; vielleicht in einer eigenen Praxis …«

»Und was ist mit der Liebe? Glaubst du, du wirst eines Tages jemanden finden, bei dem du weißt, dass er dich so liebt, wie du ihn?«

Marie fand keine Worte. Sie zuckte mit den Achseln und sah weg.

Florian sah auf seine Schuhspitzen. »Manchmal«, sagte er langsam, »habe ich selbst Lust, ganz neu anzufangen. Mit allem. Auch beruflich.«

»Wieso? Du bist Architekt, hast du gesagt; magst du das nicht?«, fragte Marie, bemüht, vom schwierigen Thema »Liebe« wegzukommen.

»Hm. Ich bin unzufrieden geworden, mit dem, was ich tue. Ich habe mich darüber verändert. Und wenn ich mit Katharina darüber reden wollte, wollte sie nicht; sie wurde dann ungeduldig. Einmal hat sie mir vorgeworfen, ich würde bloß auf hohem Niveau jammern. Und das war's dann mit unserem Gespräch.« Florian lächelte unsicher.

Schon wieder Katharina, dachte Marie. Aber gut. Sie fragte: »Was meinte sie?«

Florian seufzte. »Boris sagt immer, ein galoppierendes Pferd soll man nicht rumreißen. Keine Ahnung, woher er den weisen Spruch hat. Das galoppierende Pferd ist in diesem Fall unser Architekturbüro. Es läuft und läuft, und wir verdienen gut damit. Also dürfen wir uns nicht beklagen; *das* meinte Katharina mit Jammern auf hohem Niveau.«

»Aber du jammerst trotzdem. Warum?«

Florian senkte die Stimme: »Weißt du, was wir bauen?«

Marie hob fragend die Brauen. Woher sollte sie das wissen?

»Bunker.«

Sie zuckte zusammen.

»Bis vor kurzem hätte ich gesagt, wir bauen großflächige, kastenartige, dem Anschein nach moderne Baukörper aus viel Beton, Stahl und Glas, die in Wahrheit nicht mehr sind als Imitate des Bauhaus. Nur mit anderen, neuen Materialien und besserer Energieeffizienz. Seitdem ich hier bin und alte Bunker gesehen habe, kann ich ergänzen: Wir bauen eine Art Bauhaus-Bunker.«

»Ich weiß, was ein Bunker ist; aber was ist ein Bauhaus?«

Florian erklärte das Konzept der Bauhausbewegung der 20er Jahre, jenes damals revolutionäre Prinzip »form follows function«. »Was man schon damals an den Bauhaus-Häusern kritisierte war aber, dass sie zu sehr Wohn-Maschinen waren, um noch viel Gemütliches, Intimes, Charismatisches zu haben. Und was die Häuser betrifft, die Boris und ich bauen, die sind nicht anders. Die sind – leider – definitiv – seelenlos. Oh Mann, es ist echt nicht schön, etwas zu bauen, was man selbst nicht schön findet! Verstehst du?«

Marie blähte die Backen auf. Florian baute Bunker-Häuser, die ihm nicht gefielen, und das machte ihm keinen Spaß. Obwohl er damit anscheinend eine Menge Geld verdiente (sein Kompagnon fuhr schließlich diesen Porsche und hatte ein Ferienhaus). Jetzt wollte Florian ihr Mitgefühl. War das Jammern auf hohem Niveau? Nun ja; sie hatte das Glück, eine Arbeit zu haben (nicht gerade eben, aber im Prinzip), die sie liebte. Also gab sie sich Mühe, mit Florian mitzufühlen, und sagte: »Hier gibt es auch neue Häuser, die solche Kästen sind, wie du sagst; aber weil sie immer weiß sind mit schwarzen oder grauen Fenstern, sehen sie für mich aus wie – wie Gebäude, wo du die Toten verbrennst, wie sagt man auf Deutsch?«

»Krematorien? Danke.« Florian zog eine Grimasse, musste aber lachen.

Marie lachte mit. »Warum baust du nicht etwas anderes, ohne Boris?«, fragte sie dann.

»Weiß auch nicht. Hervorragende Frage.« Florian schüttelte leicht den Kopf und sah Marie auf eine Weise an, die sie die Augen niederschlagen ließ. »Dein Essen war gut«, sagte sie, »aber nun werde ich …«

»Ich wollte dir noch etwas über meine Oma sagen.« Nein, Marie sollte noch nicht gehen, es war gerade so schön mit ihr … Ah, da hatte er ihre Aufmerksamkeit wieder. Wie sie ihn fixierte. Einen Moment lang hielt er einfach nur ihrem Blick stand. Das verunsicherte sie, sie sah wieder weg. Also begann er zu reden: »Bevor ich in die Bretagne abfuhr, offenbarte meine Oma mir, dass sie im Krieg hier, auf Crozon, stationiert gewesen war, als Funkhelferin. Sie gab mir ein Tagebuch mit.« Er griff unter das Couchkissen, wo die Kladde bisher unsichtbar gelegen hatte.

Wie seltsam, er hat das Tagebuch seiner Oma aus dem Krieg und ich habe Elodies Zeichnungen, dachte Marie für sich, sagte davon aber nichts. Sie hatte ihm schon zu viel anvertraut für einen Abend.

»Schlag es auf«, Florian hielt ihr das Buch hin.

Marie tat es zögernd. »Ist das eine geheime Schrift?«, fragte sie mit gerunzelter Stirn.

»Das ist Offenbacher Schrift. So hat man damals in Deutschland geschrieben.«

»Ich kann nichts lesen«, klagte Marie und lehnte sich über den schlafenden Kater hinweg zu Florian, damit der die eine Seite des Tagebuchs festhielt.

»Ich habe es auch erst lernen müssen, mit einer Schrifttabelle«, erklärte Florian, der sich anspannte, als Maries Schulter fast seinen Oberarm berührte. Oh ja. »Hier, sieh mal … Das ist ein großes D«, er zeigte auf den Buchstaben. Wenn sie sich so über das Buch beugte, konnte er ihre Haare riechen. Dieser feine Duft nach Vanille. Erregung stieg in Florian hoch, er konnte es nicht verhindern. Beherrsch dich, Mann! Du hast ihr vorhin noch dein Liebesleid wegen Katharina vorgejammert!

»Was schreibt sie?«, fragte Marie und wollte sich etwas aufrichten, denn da war, ob sie es wollte oder nicht, diese gewisse heimtückische Chemie, die … Stopp! Definitiv falsch!

»Soll ich es dir erzählen?«, fragte Florian schwach. Sie waren sich körperlich zu nahe, er hätte wirklich lieber ganz andere Dinge getan als reden; der Alkohol musste Mitschuld sein, aber um die Kontrolle nicht zu verlieren, musste er erstens an den Winzling denken, der nicht zerquetscht werden durfte, und zweitens aufstehen und die Locken holen. »Warte, bin gleich wieder da«, murmelte er und zwang sich, sich von der Couch loszureißen.

Marie atmete auf. Sie hatte zu viel Wein getrunken. Sie musste gehen. Sie war nicht Isabelle, die vielleicht gegen ein paar schöne, unverbindliche Stunden nichts gehabt hätte. (Behauptete die zumindest; in Wahrheit suchte Isabelle eine feste Beziehung!) Florian liebt noch seine Frau, hämmerte Marie sich ein; und ich … will keinen deutschen Sylvain …

Jetzt kam er zurück, sie hörte ihn schon auf der Treppe. Er hielt etwas in den Händen, was war das?

Florian setzte sich auf ihre andere Seite, nicht neben den kleinen Kater; so dass er das alte Tuch mit den Locken auf seinem und Maries Schoß platzieren konnte. Behutsam schlug er den Stoff auseinander.

»Was ist das?«, fragte Marie erschrocken.

»Der Rest einer großen Liebe. Einer Liebe, die verboten und unmöglich war.« Florian sah Marie tief in die Augen. Sie fragte sich noch, wie sie seine Worte verstehen sollte, da fing er schon mit seiner dramatischen Geschichte an. Seine Oma habe sich in einen jungen Bretonen verliebt, einen Kriegsgefangenen. Sie hätten beide ihre Neigung unterdrücken wollen, es aber nicht gekonnt, und so hätten sie eine Liebesnacht in einer Seegrotte verbracht – in der Grotte, die sie, Marie, Florian gezeigt hatte!

»Dort habe ich die Locken gefunden, in einer versiegelten Flasche. Ein Andenken dieser heimlichen Liebe. Es muss schrecklich gewesen sein; sie konnten nicht voneinander lassen, haben aber fortan in Angst davor gelebt, ertappt zu werden. Das hätte den Tod für beide bedeutet. Sie haben sich trotzdem weitergesehen und es sogar hingekriegt, heimlich eine ganze Woche zusammen zu verbringen, im Elternhaus des jungen Mannes, in einem abgelegenen Dorf. Aber danach hat meine Oma bemerkt, dass sie schwanger war … Und dann hat jemand die beiden verraten.« Florian sah Marie müde an.

»Et après? Wie ging es weiter?«

»Weiß ich nicht.«

»Warum nicht?«

»Ich habe nicht weitergelesen.«

»Du hast nicht weitergelesen?«, fragte Marie ungläubig. Sie hätte sofort alles wissen wollen!

»Ich hatte Angst«, rutschte es Florian heraus.

»Wovor?«

»Meine Oma und ihr Geliebter verbrachten Ostern 1944 in seinem Elternhaus. Meine Mutter wurde Anfang Januar 1945 geboren. Verstehst du?«

Marie rechnete schnell nach. »Aber dann … du wärest ein Viertel Bretone!«

»Vielleicht. Ich weiß es nicht. Meine Oma kann das Kind des Bretonen verloren haben; sie kann ihren deutschen Mann, meinen Opa, noch rechtzeitig kennengelernt haben, um von ihm wieder schwanger zu werden – ich meine, biologisch gesehen wäre das möglich.«

Marie schüttelte entschieden den Kopf. »Ruf deine Großmutter an!«

»Nein!«, rief Florian aus. »Was soll ich sie fragen: Oma, ist deine Tochter, meine Mutter, eine uneheliche Halbbretonin? War Opa nicht Mamas Vater, ist Onkel Siegfried nur Mamas Halbbruder, in Wahrheit? Was wusste Opa? War dein ganzes Leben auf einer Lüge aufgebaut, Oma?« Florian hielt inne. Ihm war bewusst, dass er das letzte herausgeschrien hatte.

»Ich verstehe«, sagte Marie sanft. Sie hätte Florian gern in den Arm genommen; natürlich tat sie es nicht. »Dann musst du es lesen. Sie hat die Antworten aufgeschrieben, nicht wahr?«

Florian machte ein solches Gesicht, dass Marie sich auf die Lippen biss, um nicht loszulachen.

»Was?«, fragte er ungehalten.

»Du siehst aus, wie sagt man auf Deutsch für têtu? Man sagt, die Bretonen sind têtus. Dann bist du ein Bretone.«

»Stur, man sagt, Bretonen sind stur. Das weiß ich von Olivier. Aber ich bin nicht stur und die Bretonen haben kein Privileg auf Sturheit.« Resolut packte Florian die Locken wieder in ihr Tuch und legte sie beiseite. »Ich habe übrigens noch einen Überfall auf dich. Er hängt mit meiner Oma zusammen und mit Olivier. Er will mit mir nach Roscanvel fahren, um mir unterirdische Bunker zu zeigen. Ich habe ja gesagt; die Spuren des zweiten Weltkriegs bestürzen mich, aber sie lassen mich trotzdem nicht los; sie geben den Worten meiner Oma eine gewisse Fassbarkeit. Es ist schwer zu erklären. Möchtest du mit? Mit Isabelle?«

»Mit Isabelle?« Marie runzelte die Brauen. Worum ging es hier gerade?

»Naja, zu viert ist immer netter als zu dritt«, sagte Florian verlegen.

Marie zog eine Augenbraue hoch. »Und der Minus?«

»Welcher Minus?«

»Der Kleine!«, sie zeigte neben sich.

»Ach so, der Winzling. Ich weiß«, räumte Florian ein. »Aber der Ausflug war mit Olivier und seinem Freund ausgemacht, bevor ich den Winzling gefunden habe.«

»Ah. Es gibt noch einen Freund.«

»Ja, der soll uns durch diese Bunker führen. Wir sind dann zu fünft, stimmt.«

»Und der Minus?«, hakte Marie hartnäckig nach.

»Ich werde Yvonne darum bitten, sich einen Nachmittag lang um ihn zu kümmern. Wir würden nämlich erst am Nachmittag losfahren; um drei Uhr sollen wir auf einem Parkplatz sein, bei einer Pointe de Espagne oder so.«

»Des Espagnols. Ich kümmere mich um die Katze, dann kannst du fahren.«

Unglücklich rutschte Florian auf der Couch hin und her. »Wenn es dem Winzling morgen schlechter gehen sollte als heute, blase ich die ganze Sache ab. Aber wenn es ihm soweit gut geht, dann kann er doch ein paar Stunden bei Yvonne bleiben? Er wird die meiste Zeit schlafen, und ich bin sicher, Yvonne wird nichts dagegen haben, ihm zu trinken und zu fressen zu geben, wenn er zwischendurch aufwacht. Sie kennt ihn schon; sie war ganz entzückt von ihm.«

Marie nickte ein wenig grimmig. Sicher, Florian hatte bei Yvonne einen Stein im Brett, die würde ihm den Gefallen nicht abschlagen. »Wir werden sehen, wie es ihm morgen geht«, sagte sie schließlich.

»Gut«, stimmte Florian zu. Vielleicht konnten sie den Ausflug auch verschieben?

»Ich bin müde, ich muss gehen«, sagte Marie jetzt und erhob sich.

Florian blieb sitzen. »Irgendwie – irgendwie hat es mir gutgetan, mit dir über das Tagebuch zu reden. Wenn wir es – *zusammen* weiterlesen könnten, wäre das einfacher für mich.« Bittend sah er zu Marie auf.

»Quoi?! Ich kann diese Schrift nicht lesen«, gab sie abwehrend zurück. Sie war gedanklich schon genug mit Elodies alter Geschichte beschäftigt, und mit ihm dieses Tagebuch lesen, das war viel zu intim!

»Ich könnte vorlesen«, beharrte Florian. »Aber okay, war nur so eine Idee.« Er stand auf, um Marie bis zur Tür zu begleiten. Sie wandte sich zu ihm und suchte nach passenden Abschiedsworten. »Ich bin froh, dass der Minus mich nicht gebraucht hat«, sagte sie schließlich.

»Das bin ich auch. Danke für das Kommen.« Florian zögerte kurz, sah sie fragend an. Dann nahm er sie behutsam in die Arme. Als auch sie ihre Hände um ihn legte, schloss er die Augen. Sie nur halten, nahe bei ihr sein, mehr nicht. Er überließ es ihr, den Kontakt zu lösen. Sie lächelten sich verhuscht zu, dann ging sie.

24. Ausflug zu viert

Marie öffnete die Haustür. Natürlich, *er* … Etwas blitzte in seinen Augen; sie fühlte ein merkwürdiges Flattern in der Magengegend und meinte zugleich eine Alarmglocke aus dem hintersten Winkel ihres Kopfes hervorschrillen zu hören; dann gewahrte sie, dass Florian nicht allein war. Neben ihn trat Olivier.

»Guten Morgen«, grüßte Florian gehemmt, während Olivier nachschob: »Bonjour, ça va?«, und ihr die bises gab.

Marie schielte zu Florian, der einen Moment lang verkniffen dreinsah, ehe er erklärte: »Olivier und ich holen den Cayenne aus der Werkstatt. Dem Winzling geht es besser, er hat lange gespielt und wird müde sein; aber wenn du mal nach ihm sehen willst …« Er hielt ihr den Haustürschlüssel hin.

Marie nahm ihn mechanisch entgegen. »Merci«, murmelte sie, doch verlegen angesichts des Vertrauensbeweises.

»Also, kommst du mit, heute Nachmittag? Mit deiner Freundin?«, brachte Florian zaghaft heraus.

»Sie müssen mitkommen, es wird sehr interessant«, schaltete Olivier sich ein.

»Euh – on verra«, antwortete Marie ausweichend.

Florian und Olivier schienen darauf zu warten, dass sie mehr sagen würde; das irritierte Marie, sie sagte trotzig: »Lasst euch nicht aufhalten. A plus!«, und schloss die Tür.

»Sie bleibt gerne vage, deine Nachbarin. Erzähle, wie war es, das Rendez-vous?«, platzte Olivier begierig heraus, kaum dass sie in seinem Golf saßen.

»Was soll ich erzählen?«, fragte Florian patzig und ruckte vergeblich am Sicherheitsgurt. Hatte Olivier Marie wirklich gleich abküssen müssen?

»Ruhig, mein Freund«, ermahnte Olivier und zog sanft an dem Gurt, der problemlos aus der Halterung glitt. »Ich glaube, du bist verärgert, aber warum?«, fragte er dann mit Unschuldsmiene. »Es ist normal, die bises zu geben, in meinem Land!«

Florian warf ihm einen spöttisch-bösen Blick zu.

»Also – wie war euer Rendez-vous?«

»Katzensitting. Kein Rendez-vous. Aber – es war schön. Sehr schön.«

»Habt ihr …?«

»Nein, wir haben nicht!«

»Ein bisschen geküsst zumindest?«

»Nein!«

»Berührt, wie ich es dir erklärt habe?«

»Jetzt hör auf! So war es nicht! Wir haben zusammen gegessen und wir haben geredet. Viel geredet. Unter anderem über Sylvain. Das ist ihr Ex-Freund, an dem sie immer noch festhält, auch wenn sie es nicht wahrhaben will.« Florian sah von Olivier weg, aus dem Fenster.

»Oh, ein Ex-Freund …« Olivier zuckte die Achseln.

Florian wandte sich ihm wieder zu. »Ohnehin. Sie ist zu schade für ein Urlaubsabenteuer, und ich bin auch nicht der Typ für so etwas. Sie hängt ihrem Sylvain nach und ich hänge an Katharina. Also fang bitte nicht noch einmal mit so etwas an, okay?«

Olivier schwieg. Das war ja ernster, als er gedacht hatte …

Marie sah suchend um sich. »Minus, wo bist du?«, lockte sie. Kein Kätzchen zu sehen. Es musste sich irgendwo verkrochen haben. Sie schaute unter die Couch, dann unter den Fernsehtisch. Ein Maunzen ließ sie zurück zur Couch blicken. Da, das graue Köpfchen schaute unter dem Couchkissen hervor.

»Da bist du«, sagte sie und legte das Kissen beiseite.

Florian hatte nichts beschönigt. Der kleine Kater war munterer als am Vortag. Sein Blick war wacher, er ließ sich streicheln und abtasten und begann dann, nach Maries Fingern zu jagen, ganz lieb, mit eingezogenen Krallen. Sie spielte eine Weile mit dem kleinen Tier, bis es sich vom einen Moment zum anderen einrollte und einschlief.

Wie es aussah, brauchte der Kleine keine medizinische Ganztagskontrolle. Was hieß, er wäre kein Hindernis für einen Nachmittagsausflug; wenn Yvonne sich seiner annehmen würde. Und wäre es schlau, mit Florian zusammen diesen Ausflug zu machen, wenn auch in Begleitung von noch drei anderen? Es war schön gewesen, gestern Abend, überraschend schön. Aber genau deshalb … Sie seufzte und sah unwillkürlich zum Esstisch hin. Neugierig trat sie näher. Was waren das für Papiere? Ah! Er hatte den Minus gezeichnet. Verstohlen sah Marie sich im Raum um. Er hätte sicher nichts dagegen, dass sie sich die Zeichnungen genauer ansah; trotzdem hatte es einen Anflug von etwas Verbotenem. Ein Einbruch in seine Intimsphäre. Intimität schien ihm wichtig zu sein, er vermisste sie bei den modernen Häusern – die er selbst baute …

Sie schob die Blätter auf dem Tisch auseinander, bis keines mehr ein anderes bedeckte. Nicht schlecht; nein im Gegenteil! Wider Willen war sie beeindruckt. Nur eines war auffallend: Das hier waren alles Anfänge, unfertige Skizzen. Keine einzige Zeichnung hatte Florian vollendet. Natürlich, das Kätzchen hatte sich bewegt, das erklärte die vielen neuen Ansätze; aber vielleicht war das auch typisch für ihn, etwas anzufangen und nicht zuende zu bringen? Konflikten und Entscheidungen aus dem Wege zu gehen … Er selbst hatte ja so etwas gesagt.

Nachdenklich schob Marie die Zeichnungen wieder zusammen. Leise verließ sie das Haus, schloss ab und ging in ihres hinüber, wo sie als erstes nach dem Telefon griff, das eben läutete.

Es war Isabelle. Das Resultat ihres Telefonates war für Marie unerwartet. Gestern Abend hatte Isabelle ihrem Momo von Maries »romantischer« Rettung durch Florian erzählt, Momo hatte aber kein Wort davon geglaubt und Isabelle damit abgekanzelt, Lebensrettungsaktionen an Steilküsten gebe es nur im Film. Da hatte Isabelle ihrem aufgestauten Frust freien Lauf gelassen und verkündet, es reiche ihr, endgültig. Nach über zehn Jahren quälendem Hin und Her mit ihrem heiß geliebtem, charmantem, stets untreuen und selbstverliebtem Momo hatte Isabelle den Mut gehabt – oder die Verzweiflung –, ihre Beziehung zu beenden! Marie glaubte es noch immer nicht.

Was aber eine ebenfalls unerwartete Folge dieser Trennung war: Isabelle wollte *auf keinen Fall* heute in den gemeinsamen Laden gehen und dort Momo sehen. Viel lieber wollte sie mit Marie und in Begleitung von drei Männern, von denen sie nur einen flüchtig kannte, nach Roscanvel fahren. Als Marie behutsam vorschlug, sie könnten auch zu zweit etwas unternehmen, reagierte Isabelle fast hysterisch. Nein, so ein Ausflug sei genau das Richtige für sie; sie sei jetzt Single, warum sollte sie nicht ein bisschen Spaß haben?

Oh oh. Ob das mal gut gehen würde, fragte Marie sich, nachdem sie das Telefonat beendet hatten.

»Diese charmante alte Dame würde deine Katze am liebsten behalten. Hast du gesehen, wie sie sich gefreut hat?«, fragte Olivier, nachdem er Florian zu Yvonne begleitet hatte.

Florian schaute unglücklich drein. Auch ihm war nicht entgangen, wie gerne Yvonne sich dazu bereit erklärt hatte, den Winzling zu betreuen.

»Florian, darf ich einen Wunsch äußern?«, wechselte Olivier das Thema.

»Was denn?«

»Darf ich fahren? Den Porsche?«, Olivier blickte geradezu flehentlich.

Florian zögerte. »Es ist nicht mein Auto – aber wenn du absolut vorsichtig fährst …« Vielleicht könnte er dann hinten neben Marie sitzen …

»Ah, mein Freund! Merci beaucoup! Aber wo bleiben sie, die Mädchen?« Ungeduldig schaute Olivier auf die Uhr.

Florian musste sich das Lachen verkneifen. »Mädchen«, wie süß.

Marie und Isabelle kamen zehn Minuten zu spät.

»Alles meine Schuld«, Isabelle hob die Hände, »ich bin in Quimper in den Stau geraten.« Sie wirkte etwas aufgelöst. Und waren ihre Augen nicht leicht gerötet, wie vom Weinen, fragte sich Florian?

»No problem, nice to see you«, sagte er Isabelle in warmem Tonfall und legte ihr absichernd eine Hand an den Arm. Dann stellte er vor: »Isabelle, voilà Olivier – Olivier, voilà Isabelle.«

Olivier grinste linkisch und gab Isabelle steif die bises – und dann noch einmal Marie. Genügte nicht einmal pro Tag?! Während Florian sich bemühte, sich nichts anmerken zu lassen, spürte er sich unversehens von Isabelle geküsst, links, rechts, links, rechts. Und dann stand er plötzlich Marie gegenüber – und nutzte die Situation. Behutsam und mit rasendem Herzschlag beugte er sich zu ihr hinunter. Ihr Mund berührte leicht seine Wangen, links – rechts – links – rechts – beim Wechseln der Wangenseite streiften sich einmal fast ihre Lippen. Danach sahen sie sich kurz bestürzt an.

»Allons«, drängelte Olivier und stieg auf den Fahrersitz.

»Olivier will fahren«, erklärte Florian das Offensichtliche und öffnete Marie galant die Wagentür. Aber neben sie setzen konnte er sich nicht; Isabelle war schneller. Unvernünftig enttäuscht stieg Florian auf den Beifahrersitz.

Begeistert kurvte Olivier den Cayenne durch das Zentrum der Stadt Crozon und dann über einen Kreisverkehr Richtung Norden.

»Kannst du das Navi nicht wieder ausmachen?«, beschwerte sich Florian.

»Warum, mein Freund?«, fragte Olivier erstaunt.

»Du kennst den Weg, es gibt überall Schilder und wir haben die Landkarte.« Florian hielt die Karte auf seinen Knien. Roscanvel sah darauf aus wie eine Halbinsel der Halbinsel Crozon; eine lange, aber nicht breite Landzunge im Norden mit nur einem Ort namens – Roscanvel.

»Ich mag diese Stimme des Gerätes«, erwiderte Olivier. »Es ist so interessant, die Wegführung auf Deutsch zu hören. Bei der nächsten Möglichkeit halbrechts abbiegen … Halbrechts, das ist so präzise, so genau. Ah, ich liebe die deutsche Sprache! Und ich liebe dieses Navi!«

Florian verdrehte die Augen. Heute Nachmittag empfand er Olivier als anstrengend. War das die Gegenwart der beiden Frauen, die seinen bretonischen Freund zur laut parlierenden Nervensäge machten, zu einem Clown der übertriebenen Ausrufe und großen Gesten? Über den Rückspiegel fing er einen spöttischen Blick von Marie auf. Es war nicht das erste Mal, dass seine und Maries dunkle Augen sich im Rückspiegel fanden. Ab und zu waren es auch Isabelles grüne, forschende, auf die Florian dort traf; dann hielt er den Blickkontakt nicht lange, sondern lächelte kurz und sah weg. Er fragte sich, was mit Maries Freundin los war; etwas stimmte mit ihr nicht. Sie lachte zwar viel, aber ihr Lachen klang schrill und aufgesetzt. Ob Olivier das auch bemerkte? Florian warf seinem Freund einen Seitenblick zu. Der verkündete plötzlich: »Wir machen ein Experiment! Wir ändern die Richtung.« Er setzte den Blinker und bog links ab. In eine winzige Straße. War die überhaupt öffentlich?

»Da war ein Schild, Pointe des Espagnols geradeaus!«, protestierte Florian.

»Je sais«, erwiderte Olivier gelassen.

»Wir verlassen die Küste. Wohin willst du?«

»Ich will sehen, wie schnell das Navi ist, zum Berechnen der neuen Route.«

»Olivier, *muss* das sein?«

»Regarde, mein Freund, das ist kein Umweg. Sie wird es erkennen.«

»*Sie* ist ein Automat. Die Menschen in diesem Auto meutern. Ich will fahren! Halt an!«

Die Frauenstimme des Navi hatte den neuen Kurs und wies sie an, geradeaus zu fahren.

»Siehst du?«, fragte Olivier achselzuckend.

Florian holte tief Luft. »Okay. Hoffentlich kommen wir nicht wegen des Umwegs zu spät zum Treffpunkt. Ich meine, es ist *dein* Freund, den wir warten lassen.«

»Ah, da ist noch etwas, was ich sagen muss«, hob Olivier an, mit einem Mal verlegen, und er senkte den Ton: »Der kommt nicht.«

»Wie bitte?« Florian meinte, sich verhört zu haben.

»Thomas hat abgesagt, gestern.«

»Olivier, hast du nicht von unterirdischen Labyrinthen gesprochen und versichert, wir könnten uns da nicht verlaufen *mit einem Experten*?«

»Das ist wahr. *Ich* bin der Experte. Ich war schon mit Thomas in den Gängen, und er hat mir seine Karten gegeben. Sie sind hier, in meiner Tasche«, er klopfte auf die DIN A4-große Umhängetasche, die er neben seinen Sitz geschoben hatte.

Florian starrte Olivier an.

»Ganz ruhig, mein Freund. Es gibt keine Probleme. Kein Risiko, hein?« Olivier klopfte Florian auf das Bein.

Olivier hielt auf einem Parkplatz, der sich überraschend großflächig inmitten von wildem Rankengestrüpp neben der Landstraße eröffnete. Florian schnallte sich ab und sprang aus dem Wagen. Er öffnete Marie die Tür.

»Merci«, sie knickste spöttisch, als sie neben ihm stand.

»Et moi?«, rief Isabelle aus dem Auto.

Das wäre dein Stichwort, Olivier, dachte Florian. Aber kein Olivier erschien. Noch immer saß der Gendarm im Porsche.

Florian ging um das Auto herum und öffnete Isabelle die Tür, mit ritterlicher, ein wenig schmerzhafter Verbeugung. Dann riss er die Fahrertür auf. »Was ist? Trennungsängste?«

»Ich komme«, murmelte Olivier; offenbar hatte er am CD-Wechsler herumgespielt. Nun stieg er hastig aus dem Wagen und wollte schon abschließen, als Florian bemerkte: »Bitte, vergiss die Karten nicht. Wir müssen uns ja nicht sofort verlaufen.«

Olivier schaute bedröppelt drein und holte seine Tasche aus dem Cayenne. »Am Anfang brauchen wir die Karten noch nicht«, erklärte er, »es gibt Informationen auf einer Tafel. Da«, er zeigte in Richtung eines großen Schildes.

»Können Sie auch Französisch reden?«, meldete Isabelle sich zu Wort.

»Bien sûr! Ich werde erst eine, dann die andere Sprache verwenden«, verkündete Olivier großspurig auf Französisch.

Florian kniff die Augen zusammen. Er musste an Oliviers prächtige Tipps zum Thema »draguer« denken. Langsam verstand er, warum Olivier Single war und keines seiner Rendez-vous mit den Internet-Frauen daran etwas geändert hatte – oder etwas daran ändern würde.

Die Übersichtskarte, vor die sie traten, zeigte ihnen, dass die Pointe des Espagnols nach allen Küstenseiten ringförmig durch Geschützstationen gesichert war. Die meisten stammten aus dem späten

19. Jahrhundert, waren aber im zweiten Weltkrieg von den Deutschen wiederverwendet worden, um eine Flugzeugabwehr zu installieren.

»Und das ist so, weil wir so nah an Brest sind. Da vorne, gleich werden wir es sehen«, ereiferte sich Olivier und führte sie an einem quaderförmigen Wehrturm von 1812 vorbei auf die Steilküste zu. Als sie auf eine terrassierte Plattform hinaustraten, eröffnete sich vor ihnen tatsächlich eine verblüffende Aussicht auf die Großstadt.

»Da könnte man fast rüberschwimmen«, rief Florian aus.

»Es sind nur 1,8 Kilometer von hier nach Brest«, bestätigte Olivier. »Man nennt diese Passage goulet. Jedes Schiff, das in den Hafen von Brest will, muss durch den goulet fahren. Aus diesem Grunde, mein Freund, sehen wir noch heute die Wehranlagen aus verschiedenen Jahrhunderten, die den goulet sichern sollten.«

»Wie war das mit Erklärungen auf Französisch?«, versuchte Isabelle es noch einmal und machte eine Schnute. Er war seltsam, Florians Freund. Und wie er an Florian hing, wie eine Klette. Direkt angesprochen, reagierte Olivier immerhin und wiederholte seine Lektion auf Französisch. Doch hatte er Schwierigkeiten, Isabelle dabei in die Augen zu sehen. Wie unangenehm, fand die und warf Marie einen um Mitgefühl heischenden Blick zu. Aber Marie hatte kein Auge für sie. Florian war an sie herangetreten; sie standen sehr dicht beieinander und tuschelten über etwas.

»Habt ihr etwas entdeckt?«, konnte Isabelle sich nicht zu fragen verkneifen; dabei war ihr schon klar, was hier ablief. Sie seufzte. Sie gönnte es Marie ja.

»Da hinten, die vielen Bunker«, sagte Marie und wurde wirklich leicht rot.

Es stimmte, jetzt sah auch Isabelle es. Die Steilküste unterhalb von Brest war gespickt von unzähligen schwarzen Schlünden. Sie machte eine Grimasse. Aber dass Marie jetzt nur wegen dem Deutschen selbst auf dem Bunker-Trip war … nachdem sie ihn vorher dafür als Nazi verurteilt hatte!

»Bon, on y va«, entschied Olivier und setzte hinzu: »Wir müssen zuerst ein Stück Wanderweg gehen.«

Wenn Olivier sie nicht geführt hätte, sie hätten den Beginn des Wanderweges zwischen dem wild wuchernden Brombeergestrüpp kaum entdeckt. So betraten sie den Pfad – mehr war es nicht – und merkten bald, dass sie nicht schnell vorankommen würden. Der Wanderpfad war nicht nur eng, er war auch wenig befestigt. Er führte unmittelbar die Steilküste entlang Richtung Südwesten. Ab und zu eröffneten sich zwischen den dichten Ranken Aussichten auf den goulet, den schimmernden Meerespass. Die See lag spiegelglatt da; kein Lüftchen wehte, es war heiß, das Gestrüpp roch würzig und nichts war um die Wanderer zu hören als das Summen unzähliger Bienen.

»Marie, ich habe noch immer nicht richtig verstanden, wohin wir gehen«, tuschelte Isabelle ihrer Freundin über die Schulter hinweg zu, »außerdem habe ich die falschen Schuhe an, Sandalen sind schlecht hier, und dieser Olivier ist komisch!«

Marie unterdrückte ein nervöses Lachen. Sie fühlte ein Kribbeln, weil Florian dicht hinter ihr ging. Es war, als spürte sie seine Blicke im Rücken, im Nacken. »Lass uns einfach sehen, was weiter passiert, okay? Ist zumindest mal etwas anderes«, tuschelte sie zurück. »Außerdem, *du* warst ganz wild auf diesen Ausflug; schon vergessen?«

Isabelle zuckte die Achseln und beschleunigte, um Olivier an der Spitze nicht zu verlieren.

»Hier ist es, wir biegen ab!«, rief Olivier nun, in beiden Sprachen nacheinander.

»Was, *hier*? Bist du sicher?«, fragte Florian entgeistert.

»Ganz sicher. Wir sind gleich da.«

»Olivier, ich bin nicht schwindelfrei«, Florian streckte hilflos die Hände aus. Der verwilderte, fast überwucherte Pfad, den Olivier gehen wollte, führte so steil nach unten, dass das nicht ernst gemeint sein konnte!

»Sieh auf den Boden«, empfahl Olivier, »wir sind quasi sofort da.”

»Gibt es keinen anderen Weg?«

»Ich kenne nur diesen.«

Florian und Marie tauschten einen schnellen Blick. Das Cap de la Chèvre war wieder vor ihnen.

Es war Isabelle, die sagte: »Na gut, wenn wir quasi sofort da sind…« Und sie machte Olivier eine Geste, er möge vorausgehen.

Mit unguten Gefühlen sah Marie ihrer Freundin nach, die sich hinter Olivier den Abhang hinuntertastete. War sie wegen ihrer Trennung von Momo so todesmutig geworden?

»Ich wünschte mir ein schönes stabiles Geländer, anstatt dieser Dornen«, seufzte Florian, dann ging er, zu Maries Überraschung, Isabelle nach. Nun blieb ihr nichts anderes übrig, als den anderen zu folgen.

Florian befolgte Oliviers Rat und sah konsequent auf den Boden. So kam er einigermaßen klar. Bis Marie schrill aufschrie: »Florian!« Mist, jetzt war er in die Dornen gerutscht! Er sah hoch – und über die Ranken hinweg in den Abgrund. Schnell schloss er die Augen, aber schon drehte sich alles um ihn. Seine Hände griffen nach Halt, da war nichts. Da fühlte er sich von hinten umschlungen. Er griff nach dem Arm, der absichernd um seinen Bauch lag.

»Tief atmen«, hörte er Marie sagen.

Er versuchte es, atmete tief durch, einmal, zweimal, dreimal …

»Der Pfad geht nach links. Du wendest dich, langsam, et voilà …«

Er ließ sich von Marie dirigieren.

»He, mein Freund, alles gut?«

Olivier hatte ihn am Arm gepackt. Unwillkürlich öffnete Florian die Augen, während er Maries Arm losließ, der sofort von seinem Bauch glitt. Olivier sah besorgt aus; sollte er nur! Florian stieß aus: »Es geht schon, aber wo, verdammt, willst du uns hinführen?«

»Komm, nur noch drei Meter«, bat Olivier und ging langsam, Schritt für Schritt voran, ohne Florians Arm loszulassen.

Im nächsten Moment sah auch der es: Die Dornen zu seiner Linken wichen zurück, da war eine schwarze Öffnung.

25. Unter der Erde

Florians Augen brauchten einen Moment, um sich an das Dämmerlicht zu gewöhnen. Dann erkannte er, dass er sich in einem Tonnengewölbe befand. Ein gemauertes, historisches Tonnengewölbe, das war schon aufregend!

»Wir sind da«, hob Olivier feierlich an und zog die geheimnisvollen Karten aus seiner Tasche. Dann erklärte er, was sie gleich erforschen würden: ein Netzwerk von Tunneln, von unterirdischen Wehrgängen und Kasematten, geradezu ein Labyrinth, mit Sackgassen und Irrgängen.

»Und da sollen wir rein, mit Ihnen«, unterbrach ihn Marie, der jetzt erst aufging, worauf der Ausflug hinaussollte.

Olivier hob die Hand. »Wollen wir es nicht alle machen wie unser deutscher Freund hier und uns duzen? On pourrait se tutoyer, hein?« (Dies zu Isabelle). »Et bien, Marie, ja, wir werden dieses Labyrinth erforschen! Seine Geschichte ist die: Vauban, der Architekt von Louis XIV., konstruierte für den Sonnenkönig um 1695 Wehrtunnel unter der Erde. Unter Napoleon wurde Vaubans Œuvre vergrößert, aber manche Partien wurden auch nicht mehr benutzt und so wurden sie vergessen. Ende des 19. Jahrhunderts geschah etwas Ähnliches dann noch einmal, wieder wurden neue Tunnel und Kasematten gebaut und andere vergessen; und das wiederholte sich zuletzt noch einmal – unter der Besatzung der Deutschen!« Olivier sah zu Florian.

»Schön. Und wie werden wir uns in dem Labyrinth mit den vielen vergessenen Gängen orientieren?« Marie verschränkte die Arme.

Olivier strahlte sie an. »Die Antwort ist: mit den Karten meines Freundes Thomas! Thomas ist bei der Armee und hat alle auffindbaren Karten dieser Anlagen hier gesammelt. Er will aus allen Karten eine vollständige Karte rekonstruieren; das ist sein Projekt. Und ich bin eingeweiht. Ich war schon mehrere Mal mit ihm hier unten. Mit meiner Erfahrung und Thomas' Karten kann uns nichts passieren. Wollen wir?«

Da kein Widerspruch kam, griff Olivier in seine Tasche und holte eine Taschenlampe hervor, die er Florian reichte. Dann zog er eine weitere hervor und sah Isabelle an. »Ich habe nur zwei«, entschuldigte er sich auf Französisch.

»Dann halte ich mich wohl mal an – dich?«, interpretierte Isabelle.

Olivier lächelte spitzbübisch. »Aber gerne«, gab er zurück.

»Nimm du die Lampe«, bot Florian schicksalsergeben Marie an. Dann betraten sie hinter Olivier und Isabelle den dunklen Gang, und die bläulichen Lichtscheine der Lampen huschten über die runden Konturen des feuchten Tonnengewölbes.

Unwillkürlich rückten Marie und Florian einander näher. Marie kämpfte plötzlich gehen die verrücktesten Gedanken, die ihr durch den Kopf taumelten. Wenn er sie küssen würde, im Dunkeln … wäre das so schlimm?

»Sucht Isabelle zufällig einen Freund?«, fragte Florian leise, mehr, um einen Grund zu haben, sich zu Maries Ohr zu beugen. Sie küssen, erst den Hals, unter dem Ohr, und dann …

»Interessierst du dich für sie?« Marie war zurückgezuckt.

»Ich dachte an Olivier«, sagte Florian schnell und riss sich zusammen; Marie erwiderte nichts darauf.

Irgendwann waren Wände, Boden und Decke des Tunnels aus Beton und überzogen von einem Belag aus roten Algen. Marie hatte den Eindruck, dass mit jeder vergehenden Minute Kälte und Feuchtigkeit weiter zunahmen und immer weniger Luft zum Atmen blieb. Eine gewisse Anspannung hatte von allen Besitz genommen, schweigend gingen sie hintereinander her. Olivier führte sie hier und da in Kasematten, die sich plötzlich unter der Erde auftaten und in deren Decken man zumindest einen Lichtschein durch entfernte Belüftungslöcher sah; im Übrigen hatte er Recht gehabt, die Wehrgänge ein Labyrinth zu nennen: Diese Tunnel kreuzten sich dauernd, schienen verteilt zu sein auf mehrere Höhenniveaus, mal führten sie rauf, mal runter; kurzum, Orientierung schien ohne Karten unmöglich zu sein.

Marie hatte die Nase voll, ihr war kalt, sie wollte Licht und Wärme, die Seeluft einatmen und nicht diesen Modergeruch! »Aïe!«, rief sie aus. Jetzt hatte sie sich zu allem Überfluss den Zeh an etwas gestoßen!

»Was ist?«, fragte Florian erschrocken.

»Alles gut?«, rief Olivier zurück.

»Jaja, geht schon. Geht nur weiter«, gab Marie entnervt zurück und beleuchtete ihren linken Fuß.

»Was ist denn?«, fragte Florian erneut.

Marie fluchte leise vor sich hin. Das würde einen schönen Bluterguss geben! Zumindest war der Zehnagel nicht abgerissen, nur eingerissen war er. »Ich habe mich gestoßen, an dem Ding da!«, schimpfte sie und beleuchtete die Falle für Füße. Ein Eisenring.

»Kann ich?« Florian nahm ihr die Taschenlampe ab und beleuchtete seinerseits den Ring von allen Seiten. Er war mit einer starken Öse im Beton verankert.

»Komm, die anderen gehen«, mahnte Marie.

»Der Ring ist nicht umsonst da«, murmelte Florian und zog mit einem kräftigen Ruck daran. Etwas gab nach, eine Bodenplatte hob sich. »Wie lautlos das Ding nach oben schwingt«, wunderte sich Florian.

Marie fröstelte es. Sie war fasziniert von Florians Entdeckung, doch misstraute sie der schwarzen Öffnung, die sich im Boden aufgetan hatte. Außerdem war der bläuliche Lichtschein der Taschenlampe Oliviers nicht mehr zu sehen; er und Isabelle mussten um eine Ecke gebogen sein. Aber Florian war Feuer und Flamme, dass die anderen weitergingen, war ihm egal. Er leuchtete durch das Loch nach unten und rief triumphierend aus: »Eine Treppe. Komm! Nur mal schnell nachsehen, was da unten ist.«

»Nicht ohne die anderen«, sagte Marie und rief laut: »Ého! Olivier! Isabelle!« Keine Antwort.

»Die sind nicht weit, wir holen die ruckzuck ein«, behauptete Florian und machte sich daran, die Treppe hinabzusteigen.

»Warte!« Marie beeilte sich, ihm zu folgen, im Dunkeln allein bleiben wollte sie bestimmt nicht! Auf der Treppe legte sie Florian die Hand auf die Schulter, sie konnte kaum die Stufen unter ihren Füßen erkennen. »Langsam«, bat sie und schlitterte mit den Sohlen bis zum Ende jeder Stufe, bevor sie den nächsten Schritt hinunter machte. So gelangten sie zum Fuß der Treppe.

»Sieht wieder nach Vauban aus«, stellte Florian fest, der die gemauerten Wände eines Tonnengewölbes ausleuchtete.

»Gut, jetzt wissen wir es. Komm.« Marie zog ihn von hinten am T-Shirt.

»Warte, merkst du nichts?«

»Du meinst den Luftzug?«, begriff Marie.

»Da vorn ist ein Ausgang. Nicht weit von hier, möchte ich wetten. Lass uns nachsehen!«

»Aber – «

»Na los, hast du keine Lust auf Tageslicht?«

Plötzlich hatte Florian ihre Hand in seine genommen, was sie überrumpelt zuließ. Er zog sie mit sich; zehn Schritte, dann ging es um eine Ecke und sie sahen Licht. Nun musste er sie nicht mehr ziehen; sie war es, die ihn hinter sich her auf das Licht zuzog.

Sie atmeten beide auf, als sie auf eine Plattform aus ebenem Boden hinaustraten. Dabei glitten ihre Finger, wie auf Verabredung, auseinander.

Florian ging bis zum Ende der Plattform. Er konnte hinuntersehen ohne Schwindel, denn das Meer lag dicht unter ihnen und natürliche Stufungen im Felsen führten an seinen Saum. Ein idealer Ort zum Anlegen eines Bootes, schoss es ihm durch den Kopf, und ein ideales Versteck. Nach rechts und links gaben zwei Felsnasen dem Tunneleingang und dem Zugang zum Wasser Sichtschutz.

»Florian«, rief Marie. Sie war auf den Felsen oberhalb des Tunneleingangs geklettert. »Hier ist etwas!«

Gespannt kletterte Florian ihr nach, wobei er seine ramponierten Rippen spürte. Aber als er Marie erreichte, sah auch er es, über ihre Schulter hinweg: Hier war ein zweites, zurückgesetztes Plateau; und mit der Rückseite an die Felswand gebaut, stand ein verfallendes, altes Haus. Alles daran, auch das Dach, war aus Granitstein, so dass das Gebäude sich wie ein Chamäleon an die Felswand zu schmiegen und daran zu verstecken schien.

»Ein Geheimnis«, flüsterte Marie mit leuchtenden Augen.

»Ein Versteck«, stieß Florian aus. »Wollen wir einen Blick reinwerfen?«

Vorsichtig traten sie über die Schwelle der Türöffnung, in der längst – wie lange schon? – keine Tür mehr war. Hier war einmal ein großer Raum gewesen, mit zwei kleinen, fast schießschartenartigen Fenstern. Jetzt war alles von Dornen und Gräsern überwuchert; dazwischen lagen die Steine des zusammengestürzten Daches. Aber in der eingezogenen Wand rechts von ihnen war eine Türöffnung zu einem Nebenraum, der noch überdacht war.

»Meinst du, das Dach wird uns auf den Kopf fallen, wenn wir hineingehen?«, fragte Florian.

»Das fragst du? *Du* bist der Architekt!«

»Eben«, lächelte Florian, trat aber über die Schwelle.

Nur wenig Licht drang durch das kleine Fenster. Ihre Schritte knirschten auf dem steinigen Boden.

»Du machst keine Fotos«, bemerkte Marie spöttisch.

»Stimmt«, rief Florian aus. Er holte den Fotoapparat aus der Tasche der Cargoshorts. Der Blitz flackerte auf, als er Marie fotografierte.

»Nicht mich!«, protestierte sie und hielt sich die Hand vor das Gesicht.

»Komm schon«, Florian zog ihre Hand herunter, Marie hielt die andere vor das Gesicht, es kam zu einem kleinen Gerangel, bei dem sie unversehens weiter in den Raum hineinstolperten, da stieß Marie einen Schmerzensschrei aus.

Sofort ließ Florian sie los. »Bin ich dir auf den Fuß getreten?«, fragte er betroffen.

Marie konnte nicht stehen, ging in die Hocke. »Auf meinen Zeh, mit deinen riesigen Füßen! Auf den Zeh, der schon verletzt war!« Besorgt begutachtete sie den malträtierten Körperteil.

»Ist er noch dran?«, versuchte Florian einen Witz.

Marie antwortete nicht. Sie beugte sich tiefer. Dann fingerte sie im Schotter neben ihm Fuß herum und nahm einen hellen Stein an sich. Nein, keinen Stein; sie hielt sich das Objekt vor die Augen, sprang auf und humpelte zum Fenster, ins Licht.

»Was hast du gefunden?«, fragte Florian und kam ihr nach.

Marie war dabei, mit den Fingerspitzen das Objekt von Erde und Staub zu befreien. Dann starrte sie ihm sprachlos in die schwarzen Äugelein.

»Das ist ja ein Figürchen«, staunte Florian und wollte es ihr abnehmen.

Marie blinzelte, dann ließ sie es zu, dass Florians es ihr aus der Hand nahm (mit leiser Berührung ihrer Finger).

»Das ist Elfenbein«, rief er aus. »Mit Augen aus schwarzem Glas … Wie lebendig es aussieht. Und wie fein es gearbeitet ist. Ein kleines Kunstwerk. Wie kommt das hierher?«

Marie nahm ihm das Figürchen wieder ab und steckte es in die Hosentasche. »Es ist ein chiot«, sagte sie abwesend.

»Ein was?«

»Ein junger Hund, ein Baby.«

»Ein Welpe? Naja, könnte sein. Ein zusammengerollter Welpe, der einen scharf ansieht. Erinnert mich an den Winzling«, Florian lachte. »Verrückt! Ein Glücksbringer, und du hast ihn gefunden!«

Marie sah ihn seltsam an.

»Was ist? Du siehst aus, als hättest du ein Gespenst gesehen.«

»Hast du Zeit, heute Abend?«, fragte Marie unvermittelt.

»Na-natürlich«, stotterte Florian. Unwillkürlich stieg eine Hitze in ihm auf, die ihn äußerst verlegen machte. Sie hat nicht gefragt, hast du Zeit *heute Nacht*, wies er sich innerlich zurecht, eine Bettgeschichte will sie bestimmt nicht; und du doch auch nicht, nicht wahr?

»Bien«, murmelte Marie, »komm, die anderen warten!«

Der Rückweg von der Ruine in den Tunnel und die Treppe hoch erschien ihnen kürzer als der Hinweg; doch dann kam der Schreck.

»Die Falltür ist zu!«, rief Marie, die es zuerst entdeckte.

»Das kann nicht sein«, Florian schob sich neben sie und drückte gegen die Bodenplatte über ihnen, die sich aber nicht rührte. »Das ist ein Streich von Olivier, aus Rache über unser Fortgehen«, vermutete Florian und rief laut: »Hey, mach auf!« Seine Stimme verhallte in dem Tonnengewölbe.

»Olivier!«, brüllte Florian und schlug mit der Faust gegen die Luke.

»Hör auf, sie hören dich nicht«, Marie legte ihm die Hand auf den Arm. »Versuch es mit dem Handy; ich habe meines nicht mit.«

Florian holte das Gerät aus der Tasche. »Kein Empfang.«

»Vielleicht draußen!«

Sie hasteten auf die Plattform vor der Öffnung des Tunnels. Aber auch da, kein Empfang.

»Was jetzt?«, fragte Florian besorgt.

»Wir klettern hoch auf die Steilküste, vorbei an der Ruine«, überlegte Marie.

Vor der Ruine musste Florian mit Stichen in der Brust stehen bleiben, während Marie nach einem weiterführenden Pfad suchte. Es gab keinen; aber mit ein bisschen Geschick konnte man auch ohne Pfad einen Weg finden. Immerhin wuchsen hier keine Dornensträucher. Dafür gab es überhaupt wenig Halt, überall Geröll und nackter Felsen.

Sie wandte sich nach Florian um, in der Erwartung ihn wenig begeistert zu sehen, wegen seiner Höhenangst und so weiter. Er aber schien ganz verzückt und rief aus: »Kein Pfad nach oben, irre! Dann war das Haus hier wirklich nur per Boot oder durch den Tunnel zu erreichen! Ein *geniales* Versteck; gab es hier Schmuggler oder Piraten?« Erwartungsvoll sah er Marie an.

Die schüttelte verwirrt den Kopf. Wenn er sie so ansah, mit diesem Blitzen in den blauen Augen, dann … Sie wollte ihm durch das verwuschelte Haar streicheln. »Wir diskutieren später, Sherlock Holmes. Komm, wir klettern.«

»Wenn es sein muss, Watson. Hey!« Aus einem Impuls heraus hielt Florian sie am Arm fest und zog sie an sich. Aus großen Augen sah sie zu ihm auf, seinem Gesicht so nahe… Florian fuhr zusammen, Marie zuckte weg. »Das Handy, schnell!«, rief sie aus. Florian fummelte das klingelnde Gerät aus der Hosentasche. »Hallo, Olivier? Olivier? Mist, wieder weg.«

»Alors on y va, da oben gibt es Empfang«, behauptete Marie.

Sie hatte Recht. Nach vielleicht fünfzehn Höhenmetern gelangten sie unverhofft auf den Küstenwanderweg und von da auf die nahe Landstraße. Und da reichte der Empfang für ihren Anruf.

Eine Dreiviertelstunde später hielt der Cayenne am Rande der Landstraße neben den wiedergefundenen Ausreißern.

Isabelle sprang aus dem Wagen. »Da seid ihr ja! Was habt ihr euch gedacht? Olivier ist fast gestorben vor Angst, und ich fand das Ganze auch nicht witzig!« Marie bemerkte noch, dass die Augen ihrer Freundin frisch gerötet aussahen, dann warf Isabelle sich ihr an den Hals.

»Schon gut, alles okay. Du hast doch nicht geweint?«, fragte Marie alarmiert.

»Natürlich habe ich, und peinlich war das!«, gab Isabelle patzig zurück. »Aber Olivier war sehr verständnisvoll und lieb.«

Skeptisch schielte Marie an den Locken Isabelles vorbei in Richtung Gendarm, der auf sie bislang nicht besonders empathiefähig gewirkt hatte. Auch jetzt sah er nicht danach aus. Die Hände tief in den Hosentaschen, die Brauen finster nach unten gezogen trat er auf Florian zu und Marie hörte, wie er fallen ließ: »Idiot.«

»Danke, freut mich auch, dich wiederzusehen«, gab Florian zurück.

»Es hätte dir etwas passieren können. Idiot«, wiederholte Olivier.

»Wieso seid ihr nicht zurückgegangen, bis zu der Falltür? Dann hättet ihr gewusst, wo wir waren«, verteidigte sich Florian.

»Wir sind zurückgegangen, Idiot! Keine Falltür.«

»Wir haben sie groß offengelassen, mit der Taschenlampe hättet ihr sie sehen müssen!«

»Wir haben nichts gefunden, da war keine Falltür«, beharrte Olivier.

»Ich glaube, wir brauchen etwas Erholung«, bemerkte Marie, die sich aus Isabelles Umarmung befreit hatte. »Gibt es im Ort Roscanvel ein Café?«

Sie fanden eine Bar am Hafen, mit ein paar Tischen davor. Sie tranken bretonisches Bier, dunkel-herbes Coreff, und Olivier faltete noch einmal die Landkarte seines Freundes Thomas auf. Doch so gründlich sie auf der Karte den Küstenabschnitt absuchten, an dem Olivier die Ausreißer wiedergefunden hatte, weder die Ruine, noch der Tunnelgang unter der Falltür waren verzeichnet.

Es war Florian, der das Thema wechselte, indem er sagte: »Ich denke, wir werden das Rätsel der Falltür und der Ruine heute nicht mehr lösen. Auch würde ich gern heimfahren, meine Fundkatze ist bei Yvonne Le Roux, ich möchte sie baldmöglichst abholen.«

Olivier warf Florian einen anerkennenden Blick zu. War ja klar, dass das der tierlieben Marie gefallen musste. Er selbst fand es schade, dass der Ausflug mit Isabelle so bald zuende gehen sollte. Aber da war wohl nichts zu machen.

Bevor sie abfuhren, gingen die Frauen noch auf die Toilette. Dort fragte Isabelle sofort: »Hast du gleich noch Zeit zum Reden? Wegen Momo und … und wegen heute?«

»Klar«, gab Marie pflichtschuldig und zugleich etwas neugierig zurück. Was sollte das heißen, wegen heute?

Als Florian ihr wenig später die Autotür öffnete, raunte er ihr zu: »Olivier möchte noch mit mir zu Abend essen …«

»Gut, ich esse mit Isabelle«, tuschelte Marie erleichtert zurück.

Sie sahen sich an, einvernehmlich.

»Vielleicht …«, begann Florian.

»Vielleicht«, wiederholte Marie.

Dann mussten sie einsteigen. Vielleicht würden sie sich später am Abend noch einmal sehen; ein Gedanke, der beide nicht losließ.

26. Postume Botschaft

Gegen ein Uhr nachts. Marie hatte Isabelle zu ihrem Auto begleitet; nun ging sie langsam am Nachbarhof vorbei zurück zu ihrem Haus. Oliviers Golf stand noch immer da.

Unvernünftig enttäuscht darüber, dass sie Florian in dieser Nacht nicht mehr sehen würde, ging Marie ins Haus, schloss die Tür hinter sich, ging hoch ins Schlafzimmer und begann, sich auszukleiden. Sie zwang sich dazu, nicht an Florian zu denken, und rief sich stattdessen in das Gedächtnis, was Isabelle ihr anvertraut hatte. Alles, was Momo betraf, hatte Marie so oder ähnlich erwartet; überraschend war für sie nur die Entschlossenheit, mit der Isabelle daran festhielt, dass sie richtig gehandelt hatte; dass es Zeit gewesen sei, sich von Momo zu trennen.

Ob ihr Entschluss ursprünglich etwas mit Florian zu tun gehabt hatte, argwöhnte Marie? Der hatte Isabelle wirklich gefallen. Sie sah die beiden noch tanzen, auf dem Fest Noz. Nur – jetzt sprach Isabelle plötzlich von Olivier! Der hatte sich ihr gegenüber erstaunlich zartfühlend verhalten. Isabelle war derart mit den Nerven fertig gewesen heute, dass das Verschwinden Maries und Florians bei ihr zu einem Zusammenbruch geführt hatte. Olivier hatte die in Tränen Aufgelöste in die Arme genommen, und Isabelle hatte sich hemmungslos ausgeweint. Danach hatten die beiden Hand in Hand noch einmal die Tunnel abgesucht, vergeblich. Zuletzt hatte Olivier Isabelle nach draußen geleitet, und in der Sonne hatten sie sich nebeneinander auf einen Felsen gesetzt und auf ein Lebenszeichen der Verschwundenen gewartet. Dabei hatte Isabelle Olivier erklärt, warum sie »drauf gewesen war, wie sie drauf gewesen war«, was hieß: Sie hatte Olivier haarklein von Momo und ihrer Trennung erzählt! Bis Oliviers Handy sie aufgeschreckt hatte – es war Florians Anruf gewesen.

Eine schöne Geschichte! Wenn Marie eines nicht erwartet hätte, dann das! War es nicht eine Verzweiflungstat, wenn Isabelle nach nur einem Treffen mit Olivier fallen ließ, sie würde gerne sein Sternzeichen wissen? Marie musste auflachen bei der Erinnerung an die Miene ihrer Freundin, als die das gesagt hatte. Doch dann wurde sie ernst. Über Isabelles Besuch hatte sie noch keine Gelegenheit gehabt, sich in Ruhe mit ihrem Fundstück zu befassen.

Sie griff in die Hosentasche. Da war das Mysterium. Sie ging zum indischen Schränkchen im Wohnraum, öffnete es und holte das andere Figürchen heraus – das, welches sie schon als Kind so geliebt hatte. Den japanischen Glücksbringer, den spielenden Welpen.

Sie hatte es schon vorher gewusst, aber es mit eigenen Augen zu sehen, war trotzdem ein Schock. Kein Zweifel, die beiden Hundefigürchen gehörten zusammen! Marie hörte wieder Elodies Stimme: »Es ist ein Welpe. Welpen bringen in Japan Glück.« Ja, das hatte Elodie von dem Welpen im Schränkchen gesagt; aber sie hatte nie ein Wort darüber verloren, dass es *zwei* Glücksbringer gegeben hatte! Wer hatte den zweiten nach Roscanvel mitgenommen und dort verloren? Elodie selbst?

»Das kann nicht sein! Das kann nicht sein, dass es nicht mehr Hinweise gibt, um diese ganzen Rätsel zu lösen! Erst die Heiligen-Zeichnungen und der Offizier, dann das hier! Und wenn Elodie wie Florians Oma ein Tagebuch geführt hätte? Vielleicht habe ich etwas übersehen«, sprach Marie laut zu sich selbst und ging nach oben.

Im einstigen Schlafzimmer ihres papys öffnete sie den Altarschrank und sah die heilige Barbara fast zornig an. »Was auch immer du hütest, ich kriege dein Geheimnis heraus«, drohte sie und hob die Figur von der Truhe. »Und du wirst auch aus dem Schrank gezogen, da drinnen ist es viel zu dunkel«, schimpfte sie als nächstes die Truhe an und machte sich daran, sie zu leeren, denn gefüllt war die Truhe zum Herausheben zu schwer.

Endlich, als sie fast leer war, ließ sich die Truhe aus dem Schrank zerren. Es machte einen dumpfen Knall, als sie auf dem Boden aufschlug. »So ist es besser«, knurrte Marie, denn jetzt schien die

Deckenlampe gerade in die Truhe hinein, auf die letzten Mappen und – auf ein Buch. Ein Tagebuch? Es sah nicht danach aus. Das Buch war nur faustgroß und in schwarzes Leder gebunden. Sie ergriff es, schlug es auf und las: »Paroissien Romain. Très complet, approuvé par Mgr. Charles-Théodore Colet, Archevêque de Tours.« Darunter, handschriftlich, Elodies Name.

Kein Tagebuch, nur ihr altes Gebetsbuch. Halb enttäuscht, blätterte Marie die ersten Seiten um. Sie sah, dass das alte Buch benutzt worden war, rissige Seiten waren mit Klebeband repariert worden. Das seidene Lesebändchen lag abgerissen zwischen Seite 112 und 113, den Gebeten für die Weihnachtsmesse. Als Marie unschlüssig weiterblätterte, fiel das Buch von allein zwischen den Seiten 188 und 189 auf. Unter der Zeile »Alleluia, alleluia, alleluia« war eine Blüte in das Papier gepresst. Verblasster Stechginster. Die Blüte verdeckte den Anfang der Hymne zum Ostergottesdienst. Hatte Elodie sie einst in ihr Gebetsbuch gelegt?

Marie gab sich Mühe, die getrocknete Blüte nicht verrutschen zu lassen, blätterte weiter – und erstarrte. Notizen. Elodie hatte in die Ränder um die Textblöcke herum Wörter und kurze Sätze geschrieben. Sie las: »Ostermesse. In der Kirche. Auge in Auge, brennender Blick.« Marie holte Luft. Auf der nächsten Seite: »Auf der Anhöhe.« Nichts weiter. Irritiert blätterte Marie weiter. »Auf der Straße. Nickte mir zu, spürte Blick noch im Rücken.« Sie blätterte weiter und immer weiter, überflog immer mehr dieser Einträge, die manchmal nicht mehr als ein Ortsname waren, dann war wieder von Blicken die Rede, einmal von einer versehentlichen Berührung. Dann kam längere Zeit nichts mehr, dann wieder nur Ortsbenennungen – »Am Meer«. »In der Heide, die Mulde.«

Was war an diesen Orten passiert? Ja was? Maries Herz schlug schneller, sie meinte zu verstehen: Sie hatte nie Tagebuch geführt, aber wenn sie ihre und Sylvains Geschichte hätte festhalten wollen, sie hätte es genauso gemacht! Die Orte ihrer Begegnungen, ihrer Berührungen notieren. Beschreiben musste man nicht, was geschehen war; es gab Dinge, die sich unauslöschbar in das Gedächtnis einbrannten durch das Feuer einer großen Leidenschaft.

War sie das, die Geschichte Elodies und des deutschen Offiziers, verbarg sie sich hinter den Erinnerungsschlagworten? Marie ließ die weiteren Seiten des dicken Buches durch die Finger gleiten wie ein Daumenkino. Und da war er, am Ende, der Brief. Ein Brief? Marie starrte das zusammengefaltete Blatt Papier an, auf dem deutlich zu lesen stand: »Für Marie«.

Sie las ihren Namen wieder und wieder. Dann überwand sie sich und zog an dem Blatt, das, wie sie jetzt sah, mit einem Stück Kreppklebeband am inneren Buchdeckel befestigt war, sich aber davon ablösen ließ, ohne zu zerreißen. Erst jetzt fiel Marie auf, dass Elodie die letzten Seiten des Gebetsbuchs herausgerissen hatte, damit der zusammengefaltete Brief noch mit zwischen die Buchdeckel passte.

Marie überkam eine Gänsehaut. Es war auch kühl in diesem Zimmer, oder es kam ihr nur so vor. Sie verließ den Raum, den Brief in der Hand, ging in das benachbarte Schlafzimmer und schlüpfte unter die Bettdecke. Das Kissen im Rücken, faltete sie langsam den Brief auseinander. Im Bett sitzend, begann sie die Worte zu lesen, die ihre Großtante ihr aus dem Grab zusandte, wie es ihr, noch immer fröstelnd, erschien.

Liebe Marie, meine liebe Großnichte,

ich habe keine Kinder und nur noch wenige Verwandte auf der Welt. Ich habe ein freies Leben geführt und wollte keine Familie gründen; es gab eine Zeit, da hätte ich das gewollt, aber die Umstände ließen es nicht zu und ich lernte, dass es besser sei, grundsätzlich nicht zu sehr zu lieben. Dich aber habe ich in das Herz geschlossen, obwohl ich mich dagegen sträubte und immer versucht habe, es mir nicht anmerken zu lassen.

Du staunst? Und doch ist es so. Dein liebefähiges Herz, Dein wacher Geist und Dein Humor haben mich immer an deinen Großvater erinnert, meinen geliebten kleinen Bruder Erwann. Deine Neugier und Dein temperamentvoll-aufbrausendes Wesen, das war aber ganz ich – und ich hatte es von meinem Vater, wie der von seinem. Das ist der Cadiou-Charakter. Du bist eine echte Cadiou; wenn ich eine Tochter gehabt hätte, sie wäre vielleicht wie Du gewesen.

Daher Marie, will ich, dass Du dieses Haus erben sollst, wenn ich nicht mehr lebe. Ich bin sicher, Du wirst es nicht verkaufen; ich weiß, dass Du an dem hängst, was Du liebst, und dieses Haus und seinen Garten hast Du immer geliebt, schon als Kind. Ich sehe Dich vor mir, wie Du, wenn ich nicht mehr da bin, Raum für Raum durchforschen wirst, und irgendwann wirst Du den Schrank finden, die Truhe, meine Zeichnungen und mein altes Gebetsbuch. Ich weiß, früher oder später wirst Du diesen Brief lesen; aber ich habe auch Angst davor. Deshalb habe ich ihn ein wenig versteckt; das ist kindisch, nicht wahr? Vielleicht; aber ich frage mich natürlich: Was wirst Du von mir denken?

Denke nicht zu übel von mir, wenn Du das Folgende liest! Ich dachte, mir wäre es egal, was die Leute von mir halten, über mich reden, denn lange Zeit hatte ich mich darin geübt, Gerede mit Gleichmut zu ertragen. Doch nun werde ich alt, ich werde nicht ewig leben. Erinnerungen, die ich ein Leben lang zurückgedrängt habe, kommen ungefragt wieder hoch und nehmen Besitz von mir. Ich will, dass jemand die Wahrheit erfährt, damit ein Bild von mir fortlebt, das – angemessen ist.

Ich werde bald fünfundachtzig Jahre alt und bin zum letzten Mal in Mengleuff. Ich habe beschlossen, nie mehr hierher zurückzukommen. Auch wenn es mir das Herz zerreißt. Ich gehöre hierher. Ich bin Bretonin. Nur wenn ich hier bin, auf meinem Boden, bin ich ganz ich. Die Pariserin, die ich auch geworden bin mit den vielen Jahren, fällt ab von mir, sobald ich zuhause bin. Meine Seele wird dann wild und freudig wie der bretonische Himmel, von dem die Sonne strahlend hinunterbrennt nach dem letzten heftigen Regen.

Ja, ich bin von hier. Aber ich konnte nicht hierbleiben. Hätte mein Vater länger gelebt, womöglich wäre alles anders gekommen. Doch er starb zu jung, bei einem Unwetter auf See. Kurz, bevor die Deutschen kamen.

Er war mein Beschützer, mein Förderer, er verstand mich. Einmal sagte er mir: »Es tut mir leid, dass du ein Mädchen bist. Man wird es Dir schwer machen.« Er hatte erkannt, dass ich Künstlerin bin. Noch ganz klein, sammelte ich Kohlestücke am Kamin und malte Figuren auf den Stein davor, wofür meine Mutter mich bestrafte. Ich verschmutzte das Haus, meine Kleidung und mich selbst mit der Kohle; aber das war mir egal. Heute schenkt man Kindern Stifte und Papier zum Zeichnen und Malen; früher war das nicht so. Ich musste mir lange Zeit anderes suchen, um abzubilden, was ich sah oder erträumte – Zweige, mit denen ich in weichen Erdboden grub; Steinchen und Blätter, mit denen ich Bilder legte; wenn ich großes Glück hatte, konnte ich eine alte Zeitung auftreiben und einen Bleistiftstummel, von meinen großen Brüdern, die schon zur Schule gingen.

Es war mein Vater, der mein Talent entdeckte, und er schenkte mir mein erstes Papier, meine ersten Zeichenstifte. Einmal brachte er mir ein Buch über die menschliche Anatomie von einer Reise mit, was meine Mutter erzürnte, sie fand die Abbildungen unschicklich. Sie stritten oft wegen mir, meine Mutter konnte nicht verstehen, dass man so viel Aufhebens um mich machte. Außerdem brauchte sie Hilfe bei der vielen Arbeit in Haus und Garten; und ich weiß, dass sie hart arbeitete und dass das nicht gelogen war. Ich half ihr auch; aber ich musste auch zeichnen, und so rückte ich aus, was stets bestraft wurde, insbesondere, wenn mein Vater auf See war und mich nicht verteidigen konnte.

Ich hatte immer gehofft, er werde mich eines Tages nach Paris gehen lassen, Kunst studieren. Ich bin sicher, er dachte daran. Ich weiß nicht, ob es möglich gewesen wäre, wir waren ja nicht reich, und ein Mädchen allein in Paris, das wäre nicht gegangen. Ich erfuhr nie, ob mein Vater wirklich Pläne für mich geschmiedet hatte, denn er starb auf See, im Herbst 1939.

Es war ein Schock für uns alle. Mein ältester Bruder war plötzlich Familienoberhaupt, und der Nächstjüngere konnte seine Verlobte nicht heiraten, weil sie zu wenig Mitgift hatte und wir nun auch nicht mehr genug. Aber immerhin, sie waren junge Männer. Ihnen konnte unsere Mutter weniger abverlangen als mir und dem kleinen Erwann. Ich habe noch nichts über meinen kleinen Bruder gesagt, aber wir liebten uns sehr. Er war der Nachgeborene, und er tat mir leid, weil weder der Vater, noch die Mutter besonders viel auf ihn hielten. Er war nur »der Kleine«; ich aber sah, dass er intelligent war, weit mehr als unsere großen Brüder. Er war ein findiger kleiner Kerl, mein Erwann, und wir hielten zusammen.

Nun waren wir in Trauer, was meine Mutter, die von jeher religiös gewesen war, in dieser Hinsicht strenger werden ließ denn je. Erwann und ich mussten jeden Morgen vor Tagesbeginn aufstehen, um in die Sieben-Uhr-Messe nach Telgruc zu gehen. Ich erinnere mich noch des fröstelnden Müdigkeitsgefühls, wenn ich, Erwann neben mir, hinter der

Mutter her über die noch dunkle Landstraße stolperte. Erwann war erst zwölf; ein Jahr lang durfte er nur leise spielen; niemals lachen; keine Freunde sehen. Das galt auch für mich. Natürlich durfte ich auch nicht zeichnen.

Ich will mich nicht zu genau an diese Zeit erinnern; es war schlimm, aber noch schlimmer wurde es, als die Deutschen kamen. Waren wir in unserer Familie durch die Trauer geknebelt, war die gesamte Bevölkerung plötzlich durch diese fremde Macht unterdrückt, die arrogant und brutal einmarschiert war. Ich verfluchte es, ein Mädchen zu sein. Ich hätte so gern gegen die Feinde gekämpft! Ich denke, meine verzweifelte Wut über den zu frühen Tod meines Vaters und mein Gefühl, von meiner Mutter tyrannisiert zu werden, entluden sich in einem regelrechten Hass auf die Invasoren. Ich war fünfzehn, mein Kopf voller hehrer Ideale. Freiheit, Gleichheit, Brüderlichkeit – daran glaubte ich, dafür wäre ich gerne gestorben!

Nun, ich sollte meine Chance dazu erhalten. Es kam die Zeit, in der meine großen Brüder einen jungen Mann in unser Haus mitbrachten, einen Freund, sagten sie. Sie nannten ihn Louarn, den Fuchs, ein Spitzname. Dieser Louarn war im Widerstand, und er half meinen Brüdern, auf die Insel Sein zu fliehen und von dort nach England, zum General de Gaulle. Wir sollten sie niemals wiedersehen. Aber das wussten wir damals noch nicht, und auch ich wollte mein Bestes tun, um den Feind zu bekämpfen. Louarn hatte gesagt, dass auch Frauen im Widerstand waren; meine Mutter hatte mir strikt verboten, an so etwas auch nur zu denken. Doch ich dachte daran, auch wenn ich nicht sofort etwas unternahm.

Habe ich gesagt, dass dieser Louarn mich beeindruckt hatte? Das hatte er. Er war intelligent, er war mutig, er war stark und strahlte Männlichkeit aus. Und er tauchte wieder bei uns auf, als meine großen Brüder verschwunden waren. Er half uns bei harten körperlichen Arbeiten. Erwann, der die großen Brüder vermisste, fand einen neuen großen Bruder in ihm, und Louarn ging mit dem Jungen erstaunlich zartfühlend um. Das berührte mich und ich fühlte mich noch mehr von ihm angetan. Mit seiner Hilfe ging es uns in unserer zerrütteten und geschrumpften Familie besser; bis sie uns Erwann nahmen.

Das geschah im Sommer 1942. Erwann war damals erst fünfzehn Jahre alt, kein Kind mehr, aber noch kein Mann. Das tat nichts zur

Sache. Wenn die Deutschen Zwangsarbeiter brauchten, dann holten sie sie sich, auch meinen kleinen Bruder, meinen Erwann. In diesem Augenblick wusste ich, dass es nicht half, den Kopf in den Sand zu stecken. Wenn niemand gegen die Besatzer rebellierte, dann würde ihr Regime niemals ein Ende nehmen! Für mich war die Zeit gekommen, etwas zu tun.

Habe ich gesagt, dass ich schön war? Ich war es. Als junges Mädchen war ich schön. Ich hatte seit längerem Louarns Blicke richtig gedeutet; es war wegen mir, dass er so oft zu uns kam. Er war der erste Mann, den ich küsste, dem ich mich hingab. Es passierte etwas unversehens, eines Nachts, verborgen im Heu. Danach weinte er, und lachte zornig: Im Krieg müsse man jede Sekunde des Lebens nutzen, sagte er, denn vielleicht wäre in der nächsten alles vorbei.

Ich war plötzlich eine Frau. Ich war die Geliebte eines Mannes, der stark war und mutig und gerissen. Ich war wie berauscht, die Auserwählte eines solchen Mannes zu sein; und doch ging es mir zugleich so wie ihm. Ich weinte – allerdings nicht vor ihm, ich tat es heimlich. Ich liebte ihn oder meinte ihn zu lieben, aber ich war jung, sehr jung, und man hatte mir beigebracht, dass es solche und solche Frauen gab, ehrbare und entehrte. Ich war jetzt eine der letzteren.

Ich weiß nicht, ob es damit zusammenhing. Ich glaube, der Gedanke, eine gefallene Frau zu sein und mich reinwaschen zu wollen, brachte mich auf die Idee. Ich war es, die es Louarn vorschlug. Er war schockiert, das muss ich ihm lassen. Aber da er klug war, dauerte es nicht lange und auch er sah die Möglichkeiten, die sich dadurch auftun konnten.

Es gab Mädchen, die sich mit Deutschen einließen. Sie taten es um ihres eigenen Vorteiles willen. Ich wollte es tun, um für den Widerstand zu spionieren.

Die deutschen Offiziere wollten sich oft amüsieren, und Louarn, er hatte seine Augen und Ohren überall, erfuhr eines Tages von einem Fest – eher eine Orgie, so war anzunehmen –, bei der es bretonischen Tanz geben sollte. Bretonische Mädchen. Louarn zögerte, mir davon zu erzählen. Ich zitterte, aber ich sagte, ich wolle unter den Tänzerinnen sein. Er arrangierte das, und ich hatte Glück im Unglück. Unter den betrunkenen Offizieren war ein grauslicher alter – nein, ich werde ihn nicht weiterbeschreiben; doch der hatte sein Auge auf mich geworfen, und ich weiß nicht, was ich getan hätte, wenn – wie dem auch sei, im letzten Moment machte ein junger, ganz ansehnlicher Mann dem Alten die Beute streitig.

Er hieß Erich Hähnel. Ich gefiel ihm, er nahm mich zu sich, denn er fühlte sich einsam. Oft hatte er Heimweh. In seinen milden Momenten konnte er Stunden lang von seinem Zuhause erzählen, von seinen Eltern und Geschwistern, von seiner Verlobten. Es war in diesen Momenten, in denen ich ihn durch geschickte Fragen auf die Gegenwart zurückbringen und ihm Informationen entlocken konnte, die für unsere Bewegung wichtig waren.

Ich hatte Erfolg als Spionin. Was ich erfuhr, hatte bald Louarn erfahren, und der reagierte schnell – fing Transporte mit Waffen ab oder kam Aktionen der Deutschen gegen Verdächtige zuvor, indem er sie warnte und abtauchen ließ.

Es war Weihnachten 1942, dass ich Bleiz das erste Mal sah. Ich nannte ihn für mich so, Bleiz, den Wolf, weil er das in meinen Augen war: ein einsamer Wolf, ein Einzelgänger, schön und unbesiegbar, ein Leitwolf. Bleiz war Oberst – ein deutscher.

Ich war verwirrt, ich war schockiert. Ja, ich war von einem Feind fasziniert, und das zutiefst. Seine grauen Augen hatten sich in meine gebohrt, auch ich war ihm aufgefallen. Ich war als Erichs Begleiterin da, es war eine Weihnachtsfeier (die freilich nicht weihnachtlich im üblichen Sinn war). Bleiz blieb nicht bis zum Ende. Dass er ohne Frau den Raum verließ, nahm ich wahr, und es erfüllte mich mit einer merkwürdigen Befriedigung.

Ich sah ihn eine ganze Weile nicht mehr, da Erich auf dem Ménez-Hom stationiert war, nicht in Telgruc, wo Bleiz war. Doch eines Tages war er es, der zu uns kam. Nicht wegen mir natürlich; so weit war es noch nicht. Er wollte eine Kiste abholen. Es war die dritte dieser Art, Erich hatte mir nie sagen wollen, was in den Kisten war, die er Bleiz zukommen ließ, und ich brannte vor Neugier, das herauszufinden. Aber wenn das Herz mir nun rasend schlug, dann lag das nicht an der Neugier, sondern allein an Bleiz' Gegenwart. Ich weiß nicht, er strahlte etwas aus, das mir nah ging, dem ich mich nicht entziehen konnte. Auch meinte ich zu spüren, dass meine Gegenwart ihn seinerseits nicht kalt ließ. Als allerdings die Kiste vor ihm stand, war alles andere um ihn vergessen. Geradezu zärtlich streichelte er über das Holz, und auch sein Gesichtsausdruck, der für gewöhnlich recht herrisch war, war plötzlich verwandelt, besänftigt. Unwillkürlich trat ich einen Schritt näher. Da drehte er sich zu mir und fragte ironisch, auf nahezu perfektem Französisch: »Vous êtes curieuse, Mademoiselle?«

Ich blieb wie vom Blitz getroffen stehen, hochrot, und wusste nicht, was ich sagen sollte.

»Sollen wir der Dame den Gefallen tun, die Schatztruhe zu öffnen?«, fragte Bleiz, und Erich öffnete die Kiste.

Es war eine Heiligenfigur. Marie, ich schreibe immer noch für Dich, auch wenn ich es vorübergehend selbst vergessen habe. Du kennst die Figur, es ist die heilige Barbara, die meine Truhe bewacht. Wie kam sie in meinen Besitz, wirst Du Dich fragen? Nicht damals schon, Du wirst später erfahren, wie und wann.

Um aber in meiner Geschichte fortzufahren: Ich begriff schnell genug, dass die Figur geraubt war, und das machte mich wütend. Auch wenn ich gegen meine Mutter rebelliert hatte, hatte sie mich doch zum Respekt vor der Kirche erzogen, und diese Figur außerhalb einer Kirche zu sehen, empörte mich. Was wollte Bleiz mit ihr? Ich sah ihn an, und ich weiß, es fiel mir damals noch schwer, meine heftigsten Gefühle zu verbergen. Doch Bleiz lachte nur auf und meinte, er werde die Barbara in Ehren halten, ich solle mich nicht um sie sorgen. Als er das sagte, blitzten seine grauen Augen auf, was mir förmlich durch Mark und Bein ging. Ich hatte nie einen schöneren Mann gesehen.

An diesem Tag ging er, ohne dass ich mehr erfahren hätte. Auch dauerte es eine Weile, bis ich aus Erich herausgekitzelt hatte, was er von den Figuren, und vor allem was er von Bleiz wusste.

Rudolf Harwegh, so war sein wahrer Name, war zuvor im Argoat stationiert gewesen und hatte dort begonnen, Heiligenfiguren zu »sammeln« – so nannte er es. Er liebte Kunst, besonders alte Kirchenkunst. Auf Crozon sammelte er weiter und hatte das seinen Mitoffizieren gegenüber fallengelassen. Da er der Ranghöchste war, bemühte sich mancher, sich mit einer Gabe beim Leitwolf beliebt zu machen. So hatte auch Erich die Augen offen gehalten und manch gut gefüllte Kiste an Rudolf gesandt. Diese Aktion hatte, wie es die Deutschen so gerne mochten, als geheime Aktion einen Codenamen: Ave Maria. Aber da so viele davon wussten, denke ich, Rudolf hat sich mit diesem scheinheiligen Namen einen Scherz gemacht. Er pflegte zuweilen solche Scherze zu machen, die nur er selber verstand.

Als Erich zu Ostern 1943 Heimurlaub hatte, war ich frei, Rudolfs Nähe zu suchen. Ich hatte Louarn von den Kisten erzählt. Er war nicht so angetan über die Information gewesen, wie ich es erwartet hatte. Der Widerstand braucht Waffen, keine Heiligenfiguren, sagte er. Trotzdem solle ich weiter berichten. Das genügte, ich machte mich auf nach Telgruc.

Das Glück war mit mir. Ich besuchte die Ostermesse – halb, weil ich es wirklich tun wollte, und halb, weil ich den Instinkt hatte, Rudolf könne selbst hingehen, wo er sich derart für Kirchen und Kirchenkunst interessierte. Er war da! Wir sahen uns, ein langer Blick. Das war alles. Er wandte sich wieder ab, nichts weiter.

Es war zum Verzweifeln. Aber ich fand eine Lösung, einen Weg, ihn wiederzusehen und an mein Ziel zu kommen. Ich zeichnete. Ich zeichnete eine Heiligenfigur der Kirche von Telgruc, eine Maria Magdalena, die Rudolf während der Ostermesse angestarrt hatte, länger und intensiver als mich. Mit dem zusammengerollten Blatt suchte ich ihn auf, was nicht einfach war, aber am Ende wurde ich doch zu ihm vorgelassen.

Ich weiß noch, wie verblüfft er war, als ich vor ihm auftauchte. Er fragte, was ich wolle, und ich entrollte das Blatt. Ich reichte es ihm, er blickte darauf, sah es lange an, dann fragte er, woher ich das hätte. Ich antwortete, die Zeichnung sei von mir. Seine grauen Augen schienen durch meine Stirn hindurch in mein Inneres zu sehen. Ich erbebte, hielt dem Blick jedoch stand. Was ich dafür haben wolle, fragte er. Ich sagte bedachtsam, seinen persönlichen Schutz, und ich würde für ihn zeichnen.

Wieder der bohrende Blick, dann die Frage, ob es mir nicht mehr gefalle, auf dem Ménez-Hom. Ich sagte, zu ausgesetzt, zu viele Luftangriffe. Aber ich wurde rot, und er selbst auch, und er senkte den Blick auf die Zeichnung. Er wusste sehr wohl, warum ich zu ihm wollte – zumindest den einen Grund hatte er erraten. Den anderen hat er nie erfahren. Er hat nie gewusst, dass ich ihn ausspioniert habe; ich hoffe, dass er bis zuletzt ahnungslos war. Es hätte ihm so wehgetan – ich wollte ihm nie wehtun, ihn niemals verletzen; obwohl ich schon damals wusste, dass er selbst keine Skrupel davor hatte, Menschen zu verletzen oder Gewalt gegen sie anzuwenden, wenn er meinte, für seine Sache sei das unabdingbar. Ein Leitwolf bleibt immer gefährlich.

Ja, er hatte zwei Seelen in seiner Brust, wie er selbst sagte. Er war der Leitwolf, aber er war auch der andere, der Zartfühlende, der Poet, der Kunstliebhaber. Ich habe so viel von ihm gelernt, über Kunst und Kunstgeschichte. Das war es, was uns beide passionierte und über das wir zusammenfanden – soweit es ging.

Ich habe ihm den Heiligenkalender in meinem Gebetsbuch gezeigt und ihm vorgeschlagen, den Katalog seiner Sammlung danach zu ordnen. Ich habe seine Figuren gezeichnet, wie abgemacht. Er weihte mich in die Aktion Ave Maria ein und zeigte mir sein Versteck, die sogenannte Grotte. In Wahrheit war auch das ein Codewort; die Grotte war ein unterirdischer Tunnel auf Roscanvel.

Marie stieß einen leisen Schrei aus und ließ das Blatt sinken. War das die Erklärung? Hatte Elodie einmal einen Welpen-Glücksbringer nach Roscanvel mitgenommen und in – oder nahe – dem Versteck-Tunnel verloren? Nahe dem Tunnel, den sie gestern mit Florian entdeckt hatte! Unglaublich, so musste es sein! Doch weiter:

Ich zeichnete dort, bei der Grotte; wir holten je eine Kiste ans Tageslicht und öffneten sie; ich setzte mich auf einen Felsen, eine Zeichenmappe und das Papier auf dem Schoß. Manchmal war es der Regen oder manchmal ein Luftangriff, der mich mit meinem kostbaren Modell in die Grotte zurücktrieb oder anderweitig Deckung suchen ließ. Das war stets furchtbar, denn die Figuren waren schwer und empfindlich, und ihnen durfte um keinen Preis etwas passieren. Meistens war ich beim Zeichnen allein; aber manchmal blieb Rudolf ganz nahe bei mir und schaute mir voller Bewunderung zu. Das waren die vielleicht schönsten Momente meines Lebens.

Ich lebte mit Rudolf in seinem Quartier, wurde von ihm mit Respekt behandelt, hatte mein eigenes Zimmer. So eng, wie er mich an sich heranließ, hatte er noch nie eine Frau an sich herangelassen. Der Tag, an dem er mir das gestand, erfüllte mich mit einem so heftigen Glück, dass es mir buchstäblich den Atem nahm. Und doch wurde ich im nächsten Moment von Gewissenbissen zerrissen. Ich liebte ihn. Aber ich hasste die Deutschen. Ein Paradox, nicht wahr? Doch es war so. Ich bin unserer Sache, dem Kampf für den Widerstand, immer treu geblieben. Louarn, der ahnte, was in mir vorging, musste mich nicht ermahnen oder bedrohen (auch der Fuchs ist nicht ungefährlich). Ich wusste, was ich mir vorgenommen hatte, auf welches Ziel ich hinauswollte. Und so habe ich meinen Geliebten am Ende verraten.

Es war, als die Amerikaner und freien Franzosen im Vormarsch waren. Rudolf wollte seinen Schatz in Sicherheit bringen, unseren Schatz, wie er damals sagte. Er hatte einen etwas eigentümlichen Plan. Dazu mussten die Kisten von der Grotte, wo sie bestens geschützt gewesen waren, zunächst an einen anderen Ort transportiert werden und von da in der nächsten Nacht weiter. Louarn erkannte, dass der ausgewählte Zwischenort unsicher war; was hieß: wenn die Kisten dort wären, sei für ihn und seine Leute der Zeitpunkt gekommen, um zuzuschlagen. – Merkwürdig, was der Widerstand plötzlich mit Heiligenfiguren wollte, wollte Louarn mir nicht sagen; aber ich denke, es ging ihm um das Prinzip, und es war Eifersucht im Spiel. Wir waren schon kein richtiges Paar mehr gewesen, als ich die Geliebte von Erich geworden war; doch seitdem ich mit Rudolf zusammenlebte, war es zwischen mir und Louarn gänzlich aus. Ich konnte nur einen Mann lieben.

So hat Louarn Rudolf seinen Schatz geraubt, und zum Andenken an den gelungenen Coup sollte ich mir eine Figur aussuchen, sagte er. Ich wählte die heilige Barbara.

Warum erzähle ich Dir das? Zum einen, um dir zu erklären, warum ich mich mit dem Feind einließ. Weiß man das in Mengleuff noch? Die Leute haben es meiner Mutter damals so schwergemacht, und meinem kleinen Erwann. Und es ist auch für ihn, dass ich dieses hier schreibe.

Als Rudolfs Geliebte konnte ich dafür sorgen, dass es Erwann nicht schlecht ging wie anderen Kriegsgefangenen. Trotzdem habe ich ihm, ohne es zu wollen und ohne es verhindern zu können, ein großes Unrecht getan. Darüber will ich Dir nichts Genaueres sagen, Marie, seine eigene Geschichte muss Dein Großvater Dir selber erzählen, wenn er es will. Gib Du ihm nur, ich bitte Dich, den braunen Umschlag unter meinen ältesten Zeichnungen in der grün-schwarz marmorierten Mappe. Er enthält Bilder, die Erwann gehören. Er hätte sie längst erhalten müssen. Ich habe im Leben so vielen Gefahren in das Auge gesehen, aber ich war zu feige, um meinem kleinen Bruder gegenüberzutreten, mit dem besagten Umschlag – den Du ihm nun geben wirst, ich verlasse mich auf Dich.

Mit dem Rest meiner Zeichnungen, verfahre, wie Du es für richtig hältst. Es würde mich indessen freuen, sie weiterhin aufbewahrt zu wissen. Meine Zeichnungen sind mein Leben, oder mein Leben steckt in den Zeichnungen, ganz wie Du willst. Jedenfalls hänge ich an ihnen und vertraue sie deshalb meiner alten heiligen Barbara an, die alles ist, was mir von der schrecklichsten und schönsten, von der Kriegsepisode meines Lebens blieb – sie und die Zeichnungen des Heiligenkalenders von Ave Maria, die ich holen konnte, nachdem Rudolf gestorben war, im Kampf gegen die Befreier.

Ich habe nach ihm andere Männer geliebt, aber keinen wie ihn, den ich nicht lieben durfte und den ich nie so lieben konnte, wie ich es gewollt hätte, heiß und inniglich.

All dies ist sehr lange her. Man sagt, die Zeit heilt alle Wunden, und es stimmt, auch wenn Narben bleiben. Meine Mutter hat mir niemals verziehen, nie mehr ein Wort mit mir gewechselt, nachdem ich nach Paris gegangen war, um mein Leben neu anzufangen. Doch auch in ihr muss die Zeit gewirkt haben, denn wortlos hat sie mir ihr Haus, das alte Haus der Cadious, vermacht.

Es wird Dein Haus sein, wenn Du diesen Brief liest. Der Gedanke, dass Du es bewohnen wirst, erfüllt mich mit Freude. Werde im alten Haus der Cadiou glücklicher, als ich es gewesen bin!

Deine Großtante Elodie

27. Ausflug zu zweit

Der Sand war heiß unter ihren Füßen, als sie auf den Fußballen zum Wasser hüpfte, das ihr im ersten Moment eiskalt vorkam. Marie ging tiefer hinein, ließ sich in einen langen Schwimmzug gleiten und schwamm aus der Bucht, in die offene See. Sie liebte es, weit hinauszuschwimmen. Dann fühlte sie sich frei. Und manchmal half es ihr beim Nachdenken.

Ach, dieser Brief Elodies! Dass Elodie einen ähnlichen Fehler wie sie selbst, Marie, gemacht hatte! Auch Elodie hatte den Falschen geliebt. Nur war es kein verheirateter Sylvain gewesen, sondern ein Feind. Ein Feind – den Elodie am Ende verraten hatte. Was für eine schreckliche Geschichte! Und deshalb hatte Elodie die Bretagne verlassen. War nach Paris gegangen – hatte es dort zu etwas gebracht. Marie schüttelte leicht den Kopf. Sie hatte immer noch Mühe, die grazile, schick gekleidete Großtante in Einklang zu bringen mit dem Bild dieser Abenteurerin, der Spionin für die Résistance! Und sie hatte noch immer Mühe zu begreifen, wie sehr Elodie sie, sie selbst, geliebt hatte … Elodie mit ihrer scharfen Zunge, die an niemandem ein gutes Haar gelassen hatte. Und doch, insgeheim hatte Elodie sie, ihre Großnichte, innig geliebt! Wenn sie das früher gewusst hätte! Jetzt war es zu spät … Aber sie hätte ihre Großtante in ihren letzten Lebensjahren niemals so vernachlässigen dürfen, wie sie es getan hatte.

Sie kam sich schäbig vor. Undankbar. Elodie hatte ihr ein Heim gegeben, und Geld, das für ein Jahr oder so reichen würde; Elodie hatte ihr die Freiheit gegeben, von Brest fortzugehen. Die Freiheit, ihr Leben neu zu ordnen, einen Neuanfang zu machen. Das würde sie Elodie niemals vergessen. *Werde in dem alten Haus der Cadiou glücklicher, als ich es gewesen bin* – dieser letzte Wunsch Elodies rührte Marie zutiefst, und ja, sie würde es versuchen!

Sie würde es versuchen; aber das hieß, sie würde nicht zum zweiten Mal denselben Fehler begehen. Nach Sylvain kein Florian. Florian. Noch im kalten Wasser durchfloss es sie heiß beim Gedanken an ihn, an gestern, an den Moment, als sie dachte, er würde sie küssen. Aber das kam gar nicht in Frage! Stürz dich nicht schon wieder in etwas Unmögliches rein, Marie! Lass dich nicht noch einmal verletzen! Das würdest du nicht verkraften. Und verletzt würdest du. Du magst dich zu Florian hingezogen fühlen, aber das macht ihn nicht zum perfekten Mann. Nein nein, du darfst seine Schwächen nicht übersehen. Er ist verheiratet, liebt seine Frau, ist aber trotzdem hier, über tausend Kilometer entfernt von seiner Katharina, anstatt um sie zu kämpfen! Er muss wissen, dass das falsch und feige ist. Warum bleibt er dann? Aus Bequemlichkeit? Oder etwa – wegen mir? Dann aus Mangel an Energie in Entscheidungsfragen?

Marie biss grimmig die Zähne zusammen. Sie dachte an seine unfertig gebliebenen Zeichnungen des Katerchens. Alles nur Anfänge. Schöne, vielversprechende Anfänge, aber was half es, dass sie vielversprechend waren, wenn keiner fertig war? Nein, sich auf diesen Mann zu verlassen, wäre wie ein Spaziergang über Treibsand!

Sie tauchte unter, machte ein paar Züge unter der Wasseroberfläche, tauchte prustend wieder auf. Sie schüttelte sich das kalte Wasser aus den Haaren, fühlte sich merkwürdig ernüchtert und ruhig. Sie sah sich nach dem Festland um und erschrak leicht. Eine unbemerkte Strömung hatte sie, während sie in ihrem Nachgrübeln versunken war, weiter in das Meer hinausgetragen, als sie gewollt hatte. Sie machte kehrt und spürte nun, beim Anschwimmen gegen die besagte Strömung, die sie zuvor so angenehm mit sich getragen hatte, deutlich den Gegendruck. Als geübte Schwimmerin bereitete ihr das aber keine schweren Sorgen. Sie hielt Kurs auf eine Felsnase, die an sich zu weit rechts lag, um ihr Abgetriebenwerden auszugleichen. So, mit dieser Orientierung, näherte sie sich allmählich wieder dem fast weiß in der Sonne erstrahlenden Sandstrand der kleinen Bucht.

Als sie in Rufweite des Strandes kam, ärgerte sie sich, denn sie sah in der sonst einsamen Bucht eine menschliche Silhouette. Jemand war dabei, ein Strandtuch auszubreiten und es sich darauf bequem zu machen – etwa dort, wo sie ihr eigenes vermutete.

Als sie noch näher kam, wusste sie, wer es war.

Da war sie endlich! Er hatte doch gleich ihren Rucksack erkannt. Aber wie konnte sie nur so weit rausschwimmen?! Das würde er sich nie trauen! Beschämt sah Florian an sich herunter. Es wäre besser gewesen, sich nicht hier zu begegnen; nicht so, wie er aussah. Seine Blutergüsse waren inzwischen nicht mehr blau-violett, aber dafür grünlich-gelb. Ein abstoßender Anblick, fand er selbst. Besser, er ging ihr entgegen, ins Wasser.

»Wie hast du es so lange im Wasser ausgehalten, ohne zum Eiswürfel zu werden?«, rief er aus, während er in hastigen Zügen auf Marie zu schwamm. Er konnte nicht umhin zu bewundern, wie schön ihr nasses schwarzes Haar im Licht glänzte. Eine Meeresnixe.

»Verfolgst du mich?«, fragte die Nixe schnippisch und schwamm einen Bogen, um ihm auszuweichen.

Überrascht schwenkte Florian selbst um, um neben ihr herzuschwimmen. »Gestern Nacht ist Olivier noch lange geblieben. Dabei hatte ich nicht vergessen, dass wir uns noch sehen wollten«, erklärte er entschuldigend, da er annehmen musste, dass Marie über ein fehlendes Lebenszeichen von ihm verärgert war.

»Oh, das war nicht so wichtig«, wehrte Marie jedoch ab. Eisig wie das Wasser.

»Ist dir kalt? Du klingst so frostig«, versuchte Florian einen Scherz.

»Wenn man sich bewegt, ist das Wasser nicht kalt, weißt du. Aber man muss die Arme und Beine bewegen, nicht nur den Mund.«

»Ich weiß, Multitasking. Angeblich können Frauen das besser. Probierst du's aus? Schwimmst du noch eine kleine Runde mit mir?«

»Du meinst schwimmen und schweigen oder schwimmen und reden?«

»Schwimmen und schweigen mag poetischer klingen, aber schwimmen und *sprechen* klingt auch nicht schlecht.«

Marie musste wider Willen lächeln. »Eine *kleine* Runde, sonst schwimmst du bald mit einem Eiswürfel.«

Sie schwammen nebeneinander her, der Kontur der Bucht folgend. Marie schüttelte innerlich über sich den Kopf – warum tat sie das? Warum schwamm sie neben ihm her, anstatt von ihm weg? Genau das hatte sie sich noch eben vorgenommen! Abgesehen davon war er vollkommen bescheuert, mit seinen verletzten Rippen im Meer herumzupaddeln! Außerdem hieß das, er vernachlässigte seine Pflichten als Katzenbetreuer. Typisch!

»Bist du schlecht auf mich zu sprechen, weil du findest, ich sollte beim Winzling bleiben?«, fragte Florian plötzlich.

Woher wusste er, woran sie gerade gedacht hatte? Marie schwieg grimmig.

»Glaube mir, ich kümmere mich gern und gewissenhaft um ihn. Aber ich denke, im Augenblick braucht er keine Betreuung.«

Marie erwiderte darauf nichts. Sie würde nachher nach dem Katzenwelpen sehen, und wenn sie den Eindruck hatte, er bräuchte mehr Aufmerksamkeit und Pflege, dann würde sie ihn zu sich nehmen, ein für alle Mal!

»Jetzt mal ehrlich, hat dich etwas verärgert? Habe ich etwas Falsches gemacht?«, hakte Florian nach.

»Wieso, was willst du, ich schwimme mit dir, nicht wahr?«

»Schwimmen und sprechen, hatten wir gesagt.«

»Du gehst mir auf die Nerven, Florian Reinart. Wolltest du das hören?«

»Dann schwimm doch zurück«, konterte Florian, fuhr aber schnell fort: »Aber dann erfährst du nie, was Olivier von Isabelle hält.«

Marie seufzte. »Na gut, so lange ertrage ich dich noch. Was hält Olivier von Isabelle?«

»Viel. Die Diskretion verbietet es mir, ins Detail zu gehen.«

»Erst machst du Versprechen, dann hältst du sie nicht!« Florian erhielt ein Stück Alge in das Gesicht.

»Danke. Algen sollen ja gesund für die Haut sein. Außer, die hier wäre giftig?« Florian schmiss die Alge hinter sich. »Und was ist mit Isabelle, was hält sie von Olivier?«

»Kein Wort erfährst du von mir! Außerdem, ich drehe um. Siehst du meine Finger? Wie sagt man, wenn sie so aussehen?« Sie streckte Florian eine Hand hin.

»Ih, komplett verschrumpelt!«

»Verschrumpelt?«, fragte Marie misstrauisch zurück. »Was ist das für ein seltsames Wort?«

»Man könnte auch runzlig sagen. Die Haut wird runzlig. Das ist sogar das korrektere Wort. Allerdings kaum weniger seltsam, wenn man es recht bedenkt …«

Marie wandte sich ab, damit er ihr Grinsen nicht sähe.

Sie machten kehrt.

»Und du willst mir wirklich nicht sagen, warum wir heute diesen Schlagabtausch mit Worten und Algen machen?«, hob Florian nach einer Weile des Schweigens wieder an.

»Nein«, gab Marie aufreizend zurück.

»Wie ärgerlich. Ich wollte dich um etwas bitten. Aber wenn ich deine Gunst verloren habe, habe ich nicht viel Hoffnung darauf, dass du mir helfen wirst, was?«

»Was willst du von mir?«, fragte Marie, und fügte im Kopf hinzu: Ja, *das* ist hier doch die ganze Frage!

»Dass du mit mir nach Landévennec fährst«, antwortete Florian prompt.

»Landévennec? Warum?«

»Weil ich im Tagebuch meiner Oma weitergelesen habe. Sie war damals dort, in der alten Abteiruine.«

Marie atmete tief durch. Diese alten Geschichten! Elodies Geschichte; die Geschichte von Florians Oma … »Das ist so lange her«, dachte sie laut. »Du denkst, der Krieg ist so lange her. Du vergisst, dass es ihn gegeben hat, wenn du nicht darüber nachdenkst. Aber dann erkennst du eines Tages: Unter den Büschen, da war ein Bunker; und auf dem Cap de la Chèvre«, sie fröstelte unwillkürlich und tauschte mit Florian einen Blick, »da waren Geschütze. Wenn du anfängst, genau hinzusehen, siehst du den Krieg überall! Aber wie kommt es, dass ich und du genauer hinsehen? Ja, ich weiß, was du sagen willst, du hast dieses Tagebuch. Und ich …« Sie verstummte.

»Ja, eben, das Tagebuch ist schuld«, brach es aus Florian heraus. »Manchmal wäre es mir lieber, ich hätte es nie erhalten! Aber dann denke ich an den Blick meiner Oma, als sie es mir gab. Es lag eine Bitte darin, oder eher ein Flehen. Damals dachte ich, sie bittet darum, dass ich ihre alten Erinnerungen lese, um später mit ihr darüber zu reden. Jetzt denke ich, sie bat mich um viel mehr … um mein Verständnis für etwas Ungeheuerliches in ihrem vergangenen Leben …«

»Etwas Ungeheuerliches?«, echote Marie.

»Ach Marie, kannst du nicht mitkommen? Es wäre wirklich leichter zu ertragen für mich, wenn ich – einen Freund dabei hätte, wenn…«

»Dann frage Olivier!«

»Er kann heute nicht, und ich *muss* es heute tun; und zweitens, es ist nun mal so, ich weiß nicht, warum, aber bei dir fühle ich ein ganz anderes Verständnis für diese alte Geschichte.«

Marie schwieg.

Florians Ton wurde bittend, fast zärtlich: »Was ist, kommst du mit? Ich habe schon mit Yvonne vereinbart, dass sie Katzensitting macht; sie macht das sehr gerne; für den Winzling ist also gesorgt. Ich könnte dich gegen drei Uhr abholen.«

Marie wusste, was sie sagen sollte. Nein, nein und nochmals nein! Warum brachte sie es nicht über die Lippen? Zerknirscht sah sie Florian an.

»Okay, dann ist das also abgemacht«, deutete er ihren Sphinx-Blick als Zustimmung.

Sie fuhren über eine Hochebene mit weitläufigen Feldern. Die Landkarte flatterte im Fahrtwind auf Florians Schoß, er musste sie festhalten. Marie hatte darauf bestanden, in ihrem Auto zu fahren; sie war so kratzbürstig gewesen, dass er schnell zugestimmt hatte. Er meinte zu verstehen, wieso sie so zu ihm war. Sie war in Trauer um ihren bescheuerten Ex, den sie noch liebte; und er – ja, er *hätte* sie vermutlich gestern geküsst, wenn das Handy nicht rechtzeitig geklingelt hätte, um das zu verhindern. Florian verspürte zugleich ein intensives Bedauern und eine große Erleichterung darüber, dass es so gekommen war, wie es gekommen war. Es wäre ein Wahnsinn, sich auf neue Komplikationen einzulassen. Neue Verpflichtungen einzugehen, einer zweiten Frau gegenüber, während man einer anderen – der eigenen! – noch verpflichtet ist … Nein nein, körperlich wollte er nichts von Marie (nein!); aber ihre Gesellschaft, ihre Freundschaft, das war etwas anderes …

Eine unbestimmte Trauer stieg in Florian auf. Um sie abzuschütteln, beugte er sich über die Landkarte. Landévennec lag ganz im Nordosten Crozons, auf einer winzigen, halbinselartigen Landnase: Zur einen Seite hin war diese von der Bucht von Brest umschlossen, zur anderen Seite hin von der Aulne maritime. Der Fluss mündete hier in das Meer ein.

»Es kann nicht mehr weit sein«, bemerkte Florian, um ein Gespräch anzuknüpfen.

»Es liegt hinter dem Wald«, Marie zeigte auf das dunkle Grün der Baumwipfel zu ihrer Linken.

»Das ist der erste Wald, den ich auf Crozon sehe.«

»Oh, es gibt mehr Wälder im Inneren der Bretagne, im Argoat. Die Bretagne ist beides, Armor und Argoat. Armor ist das Land des Meeres, Argoat das Land des Waldes.«

»Ich hätte Lust, mal in einem bretonischen Wald spazieren zu gehen …« Fragend sah Florian Marie an. Doch sie schwieg trotzig. Nein nein, mein deutscher Freund, das ist unsere letzte Unternehmung. Du weißt es noch nicht, aber es ist so, schwor sie sich.

»Da, das Ortsschild«, rief Florian aus und riss Marie aus ihren Grübeleien.

Sie parkten auf einem in den Abhang terrassierten Parkplatz. Viel weiter würden sie nicht fahren können; Landévennec war eine Sackgasse. Nur diese eine Landstraße führte in das Dorf, das wiederum entlang einer einzigen Straße gebaut war. Zwei Wegweiser am Parkplatz zeigten die beiden Endpunkte der Dorfstraße an, auf der einen Seite der Hafen, auf der anderen die einstige Abtei.

Wortlos schritten sie Richtung Abteiruine. Sie konnten das Meer riechen, aber nicht sehen, die Aussicht darauf wurde von einer geschlossenen Häuserzeile verdeckt, die nun von einer hohen Granitmauer abgelöst wurde.

»Das muss die Umfriedungsmauer des Klosters sein«, vermutete Florian nervös. »Warst du schon einmal hier?«

»Nein. Ich denke, das Schöne, das vor deinen Füßen liegt, siehst du nicht immer an; du musst eine Reise machen, um es anzusehen.«

»Das denke ich auch.«

»Ah oui?«

Noch ein paar Schritte, dann blieben sie gleichzeitig stehen: In der Wand öffnete sich ein hohes Rundbogenportal und dahinter sahen sie die Ruine der Abteikirche. Eine Treppe führte hinunter auf eine mit Gras bewachsene Terrasse; an deren Ende schloss sich eine weitere Treppe an, die tiefer führte, zu den Grundmauern des einstigen Kirchenschiffs. Weiß leuchtete der Boden aus Kieseln und sandiger Erde. Rechts und links standen noch mächtige quaderförmige Sockel sowie schlanke runde Säulenstümpfe. In zwei Reihen führten sie perspektivisch auf den Altarbereich zu. Von der Kirchenrückwand stand noch ein Ring mit drei zackenartigen Erhöhungen, den Resten von Gewölbenischen mit Rundbogenfenstern. »Sieh mal, das Schiff«, Marie zeigte auf ein kleines weißes Segel, das im rechten Rundbogenfenster aufgetaucht war und sich langsam nach links vorschob, um hinter dem Gemäuer zu verschwinden. Gebannt warteten sie und Florian darauf, dass das Segel in der nächsten Mauerlücke wieder auftauchen würde. Da.

»Sie hat das hier beschrieben«, murmelte Florian. »Sie war bei Nacht hier, aber das hier war es. Komm, gehen wir rein.«

Sie konnten nicht direkt durch das Rundbogenportal die Ruine betreten. Das Portal war mit einer Barriere abgesperrt, der offizielle Eingang in den Museums- und Ausgrabungsbereich führte über ein Gebäude, das außen alt aussah, innen modern, ein großer Museumsshop mit Kasse am Eingang. Sie kauften zwei Tickets, verließen den Shop durch eine andere Tür und befanden sich in einem weitläufigen, von allen vier Seiten umschlossenen Hof.

»Hier lebten die Mönche. Das sind Ruinen von Nutzgebäuden«, erklärte Florian, nach kurzem Blick in den Flyer.

Sie schlenderten an den Resten von Grundmauern vorbei, doch keiner von beiden hatte Lust darauf, im Flyer nachzulesen, was für Gebäude das einst gewesen waren. Unschlüssig gingen sie auf den Brunnen in der Hofmitte zu. Er hatte ein rundes Becken mit filigranem Metallaufsatz darauf, geformt wie das Dach eines Zwiebeltürmchens. Auf der Spitze prangte ein Kreuz. Sie sahen durch die Metallstreben in den Brunnen hinein, aber im Brunnenschacht war es zu dunkel, man konnte nicht sehen, wie tief er ging.

»Weißt du, dass im Argoat jedes Dorf einen Brunnen mit einem ertränkten Deutschen hat?«, fragte Marie plötzlich.

»Wie bitte?«

»Wir sprachen über die Wälder des Argoat. In diesen Wäldern gab es viel Résistance. Ich habe eine entfernte Cousine, die im Huelgoat lebt, in einem großen Wald; und sie sagte mir das einmal. In jedem Dorf des Argoat gab es nach dem Krieg jemanden, der behauptete, er hätte einen Deutschen im Brunnen ertränkt.«

»Meinst du, das ist wahr?«

»Wer kann das sagen? – Florian, was war mit deiner Oma?«

Florian verschränkte die Arme. »Ich habe das Tagebuch mit.«

»Willst du mir vorlesen?«

»Da hinten, auf dem Mäuerchen?«

Sie setzten sich auf das Mäuerchen, das, im Schatten der hohen Umfriedungsmauer gelegen, ein Beet mit Lavendel und anderen duftenden Kräutern umschloss. Marie sah einer aufgescheuchten Eidechse nach, während Florian das Tagebuch aus dem Rucksack holte. Eine merkwürdige Situation, dachte sie. Und noch einmal fragte sie sich, warum sie das tat. Warum sie mit diesem weitgehend fremden Deutschen die Erinnerungen seiner Großmutter teilte. Doch zugleich fand sie schon eine Antwort: Es hatte mit Elodie zu tun, und mit ihrem papy, mit ihrer eigenen Familie. Der Krieg, das war nicht einfach Gut gegen Böse gewesen, und nicht nur Kampf, Schlachten und Gefechte. Der Krieg, das war in der Bretagne lange Zeit die Besatzung gewesen und damit das Zusammenleben von Bretonen und Deutschen. Und wenn Menschen zusammenleben, ob sie es wollen oder nicht – wenn Männer und Frauen sich begegnen, dann konnte man es nicht ausschließen, dass so etwas passierte. Dass Gefühle entstanden, die »verboten« waren.

Marie seufzte. Sie schloss die Augen, als Florian zu lesen begann, konzentrierte sich auf seine Stimme – er hatte eine angenehme Stimme –, versuchte, sich alles genau vorzustellen …

28. Die Flucht

Mit einer merkwürdigen Ruhe sieht Marlene Gisela nach, die von ihr forthastet. Auf offener Straße hat Gisela Marlene am Arm gepackt und ihr die drei Worte ins Ohr gezischt: »Du bist verraten.«

Einen Augenblick steht Marlene einfach nur da. In der Ferne grollt kein Gewitter, es ist der Kampf um den Ménez-Hom, den man bis Telgruc hört. Die Amerikaner so nah, und jemand hat sie verraten. Wer? Woher weiß es Gisela? Was ist zu tun? Fliehen? Wohin? Darauf warten, festgenommen zu werden? Wenn sie nur nicht allein wäre!

Aber hierbleiben und auf das Schlimmste warten wird Marlene nicht. Lieber auf der Flucht sterben.

Es ist nicht weit bis zu ihrem Quartier. Marlene hastet die Treppe zu ihrer Kammer hinauf. Das Tagebuch liegt unter der Matratze. Keine Zeit, viel mehr einzupacken. Marlene greift nach dem Beutel mit ihren Waschsachen, schüttelt alles auf das Bett. Sie stopft das Tagebuch in den Beutel und einen Bleistift, dazu eine Bluse und Unterwäsche, dann ist der Beutel voll. Sie greift in die Rocktasche, da ist der Talisman, immer bei ihr.

Marlene rennt die Treppe hinunter. Sie geht zügig die Hauptstraße entlang. Da! Ein Fahrrad an einer Hauswand. Marlene geht gemessenen Schritts darauf zu. Steigt auf. Fährt los. Niemand schreit oder rennt ihr hinterher. So einfach ist es, ein Fahrrad zu stehlen. Nur der Beutel in der Hand stört sie beim Lenken. Egal! Sie muss aus Telgruc raus. Ein alter Mann steht am Wegesrand, sein Blick sticht wie eine Nadel in ihren Rücken, aber er hält sie nicht auf und auch sonst niemand.

Sie pedalt kräftig, doch ihr wird bewusst, wie unsinnig es ist, ohne Ziel, ohne Plan irgendwo hinzufahren! Irgendwann hält sie an, um die Schnüre des Beutels um den Hals zu legen. So geht das Lenken besser. Wohin? Sein Dorf liegt am Wegesrand, sie erinnert sich genau, nicht sehr weit von hier. Sie hat eine Idee. Sie ist nicht gut, aber ihre einzige.

Bald kommt die Senke, hinter der sein Dorf liegt. Marlene biegt ab, lässt sich hinunterrollen. Am tiefsten Punkt der Senke bremst sie und bleibt stehen. Sie lauscht und blickt um sich. Eine unheimliche Atmosphäre liegt in der Luft, das Schlachtengrollen ist gut zu hören, auch gegen den Wind, dafür sonst nichts, bis auf ein paar zwitschernde Vögel. Aber sogar die Tiere scheinen zu schweigen, zu warten auf das Ende der Schlacht. Zu warten auf die Amerikaner, so wie die Einheimischen es tun, die deshalb nicht zu sehen sind. Sie warten in ihren Häusern. So muss es sein. Sonst wäre die Menschenleere kaum zu erklären.

Marlene wird sich von hinten, von der Feldseite zum Garten seines Elternhauses schleichen. Sie hat den Garten nur nachts erkundet, aber sie erinnert sich an alles: Es gab Wasser, eine Pumpe, und das Gemüsebeet. Und es gab den Stall. Sie wird sich bei den Tieren verbergen. Die Kuh und die Ziege waren zahm, Marlene hat sie gestreichelt und sogar einmal beim Melken geholfen. Und – wenn seine Mutter sie findet, dann wird sie ihr alles sagen. Hoffentlich spricht die Frau nicht nur Bretonisch! Und hoffentlich weiß sie etwas von ihm, wohin er verschwunden ist, ob er noch lebt! Er muss doch noch leben!

Marlene kann das Fahrrad nicht in die Felder mitnehmen. Sie schiebt es zu den Büschen am Wegesrand und legt es zwischen hohe Halme. Dann nähert sie sich den talus, ihr Geliebter hat damals erklärt, dass die Wälle so heißen. Die Bauern haben Jahrhunderte lang die Steine aus ihren Feldern an deren Rändern aufgestapelt. Mit Erde befestigt, wuchsen Pflanzen darauf. Die talus um das Dorf sind mit Bäumen bewachsen, mit Gestrüpp, Farnen und hohen Gräsern. Sie geben Marlene Deckung, als sie um die Felder schleicht. Unter einem hohen Baum hält sie inne. Sie setzt sich und lehnt den Rücken an den Stamm hinter ihr. Sie wird die Dunkelheit abwarten, sich nicht bei Tageslicht weiter vorwagen.

Sie würde sich gerne ausruhen, die Augen schließen, aber sie ist so angespannt vor Aufmerksamkeit und Fluchtbereitschaft, dass auch das Sitzen keine Ruhe bringt. Sie zieht das Tagebuch aus dem Beutel und den Bleistift. Stockend, immer wieder hochschauend, schreibt sie auf, was geschehen ist. Das Schreiben hilft ihr, ihre Gedanken zu ordnen.

Marlene hat Hunger und Durst, alles tut ihr weh vom stundenlangen Kauern auf dem Boden. Jetzt ist es dunkel genug. Sie steigt bergauf, nähert sich dem gespenstisch ruhigen Dorf. Da, eine Mauer aus Bruchstein, ist sie schon die, die sie sucht? Aber dahinter stehen keine Bäume. Man müsste die Apfelbäume sehen. Sie tastet sich weiter vor. Und endlich stößt sie auf eine weitere Bruchsteinmauer, und dahinter sind sie, die schwarzen, knorrigen Baumsilhouetten.

Marlene wirft den Beutel über die Mauer in den Garten und macht sich ans Klettern. Die Feldsteine geben den Füßen Halt, mühsam zieht sie sich hoch und springt auf der anderen Seite hinunter. Im Dunkeln stößt ihre Hand an etwas Rundes, Kühles: ein Apfel. Gierig beißt sie hinein. Der Saft läuft ihr über die Hände, sie leckt die Hände ab, sie will den Saft nicht verlieren. Der Apfel schmeckt säuerlich und hat schlechte Stellen. Marlene isst alles auf und dann noch zwei weitere Falläpfel. Warum liegen die hier unaufgesammelt, fragt sie sich?

Marlene geht weiter. Da ist die Wasserpumpe, Marlene bewegt den Hebel, der leicht quietscht, trotzdem pumpt sie mit einer Hand und beugt sich zu dem Wasserstrahl. Sie macht sich die Kleidung nass, aber das Wasser tut gut.

Im Stall sind keine Tiere. Wo sind sie hin, die Kuh und die Ziege? Dann ist das Haus wirklich verlassen? Was ist mit seiner Mutter? In einer Ecke des Stalls ist noch ein kleiner Haufen Stroh. Marlene ist erschöpft. Sie wird hier schlafen. Sie breitet das Stroh zu einem Lager aus und legt sich darauf. Ihren Beutel benutzt sie als Kopfkissen. Das Stroh reicht nicht aus, um sich damit zu bedecken. Aber die Nacht ist nicht kalt und es muss so gehen.

Sie wacht auf, weil jemand sie schüttelt. Sie reißt die Augen auf, will schreien, aber eine Hand liegt auf ihrem Mund. »Scht!«, hört sie. Es dauert eine Sekunde, dann begreift sie, wer sie so hält: Er! Sie ist fassungslos! Er! Ihr Geliebter, ihr Mann!

»Du lebst«, schluchzt sie.

Er drückt sie an sich.

Er hat nichts von dem Kind gewusst. Gisela hat ihm die Nachricht nicht gegeben. Er ist außer sich. Bestürzung, Freude, Verzweiflung. Wo er gewesen ist, will Marlene wissen. Er war im Norden eingesetzt, zur Nachrüstung der Wehranlagen von Roscanvel. Aber das wird den Deutschen nicht helfen, sagt er. Mit Begeisterung spricht er von dem Anrücken der Amerikaner und freien Franzosen. Die Zeit des Widerstands ist jetzt gekommen. Sonst wäre er nicht hier. Als er mit den Zwangsarbeitern von Roscanvel abtransportiert wurde, wurde der Lastwagen von Widerstandskämpfern überfallen. Elf Zwangsarbeiter konnten fliehen, vier wurden von den Deutschen erschossen. Wie viele Deutsche starben, sagt er nicht.

Marlene schaudert. Ihr Geliebter hätte einer der Getöteten sein können.

Nach seiner Befreiung ist er bei einem Bauern untergetaucht. Der hat einen geheimen Keller unter einer verborgenen Falltür. Es war nicht schön, wochenlang im Keller zu hausen, aber gefunden wurden er und die anderen Flüchtlinge nicht. Dabei befindet sich der Bauernhof mit dem Versteck ganz nah bei Roscanvel, direkt vor der Höhle der Löwen, ihr Geliebter lacht.

Warum er sein sicheres Versteck dann verlassen hat, fragt Marlene.

Er musste wissen, wie es ihr ging. Und seiner Mutter. Die hat er nicht gefunden. Das Haus steht leer. Er hofft, seine Mutter ist bei Verwandten. Er verstummt, und Marlene ist an der Reihe mit berichten.

Nachdem sie geendet hat, sagt er, dass sie nicht im Dorf bleiben können. Wo sie denn hin sollen, fragt Marlene. Er behauptet, dass es nur Tage dauern kann, vielleicht nur noch Stunden, bis die Deutschen besiegt sind. Marlene fällt ihm ins Wort: Seit gestern grollen die Geschütze über dem Ménez-Hom und seit fast drei Wochen schon über Brest. Die Deutschen sind noch lange nicht geschlagen! Und selbst wenn sie verlieren würden, was würde dann mit ihr, Marlene, geschehen? Ihr Geliebter schwört, sie zu beschützen, mit seinem Leben. Marlene weiß, dass er es ernst meint, und beruhigt sich ein wenig. Aber dann sagt er, sie müssen den Befreiern entgegen. Wie, entgegen, fragt Marlene entsetzt? Will er mitten in das Schlachtengetümmel? Es ist eine Chance, sagt er. Sie widerspricht. Sie müssen überleben, sich verstecken, bis die Kämpfe vorbei sind. Wer auch immer gewinnt, zumindest hagelt es dann keine Bomben mehr!

Jetzt ist er es, der skeptisch ist. Sie streiten, zum ersten Mal. Am Ende bricht Marlene, die nicht mehr kann, in Tränen aus. Er nimmt sie in die Arme, versichert ihr, dass sie sich verstecken werden, nichts Unbesonnenes unternehmen. Nur, sein Elternhaus ist eben nicht sicher.

Das Versteck in dem Keller des Bauern war gut. Es ist nicht nah von hier, aber wenn sie beide dorthin gingen … Auch ich, eine Deutsche, würde Marlene gern fragen. Aber irgendwohin müssen sie.

Sie holen das Fahrrad aus dem Versteck in der Senke vor dem Dorf. Dann reicht er ihr seine abgerissene Jacke. Besser, sie trägt ihre Uniformjacke nicht. Marlene schmeißt sie in das Gebüsch. Sie ist Deserteurin, wird ihr nun erst vollauf bewusst. Er fragt, was in dem Beutel ist, sie sagt nur, der muss mit. Dann machen sie sich auf den Weg, über kleine Feldwege Richtung Westen.

Der Weg ist beschwerlich. Sie müssen das Fahrrad zunächst schieben. Aber aufgeben will ihr Geliebter es nicht; allein, weil es die Lampe hat, ist es nützlich. Dann stoßen sie auf einen Weg aus festgetretenem Erdboden, auf dem sie fahren können. Nun geht es nach Norden.

Um das vielbenutzte Wegekreuz Tar ar Groas zu vermeiden, werden sie weiter westlich die gefährliche Verbindungsstraße Telgruc-Crozon überqueren. Er kennt eine Stelle, bei einem Kalvarienstein, wenn man da die Straße passiert, kann man sich auf der anderen Seite auf kleinen Wegen nach Trémaïdic vortasten, von da nach Kervéneuré und dann Saint-Jean; so umfährt man in großem Bogen die gefährliche Stadt Crozon.

Ist das der Kalvarienstein, fragt Marlene, bevor die Silhouette gänzlich verschwindet: Wolkenmassen haben sich vor die Sterne geschoben und jetzt auch vor den Mond. Der Wind kündigt Regen an. Sie sind stehengeblieben, die Lampe des Fahrrads ist erloschen. Sie lauschen. Der Geschützdonner hat aufgehört, oder sie sind jetzt zu weit vom Ménez-Hom entfernt, um ihn noch zu hören. »Allons«, raunt ihr Geliebter und sie betreten die Straße. Plötzlich gehen kräftige Scheinwerfer an und ein Motor! Eine Schrecksekunde lang starrt Marlene in das blendende Licht des Lastwagens, der von ihnen ungesehen in der Nacht stand!

»Lauf!«, ruft ihr Geliebter, aber Marlene ist wie gelähmt. Sie nimmt wahr, dass auch er nicht fortläuft, dann sind sie schon bei ihnen. Der Lauf eines MG stößt ihr in den Bauch, aber der Beutel, der ihr um den Hals hängt, schützt sie etwas vor dem Schmerz.

»Was ist?«, ruft eine Stimme aus dem blendenden Licht, Marlene meint, sie zu kennen. Ihr Magen zieht sich zusammen.

»Scheiß-Konspiratoren, Herr Leutnant, zwei«, meldet der Soldat, der sie bedroht. Sie hält den Atem an. Gleich ist es aus.

»Du bleibst liegen!«, brüllt der andere Soldat und gibt ihrem Geliebten, den er niedergeschlagen hat, einen Tritt.

»Aufhören!«, schreit sie.

»Soso«, hört sie die bekannte Stimme, jetzt dicht vor ihr. Rosen!

»Sie ist mon ôtage, meine Geisel«, hört sie ihren Geliebten.

Rosen flucht.

Die Soldaten scheinen nur auf seinen Befehl zu warten, sie halten die MG im Anschlag.

»Mitnehmen«, befiehlt Rosen schließlich.

Die Soldaten zögern.

»Mitnehmen!«, brüllt Rosen.

»Jawohl, Herr Leutnant!«, brüllen die Soldaten zurück.

Marlene und ihr Geliebter werden zum Lastwagen geschleift. Sie müssen auf die Ladefläche steigen. Rosen gibt einen Befehl, die Soldaten steigen hinter ihnen ein. Der eine setzt sich Marlene gegenüber, der andere ihrem Geliebten. Der vor Marlene zielt mit dem MG auf ihren Bauch. »Eine Bewegung, und – pfff«, sagt er. Hat er gesehen, was mit Marlene los ist? Er hat, denn jetzt schnauzt er: »Hast du das gehört, Bretonengeschmeiß? Das mach ich dann mit deiner Hure! Also, keine Faxen, klar?« Der Soldat spuckt Marlene an. Sie wagt es nicht, sich die Spucke aus dem Gesicht zu wischen. »Und du, glotz sie nicht an«, fährt der andere Soldat ihren Geliebten an. »Ein deutsches Mädchen geschändet! Warte nur, das Ende der Nacht erlebst du doch nicht …«

»So, und du gibst jetzt mal diesen Beutel her«, ergreift ihr Bewacher erneut das Wort und Marlene reicht ihm zitternd, was er will.

Der Lastwagen ruckt an, sie fahren los. Ihr Bewacher hat Mühe damit, im Beutel zu kramen und gleichzeitig das MG zu halten. »Behalt den Scheiß«, sagt er und wirft ihr den Beutel hart in das Gesicht.

Marlene hat bald kein Zeitgefühl mehr, es kommt ihr vor, als wäre sie ewig schon in diesem Lastwagen. Sie zittert fortlaufend, vor Kälte und Aufregung. Die Soldaten scheinen ihrerseits zu frieren und müde zu sein. Sie schlagen und bedrohen sie nicht mehr. Sie lauschen. Marlene weiß, warum. Auch sie hört wieder Schlachtengrollen. Bange und ohne nachzudenken, greift sie in ihre Rocktasche, nach dem Talisman.

Der Soldat vor ihr ist schlagartig wach. »Hände hoch!«, brüllt er und stößt sie mit dem MG so fest in den Bauch, dass sie keine Luft mehr vor Schmerz kriegt. Sie versucht, dagegen anzukämpfen und die Hände zu heben. Als sie ihre verkrampften Finger aus der Rocktasche zieht, fällt der Talisman heraus, auf den Boden. Er rollt zwischen ihre Füße. Sie sieht ihn matt schimmern.

»Aufheben!«, brüllt der Soldat.

Marlene bückt sich und hebt ihren Schatz auf.

»Gib her!« Der Soldat entreißt ihr den Talisman, grunzt und steckt ihn ein.

Marlene schießen die Tränen in die Augen. Ihr Glücksbringer! Sein Geschenk!

»Das brauchst du nicht mehr«, sagt der Soldat abfällig. Sie meint, ihn grinsen zu sehen.

Endlich hält der Lastwagen an. Marlene schlottert, ihre Zähne klappern. Rosen taucht hinter der Ladefläche auf. »Mitkommen. Nur er«, Rosen zeigt auf ihren Geliebten.

Nein! Marlene stürzt sich auf ihn, will ihn festhalten. Jemand reißt sie zurück, sie schlägt lang auf den Boden.

»Halt!«, bellt Rosen. »Meier, mitkommen. Paulheim bleibt hier.«

Der Soldat, der ihren Talisman genommen hat, schubst ihren Geliebten von der Ladefläche. Was machen sie mit ihm? Wollen sie ihn jetzt exekutieren? Panik flammt in Marlene auf, flehend sieht sie zu dem Soldat, der sie bewachen soll. Der gähnt und schüttelt langsam den Kopf. Was soll das heißen? Wird ihr Geliebter nicht getötet? Will der Soldat nicht antworten? Will er sagen, dass sie nichts von ihm zu erwarten hat?

»Was machen sie mit ihm?«, fragt sie laut.

»Halts Maul«, brummt der Soldat. Aber er schlägt sie nicht und der MG-Lauf bleibt von ihr auf Abstand.

Sie warten. Lange. Marlene weint leise vor sich hin. Der Soldat sagt nichts. Irgendwann horcht er auf. Auch sie reißt sich zusammen. Sie hört Schritte. Die Plane des Lastwagens wird auseinander gerissen. »Raus!«, befiehlt Rosen.

Marlene stolpert auf unsicheren Füßen von der Ladefläche. Wo kommen sie her, diese Soldaten? Sie haben eine Kette gebildet und reichen sich Kisten weiter, mit denen der Lastwagen nun beladen wird. Wo ist ihr Geliebter? Fieberhaft sucht Marlenes Blick in der Kette der Soldaten nach ihm. Dann schreit sie auf. Sie glaubt, ihn entdeckt zu haben.

»Sehr dumm, sehr enttäuschend«, zischt ihr jemand ins Ohr. Rosen ist hinter sie getreten. Marlene hält den Atem an.

»Was wird mit uns geschehen?«, wagt sie es zu erwidern.

Rosen antwortet nicht. Er muss auch nicht antworten. Sie ist Deserteurin und Landesverräterin, ihr Geliebter ist flüchtiger Zwangsarbeiter und wird als Konspirator eingestuft. Es ist klar, was geschehen wird. Die Frage ist nur, wann. Vermutlich gleich. Wenn die Kisten eingeladen sind, bevor der Lastwagen abfährt. Gleich.

Es kommen keine neuen Kisten mehr. Das war es. Die Fracht wird mit Seilen festgezurrt. Fast wünscht Marlene, dass es endlich vorbei wäre. Dieses Warten in Todesangst, sie erträgt es kaum mehr!

»Rein da, hast du nicht gehört?«

Marlene schreckt zusammen. Einsteigen soll sie, also ist es noch nicht zuende? Mechanisch tut sie, was man ihr befiehlt. Und dann kommt auch ihr Geliebter! Im Lastwagen werden sie an die Kisten gefesselt. Sie haben kaum Platz zum Stehen; vielleicht deshalb steigen die Soldaten wieder aus. Wo ist Rosen? Marlene hört einen Motor starten, es ist nicht der ihres Lastwagens. Ein zweites Fahrzeug, die Soldaten müssen darin sein. Jetzt springt auch der Motor ihres Lastwagens an.

»Marlene?«, hört sie ihren Geliebten.

»Ich hatte solche Angst um dich!«, stößt sie hervor.

»Wir sind in den Gängen gewesen, unter der Erde. Sie wollten die Kisten. Ich habe getragen«, erklärt er.

»Diese Kisten – sie waren in den Tunneln auf Roscanvel?!« Marie hatte Florian brüsk die Hand auf den Arm gelegt.

»Wo wir gestern waren, irgendwo da. Ein seltsamer Zufall, nicht?«

Marie hatte unwillkürlich an Elodie gedacht, und an den Oberst Harwegh und seinen Raubgut-Schatz »Was war in den Kisten?«, fragte sie aufgeregt.

»Genau das fragt gleich Marlene, wenn du mich weiterlesen lässt …«

»Was sind das für Kisten, die ihr geholt habt?«, fragt Marlene.

»Je ne sais pas. Keine Waffen, sie sind zu leicht für Waffen. Aber es sind viele. Es ist merkwürdig …«

»Was werden sie mit uns tun?«

»Wir fliehen.«

»Aber wie denn?«

»Wir warten auf unsere Chance.«

Marlene fragt sich, ob ihr Geliebter selbst an diese Chance glaubt.

»Wir fahren langsamer«, sagt ihr Geliebter. Jetzt bemerkt Marlene es auch. Sie fahren langsamer und bergab. Der Weg ist uneben, der Lastwagen rumpelt, Marlene stößt sich den Kopf hart an der Kante einer Kiste. Sie lauschen in das Dunkel hinein, aber außer dem Motorgeräusch und dem Prasseln des Regens auf der Plane über ihnen ist nichts zu hören. Noch einige Minuten, dann hält der Lastwagen an.

Kurz darauf steigen zwei Soldaten zu ihnen und binden sie los. »Aussteigen!«, bellt einer von ihnen. Ein Lichtstrahl blendet Marlene, als sie von der Ladefläche klettert. Ihr Geliebter kommt hinter ihr. Sie werden von der Ladefläche wegbugsiert, es soll ausgeladen werden. Diesmal, ohne dass ihr Geliebter mit anpacken soll. Je zwei Soldaten tragen eine Kiste. Nur einer bewacht Marlene und ihren Geliebten, als sie hinter den Kistenträgern her auf eine Mauer zugehen und dann auf ein hohes Portal. Marlene stolpert, hat die Treppe nicht gesehen, die sie hinunter muss. Jetzt sieht sie sie, sieht alles im Mondlicht, die Wolken sind plötzlich fort, es regnet nicht mehr. Vor ihnen ragt die Silhouette einer Ruine auf, der Rest eines mächtigen Kirchenchores, schwarz vor dem dunkelblauen Nachthimmel.

»Landévennec«, raunt ihr Geliebter.

»Schnauze!«, brüllt ihr Bewacher und gibt ihm einen Stoß.

Landévennec, wiederholt Marlene im Kopf. In Landévennec werde ich sterben.

Sie nähern sich der Ruine. Marlene erkennt menschliche Silhouetten.

»Wohin mit denen, Herr Leutnant?«, spricht ihr Bewacher eine der Gestalten an.

»Erstmal zur Seite.« Die Stimme von Rosen. Jetzt kann Marlene ihn im Mondlicht erkennen.

Ihr Geliebter und sie stellen sich aneinandergedrängt an die Wand, neben das kleine Portal, durch das die Soldaten die Kisten tragen. Was liegt dahinter? Was sind das für Kisten? Marlene spürt Übelkeit in sich hochsteigen. Sie schließt die Augen, lehnt sich an die Mauer in ihrem Rücken. Mit der Handfläche berührt sie den Stein, der körnig ist und doch überraschend glatt, mit Vertiefungen, ein Muster. Marlene atmet tief durch und zwingt sich, die Augen wieder zu öffnen. Sie sieht, wie die Soldaten mit Kisten durch das Portal gehen und ohne Kisten zurückkommen. Sie sieht das, aber ihr Kopf ist leer. Ihr Bewacher mit dem MG gähnt. Rosen ist nirgendwo mehr zu sehen.

Ein Knall. Der Bewacher sackt zusammen. Noch mehr Schussgeräusche, das Knattern von MGs. Schreie, Männer kommen aus der Nacht gestürzt, ihr Geliebter zerrt Marlene hinter eine Statue in Deckung.

»Résistance!«, stößt er aus.

29. Ins Verderben

Florian schlug das Tagebuch zu. »Wir gehen in die Kirchenruine.« Er wartete keine Antwort ab und sprang auf. Marie beeilte sich, ihm zu folgen.

Durch eine kleine Tür verließen sie die Ausgrabungsstätte und befanden sich außerhalb der Klostermauer. Sie gingen an dieser entlang, bis sie das mächtige Rundbogenportal erreichten, durch das sie beim Ankommen die Ruine der Abteikirche gesehen hatten. Sie verharrten kurz auf der Schwelle, um noch einmal die fast surreale Aussicht wirken zu lassen; dann gingen sie treppabwärts, überquerten die grasüberwachsene Terrasse und stiegen die zweite Treppe hinunter, zum einstigen Kirchenschiff. Durch das Spalier der Säulenstümpfe näherten sie sich den Chorresten mit den drei Rundbogenfenstern.

Rechts vom Altarbereich entdeckten sie das kleine Portal. In seine Umfassung war ein reliefverzierter Stein eingelassen. Marie fuhr mit der Handfläche über das Wellen- und Zackenmuster. Der behauene Granit fühlte sich glatt an und zugleich körnig. »Das hat sie gefühlt, hier ist sie gewesen, deine Oma«, sagte Marie bewegt. »Aber was ist dahinter? Wohin haben die Deutschen die Kisten gebracht?«

»Wir werden es sehen«, gab Florian zurück und sie gingen durch das Portal.

Ein weitläufiger Raum; nicht mehr überdacht, aber vor allem, ohne Boden. Nur ein Steg zwischen stabilen Geländern gab einem die Möglichkeit, den Raum zu durchqueren. Unterhalb des Steges waren tiefe Kellergewölbe zu sehen, einstige Lagerräume des Klosters.

»Sie haben die Kisten in diesem Keller versteckt – gut geschützt, aber nahe am Wasser«, überlegte Marie, denn durch ein Loch in der Rückwand des Ruinenraumes sahen sie eine mit Obstbäumen besetzte Wiese und dahinter fließendes Wasser: Hier mündete die Aulne in die Bucht von Brest ein.

Florian nickte. »So war es. Von einem Keller schrieb meine Oma nichts; aber die Kisten sollten tatsächlich über die Aulne verschifft werden und dann über einen Kanal, das kann ich dir gleich vorlesen.«

»Ein Kanal – etwa der Canal de Nantes à Brest?«, fragte Marie ungläubig.

»Der Oberst hat keinen Namen genannt.«

»Der Oberst!« Marie erschauerte. Der Oberst, der Schatz, die Kisten, sogar der Überfall durch die Résistance – das war wie ein Déjàvu, das passte!

Florian bestätigte: »Ja, es war dieser Oberst, der die Aktion mit den Kisten geleitet hat. Meine Oma kannte ihn, er war Oberbefehlshaber in Telgruc. Hatte ich davon erzählt, dass im Grunde *er* daran schuld war, dass sich meine Oma in den Kriegsgefangenen verliebte?« Und auf Maries heftiges Kopfschütteln hin berichtete er von der Nachricht, die seine Oma im Auftrag des Obersts auf den Ménez-Hom bringen sollte, chauffiert von einem jungen Kriegsgefangenen; von dem schrecklichen Unwetter, das die jungen Leute dazu gezwungen hatte, über Nacht Schutz in der chapelle Sainte-Marie zu suchen; von dem Fremden, vermutlich einem Widerstandskämpfer, der dort aufgetaucht war und vor dem der Kriegsgefangene Marlene in Schutz genommen hatte; von den Gefühlen Marlenes zu ihrem Retter … Aber dann, ihr Schreck, als der Oberst persönlich mit ihr in die besagte Kapelle wollte – um nach Spuren von Konspiratoren zu suchen, wie Marlene meinte. »Doch was der Oberst wirklich sehen wollte, waren …«, kam Florian zum Schluss, und Marie ergänzte: »Die Heiligenfiguren!«

»Genau! Woher weißt du das?«

Marie winkte kopfschüttelnd ab und ging ein paar unruhige Schritte über den Steg hin und her. In ihrem Kopf war ein solches Chaos von neuen Verdachtsmomenten und abstrusen Vermutungen!

»Alles klar? Was ist los?«, fragte Florian verwundert.

Aber Marie ging wortlos in die Kirchenruine zurück, wo sie fast irritiert zu der steinernen Statue starrte, die in einer Mauerecke des Altarbereichs stand.

Florian, der ihr gefolgt war, sagte: »Hinter dem sind sie wohl in Deckung gegangen, als der Überfall losging; das muss der heilige Guénolé sein, der Gründer des Klosters, habe ich im Reiseführer nachgelesen.«

»Oh, ich weiß, wer Guénolé ist«, versicherte Marie vielsagend; wobei sie sich fragte, ob sie nicht auch wisse, wer Louarn gewesen war, Elodies Verbindungsmann in der Résistance …

Florian setzte sich auf einen Steinbrocken, dem Heiligen zu Füßen. »Der wird leider nicht reden«, sagte er, »aber komm, ich lese weiter vor, was geschah.«

»Gut, aber da ist zu wenig Platz, wo du sitzt.«

»Bitte, du darfst gerne stehen.«

»Pah!« Darauf hatte Marie doch keine Lust. Sie setzte sich neben Florian, mit so viel Abstand zu ihm, wie nur möglich (mehr als Millimeter waren aber nicht rauszuholen). Sie vermied es, Florian anzusehen, und auch er sagte nichts weiter zu der intimen Sitzsituation, sondern begann.

»Résistance«, stößt Marlenes Geliebter aus.

Résistance, ja, aber was würden die mit ihnen machen? Und zuerst müssen sie das hier überleben!

Das Gefecht um sie verlagert sich in den Bereich hinter dem Portal, dorthin, wo die Deutschen die Kisten trugen. Plötzlich ist es menschenleer um sie. Das ist ihre Chance! Sie müssen fliehen! Ihr Geliebter zögert, macht eine Bewegung – nein! Er will doch nicht dahin, wo gekämpft wird?

»Komm!« Sie drängt ihn atemlos in die andere Richtung.

Er gibt nach, zieht sie nun mit sich zu der Deckung des nächsten Säulensockels, von Sockel zu Sockel weiter, die Treppen hinauf, aus dem Tor in der Umfriedungsmauer des Klosters, den Berg hoch. Marlene sticht es in der Seite, doch unerbittlich zieht ihr Geliebter sie mit sich. Weiter, immer weiter, Marlene hat keine Luft mehr, dann geht es bergab, das ist leichter, aber sie kann trotzdem nicht mehr, weiter und immer weiter.

»Encore un peu«, stößt ihr Geliebter hervor und zerrt sie nach rechts durch ein Tor, schon wieder ein Tor, wohin diesmal? Eine Kirche, ihr spitzer Turm zeichnet sich vom Nachthimmel ab und von etwas Glitzerndem darunter, das Meer.

Ihr Geliebter hat seinen Arm unter ihre Achseln gelegt, er trägt sie fast mehr, als dass er sie zieht. Sie hasten in die Vorhalle der Kirche, ihr Geliebter rüttelt an der Tür, vergeblich. Sie kehren um, irren umher unter den Grabsteinen und Kreuzen, unterhalb derer das Meer scheinheilig ruhig schimmernd daliegt. Dorthin, in diese Richtung zerrt ihr Geliebter sie und duckt sich mit ihr hinter eine dicke Säule mit einem Kreuz darauf. Sie drücken sich mit dem Rücken an den kalten Granit, das Meer liegt direkt unter ihnen, es sieht so friedlich aus, sie keuchen und ringen um Atem.

Es dauert eine Zeit, bis Marlene wieder sprechen kann.

»Waren das nicht deine Kameraden?«, fragt sie.

»Je ne sais pas«, antwortet er, plötzlich verzagt. »Ich habe gedacht … ich weiß nicht.«

Wo ist die Zuversicht ihres Geliebten? Seine Zuversicht hat auch sie aufrecht gehalten!

»Ils voulaient les caisses«, murmelt er.

»Was?«

»Die Kisten. Sie wollten diese Kisten. Warum?«

»Ja, sie wollten die Kisten, alles ging um die Kisten. Das ist gut! Vielleicht merken sie gar nicht, dass wir weg sind«, hofft Marlene. Sie will nicht aufgeben zu hoffen, nicht jetzt, wo sie auf der Flucht sind!

»Vielleicht«, sagt ihr Geliebter. Aber er hört sich nicht überzeugt an.

Sie hören die Schritte von Ferne. Die Nacht ist so still geworden. Kein Schussgeräusch mehr. Nur diese Schritte. Sie platschen auf der nassen Straße auf, hallen zwischen den Häuserreihen wider. Oder kommt es Marlene nur so überlaut vor? Sie drücken sich eng an die Säule mit dem Kreuz darauf, halten sich an den Händen. Sie hören die Schritte kommen. Sie hören den Kies unter den Schritten knirschen. Jemand ist auf dem Friedhof. Marlene krallt ihre Hände in den Arm des Geliebten. »Lauf«, sagt sie.

»Non.«

»Lauf!«

»Non«, sagt er sanft, aber bestimmt.

Sie warten ab, bis das grelle Licht sie blendet.

»Hier«, ruft der Soldat aus. Zwei weitere kommen. Sie werden gestoßen, beschimpft, die Straße zurückgetrieben, die sie vorhin entlanggerannt sind. Der Weg zur Abteiruine kommt ihnen unwirklich lang vor.

Vor der Ruine des Kirchenchores sind Menschen versammelt. Verletzte Soldaten sitzen an die Säulenstümpfe gelehnt. Tote liegen daneben. Eine Gruppe dunkler Gestalten steht um einen Mann, der auf und ab geht, auf und ab.

»Wie viele Kisten haben wir verloren?«, fragt der Mann. Der Oberst persönlich!

Es ist Rosen, der antwortet, er nennt eine Zahl. Marlene ist diese Zahl gleichgültig. Sie denkt an die Höflichkeit des Obersts bei ihrem seltsamen Besuch der Kapelle auf dem Ménez-Hom. Sie erinnert sich genau an das, was der Oberst damals gesagt hat, als er nicht wollte, dass der Chauffeur die chapelle Sainte-Marie gewaltsam öffnete: Die Deutschen sind kein Volk der Barbaren. Würde der Mann, der das gesagt hat, sie jetzt töten lassen?

»Mit dem Rest verfahren wir wie geplant«, stößt er nun heiser hervor.

»Jawohl, Herr Oberst. Nur … Operationsgefährdung durch Bodentruppen größer als durch Luftangriffe!«

Der Oberst hat sein Schreiten wiederaufgenommen. »Aber niemand rechnet mit so einer Idee«, sagt er mehr zu sich selbst. »Von der Aulne in den Kanal … Hinterrücks an den Amerikanern vorbei … Der Kanal ist uninteressant für sie … Die Amerikaner unterschätzen, was gewachsene Tradition ist und stetig fortschreitende Langsamkeit. Napoleons Werk, mit seinen alten Schleusen …«

Rosen räuspert sich.

»Was würden Sie tun?«, fragt der Oberst ihn abrupt.

Marlene spürt, wie Rosen triumphiert, es ist seine Stunde. Aber dann darf er doch nicht reden, denn der Oberst hat sie plötzlich entdeckt. »Wer ist das?«, fragt er scharf, noch sind ihre Gesichter verborgen durch das Dunkel der Nacht.

Jemand richtet einen Lichtstrahl auf Marlene und ihren Geliebten.

»Was machen die hier?«, fragt der Oberst befremdet.

»Auf der Flucht gefasst«, informiert Rosen.

»Beide?« Der Oberst scheint Marlene mit dem Blick zu durchbohren.

Marlene traut sich nicht, in Worten zu flehen, aber sie hofft, sie hofft unvernünftig, der Oberst habe Mitleid. Kein Volk der Barbaren! Ihr Geliebter krallt seine Finger in ihre.

»Rosen«, befiehlt der Oberst endlich. Sie treten beiseite. Marlene kann nicht verstehen, was sie unterreden. Jetzt ist es soweit, über sie wird gerichtet. Endlich erteilt Rosen einen Befehl. Zwei Soldaten treten auf Marlene und ihren Geliebten zu. Der eine greift Marlene am Arm, der andere ihren Liebsten. Sie halten sich fester an den Händen. Mit einem Ruck reißt man sie auseinander. Marlene ruft den Namen ihres Geliebten aus. Er ruft ihren. Dann wird sie fortgeschleppt. Tränen stürzen ihr aus den Augen. Sie ruft ihn noch einmal. Er muss versucht haben, sich loszureißen, sie hört Schläge, sein Aufstöhnen. Marlene schreit auf.

»Ich – kann nicht weiterlesen«, sagte Florian und sah Marie gequält an.

Die nahm ihm sanft das Tagebuch ab und schloss es.

Sie hörten Stimmen. Eine englischsprachige Reisegruppe näherte sich dem Chor.

»Gehen wir«, sagte Marie.

Sie gingen nicht zurück zum Parkplatz. Im stummen Einvernehmen folgten sie der Straße durch das Dorf zu ihrem anderen Ende. Etwas oberhalb des Hafens lag die Kapelle. Ihr spitzer Turm war komplett aus Granit, auch das Dach war daraus. Wie ein Bleistift war der Kirchturm geformt, von Fensteröffnungen und der Glockengalerie mehrfach durchbrochen, ein versteinertes Spitzengewebe. Viel zu schön, dachte Florian.

Sie betraten den Friedhof. Er war eng besetzt mit alten und neuen Gräbern. Manche sahen wie Sarkophage aus, andere bestanden aus zwei Grabplatten, einer liegenden und einer stehenden. Und dann waren da noch die Grabsäulen mit steinernen Kreuzen darauf.

Sie trennten sich, als sie durch die Reihen der Gräber schritten. Florian las die bretonischen Namen: Le Gall, Lannou, Salaoun, Bolzer, Le Goff, Bourdon, Vigouroux, Le Moal … Welches der Kreuze war es gewesen? Wo hatten seine Oma und ihr Geliebter sich vergeblich versteckt? Es gab zu viele Kreuze auf diesem Friedhof. Direkt an der Friedhofsmauer, unter der man das Wasser der Bucht im Licht funkeln sah, dort musste es sein; aber auch da, zu viele Kreuze. Jedes davon konnte es gewesen sein. Hilflos sah er zu Marie hin. Sie kam auf ihn zu und sagte: »Es ist hier zu warm, und zu traurig. Lass uns gehen.«

Sie verließen den Friedhof und fanden am Ende der Straße, am Hafen, eine von einer Palme beschattete Sitzbank.

»Ich frage mich jetzt noch, wie meine Oma es geschafft hat, das Ganze zu überleben«, sinnierte Florian und lehnte müde den Rücken an den Stamm der Palme.

»Und ihr Geliebter? Was geschah mit ihm?« Der Palmenstamm war mächtig und breit; auch Marie lehnte sich daran.

Florian kniff die Augen zusammen und schaute auf die glitzernden Wellen mit den wankenden Masten. »Marlene hörte den Schuss. Sie wusste gleich, was los war, aber sie wollte es nicht glauben. Doch dann kam Leutnant Rosen, der ihren Geliebten erschossen hatte, und hatte die Güte, ihr das zu bestätigen. Daraufhin ist sie zusammengebrochen. Ohnmächtig geworden.« Verbissen sah er in die Ferne.

Marie schwieg. Sie war betroffen und doch fast erleichtert über diesen Ausgang. Flüchtig war ihr so ein ganz irrer Gedanke gekommen – aber der hatte sich nun erledigt. Sie seufzte tief. »Was haben sie mit deiner Oma gemacht?«, brach sie dann das Schweigen.

»Das frage ich mich auch«, gab Florian unglücklich zurück.

»Wie? Du hast nicht weitergelesen, schon wieder nicht? Los, du bist kein Vogelstrauß, der den Kopf in den Sand steckt! Lies es jetzt!« Sie griff nach seinem Rucksack.

»Hey!« Er hielt sie am Handgelenk fest. »Ich will das nicht! Nicht hier. Nicht jetzt. Das war genug für einen Nachmittag, findest du nicht auch?« Er ließ Marie los, die sich verärgert von ihm abwandte. Schon wieder sein Zögern, seine Ängstlichkeit, seine Weigerung, sich Klarheit über etwas zu verschaffen. Aber gut, es ging sie nichts an. Und dann würde sie ihm eben auch nichts von dem sagen, was sie wusste!

»Marie Cadiou, schau nicht so böse. Denn das ist doch der Punkt: Wir sind an einem wunderschönen Ort, die Sonne strahlt nur so von diesem klarblauen Himmel, und wir sitzen da und blasen Trübsal. Anstatt das alles hier zu genießen – auch dass wir zusammen sind …«

Marie fuhr zu ihm herum, wollte protestieren, aber er sagte schnell: »Keine Angst. Ich habe kapiert, dass du noch an Syl– – dass du denken könntest, ich würde mehr wollen; und das willst du nicht.«

Sie schluckte, dann nickte sie langsam. »Und … du?« Sie hob eine Augenbraue.

»Nein. Das wäre ganz falsch.« Er räusperte sich, sah weg. »Alles ganz schön verworren was?«, fragte er dann, verlegen lachend.

»Verworren«, wiederholte Marie düster und nickte.

»Also, was ich will: Ich will deine Freundschaft. Wäre das für dich denkbar, eine Freundschaft mit mir?« Er hielt ihr die Hand hin.

Sie sah ihn prüfend an, dann gab sie ihm ihre. Es fühlte sich gut an; sie wollte die Hand wieder wegziehen, aber er hielt ihre fest.

»Fein, und wie geht's jetzt weiter?« Ein spitzbübisches Funkeln lag in seinen Augen, als sein Daumen leicht über ihren Handrücken fuhr.

Etwas in Marie explodierte, ehe sie es sich versah, war sie aufgesprungen, verärgert über ihn, verärgert über sich, verärgert über ihr Erschauern und noch mehr darüber, dass er es gespürt hatte! »Treibsand«, stieß sie laut aus.

»Wie belieben?«

»Verlasse dich nie auf Treibsand!«, gab sie zurück, und mühte sich ab, sein verschmitzt-verlegenes Lächeln nicht zu erwidern.

Danach machten sie einen Spaziergang, einen ausnehmend schönen Spaziergang. Der Wanderweg GR77 führte sie aus dem Dorf hinaus und hoch auf die Steilküste, von der sie auf Landévennec mit der Abteiruine hinunterblickten. Dann gingen sie weiter, in den Wald von Kerbéron. Sie spazierten weich über Piniennadeln und Reste trockenen Laubes, und immer wieder ergaben sich Ausblicke auf die ruhige Bucht von Brest. Sie gingen langsam und unterhielten sich, wie man so schön sagt, über Gott und die Welt, auf eine lebhafte, aber nicht zu engagierte Weise, was beide nach der Auseinandersetzung mit Marlenes Geschichte (und mit ihrer eigenen) als äußerst erholsam empfanden. Doch Marie wusste, die Aussprache musste kommen. Auf dem Rückweg lud sie Florian zum Abendessen ein.

30. Die Aussprache

Florian hatte sich und den kleinen Kater auf Maries gemütlicher Couch platziert. Er war in einem Zustande zwischen Aufgekratztheit und Schläfrigkeit nach dem sehr leckeren mehrgängigen Essen (dreigängig war auch im Alltag in Frankreich normal, hatte Marie erklärt); und er fragte sich, was Marie ihm gleich zeigen wollte – was sie ihm schon hatte zeigen wollen nach dem Ausflug nach Roscanvel.

Da kam sie von oben zurück, mit einer Mappe; und, ja, er mochte ihre Weise, sich zu bewegen; geschmeidig, manchmal hastig, aber doch sinnlich, immer sinnlich; ja, das war genau das richtige Wort; es machte ihn ganz schön verrückt; aber er hatte auch getrunken, zu viel Rosé getrunken, mehr als ratsam war; hauptsächlich, weil er abschalten wollte, aber auch, weil er nervös war (wegen ihr, immer wegen ihr). *Sie* hatte weniger getrunken, war ihm aufgefallen; wollte sie den Kopf behalten, in seiner Gesellschaft? Klug, sehr klug, diese schöne, entschlossene Bretonin; aber trotz allem hieß das doch, dass er ihr nicht ganz gleichgültig war? Er rieb sich über die Augen. Aber was dachte er, das spielte doch gar keine Rolle, wo er sich vorgenommen hatte, *fest* vorgenommen hatte, nichts mit ihr anzufangen … Nur, hatten sie nicht schon etwas angefangen?

Nun drückte sie ihm die große Mappe aus grün-schwarz gemusterter Pappe in die Hand, um gleich wieder zu verschwinden; nicht aus dem Zimmer diesmal, nur in Richtung eines roten, antik-indisch aussehenden Schränkchens. Sie öffnete das Schränkchen und nahm etwas heraus. Dann kam sie endlich zu ihm und setzte sich; mit Sicherheitsabstand allerdings.

»Was hast du da?«, fragte Florian und hatte Lust, die geschlossenen Finger ihrer Hand einen nach den anderen zärtlich zu öffnen. Gut, dass er noch die Mappe in den Händen hielt; hatte sie sie ihm deshalb gegeben?

»Ich zeige es dir, aber erst muss ich etwas über meine Großtante erzählen, Elodie Cadiou.« Marie zog die Mappe auf ihren Schoß.

Verträumt sah Florian sie an. Allzu verträumt für Maries Geschmack; er sollte ihr aufmerksam zuhören! Also hob sie unbeirrt an: »Elodie hat mir dieses Haus hinterlassen, und darin hat sie etwas für mich versteckt. In dem Schlafzimmer, in dem mein Großvater, Elodies kleiner Bruder, als Kind geschlafen hat. Dort steht ein alter Schrank, und in diesem Schrank fand ich eine Truhe. Auf der Truhe stand eine große Heiligenstatue aus Holz. Ich fragte mich, was macht eine solche Figur hier, es gibt sie sonst nur in Kirchen? Es sah aus, als würde sie die Truhe bewachen. Bref – sie bewachte etwas in der Truhe: die Mappen mit Elodies Zeichnungen.« Sie schlug die grün-schwarze Mappe auf.

Florian war doch neugierig geworden. Er beugte sich über die Mappe und stellte verblüfft fest: »Bleistift, mit Aquarellfarbe koloriert. Was für eine schöne Zeichnung …«

Marie hielt das Blatt hoch. »Sieh auf das Datum.«

»1943 – das war ja im Krieg!«

Marie nickte. Dann legte sie ihm die nächste Zeichnung in die Hände, und während Florian immer verwunderter schaute, ging sie vor seinen Augen Blatt für Blatt durch.

»Ich verstehe nicht«, sagte Florian endlich. »Warum hat deine Großtante das gemacht? Wo hat sie überhaupt diese vielen Heiligenfiguren gezeichnet? Sie muss weit herumgereist sein, um die alle zu sehen; das durfte man doch gar nicht, nicht ohne Erlaubnis der Deutschen?«

»Diese Erlaubnis hatte sie, von ihm.« Und Marie reichte Florian das Portrait des Obersts.

Florian nahm es wortlos entgegen und musterte den Mann mit dem kühlen, stechenden Blick, den ebenmäßigen Zügen und dem markanten Kinn.

»Dreh es um«, forderte Marie ihn auf.

Florian tat es, las das Datum, die Signatur und darunter die verräterischen Worte: »Pour mon amour«. Er sah zu Marie auf. »Wer war das? Und was soll diese Widmung bedeuten?«

Marie schlug die Augen nieder. »Dieser Mann war Elodies Geliebter. Sie hat mir einen Brief geschrieben. Darin steht alles; wer der Mann war und welches Geheimnis er und Elodie teilten. Er hieß Rudolf Harwegh. Er war ein deutscher Oberst. *Ein Oberst*, du verstehst?«

»Ein Oberst. Wie der Vorgesetzte meiner Oma, willst du das sagen?«

»Er *war* der Vorgesetzte deiner Oma«, sagte Marie entschieden. »Das ist der Mann, der mit Marlene in die chapelle Sainte-Marie ging, um dort die Heiligenfiguren zu sehen! Er raubte solche Figuren und versteckte sie – sie waren in den Kisten, auf Landévennec! Vorher waren sie auf Roscanvel gewesen, in einem Tunnel; aber Harwegh befahl, sie von dort zu holen, denn er wollte seinen Schatz in Sicherheit bringen, bevor die Amerikaner kämen. So kamen die Figuren nach Landévennec; dass Marlene und ihr Geliebter Zeugen waren, war nicht geplant! Aber so erlebten sie den Überfall der Résistance, und ich weiß auch, warum die Résistance kam: Sie wusste von den Kisten – *von Elodie*! Denn Elodie war Spionin. Unglaublich, nicht wahr? Sie verriet ihren Geliebten, den Oberst Harwegh, für den sie zuvor seine Heiligenfiguren gezeichnet hatte. Es sind diese Zeichnungen hier, verstehst du?«

Florian hob abwehrend die Hände. »Moment, das geht mir alles zu schnell! Diese ganze Geschichte deiner Großtante ist – Wahnsinn, unglaublich; aber auch wenn das alles wahr ist: Was würde beweisen, dass *dieser* Mann«, Florian wies auf das Portrait, »identisch wäre mit dem Oberst meiner Oma? Sie hat nie geschrieben, wie ihr Oberst hieß; und die Geschichte, die du da erzählst, hört sich wirklich an wie aus einem Roman …«

»Soll ich übersetzen, was in Elodies Brief steht? Dann wirst du es besser verstehen«, und Marie holte den Brief hervor und übersetzte ihn für Florian. Der wurde über das Zuhören immer nachdenklicher. »Es würde schon vieles zusammenpassen«, gab er zu, nachdem Marie geendet hatte. »Aber ich kann einfach nicht an den Zufall glauben, dass deine Großtante und meine Großmutter in *dieselbe* alte Geschichte verstrickt gewesen sein sollten!«

»Ich weiß«, Marie seufzte. »Aber, à propos, es gibt noch ein Rätsel. Voilà.« Sie hielt Florian endlich das kleine Objekt hin, das sie aus dem indischen Schränkchen geholt hatte.

Florian nahm es entgegen, starrte es an. Das Hündchen schien ihn zum Spielen aufzufordern. Es beugte sich in den Vorderbeinen und sah ihn schelmisch von unten an, mit Äugelein aus schwarzem Glas. Die Augenhöhlen, die Nase mit ihren winzigen Löchern, die Lefzen mit den kleinen Zähnen darunter, die Schnurrhaare und die Fellstruktur waren minutiös in das Elfenbein graviert. Florian drehte das Figürchen auf den Rücken und bewunderte die Krallen, Zehen und Fußballen, denn auch die Unterseite war bearbeitet. Aber nicht das war das Erstaunliche. »Wo ist der andere, der Zwilling?«, fragte Florian.

Marie griff in die Hosentasche und reichte ihm das Fundstück aus Roscanvel.

Florian hielt die Figürchen nebeneinander. Der gefundene Welpe war zusammengerollt und sah einen aufmerksam an, der andere wollte spielen. Aber es konnte wirklich kein Zweifel daran bestehen, dass beide Figuren zusammengehörten. Dasselbe Material, dieselbe detaillierte Verarbeitung, dieselbe Hunderasse, mit Schlappohren und längerem Fell. Fragend sah Florian auf zu Marie. Die hob an: »Du hast gesagt, sie sind Zwillinge, nicht wahr? Das denke ich auch. Trotzdem verstehe ich nicht. Ich weiß, woher der spielende Welpe kommt: Mein Urgroßvater war Seemann und er brachte kleine Tierfiguren von seinen Reisen mit, als Souvenirs. Sie sind alle in dem kleinen indischen Schrank dort. Wenn wir Elodie besuchten, durfte ich manchmal mit den Figuren spielen. Den spielenden Welpen liebte ich am meisten. Er ist aus Japan, eine Netsuke. Netsuke sind Glücksbringer. Und besonders Welpen bringen in Japan Glück – das sagte Elodie, und ich bin sicher, sie glaubte daran! Ich durfte mit der Welpen-Netsuke spielen, aber ich musste sehr aufpassen – der Glücksbringer durfte nicht verloren gehen!«

»Und der andere Welpe? Hast du auch mit dem gespielt?«

»Nein! Ich habe ihn noch nie gesehen – nie, bevor ich ihn gefunden habe, du weißt, wo …«

Florian riss die Augenbrauen hoch. »Wenn die eine Figur ein japanischer Glücksbringer ist, dann ist die andere auch einer. Die beiden gehören zusammen, das lässt sich nicht übersehen! Um Massenware, die jeder Bretone bei sich zuhause hat, handelt es sich dabei auch nicht … Dann bleibt nur der Schluss, dass *beide* Figuren – aus diesem Haus hier stammen?«

»Das glaube ich.«

»Schön. – Wie kommt der zusammengerollte Welpe dann nach Roscanvel? Du willst doch irgendwie wieder auf die Geschichte mit den Kisten hinaus, oder?«

Marie zuckte die Achseln. »Natürlich. Voilà, die Heiligenfiguren waren auf Roscanvel versteckt, in dem Tunnel, den man die Grotte nannte. Elodie schrieb, dass sie in der Nähe der Grotte die Figuren gezeichnet hat«, Marie wies auf die Mappe mit den Resultaten. »Sie schrieb nichts von einem Glücksbringer, aber sie muss die Netsuke bei sich getragen haben. Sie muss sie verloren haben, in der Ruine, die wir sahen. Wir waren in dem Tunnel, in dem die Kisten mit den Figuren versteckt waren. Als Elodie in Deckung ging, vor dem Regen oder wegen Flugzeugangriffen, hat sie die Netsuke verloren. Das ist die einzige mögliche Erklärung … nicht wahr?«

Florian kniff die Augen zusammen. »Wenn wir schon so am Entwickeln abenteuerlicher Theorien sind – auch Marlene hatte einen Glücksbringer, auf dem Weg nach Roscanvel …«

»Ich weiß; der Soldat nahm ihn ihr weg, im Lastwagen.«

»Ja. *Er* könnte ihn verloren haben, beim Herausholen der Kisten aus dem Tunnel zum Beispiel, ebenso gut wie deine Großtante.«

Marie widersprach nicht.

»Du weißt, woher Marlene ihren Glücksbringer hatte? Er war ein Geschenk *ihres Geliebten*. Der hat ihr das Ding geschenkt, nachdem sie eine Woche gemeinsam *in seinem Elternhaus* verbracht hatten. In seinem Elternhaus, wo seine Schwester ihn und Marlene überraschte – seine Schwester, die Geliebte *des Obersts* …«

Marie verstand schon, worauf Florian hinauswollte. In diese Richtung hatte sie selbst schon gedacht – und den Gedanken verworfen. Sie biss sich auf die Lippen und sagte: »Vielleicht war Oberst Harwegh doch nicht der, den deine Oma kannte.«

»Witzig«, stieß Florian aus, »vorhin kam mir das unmöglich vor, aber jetzt …«

»Ah, aber Florian, eines dürfen wir nicht vergessen: Der Geliebte deiner Oma wurde erschossen! Elodies kleiner Bruder war zwar Kriegsgefangener, das schon, aber er lebt – es ist mein papy!!«

Da war es heraus. Ihr bestürzter Ausruf schien im Zimmer nachzuhallen.

»Du hast Recht, das ist ausschlaggebend«, stimmte Florian nach einem Schreckensmoment zu, »man kann nicht gleichzeitig tot und lebendig sein. – Trotzdem …«

»Trotzdem müssen wir mit papy reden!«

»Ach was, ach nein, wozu denn? Er lebt doch«, wehrte Florian plötzlich lebhaft ab.

»*Ich* bin kein Vogelstrauß«, sagte Marie fest. »Es muss sein! Ah, aber man muss reservieren! Für die Überfahrt, weißt du? Morgen wird es noch nicht gehen; aber übermorgen, wenn wir Glück haben.«

»Glück, naja … Marie, lass uns die Sache erst einmal ruhig überschlafen, okay?«

»Ich werde morgen reservieren.«

Florian hob resigniert die Hände.

»Willst du wissen, wie er ist?« Marie legte Mappe und Netsukes beiseite und lehnte sich in der Couch zurück.

»Wie alt ist er noch?«

»Er wird achtundachtzig, im August.«

Knapp zwei Jahre jünger als seine Oma. Das passte doch nicht. »Wenn du Lust hast, über ihn zu reden, dann tu's«, gab Florian gespielt leichthin zurück.

So begann Marie zu erzählen. Ziemlich ausführlich, denn Florian hakte nach anfänglicher Zurückhaltung oft nach. Bis er stiller wurde, und auch Marie wurde müde, ihre Erzählung stockte manchmal, und irgendwann musste sie eingeschlafen sein, denn als sie aufwachte, lag sie auf der Kuschelcouch. Der Winzling versuchte, auf ihr Gesicht zu klettern, das hatte sie geweckt; Florian aber lag hinter ihr und hatte einen Arm um ihre Taille gelegt.

Benommen setzte Marie sich auf. Wie waren sie in diese Position geraten? Sie holte eine Decke und legte sie über den Schlafenden. Das Köpfchen des Katers schob sich unter dem Rande der Decke hervor. Marie bückte sich und streichelte das weiche Fell. Flüchtig berührten ihre Finger dabei Florians Wange. »Bonne nuit«, flüsterte sie, schaltete das Licht aus und ging in ihr Schlafzimmer.

31. Letzte Aufzeichnungen

Hatte sie geträumt, dass er unten auf ihrer Couch schlief? Sie rieb sich die Augen. Der Wecker zeigte, dass es kurz nach neun Uhr war. Marie streckte und dehnte sich und beschloss, ins Bad zu gehen. Und auf dem Weg zu überprüfen, ob Florian noch da war.

Unten war es hell, sie hatte in der letzten Nacht nicht mehr daran gedacht, die Fensterläden zu schließen. Da lag er. Schlief wie ein Murmeltier, Kopf an Kopf mit dem kleinen Kater, der auf das Kissen hochgekrabbelt war. Wie friedlich die beiden aussahen, friedlich und … niedlich, hätte Isabelle wohl gesagt. Die längst sein Sternzeichen herausgefunden hätte.

Marie schüttelte den Kopf und ging duschen.

Florian rieb sich die Augen. Er lag auf Maries Couch. Um ihn war es hell. Vor dem Fenster sah er windbewegte Rosenzweige, und ein langer schräger Strahl Sonnenlicht drang in den Raum und lag ihm auf dem Gesicht. Er setzte sich auf. Sein Blick fiel auf Winzling, der es sich auf dem Kissen bequem gemacht hatte, und dann auf den marokkanischen Beistelltisch neben der Couch. Darauf lag die grün-schwarze Zeichenmappe, und daneben saßen die beiden Elfenbeinwelpen und funkelten ihn an.

»Hi«, grüßte er sie.

Die Erinnerung an die Erkenntnisse und Befürchtungen der letzten Nacht war Florian zu viel für den frühen Morgen. Unwirsch schüttelte er den Kopf, wie um einen Mückenschwarm zu vertreiben. Dann stand er auf. Er musste ins Bad.

Er schlurfte hin und machte gähnend die Tür auf. Ein Aufschrei – dann hatte er die Tür wieder zugeknallt. Florian strich sich über das glühende Gesicht. Am liebsten wäre er weggelaufen. Aber das wäre kindisch, also verharrte er nahe der Tür.

Die wurde von innen aufgemacht, Marie hatte ihr Duschtuch um den Körper gewickelt und sah ihn empört und beschämt und herausfordernd an. Wasser tropfte aus ihren nassen Haaren.

»Tut mir leid«, murmelte Florian.

»Ich hatte nicht abgeschlossen, et alors? Darf ich raus, bitte?«

»Klar.« Hastig machte Florian einen Satz von der Tür weg. Es roch leicht nach Vanille, als sie an ihm vorbeistreifte, dann hörte er ihre nackten Füße die Treppe hochtappen. Benommen ging er ins Bad, wo sich der Duft nach Vanille verstärkte.

Als er wieder herauskam, war Marie angezogen und dabei, Kaffee zu kochen. Ihre Haare waren zerzaust und noch feucht. Florian trat neben sie und sah sie schuldbewusst an.

Sie zog eine Augenbraue hoch. »Oh, ça va. Ich habe dich auch unbekleidet gesehen, weißt du.«

»Wie bitte?«

»Dein Rücken war *sehr* rot.« Sie sah ihn vielsagend an.

Es dauerte einen Moment, bis Florian begriff. Sein erster Tag in Mengleuff; seine Entdeckung der kleinen Bucht, die auch Marie besuchte – er war nach seinem Seebad eingeschlafen, hatte sich diesen Sonnenbrand geholt … und noch keine Badehose gehabt.

»Du warst in *meiner* Bucht«, betonte Marie jetzt. »Du hattest meine Hortensien getötet …«

»Getötet nicht, sie leben doch noch!«

»… und du hast mich fast in den Graben gedrückt mit deinem Porsche, als ich Fahrrad fuhr, zum Meer!«

»Das ist übertrieben! Okay, die Straße war eng und der Cayenne so breit … Und im Übrigen, es ist *nicht* mein Porsche!«

»Aber das konnte ich nicht wissen! Und dann kam der Abend, und du hast mit der Schnecke auf mich geschossen, im Restaurant. Ah là là!« Marie schüttelte vorwurfsvoll den Kopf.

»Ich gebe zu, das war ein schlechter Start. Aber Schritt für Schritt hat sich einiges geändert, nicht?« Florian lehnte sich auf die Küchenanrichte, um Marie auf Augenhöhe ins Gesicht zu sehen. Sie hatte wieder diesen Sphinx-Blick drauf. Florian blähte die Backen auf. »Ich lasse mal den Kleinen raus«, verkündete er und setzte das in die Tat um.

Draußen nahm er sich vor, aufzupassen. Er wusste ja, wie explosiv Marie war; und dass er sie (kaum, nur für den Bruchteil einer köstlichen Schrecksekunde!) unbekleidet und tropfnass gesehen hatte – hmm … Sie wurde immer dann gefährlich, wenn sie sich bedrängt fühlte. Wenn er einen Schritt zu nah an sie herangetreten war, auch ohne es zu wollen oder ohne es zu wissen. Es musste mit ihrer Erfahrung mit Sylvain zusammenhängen und mit daran gebundenen Ängsten. Aber es lag auch an der besonderen Spannung zwischen ihnen; und diese Spannung zu empfinden war aufreibend, schön und störend zugleich. Dauernd musste man mit sich auf der Hut sein, sich kontrollieren, darauf hoffen, dass der andere sich kontrollierte. Und warum? Weil es unmöglich war, es geschehen zu lassen … es geschehen zu lassen, dass sie sich weiter annäherten, weil sie beide emotional noch gebunden und blockiert waren und weil sie zudem – und das wäre wirklich der Knüller – weil sie zudem, im schlimmsten Fall, auch wenn das extrem unwahrscheinlich war, eine Art Verwandte sein könnten. Verwandte!

Während dieser Gedanken hatte Florian den Winzling in Boris' Haus gefüttert. Das alles hatte nicht so lange gedauert, aber als er zurück zu Marie kam, saß sie schon am Frühstückstisch, einen bol Milchkaffee vor sich. »Ah, du kommst wieder?«, fragte sie ironisch.

Nicht streiten, wies Florian sich innerlich zurecht, und er erklärte, was ihn aufgehalten hatte. Es funktionierte; alles, was er für den Winzling tat, gefiel Marie, der Tierfreundin, das hatte er schon festgestellt.

»Ich habe die Überfahrt auf die Île de Sein reserviert, für morgen, um 14 Uhr«, informierte Marie ihn nun aufreizend ruhig.

»Gut, sehr gut«, gab Florian zurück, fühlte sich aber doch überrumpelt. Er seufzte, dann legte er Marie eine Hand auf den Arm. Er spürte ihre Gänsehaut und bekam selbst eine. Er ließ die Hand aber liegen; und sie zog den Arm nicht weg. »Ich habe eine Bitte«, sagte er. Er wollte ihre glatte Haut streicheln. Aber er ließ seine Hand still liegen und erklärte: »Bis morgen möchte ich *nichts* mehr tun, was mit dieser alten Geschichte zu tun hat. Bis morgen möchte ich Ferien machen, von der Küste wegfahren mit ihren Bunkern, warum nicht ins Landesinnere, in das Argoat?«

»Ah, weil du meinst, wir denken nicht an die alte Geschichte und unsere Theorien dazu, wenn wir zusammen sind. Ich verstehe.« Marie stand auf, um ihren leeren bol an die Spüle zu stellen, konnte aber nicht umhin, Florian aus einem Impuls heraus ins Ohrläppchen zu zwicken.

»He!«, rief der verblüfft und wollte reflexartig nach ihr greifen, aber sie war schon außer Reichweite.

Florian sprang seinerseits auf, um ihr beim Abräumen zu helfen, so hastig, dass er ihr plötzlich im Weg stand. Unmittelbar vor ihr, verwirrt schaute sie zu ihm auf. »Ich will …«, abräumen, wollte sie sagen, aber sie verstummte unter seinem Blick. Die Zeit schien still zu stehen, obwohl sie hörten, wie die Standuhr forttickte. Florian wagte es kaum zu atmen. Dann legte er sachte eine Hand an ihre Hüfte, aber kaum, dass er ihr T-Shirt berührte, erhielt er einen Klaps auf die Finger, ein grimmiges Kopfschütteln, und Marie ließ ihn stehen.

In diesem Moment klingelte das Telefon. Es war Isabelle, außer sich, schluchzend; sie bat Marie, sofort zu ihr nach Quimper zu kommen.

»Und was willst du jetzt tun?«, fragte Florian, als Marie das Telefonat beendet hatte.

»Zu Isabelle fahren, natürlich«, gab Marie selbstredend zurück.

»Und unser Ausflug in das Argoat?«

»Ich weiß es nicht. Vielleicht komme ich nicht so spät zurück.«

»Hm. Und was mache ich so lange?«

»Du liest im Tagebuch deiner Oma weiter?«

Florian zog eine Grimasse.

Orte, Gesichter, Geräusche tauchen um Marlene auf und verschwinden wieder. Wieder und wieder hört sie den Schuss, dann, wie ein Echo, Rosens Stimme: »Er ist tot.« Dann schreit sie, und manchmal erscheint eines der fremden Gesichter. Frauen. Die Frauen beugen sich über sie. Sie schließt die Augen, und die Frauen sind weg. Alles wird schwarz.

Eines Morgens wacht Marlene auf und blickt um sich. Sie ist sehr schwach. Es fällt ihr schwer, den Kopf zu bewegen. Ein weißes Zimmer. Die Wände sind weiß. Die Vorhänge sind weiß. Die Laken sind weiß. Auch die der anderen Betten. Dann erschrickt sie. Sie hat dem Führer in die Augen gesehen. Das gerahmte Bild hängt schräg gegenüber ihres Betts an der Wand. Marlene wendet den Blick ab. Wo ist sie?

Als sie wieder aufwacht, steht eine Frau an dem Bett. Weiß gewandet, weiße Haube. Eine Krankenschwester? Die Frau sieht prüfend auf sie hinunter. Dann geht sie weg. Marlene fallen die Augen zu. Als sie sie wieder öffnet, sind zwei weiße Frauen da, wo eben die eine war.

»Können Sie reden?«, hört Marlene auf Deutsch.

Marlene versucht zu schlucken. Ihr Mund ist trocken.

Ein Glas berührt ihre Lippen, Flüssigkeit fließt ihr in den Mund, sie trinkt. Gierig will sie mehr trinken. Aber das leere Glas wird weggezogen und es kommt kein neues.

Später kommt eine weiße Frau wieder. Sie bringt Brühe. Nachdem sie auch die zu sich genommen hat, fühlt Marlene sich im Kopf etwas klarer. Sie muss krank gewesen sein, sehr krank, lange Zeit. Denn ihr Bauch ist schwer und rund. Ihr Kind! Sofort blitzt die Erinnerung auf, an den Vater, den Schuss! Mit aufgerissenen Augen liegt Marlene da, als die Bilder und Erinnerungen hochsteigen und sie zurückführen in die furchtbare Nacht von Landévennec.

»Er ist tot.« Warum, warum?

Tot.

Und dann? Sie kann sich an nichts mehr erinnern!

Sie spricht nicht. Sie kann wieder zuhören und halbwegs begreifen, was die Frauen sagen, wenn sie etwas sagen, aber das kommt nicht oft vor. Sie selbst spricht kein Wort.

Die große Frau mit dem knochigen Körperbau und den roten Händen muss Hebamme sein. Frau Ludwig. Die Ludwig untersucht Marlene regelmäßig, stumm und fachkundig, wie man ein trächtiges Vieh untersucht. Die kleine Hagere mit der Knollennase ist anscheinend die Leiterin des Heimes. Was Marlene verwirrt, sind die leeren Betten. Sie ist allein in dem großen Raum mit der hohen Decke. Allein mit den beiden seltsamen weißen Frauen. Die Leiterin heißt Bores. Manchmal setzt sich die Bores an Marlenes Bett. Sie schaut Marlene an und schnalzt. Marlene schaut stumm zurück, bis ihre Augen zufallen.

»Fräulein Probst«, sagt die Bores einmal.

Marlene zuckt zusammen. Man weiß ihren Namen. Woher? Was weiß man noch? Wie ist sie hierhergekommen? Wo ist sie überhaupt? Ihr Gedächtnis ist blank.

Seitdem die Bores erklärt hat, dass sie in einem Lebensbornheim ist, hat Marlene Angst. Ein Lebensbornheim! Wo SS-Männer arische Frauen begatten! Sie hat von Orgien gehört und was nicht alles. Zum Glück ist sie schon schwanger. Aber warum ist sie dann hier? Man will ihr Kind, so muss es sein, ihr Kind in eine SS-Familie geben!

Sie hat Fieber, träumt wirres Zeug, hört den Todesschuss, schreit. Wenn sie wach ist, fragt sie sich, wo die anderen Frauen sind, die anderen Mütter, und wo sind die Kinder? Warum ist sie in dem Heim so allein?

Dann kommt das Ehepaar. Der Mann hat nur ein Bein und ein Bärtchen wie der Führer. Die Frau ist blond mit streng zusammengestecktem Haar. Ihre Mundwinkel sind nach unten gezogen. »Ein arisches Mädel«, nickt der Mann. »Aber in schlechtem Zustand.«

»Hat einiges hinter sich«, brummt die Bores.

Marlene horcht auf. Wie viel weiß sie? Von wem?

»Und der Vater des Kindes?«, will der Mann wissen.

Der Schuss. Marlene will sich die Ohren zuhalten! Als sie die Augen wieder öffnet, ist niemand mehr an ihrem Bett.

Als verstünde das Kind, dass Marlene es nicht hergeben will, kommt es nicht heraus. Die Ludwig hat gesagt, es sei überfällig. Marlene fühlt sich überreif wie eine bald platzende Melone. Ihre Beine sind geschwollen. Sie liegt nur noch da und starrt an die Decke.

Das Kind ist da. Marlene keucht, als sie das Stimmchen hört. Sie weint mit, mit den ersten Schreien ihres Kindes. Zum ersten Mal weint sie, seitdem sie hier ist.

»Das ist jüdisch«, hört sie die Ludwig.

Marlene hebt den Kopf. Nein!

»Ach was«, sagt die Bores.

»Es entspricht den Kriterien nicht«, beharrt die Ludwig.

Die Bores schnalzt.

»Ich will es sehen«, bringt Marlene hervor.

»Na also, spricht wieder«, sagt die Bores und legt ihr das Kind in den Arm.

Es ist noch ganz blutig, und so winzig, und so zerknautscht. Ein schwarzer Flaum bedeckt sein Köpfchen und seine Augen sind dunkelblau-schwarz. Ein Mädchen. Ihr kleines Mädchen – und seines.

»Nein!«, schreit sie auf, sie wollen ihr ihr Kind fortnehmen!

»Es wird gewaschen«, behauptet die Ludwig.

»Ganz ruhig«, sagt die Bores und hält Marlenes Hände fest, während die Ludwig ihr Kind nimmt.

Marlene schluchzt. Aber dann sieht sie, wie die Ludwig das Kind wäscht.

»Es kommt nicht weg«, sagt die Bores, die an ihr Bett tritt.

Aber wie könnte Marlene dieser Frau trauen?

Die Tage vergehen, und sie hat noch ihr Kind. So winzig und so hilfsbedürftig. Wenn ihr Kleines nur blond und blauäugig wäre. Dann käme es fort, aber, aber was geschieht mit Kindern, die nicht den Kriterien entsprechen?

Sie hatten ihr Kind in ein anderes Zimmer gelegt. Marlene hat das Zimmer gefunden. Sie ist zusammengebrochen an seinem Bett. Das einzige rollende Körbchen, das belegt war. Die Bores hat geschnalzt, als sie sie gefunden hat, und die Ludwig gerufen. Nur diese zwei Frauen. Kein Arzt hat ihr Kind auf die Welt geholt. Die Frauen haben Marlene zurückgebracht, in das Wöchnerinnenzimmer. Nachdem sie sie das zweite Mal im Säuglingszimmer gefunden haben, haben sie das Körbchen neben ihr Bett gerollt.

Die Bores kommt jetzt oft. Sie hält Vorträge über die vorbildliche Mutter, die opferbereit ist. Marlene kann nicht aufstehen und weggehen, sie ist viel zu schwach. Sie kann sich nur wegdrehen. Sie will nichts von den Lügen der Bores hören. Eine vorbildliche Mutter ist die, die ihr Kind nicht aus den Händen gibt. Auch wenn kein Vater mehr da ist. Sie weiß, dass das Ehepaar kommen wird. Und wenn sie ihr kleines Mädchen nicht nehmen wollen – was dann?

Sie sind da. Sie schauen auf ihr Kind.

Und der Mann fragt wieder: »Wer ist der Vater?«

»Das Kind ist rassenrein«, behauptet die Bores.

»So?«, fragt der Mann scharf.

»Der Vater ist Süddeutscher gewesen«, sagt die Bores ruhig.

Was soll diese Lüge? Marlene will protestieren, aber ein eiskalter Blick der Bores hält sie davon ab. Natürlich. Sie muss schweigen, natürlich.

Die Leute verlassen mit der Bores das Zimmer. Marlene holt ihr Kind aus dem Körbchen. Ihr Liebling, ihr Alles. Vielleicht sind es die letzten Augenblicke mit ihm. Aber ihr Kind muss leben!

Sie wartet.

Sie kommen nicht. Der Tag geht in seiner üblichen Routine weiter, keine Rede mehr von den Leuten. Was wird geschehen?

Spät am Abend oder in der Nacht, als Marlene wider Willen in einen unruhigen Halbschlaf fällt, bekommt sie wie von Ferne mit, dass die Bores und die Ludwig an ihrem Bett stehen. Sie hört ganz klar ihre Stimmen, ist aber unfähig, sich zu regen, in ihrem Zustand zwischen Wachen und Schlafen. Die Ludwig sagt, mit etwas Zureden hätten die Zimmermanns das Kind schon genommen. Die Bores erwidert, wenn das Wurm weggeht, dann macht es die Probst nicht mehr lange. Aber genau das war doch der Befehl, ruft die Ludwig aus, und die Bores sagt: Still! Die Ludwig verstummt. Dann sagt sie, auf Ihre Verantwortung. Dann hört Marlene nichts mehr.

Am nächsten Tag schnalzt die Bores und fragt Marlene, wie das Kind heißen soll.

Ungläubig starrt Marlene in das maskenhafte Gesicht. Zuletzt sagt sie: »Marianne.« Es ist ein französischer und ein deutscher Name.

Die Bores nickt. »Taufe machen wir später«, sagt sie.

»Warum tun Sie das?«, fragt Marlene schwach.

»Stell nicht solche Fragen«, antwortet die Bores knapp.

Marlene kommt allmählich zu Kräften. Seitdem die Hoffnung in ihr aufgeflammt ist, dass Marianne und sie leben dürfen, will sie kämpfen, gesund werden, für sich und ihr Kind. Aus der Villa wagt sie sich nicht, obwohl die Straße, auf die man durch die Fenster der

Vorderfront blickt, abgeschieden und meist menschenleer ist. Hinter der Villa ist ein verwilderter Garten. Aber Marlene bleibt drinnen und übt treppensteigen, auf der breiten Schreittreppe. Oder sie setzt sich in einen Raum, der früher ein Salon war. Er ist fast leergeräumt, aber es gibt noch zwei alte Sessel und einen runden Tisch. An den Wänden sieht man hellere Flecke, da hingen früher Bilder. Sie hat die Bores gefragt, wem die Villa gehört hat, aber die wollte nicht antworten. Sie antwortet auf keine der Fragen, die Marlene ihr stellt. Die Ludwig ist von einem Tag auf den anderen nicht mehr da gewesen. Seitdem hausen Marlene und ihr Kind allein mit der Bores in der großen Villa.

Eines Tages fragt Marlene geradeheraus, wann sie gehen darf, mit Marianne. Es ist Ende März, bald sind drei Monate vergangen seit der Geburt. Die Bores mustert sie eindringlich. Wo sie denn hinwill, fragt sie.

»Wir werden doch gehen dürfen?«, hakt Marlene nach.

»Muss ja sein«, die Bores zuckt die Achsel und schnalzt.

»Wie bin ich hergekommen?«, fragt Marlene. Vielleicht ist die Frau heute zum Antworten bereit!

Die Bores zögert. Dann sagt sie wirklich, drei Funkhelferinnen hätten Marlene gebracht. Die will es genau wissen. Sie fordert die Bores auf weiterzureden. Die Funkhelferinnen hätten Befehl gehabt, Marlene von der Westfront nach Deutschland zu bringen.

»Wie? Und warum weiß ich davon nichts mehr?«

»Sie kamen mit der Bahn, in Zivil, so sind sie durchgekommen. Das waren gute Mädel. Mit dir noch dazu. Du warst ja krank, nicht nur körperlich, auch da oben«, die Bores zeigt zum Kopf.

»Wer waren die Funkhelferinnen? Wer hat sie geschickt?«

»Das spielt für dich keine Rolle mehr, das ist vorbei.«

»Warum hierher? Was sollte mit mir geschehen?« Marlene sieht die Bores herausfordernd an.

Die verschränkt die Arme und schweigt.

»Warum bin ich am Leben, mit meinem Kind?«, beharrt Marlene.

»Wir hatten genug von der Sauerei hier«, sagt die Bores.

»Was für eine Sauerei?«, flüstert Marlene.

»Da kamen Mädchen, die hatten ein uneheliches Kind. Wir nahmen alle, die kamen, egal, ob blond oder braun. Man wusste nie, wie das

Kind sein würde. Die Guten kamen gleich in geeignete Familien, und manchmal nahm eine weniger stramme Familie auch mal etwas, das nicht ganz rasserein aussah. Aber wenn du mich fragst – der Führer sah auch nicht so rasserein aus, als Säugling.« Die Bores schnalzt.

Marlene sieht sie groß an.

»Du wunderst dich, dass ich so etwas sage?« Die Bores schnaubt. »Die hätten mich nie zur Leiterin gemacht. Als weniger und weniger Mädchen kamen, haben sie die Zweigstelle hier dichtgemacht. Alles, was noch da war, wurde verlegt. Die Leiterin ging auch.«

»Wo sind wir hier?«, bohrt Marlene.

»Garbenheim. Das sagt dir nichts, was? Bei Wetzlar. In Hessen. Wo warst du, vor der Westfront?«

»Stralsund. Und vorher … Berlin.«

Die Bores schnalzt. »Hast du da noch jemanden?«

»Nein.«

Die Bores schnalzt wieder. »Du bist jung und ein hübsches Ding. Du heiratest, dann hat das Wurm einen Vater.«

»Frau Bores, warum kamen keine Mädchen mehr her, aber ich? Warum hierher?«

»Da hat jemand an der Westfront nicht gewusst, wie es hier stand. Ich bin jedenfalls von Garbenheim und bin hiergeblieben. Die Ludwig auch. War doch gut, dass wir die Stellung gehalten haben. Sonst hätten die alt ausgesehen, die Funkhelferinnen mit dir.«

»Was ist aus ihnen geworden?«

»Zum Teufel mit ihnen, du fängst dein Leben neu an! Die Amerikaner kommen bald.« Die Bores senkt die Stimme. »So ist das.«

Hat die Bores ihr deshalb geholfen? Um vor den Amerikanern besser dazustehen? Aber es ist egal, warum sie es getan hat. Marianne und sie leben. »Danke«, sagt sie.

Die Bores zuckt die Achseln. Beinahe ein Lächeln spielt um ihre Lippen.

Am nächsten Tag findet Marlene auf einem Sessel im Salon etwas, das sie zusammenschrecken lässt. Zögernd streckt sie die Hand danach aus, als könnte das Objekt sie beißen. Ihr Beutel. Sie sieht die Kanten des Tagebuchs durch den Stoff. Vorsichtig zurrt sie die Schnüre auf. Alles ist noch darin. Die Unterwäsche. Die Bluse. Der Bleistift. Und das Tagebuch selbst.

Die Bores wusste die ganze Zeit. Sie wusste alles.

Marlene legt die schlafende Marianne behutsam neben sich auf das Polster des Sessels. Sie blättert das Tagebuch auf und nimmt den Bleistift. Sie schreibt mit ungelenker Hand in die rechte obere Ecke der leeren Seite: 27. März 1945. Sie wird alles aufschreiben, was seit ihrem letzten Eintrag passiert ist. Alles. Sie wird versuchen, ihre Erinnerungen zu ordnen und sich etwas von dem Schrecken, den sie nie wieder vergessen wird, von der Seele zu schreiben. Aber sie will auch gar nichts vergessen. Sie will kein Detail auslassen, denn Marianne soll alles wissen, wenn sie groß ist.

Und das war alles. Florian blätterte hastig die Seite um, dann die nächsten Seiten, bis zum Ende der Kladde. Nichts! Die junge Marlene hatte alles aufgeschrieben – bis zu dem Moment, in dem sie im Lebensbornheim ihr Tagebuch wiederhatte. Dann nichts mehr. Und eines stand fest: niemals hatte seine Oma ihrer Tochter dieses Tagebuch hier zu lesen gegeben, niemals! – Etwas bäumte sich in Florian auf. Was erwartete seine Oma nun von ihm? Dass *er* seiner Mutter enthüllte, wer ihr wahrer Vater gewesen war? – Vergiss es Oma! Das ist zu viel verlangt! Das werde ich nicht auf mich nehmen!

Florian warf die Kladde von sich.

32. Am wilden Wasser

»Was heißt das, du hast das Tagebuch nicht weitergelesen?« Entnervt sah Marie Florian an. Erst der Stress mit Isabelle und jetzt Florian, der so seltsam drauf war. Anstatt sich zu freuen, dass sie am frühen Nachmittag nach Mengleuff zurückgekommen war, extra für ihn, für ihren Ausflug, hatte er sie wortkarg und schlecht gelaunt empfangen. Dann hatte er darauf bestanden, dass *sie* fahren solle – den Cayenne –, er sei müde; und jetzt das, nicht einmal das Tagebuch gelesen hatte er!

»Ich hatte dir doch gesagt, heute nichts mehr mit den alten Geschichten! – Wie geht es Isabelle?«, wechselte Florian entschieden das Thema. Er hatte *keine* Lust, über das Tagebuch zu reden, das kam als Nachmittagsprogramm nicht in Frage!

Unwillkürlich sah Marie das verheulte Gesicht ihrer Freundin wieder vor sich. Was für eine Situation! Isabelle hatte Momo gesagt, er müsse raus aus der Wohnung, schließlich stand ihr Name im Mietvertrag. Da war Momo ausgerastet. Gegenstände waren geworfen und zertrümmert worden, Isabelle hatte Angst bekommen, geschrieen; dann war sie in hysterische Tränen ausgebrochen. Das hatte Momo zu sich gebracht; und er hatte sich vor ihr auf die Knie geworfen, sie angefleht, ihm noch eine Chance zu geben, sie sei doch die große Liebe seines Lebens … Zum Glück hatte Isabelle sich nicht davon weichkochen lassen, zum Glück! Aber sie war zerrüttet, komplett zerrüttet, am Boden zerstört. Nur, das ging Florian nichts an. Nicht, wenn er so schlecht drauf war.

»Isabelle geht es nicht gut. – Er fährt nicht schlecht, der Porsche. Ich denke, wir sind in einer Stunde im Wald, bei der chapelle Sainte-Barbe«, wechselte Marie ihrerseits das Thema.

»Wo? Bei der chapelle *Sainte-Barbe*? Wie deine Heiligenfigur? Oh nein!«, protestierte Florian, »wir hatten ganz klar gesagt, heute Nachmittag keine alten Geschichten!«

»Aber du wolltest in einen Wald, und diese chapelle liegt in einem berühmten Wald, den viele Künstler gemalt haben«, verteidigte Marie sich.

»Wie bist du auf diese Kapelle gekommen?« (Misstrauisch.)

»Ich habe gegoogelt, bei Isabelle.« (Leichthin; und es entsprach der Wahrheit. Nur hatte sie nicht nach bewanderbaren Wäldern, sondern nach Informationen zur heiligen Barbara im Netz gesucht.)

»Du wirst mir jetzt nicht erzählen, dass deine Heiligenfigur von dem Oberst Harwegh aus *dieser* Kapelle geraubt wurde?«

»Bof, qui sait«, Marie zuckte die Achseln.

»Ich fasse es nicht. *Das* ist es, was du herausfinden willst!«, begriff Florian.

»Ich dachte, als Architekt magst du Kapellen«, gab Marie trocken zurück.

»Nicht zu fassen!« Florian rang die Hände.

»Und der Minus? Ist er bei Yvonne?«

»Ja sicher. Yvonne ist sowieso komplett verliebt in den Winzling. Wenn es nach ihr ginge, würde sie ihn jeden Tag betreuen.«

Marie stutzte. »Willst du etwa, dass sie ihn behält?«

Florian zögerte. »Wollen? Nein! – Nur, was habe ich ihm zu bieten?«

Marie sah Florian groß an. Was sollte das jetzt heißen?

»Ich meine, hier in der Bretagne hat der Winzling Natur um sich, Freiheit, ungefährdeten Auslauf. Meine Wohnung in Gießen hat gerade mal einen Balkon!«

Ah, er dachte an Deutschland. Es gab Marie einen Stich. Mit gerunzelter Stirn sah sie auf die Straße vor sich, während Florian weiterschwadronierte, davon, dass er eine Katzenleiter vom Balkon nach unten installieren könnte; aber mal ehrlich – die Wohnung liege in einem Viertel im Zentrum der Stadt; da hätte er immer Angst, der Winzling würde überfahren werden; und wenn er lange weg wäre, zum Arbeiten, und Katharina – Er stockte, und Marie sah ihn ironisch an.

»Et bien?«, fragte sie herausfordernd. Aber es tat ihr weh, sehr weh, dass Florian nicht verstand, was er da gerade dem kleinen Kater antat. Er wollte ihn abgeben, einfach so. Ihn verlassen, als ob die Liebe des Kätzchens für ihn nicht zählen würde.

»Sieh mich nicht so an, Marie. Ich denke nur an den Kleinen. Ich denke, er hätte es in der Bretagne wirklich besser als bei mir in Gießen. – Und wenn du bitte etwas vom Gas runtergehen könntest … Ich muss meine Sammlung von französischen Strafmandaten nicht unbedingt erweitern…«

Katharina atmete auf. Da hatte sie ihn, den Hinweis darauf, wo Florian war! Und diesmal war er direkt bei ihr und nicht bei Boris gelandet, der Brief. Das Strafmandat verriet, dass Florian in einem Ort namens Telgruc-sur-Mer falsch geparkt hatte. Katharina setzte sich an den Rechner und tippte den Namen in die Suchmaschine. Wie sie erwartet hatte: In der Bretagne; ganz im Westen, auf der Halbinsel Crozon.

Sie sah sich verschiedene Internetseiten an und kam zu dem Schluss, dass dieses Telgruc ein Kaff war, das über keine besonderen Sehenswürdigkeiten verfügte. Wenn Florian in diesem Nest falsch geparkt hatte, dann hatte er womöglich *da* sein Quartier. Und sogar, wenn nicht; irgendwo dort, in dieser Gegend, war er.

Sie lehnte sich im Bürostuhl zurück und verschränkte die Arme. Telgruc-sur-Mer also. Dann beugte sie sich wieder vor und suchte nach Flugverbindungen.

Sie fuhren hinauf, auf die Höhen der Montagnes Noires, die sie überqueren mussten. Der Wind brauste und das Licht war so stark, dass gelegentliche Spiegelungen auf der Straße ihnen glauben machten, auf Wasser zuzufahren. Florian fand die Weite der Aussichten überwältigend. Die schwarzen Berge waren wenig besiedelt, nur vereinzelt kamen sie an winzigen Gehöften vorbei, ehe sie auf der anderen Seite des Bergkamms die noch immer sehr arme Stadt Gourin erreichten, eine Hochburg der bretonischen Auswanderer in die USA, wie Marie sagte. Dann kam Le Faouët, und von hier aus gab es Schilder zu ihrem Ausflugsziel. Nicht überraschend führte die kleine Straße, die sie befuhren, sie zuletzt in einen Wald, bis zu einer Lichtung, wo sie parkten und ausstiegen.

»Na schön, es *war* eine gute Idee, herzukommen. Dieser Ort hat etwas Geheimnisvolles, Atmosphärisches«, gab Florian zu, als sie hinter einer steinernen Balustrade standen und von dort in die bewaldete und felsige Schlucht sahen. Unten stand die Kapelle, die der heiligen Barbara geweiht war.

»Ich mag die gargouilles«, sagte Marie und wies zu den Wasserspeiern. Die geflügelten Drachen mit den großen Augen und aufgerissenen Mäulern waren an der unteren Dachkante der Kapelle angebracht, ihnen aber, da sie so viel höher als die Kapelle standen, verblüffend nahe.

Auch Florian musste über die kleinen Monster grinsen und bereute es, kein Zeichenzeug dabeizuhaben. Da rannte Marie plötzlich von ihm fort und zu dem offenen Haus mit der Pilgerglocke. Das Glockenseil war frei zugänglich, da konnte sie nicht widerstehen. Sie packte das Seil und zog mit aller Kraft daran. Die Glocke schwenkte langsam zur Seite, ein schwacher, tief vibrierender Klang ertönte, doch schon der Ton des Rückschwungs klang lauter, und da Marie kräftig weiter am Seil zog, wurde sie beim nächsten Rückschwung der Glocke vom Boden hochgerissen! Sie schrie auf und lachte und läutete weiter; Florian musste mitlachen, es sah wirklich zu ulkig aus, wie Marie mit fliegenden Haaren am Glockenseil hing.

»Marie als Glöcknerin von Notre-Dame – Verzeihung, von Notre-Barbe«, rief er ihr zu.

Zu seiner Überraschung ließ Marie das Seil los, duckte sich und bog den Rücken nach oben, wobei sie eine schreckliche Grimasse zog; so humpelte sie auf ihn zu.

Nach einem Moment der Verblüffung prustete Florian los. »Du bist einzigartig«, brachte er heraus, als sie, noch immer gebückt, vor ihm stand und ihn von unten herauf mit schiefgezogenem Mund anglotzte; unversehens wuschelte er ihr durch die Haare und kniff ihr ins Ohrläppchen.

»Aie!«, protestierte Marie und sprang zurück.

»Das war die Revanche, für heute Morgen«, grinste er und hätte ihr gerne noch einmal durch das Haar gestreichelt, sanfter diesmal. Ach verdammt!

Sie betraten die kreuzförmig angelegte Schreittreppe, und mit jedem weiteren Schritt die Stufen hinunter, die bald in den nackten Felsen gehauen waren, empfanden sie mehr Kühle und Feuchtigkeit. Die Felswand neben ihnen war mit Flechten und Moosen ganz überzogen; unten aber, tief im Schatten, standen die beiden Flügel des hohen Kirchenportals offen. Als würde jemand dort lüften, schoss Marie der absurde Vergleich durch den Kopf, während Florian sagte: »Niemand ist da, nur wir. Ist es nicht wie in einem Märchen, wo ein Zaubergebäude darauf wartet, dass jemand eintritt?«

»Und was passiert dann? Hast du an das Märchen von barbe-bleue gedacht oder an blanche-neige?«

»Was sind das für Märchen?«

»Blanche-neige schläft wie eine Tote, bis der Prinz sie wachküsst; und in dem Zimmer von barbe-bleue sind seine toten Ehefrauen an die Wände gehängt …«

»Ach, sei still«, grinste Florian und betrat die Kapelle.

Aber dann, im Inneren des kühlen Gemäuers, blieben sie beide wie angewurzelt stehen.

»Schneewittchen oder tote Ehefrau?«, brachte Florian schließlich heraus.

In einer Nische unterhalb des Altars lag lebensgroß und äußerst lebensecht die junge und schöne, aber leichenblasse Sainte-Barbe hingestreckt. Sie war jungmädchenhaft grazil gebaut, hatte langes, rotblondes Haar und feine Gesichtszüge; ihr Kopf war etwas höher gebettet, so dass sie nicht ganz flach lag, und auf ihrem Schoß kreuzten sich ihre leblosen Hände unter frischen Blumen, die jemand der als Leiche dargestellten Märtyrerin dargeboten hatte.

»*Sie* ist die Herrin des Altars und dieser Kapelle. Es gab keine zweite Barbara-Figur hier. Elodies Barbara ist nicht von hier, nicht wahr, Herr Kunstexperte?«, fragte Marie.

»Kunstexperte, naja … Aber ich empfinde das auch so, und … auf unsere Gefühle sollten wir uns verlassen, nicht?«

Warum sah er sie so merkwürdig an? »Es ist kalt«, flüsterte Marie erschauernd und wandte sich schnell zum Gehen.

Draußen warf sie Florian einen prüfenden Blick zu.

Der sagte: »Wir haben etwas von Beginn an falsch gemacht.« Er sagte es leise, geradezu zärtlich.

Marie spannte sich an. »Was?«

»Wir hätten nicht oben parken dürfen. Wir sind an einem Wallfahrtsort mit Pilgerglocke. Wenn man einen Wallfahrtsort besucht, muss man es auch wie die Pilger machen und sich von unten dem Heiligtum nähern.«

Marie atmete wieder.

»Man muss sich das Ankommen verdienen. Wie so ziemlich alles im Leben …«, setzte Florian hinzu. Und nun wieder sein merkwürdiges Lächeln, sagte Marie sich, und dieser – war es wirklich ein sehnsuchtsvoller Blick? »Oh, wir machen es jetzt wie die Pilger; wir gehen erst in das Tal und danach wieder hoch!«, verkündete sie und ging hastig los.

»Dann sollten wir lieber bergab als bergauf gehen«, warf Florian ein, und Marie wandte sich errötend um – sie hatte wirklich die Richtung verwechselt, wo er sie so aus dem Konzept brachte!

Schweigend gingen sie um die Kapelle herum, bis sie einen Weg fanden, der sie in den Wald hinunterführte. In den Felsstein gehauene Treppenstufen wechselten ab mit federndem Erdboden. Sonnenstrahlen drangen stellenweise durch das dichte Geäst und sprenkelten ein Muster auf Felsen, vertrocknetes Laub, Farn und Unterholz. Einmal wäre Florian fast über eine der Wurzeln gestolpert, die als knorrige Geflechte aus dem Boden ragten. Das waren ja Eichen, lauter Eichen um sie herum; aber weil sie sich selbst gesät hatten und dicht beieinander standen, waren sie klein, schlank und verwachsen. Ihre Stämme waren bemoost und von Efeu umrankt so wie auch die Felsbrocken, die hier und da im dichten Unterholz aufragten. Ein Märchenwald, schoss es Florian durch den Kopf; und seine Hand streifte zufällig Maries, als sie gleichzeitig durch eine Passage zwischen zwei Felsblöcken traten. Sie sahen sich nicht an, aber sie hatte es auch gespürt, er war sich sicher …

Marie zuckte zurück; eben hatten ihre Hände sich versehentlich gestreift, schon wieder … Sie ging einen Schritt schneller und trat als erste hinaus, auf einen breiteren Waldweg, den ihr Pfad kreuzte. »Hörst du das?«, fragte sie und verharrte.

»Wasserrauschen«, begriff Florian.

»Die Ellé«, bestätigte Marie. »Dort gehen wir hin.«

Sie traten aus dem Wald, auf eine Lichtung. Steil fiel ein Hang vor ihnen ab; von unten rauschte es nun lauter. Im Tal angekommen war Florian überrascht, dann begeistert. Eine üppige und wilde Vegetation wuchs an den Ufern, alte Bäume hatten ihre mächtigen Äste über das Flussbett gestreckt, Lichtreflexe tanzten über dem Wasser, das einer Art breitem Wildbach glich. Da, wo das Gewässer glatt und schnell über sandigen Boden floss, war es klar und grünlich über dem gelblichen Grund; wo Gischt und Wasserblasen sich auf der Oberfläche kräuselten oder um die unzähligen Felsen spritzte, war die Ellé den Blicken undurchdringlich.

Marie kletterte auf solchen Felsen ein Stück in das Flussbecken hinein, bis sie nicht weiterkonnte. Jetzt war sie von drei Seiten von Wasser ergeben und spürte die Spritzer an ihren Füßen und Beinen. Florian hatte sich seinerseits eine Stelle zum Felsenklettern gesucht, stand nun auf einem hohen Granitblock und sah dem Fluss nach, wie er rauschend und springend über die Steine vorstürzte. Die Szenerie hatte etwas mitreißend Wildes; er hatte Lust, laut aufzuschreien, wäre er alleine gewesen, er hätte es getan!

Vorsichtig kletterten sie zum Ufer zurück, und Florian rief mit geröteten Wangen: »Das ist *einzigartig* hier! So etwas habe ich noch nie gesehen!« Impulsiv ergriff er Maries Hände.

»Hm hm«, Marie räusperte sich erschrocken und wollte sich ihm entziehen, aber Florian hielt ihre Hände fest und zog sie an sich.

»Florian!«, brachte Marie hervor.

»Was?«, hauchte er, plötzlich fast tonlos.

»Hinter dir! Leute!«

»Ach was, wir sind hier ganz allein …«

»Oh la!« Marie riss sich los und stieß Florian zurück.

33. Vermasselt

Florian begriff erst, als er hinter sich hörte: »Marie-Aude! Florian! Quelle surprise!« Er fuhr herum. Maries Eltern? *Hier?* Sprachlos sah er von Maries Eltern zurück zu Marie, die selbst aussah, als würde sie die Welt nicht mehr verstehen und am liebsten im Erdboden versinken.

Noëlle und Jean-Luc Cadiou traten näher. Maries Mutter hoch erfreut; sie fing sofort an, schnell und fließend sehr viel zu erzählen, während Jean-Luc Florian ironisch zunickte, ehe er ein Grinsen unterdrückte, mit Blick auf Marie. Dann küsste Noëlle zuerst ihre Tochter, dann Florian, und Jean-Luc reichte ihm die Hand.

Während Florian auf Englisch zusammenstotterte, dass es ihm besser gehe, fragte Marie sich, womit sie das verdient hatte. Okay, ihre Eltern hatten neue Wandersandalen gekauft; fein, sie wollten sie ausprobieren. *Aber warum hier?!* Ah, was sie jetzt dachten, war klar! Die hörten doch schon die Hochzeitsglocken, und kein Wunder. Ausgerechnet! Ausgerechnet in dem Moment, in dem Florian sie – aber das war auch die Höhe, was fiel dem ein?! Der hatte doch die ganze Zeit nur darauf gewartet … »Wir sind ganz allein«; hatte er gesagt; ja, was hatte er vorgehabt, wie weit hatte er gehen wollen?! Erblassend und wutentbrannt kickte Marie einen Kieselstein weg.

»Marie«, Jean-Luc war an seine Tochter herangetreten. »Wir wollen uns die chapelle Sainte-Barbe ansehen, weil pépé uns am Telefon von deiner sainte Barbe erzählt hat. Ich staune jetzt noch darüber, dass Elodie so eine Heiligenfigur hatte. Ausgerechnet Elodie!« Er hob spöttisch eine Augenbraue.

Und in dem Moment wusste Marie. Sie war sich sicher. Warum hatte sie das nicht vorher bemerkt? Genauso zog Florian eine Augenbraue nach oben, wenn er spöttisch guckte! Und auch ihr papy, Erwann.

Sie war zutiefst bestürzt. War das nur Einbildung – oder der Beweis?

»Also Marie, wann besucht ihr uns?« Noëlle ergriff die Hand ihrer Tochter. »Florian will es bald, hat er gesagt, nicht wahr?« Marie sah, wie ihre Mutter Florian anstrahlte – und wie der die Augenbraue hochzog. Sie schluckte. »Wir – sehen dann mal«, brachte sie hervor.

»Du willst nur deinen Florian für dich allein behalten«, lachte Noëlle.

Marie wusste wirklich nicht, was sie darauf erwidern sollte. Ihr Vater kam ihr zu Hilfe, indem er sagte: »Chérie, die beiden wollen bestimmt noch etwas von der Ellé sehen, und wir von der Kapelle.«

»Kommt doch mit, bei der Pilgerglocke soll es eine uralte Taverne geben, dort wollen wir etwas trinken«, schlug Noëlle vor.

»Chérie, ich glaube nicht …«, murmelte Jean-Luc.

»Nein danke, wir gehen jetzt wandern. Bis bald!«, gab Marie zurück und packte Florian am Arm. Der machte eine hilflose Geste zu Maries Eltern und ließ sich von Marie fortreißen.

»Was machst du?«, protestierte er, »das war nicht höflich!«

Marie schnaubte und schritt unbeirrt weiter.

»Und wohin rennen wir? He, nicht so schnell!« Florian hielt Marie am Arm fest.

»Lass los«, schnauzte sie ihn an und stürmte weiter. Allerdings musste auch sie einsehen, dass es ratsam war, etwas langsamer über moosige Felsbrocken zu klettern und über Rinnsale zu springen, die der Ellé zuflossen.

Na schön, sagte sich Florian. Er hatte es vermasselt, jetzt war Marie sauer auf ihn. Er musste ihr die Chance geben, sich abzureagieren.

Er konzentrierte sich, um nicht auch noch hinzufallen und folgte Marie so gut es ging, ohne sich an der zauberischen Gegend um ihn weiterhin freuen zu können.

Plötzlich blieb Marie stehen. Florian, der ihr fast in den Rücken gerannt wäre, erkannte mit Blick über ihre Schulter den Grund dafür: Der Pfad bog vor ihnen vom Wasser weg, um sich einen steilen Berg hochzuschwingen.

»Was jetzt?«, fragte Florian. »Da hoch oder zurück?«

»Was willst du?«, fragte Marie und verengte die Augen zu Schlitzen.

»Schön, dass du mich auch noch etwas fragst«, bemerkte Florian gespielt sanft.

»Du wolltest nicht wandern?«, fragte Marie scharf zurück.

»Darum geht es nicht. Du hast mich einfach mitgerissen, und ich stehe vor deinen Eltern da wie ein unhöflicher Klotz!«

»Du willst zurück? Wenn du dich beeilst – sie trinken etwas in der Taverne.«

»Was soll das? Ich will nicht zurück ohne dich! Hör zu, ich wollte dich nicht verärgern, vorhin. Es ist einfach so geschehen, etwas in mir war mitgerissen von dieser wilden Atmosphäre des Wassers …«

»Was ist mit Katharina?«, unterbrach ihn Marie, und ihr dunkler Blick bohrte sich in Florians blauen.

»Was – soll mit ihr sein?«

»Hast du mit ihr telefoniert? Denkst du an sie? Willst du sie als Frau behalten?«

Florian schluckte. »Kein Grund zu schreien«, wehrte er sich, fühlte sich aber an wundem Punkt getroffen.

»Ist das alles? Du sagst nichts?«

Florian machte eine halb irritierte, halb verzweifelte Geste. »Was willst du hören?«, rief er aus.

Marie sah ihn voller Verachtung an und drängte sich an ihm vorbei.

»He, wohin willst du?«

»An einen Ort ohne dich«, ließ sie über die Schulter hinweg fallen.

»Oh danke! Verunreinige ich die Atmosphäre? Habe ich mich schlechter benommen als ein echter Bretone, wie zum Beispiel

Sylvain?« Florian wusste sofort, dass es falsch gewesen war, das zu sagen, aber er war zu wütend gewesen, um es nicht zu tun. Er hatte den Eindruck, sie würde ihm nie eine Chance geben – von Anfang an hatte sie irgendwelche Vorurteile gegen ihn gehabt und aus dieser Schublade ließ sie ihn nie heraus! Mit einem Satz war er hinter ihr, packte sie am Arm und riss sie herum.

»Aïe! Lass mich!«, schrie Marie auf.

»Entschuldige, aber ich finde dein Verhalten extrem ungerecht. Was hast du mir eigentlich vorzuwerfen? Okay, ich habe eben mal deine Hände in meine genommen; aber ich bin keiner dieser Typen, die nur auf eine Bettgeschichte aus sind!«

Marie schnappte nach Luft. »Ah ça, jamais! *Niemals*!!«

»Du hörst mir nicht zu, ich sagte doch gerade, ich will's gar nicht!«, brüllte Florian, nun ganz außer sich. Dann setzte er in seinem Zorn noch hinzu: »Ach verdammt! Olivier hatte schon recht mit seiner Warnung vor bretonischen Zicken!«

Fassungslos sah Marie ihn an, mit aufgerissenen Augen. Dann sagte sie: »Voilà, das hatte Niveau. Danke, es war aufklärend.« Und sie wandte sich ab und begann zu gehen; erst zu gehen, dann zu rennen.

»Ja, lauf nur weg«, rief Florian ihr hinterher, ihm war auf einmal speiübel.

Und Marie rannte.

Florian sah ihr nach, stampfte wutentbrannt auf, drehte sich einmal um die eigene Achse und schlug mit den Fäusten gegen die Felswand. »Scheiße!«, rief er aus. Sein Spruch mit den bretonischen Zicken – das war nicht *er* gewesen, er rastete nie so aus! *Sie* hatte das förmlich aus ihm herausgekitzelt. Die ganze Streiterei schon auf der Hinfahrt; und dann diese scheinbare Harmonie, die im Endeffekt doch nichts an der Tatsache geändert hatte, dass *sie* streiten wollte, die ganze Zeit schon, latent. So war es doch, oder? Sie hatte es darauf angelegt!

Florian hockte sich auf einen Stein und vergrub das Gesicht in den Händen. Dann sprang er wieder auf. Er musste das ausagieren, musste sich bewegen, aber ihr nach? Nie! Er begann, den Berg hochzusteigen. Er hatte keine Ahnung, wohin der Pfad führte, aber irgendwie würde er schon zur Kapelle zurückfinden. Und zum Auto. Denn, jetzt fiel es ihm ein: sie hatte auch noch den Schlüssel …

Um sieben Uhr machte der Wirt der Taverne Sainte-Barbe zu. »Warten Sie auf jemanden?«, fragte er verwundert, als er die junge Frau, die vor über einer Stunde bei ihm eingekehrt war, noch immer auf der Terrasse vor dem Lokal hin- und hergehen sah.

Aus ihren Gedanken gerissen, fuhr Marie zum Wirt der Taverne herum.

»Ich fragte, ob Sie auf jemanden warten, aber ich denke, ich sehe nun, auf wen. Ist er das?«, lächelte der Wirt und hob zeigend die Hand in Richtung Pilgerglocke.

Maries Kiefermuskulatur spannte sich an. Sie zwang sich dem Wirt gegenüber zu einem Lächeln. »Das ist er, vielen Dank«, nickte sie.

»Schönen Abend noch«, grüßte der Wirt, obwohl er sah, dass das Gesicht der jungen Frau mehr nach Sturm aussah.

Energisch ging Marie auf Florian zu. »Wo warst du?«

»Warum bist du weggerannt?«

»Ich weiß, an sich bist du dafür der Experte.«

Nicht auf die Provokation eingehen, beschwor Florian sich und sagte stattdessen: »Ich verstehe, warum du wütend warst; ich habe mich unmöglich benommen, es tut mir leid. Im Übrigen habe ich mich verlaufen, bevor ich hierher zurückfand. Es tut mir auch leid, dass du auf mich warten musstest.«

Ungläubig hob Marie die Brauen, dann machte sie auf dem Absatz kehrt und eilte zum Auto, Florian ihr hinterher. Beim Cayenne angekommen, hielt sie ihm wortlos den Schlüssel hin. Florian nahm ihn, darum bemüht, auf keinen Fall ihre Finger zu berühren. Er entriegelte und sie stiegen ein. Das konnte ja eine heitere Heimfahrt werden, dachte er und startete.

Während der Fahrt herrschte brütendes Schweigen. Florian hatte Angst, Marie werde egal, was er sagen würde, als Anlass zu erneutem Streiten verwenden.

Marie verfluchte jeden Kilometer, den sie neben Florian im selben Auto ertragen musste. Dass er gar nichts zu dem Grund ihres Streites sagte, verletzte sie nur noch mehr. Er hatte es bei ihr versucht; es hatte nicht funktioniert, damit war die Sache für ihn erledigt. Marie sah aus dem Fenster und kämpfte gegen die Tränen.

Sie atmete erst auf, als sie in Mengleuff ankamen. Nur weg von ihm, nur weg! Kaum, dass der Porsche hielt, sprang sie aus dem Wagen.

»Hey!« Florian beeilte sich, ihr nachzukommen.

»Warte!«, rief er, bevor sie ihm die Haustür vor der Nase zuknallen konnte, und setzte seinen Fuß auf die Türschwelle.

Marie rammte mit Wucht die Tür dagegen. Florian verzog das Gesicht, nahm den Fuß aber nicht fort.

»Was willst du noch?«, schrie Marie ihn an.

»Ich will dir Antwort geben auf das, was du mich vorhin gefragt hast. Eine ehrliche Antwort, aber keine befriedigende, weder für dich, noch für mich. Die Wahrheit ist, dass ich – komplett verwirrt bin. Die Situation ist mir über den Kopf gewachsen. Gießen ist nicht nur in Kilometern gemessen weit weg von hier; auch gefühlt ist es für mich so weit weg, als wäre es eine andere Welt. Manchmal habe ich den Eindruck, ohne es zu wollen ein Doppelleben zu führen. Mich hier als freier Mann zu bewegen, der aus den üblichen Verpflichtungen und Bindungen herausgetreten ist. Diese Freiheit lässt mich mein Leben in Gießen aus großer Distanz kritisch betrachten – und sie lässt mich einen neuen Florian entdecken, Seiten meiner selbst, die ich vorher nicht kannte oder nicht zum Zuge kommen ließ. Der bretonische Florian macht andere Dinge und sagt andere Dinge und … liebt anderes, als der Florian aus Gießen.« Florian verstummte, sein Herz schlug wie nach einem Dauersprint.

Marie sah ihn groß und zweifelnd an.

»Das Problem ist – dass ich noch nicht sehe, wie ich die beiden Florians zusammenbringen soll. Eines Tages werde ich nach Gießen zurückfahren, und damit werden alle Bindungen und Verpflichtungen von dort wieder bestehen, das sehe ich so kommen und das macht mir Angst … Ich fürchte, ich brauche Zeit, einfach Zeit, um … mein inneres Chaos und überhaupt mein Leben neu zu ordnen…«

Maries Augenbrauen hoben sich kaum merklich. »War es das?«, fragte sie aufreizend ruhig.

»Ich – denke …«

»Dann zieh den Fuß zurück. Oder ich quetsche.«

Florian tat es; aber bevor die Tür ins Schloss fiel, stemmte er sich noch einmal dagegen. »Und morgen?«

Marie öffnete die Tür wieder so weit, dass er eines ihrer dunklen Augen sah.

»Wann fahren wir ab?«, fragte er hartnäckig. Sie würde doch nicht den Inselausflug abblasen? Sie würde diese Tür nicht definitiv schließen wollen, zwischen ihr und ihm? Unglaube und Panik strudelten in ihm hoch.

Das schwarze Auge sah ihn unverwandt an.

»Zwölf Uhr dreißig«, sagte Marie hinter der Tür und der Spalt schloss sich.

34. Qui voit Sein …

Erwann legte mit unsicherer Hand den Telefonhörer auf. Er hatte sich an der Wand abstützen müssen, während des Telefonates; jetzt merkte er, wie ihm die Beine wegzuknicken drohten. Taumelnd ging er zur Couch und legte sich lang auf den Rücken. Er schloss die Augen, versuchte, seine Atmung zu kontrollieren. Dieses Japsen nach Luft, das nützte nichts. Eine feucht-kühle Nase berührte seine Wange, gefolgt von einer warmen Zunge. »Alles ist gut, Fridu«, sagte Erwann und war selbst erschrocken über seine brüchige Stimme.

Er hatte nie zuvor einen solchen Schwächeanfall gehabt, konnte nicht einschätzen, ob es der Anfang von etwas Schlimmerem war. Seine Hand tastete nach seiner Brust, der Herzseite; dabei meinte er seinen unregelmäßigen, zu heftigen Herzschlag durch das Rauschen in seinen Ohren hindurch zu hören. Er zwang sich dazu, bewusst tief und ruhig zu atmen. Es sollte aufhören!

Das Flimmern hinter seinen geschlossenen Augenlidern ließ nach, wenn auch nicht die Übelkeit. Er öffnete die Augen, drehte den Kopf. Sein Hund lag neben ihm auf dem Boden und streckte den Kopf hoch, da er eine Bewegung seines Herrn wahrgenommen hatte. »Guter Fridu«, murmelte Erwann gerührt, »du passt auf mich auf, ich weiß. Ich bleibe noch etwas liegen, dann geht es schon wieder.« Er schloss wieder die Augen und versuchte, *nicht* an das Telefonat zu denken, nicht gleich wieder. Da klingelte das Telefon, er zuckte zusammen. Nein, er konnte nicht rangehen. Nein. Aber während er angestrengt auf das Schlagen der Standuhr horchte, beruhigend monoton in stetigem Takt, und während das Telefon wieder verstummte, kehrten seine Gedanken dennoch eigenwillig und mit Macht zu dem Gespräch zurück, das ihn in diesen Zustand versetzt hatte.

Elodie! Das sah ihr ähnlich, einen Brief zu hinterlassen, der dann zehn Jahre darauf warten sollte, dass Marie, die Erbin des Hauses in Mengleuff, ihn finden und lesen würde! Finden, lesen und an ihn, Erwann, weitergeben. Marie hatte ihm den Brief vorgelesen, er selbst hatte darauf gedrängt; aber hatte Elodie nicht genau damit gerechnet, dass es so kommen würde? Sie hatte immer gewusst, wie nahe Erwann und seine ältere Enkelin sich standen; und sie hatte immer gewusst – oder es immer besser gelernt –, wie man andere berechnen und manipulieren konnte …

Ja, und jetzt hatte Elodie wie aus dem Grabe heraus nicht nur Marie, sondern auch ihm Wahrheiten offenbart – Wahrheiten, die ihn nur zum Teil überraschten, denn einiges hatte er sich selbst zusammengereimt, damals. Und doch, das volle Ausmaß hatte er nicht erahnt; und auch das nur Angenommene ausgesprochen zu hören …

Elodie, Spionin für die Résistance. Warum hatte sie ihn nicht schon damals selbst eingeweiht? Noch jetzt schmerzte ihn ihr Mangel an Vertrauen. Natürlich, als Kriegsgefangener der Besatzer war er in einer schlechten Position gewesen, um dem Widerstand von Nutzen zu sein; und außerdem – auch er hatte sein Geheimnis gehabt. Von dem Elodie gewusst hatte …

Die Standuhr tickte. Erwann hatte die Augen geöffnet, starrte aber nur leer an die Decke. Ha! Arme Elodie. Auch *das* hatte er bemerkt, dass sie den Oberst geradezu vergöttert hatte. Nur, was war das für eine Beziehung gewesen? Was hatte Elodie in diesem Unmenschen gesehen? Sicher, er war ein gutaussehender Mann gewesen, der seine künstlerischen Neigungen zur Schau gestellt hatte. Aber hatte Elodie sich wirklich davon blenden lassen? Hatte sie nicht erkannt, wie eiskalt der »sensible Kunstfreund« über Leichen gegangen war, aus kühler, zweckrationaler Berechnung? Und nun – ihm schauderte – nun sah er sie vor sich, wie sie für diesen Mann zeichnete!

Heiligenfiguren also. *Das* hatte er nicht erahnt, dass Heiligenfiguren der Schatz der Deutschen gewesen waren … dass es diesen Schatz überhaupt gegeben hatte, nein, daran hatte er nie geglaubt. Paul, der gerne abenteuerliche Geschichten erzählte, der hatte nach Kriegsende von einem solchen Schatz erzählt, der angeblich noch immer in seinem Versteck, einer Seegrotte, auf seinen Finder warte. Und nun war es wahr, es hatte einen Schatz aus geraubten Heiligenfiguren gegeben und sie waren versteckt gewesen – in einem Tunnel, in Wahrheit, auf Roscanvel! Roscanvel – aber nicht dort hatten Louarn und seine Widerstandskämpfer den Schatz des Obersts am Ende erbeutet …

Erschöpft schloss Erwann die Augen. Die Erinnerungen brachen auf und übermannten ihn völlig. – Hatte er laut aufgeschrien? Fridu stand mit den Vorderpfoten auf seiner Brust. »Alles gut, alles gut«, flüsterte er und setzte sich mühsam auf. Er legte die zitternden Hände auf das Fell des Tieres; das brachte ihn in die Gegenwart zurück, zu sich.

Ihm war nicht mehr so schwindelig. Er konnte die Füße auf den Boden stellen und aufstehen. Vorsichtig schlurfte er zum Wasserhahn, trank kaltes Wasser aus der Handkuhle und benetzte sich das Gesicht. Und dann, wie aus dem Hinterhalt, war plötzlich auch diese Erinnerung wieder da, an seine größte Angst vor dem Oberst Harwegh …

In der Kommandantur. Der Regen ist mit voller Kraft losgegangen, er trommelt auf die Fensterscheiben.

»Wir warten einen Augenblick mit dem Losfahren«, sagt der Oberst, der ihn und die Limousine bestellt hat.

Sie sind allein in dem dämmrigen Zimmer. Allein. Der Oberst ist aufgestanden, geht auf und ab. Seine hohe, aufrechte, athletische Gestalt bewegt sich in langen Schritten durch das Zimmer. Der Dielenboden knarrt leise unter seinen Stiefeln. Das Ticken der Standuhr ist durch das Prasseln des Regens hindurch zu hören. Tick – tack – tick – tack … Erwann wartet. Plötzlich eine Böe, Hagel tackert an das Fensterglas. Erwann ist aufgeschreckt.

»Das kann noch eine Weile dauern«, lässt der Oberst fallen und sieht Erwann merkwürdig an. »Komm«, sagt er leise und winkt ihn ans Fenster.

Erwann gehorcht widerstrebend.

»Sieh dir das an, die Kraft der entfesselten Elemente. Alles in Aufruhr. Ein bewegender Anblick, nicht wahr?«

Erwann weiß nicht, was er sagen soll. Etwas stimmt nicht. Plötzlich ist die Atmosphäre gekippt, es scheint etwas in der Luft zu liegen … Die Härchen auf seinen Armen, in seinem Nacken stellen sich auf. Der Oberst steht zu nah bei ihm, direkt hinter ihm, zu nah! Schaut über seine Schulter hinweg aus dem Fenster – schaut aus dem Fenster? Nein, er sieht auf die Spiegelung im Fensterglas – sieht ihn *an, mit einem Blick – begehrlich; und Erwann ahnt, dass Elodie nie so einen Blick gesehen hat! Jetzt legt der Oberst ihm eine Hand auf die Schulter …*

Erwann fährt herum. Nein!

Erwann stieß heftig den Atem aus. Stützte sich mit beiden Händen auf den Rand des Waschbeckens. Nein! Hatte er das dem Oberst laut ins Gesicht geschrien? Er weiß es nicht mehr; weiß nur noch, dass der Oberst ihn – gehen ließ … Denn da waren Schritte im Gang gewesen, ein Klopfen an der Tür. Und seltsam, auch daran kann Erwann sich nicht mehr erinnern, wer die scheußliche Szene damals unterbrochen hat. Er weiß noch, wie er rausgerannt ist, in den Hagel. Wie ein Kind hat er sich verstecken wollen. Erst später am Tag, als das Unwetter aufgehört hatte, ist er zum Fahrdienst zurückkommandiert worden. Der Oberst hat so getan, als ob nie etwas geschehen wäre. Kurz darauf ist Erwann mit der Organisation TODT nach Roscanvel geschickt worden, Zwangsarbeit verrichten wie jeder andere Kriegsgefangene. Er hat sich damals gefragt, welche Rolle Elodie bei der Versetzung gespielt hat; wollte sie ihn aus dem Weg haben? Aus Eifersucht? Oder zu seinem eigenen Schutz?

»Zu meinem Schutz, ich bin mir sicher«, sagte Erwann laut zu sich selbst. Sie war seine große Schwester gewesen. Sie hatte ihn immer beschützt, wo sie es gekonnt hatte. Er hatte sie aber nicht beschützen können. Im Krieg nicht und danach auch nicht. Sie hatte im Ruf gestanden, die Geliebte des Obersts gewesen zu sein, und das hatte genügt. Sie war geflohen, nach Paris, um die Vergangenheit hinter sich zu lassen. Um nicht geschoren und geächtet zu werden wie die anderen Frauen, die sich mit Deutschen eingelassen hatten. Dass sie es für die Résistance getan hatte, hatte sie nicht schützen können, offenbar. Erwann konnte sich kaum an diese Zeit erinnern; er selbst war so krank und beinahe wirr vor Schmerz gewesen, dass seine Wahrnehmung der Außenwelt dadurch gestört gewesen war.

Ich habe immer zu dir gehalten, Elodie, nicht das Schlimmste von dir glauben wollen. Und nun – nun lässt du mir über Marie ausrichten, dass du mir doch ein Unrecht getan hast. Wirklich *dieses*? Wenn das so wäre – der Gedanke wäre unerträglich!

»Jetzt weine ich auch noch, wie ein dummer Junge«, schimpfte er und wischte sich unbeholfen über das Gesicht. Er hatte geglaubt, die Vergangenheit bewältigt zu haben. Das lag doch nun so lange zurück – die Wellen schienen sich nach und nach darüber geglättet zu haben. Nur manchmal war, in einer schlechten Nacht, im Halbschlaf oder im Traum der eine oder andere ungewollte Erinnerungsfetzen hochgespült worden. Im Laufe seines Lebens war das aber seltener geworden, und er hatte sich daran gewöhnt und darauf verlassen, im Inneren Ruhe gefunden zu haben. Und jetzt musste er finden, dass alles noch in ihm lebendig war! Und warum? Weil Elodie es so gewollt hatte! Und es sollte weitergehen! Was sollten die Fotos, die Marie ihm mit dem Brief übergeben sollte?

Marie hatte sie ihm beschrieben. Sein Kommunions- und sein Hochzeitsfoto sollten ihm vielleicht zeigen, dass Elodie immer an ihn gedacht hatte, auch nach der Entfremdung; aber das dritte? Was für eine deutsche Familie war das? Harweghs? Aber der war noch auf Crozon gestorben; und abgesehen davon, soviel Geschmacklosigkeit traute er seiner Schwester dann doch nicht zu! Wenn es aber nicht Verwandte Harweghs waren, dann gab es nur Verwandtschaft von *einer* deutschen Person, die ihn persönlich interessieren könnte … Eine junge Frau war auf dem Foto, mit einem kleinen Mädchen … und einem Mann … Und wenn – aber das war unmöglich, sie war tot! Tot, in jener Nacht noch gestorben! So hatte Paul gesagt; und Paul hätte ihn in dieser Sache niemals belogen – ?

»Das reicht!«, rief Erwann aus. »Sie macht mich wahnsinnig mit ihrem Brief! Ich werde warten müssen, auf Marie mit dem Foto – und Zeit für das Museum ist es im Übrigen auch schon … Komm, Fridu!« Und Erwann gab sich einen großen inneren Ruck, um zur Haustür zu gehen und sie zu öffnen.

Auf seinem Weg durch die Gassen von Men Brial, die so vertraut und absichernd waren, versuchte er, Schritt für Schritt in seinen alltäglichen Trott hineinzufinden; doch bei aller Selbstbeherrschung fühlte er sich wacklig und elend und verschreckt wie ein Kind, dem etwas Übermächtiges Angst gemacht hat.

Marie hatte ein ungutes Gefühl. War es falsch gewesen, ihrem papy am Telefon Elodies Brief vorzulesen und ihm von den Fotos zu erzählen? Er hatte danach völlig verstört gewirkt, teilweise wirre Antworten auf ihre Nachfragen gegeben. Und als sie zuletzt besorgt wissen wollte, ob er sich nicht wohlfühle, hatte er das mit einer Stimme geleugnet, so schwach, dass es das Gegenteil verriet. Dann hatte er das Telefonat beendet. Und als sie kurz darauf noch einmal versucht hatte, ihn zu erreichen, war er nicht an den Apparat gegangen. Sie hatte überlegt, Paul anzurufen und ihn darum zu bitten, bei ihrem papy nach dem Rechten zu sehen. Aber dann hatte sie von dieser Idee wieder Abstand genommen. Wozu einen zweiten alten Mann alarmieren? Jetzt wartete sie am Pier darauf, endlich das Schiff betreten zu dürfen, das sie zur Insel Sein bringen würde. Und neben ihr stand Florian – den sie im Verlauf des unguten Telefonates gar nicht mehr angekündigt hatte und der möglicherweise noch mehr Aufregung versprach!

Marie biss sich auf die Lippen. Nach dem Telefonat hatte sie das Foto der deutschen Familie noch einmal angesehen, genauer als vorher. Dabei hatte sie zwei Dinge entdeckt, die ihr vorher nicht aufgefallen waren. Erstens, die junge Mutter, die sich zu ihrer Tochter beugte, hatte unter ihrem Trenchcoat einen verdächtig runden Bauch. Vermutlich war sie mit einem zweiten Kind schwanger gewesen.

Zweitens, das kleine Mädchen, die Tochter, war die einzige Person, die in die Kamera schaute, und das nicht irgendwie. Das Mädchen hatte einen wachen, leicht skeptischen Blick – mit hochgezogener Augenbraue! Vielleicht hatte Marie neuerdings einen Augenbrauen-Tick; aber was, wenn es kein Tick wäre, sondern eine Entdeckung mit ernsthaften Konsequenzen? Dann würde das Foto *nicht* Harweghs Familie zeigen, sondern …

Marie wagte es nicht, den Gedanken zuende zu denken. Sie hatte die Nase voll vom Spekulieren. Sie brauchte Tatsachen, Gewissheiten, und vielleicht würde ihr papy sie ihr liefern. Aber es würde ein schlimmes, ein aufwühlendes – vielleicht ein gefährliches Gespräch für ihn werden?

Nein, sie wollte auch darüber nicht spekulieren. Ebenso wenig, wie sie Florian das Problemfoto zeigen und ihn fragen würde, ob ihm jemand darauf bekannt vorkäme. Natürlich könnte auch das Klarheit bringen. Aber sie hatte schlichtweg keine Lust, weitere Entdeckungen und Gedanken und Vertraulichkeiten mit ihm zu teilen.

Die Stimmung zwischen ihnen war zum Bersten angespannt. Marie hatte sich vorgenommen, nicht zu streiten. Dennoch konnte sie nicht anders, als gereizt sein. Sie hatten zu viel Zeit damit verloren, betont höflich darum zu debattieren, wer fahren würde; zu viel Zeit mit dem Betanken des Peugeots; zu viel Zeit mit Florians Kreditkarte, die nicht funktionierte, als er den Treibstoff bezahlen wollte. Sie hatten im letzten Moment ihre reservierten Schiffsfahrkarten abholen können, soweit war alles gut; aber die Art, wie Florian die ganze Zeit über so tat, als ob nichts wäre, wie er kleine Scherze machte, nie widersprach und wie ein braves Schaf ihre eigenen scharfen Bemerkungen erduldete, brachte Marie nur noch mehr auf die Palme.

Endlich ging es los, der Pulk der Wartenden setzte sich in Bewegung und mit den anderen betraten sie das Schiff.

»Wir setzen uns raus, ja?«, fragte Florian heiter; gespielt heiter, wie Marie fand. Sie zuckte die Achseln. Der Wetterbericht hatte einen Wetterwechsel vorhergesagt; aber bislang war davon noch nichts zu merken, es war nur heiß, sehr heiß, und etwas drückend.

Sie drängten sich durch das Innere des Schiffes und stiegen die Treppe zum Vorderdeck hoch. Natürlich waren sie nicht die einzigen, die diese Idee hatten, und einen Sitzplatz ergatterten sie nicht. Florian meinte, umso besser, er habe sowieso an der Reling stehen wollen, und da war dann noch genug Platz für zwei Menschen.

Bald sprang der Motor der Enez Sun an, das Schiff fuhr zuerst rückwärts, um dann im Bogen aus dem Hafen herauszufahren. Florian genoss die frische Brise der Fahrt, allerdings war sie recht heftig geworden und das Meer bewegt. Die Enez Sun zerschnitt eine mächtige Welle, und auf einmal bekam Florian eine Ladung Gischt ins Gesicht. Zum ersten Mal an diesem Tag hörte er Marie lachen. Im nächsten Moment fühlte er, wie der Bug des Schiffes nach unten kippte – und Marie fiel in seine Arme… Er stolperte einen Schritt zurück, konnte sich und sie eben noch halten. Er schloss die Augen und genoss ihre Nähe.

Marie machte sich nach dem ersten Schrecken von Florian los. »Wir gehen rein«, entschied sie, »es kommt schlechtes Wetter.«

»So plötzlich?«, zweifelte Florian, aber Marie hatte Recht: Der Wind war plötzlich böig und kalt geworden und der Wellengang schien sich zu verstärken, je weiter sie sich vom Festland entfernten.

Im Schiffsinneren fanden sie zwei Plätze und setzten sich einander gegenüber. Marie zog einen Pullover aus ihrem Rucksack und schlüpfte hinein. Sie atmete auf, fühlte sich gleich besser in ihrem Pullover. Nicht nur aus Wärmegründen; auch wegen Florians verhohlenen Blicken auf ihr nasses, formbetonendes T-Shirt. Sie verschränkte die Arme und musterte ihn finster.

Unwillkürlich musste sie an ihren ersten Abend zu zweit zurückdenken, das Katzensitting-Rendez-vous. Da war sie seinem Charme soweit verfallen, dass sie bereitwillig Partei für ihn ergriffen hatte, gegen seine Frau Katharina! Sie hatte sich gefragt, wie diese Frau einen so liebenswürdigen Mann verlassen konnte. Ha! Mittlerweile begann sie, Katharina zu verstehen. Jammern auf hohem Niveau, hatte Katharina ihrem Mann vorgeworfen; und ja, das passte, und zwar nicht nur auf seinen Job bezogen! Andere hatten schließlich gar keinen Job und gar kein Geld; also bitte, dann sollte Florian eben hässliche Häuser bauen für Leute, die so etwas kauften! Das Tüpfelchen auf dem i war aber sein kleiner Vortrag gestern Abend gewesen, über seine *bedauerliche* Befindlichkeit zwischen zwei Welten! Was doch nichts anderes heißen sollte als zwischen zwei Frauen, und das war wirklich der Gipfel: Denn wie viele Menschen litten daran, einsam zu sein und keinen Partner zu finden? Über ein Überangebot an möglichen Partnerinnen zu klagen, das war schon wieder Jammern auf hohem Niveau, und was für ein eitles und selbstverliebtes noch dazu! Als müsse Florian sich nur für eine der beiden Frauen, die er mochte, entscheiden, und damit wäre alles geklärt!

Als sie wieder aufsah, begegnete ihr Blick voll dem ihres Gegenübers und Florian sagte: »Es freut mich, deine heruntergezogenen Mundwinkel und Augenbrauen zu sehen; wir haben schon so lange nicht mehr gestritten, dass mir etwas gefehlt hat. Ausnahmsweise würde ich unseren Zwist aber aufschieben wollen; denn bevor wir deinen Großvater sehen, musst du wissen, wie das Tagebuch meiner Oma ausgeht.«

»Oh, du hast wirklich etwas zuende gebracht und fertiggelesen?«

»Tja, kaum zu glauben und doch wahr. Soll ich anfangen?«

Da Marie nichts darauf erwiderte, begann Florian kurzerhand mit seinem Bericht, und nachdem er das Wort »Lebensbornheim« benutzt hatte, war er sich Maries ungeteilter Aufmerksamkeit sicher. Sie fragte sofort zurück, was das Wort bedeute, und als er es ihr darlegte, war sie ganz Schreck, Betroffenheit und Mitgefühl mit Marlene.

»Dann bist du wirklich ein Viertel Bretone«, sagte sie, als Florian geendet hatte. »Oh là là! Komm auf die Terrasse, ich brauche Luft!«

»Wir werden nass werden«, warnte Florian.

»Vielleicht; aber pardieu, willst du nicht die Île de Sein sehen? Wir sind bald da!«

Um das Deck zu erreichen, mussten sie sich mit beiden Händen an dem Geländer der Treppe festkrallen. Jeder Schritt ohne Halt war gefährlich, die Enez Sun wankte mittlerweile auf unberechenbare Weise auf und ab und hin und her.

Auf Deck waren noch ein paar besonders hartgesottene Passagiere. Die meisten saßen in Regenjacken vermummt auf den Bänken, nur wenige klammerten sich an der Reling fest und schauten auf die aufgewühlte See. Marie und Florian wankten ihrerseits dorthin. Nasswerden war wirklich unvermeidlich, dafür sorgte die Gischt. Regnen tat es noch nicht, aber am nordwestlichen Horizont erstreckte sich eine dunkelgraue Wolkenbank, die nach unten hin ausfranste. Sie hatten schon eine Aussicht auf den kommenden Regen.

»Ich sehe nichts von der Insel«, sagte Florian mit zusammengekniffenen Augen, sobald sie an der Reling standen.

»Da.« Marie zeigte nach vorn, aufs Geratewohl, wie Florian meinte. Doch dann ... »Kann es sein, dass die Île de Sein extrem flach ist?«, fragte er, leicht beunruhigt.

»Sehr flach und sehr klein«, bestätigte Marie.

Florian hielt sich an der Reling fest und schloss die Augen, weil eine Gischtwelle ihn voll erwischt hatte. Während er sich das Salzwasser vom Gesicht wischte, brachte er hervor: »Die Flunder da wird doch bei Unwetter sofort überflutet.«

Marie korrigierte Florian: »Nicht sofort. In der Regel passiert es nur bei sehr großen Stürmen, im Winter.«

Wollte sie ihm Angst machen? Florian beschloss, nichts weiter zu sagen, und sah schweigend zu, wie die Insel vor ihm allmählich größer wurde (höher wurde sie dabei nicht). Die verwitterte Häuserzeile und der Leuchtturm, die er endlich ausmachen konnte, sahen wirklich so aus, als stünden sie direkt auf der Wasseroberfläche. Und dann sah er die unzähligen Riffs.

»Qui voit Sein, voit sa fin«, ließ Marie fallen.

»Und das heißt?«

»Wer Sein sieht, sieht sein Ende.«

»Danke für die Information.«

35. In Aufruhr

Florian atmete erst auf, als das kleine Schiff am Steg vertäut war.

»Ich habe Hunger«, verkündete Marie, kaum dass sie festen Boden unter den Füßen hatten.

Irritiert sah Florian sie von der Seite an. Wie konnte sie an *essen* denken, nach dieser Überfahrt? »Naja, bei deinem Großvater gibt's bestimmt etwas«, murmelte er. Allein der Gedanke an die bevorstehende Begegnung schnürte ihm den Magen zu.

»Oh oh, siehst du die Wolken? Ein grain kommt, Regen! Schnell, wir gehen in das Le Radooo!«, entschied Marie, und sie rannte los, unter ersten fallenden Tropfen.

Sie steuerten eine Art Hangar an, der sich von der Frontseite her, wo ausrangierte Innenraummöbel zum Sitzen auf einer Terrasse einluden, als Lokal entpuppte. Marie riss die Tür auf, sie stürzten hinein – keinen Augenblick zu spät, denn plötzlich schien es von oben zu duschen!

Florian schüttelte sich die Tropfen aus dem Haar und sah sich verblüfft um. Bücher, Gemälde, Skulpturen. Das Le Radooo war Galerie, Buchladen und Café in einem. An sich ein Ort, der ihm gefallen musste; nur gerade heute … Er brannte vor Ungeduld darauf, Erwann Cadiou kennenzulernen, und zugleich hatte er Angst davor.

Nun wurde Marie mit bises von der Inhaberin begrüßt, offenbar eine Jugendfreundin. Sie setzten sich an einen Bistrottisch und Marie bestellte zweimal Kakao und Kuchen.

»Hast du für mich mitbestellt?«, wollte Florian wissen und schüttelte den Kopf, als Marie nickte. »Ich kriege keinen Bissen runter!«

»Wir müssen bleiben, bis es nicht mehr so stark regnet; der Kuchen ist köstlich, du wirst sehen, mit Maronen und Schokolade …«

Um ihr den Gefallen zu tun, probierte Florian den heißen Kakao, der so dick war, dass der Löffel fast darin stehenblieb. Sein Magen rebellierte wider Erwarten nicht dagegen, und so aß er doch von dem Kuchen, der eine saftig-kompakte Bombe war, aber durchaus schmackhaft. Amüsiert, dann verzückt sah er zu, wie Maries Oberlippe immer schokoverschmierter wurde. Er verspürte das unsinnige Verlangen danach, diese Schokolippen zu küssen und sah schnell auf seinen Teller. »Mag dein Großvater auch diesen Kuchen?«, fragte er, um Marie behutsam daran zu erinnern, dass sie noch eine Verabredung hatten.

»Er mag diesen Kuchen, aber wir gehen nicht oft in das Le Radooo«, gab Marie abwesend zurück.

»Wohnt er weit weg von hier?«

»Nichts ist weit weg auf Sein«, Marie zuckte die Achseln. »Trinkst du noch etwas?«

Die Tür schwang auf und gab einem Windstoß Einlass sowie drei vollkommen durchnässten Touristen.

»Na gut«, gab Florian nach.

Sie bestellten eine Flasche Wasser, die sie schweigend austranken, während es draußen immer weiter schüttete und stürmte. »Ich fürchte, wir werden so oder so nass«, stellte Florian irgendwann fest. »Wir sollten nicht den ganzen Nachmittag hier drinnen warten.«

Marie nickte und bestellte die Rechnung. »Wenn wir noch ein wenig warten, kommt die Sonne wieder. Es ist schon nicht mehr so dunkel«, sagte sie.

»Wenn du meinst …« Florian rutschte ungeduldig auf seinem Stuhl hin und her.

Aber tatsächlich drang wenig später ein Sonnenstrahl durch das Fenster in das Lokal.

Sie sahen sich an, standen auf.

»Hast du Angst?«, fragte Marie.

Florian zögerte. »Ein wenig. Und du?«

»Ich habe meinem papy nicht gesagt, dass ich jemanden mitbringe.«

Florian machte ein langes Gesicht. Das würde es nicht leichter machen.

Sie verließen das Lokal, draußen schien die Sonne, der Himmel war strahlend blau – zumindest über ihnen. Es war nur ein Riss zwischen zwei drohenden Wolkenmassen.

»Vite, der Regen kommt wieder«, rief Marie und eilte los.

Die Fassaden der Häuser waren verwittert, Farbe blätterte von Wänden, Türen, Fensterläden, Gartentoren. Aber bestrahlt von dem intensiven Licht und glänzend vor Nässe wirkte alles freundlich, lächelnd. In den engen Innenhöfen der winzigen Häuschen waren Fischernetze und bunte Bojen an die Wände gehängt; die Gassen waren so eng wie die Häuser klein waren: Florian streckte die Arme seitlich aus und wirklich, er konnte mit den Fingerspitzen die Gemäuer links und rechts von sich berühren! Ein Mann mit Handkarren hastete ihnen entgegen, Florian drückte sich an eine Hauswand, um ihn vorbeizulassen. Ihm dämmerte, dass er noch kein Auto gesehen hatte. Autos würden nicht durch diese Gassen passen. Eine Insel ohne Autos. Irre.

»Kommst du?« Marie stand vor einem hölzernen Törchen zu einem Innenhof. Das Törchen war einmal grün gewesen, ebenso wie Tür und Läden des Hauses an der rechten Hofseite. Doch die grüne Farbe blätterte vom Holz ab, ebenso wie die weiße von den Hauswänden.

Florian betrat hinter Marie den Hof. Seine Aufregung war so groß, dass er nicht wusste, wohin mit seinen Händen. Er steckte sie zuletzt in die Hosentaschen. Er sah sich um. Auch hier hing an der Rückmauer des Hofes eine Reihe bunter Bojen. Vor dem Haus wuchsen blaue Hortensien; davor standen ein Handkarren, wie Florian eben einen gesehen hatte, und ein Wäscheständer. Plötzlich war neuer Wind aufgezogen und die mit Klammern befestigten triefenden Wäschestücke bewegten sich im Rhythmus der Böen.

»Er ist nicht da. Er hätte die Wäsche in das Haus geholt. Außer …« Marie musste voller Schrecken daran denken, wie schwach die Stimme ihres papys sich angehört hatte, gegen Ende ihres Telefonates. Beherzt ging sie auf die Haustür zu und klopfte.

Keine Reaktion.

»Fridu würde bellen. Sie sind nicht da«, sagte sie erleichtert. »Morgens ist er an der Kasse des Rettungsmuseum. Vielleicht ist er länger geblieben. Gehen wir«, und sie verließen den Hof.

Es war so stürmisch geworden, dass Marie Florian durch den Kern Men Brials führte. Die engen Gassen schützten vor dem Wind und vor dem Regen, der sehr bald wieder beginnen würde. Als sie nahe der Museen auf den Kai hinaustraten, schlugen ihnen Wassertropfen in die Gesichter. Florian dachte, das wäre der befürchtete Regen, aber noch waren es nur Gischtspritzer, die der Wind mit sich trug.

Ein weiter Hof, links ein Hangar mit dem Schriftzug »Musée du Sauvetage«, rechts ein lang gestrecktes, einst weiß getünchtes Gebäude, von dem, wie überall hier, die Farbe abblätterte. Auf dieses Gebäude schritt Marie zu. Drinnen saß eine alte Dame an einem kleinen Tisch, eine Kassenkassette vor sich. Nachdem Marie mit der alten Dame die bises getauscht hatte, begann diese, schnell auf Marie einzureden. Florian beobachtete, wie Maries Gesicht immer besorgter wurde. Endlich verstummte die alte Dame und Florian fragte besorgt: »Was ist los?«

»Marguerite sagt, mein papy *war* heute Morgen im Museum und hat ihr mittags die Kasse und die Museumsschlüssel übergeben. Aber er war nicht er selbst – blass und verstört, und er sprach nicht. Bis er Marguerite plötzlich fragte: Kannst du dich um Fridu kümmern, bis Marie kommt? *Falls mir etwas passiert.* Das macht Marguerite Sorgen. Und mir auch«, fügte Marie leiser hinzu.

»Was sollte deinem papy denn passieren?«, fragte Florian verständnislos.

»Nichts. Außer – ich weiß nicht. Es ist doch seltsam, so etwas zu sagen, oder? Als wüsste er – oder als *wollte* er, dass …«, Marie verstummte.

»Aber wieso – «, begann Florian, doch Marie unterbrach ihn: »Ich habe ihm heute Morgen am Telefon Elodies Brief vorgelesen und – und er war schon da ganz verstört, und wie verwirrt im Kopf; und er klang schwach, als hätte er eine Attacke. Er hat schnell aufgelegt und ich habe versucht, noch einmal anzurufen, aber er ging nicht an das Telefon … Wir müssen ihn suchen! Zuerst bei Paul.«

»Wo wohnt dieser Paul?«

»Im Chez Michel, das gelbe Haus am Hafen.«

Doch da war Erwann nicht, und er hatte den ganzen Tag über noch nicht bei Paul reingeschaut, wie sie Pauls Enkelsohn Michel informierte (Paul selbst war oben in seiner Wohnung und Marie hielt es für unnötig, ihn auch noch in die Sache hineinzuziehen). Sie verließen die Bar wieder und Marie zog ihre Jacke aus dem Rucksack, denn der Regen hatte wieder begonnen. Ein ganz feiner Nieselregen, aber ohne, dass man es merkte, durchnässte er einem Kleidung und Haare. Florian hatte den Eindruck, durch eine Wolke zu gehen. Er hatte keine Regenjacke mitgebracht und den Verdacht, dass Marie ihm vor ihrer Abfahrt aus Mengleuff absichtlich keinen diesbezüglichen Tipp gegeben hatte.

»Dein papy könnte inzwischen nachhause gegangen sein«, schlug er vor. »Oder er ist einkaufen, oder in einem anderen Lokal, um Leute zu treffen …«

»Du würdest einkaufen oder in eine Bar gehen, wenn es dir schlecht geht?«, zweifelte Marie. »Nein! Er ist wie ich. Er geht in die Natur. Er sucht Bewegung und Einsamkeit.«

»Verstehe«, sagte Florian. »Trotzdem sollten wir noch einmal bei ihm zu Hause nachsehen, bevor wir die ganze Insel bei diesem Sauwetter absuchen.«

Marie stimmte zu, aber der Gang zurück in die rue du Niou entpuppte sich als vergeblich: Noch immer keine Spur von Erwann und seinem Hund. Sie fragten bei den Nachbarn, ob sie ihn gesehen hätten; niemand hatte eine Ahnung davon, wo er war. Immerhin lieh Thomas Le Floc'h, der Nachbar zur Rechten, ihnen eine Männer-Regenjacke aus gewachstem Tuch. »Wenn ihr Erwann draußen suchen wollt, braucht dein Freund die«, sagte er Marie.

»Er ist nicht mein Freund, aber vielen Dank«, brummte Marie unwirsch und bat Thomas noch, ihren Rucksack in Verwahrung zu nehmen, der bei der Regentour nur hinderlich sein würde.

Florian zog erleichtert die Jacke über, und schon marschierten sie wieder los. Sie eilten an einer massiven Kirche vorbei, dann an einer Friedhofsmauer, hinter der einzelne Kreuze aufragten. Florian zuckte zusammen, als Marie einen Schrei ausstieß; dann verstand er, dass es kein Schreckensschrei gewesen war, sondern ein Name. Im Regenschleier vor ihnen war ein Radfahrer aufgetaucht. Wie verrückt musste man sein, um gerade jetzt Fahrrad zu fahren? Marie begann ein Gespräch mit dem Mann, und ihre Finger krallten sich in Florians Handgelenk. »Yvon hat meinen papy gesehen«, sagte sie aufgeregt. »Vor einer Stunde etwa, bei den Cholera-Toten!«

»Wo?«, fragte Florian, der meinte, sich verhört zu haben.

»Der andere Friedhof, er ist sehr alt und liegt zwischen Men Brial und dem großen Leuchtturm am anderen Ende der Insel.«

Unterdessen hatte Yvon sein Rad um hundertachtzig Grad gewendet.

»Willst du pedalen oder ich?«, fragte Marie.

»Pedalen?« Florian sah komplett entgeistert auf das Fahrrad. Den zweiten Weltkrieg konnte das gute Stück schon erlebt haben. Es war rostrot. Nicht, weil es so angemalt wäre. Es war seine Verwitterungsfarbe. Obwohl das Fahrrad einen Rennradlenker hatte, konnte Florian keine Gangschaltung entdecken. Einen Gepäckträger hatte es auch nicht. Es blieb also nur die Querstange als Sitzplatz für eine zweite Person. Er wollte protestieren, dass sie mit dem Ding nicht weit kommen würden. Aber Yvon hatte schon die Hand zum Gruß erhoben und stapfte davon.

»Alors?«, drängte Marie.

»Ich pedale natürlich, ich bin … größer.« Florian sah sich garantiert nicht wie ein Huhn auf dieser Querstange sitzen! Also nahm er auf dem deformierten Ledersitz Platz und stellte sofort fest, dass der viel zu niedrig für ihn eingestellt war. »Hopp hopp«, sagte er ironisch und klopfte auf die Querstange vor sich. »Aber wenn du runterfällst, ist es nicht meine Schuld!«

Marie platzierte sich vorsichtig auf der verrosteten Eisenstange. Bequem war ihre Position nicht. Mit der linken Hand stützte sie sich auf Florians Schulter, mit der rechten klammerte sie sich an ihrer »Sitz-Stange« fest. Florian legte die Arme um sie, um nach dem Lenker zu greifen. Plötzlich waren sie sich sehr nahe. Florian lächelte. *So schlecht war diese Regenradtour doch nicht.*

»Kann's losgehen?«, fragte er Marie dicht an ihrem Ohr.

»Oui oui, allez«, murmelte sie unglücklich. So hatte sie sich das nicht vorgestellt. Aber Radfahren war schneller als zu Fuß gehen – solange es der Wind noch zuließ.

Etwas unsicher pedalte Florian los, an den letzten Häusern von Men Brial vorbei und auf eine offene Landzunge hinaus, an der sogleich der Wind noch heftiger an ihnen zerrte. Links und rechts von ihnen schlugen spritzende Wellen an kieselige Strände und Granitblöcke. Florian bekam eine Gänsehaut, er wusste nicht, ob wegen dieser fixen Idee, die Insel könnte noch heute überflutet werden, oder wegen Marie in seinen Armen, oder wegen der Sorge um den Vermissten. Der Sturm hatte ihnen die Kapuzen von den Köpfen geweht, Maries feuchte Locken kitzelten ihm die Nase. Als sie durch ein Schlagloch fuhren, stießen ihre Köpfe aneinander. Danach legte Marie ihr Gesicht an Florians Hals und ihren Arm um seine Schultern, um sich sicherer zu halten. »Es geht nur geradeaus, immer auf den Leuchtturm zu«, hörte er sie sagen.

Sein Herz schlug heftig, als er weiterradelte, immer geradeaus, immer auf die hohe Silhouette des weißen Leuchtturmes zu, der in der Ferne vor ihnen aufragte. Unmittelbar links neben ihnen toste das aufgewühlte Meer; nach rechts hin nahm die Breite des Eilands nun zu, eine beruhigende Feststellung. Florian fühlte sich den Elementen ausgeliefert. Den Elementen, und seinem Inneren, das ähnlich wie das Äußere in Aufruhr war. »Du glaubst doch nicht wirklich, deinem

Großvater könnte etwas passiert sein? Du hast gesagt, er hat Menschen in Seenot gerettet. So einer wird nicht …« Er verstummte, spürte Marie erbeben.

»Da ist der Friedhof der Cholera-Toten«, sagte sie und wies zur Seite.

Durch die Regenschwaden hindurch meinte Florian ein Mäuerchen zu erkennen, und dahinter schwarze Platten auf dem Boden, quaderförmig. Grabplatten? »Soll ich anhalten?«, fragte er.

»Nein, er ist nicht hier, oder siehst du ihn?«

Sie fuhren weiter. Hier und da ragten nun zackige Silhouetten vom weitgehend flachen Gelände hoch; es mochten natürliche Granitfelsen oder Hinkelsteine sein, Florian konnte es nicht erkennen. Verschwommen sah er den hohen schlanken Leuchtturm vor sich immer größer werden, ihr Ziel und das Ende der Insel. Und noch immer, keine Spur von dem alten Mann.

»Ich glaube, der Regen lässt etwas nach«, sagte Florian schließlich, fast schon zu Füßen des Leuchtturms, »und da sind wir.«

Marie richtete sich auf und sah ihn an. »Du hast Locken, wenn deine Haare feucht sind«, sinnierte sie abwesend und strich ihm eine nasse Strähne von der Stirn. »Fahr bis zu dem Eingang.«

Erschüttert durch Maries zärtlichen Blick und ihre Berührung, bremste Florian derart abrupt, dass Marie mehr vom Rad flog als abstieg. Sie rieb sich das Gesäß, und Florian hörte sich fragen: »Soll ich massieren?« Er biss sich auf die Zunge. Wie blöd musste er sein, um diesen bekloppten Spruch zu bringen!

»Qu'est-ce que t'es con!«, fauchte Marie prompt mit bebenden Lippen.

»Ich weiß, entschuldige; aber lass uns keine Szene daraus machen.« Florian stieg vom Fahrrad.

»Keine Szene? Wer macht hier eine Szene, hein?«, baute sich Marie vor ihm auf.

Da riss Florian der Geduldsfaden, den er den ganzen bisherigen Tag lang so sorgsam gehütet hatte. »Hey, ich *weiß*, warum du so aufgebracht gegen mich bist«, rief er aus.

»So?« Sie stemmte die Hände in die Hüften.

»Ja. Ich erinnere dich an Sylvain. Nein, lass mich ausreden! Ich erinnere dich an Sylvain in zweifacher Hinsicht. Erstens sagst du dir, schon wieder ein verheirateter Mann, der nur das eine von dir will (was nicht wahr ist). Zweitens hast du zwar mit Sylvain schlussgemacht, aber insgeheim hast du gehofft, er würde um dich kämpfen. Das hoffst du noch immer. Und da kommt so ein Kerl daher, den seine Frau eben verlassen hat – so wie du Sylvain; und du siehst, dieser Kerl kämpft *auch nicht* um seine Frau. Und dafür verachtest und – und *hasst* du schon fast diesen Kerl, stellvertretend für Sylvain; ja, und ich denke, du würdest ihn – also mich – genau in *dem* Moment zu mögen anfangen, in dem ich dir sagen würde, ich fahre sofort ab, nach Gießen, und schmeiße mich Katharina vor die Füße! Was *echt* paradox wäre, denn …«

»*Stop*!!«, schrie Marie durch den Sturm und ballte die Fäuste. »Das reicht! Was mich *wirklich* wütend macht, Florian Reinart, ist dieses: Du redest und redest und du tust nichts! Ich will papy suchen; kommst du mit? Ja? Nein? Ich gehe!« Und sie stürmte zum Leuchtturm.

36. Ar Guéveur

Florian schmiss das Fahrrad fast mehr gegen die Leuchtturmwand, als dass er es anlehnte, und rannte Marie nach. Drinnen stand sie an der Kasse und sprach zu dem jungen Mädchen, das Kassendienst hatte. Florian warf einen Blick um sich, dann nach oben – und musste staunen: in fast schwindelerregende Perspektive wand sich die Spiraltreppe hoch. Und da sollte ein Mann Ende achtzig sich hochgequält haben?

Marie, die Florians Präsenz ihr im Rücken wie das bedrohlich-sanfte Surren einer Mücke wahrnahm, erfuhr von Nelly, dass ihr papy hier gewesen war, mit Hund. »Er hat mir aber Sorgen gemacht, er sah so elend aus, dass ich nicht wollte, dass er hochgeht, die ganzen Stufen! Er hat es trotzdem getan. Als er wieder runterkam, dachte ich, der kippt gleich um, so weiß war er im Gesicht …«

»Was sagt sie?«, schaltete Florian sich ein.

»Ah, dein Freund ist Deutscher. Kann er kein Französisch?«

»Er ist *nicht* mein Freund und versteht mehr, als man denkt; was nicht heißt, dass er *alles* durchschaut, wie nur er meint. Mach's gut, Nelly, wir müssen papy suchen.«

»Viel Glück«, wünschte Nelly und sah von Marie zu Florian, wobei sie das lange Haar zurückwarf.

Draußen meinte Florian: »Nett, die Kleine. War sie auch hilfreich?«

Marie ignorierte seine Frage und stemmte die Hände in die Hüften. Durch die Heide mit ihren sandigen Pfaden konnten sie nicht mit dem Fahrrad fahren; sie würden es vorerst hier zurücklassen müssen und zu Fuß weitergehen. Zunächst bis zu papys Lieblingsbank.

Dort war Erwann nicht. Auch nicht bei der kleinen Kapelle mit den Hinkelsteinen und den prähistorischen Brunnen im Kirchhof.

Sie kehrten zum Leuchtturm zurück, um das Fahrrad zu holen, saßen auf; wie selbstverständlich nahm Marie die Position von vorhin ein, in Florians Armen, den Kopf an seinen Hals geschmiegt. Notgedrungen, rechtfertigte sie sich vor sich selbst; notgedrungen.

Es gab einen zweiten Weg zurück nach Men Brial, den sie nun befuhren; bis sie zu einem Hinkelstein von der Größe eines kleineren Menschen gelangten, an dem ein Heidepfad ihren Fahrweg kreuzte. Marie bat Florian anzuhalten, sie müssten nochmals zu Fuß in die Heide gehen. Sie lehnten das Rad an den Hinkelstein und gelangten über den holprigen Pfad zu einem doppelkreuzförmigen Widerstandsdenkmal. Florian betrachtete interessiert die steinerne Figur eines Seemanns auf dem Sockel des Mahnmals, aber von Erwann Cadiou keine Spur. Sie gingen zurück zum Fahrrad, stiegen wieder auf. Warum fanden sie ihn nicht? Men Brial lag schon wieder sichtbar vor ihnen; Florian hatte den Eindruck, sie müssten den Großteil der Insel gesehen haben. Wo war Maries Großvater?

In der letzten halben Stunde hatte es kaum mehr geregnet, doch der Himmel sah geradezu schwarz aus und es war fast zu böig zum Radfahren geworden. Und jetzt kam er, der Regen. Der richtige Regen. Es war ein Guss, duschen war nichts dagegen. Maries dünne Regenjacke war innerhalb von Minuten durchweicht; Florian war durch sein Wachstuch besser geschützt, aber seine Hose und seine Sandalen waren durchtränkt wie die von Marie. Von der aufgewühlten Flut ging ein bedrohliches Tosen aus, hohe Wellen schienen nach dem Festland zu greifen und leckten begehrlich über den Strand. Der Sturm, der es nun plötzlich war, heulte und zischte um sie herum. Sie waren abgestiegen, an weiterfahren war nicht mehr zu denken.

»Lass das Rad hier!«, rief Marie, und Florian ließ es auf den Sand sinken.

»Was ist das, Weltuntergang?«, schrie er zurück; er sah Maries Mundbewegungen, als sie etwas erwiderte, hörte aber nur Fetzen ihrer Stimme.

Sie kämpften sich weiter vor, gegen den Wind gelehnt, der die Nässe durch die Nähte ihrer Kleidung hindurchtrieb, nun sogar bei Florians guter Wachstuchjacke. Plötzlich drang durch die Geräusche des Unwetters hindurch Maries Schrei, im nächsten Moment sprang etwas Rotes, Jaulendes an ihr hoch. »Fridu! Das ist Fridu!«

Das Tier bellte, schlug mit den Pfoten gegen Maries Brust, sprang einen Satz fort und drehte sich nach ihr um.

»Komm!«, rief Marie Florian zu. »Fridu weiß, wo er ist!«

Und sie rannten los. Sie konnten kaum mehr etwas von der Landschaft erkennen, ein Gemisch aus salziger Gischt und Regen schlug ihnen dauernd in Gesicht und Augen. Vor ihnen sprang ein rotweißer Fleck, der Hund, er blieb stehen, wandte sich um, kam zu ihnen zurück, sprang weiter. Marie konnte sich nicht geirrt haben, der Hund wusste genau, wo er hinwollte. Er führte sie rechts an Men Brial vorbei, an einem Strand entlang, auf dem der Wind so stark wurde, dass sie nicht mehr rennen konnten. Florian hielt sich die schmerzende Seite, hatte den Eindruck, nicht mehr atmen zu können gegen den Luftdruck. Marie packte ihn an der Hand und zog ihn mit sich. Lange Wellen schlugen ihnen spritzend bis zu den Füßen, der Boden war weich, mühsam stapften sie voran.

»Ar Guéveur. Wir gehen zum Ar Guéveur«, rief Marie Florian zu.

»Was?« Er beugte sich zu ihr, um sie besser zu hören.

»Zum Leuchtturm! Dahin gehen wir!«

»Noch ein Leuchtturm? Wo?« Florian konnte nichts sehen, aber Marie beschleunigte ihre Schritte und hielt weiterhin seine Hand fest. Auf Fridus Spuren passierten sie die Müllhalde, die nur Marie als solche erkannte, und nun tauchte die Silhouette des Turms vor ihnen auf. Ein Turm inmitten von Wellen und Gischt! Meterhoch spritzte das Wasser, das sich an dem Granitmassiv zu Füßen des Ar Guéveurs brach und an dem Körper des Leuchtturmes.

»Hier sollen wir rüber?«, rief Florian aus. Der Weg auf das Riff war durch einen Steig aus Beton befestigt, aber der war lückenhaft und auch, wo er intakt war, schwappten die Wellen darüber. Sie würden den Halt verlieren, in die Flut gerissen werden! Der Hund hatte es eben gerade geschafft, Florian atmete aus, er dachte schon … »Das ist eine Sturmflut, zu gefährlich«, rief er Marie zu. »Sie haben sogar die Boote ganz hoch auf das Festland gebracht, weil sie wissen, das Wasser wird weiter steigen!«

Auch Marie hatte die Boote gesehen, die bis vor das Eingangstor der Müllhalde gezogen und dort zusätzlich vertäut worden waren. Aber das war ihr egal. »Er ist da drüben! Siehst du nicht? Fridu!« Der Hund sah wirklich zum Leuchtturm hoch und jaulte. Und Marie ließ Florians Hand los, war in zwei Sätzen auf dem Steg.

»Vorsicht!«, schrie Florian, als er die Welle sich auftürmen sah; Marie verharrte, den Körper angespannt, und die Welle schlug gegen sie, spritzte ihr bis zu den Hüften; doch sie hielt das Gleichgewicht und wartete, bis das Wasser sich von ihren Füßen zurückzog. Dann sprang sie weiter, über ein Loch im Beton, noch ein Satz und sie hatte den bellenden Fridu erreicht!

»Mein Gott«, stieß Florian aus. Aber er hatte keine Wahl, er musste ihr folgen. Ein erster Schritt auf den Steg – schon eine Welle; warten; drei Schritte, ein vierter, Florian rutschte weg, fing sich mit Fuß und Hand am schrägen Felsen unterhalb des Betons ab, suchte Halt unter der nassen Sohle, drückte sich wieder hoch, auf den Steg und von da auf das Granitmassiv, über in den Felsen gehauene Stufen. Er war drüben! Wie er jemals wieder zurückkommen sollte, blieb dahin gestellt.

Zu Füßen des Leuchtturms riss der Wind so heftig an ihm, dass er unwillkürlich, um sich zu sichern, nach der verrosteten Leiter griff. Und er erschrak. Wenn man auf diesen kleineren Leuchtturm wollte, gab es keine innere Wendeltreppe. Diese verrostete Leiter an der Außenwand war alles, das war der einzige Weg nach oben!

Marie hockte neben dem nassen Hund, den sie an sich gedrückt hielt, und schien ihm zuzureden. Nun stand sie auf und schrie Florian zu: »Es ist unsicher hier für ihn, aber er wird nicht von seinem Herrn weggehen. Wir müssen uns beeilen, bevor es schlimmer wird. Ich habe Fridu gesagt, er soll warten.«

»Und wenn wir Hilfe holen?«, schrie Florian zurück.

»Zu spät!«, kam von Marie. Und sie begann zu klettern.

Marie spürte, wie nicht nur die Leiter bebte, sondern der ganze Turm. Der Rost an den Sprossen schabte an der Haut ihrer Hände. Ihre Füße rutschten auf dem nassen Metall. Sie biss die Zähne zusammen. Nicht nach unten sehen, nach oben. Die Gischt ignorieren, die von der Seeseite kam. Er musste oben sein, er musste.

»Scheiße«, fluchte Florian unten, der besorgt verfolgte, wie Marie sich langsam, Stufe für Stufe, nach oben bewegte. Es hätte nichts genützt, ihr unmittelbar nachzuklettern; er wollte erst sehen, dass sie es geschafft hatte. Endlich glitt sie aus seinem Sichtfeld, hatte sich auf die Plattform gezogen. Florian graute es, als er auf das Meer zu seinen Füßen sah, und dann auf den Hund. Es war ein mittelgroßer Hund, drahtig, aber nicht schwer gebaut. Wuchtige Wellen knallten regelmäßig an die Rückwand des Leuchtturms und spritzten bis zu ihnen an die Vorderseite vor; sollte es wirklich damit noch schlimmer werden, der Hund würde fortgerissen. »Sie hat Recht. Je eher wir oben sind und ihren papy runterholen, desto schneller können wir gemeinsam verschwinden. Trotzdem, so wie sie es machen will, geht es nicht«, sagte sich Florian. Und machte sich an den Rückweg, vom Leuchtturm fort über den gefährlichen Betonsteg.

Marie kroch auf allen Vieren vor bis zur Laterne des Leuchtturms. Hier setzte sie sich, lehnte den Rücken an, musste sich erst fangen. Sie schloss die Augen, aber das schien das Gefühl für das Vibrieren des Leuchtturms erst recht zu verstärken, sie öffnete die Augen schnell wieder. Wo blieb Florian? Besorgnis ergriff sie. Sie zwang sich dazu, auf allen Vieren zur Leiteröffnung zurückzukriechen, warf einen Blick nach unten. Fast wurde ihr schlecht. Sie hatte sonst keine Probleme mit Schwindel, aber unter diesen Umständen … Sie kroch zurück. *Er* hatte Probleme damit. Aber deshalb davonzurennen! Sie hatte ihn laufen sehen – auf der anderen Seite des Steges. Florian türmte.

Nun ja, um ihm nicht vollkommen Unrecht zu tun: Er würde wohl versuchen, Hilfe zu holen. Sie lachte bitter auf. Nun ja. Vorsichtig stand sie auf, krallte sich sofort am Geländer der Plattform fest und begann sich vorzutasten, um die Laterne herum, zu ihrem papy, der da sein musste.

Fast hatte die Flut ihm die Füße weggezogen! Aber er hatte es noch einmal, das dritte Mal, gerade so über den Steg geschafft. Klitschnass und fast blind vor Gegenwind und Gischt arbeitete Florian sich zum Leuchtturm vor, griff nach der rostigen Leiter. Der verzweifelte Hund sprang an ihm hoch, jaulte. »Ich kann dich nicht mitnehmen, bleib da. Warte, Fridu. So heißt du, Fridu. Attends.« Als habe der Hund ihn verstanden, setzte er sich, wobei er kläglich aufwuffte. Er wird seinen Herrn nicht verlassen, hatte Marie gesagt. Solange Marie und Erwann auf dem Leuchtturm waren, würde der Hund hier sitzen. Und mittlerweile schlugen die Wellen wuchtig bis zu dieser Seite des Turms vor. Auch jetzt wieder, so dass der Hund aufsprang und Florian nach ihm haschte. Er hielt das Tier gegen seine Knie gedrückt, bis das Wasser sich wieder zurückgezogen hatte. Dann wiederholte er: »Attends«, und machte sich ans Klettern.

Er wusste, was er tat. Dass es an oder über seine Grenzen gehen würde. Er musste es trotzdem versuchen. Aber er musste es blind tun. Wenn er sehenden Auges die freihängende Leiter hochsteigen würde, würde er in Angstlähmung verfallen – und denen da oben den Weg blockieren. Also blind, das Ganze.

Er zählte die Sprossen. Nur um etwas zu haben, was ihn vom Zerren des Sturmes an seinem Körper und vom Tosen des von weißen Gischtkronen übersäten Meeresungeheuers unter ihm ablenkte. Er zählte die Sprossen und war sogar froh über den Rost daran, der schmerzlich die Haut zerkratzte, aber dafür das Abrutschen erschwerte. Mit einem Fuß glitt er trotzdem einmal ab und musste, mit Angstschweiß bedeckt, stocksteif gelähmt in seiner Position verharren, bis er sich so weit gefasst hatte, dass er sich wieder bewegen konnte. Was er musste. Marie und Erwann, Marie und Erwann, *du musst*, *du musst*, sagte er sich innerlich vor wie ein Mantra. Und irgendwann, es kam ihm wie nach einer Ewigkeit vor, tastete seine Hand ins Leere. Keine Sprosse mehr! Seine Handfläche suchte und fand den Metallboden der Plattform. Mit den Füßen arbeitete er sich Sprosse für Sprosse weiter nach oben, traute sich endlich, auch mit der zweiten Hand die letzte davon loszulassen, kippte nach vorn, auf die Ellenbogen, zog die Knie nach. Und öffnete jetzt die Augen.

Vor ihm war die Laterne des Leuchtturms. Warum war sie nicht an?, fragte er sich flüchtig. Er versuchte, seine Atmung zu beruhigen. Meinte, von unter dem Leuchtturm das Bellen und Jaulen des Hundes zu hören, fetzenweise. Das und die Geräuschkulisse des Sturms hörte er, sonst nichts. Für einen Augenblick fragte er sich, ob Marie, mit oder ohne Großvater, in der Zeit, in der er bis zu den Booten gerannt war, den Leuchtturm wieder verlassen hatte; im nächsten Moment schalt er sich für seinen Mangel an Logik: Er hörte doch den Hund, und das hieß, sie waren noch hier! Aufstehen konnte er nicht. Auf allen Vieren kroch er vorwärts. Doch dann wurde ihm bewusst, dass die famose Plattform dieses glorreichen Leuchtturms nur durch eine Geländerkonstruktion gesichert war, die zwar verhindern mochte, dass ein Mensch zwischen den Metallstreben hindurchrutschte. Doch sie verhinderte nicht das Hindurch*sehen*.

Ihm schauderte, abermals musste er gegen die Angstlähmung ankämpfen. Danach kam er hoch, auf die Füße, krallte sich an dem Geländer fest, verweigerte sich dem Blick nach unten. Den Blick immer schön zur Laterne hinrichten, sagte er sich. Oder lieber wieder blind vortasten. Er tat es – bis er auf ein Hindernis stieß. Unwillkürlich öffnete er die Augen – und sah in die Maries – im Gesicht eines alten Mannes! Hastig machte er einen Schritt zurück. Nickte dem alten Mann zu, brachte keinen Ton heraus.

Dann stand Marie neben ihrem Großvater und schrie, mehr ironisch als erfreut: »Florian! Du hier!«

Hilflos breitete Florian die Hand aus, mit der er sich nicht am Geländer festklammerte. Von dem alten Mann kassierte er einen neugierigen Blick. Immerhin, so verzweifelt wirkte der nicht, wenn er noch Neugier aufbringen konnte.

»Jetzt stecken wir drei fest«, erklärte Marie über das Tosen hinweg. »Papy kann nicht klettern. Er ist durchgefroren und steif, und seine Hände …«

Erwann Cadiou, der seine Enkelin aufmerksam angesehen hatte, mochte aus ihren Gesten erschließen, worum es gerade ging, und hielt Florian seine Hände hin. Die Finger sahen unnatürlich weiß aus, fast gelblich. Offenbar nicht mehr durchblutet. Florian begriff, der alte Mann hatte kein Gefühl mehr darin und so keine Kontrolle. Wortlos begann er, seine Jacke zu öffnen. Er hatte das Seil unter der Jacke um den Körper gelegt, um sich nicht damit beim Klettern zu behindern.

»Was machst du?«, schrie Marie, aber ihr Großvater begriff schneller. »Une corde!«, rief er aus. »Bien fait!«

Florian blickte kurz auf, in die Augen, die so sehr Maries ähnelten, ihn aber so offen anerkennend anblickten.

Er drückte Marie seine Jacke in die Hand, während er den Seilring über den Kopf streifte. »Machst du eine Schlinge?«

Sie hatte verstanden und flugs eine Lassoschlinge in das Seilende geknotet. Sie hielt den Knoten ihrem Großvater, dem Seemann hin, der nickte.

»Wo hast du das her?«, rief sie Florian zu.

»In einem der Boote gefunden. Jenseits des Steges. Du zuerst?«

»Nein, papy!«

Aber der alte Mann schüttelte energisch den Kopf.

»Dann los«, drängte Florian Marie. »Du musst zum Hund! Hoffe, er ist noch da unten …«

Marie stieg schon in die Schlinge, die sie sich bis unter die Achseln hochzog, wo sie sie festzurrte. Dann tasteten sie sich am Geländer entlang bis zur Leiteröffnung. Hier knotete sie das Ende des Seiles an der obersten Sprosse fest; doch das war nur Absicherung; entscheidend war, dass Florian das Seil auf Zug halten und nur allmählich abrollen würde. Erwann machte ihm vor, wie er sich dazu positionieren sollte: Mit dem Rücken an die Laterne gelehnt und die Füße gestemmt gegen die Pfosten rechts und links der Leiteröffnung im Geländer. Als Florian bereit war, biss Marie die Zähne zusammen. Sie hatte nicht aufgehört, auf Fridus Jaulen zu lauschen, das noch zu hören war, noch war er da unten … Entschlossen wandte sie dem Abgrund den Rücken zu und tastete mit dem Fuß nach einer Sprosse, während ihre Hände Halt an den Geländerpfosten fanden, gegen die Florian seine Fußsohlen stemmte. »Pass auf dich auf«, rief er ihr zu. Sie sah ihm kurz in die Augen und machte sich an das Klettern.

Erwann hatte sich neben der Leiter am Geländer positioniert und verfolgte ängstlich den Abstieg seiner Enkelin. Auch seinen Hund sah er, einen roten Punkt, der seinerseits gehört oder erahnt haben musste, dass ein vertrauter Mensch ihm so nah war: Er stand ganz still und hatte aufgehört zu bellen. Doch nun hatte er Marie erkannt und das Bellen und Weinen setzte mit neuer Kraft ein. Gutes Mädchen, dachte Erwann voller Erleichterung, als Marie unten angekommen war. Schnell hatte sie sich aus der Schlinge befreit und winkte ihnen nach oben.

»Fridu«, schrie Marie aus und packte nach dem Hund. Es gelang ihr, Fell und Haut zu erwischen, sie ließ nicht los, bis das Wasser vom Felsen wieder abgelaufen war. Vielleicht, vielleicht wäre das die Welle gewesen, die den Hund fortgeschwemmt hätte … »Wir müssen weg, mein Kleiner, ganz ruhig, ganz ruhig«, denn plötzlich gebärdete Fridu sich wie wild in der schmerzlichen Umklammerung. Marie musste ihn loslassen, er machte einen Satz von ihr fort – Richtung Wellen! »Fridu, komm her …«, lockte Marie mit zitternder Stimme. Der Hund zögerte, dann kam er doch und drückte sich ihr an die Knie. Kurzerhand griff sie zu und hob ihn hoch. Knappe zwanzig Kilo glitschig nasser Hund, und damit irgendwie über den vertrackten Steg. Aber sie hatte keine Wahl; sie würde Fridu in Sicherheit bringen und dann hierher zurückkehren.

Sie beschwor Fridu, nicht in ihrem Arm zu zappeln, redete beruhigend auf ihn ein und trug ihn zu dem, was noch vom Steg zu sehen war. Oder eher, zu erahnen. Die siebte Welle, sagte sie sich; die war die heftigste, die danach die schwächste. Aber der Hund war zu schwer, um sieben Wellen abzuzählen. Marie sah zu, wie sich eine dunkle Rolle über dem Steg überschlug, die nächste folgte bereits, aber sie sprang los …

»Tout va bien«, rief Erwann dem Deutschen zu und sah die immense Erleichterung auch in dessen Gesicht. Wie stand dieser Mann zu seiner Enkelin? Keine Zeit, über so etwas nachzudenken. Der Deutsche war fix und holte die Schlinge hoch; da war sie, und Erwann griff mit tauben Fingern danach. Während er sie sich mehr schlecht als recht unter die Achseln schob, wurde ihm klar, dass der Deutsche, als letzter, ungesichert hinunterklettern würde. Er warf ihm einen prüfenden Blick zu. Ein junger Mann, kräftig. Er selbst hätte, wären seine Hände nicht, den Abstieg auch ohne Seil geschafft. Er nickte dem Deutschen zu; der hatte das Seil aufgerollt.

Einen Moment lang sahen sie sich in die Augen. »Je sais pas si ça ira, avec les mains«, ließ Erwann fallen und hob entschuldigend die tauben Finger. Was Marie geschafft hatte, würde ihm womöglich nicht gelingen. Wie seltsam. Einmal mehr lag sein Leben in den Händen eines Deutschen.

In diesem Augenblick ertönte ein besonders lang gezogener hündischer Klagelaut, wie aus weiterer Entfernung, und riss nicht ab.

Bestürzt starrten sie sich an.

»Schnell«, rief Florian, und Erwann fackelte nicht lange. Er kniete sich hin, und Florian reichte ihm eine Hand. Erwanns eiskalten Hände ergriffen sie, während seine Füße die erste Sprosse suchten und fanden. Dann ließ Erwann Florian los, war ganz auf sich gestellt, auf der Leiter. Aber das Seil war gespannt, der Deutsche auf seinem Posten. Es konnte losgehen.

Wie oft hatte er Wind und Wetter getrotzt, war auf Schiffe in Seenot geklettert, um andere zu retten. Allerdings war das alles eine Weile her, und das Durchblutungsproblem in den Händen hatte sich früher noch nicht eingestellt. Auch seine Kraft hatte deutlich nachgelassen. Aber dieses Gefühl, des Adrenalins, das kannte er. Es würde helfen.

Entschlossen und flinker als Marie es getan hatte, hangelte Erwann sich Sprosse für Sprosse nach unten. Es kam darauf an, im Rhythmus zu bleiben, und sich mit Händen und Füßen über Kreuz zu bewegen. In den Handballen spürte Erwann noch etwas; erst, wenn er sicher war, mit den Ballen Metall zu berühren, schloss er die Finger, die dann nicht mehr meldeten, ob etwas zwischen ihnen war oder nicht. Und so geschah es. Nicht genug aufgepasst! Plötzlich war eine Hand, war ein Fuß abgerutscht und mit Schwung fiel Erwann in die Schlinge.

»Scheiße!«, schoss es Florian panisch durch den Kopf, denn das Seil rieb ihm wie Feuer durch die Finger! Er drückte zu, bis die Knöchel hervortraten, stemmte Beine und Füße mit aller Kraft gegen die Pfosten vor ihm. Er hätte schreien mögen vor Schmerz, seine Handflächen brannten, doch nun – er hatte es! Das Seil rutschte nicht mehr. Er atmete auf, wagte sich nicht zu rühren. Er spürte das Gewicht Erwann Cadious am anderen Ende. Was sollte er tun? Was *konnte* er tun? Er hatte wohl kaum Kraft genug, das Seil mit seinem Gewicht bei diesem Sturm allmählich hinunterzulassen?

Nicht den Kopf verlieren, Erwann, wies der sich zurecht. Aber seine Lage war schwierig. Der Sturm hatte ihn nach links hin von der Leiter fortgedrückt und das Seil drehte sich. Erwann versuchte, sich an der Leuchtturmwand mit den Füßen zu stoppen, aber es gelang nicht; er driftete weiter von der Leiter weg und um die eigene Achse … Wenn nur der Deutsche da oben nicht losließ! Oder das Seil verlängerte. Das wäre ganz schlecht. Abwarten; du pendelst zurück, du musst einfach! Abwarten und dann zugreifen …

Immerhin, der Deutsche verhielt sich richtig. Hielt ihn nur, gab nicht mehr Seil. Erwann atmete auf. Jetzt war es ihm endlich gelungen, beide Fußsohlen zugleich an die Metallwand zu drücken; das Umsichdrehen nahm ein Ende. Vorsichtig versuchte er, die Füße seitlich nach rechts zu versetzen, immer schön abwechselnd, einen nach den anderen. Er biss sich auf die Lippen, sah sich auf diese Weise auf die Leiter zutrippeln – trippeln, ein nicht ganz passendes Wort, er lächelte grimmig; und jetzt, jetzt ließ die Windböe nach, nein, änderte Richtung, hart schlug er mit der rechten Schulter an die Seite der Leiter, dann hatte er den rechten Arm befreit, streckte ihn nach rechts, griff zu – Glück gehabt! Heho, eine Sprosse gefunden! Er drückte sich mit den Füßen von der Wand ab, zog sich einarmig vor die Leiter, schlug mit den Knien gegen eine Sprosse, tat weh, hatte dann Halt mit den Füßen gefunden. »Bon Dieu, merci«, schickte er ein Stoßgebet zum Himmel – er, der so lange nicht mehr gebetet hatte …

»Papy!«

Das war Marie gewesen. Ihr war nichts passiert! Aber warum hatte dann Fridu so geschrien? Neue Angst beschlich Erwann und er setzte sich in Bewegung. Diesmal ging alles gut. Unten schloss seine Enkelin ihn in die Arme.

»Wo ist Fridu?«, fragte Erwann atemlos.

»Wir sind baden gegangen, gefiel ihm nicht, kurz vor Ende des Steges. Danach musste ich ihn festbinden, bei der Müllhalde. Gefiel ihm auch nicht«, brüllte Marie durch den Sturm, die absichtlich auf lässig tat. Von den tausend Toden, die sie in den letzten Minuten vor Angst gestorben war, musste ihr papy nichts wissen.

Der war aus der Schlinge gestiegen, nicht einfach, denn sie standen mehr oder weniger bis zu den Knien im Wasser, wenn es ihnen nicht bis zum Bauch oder zur Brust hochschlug. Eine echte Sturmflut – im Sommer!

»Florian! Alles gut!«, schrie Marie mit aller Kraft nach oben.

»Er hat verstanden, er holt die Schlinge zu sich«, Erwann zeigte auf das zuckende und bald im Wind pendelnde Seil.

»Aber – aber er kann sich nicht selbst sichern«, wurde Marie erst jetzt klar. In ihrer Panik hatte sie das gar nicht bedacht!

»Das weiß er. Er wird es schaffen.«

Schockiert sah Marie ihn an. »Wir können ihn doch jetzt nicht allein lassen!«

»Wir können nichts tun. Er weiß das. Hilf mir, Marie. Über den Steg. Ich bin doch etwas schwach.« In Wahrheit wollte Erwann seine Enkelin von dem gefährlichen Granitmassiv forthaben.

»Er hat Höhenangst!«, rief sie aus.

Erwanns Blick schoss nach oben, dann zurück zu seiner Enkelin. »Es war seine Entscheidung«, sagte er fest. »Er ist mutig. Er wird es schaffen«, wiederholte er, nickte seiner Enkelin zu und griff sie am Arm, um sie mit sich zu ziehen.

Erwann hatte die Geduld, die Marie zuvor nicht gehabt hatte: Er wartete ab, bis er den Takt der Wellen herausgefunden hatte, und nach der siebten Welle tasteten sie sich über den Steg, nicht zu hastig, nicht kopflos, wie Erwann Marie einbläute.

»Du hast meine Hilfe nicht gebraucht, aber ich deine«, rief Marie ihm zu, als sie von Salzwasser begossen, aber heil auf der anderen Seite ankamen. Sie warf einen Blick zum Leuchtturm zurück und ihr schauderte: sie sah Florian, ganz oben auf der Leiter …

»Papy, du findest Fridu bei der Müllhalde. Ich *muss* zurück.«

»Nein, begleite mich! Du wirst früh genug zurück sein, um ihn zu Füßen des Turms in Empfang zu nehmen, wenn es sein muss. Komm!«

Marie gab noch einmal nach, sie hasteten zur Müllhalde und zu den Booten, die davor vertäut waren. Marie war Florians Beispiel gefolgt, hatte in den Booten gesucht und ein Kordel gefunden. Damit hatte sie, mit Mühe, den aufgebrachten Hund an dem Tor der Halde festgebunden. Nun gebärdete der sich so wild, dass er sich zu erdrosseln drohte. Fridu keuchte und weinte, bellte mit letzter Kraft, dann war sein Herr bei ihm, kniete sich hin, drückte ihn an sich. Gut, sagte sich Marie. Sie sind in Sicherheit. Sie wandte sich um und begann zu rennen.

Sie wusste nicht, wie sie über den Steg gekommen war, aber sie war es. Und da war er, am Fuße der Leiter! Unverletzt! Sie schmiss sich in seine Arme. Hielt ihn ganz fest und er sie.

»Du – du Verrückter!«, schimpfte sie.

Und er – er lachte! »Genau, hack auf mir rum! Aber tu es drüben«, rief er, nachdem eine Welle sie beide fast aus dem Gleichgewicht gebracht hatte.

Vor dem Steg hielt Marie ihn am Ärmel fest, versuchte es mit dem Wellenzählen. Vielleicht hatte sie nicht die siebte Welle erwischt, vielleicht waren die Wogen schlichtweg noch monströser geworden – sie wurden beide vom Steg gefegt. Als Florian wieder auftauchte, begriff er, dass er Meter weit abgedriftet war. »Marie!«, schrie er und spie, hatte Wasser in den Rachen bekommen. Als er nicht mehr hustete, erspähte er sie zwischen zwei Wellenkämmen, nicht fern von ihm – dann hörte er ein »Hohé!« vom Ufer, wo Erwann stand, einen roten Rettungsring in den Händen. Er warf ihnen den Ring zu und Florian schwamm mit aller Kraft. Er hatte ihn – sie hatten ihn beide!

Gemeinsam mühten sie sich auf den steinigen Strand zu. Ihre Knie stießen an Felsen, was bedeutete, sie hatten es gleich geschafft; dann waren sie halb an Land gestolpert, halb gekrochen, wurden von dem roten Hund umsprungen, und dann war Erwann da, und half Marie auf, die sich nach Florian umwandte und ihm ihre Hand hinhielt.

Sie blieben nicht lange stehen, wo sie waren, sie schlotterten alle drei und Erwann rief: »A la maison!«

37. Kammerspiel

Wie Automaten, entkräftet und nur noch gewillt, bis unter ein schützendes Dach zu kommen, schleppten sie sich durch das tosende Unwetter. Florian holte ein erneuter Schreck ein, als sie sich den Kais von Men Brial näherten, über denen die Wellenberge zusammenschlugen, sich an den Häuserfronten brechend. Auch drangen sie bei der ersten Gelegenheit in das Ortsinnere ein, und Florian verstand nun, warum die Gassen so eng waren. Sie schützten nicht nur vor dem Sturm, sondern auch vom Meer! Dann endlich standen sie in der Rue du Niou vor der Tür von Erwanns Haus und Marie musste aufschließen, weil die Hände ihres Großvaters es nicht mehr konnten.

Drinnen war es kalt; oder sie waren es, die so durchgefroren waren, dass es ihnen überall eisig vorgekommen wäre.

»Zieh dich um«, forderte Marie ihren papy auf, »ich kümmere mich um alles.«

Erwann diskutierte nicht, sondern ging die Treppe hoch, in sein Zimmer. Marie ging ins Bad, holte Tücher, zwei davon warf sie Florian zu, eines für ihn, eins für Fridu, sagte sie. Während sie sich selbst das Haar trocknete, so gut es ging, holte sie einen Topf aus dem Küchenschrank und eine Flasche aus dem Weinregal.

»Was kann ich tun?«, fragte Florian, der dabei war, den nassstinkenden Hund abzurubbeln, was der sich gerne gefallen ließ.

Marie hatte den Topf auf den Herd gestellt und eine Gasflamme entzündet. Sie entkorkte den Rotwein, ließ ihn glucksend in den Topf fließen, schüttete mit großzügiger Geste Zucker aus einem Keramikbehälter dazu. »Kannst du Feuer machen?«, fragte sie, und als Florian nickte, verkündete sie, gleich wiederzukommen – und ging wieder raus, in Sturm und Regen!

Was hat sie vor, fragte Florian sich? Aber sie hatte ihn um etwas gebeten, also wandte er sich dem offenen Kamin zu, in dessen Schlot der Wind heulte. Der Hund legte sich auf den flauschigen Teppich vor der Couch und sah Florian erwartungsvoll an, als wisse er, was der Mensch wolle, der nun nach den Streichhölzern griff. Florian entzündete etwas von der alten Zeitung, die vor dem Kamin bereit lag, und legte Holz nach, aber ehe das Holz brannte, war die Zeitung schon wieder zu Asche geworden. Da legte sich ihm eine kalte Hand auf die Schulter, es war der alte Mann.

Florian sprang auf die Füße und sah zu, wie Erwann trotz tauber Finger erfolgreich ein Feuer entfachte. »Où est Marie?«, fragte Erwann zwischendurch.

»Je ne sais pas«, gab Florian leise zurück, eingeschüchtert durch das Bewusstsein, allein mit diesem alten Mann zu sein – der dennoch *so* alt nicht aussah, im Lampenlicht – und der nicht einmal Deutsch sprach, oder? Nein, es *konnte* nicht sein, dass … Wie auch dem, er riss sich zusammen. »Je m'appelle Florian Reinart«, stellte er sich vor; schließlich war er bislang noch nicht dazu gekommen.

»Sie sind – der Nachbar«, formulierte Erwann überdeutlich und langsam, nach den rechten deutschen Worten tastend.

»Das ist richtig«, gab Florian schwach zurück, nachdem er zusammengezuckt war. »Maries Nachbar in Mengleuff. – Sie sprechen Deutsch?«

»Ah, ich – habe vergessen mein Deutsch, hm.«

Florian lachte nervös auf.

Eine Windböe fegte durch das Zimmer, bevor Marie die Haustür wieder zugedrückt hatte. »Hier«, sie hielt Florian ihren Rucksack hin, »Thomas hat Kleidung für dich geliehen, sie ist da drinnen. Der Wein! Ihr habt ihn kochen lassen!« Sie sprang an den Herd und wies Florian an, sich im Gästezimmer umzuziehen, Treppe hoch, Tür links, während sie den Glühwein von der Flamme nahm.

Florian stieg die knarrende Holztreppe hoch und drehte den Knauf zum linken Zimmer. Es war winzig; ein französisches Doppelbett, ein Schrank, ein Stuhl und ein Nachttisch mit einer Lampe, mehr war darin nicht vorhanden. Hier musste Marie schlafen, wenn sie bei ihrem papy zu Besuch war …

Es war Zeit, sich aus den nassen Klamotten zu schälen; Sweatshirt und Trainingshose des Nachbarn passten leidlich, nur an Unterwäsche und Socken hatte Marie nicht gedacht. Da klopfte es an der Türe. Florian öffnete, vor der Tür stand Erwann, in der Hand ein Paar dicke Wollstrümpfe. »Merci«, konnte Florian nur sagen, und zog schnell die Strümpfe über, von denen er leider sicher war, sie auszuleiern.

Unten roch es gut nach dem heißen Wein, dem Marie Zimt beigefügt hatte. Florian sah, noch halb auf der Treppe, wie Erwann seiner Enkelin über die Wange strich und Richtung Treppe deutete. Florian sprang die letzten Stufen herunter und machte Marie Platz, die dicht an ihm vorbeistreifte, um sich ihrerseits oben umzuziehen.

Marie hatte bereits bols und einen Untersetzer auf den Tisch gestellt, Erwann stellte nun den Topf darauf und bot Florian höflich einen Stuhl an. »Un vin chaud?«, fragte er.

»Alles, was heiß ist! Aber lassen Sie nur, ich mache das schon«, und er griff schnell nach dem Topf, um dem alten Mann und sich einzuschenken. Der legte die kalten Hände um den warmen bol und seufzte.

Florian hob seinen bol hoch und sagte: »Yehermat!«

Erwanns Augenbrauen zuckten hoch. »Sie sprechen Bretonisch«, schmunzelte er.

»Mehr als das leider nicht«, gab Florian zu und lächelte zurück, ehe er einen Schluck probierte. Sehr süß, aber zugleich sehr wohltuend.

Sie tranken beide, schweigend, in kleinen Schlucken, um sich nicht zu verbrennen, und lauschten auf das Knistern des Feuers und das Heulen des Sturmes und das Rauschen einer Brandung, die noch hier, im Haus, zu vernehmen war.

»Es ist Winter im Sommer«, verkündete Erwann, stolz darauf, was ihm noch alles an deutschen Worten einfiel.

»Ja«, brachte Florian nur hervor, ehe beide sich zu Marie umwandten, die an den Tisch trat und sich zu ihnen setzte. »Alors, il est bon?«, fragte sie und schenkte sich Wein ein.

Sie sah hinreißend aus, sogar in der abscheulichen ausgebeulten Jogginghose und dem labbrigen Rollkragenpullover, die sie aus dem

Schrank im Gästezimmer ausgegraben haben musste. Florian lächelte ihr gedankenverloren zu.

»Der Wein ist süß und gut – sehr gut«, sagte Erwann Marie auf Deutsch, und Florian begriff, dass das für ihn war; dass er sich nicht sprachlich ausgegrenzt fühlen sollte. Er mochte Maries papy. Ohne ihn lange zu kennen, mochte und bewunderte er ihn. Wie er sich vorhin gehalten hatte, als sie in Gefahr gewesen waren, in Lebensgefahr, da durften sie sich nichts vormachen. Ein Mann dieses Alters. Das war enorm, das war außergewöhnlich gewesen! – Und das würde schon passen zu dem Bild eines gewissen verwegenen und mutigen jungen Mannes, das er sich gemacht hatte, das er sympathisch gefunden und betrauert hatte, als es hieß, dieser junge Mann sei erschossen worden, damals, vor so vielen Jahrzehnten …

Hilfesuchend sah Florian zu Marie, die ihn ihrerseits grüblerisch anblickte. Ja, sie waren hier, um es zu wissen. Aber auch sie wusste nicht, wie sie anfangen sollten.

»Sie suchen – Marie, comment dit-on trésor en allemand?«, fragte Erwann in die Stille.

»Nein papy, er sucht keinen Schatz«, antwortete Marie schnell auf Französisch.

»Ah. Sie sind kein Nazi?«, konnte Erwann sich nicht verkneifen, auf Deutsch zu fragen, nur, um Marie etwas aufzuziehen.

Der wollte ihn wohl eben veräppeln, fragte Florian sich perplex; wo nahm der Kerl diese Schlitzohrigkeit her, nachdem er noch vor kurzem bei Sturm und Sturmflut von einem Leuchtturm gebaumelt hatte?! Trotzdem, diese kleine Provokation konnte er nicht so stehen lassen, und es gab ihm den Anlass, zu antworten: »Nein, ich bin kein Nazi und übrigens auch kein hundertprozentiger Deutscher. Ich bin zu einem Viertel Bretone.«

»Qu'est-ce qu'il a dit?«, wandte Erwann sich an Marie, aber Florian setzte selbst nach, langsam und deutlich: »Meine Großmutter war im Krieg Funkhelferin auf Crozon. Funkhelferin, Sie verstehen? – In Telgruc.«

Erwann sah ihn groß an.

»Sie hat sich damals in einen Bretonen verliebt. Er war Kriegsgefangener. Und der ist mein – mein Großvater.«

»Qu'est-ce qu'il a dit?«, murmelte Erwann, kaum hörbar, mehr zu sich selbst.

Da griff Marie in die Hosentasche und holte die Netsuke, die sie parat gehalten hatte, heraus. Das Fundstück aus Roscanvel. Sie legte es mitten auf den Tisch.

38. Einst

Marie legte etwas in die Mitte des Tisches. Ein Hündchen. Aus Elfenbein. Schwarze Augen funkeln Erwann wissend an.

Marlene.

»Das war ein netter theatralischer Effekt, aber ich weiß nicht, ob das so gut war!« Florian war halb aufgesprungen. Erwann war totenblass geworden. Jetzt stand der alte Mann wie in Zeitlupe auf und griff nach der kleinen Figur. Er hob sie auf Augenhöhe.

»Für dich.«
»Für mich? Aber das hat doch dein Vater … für euch …«
»Der kleine Hund gibt Glück. Er ist für dich, Marlene.«

»Papy?«

»Aufheben!«
Marlene bückt sich.
»Gib her!«
Ein milchweißer Schimmer in der Hand des Soldaten.
»Das brauchst du nicht mehr.« Der Soldat steckt den Glücksbringer ein.

»Wo – wo hast du das her?«, stieß Erwann aus, ohne seine Enkelin anzusehen.

»Roscanvel. Wir waren auf Roscanvel.«

»Roscanvel«, wiederholte Erwann tonlos und stützte sich mit einer Hand auf der Tischplatte ab, bevor er sich auf den Stuhl zurückfallen ließ.

Marie und Florian sahen sich an.
»Papy, alles in Ordn …?«
»Ihr wisst, was das ist?« Erwanns Stimme bebte, als er das fragte.
»Ich glaube, ja«, sagte Marie leise.
»Woher wollt ihr das wissen?«
Marie sah zu Florian. »Seine Großmutter gab ihm ein Buch. Ein Tagebuch.«
Erwann konnte kein Wort hervorbringen, er konnte nicht klar denken, in seinem Kopf toste ein Tumult von Gedanken und es rauschte ihm in den Ohren. Er schloss die Augen und führte die Hand an die Stirn. Großmutter. Tagebuch. *Seine* Großmutter… Er öffnete die Augen, um Florian in seine blauen zu sehen. Bleu de bleuet, Kornblumenblau, hatte Erwann die Farbe damals genannt. Erwann versuchte, seine letzte Geistesgegenwart zusammenzukratzen und formulierte stockend, auf Deutsch: »Ihre Großmutter – sie hieß – nicht – Marlene?!«
»Nein«, stieß Florian aus. »Sie – sie *hieß* nicht so, sie *heißt* so. Noch immer!«

Erwann trank nie viel Wein und selten Glühwein, der ihm sofort in den Kopf stieg. Trotzdem musste er sich Wein nachschenken. Aber seine Hände zitterten so sehr, dass der Glühwein neben dem bol auf den Tisch floss. Aus den Augenwinkeln nahm er wahr, wie Marie aufsprang, einen Lappen holte, ihm einschenkte; aus den Augenwinkeln, denn er konnte nur den Fremden anstarren, der das Ungeheuerliche behauptet hatte. »Unmöglich! Das ist unmöglich«, murmelte er dann, und dann noch einmal. Plötzlich fühlte er sich schwach, der Raum um ihn begann sich zu drehen.

»Papy, geht es dir gut?«, hörte er Maries Stimme. Er öffnete die Augen, sah wieder klar. Sie hatten ihn auf die Couch gelegt. Er wollte sich keine Blöße geben, sich aufsetzen. Aber Marie legte ihm eine Hand auf die Brust und sagte: »Bleib bitte liegen!«

»Es geht mir gut«, erwiderte er, selbst fast erstaunt über seine relativ feste Stimme. Er drehte den Kopf ein wenig zur Seite. Da war er, der Mann mit *ihren* Augen.

»Es geht mir gut«, wiederholte er, »ich will alles wissen.« Er sah, wie sie besorgte Blicke tauschten, und setzte hinzu: »Was mich krank macht und immer krank gemacht hat, ist die Ungewissheit. Ich bleibe auch liegen, wenn ihr wollt.«

Marie atmete auf. »Gut, dann werde ich übersetzen, was Florian erzählt. Oder kannst du ihn verstehen, wenn er Deutsch spricht?«

»Übersetze es lieber. Ich will sicher sein, es zu begreifen. Aber ich setze mich doch auf.« Er tat es. Ja, es ging wieder. Er fühlte sich merkwürdig klar im Kopf, als sähe er von außen auf diese Szene, ganz nüchtern und analytisch. Erwartungsvoll sah er den jungen Mann an.

»Ich glaube, er steht noch unter Schock«, bemerkte Florian zu Marie, die darauf nur erwiderte: »Es ist das Beste, ihm alles zu sagen. Aber mache es kurz; ich übersetze.« Sie setzte sich neben ihren papy, während Florian sich einen Stuhl holte und der Couch gegenüber platzierte. Dann sagte er, langsam und deutlich: »Das Wichtigste vorneweg: Marlene hat ihr Kind – euer Kind – bekommen. Es war ein Mädchen. Meine Mutter. Marlene hat eure Tochter Marianne genannt; weil das ein deutscher und ein französischer Name ist.« Erwann sah ihn durchdringend an, nickte. Marie übersetzte es trotzdem noch einmal. Und dann erzählte Florian von dem Tagebuch, wie er es erhalten hatte, und was er darin erfahren hatte – erst darin; denn weder er, noch seine Mutter (da war er sich sicher) hatten etwas von ihren bretonischen Wurzeln gewusst …

Erwann hatte alles gehört, alle Zusammenhänge verstanden. Nur dass es ihm immer noch wie eine Geschichte vorkam; sein Kopf sagte ihm, dass es wahr sein könnte, aber seine Gefühle waren nicht so schnell. Es war zu unglaublich. Er seufzte, legte den Kopf gegen die Lehne zurück. »Wie hat sie gelebt, wovon?«, wollte er wissen.

»Sie hat geheiratet – Carl Braun, einen Lehrer. Sie haben noch ein gemeinsames Kind bekommen; einen Sohn, Siegfried.«

Erwann nickte, nachdem Marie übersetzt hatte. Seltsam; diese letzten Informationen, zu ihrer Ehe, gaben der über Marlene erzählten Geschichte erst einen Stempel von Realität.

»Bist du erschöpft papy, wollen wir morgen weiterreden?«, fragte Marie.

»Ich werde nicht schlafen können; reden wir lieber noch etwas … Eine Sache möchte ich wissen, ihr habt es schon gesagt, aber: Es war also der Leutnant Rosen, der ihr sagte, er hätte mich erschossen?«

Marie bestätigte es.

»Das ist seltsam. Er hat mich gerettet.« Und Erwann begann, langsam und in einfachen Worten jene Bilder in Worte zu fassen, die aus seinem Gedächtnis aufstiegen und die so oft in seinem Leben ungewollt darin aufgestiegen waren.

»Marlene!«

»Erwann!«

Mit aller Kraft tritt Erwann um sich, aber sie halten ihn, ein Schlag trifft ihn gehen die Schläfe, dann ein Tritt in den Unterbauch. Der Schmerz übermannt seine Sinne, für einen Moment nimmt Erwann nichts anderes mehr wahr. Dann hört er noch einmal Marlene rufen. Er will sich befreien, er kann sich nicht regen.

»Das reicht«, hört er eine Stimme. Er wird hochgerissen, muss sich auf seine Füße stellen. Noch immer kann er sich kaum bewegen, der Schmerz im Unterleib ist zu heftig. Als er aufblickt, zielt Rosen mit seiner Waffe auf ihn. »Da lang«, Rosen macht eine Geste. Erwann begreift. Er soll durch das Loch in der Rückwand der Ruine gehen. Um dort erschossen zu werden. Vielleicht kann der Oberst den Anblick von Blut nicht ertragen, denkt Erwann, erstaunt über den eigenen Galgenhumor.

»Was macht ihr mit ihr? Mit Marlene Probst?«, fragt er Rosen über die Schulter hinweg, während er aus der Ruine stolpert. Mondlicht bricht sich auf der Oberfläche der Aulne. Die Wellen der Strömung zaubern Muster auf das Wasser. Erwanns Herz zieht sich zusammen. Die Welt, das Leben, die Liebe. Er wird das alles verlassen. Gleich.

Rosen sagt nur: »Nach links. An die Wand.«

Auf seinem kurzen Weg an die Todesmauer sieht Erwann verzweifelt um sich. Keine Chance zu fliehen. Keine Deckung; der Mond, zwischen zerrissenen Wolken aufgetaucht, ist zu hell. Und die Widerstandskämpfer? Wo sind sie? Verschwunden mit den Kisten. War es nicht Paul, den er gesehen hat, Pauls hohe Silhouette? Nein, Paul hätte ihn nie im Stich gelassen! Ihn und Marlene – seine Geliebte, seine Frau! Nicht wegen dieser Kisten. Zwei lebende Menschen sind mehr wert als diese Kisten, nicht einmal Waffen waren darin, Erwann ist sich sicher, die Kisten waren für Waffen zu leicht!

Das alles hat er in Bruchteilen von Sekunden gedacht, er ist schon an der Mauer. Langsam dreht er sich um, zu Rosen. Der ist ihm auf den Fersen gefolgt, steht dicht vor ihm. Will er ihn aus nächster Nähe abknallen? Sichergehen, ihn unbedingt zu treffen? Erwann strafft sich und hebt das Kinn.

»Hör zu«, zischt Rosen und greift ihn am Kragen. »Eine Dummheit, und sie ist tot. Alles, was du machst, wird ihr schaden. Kapierst du?«

Nein, Erwann kapiert nicht. Was soll er denn tun, um ihr weiter zu schaden? Er hat es nicht verhindern können, dass sie gefasst wurden; jetzt wird er sterben, und sie …

»Du bist gleich tot. Vergiss das nicht und mach keinen Unsinn!« Rosen hebt die Waffe. Erwann reißt die Augen auf. Nie wird er den Anblick von Rosens monderhelltem Gesicht vergessen. Ein Gesicht wie eine Maske. Nur die Augen, die scheinen zu brennen. Er hört noch den Schuss. Dann ein Schlag auf den Kopf, alles wird schwarz.

Als Erwann aufwacht, liegt er auf nassem Erdboden. Schwerfällig greift er an seinen schmerzenden Schädel. Eine warme, klebrige Flüssigkeit in seinen Haaren. Blut. Erwann schließt die Augen, beißt die Zähne zusammen. Das Wasser der Aulne plätschert leise im Hintergrund. Sonst nichts, alles still.

Er lebt. Rosen hat ihn am Leben gelassen. Marlene, wo bist du? Er verliert erneut das Bewusstsein.

Erwann verstummte. Der nächste Gedanke traf ihn als ein ganz neuer Schock, ein heftiger Schlag: »Es war *Paul*, der sagte, Marlene sei tot!«

»Paul? Woher wollte er das wissen?«, fuhr Marie ihrerseits auf.

»Er sagte, jemand von der Résistance sei als Zeuge dagewesen; einer, den Paul kannte und an dessen Aussage nicht zu zweifeln sei! Dieser Zeuge habe gesehen, wie Marlene noch vor Ort erschossen wurde! Er hat mich doch nicht angelogen?«

Enkelin und Großvater sahen sich schmerzlich an. Dann schüttelte Marie den Kopf und sagte: »Er glaubte bestimmt an das, was er dir sagte. Erzähl bitte weiter …«

Erwann nickte langsam und fuhr fort: »Ich habe Blut verloren und lag Stunden in der Nässe. Wenn man mich nicht gefunden hätte, ich wäre womöglich doch noch gestorben. Der Mann, der mich fand, hieß Marcel Le Coëdic. Im Morgengrauen war er in die Ruine geschlichen. Er hatte die Schüsse in der Nacht gehört. Er lebte im Dorf, mit seiner Schwester Anne. Er hat mich über seine Schulter gelegt und in sein Haus getragen. So hat er es mir später erzählt; ich merkte nichts, war bewusstlos.

Ich wurde krank, Lungenentzündung. Sie haben mich gepflegt, Marcel und Anne. Ich bekam nichts davon mit, dass die Amerikaner und freien Franzosen den Ménez-Hom befreiten, es geschah am ersten September 1944, und direkt danach befreiten sie Telgruc. Aber das habe ich erst später erfahren. Als ich wieder zu mir kam hieß es, die Amerikaner stünden schon kurz vor Lanvéoc – viel weiter im Westen! Aber das abgelegene Landévennec hatten sie schlichtweg vergessen. Erst nachdem sie Lanvéoc eingenommen hatten, zogen vereinzelte, schwer bewaffnete Amerikaner, endlich auch durch Landévennec …

Und dann erfuhren wir bald von den letzten Schlachten. Ich weiß noch genau, am achtzehnten September schlugen sie sich auf dem Cap de la Chèvre, am neunzehnten auf Roscanvel. Crozon war befreit. Es zog mich nachhause, ich musste nach Mengleuff. Obwohl ich noch nicht richtig genesen war, zog ich los. Telgruc lag in Schutt und Asche, irrtümlich von den Amerikanern bombardiert … Das Haus, in dem Marlene wohnte, war auch zerstört, zerstört wie unsere Liebe. Aber das Haus der Cadiou in Mengleuff stand noch; und meine Mutter lebte. Nur meine Schwester war verschwunden; wir haben erst später erfahren, dass sie fortgegangen war, nach Paris …«

Später löffelten sie schweigend Fischsuppe. Marie fühlte, dass sie zurückfinden mussten in ein Stück Alltäglichkeit, ein Stück Normalität. Sie war froh, dass Fridu sein Recht auf Futter einforderte und bei seinem Herrn bettelte; denn der nahm denn auch die abendliche Routine auf und gab dem Hund zu fressen und zu trinken. Danach streichelte er ihn lange, wobei er murmelte: »Jaja, du spürst, dass etwas los ist, kluger Hund, nicht?«

Marie trat an ihren Großvater heran. »Papy, ist alles gut?«

»Aber ja doch.« Erwann nickte.

»Warum warst du vorhin auf dem Leuchtturm?«

Ihr papy murmelte etwas von müde sein und schlafen gehen und Badezimmer. Marie seufzte – und drückte ihm Elodies Umschlag in die Hand. »Das ist noch für dich, die alten Fotos. Ich glaube, Elodie wollte dir damit selbst sagen, dass Marlene überlebt und eine Tochter hat – sieh selbst.«

»Danke. Ich werde es oben ansehen«, Erwann drückte Marie die Hand und wandte sich ab. »Florian? Bonne nuit«, sagte er dann dem jungen Mann, der sein Enkel sein sollte, und reichte ihm unsicher die Hand.

»Bonne nuit«, gab Florian leise zurück.

Marie sah ihrem papy nach, wie er langsam die Treppe hochstieg.

Dann machte sie sich ans Spülen, wobei sie sich fragte, woher Elodie das Foto von Marlene und ihrer Familie gehabt hatte. Stillschweigend trat Florian neben sie und trocknete ab. »Was geht dir durch den Kopf?«, fragte er.

Marie lächelte ihm müde zu. »Verschiedenes. Unter anderem, wo ich schlafen soll.«

»Na oben, natürlich.«

»Und du?«

»Ach so«, Florian begriff. Es gab nur das eine Gästezimmer. Mit Doppelbett, aber …

»Ich schlafe hier unten, auf der Couch.«

»Auf dieser Couch? Zusammengeklappt wie ein Taschenmesser? *Ich* schlafe unten«, entschied Marie.

»Wie du willst«, Florian zuckte die Achseln. Er kannte sie. Sie würde sowieso tun, was sie für richtig hielt.

»Gehst du zuerst ins Bad?«, fragte Marie.

»Du willst mich wohl loswerden?« Florian lächelte ein wenig verschmitzt.

»Lass deinen Charme. Wir sind Verwandte, hein?«

Florian hörte auf zu lächeln. »Richtig; entfernte. Ich weiß nicht mal, ob es eine Bezeichnung für unseren entfernten Verwandtschaftsgrad gibt.«

»Petits-cousins.«

»Dann bist du meine kleine Cousine?« Eine warme Welle schlug in Florian hoch, als plötzlich die Erinnerung an das Gefühl da war: sie in seinen Armen, so zierlich und doch so stark, am Fuße des Leuchtturms, die Wellen spritzten um sie … sie beide. Er hatte solche Angst gehabt; er hatte sie überwunden. Weil er gewusst hatte, dass er es musste, für Marie – und für ihren gemeinsamen Großvater … »Wir waren heute ein gutes Team, nicht? Wir drei, du, unser papy und ich.«

Ein versonnenes Lächeln glitt über Maries Gesicht. Sie nickte. »Und Fridu. Ohne ihn hätten wir papy nicht gefunden.«

»Und Fridu, natürlich.« Er wollte noch etwas sagen, aber sie wies Richtung Bad, und er sagte sich, morgen.

Als er aus dem Bad kam, saß Marie bereits in eine Wolldecke gewickelt auf der Couch und sah in die Glut.

»Okay, du kannst ins Bad«, sagte er.

»Ja, gute Nacht.«

Aber Florian konnte sich noch nicht losreißen. »Wir haben vieles erfahren, aber eines ist mir noch unklar. Welche Rolle dieser Paul in der Geschichte gespielt hat, und dann deine Großtante, Elodie. Ich meine, warum hat Paul behauptet, dass Marlene erschossen wurde? Hat er wirklich selbst daran geglaubt? Und was Elodie betrifft …«

»Florian, bitte, nicht mehr heute Abend! Ich bin müde. – Gute Nacht!«

»Ich würde dich gerne noch einmal in den Arm nehmen. Das geht doch, unter petits-cousins? Einfach, weil wir heute so viel gemeinsam durchgemacht haben. Und weil ich dich mag, meine kleine Cousine …«

Marie sah ihn unverwandt an. Dann stand sie auf, stellte sich vor ihm auf die Zehenspitzen und hauchte ihm einen Kuss auf die Wange. »Voilà. Und jetzt gehst du.«

Er küsste sie sanft zurück. Fühlte, wie sie erbebte. Oder bildete er sich das nur ein? »Gute Nacht«, flüsterte er ins Ohr.

Marie wälzte sich von einer Seite auf die andere. Wie lange lag sie schon wach? Sie konnte nicht schlafen. Obwohl sie sich wie gerädert fühlte, war sie zugleich aufgekratzt. Und dass die Couch so kurz war, machte das Einschlafen nicht einfacher. Marie warf sich noch einmal herum – und landete unsanft auf dem Boden. »Aïe«, stöhnte sie. Mühsam rappelte sie sich auf. Das reichte. Die anderen schliefen ruhig wie die Babys in ihren bequemen Betten, in denen man ausgestreckt liegen konnte. Sie würde jetzt hochgehen und sich zu Florian ins Gästebett legen. Es war ein Doppelbett, und wenn Florian schlief, merkte er davon nichts. Wenn er nicht schlief, würde sie gleich wieder verschwinden. Was sie betraf, sie hatte einen leichten Schlaf und würde vor ihm erwachen und sich am frühen Morgen dezent auf die Couch zurückziehen.

Sie wickelte sich aus der Wolldecke und tappte leise die Treppe hoch. Sie horchte an der Tür des Gästezimmers, bevor sie den Türknauf drehte. Lautlos schwang die Tür auf. Marie konnte sich blind in dem vertrauten Raum orientieren. Sie schlich zum Nachttisch und schaltete erst hier die kleine Lampe an.

Da lag er und schlief. Sein Atem ging ruhig und gleichmäßig. Zum Glück schnarchte er nicht. Sie setzte sich auf die Kante des Bettes und schaute ihn an. Die Konturen seines Gesichtes; die verräterisch vertrauten Augenbrauen, die dunkler als das Haupthaar waren; die langen Wimpern; die Linien seines Mundes. Er war … ein schöner Mann, ihr petit-cousin; ein schöner Mann, der natürlich in der Mitte des Bettes lag. Aber sie war schmal, sie würde daneben passen.

Sie schaltete die Nachttischlampe aus und schlüpfte zu ihm unter die Decke. Ihr Herz klopfte rascher beim ersten Körperkontakt. Sie hatte nicht bedacht, dass er keinen Pyjama tragen würde. Sollte sie doch lieber wieder nach unten gehen? Sie schob sich an die Kante des Bettes. So war es besser, so würde es gehen. Sie konnte sich ausstrecken und sie berührten sich nicht. Trotzdem konnte sie seine Nähe in ihrem Rücken spüren, seine Wärme, und das war schön. Sie lächelte und schloss die Augen.

Sie musste eingeschlafen sein, denn irgendwann bemerkte sie im Halbschlaf, dass sie etwas umarmte. Jemanden umarmte. Sie kuschelte sich dichter an ihn heran und schlief wieder ein.

39. Bekenntnis eines alten Kriegers

Als Marie aufwachte, war Dämmerlicht im Zimmer. Sie lag auf der Seite, Florians Körper schmiegte sich von hinten an ihren. Ihre Hand lag auf seiner, die auf ihrem Bauch lag, unter dem T-Shirt. Marie wurde heiß. Sie wollte sich zu ihm umwenden, ihn behutsam wachküssen und sehen, was dann passieren würde.

Das Letzte war eine Lüge. Sie wusste, was dann passieren würde, gerade deshalb wollte sie es tun. Wollte ein Teil von ihr es tun, aber nicht der vernünftige.

Als sie aus Florians Umarmung herausglitt, brummte er. Mist! Nicht aufwachen, nur nicht aufwachen …

Leise verließ sie das Zimmer und schlich in das Erdgeschoss. Es war kühl hier unten, das Feuer im Kamin lange erloschen. Marie wickelte sich in die kalte Wolldecke und setzte sich auf die Couch. Sie durfte nicht an Florian denken, seine Wärme, seinen Geruch, die Geborgenheit in seinen Armen. Die Sehnsucht nach seinen Berührungen. Nein, sie hatte nicht alles geträumt. Marie überkam eine Gänsehaut.

Sie stand auf. Schlafen würde sie doch nicht mehr. Sie ging ins Bad, wusch sich und zog sich an. Sie schloss die Haustür auf. Die Luft war klar und frisch, die Möwen schrien. Golden glänzte das Licht auf den nassen Schieferdächern der Häuser.

Flotten Schritts ging sie in Richtung Ar Guéveur. Die See säuselte ruhig, kleine Wellen schwappten gegen das Granitmassiv zu Füßen des Leuchtturms. Mühelos kletterte sie auf die Plattform.

Sie atmete tief den Geruch nach den Algen ein, die die stürmische Flut angeschwemmt hatte. Ein laues Lüftchen strich ihr durch das Haar. Die Welt schien verwandelt. Ein schöner Sommertag kündigte sich an.

Sie stieg wieder nach unten; ging am Ortsrand von Men Brial vorbei. Da sah sie es, das rostrote Fahrrad. Sie hob es auf, wischte mit dem Ärmel des Pullovers über den nassen Sattel und stieg auf.

Sie fuhr zum Quai des Français libres. Dort wohnte Yvon, drei Häuser von Paul entfernt. Marie stieg ab und lehnte das Rad an Yvons Haustür. Es war noch zu früh, um anzuklopfen.

Aber als sie auf das gelbe Haus zuschritt, meinte sie, eine Silhouette am rechten Fenster des ersten Stocks zu erkennen. Sie trat näher an die Bar heran. Sie irrte sich nicht, es war Paul. Paul verschwand aus dem Fensterrahmen. Marie wartete. Sie musste eine Weile vor verschlossener Türe stehen, Paul kam nicht mehr schnell die Treppe herunter. Endlich ging die Tür des Chez Michel auf.

»Du bist früh«, sagte Paul. Er war angezogen, aber noch nicht rasiert.

»Du bist auch früh«, gab Marie zurück und trat ein.

Die Bar schien zu schlafen. Die Stühle standen auf den Tischen, nur wenig Licht erfüllte den Raum.

Sie gingen nach oben, Marie voran.

»Willst du einen Kaffee?«, fragte Paul.

»Gern.« Marie setzte sich an den Esstisch. Ihr Blick glitt zu dem hölzernen saint Guénolé, der Pauls zu große Mütze auf seinem Kopf trug.

Paul setzte die Kaffeemaschine in Gang. »Ich wusste, dass du kommen würdest«, sagte er. »Michel hat gesagt, dass du da warst, gestern.«

»Ich war nicht allein. Ich hatte Begleitung.«

»Ein großer Deutscher, ich weiß. Yvon war in der Bar, nachdem er euch das Fahrrad geliehen hat. Der Schatzsucher?«

»Er ist kein Schatzsucher«, seufzte Marie.

Als der Kaffee fertig war, trat Paul mit der Kanne an den Tisch. Er schenkte Marie einen bol ein, dann sich selbst einen. Dann holte er aus dem Kühlschrank Milch und hielt sie Marie hin. »Willst du?«

»Nein danke, Louarn.«

Milch schwappte auf das Wachstischtuch, schnell setzte Paul den Beutel ab. »*Wie* hast du mich eben genannt?«

»Paul – Louarn. Fast, als hätte man deinen Namen rückwärts gelesen«, sagte Marie und nahm vorsichtig einen Schluck heißen Kaffee.

»Louarn«, stieß Paul aus und schien dem Klang des Wortes nachzulauschen. Dann hob er an, mit weicher Stimme: »Es bereitet mir eine merkwürdige Freude, diesen Namen noch einmal zu hören. Ich dachte nicht, es würde noch einmal passieren, denn alle, die ihn kannten, sind tot … Und Louarn selbst ist lange vor ihnen gestorben.«

»Rede dich nicht raus, Paul. Louarn, das warst *du.*« Marie stellte behutsam den Kaffeebol ab.

Paul hob leicht die Achseln. »Vielleicht war ich das, vor langer Zeit. Oh ja, am Ende war ich es wirklich – am anderen Ende meines Lebens … Hm. Sieh mich an, Marie«, und er hielt ihr die artrosegekrümmten Finger hin. »Ich bin uralt, ich mach's nicht mehr lange. Von Louarn ist nicht mehr viel übrig. Manchmal fällt es mir selbst schwer, daran zu glauben, dass ich einmal *er* war.« Paul strich sich über das zerfurchte Gesicht.

»Willst du gar nicht wissen, woher ich das weiß?«, fragte Marie, wider Willen berührt durch Pauls Worte. Er war immer wie ein alter Onkel für sie gewesen. Ein lieber alter Onkel.

»Ja, doch. Ist es dein Großvater, der …?«

»Nein. Es war Elodie.« Marie hielt inne, wartete auf die Wirkung dieses Namens.

»Elodie«, echote Paul. »Aber wann hat sie …?«

»Sie hat es mir aufgeschrieben, in einem Brief. Den hat sie mir hinterlassen. Ich habe ihn erst vor kurzem gefunden.«

»Eine Hinterlassenschaft aus dem Grab«, murmelte Paul. »Das sieht ihr ähnlich! Sie hatte immer diesen poetischen Sinn für Dramatik. Und jetzt weißt du – was genau?«

»Ich denke, fast alles. Über dich und sie und eure Rollen in der Résistance; über ihre Liebe zum Oberst Harwegh und über das Raubgut, das dieser verschwinden lassen wollte, die Heiligenfiguren; und ich weiß, dass Elodie Harwegh am Ende verraten hat – an dich, Louarn, der Harweghs Heiligenfiguren zurückstahl, sozusagen.«

»So, das hat sie alles aufgeschrieben …« Paul wirkte mehr gerührt als alles andere.

»Dein Mützenhalter, ist das eine Art Andenken an Landévennec?«

»Sie ist scheinbar *sehr* ins Detail gegangen.«

»Trotzdem gibt es ein Paar Fragen, die sich mir gestellt haben, zum Beispiel: Was wollte der Widerstand mit *Heiligenfiguren*?«

Paul lachte leise. »Ja, das hört sich bizarr an, nicht? Waffen hätten uns mehr genutzt, wirst du sagen. So dachte ich zunächst auch. Aber dann – da steckte schon viel Symbolisches dahinter. Die Deutschen raubten unsere Kirchen aus, stahlen unser Heiligstes – konnte man das so stehenlassen?«

»Papy hat mir gesagt, dass du Atheist bist. Dein eigenes Herz hing wohl kaum an dieser Art von Heiligtümern.«

»Nun, meines nicht, aber … Ich dachte außerdem an die Zukunft. Dieser Oberst Harwegh mochte sich noch so sehr als Kunstfreund darstellen; dieser Mann tat nichts ohne Kalkül, also ohne Gewinn. Mir war klar, dass sein Schatz einen hohen Wert haben musste, und garantiert nicht nur einen Liebhaberwert.«

Marie nickte. »Und weiter?«

»Ich bin mir sicher, dass ich unsere Heiligen unter ihrem Wert verkauft habe; aber das war besser als nichts. Der US-Major war entzückt, und ich – ich habe das Geld unter den Witwen und Waisen unserer Gefallenen aufgeteilt. Das war nämlich der Plan gewesen. Den Schmerz konnte es nicht lindern, aber die Not ein wenig.«

Marie zog die Augenbrauen hoch. »Du hast Robin Hood gespielt?!«

»Nenn es, wie du willst. Ich schwöre dir, ich selbst habe nichts von dem Geld behalten, und Elodie auch nicht. Nur ein Andenken behielt jeder von uns. Sie ihre heilige Barbara, die Behüterin der Grotten und Tunnel, jaja … und ich behielt Guénolé. Yehermat, mein alter Freund«, und Paul prostete seinem hölzernen Heiligen mit dem Kaffeebol zu.

»Das muss ich erstmal verdauen. Mit so einer Erklärung hatte ich nicht gerechnet. Ich würde gern sagen, dass dir das ähnlich sieht; aber ich fürchte, ich habe dich nie wirklich gekannt, Paul-Louarn …« Marie legte den Kopf schief und sah den alten Mann ihr gegenüber scharf an.

Der lachte leise. »Weißt du was? Es macht mir Spaß, dir das zu erzählen. Vielleicht hätte ich es längst tun sollen. Erwann hat mir immer vorgeworfen, dass ich eine Vorliebe für Geheimniskrämerei hätte. Übrigens, *er* hat von dieser Sache nie etwas erfahren. Jedenfalls nicht von mir. Es gab Umstände, die sprachen dagegen.«

»Ich denke, du zielst auf seine Beziehung zu Marlene Probst ab, nicht wahr?«

Das Ticken der Standuhr schlug hart durch die Stille.

Paul nahm, um Zeit zu gewinnen, einen Schluck Kaffee, setzte umständlich den bol ab. »Das weißt du auch?«, fragte er zuletzt.

»Elodie hat geschrieben, sie habe Erwann ein großes Unrecht getan, ohne es zu wollen und ohne es verhindern zu können. Es hing mit Marlene Probst zusammen. Hat Elodie Erwann und Marlene verraten? – Oder wart ihr es zusammen? Stellte Erwanns Kontakt zu einer Deutschen in euren Augen eine Gefahr für euch und die Résistance dar?« Maries Herz schlug heftig. Sie machte sich darauf gefasst, das Schlimmste zu hören.

»Nein, Marie. Wir waren es nicht. Im Gegenteil, wir haben versucht, sie zu beschützen.«

Marie schloss kurz die Augen. »Was habt ihr gewusst, von dem Verrat?«

»Ein anonymes Billet gelangte in die Kommandantur, wo Elodie es mehr durch Zufall abfangen konnte. Sie wusste von der gefährlichen Liaison, das stimmt; aber *sie* hätte niemals ihren Bruder verraten! Erwann war zu dieser Zeit in Sicherheit, meinten wir, denn meine Leute hatten es geschafft, ihn zu befreien. Er war als Kriegsgefangener auf Roscanvel eingesetzt gewesen, doch wie gesagt, er war befreit worden und in einem sicheren Versteck. Was das Mädchen betraf, Marlene: Ich gebe zu, mein Herz schlug nicht für sie und auch nicht Elodies Herz. Doch Erwann zuliebe spielte Elodie das Billet mit der Denunziation einer Bekannten dieser Marlene zu, die gleichfalls Funkhelferin war. So lag es in der Hand dieser Frau, Marlene zu warnen oder nicht.«

»Das war nicht viel, was ihr für die große Liebe Erwanns getan habt! Für seine große Liebe – und für sein Kind …«

Paul senkte den Kopf, suchte nach Worten. »Es war der Vorabend der Befreiung, und Wichtigeres stand auf dem Spiel. Wir haben vierundzwanzig Stunden pro Tag unser Leben riskiert, um die Deutschen zu besiegen. Grundgütiger, Marie, wir konnten nicht überall sein – und nicht überall Robin Hood spielen, wie du es eben nanntest. Außerdem konnten wir damals nicht vorhersehen, dass Erwann sein sicheres Versteck verlassen würde, um zu versuchen mit seiner Marlene zu fliehen, nur um den Deutschen direkt in die Hände zu laufen. Das war eine böse Überraschung! Ich war überhaupt nur in Landévennec geblieben, allein, nachdem wir dem Oberst seinen Schatz weggenommen hatten«, Paul lachte grimmig, »um den Oberst zu töten …«

»Was?!«

»Ein Schuss aus dem Hinterhalt; es wäre möglich gewesen. Nur noch wenige kampffähige Deutsche waren da, um den Dreckskerl zu verteidigen. Wenn du wüsstest, Marie, was das für einer war … Es war gar nicht ursprünglicher Teil des Planes gewesen, ihn zu beseitigen; aber die Gelegenheit erschien mir günstig.«

»Das wäre Selbstmord gewesen, die hätten dich doch erwischt …«

»War mir klar. Ich hätte es trotzdem versucht. Und wenn du's genau wissen willst: Auch wegen Elodie. Ich habe sie immer geliebt, weißt du. Immer. Sie geliebt und gehasst für den Weg, den sie sich zu gehen ausgesucht hatte.«

Marie schwieg betroffen.

Paul seufzte und fuhr fort: »Aber ich habe den Oberst dann nicht getötet, weil plötzlich Soldaten in die Ruine zurückkamen – vor sich hertreibend Erwann und seine Marlene! Ich hätte mit allem, wirklich allem gerechnet, aber damit nicht!«

Marie nickte. Sie sah alles vor sich: Der Oberst, in Rage wegen des Verlusts seines Schatzes; die ungeplanten Zeugen, das verbotene Liebespaar; und im Hintergrund, allein auf der Lauer, Paul, oder besser gesagt, Louarn …

Paul fuhr leise fort: »Ihre Schreie, wie sie sich riefen, als sie getrennt wurden, sind mir jetzt noch im Ohr. Das Mädchen wurde fortgezerrt; und Erwann, den sie zusammengeschlagen hatten, die Schweine, wurde von einem Leutnant ans Ufer der Aulne gebracht. Ich aber sah alles, hörte alles, und konnte nichts tun! Der Leutnant hieß Rosen. Ich sehe es noch genau vor mir. Das Loch in der Mauer, durch das sie gehen, Rosen hinter Erwann. Und ich kann ihnen nicht folgen, weil der Oberst da ist, mit seinen Leuten!«

»Was war mit Marlene, wohin wurde *sie* gebracht?«

»Da sie getrennt wurden, musste ich mich für einen entscheiden, du verstehst? – Ich hastete los, Erwann nach. Ich suchte nach einem anderen Durchgang im Gemäuer, um an den Fluss zu kommen; ich suche die verdammte Ruine ab, kein Durchgang, aber dann klettere ich endlich über eine zusammengefallene Mauer … Ich muss am Ufer entlangrennen, um die Stelle zu erreichen, aber zu spät. Ich höre den Schuss. Marie. – Ich wäre zu spät gekommen.« Pauls Stimme versagte. Er räusperte sich. »Ich komme an, um zu sehen, wie er fortgeht, der Leutnant; in langen Schritten, seine Silhouette im Mondlicht, das durch die Wolken gebrochen war … Und in diesem Licht, da meine ich, am Fuße der Mauer etwas Dunkles zu erkennen, ein Bündel … Und ich weiß, ich muss näher gehen, denn das schwarze Bündel, das ist mein Freund, mein Bruder. Ich stehe vor ihm, knie mich neben ihn, streichele ihm über das Gesicht, spüre sein warmes Blut an meinen Fingern. Spüre dann einen Hauch an der Hand – er atmet noch, schießt es mir durch den Kopf. Ich taste nach dem Einschussloch, finde keines am Kopf, trotzdem Blut, eine Wunde. Ich taste seinen Oberkörper ab – kein Einschussloch, auch hier nicht! Ich begreife nichts, aber ich weine wie ein Kind; ich habe Mühe, mein Schluchzen zu unterdrücken, denn auf der anderen Seite der Mauer rumoren die Deutschen …

Und dann – habe ich ihn liegengelassen. Warum? Weil die Deutschen ihn für tot halten mussten, denn keiner von ihnen kam; ich habe abgewartet, um sicherzugehen, die Pistole im Anschlag. Aber niemand kam; und ich wusste, ich kriege ihn nicht allein weg; nicht, solange die Deutschen da sind. Also schlich ich mich fort. Hinunter, ins Dorf. Ich wusste nicht, wer Freund oder Feind war; es gab Kollaborateure unter den Bretonen. Ich klopfte an die erstbeste Haustür; niemand öffnete mir. Ich versuchte es bei der nächsten, nichts. Die Leute hatten die Schüsse gehört, niemand traute sich zu reagieren. Aber dann fand ich doch eine Frau, die mich einließ. Sie hieß Anne. Sie hatte einen Bruder, Marcel. Ich fragte die beiden, ob sie einen Verletzten verstecken würden. Sie versprachen mir, Erwann zu holen, sobald sie es für sicher hielten. Ich hatte nichts bei mir, kein Geld, gar nichts. Ich gab ihnen meine Waffe. Und sie hielten ihr Versprechen.« Erschöpft lehnte Paul sich an die Stuhllehne zurück.

Marie schwenkte nachdenklich ihren bol in den Händen. »Ich verstehe nicht, warum papy nie etwas davon erfahren hat, dass du ihm geholfen hast, in jener Nacht.«

»Er hätte mir vorgeworfen, sein Mädchen nicht gerettet zu haben.« Paul klang trotzig.

»Gut; das erklärt aber nicht, warum *Elodie* meinte, sie hätte Erwann ein Unrecht getan. Ich meine, dass du ihm ein Unrecht getan hast, das ist klar: *Du* hast ihm gesagt, Marlene sei erschossen worden! Dabei konntest du das nicht wissen und es stimmte auch nicht. Und Elodie wusste, dass Marlene lebte – und wenn sie es wusste, dann du doch auch, oder?«

Paul senkte den Kopf. »Marie, du weißt zu viel … Aber dann sollst du den Rest auch noch erfahren. Es war wirklich das Wahrscheinlichste, dass Marlene gestorben war. So machte man das mit Verrätern. Und sie war in den Augen ihrer Landsleute eine Verräterin gewesen, und eine Deserteurin noch dazu. Wenn man so will, hätte sie sterben *müssen*. Und dass der Oberst in ihrem Fall anders entschieden hat – nun ja. Das verdankte sich auch keiner Herzensgüte. Im Übrigen haben wir erst lange nach dem Krieg erfahren, dass Marlene noch lebte. Und zwischendurch hatte ich geglaubt, Erwann sei über ihren Verlust hinweg.

Es stimmt, als alles vorbei war und die Bretagne befreit, da hatte ich zunächst Angst, Erwann würde, wie man damals sagte, verrückt vor Schmerz werden. Aber dann tauchte Annie auf, seine petite-cousine und Kinderliebe. Sie kam, um ihm und seiner Mutter, deiner Urgroßmutter, beizustehen, denn auch diese war nicht mehr ganz sie selbst, seitdem ihre Tochter, Elodie, verschwunden war … Dass Elodie am Leben war und in Paris, das erfuhren wir alle erst später. Jedenfalls, Annie, deine Großmutter, war eine wundervolle und patente junge Frau. Sie kümmerte sich so liebevoll um den zerrütteten Cousin, dass er an ihrer Seite etwas Ruhe fand, und Seelenfrieden.

Später heirateten sie, im Frühjahr 1950. Sie bekamen ein Kind, deinen Vater, Jean-Luc; und ich dachte, Erwann hat es geschafft, es geht ihm besser. Sechs Jahre lang war das so; doch dann, der nächste Schicksalsschlag: Annie starb an Tuberkulose … Und danach hatte ich wirklich Angst, Erwann würde verrückt werden. Ich habe ihn nach Sein mitgenommen. Wir arbeiteten als Fischer, auf demselben Boot; ich hatte vor, ihn niemals aus den Augen zu lassen, so lange nicht, bis ich sicher sein konnte, er würde sich nichts antun. Unterdessen hatte Elodie sich wieder gemeldet. Sie bat mich, zwischen Erwann und ihr zu vermitteln. Denn ich hatte ihr mitgeteilt, was Erwann widerfahren war und auch, dass er nicht in der Lage war, sich um sein Kind zu kümmern. So bot Elodie sich an, Jean-Luc nach Paris zu holen und die Kosten für seine Erziehung in einem Internat zu übernehmen. Nach Paris schicken wollte Erwann seinen Jungen nicht; aber nach Quimper ließ er ihn gehen. Und so verdankt dein Vater es Elodie, dass er Arzt werden konnte, was ja seine Passion war.«

»Aber – wann habt ihr nun erfahren, dass Marlene noch lebte?«

»Ein paar Monate nach Annies Tod besuchte Elodie mich auf der Insel Sein. Sie wiederzusehen! Das war … aber das willst du nicht wissen. Elodie erzählte mir eine merkwürdige Geschichte. Eines Tages saß sie in Paris in einem Bistrot, als eine Frau sie penetrant anstarrte. Als sie zurückstarrte, kam die Frau ihr bekannt vor. Bis sie erschrak, da sie sich erinnerte. Die Frau war Deutsche und hieß Hermann, Gisela Hermann.

Elodie sprach diese Hermann unverblümt an – sie war so – und setzte ihr gleichsam die Pistole auf die Brust. Sie fragte, erkennen Sie mich wieder, und die andere bejahte es. Elodie fragte, haben Sie damals das Billet erhalten, das das Verhältnis von Marlene Probst zu meinem Bruder verriet? Und die Hermann bejahte es. Und sie sagte, sie hätte die Schrift auf dem Billet erkannt, es sei die einer weiteren Funkhelferin gewesen, einstmals eine Kameradin von ihr und Marlene; aber an den Namen der Verräterin kann ich mich nicht mehr erinnern. –

Und dann fragte Elodie die Hermann, ob sie wisse, wie Marlene damals gestorben sei. Und die sagte, vielleicht sei Marlene gar nicht tot. Sie hätte eine Chance gehabt, zu überleben. –

Elodie hat geweint, als sie mir das erzählte. Geweint und geflucht und mir gesagt, wir müssten nach Deutschland. Die Hermann hatte ihr verraten, dass sie selbst und zwei weitere Funkhelferinnen den Befehl erhalten hatten, die halb irre und kranke Marlene nach Deutschland zu bringen, in ein Heim in einem Dorf, dessen Namen wir nun kannten. Unsere Hoffnung, Marlene am Leben zu finden, beruhte aber darauf, dass die Hermann versucht hatte, jemanden in diesem merkwürdigen Heim zu bestechen. An sich hätte Marlene dort nämlich ihr Kind bekommen und dann getötet werden sollen. Widerlich, nicht wahr? Aber Marlene hatte Glück im Unglück: Als die Hermann sie ablieferte, war das Heim in der Auflösung begriffen. Die Heimleiterin war nicht mehr da; eine einfache und für Geld empfängliche Frau hatte das Kommando an sich gerissen.

Nun, die Hermann hatte nie mehr etwas von Marlene Probst gehört. Wir aber fuhren in das Dorf, in dem das Heim gewesen war. Wir fanden die Frau, die die Hermann damals bezahlte, und von ihr erfuhren wir, dass Marlene Probst lebte – in der nächstgrößeren Stadt! Sie gab uns sogar die Adresse. So fuhren wir in die Stadt und in die Straße, in der Marlene wohnte … Ein Zufall wollte es, dass wir sie sahen. Sie – und ihre Familie. Elodie hatte eine Kamera; ich fuhr. Sie machte eine Aufnahme, ich erinnere mich genau daran. Das kleine Mädchen entdeckte die Kamera; wir hatten Angst, sie würde ihre Mutter auf uns aufmerksam machen …«

»Angst? Aber das kleine Mädchen, das war Erwanns Tochter, und ihr wolltet doch mit Marlene sprechen?«

»Wir haben es sein gelassen.«

»Was? Ich verstehe nicht! Ihr habt die vielen Kilometer gemacht, um herauszufinden, ob Marlene noch lebt; ihr findet sie, und ihr habt nicht mit ihr gesprochen?!«

»Marlene hatte ein neues Leben angefangen. Sie war nicht allein mit Erwanns Tochter. Sie hatte geheiratet. Und unter dem Herzen, wie man damals so schön sagte, trug sie ein zweites Kind … Wäre es ihr gegenüber gerecht gewesen, sie mit dem Vater ihres ersten Kindes zu konfrontieren? Was hätte ihr Mann dazu gesagt? Du hast damals nicht einfach deinen Mann verlassen, um zu einem alten Geliebten zu gehen, und schon gar nicht, wenn der Geliebte vor kurzem noch der Feind war!«

»Tut mir leid, ich kann es einfach nicht verstehen! Aber wenn ihr schon nicht mit Marlene reden wolltet, warum dann nicht zumindest mit Erwann? Er hätte es erfahren müssen! Er hätte erfahren müssen, dass Marlene nicht gestorben war, dass es ihr gut ging! Er hätte erfahren müssen, dass er eine Tochter hatte! Verdammt, er hätte das Recht darauf gehabt, das alles zu wissen; er hätte die Chance erhalten sollen, nach Deutschland zu fahren und Marlene wiederzusehen und seine Tochter kennenzulernen!«

Paul senkte den Blick. »An Elodie hat es auch genagt. Sie hat sich deshalb für schuldig gehalten, ihrem Bruder gegenüber, weil sie ihm das verschwiegen hat. Was mich betrifft … Ich denke nach wie vor, wir hätten nur Unheil gestiftet, wenn wir gesprochen hätten.«

Sturer Hund, dachte Marie. Fatal sturer Hund. Laut sagte sie: »Aber jetzt ist es mit dem Schweigen genug. Jetzt *musst* du papy alles erzählen. Denn Marlene lebt immer noch. Und ich will, dass sie sich wiedersehen …«

40. Überraschung

Sie saßen auf der Heckterrasse der Enez Sun und hatten aufgehört zu winken, weil Erwann das jetzt nicht mehr sehen würde. Florian seufzte und wandte sich zu Marie. »Das war kein leichter Abschied. Für ihn nicht, und für mich auch nicht. Ich habe ihn doch gerade erst gefunden …«

Marie sah Florian verständnisvoll an. Trotzdem wallte Eifersucht in ihr auf. Es war heute Morgen nicht so einfach für sie gewesen, ihren papy auf diese Weise mit jemandem zu teilen; mit jemandem, der so viel Aufmerksamkeit und sanfte Bemühung ihres papys erhalten hatte. Und Florian war genauso gewesen: sanft; eifrig; mit Augen und Ohren nur für Erwann … Aber das waren kleinliche Gefühle, wies Marie sich zurecht. Was ihr schwerer zusetzte, sagte sie laut: »Ich wünschte mir, papy und Paul hätten nicht gestritten. Vielleicht war es ein Fehler, die beiden allein reden zu lassen; aber so eine Explosion hätte ich papy nicht zugetraut.« Paul war, wie versprochen, zum Beichten in die Rue du Niou gekommen – und schnell wieder gegangen. »Ich habe ihn darum gebeten, mein Haus zu verlassen, und er hatte nichts dagegen«, hatte Erwann seinen Enkelkindern lakonisch erklärt, als die von einer Hunderunde über die sonnige Insel zurückgekehrt waren.

»Wenn ihre Freundschaft stark genug ist, werden sie sich wieder versöhnen«, versuchte Florian, Marie zu trösten. Aber sie zuckte nur mit den Achseln. Florian konnte nicht abschätzen, wie viel die beiden alten Männer sich bedeutet hatten, den Großteil ihrer Leben lang. Wenn das zuende wäre, wäre der Verlust für beide immens.

»Und mich willst du fortschicken, gleich morgen«, knüpfte Florian an dem Thema an, das er und Marie während ihres Morgenspaziergangs diskutiert hatten.

»Ja! Marlene *muss* alles erfahren; und du *musst* zu ihr fahren, um sie zu holen!«

»Sicher; aber warum ich gleich morgen fahren soll, leuchtet mir nicht unbedingt ein; und wie gesagt, ich bin gar nicht sicher, dass Oma die weite Reise hierher machen würde. Sie will nicht mal mehr für kurze Spaziergänge das Heim verlassen…«

»Florian, was sagst du da. Natürlich wird sie kommen, zu ihrer alten Liebe …« Marie schüttelte nachsichtig den Kopf. »Also, du fährst morgen?«

»Wenn es sein muss … weil es sein muss, von mir aus. Nur … Abschiednehmen ist das Gegenteil, von dem, was ich am liebsten möchte …«

Maries Herz begann zu flattern unter seinem Blick. Doch er sagte nicht mehr als das, und so schwiegen sie beide.

Das Meer war kaum bewegt, tiefblau und funkelnd in der starken Nachmittagssonne. Die Granitinselchen, die aus den sanften Wellen herausragten und auf denen Seevögel sich sonnten, sahen phantastisch und geheimnisvoll aus, wie verfallende Burgen oder Ausgucke, von denen die Möwen und Sturmmöwen miteinander kommunizierten. Bald stach vom blauen Himmel die rote Gestalt des Leuchtturms La Vieille ab. Dahinter erschienen, gestochen scharf in der glasklaren Atmosphäre, die Umrisse der Steilküste, der Pointe du Raz.

Sie sprachen wenig, den Rest der Schifffahrt lang und auch noch im Auto. Es war so viel gesagt worden, innerhalb der vergangenen nicht mal vierundzwanzig Stunden, dass alle Worte der Welt verbraucht zu sein schienen und nur noch eine große Ruhe da war; die Ruhe des Aufatmens und der wiedergekehrten Schönheit und des allgegenwärtigen Lebens und des erfüllten Schweigens; die Ruhe nach dem Sturm.

Doch in Mengleuff erwartete sie eine Überraschung.

Als sie am kleinen Ortsschild des Dorfes vorbeifuhren, fragte Florian: »Essen wir heute Abend zusammen? Ein Abschiedsessen.«

Zur Antwort lächelte Marie ihn nur an. Doch kurz darauf, als sie an seinem Hof vorbeirollten, sagte sie: »Du hast Besuch! Eine Frau«, setzte sie noch hinzu.

»Ich kenne hier nur Yvonne«, gab Florian achselzuckend zurück. »Die wird sich freuen, wenn sie hört, dass der Winzling noch bei ihr bleiben kann.«

Marie runzelte die Brauen. »Es war nicht Yvonne.«

»Dann kann es nur Madame Tanguy sein, die Putzfrau; aber zu dieser Uhrzeit?«

»Das war auch keine Putzfrau.« Marie parkte und stieg aus dem Auto. Sie hatte ein ungutes Gefühl, gebunden an eine gewisse Ahnung.

Florian stieg langsamer aus als Marie. Er verspürte keine Neugier auf die unbekannte Besucherin. Wahrscheinlich war die Sache ein Irrtum. Die Person suchte jemand anderen.

Aber als sie nebeneinanderher auf den Hof zuschritten, Marie und er, musste Florian erkennen, dass die Besucherin doch ihn selbst suchte.

»Katharina«, sagte er, gespielt ruhig.

»Ich dachte es«, gab Marie künstlich gelassen zurück. »Ich lasse euch allein.«

Während Marie unverzüglich Kurs auf ihr Haus nahm, kam Katharina langsam auf ihren Mann zu. »Endlich!«, rief sie ihm entgegen. Vor der Haustür erkannte Florian Katharinas kleinen giftgrünen Hartschalentrolly.

Marie schmiss die Tür hinter sich zu. Seine Frau! Sie wollte wieder herausrennen und diese große Blonde aus dem Dorf herausprügeln. Sehr groß, sehr blond, üppige Formen. Das also war Florians

Geschmack? Entsetzt und wütend wollte Marie die Sandale ausziehen, bekam mit fahrigen Fingern den Verschluss nicht gleich auf, stolperte und landete auf dem Hintern. Fluchend zog sie die Sandalen aus und warf sie von sich. Sie ließ sich auf den Rücken fallen und bedeckte das Gesicht mit den Händen.

Im Nachbarhaus stellte Katharina fest: »Das ist ja eine ganz schöne Bruchbude.«

»Man könnte aus dem Haus etwas machen«, verteidigte Florian seine Unterkunft. »Hat Boris dir gesagt, dass ich hier wohne?«

»Wie geht es dir? Wie bist du hergekommen? War es eine beschwerliche Reise? Findest du nicht, *das* hättest du als erstes fragen können?«

Florian seufzte. Die Ruhe nach dem Sturm war so schön gewesen; zu schön, um von Dauer zu sein. »Hast du Hunger?«, fragte er resigniert. »Dann können wir beim Essen reden.« Er musste an Marie denken, mit der er essen wollte; aber was sollte er tun? Die beiden einander vorstellen? – Lieber nicht!

»Tut mir leid, aber in diesem versifftem Haus vergeht einem doch der Appetit«, fauchte Katharina jetzt auch noch.

Marie zuckte zusammen. Der Motor des Cayennes! Wohin fuhren sie? Sie biss sich auf die Lippen, schüttelte dann ärgerlich den Kopf. Natürlich musste Florian sich jetzt seiner Frau widmen. Sie hatte eine weite Reise gemacht, um ihn zu finden. Da konnte er sie nicht vor die Tür setzen. Aber wie würde es weitergehen? Ja, wie würde es weitergehen? Beneiden tat sie Florian nicht … Florian, der Konfliktgespräche nicht mochte. Und musste es nicht ein solches Gespräch geben? Konflikt – oder Versöhnung?

Und würde er morgen wie geplant abfahren? Würde sie ihn noch einmal davor sehen? Sie hatten vorhin nicht einmal Zeit gehabt, sich zum Abschied in die Arme zu nehmen! Nicht vor den Augen dieser Katharina …

Marie fühlte sich elend. Sie ging zum Kühlschrank, machte ihn auf, sah gar nicht richtig hinein und schloss ihn wieder. Sie hatte keinen Hunger. Sie griff zum Telefon. Legte es wieder weg. Griff wieder danach. Los, geh ran, Isabelle!

»Kannst du noch fahren?«, fragte Katharina.

»Aber sicher«, behauptete Florian. Allerdings spürte er den Wein, den er getrunken hatte. Die Anspannung hatte ihn dazu verleitet. Er startete das Auto und fuhr schwungvoll rückwärts aus der Parklücke.

»Stopp! Ich fahre«, entschied Katharina.

Unterwegs nach Mengleuff sprachen sie wenig. Katharina konzentrierte sich auf das Fahren. Im Bistrot hatten sie dafür viel geredet; das heißt, *er* hatte viel geredet, ihr diese ganze abstruse Geschichte erzählt, über die Vergangenheit seiner Oma; aber ob da nicht doch ein Irrtum vorlag? Wie dem auch sei, er war vollkommen in dieser Sache aufgegangen. Und wieder und wieder war ein Name gefallen – *Marie*, der Name der Cousine und Nachbarin – also, wer an solche Zufälle glauben konnte! Und es gefiel ihr nicht. Es gefiel ihr nicht, dass da diese Frau im Leben ihres Noch-Ehemanns aufgetaucht war; Katharina musste sich eingestehen, dass es Besorgnis und Eifersucht waren, was sie empfand, verletzte Besitzergefühle, aber eben nicht nur: vor allem tiefe Besorgnis…

»Und du willst morgen früh wirklich nach Gießen?«, fragte sie schließlich, nachdem sie das große Auto glücklich vor Boris' heruntergekommenem Ferienhaus geparkt hatte.

»Ja. Tut mir leid, wenn du ein paar Tage hierbleiben wolltest … Ich meine, bleib doch hier. Boris hätte bestimmt nichts dagegen.«

»Nein, danke. Ohne Auto ist man hier komplett aufgeschmissen. Dann fahre ich eben mit dir zurück, dumm gelaufen! Wenn du mich fragst, machst du aber einen großen Fehler, deine Oma mit dieser unglaubwürdigen Geschichte zu konfrontieren. Meinst du nicht, da will dich jemand aufs Kreuz legen? Deine Nachbarin zum Beispiel?« Katharina sah Florian vielsagend an. Der presste die Lippen zusammen und schwieg.

Sie stiegen aus. Auf dem Weg zum Haus sagte Florian dann langsam: »Sie hat mich noch nicht aufs Kreuz gelegt, um es in deinen Worten auszudrücken. Aber an sich hast du kein Recht, von mir Treue und Abstinenz einzufordern, wo du einen Liebhaber hast. Willst du nicht mehr die Scheidung?« Er hatte zuletzt die Stimme gesenkt. Diese Frage hatte ihm den ganzen Abend schon auf der Zunge gebrannt; im Bistrot hatte er sich nur nicht getraut, sie endlich auszusprechen.

Er schloss die Tür auf; Katharina ging rein. Sie ließ sich Zeit mit ihrer Antwort.

Im Nachbarhaus lauschte Marie mit klopfendem Herzen. Der Motor des Cayennes war jetzt verstummt. Sie waren wieder da. Was hatten sie während des Essens besprochen? Er würde sich entscheiden müssen. Für wen? Er war keiner, der sich schnell entschied. Er liebte keine Konflikte, keine Unannehmlichkeiten. Und er hing noch genug an seiner Frau, an seinem Leben mit ihr. Wenn Katharina die Trennung doch nicht mehr wollte – und warum wäre sie sonst in die Bretagne gekommen? –, wenn diese große Blonde Florian die Entscheidung abnehmen würde, dann … dann würde es eben so sein.

Genau das hatte Marie auch Isabelle so gesagt, vorhin am Telefon; und sogar die hatte, vorsichtig, wie sie war, nicht bestritten, dass Maries Chancen in diesem Fall schlecht stehen könnten. Und wenn sogar Isabelle das sagte, die ewige Optimistin!

Aber abwarten. Sie konnte ohnehin nichts anderes tun. Abwarten. Das würde eine heitere Nacht für sie werden …

Er sah zu, wie Katharina die Riemen ihrer hochhackigen Sandalen löste. Sie verströmte ihre eigene Sinnlichkeit dabei. Während ihr langer Oberkörper sich nach vorne bog, fiel ihr blondes Haar über ihre linke Schulter. Der weite Ausschnitt ihres dünnen Hemdkleides fiel nach unten. Sie trug keinen BH. Was sollte das, fragte Florian sich irritiert; was sollte dieses Spiel, wollte sie ihn verführen? »Ich stehe um vier Uhr dreißig auf«, sagte er bemüht ruhig. »Wo willst du schlafen?«

»Im Bett, nehme ich an?« Katharinas rechter Fuß schlüpfte aus der Sandale. Mit einer geübten Bewegung warf sie ihr Haar von der linken auf die rechte Schulter und begann, am linken Sandalenriemen zu nesteln.

Florian zwang sich, den Blick von ihrem Dekolletee abzuwenden. Endlich war Katharina barfuß. Sie lehnte sich zurück und streckte sich aus. »Gar nicht mal so unbequem, diese zerlumpte Couch … Du fragst gar nicht, wie es mit meiner Beziehung steht.«

»Dafür habe ich dich gefragt, ob du die Scheidung noch willst. Und?«

»Du bist so auffahrend geworden, in der Bretagne. Die Seite kenne ich gar nicht an dir. Sie ist ganz schön sexy.« Katharina stand auf und ging langsam auf ihn zu.

Marie lag zusammengerollt in ihrem Bett. Wenn sie die Augen schloss, meinte sie, Florians Wärme wieder zu spüren, seinen Geruch zu riechen. Seine Finger strichen über ihren nackten Bauch, über ihre Hüften, während er sich im Schlaf oder Halbschlaf bewegte. Hatte er gestern Nacht mitbekommen, was er getan hatte? Hatte er geträumt, bei Katharina zu liegen? Und jetzt? Teilte er diese Nacht mit Katharina sein Bett?

Sie machte das Licht an. Sie konnte die Qual dieses Gedankens nicht länger ertragen! Sie holte ihr Handy, schaltete es ein. Aber nein, sie konnte Isabelle nicht mitten in der Nacht noch einmal anrufen. Außerdem, sie hatten vorhin über alles gesprochen, und Isabelle konnte auch nichts für sie tun. Sie legte das Handy auf den Nachttisch und griff nach dem Buch, in dem sie lange nicht mehr gelesen hatte. Nach wenigen Minuten legte sie das Buch wieder fort und nahm doch das Handy. Sie fühlte sich hundeelend. Mechanisch ging sie das Adressbuch durch. Sylvains Nummer. Sie hatte es nicht über sich gebracht, sie zu löschen.

Sie rechnete im Kopf nach. Vom vierzehnten Juni bis zum zweiundzwanzigsten Juli. Fünfeinhalb Wochen. Fünfeinhalb Wochen hatte sie ausgehalten und war ihrem Vorsatz treu geblieben, Sylvain nicht zu schreiben.

Lange saß sie da, zögernd, und starrte auf das Handy …

Als Marie gegen zehn Uhr morgens wieder aufwachte (sie hatte am Ende doch Schlaftabletten genommen), zog sie etwas über und rannte hinaus. Nur ein trockener Fleck auf dem sonst nassen Nachbarhof erinnerte daran, dass einmal ein deutscher Cayenne dort geparkt hatte. Die Läden des Hauses waren verschlossen, Florian war auf dem Weg nach Gießen.

41. Rückkehr des Tagebuches

»Hallo«, grüßte Florian die junge Frau am Empfang.

»Oh hallo, Herr Reinart! Da wird sich Ihre Oma aber freuen! Waren Sie im Urlaub? Sie sehen ganz braun aus …« Die junge Frau lächelte ihm noch nach, als er schon die Treppe hochgesprungen war.

Florian holte tief Luft, hob die Hand zum Klopfen.

»Herein«, kam es von drinnen.

Er öffnete die Tür. »Hallo Oma.« Sein Herz schlug schneller. Sie saß, wie immer, in ihrem Sessel am französischen Balkon.

»Mein Junge!«, rief Marlene aus und erhob sich. Dann hielt sie inne, als sie die schwarze Kladde unter seinem Arm sah.

Er ging rasch auf sie zu und nahm sie fest in die Arme.

»Du bist zurück? Seit wann?«, fragte Marlene dann, zu ihrem Enkel hochschauend. Er sah gut aus; diese Reise hatte ihm gut getan. Hatte er das Buch denn gelesen?

»Ich bin gestern Nacht angekommen und heute Morgen als erstes zu dir.«

»So eilig hattest du's?«, schmunzelte Marlene und versuchte, sich ihre Rührung und Freude und doch auch Angst nicht zu sehr anmerken zu lassen.

»Oma, setz dich bitte.«

»Wenn du dich auch setzt.«

Er setzte sich aufs Bett, sie sich in den Sessel. Wie oft hatten sie so gesessen in den letzten Jahren, und jetzt kam er zu ihr, mit *solchen* Nachrichten!

»Oma, ich habe dein Tagebuch gelesen.« Er hielt es ihr hin; doch sie nahm es nicht an sich. Ihre Finger griffen stattdessen nach den Lehnen des Sessels.

Florian legte das Buch neben sich auf das Bett. »Ich habe alles gelesen und alles verstanden«, versicherte er, »aber darf ich dir dazu ein paar Fragen stellen?«

»Nur zu«, sagte Marlene schwach. Damit hatte sie schließlich gerechnet.

»In der Hauptsache, weiß es Mama?«

Marlene senkte den Kopf und schüttelte ihn kaum merklich.

»Und Opa, wusste der es?«

Sie schwieg, wusste nicht, wie sie antworten sollte.

Florian versuchte es anders. »Wie und wann habt ihr euch eigentlich kennengelernt, du und Opa?«

Marlene war froh, dass Florian ihr einen Anhaltspunkt gab. Sie begann: »Ich habe damals gekellnert, im Gasthof Hederich in Garbenheim; und er hat in Garbenheim gewohnt, in der Nähe der Kirche, in einer kleinen Wohnung. Mit dem Rad ist er jeden Tag zur Arbeit gefahren, zur Lotteschule nach Wetzlar. Und wenn er zurückkam, setzte er sich oft bei uns ins Lokal, um etwas zu trinken; manchmal aß er auch etwas, und am Wochenende regelmäßig.«

»Und … ihr habt euch ineinander verliebt?«

»Er hat sich zuerst in mich verliebt. Marianne war da zwei Jahre alt; es war ja noch nicht lange her, dass …« Sie sah zur Kladde.

Florian nickte. »Und dann?«

»Er hat mich gefragt, ob ich ihn heiraten will; nicht gleich, das war erst einige Monate später. Um Marlenes Mund spielte ein kleines Lächeln. Dann wurde sie ernst. »Ich habe ihm nicht gesagt, wer Mariannes Vater war. Ich konnte es nicht. Und er hat das gemerkt und respektiert; und er hat gesagt, dass er gut für Marianne sorgen werde, wie für sein eigenes Kind. Da habe ich ja gesagt. Aber, Florian«, die alte Frau sah ihn bittend an, »denke nicht, dass ich ihn nicht lieben gelernt hätte. Wir sind ja zusammen durch dick und dünn gegangen, wir hatten ja erstmal nicht viel und mussten uns Heim und Herd erst erarbeiten. Da habe ich ihn lieb gewonnen, mit der Zeit. Denn er war ein guter Mann, dein Opa. Ein guter, kluger und sanftmütiger Mann. Er hat deine Mutter wirklich geliebt wie sein eigenes Kind; manchmal hatte ich beinah den Eindruck, sogar mehr noch als unser beider Sohn, den Siegfried. Aber das liegt vielleicht daran, dass Väter oft in ihre Töchter vernarrt sind …«

Florian fühlte sich erleichtert. Er hatte Angst davor gehabt, seine Oma hätte ihren deutschen Mann ohne Liebe geheiratet, wäre niemals glücklich mit ihm gewesen und ihre Ehe hätte auf einer Lüge beruht. Doch er musste es genauer wissen. Er stützte die Ellenbogen auf den Knien auf, beugte sie vor. »Und du hast Opa nie gesagt, was damals geschehen ist, auch nicht später, als ihr verheiratet wart?«, hakte er nach.

Marlene begann, beschämt und doch auch verschmitzt zu lächeln. »So oft wollte ich es tun und nie traute ich mich! Aber eines Tages, da sagte der Carl zu mir: Marlene, du musst mir nichts sagen. Du schreist manchmal im Schlaf – und du sprichst auch. Da habe ich gelacht und geweint und… nichts weiter erzählt.«

Florian schüttelte den Kopf. »Ach, Oma! Dann hast du ja selbst nie gewusst, wie viel Opa wirklich erfahren oder nur erraten hat!«

»Das war nicht schlimm«, gab seine Oma mit Unschuldsmiene zurück, »wir waren auch so glücklich miteinander. Eben so glücklich, wie man in einer Ehe ist, wo streiten auch mal dazugehört. Ihr jungen Leute seid es, die immer alles wollt, die endlose Leidenschaft und so weiter. Was ist denn mit dir und Katharina?«

»Versuche nicht abzulenken, Oma, wir waren noch bei dir! Was ist mit Mama? Warum hast du es ihr nie gesagt – oder ihr dein Tagebuch gegeben? Dazu hast du doch alles aufgeschrieben, für sie?«

»Ich hatte nicht den Mut. Und irgendwann dachte ich, wozu denn? Sie hatte es so gut mit ihrem deutschen Papa. Und wenn jemand anders gewusst hätte, wer ihr wahrer Vater war … Das war damals noch nicht so leicht, weißt du …«

»Aber jemand wusste es doch, diese Frau Bores.«

»Das stimmt. Tante Bores hat Marianne sie immer genannt, und oft einen Kuchen bei ihr gegessen.«

»Mama *kannte* sie?« Florian riss die Augenbrauen hoch.

»Jaja, Liesel lebte bis zu ihrem Tod in Garbenheim, da haben wir sie auch besucht, als wir schon in Wetzlar wohnten. Aber du hast sie nicht mehr erlebt, das stimmt. Als du geboren wurdest, war sie schon tot; leider, denn alles, was mit Marianne zu tun hatte, lag ihr so am Herzen.«

Florian seufzte, dehnte sich und massierte sich eine Schulter.

»Die lange Fahrt? Bist du müde?«, wollte seine Oma gleich wissen.

»Auch das; aber vor allem frage ich mich, wie ich dir etwas sagen soll.«

»Was denn noch?« Marlene hatte schon gehofft, das wäre das gefürchtete und ersehnte Gespräch gewesen. Zumindest das Gespräch mit ihrem Enkel; das andere, das mit ihrer Tochter, das machte ihr eine Heidenangst. Ihre resolute Tochter. *Die* hätte keine Angst gehabt zu reden …

»Ich habe Recherchen gemacht, in der Bretagne.«

Marlene horchte auf. »So? Was für Recherchen?«

»Ich bin an den Orten gewesen, die du beschrieben hast. Ich war in der Grotte. Ich habe eure Flaschenpost gefunden.« Florian hielt inne. War er zu schnell damit herausgeplatzt?

»Das … das hast du nicht«, stotterte Marlene, nach dem ersten Schreckmoment plötzlich höchst aufgeregt.

»Zwei Locken, eine schwarze und eine blonde.«

»Du hast wirklich …«

»Oma, geht es dir gut? Du musst jetzt stark sein. Um eine gute Nachricht, eine sehr gute Nachricht zu ertragen. Aber auch eine sehr unerwartete.«

»Was, aber was nur …«

Florian beugte sich vor und nahm ihre Hand in seine beiden. »Stell dir vor, Oma«, begann er sanft, »du hättest Jahrzehnte lang mit einem Irrtum gelebt.«

Sie sah ihn ängstlich an.

»Stell dir vor, damals, in – Landévennec …« Er senkte die Stimme, seine Oma wurde blass, »da war doch dieser Leutnant Rosen. Rosen, du erinnerst dich?«

Sie drückte leicht seine Hand.

»Und dieser Rosen war gar kein so schlechter Mensch. Vielleicht hatte er Mitleid; oder nur Angst vor möglichen Konsequenzen, wenn erst die Amerikaner da wären …«

»Was willst du mir sagen?«, flüsterte Marlene in die Stille des Zimmers.

»Er hat Erwann Cadiou damals nicht erschossen, Oma …«

»Du kennst seinen Namen?«, Marlene krallte sich in die Hand ihres Enkels.

»Mehr als seinen Namen, ich kenne *ihn*. Ich habe ihn gesehen. Vorgestern.«

Ein Röcheln drang aus Marlenes Kehle.

»Er lebt, Oma, er lebt noch immer! Das ist die Wahrheit … Und er hat dich seinerseits für tot gehalten und erst dank deines Tagebuches von mir erfahren, dass du noch lebst …«

Sie hatte geweint, sie hatte gelacht, jetzt ging es besser. Sie war schon hart im Nehmen, seine Oma, staunte Florian. Erwann, der bei Sturm auf Leuchttürmen herumklettern konnte, war vom Schock der Offenbarung umgehauen worden, hatte einen regelrechten Schwächeanfall gehabt; sie nicht. Aber das konnte auch daran liegen, dass sie ihren alten Geliebten noch nicht *gesehen* hatte. Dieses leibhaftige Wiedersehen, wie würde es verlaufen? Zumindest war seine Oma bereit, Erwann wiederzusehen; ja, sie wollte es trotz langer Reise unbedingt! Und so verging die nächste Stunde mit Reiseplanungen. Bis eine dritte Person das Zimmer betrat und sie unterbrach.

»Mama! Das trifft sich gut«, rief Florian aus. »Oma hat mit dir zu reden.«

»Nein!«, rief Marlene erschrocken.

»Was ist denn los?«, fragte Marianne Reinart und gab ihrem Sohn erstmal einen Kuss. »Siehst gut aus; hast dir ja Zeit gelassen mit dem Heimkehren. Hast du's dir überlegt, du Abtrünniger, willst du endlich um deine Frau kämpfen? Ich hoffe für dich, es ist nicht zu spät.«

»Florian«, krächzte seine Oma, und er verstand, dass er zu viel von ihr verlangt hatte. Ihre Nervenstärke schien Marlene angesichts ihrer

Tochter plötzlich verloren zu haben. »Gib Mama doch das Tagebuch zu lesen«, schlug er vor.

»Hallo? Weiht ihr mich mal ein?« Marianne stemmte die Hände in die Hüften.

Marlene nickte und Florian erklärte: »Mama, da auf dem Bett liegt ein Tagebuch, das du lesen musst, und zwar gleich, am besten bis morgen. Es geht nämlich um dich darin, auch wenn es am Anfang noch nicht danach aussieht.«

»Du sprichst in Rätseln, mein Sohn; sag mir lieber geradeheraus, was hier gerade abgeht …«

»Nein nein, Marianne, mir ist es lieber, wenn du es liest«, erklang Marlenes bittende Stimme.

Marianne sah entgeistert zu dem alten Buch.

»Und wenn du's gelesen hast«, sagte Florian ruhig, »möchte ich, dass du und Papa in die Bretagne reist, wo Oma und ich gleichfalls hinfahren werden.«

»Florian, wenn du mir nicht sagst, was los ist, dann werde ich ungemütlich!«

»Onkel Siegfried werde ich auch fragen«, fuhr Florian unbeirrt fort; »vielleicht könnt ihr ihn mitnehmen. Ihr seid nämlich alle eingeladen, auf ein Familienfest.«

»In der Bretagne?!«

»Ja; genauer gesagt, in Mengleuff. Im alten Haus der Cadious.«

»Nie gehört.«

»Das kommt noch …« Florian war froh zu wissen, dass seine Mutter Nerven wie Drahtseile hatte. Es würde sie trotzdem umhauen, aber sie würde es verkraften. Das hoffte er zumindest. Hoffentlich ging alles gut, so wie Marie es geplant hatte. Marie; wenn er nur an sie dachte … Wie würde es sein, das Wiedersehen auch mit *ihr*?

42. Festival du Bout du Monde

Wenn Erwann gedacht hatte, er käme unbemerkt von der Insel, hatte er sich geirrt. Dass er die Île de Sein verlassen würde – zum ersten Mal seit bald sechzig Jahren –, das verbreitete sich wie ein Lauffeuer unter den Einwohnern von Men Brial. Am Abfahrtstag kam einer nach dem anderen auf ihn zu, um sich zu verabschieden. Als würde er nie zurückkehren! Dabei, er hatte gewiss nicht vor, wieder auf dem Festland zu leben. Er wollte bloß Marlene sehen. *Er würde sie wiedersehen!* Gott, er hatte Angst davor; wenn sie eine vertatterte Greisin geworden war, ohne Gedächtnis; wenn sie ihn nicht wiedererkennen würde, denn nun, er war auch kein Jüngling mehr … Aber er *musste* sie sehen, und er *wollte*!

Er saß auf der Bordterrasse der Enez Sun, sein kleiner Fridu zwischen seinen Knien, denn natürlich musste Fridu mit; nur hatte der Hund noch nie ein Halsband getragen und kratzte sich ständig an dem, das Erwann ihm aus einem alten Gürtel mit einem Kordel als Leine improvisiert hatte. »Ich besorge dir auf dem Festland ein richtiges Halsband mit Leine, aber bei Marie kannst du frei herumlaufen, wie immer«, tröstete Erwann seinen Hund und kraulte ihn an den Ohren. Wenn er und Paul nicht geschiedene Leute wären, vielleicht hätte er Fridu bei Paul gelassen. Aber nein; dann wäre Paul selbst auf das Festland gekommen, zu Maries Fest. Sie hatte gefragt, ob auch Paul kommen würde. Paul? Der nun grade nicht! Der hatte da nichts zu suchen. Der sollte bleiben, wo der Pfeffer wächst!

Fridu sah seinen Herrn unglücklich an und kratzte erneut an dem ungewohnten Ding um seinen Hals. Dann legte das Schiff endlich ab und der Hund hob die Nase, um die Gerüche zu wittern, die der Seewind ihnen zutrug. Erwann streichelte Fridu sachte und hielt mit klopfendem Herzen Ausschau. Nicht lange, und er würde den roten Leuchtturm La Vieille sehen und dahinter die Pointe du Raz … Er wollte, dass die Enez Sun schneller fuhr. Auch wenn das Wiedersehen erst morgen stattfinden würde, erst morgen, auf dem Fest. Aber noch heute wollte Erwann das alte Haus wiedersehen; das Haus, in dem Marie ihn noch gar nicht erwartete … Er hatte ihr nichts davon gesagt, dass er schon heute kommen würde. Allein zurückzukehren, nach Mengleuff, allein mit Fridu, das sollte der erste Schritt seines Abenteuers sein; des letzten großen Abenteuers seines Lebens …

»Florian, kannst du nicht schneller fahren?«, fragte Marlene, vierhundert Kilometer weiter im Osten.

»Nein, Oma, kann ich nicht, sonst verlierst du dein Kopftuch.« Florian grinste seine Oma an. Insgeheim fand er, dass sie mit dem Kopftuch, das sie zum Schutz ihrer friseurfrischen Frisur gegen den Fahrtwind im Cabrio angelegt hatte, und mit der Sonnenbrille so aussah wie ein Filmstar der 50er Jahre. Ein in die Jahre gekommener Filmstar.

»Machst du dich über mich lustig? Das Tuch hält jedenfalls, da kannst du schon Gas geben!«

»Oma, der Karmann Ghia ist nicht so schnell und ich respektiere sein Alter. Außerdem bringt Katharina mich um, wenn noch ein Strafmandat bei uns reinschneit.«

»A propos Katharina, du hast noch immer nicht gesagt, wie ihr inzwischen zueinander steht. Habt ihr euch wieder versöhnt?«

Florian zögerte. »Das kann man wohl so sagen«, antwortete er schließlich und hoffte ein wenig, seine Oma werde nachhaken. Er würde schon gerne mit jemandem über sein Gefühlsleben reden. Aber seine Oma hakte nicht nach, sie war zu sehr mit ihren eigenen Emotionen beschäftigt. »Erzähle mir noch einmal, wie du ihn gefunden hast«, forderte sie ihn aufgeregt auf. »Wie war er? Wie sah er aus? Was hat er gesagt?«

Geduldig begann Florian, zum gefühlten zweihundertsten Mal von Erwann Cadiou und der Insel Sein zu erzählen.

»Hola!«, rief Erwann und sprang auf. Zu spät, der Wind hatte seine Mütze fortgerissen. Seine geliebte alte Mütze! Erwann kam sich am Kopf nackt vor ohne sie. Andererseits, keiner der anderen Passagiere trug solch eine Mütze. Vielleicht machte es ihn jünger, keine Mütze zu tragen? Zum Glück hatte Marie ihm vor kurzem die Haare geschnitten. Erwann musste lachen. Was für Gedanken! Er fühlte sich fast, als wäre er wieder der wilde Junge von damals …

»Jetzt fährst du ja noch langsamer«, klagte Marlene.

»Geht nicht anders, Oma, das ist der Autobahnring um Caen. Da darf ich nicht schneller als neunzig fahren.«

»Ich muss mal«, gestand Marlene verlegen.
»Jetzt? Dringend?«
»Schon lange«, bestätigte sie kleinlaut.
»Wieso hast du nicht längst etwas gesagt? Na gut, wir fahren ab.«
»Ach nein, es wird doch noch gehen.«
Natürlich nahm Florian die nächste Ausfahrt. Eine Pause würde ihnen beiden guttun. Sie waren stramm durchgefahren, seit gestern Spätnachmittag. Nur zum Übernachten hatten sie in Amiens Halt gemacht, und dann heute einen Stopp zum Mittagessen. Es war seine Oma, die ständig zum Weiterfahren drängte; seine Oma, die die letzten Jahre immerzu behauptet hatte, sie sei zu alt und zu schwach, um nur mal für einen Cafébesuch oder ein paar Schritte am Schwanenteich das Heim zu verlassen! Florian kam aus dem Staunen kaum heraus. Wo nahm sie jetzt all ihre Energie her?
Er überredete sie trotz ihrer Ungeduld zu einem Getränk und ein paar Schritten über die Strandpromenade von Cabourg. Sie lagen gut in der Zeit, würden am frühen Abend Mengleuff erreichen. Endlich, endlich. Und morgen dann, das große Fest …

Erwann riss die Augen auf, als er den Parkplatz hinter dem Hafen von Saint-Evette sah. Natürlich kannte er die modernen Autos aus dem Fernsehen. Aber real sahen sie noch größer und beeindruckender aus. Und wie viele es davon gab!
Suchend sah er sich um. Er konnte keine Bushaltestelle sehen. Nicht einmal ein Taxi. Aber das wäre sowieso zu teuer für seine mageren Ersparnisse, die er in einer Socke im Seesack hatte. Er überlegte. Auto-Stopp?
Eine Frau mit sonnenverbranntem T-Shirt-Ausschnitt beugte sich zu Fridu, um ihn entzückt zu streicheln. Erwann fragte sie nach einer Bushaltestelle. Wo er hinwolle, fragte die Sonnenverbrannte zurück.
»Nach Mengleuff; bei Telgruc; auf Crozon«, präzisierte Erwann immer weiter, bis sein Gegenüber nicht mehr ratlos guckte.
»Ich kann Sie mitnehmen bis Quimper. Hilft Ihnen das?«, fragte die Frau.

»Oh, ganz gewiss.« Quimper, von da aus konnte er Zug fahren. Allerdings – Quimper, die große Stadt! Nicht nervös werden, Alter, nicht nervös werden …

Marie schreckte hoch. Endlich! Sie hatte kurz entspannen wollen, in ihrer Lieblingsbucht, aber trotzdem das Handy mitgenommen. Hastig wühlte sie in ihrem Rucksack und zog das läutende Gerät heraus.

Er war es nicht. – Immerhin, es war auch nicht ihre Mutter, die in den letzten Tagen zigmal angerufen hatte. (Ihr Vater nicht, witziger Weise.) Es war Olivier. Als sie erfuhr, Olivier habe ihre Nummer von Florian erhalten, flackerten Wut und Freude zugleich in ihr auf. So, bei Olivier hatte er also angerufen?

»Ich stehe vor deiner Haustür und habe Zelte dabei«, erklärte Olivier.

»Was für Zelte?«, fragte Marie verständnislos.

»Pavillons, damit ihr darunter essen könnt, bei eurem Fest, falls es morgen regnet.«

»Es regnet morgen nicht. War das Florians Idee?«

»Das war die falsche Frage. Wie wäre es mit: Wo hast du diese tollen Pavillons her?«

Marie musste lachen. »Wo hast du diese tollen Pavillons her? Die wir aber nicht brauchen werden?«

»Beziehungen. Und es war meine Idee, die Florian aber gut fand, schließlich kann man nie wissen. Kannst du kommen, zum Ausladen?«

Marie war schon dabei, ihr Strandtuch in den Rucksack zu stopfen. »Zehn Minuten, dann bin ich da! Wann hat Florian sich bei dir gemeldet?«

»Dienstag, nach seiner Reise. Wir haben aber nicht lange geredet. – Seine Frau war bei ihm …«

»Gut. – Bis gleich«, sagte Marie und drückte beklommen den Knopf mit dem roten Hörerzeichen.

Seine Frau war bei ihm. Dienstag, nach der Reise. Marie öffnete und las noch einmal die einzige Nachricht, die sie von Florian erhalten hatte: »Oma hat's eilig. Kommen Do-Abend. Eltern auch + Onkel. Lg, Florian.« Wunderbar unpersönlich, das sagte nichts – oder eben alles.

»Oma, sieh mal, der Mont-Saint-Michel!« Florian zeigte nach rechts, wo am Horizont die markante Silhouette des Klosterbergs auftauchte.

Marlene nickte nur. Sie war stiller und stiller geworden, seitdem sie Cabourg verlassen hatten.

»Jetzt sind wir so gut wie in der Bretagne«, setzte Florian nach.

Marlene wandte sich zu ihrem Enkelsohn und legte ihm eine Hand auf den Arm. »Dass ich das noch einmal erleben darf… Aber Angst macht es mir. Das alles wiederzusehen, und … *ihn*.«

»Es wird alles gut werden«, beruhigte Florian.

»Und deine Mutter?«

Marlene hatte mit Marianne vor der Abreise ein langes und aufreibendes Gespräch geführt. Marianne war zornig gewesen, hatte ihrer Mutter Vorwürfe gemacht. Hatte es nicht wahrhaben wollen, das Kind eines fremden Mannes zu sein; hatte geschworen, für sie sei Carl Braun ihr Vater gewesen und das werde für sie immer so bleiben; hatte dann verlangt, ihre Mutter solle trotz allem den anderen beschreiben, genau beschreiben, der angeblich ihr biologischer Vater war. Dieses Gespräch hatte Marlene zugesetzt, mehr, als sie es ihrem Enkelsohn gegenüber zugeben wollte. Aber der dachte sich seinen Teil; denn auch er hatte seine Mutter vor der Abreise noch einmal gesehen, verheult und aufgewühlt und aggressiv. Auch ihn hatte sie angefahren, als ob *er* an allem Schuld sei.

»Mama wird sich wieder einkriegen bis morgen. Immerhin, sie will ja kommen, zu dem Familienfest. Das heißt, sie will Erwann kennenlernen. Da wird sie ihn nicht anschreien, oder? Und Papa ist dabei; du weißt, der wird sie beruhigen. Die beiden müssen jetzt auch schon auf der Reise sein; mit Onkel Siegfried…« Florian warf seiner Oma einen Seitenblick zu. Die sah stur geradeaus, aber er las ihr die Besorgnis vom Gesicht ab. Mit ihrem Sohn hatte Marlene noch gar nicht gesprochen. Florian war es gewesen, der Kontakt aufgenommen, Siegfried alles erklärt und ihn dazu überredet hatte, zu dem

Familienfest in die Bretagne zu kommen. Begeistert war Siegfried davon nicht gewesen; wie wenig begeistert, hatte Florian seiner Oma lieber erst gar nicht gesagt. Aber die dachte sich wohl ihren Teil. Siegfried war immer ein Mama-Söhnchen gewesen. Da wunderte es Florian nicht, dass Marlene Angst vor der Reaktion und Meinung ihres geliebten Sohnes zu ihrer vorehelichen Liebe hatte.

»Es wird alles gut werden«, versicherte Florian noch einmal. Hoffentlich stimmte das wirklich.

Der Seesack war runder und schwerer geworden, angereichert durch die neue Kleidung, die Erwann sich in einem Geschäft in der Fußgängerzone von Quimper gekauft hatte. Halsband und Leine für Fridu hatte er in einem Traditionskaufhaus am Platz der Kathedrale gefunden. Nun legte er den Seesack über die Schulter, nahm die neue Leine kürzer und marschierte los. Sie mussten an das Flussufer, dann raus aus dem Zentrum, zum Bahnhof.

Er hielt Fridu dicht neben sich, denn auf der Straße neben dem Gehweg am Ufer fuhren unablässig die allgegenwärtigen Autos. Erleichtert erkannte Erwann das Stadttheater zu seiner Rechten. An der kommenden Kreuzung musste er sich halbrechts halten, dann ging es immer nur geradeaus. So hatte der Verkäufer im Kaufhaus, den er gefragt hatte, es ihm erklärt.

Als er endlich in der Bahnhofshalle stand, war Erwann müde vom Gehen auf hartem Asphalt, vom Tragen des Seesacks und vom Festhalten des an der ungewohnten Leine zerrenden Hundes. Er fand einen Schalter, an dem er nach Zügen fragen konnte. Zu seinem Erstaunen fuhr nur noch ein einziger an diesem Tag nach Châteaulin, in einer Stunde. Hatten alle Leute heutzutage ein Auto, fuhr niemand mehr Bahn?

Er kaufte eine Fahrkarte. Sie war unerwartet teuer. Aber was machte das schon? Châteaulin. Quimper war für ihn eine zu fremde, zu große Stadt (dass sein Sohn hier irgendwo lebte, kam ihm unwirklich vor); aber in Châteaulin würde für ihn, Erwann, »seine Welt« anfangen. Eine Welt, die er sich in der Erinnerung bewahrt hatte. Doch was würde sich alles verändert haben?

Florian stieg wieder ins Auto. Der Karmann Ghia war voll betankt, jetzt konnte nichts mehr schiefgehen. »Noch eine halbe Stunde, Oma, dann sind wir in Châteaulin«, verkündete er.

»Châteaulin«, wiederholte Marlene. »Ach!«

Châteaulin, der Ménez-Hom, Telgruc, und dann … Immer ungeduldiger fieberte Florian der Begegnung mit Marie entgegen, aber auch immer zerknirschter und besorgter. Wenn alles nur einfacher wäre! Und Erwann? Wann würde der nach Mengleuff kommen? Florian sah zu seiner Oma; sie schien in Gedanken weit weg zu sein und eine andere Bretagne zu sehen, die Bretagne vor siebzig Jahren.

»Hopp, Fridu«, forderte Erwann den bretonischen Spaniel auf, der nach erschrecktem Zögern doch in den Zugwagon sprang. Drinnen war die Luft stickig. Ein leichter Schwindel ergriff Erwann. Vielleicht war das der leere Magen; aber es war auch erschöpfend, so zu reisen … Er hätte sich gerne gesetzt, aber das war unmöglich. Der Wagon war voll besetzt, mit eigentümlich anmutenden jungen Leuten. Die saßen nicht nur auf den Sitzen, sondern hockten auch auf dem Boden im Gang. Fridu schnupperte an einem bloßen Fuß, dessen Sohle schmutzschwarz war. Erwann zog schnell an der Leine, aber das Mädchen ohne Schuhe lachte freundlich zu ihm auf.

»Monsieur, wollen Sie sich setzen?«, hörte Erwann hinter sich. Überrascht von dem unerwarteten Angebot, musterte er den jungen Kerl, der aufgestanden war, um ihm seinen Sitzplatz zu überlassen. Der Bursche trug einen Stoppelbart und schulterlange, kunstvoll verfranzte Haare.

Erwann nickte erleichtert und versuchte zugleich, Fridu zu sich zu ziehen. Der Hund schnüffelte nun an einem Sandwich, das aus der Umhängetasche einer Jugendlichen ragte. Deren Haare waren nicht verfilzt, sondern in eine Vielzahl winziger Zöpfchen geflochten. Erwann fing einen belustigten Blick seiner Sitznachbarin auf. Die schätzte er auf Mitte vierzig, aber auch sie trug, wie die Jugendliche mit den Zöpfchen, ein Top, das aussah, als wäre es in mehrere Farbtöpfe nacheinander gefallen, und orientalisch anmutende Pluderhosen.

Erwann zog eine Augenbraue hoch und beschloss, keine Fragen zu stellen. Er sah an seiner Sitznachbarin vorbei aus dem Fenster. Sie verließen den Bahnhof, der Zug beschleunigte. Alles war schneller geworden, stellte Erwann fest, auch die Bahn. Nur dreißig Minuten bis Châteaulin.

Sie fuhren am Ortschild von Châteaulin vorbei und kurvten in die Schlucht hinunter, zum Zentrum.

Plötzlich rief Marlene aus: »Das war einmal eine Eisenbahnbrücke!«

Florian blinkte, um auf die alte Brücke abzubiegen, die nun für Autos und Fußgänger bestimmt war. Die Brücke überspannte die Stadt-Schlucht; unter ihnen floss die Aulne.

Nun fuhren sie talwärts, auf das Niveau des Flusses hinunter, denn die Hauptstraßen durch Châteaulin flankierten die Ufer der Aulne.

»Hältst du an?«, bat Marlene plötzlich.

»Sofort?« Florian wusste nicht, was heute in Châteaulin los war, aber die Innenstadt war voller Autos und Menschen.

»Ja, bitte«, wiederholte Marlene, und Sehnsucht klang aus ihrer Stimme.

Florian blinkte und fuhr auf den Parkplatz beim Kiosk der Touristeninformation. »Die letzte Parklücke, das ist wohl Schicksal«, scherzte er.

Seine Oma erwiderte nichts, streifte Kopftuch und Sonnenbrille ab und stieg aus dem Auto.

»Wo willst du hin?«, fragte Florian, als er sie eingeholt hatte. »Nicht, dass ich dich verliere.« Überall standen, saßen oder lagen junge Leute am Kai oberhalb der Aulne.

»Sind das Hippies?«, fragte Marlene.

»Naja, Hippies von heute«, gab Florian zurück, »etwas in der Art.«

Er hielt sich dicht an der Seite seiner Oma, die sich durch die Gruppen sich lagernder Alternativer hindurchschlängelte. Aber es waren nicht die Menschen, die sie interessierten. Marlene schaute auf den Fluss, auf die Baumreihen an seinen Ufern und auf die geschlossenen Häuserzeilen dahinter. Die Dinge, die sich nicht verändert hatten; oder nicht so sehr …

Florian schnupperte. Das war Gras. Eine Frau hielt ihm eine Cidreflasche hin. »Tu t'assois auprès de moi?«, fragte sie mit einladendem Augenaufschlag.

Florian machte eine abwehrende Geste. Wo war seine Oma? Da. Jemand sang, begleitet von einer Gitarre. Es klang nach französischem Reggae. Seine Oma war stehengeblieben und sah gebannt in die Richtung, aus der die Musik kam. Sie machte ein paar kurze Schritte, blieb wieder stehen. Florians Blick folgte ihrem. Sie sah gar nicht nach dem Gitarrenspieler. Inmitten der jungen Leute stand ein weißhaariger Mann, klein, drahtig und aufrecht. Die Hundeleine und der Seesack entglitten seinen Händen. Im nächsten Moment sprang der befreite Hund an Florian hoch.

»Fridu!«, entfuhr es Florian, er griff nach der Leine und stützte mit der anderen Hand die Vorderpfoten des Hundes. Über Fridus Ohren hinweg sah er, wie Erwann und Marlene sich gleichzeitig in Bewegung setzten. Langsam gingen sie aufeinander zu, Schritt für Schritt.

43. Das alte Haus der Cadious

Marie sah ihn sofort. Er war der einzige Mensch im Inneren der Pâtisserie Després. Sie zwang sich dazu, nicht zu rennen, und trat gemessenen Schrittes an seinen Tisch. »Bonjour«, sagte sie, bemüht kühl.

»Hey«, Florian stand auf.

Für den Bruchteil einer Sekunde dachte Marie, er würde sie in die Arme nehmen. Er tat es nicht.

Sie setzte sich. »Wo sind sie?«, fragte sie, während Florian seinerseits wieder Platz nahm.

»Sie gehen spazieren, am Fluss.«

Die Bedienung kam und fragte, was Marie bestellen wolle.

»Ein Wasser bitte. Nein, eine Orangina.«

Florian schüttelte den Kopf, er wollte nichts mehr.

Die Bedienung ging.

»Anheimelnd ist es hier nicht«, stellte Marie nervös fest. Die Einrichtung der Pâtisserie war ihr zu nüchtern.

»Es war ein guter Treffpunkt, draußen hätten wir uns nie gefunden. Weißt du, was hier los ist?«

»Es ist jedes Jahr so. Sie treffen sich hier, dann fahren sie weiter nach Crozon, zum Festival du Bout du Monde. Drei Tage lang gibt es Musik vom Ende der Welt, du verstehst: Reggae, afrikanische Trommeln, latino retro, etcetera …«

Florian hörte nur halb zu. Sie anzusehen.

Die Orangina kam.

»Wollen wir gehen?«, fragte Marie unruhig. »Hier kann ich nicht reden …«

Florian griff zum Portemonnaie. »Lass uns noch von den Gebäcksachen mitnehmen, die sehen gut aus. Es gibt macarons de Châteaulin, was auch immer das ist.«

Sie traten mit ihrer Gebäcktüte aus der Pâtisserie. Die Sonne blendete sie nach dem dämmrigen Innenraum.

»Wir dürfen nicht zu weit vom Auto weggehen«, sagte Florian, »irgendwann kommt Marlene mit Erwann zum Auto zurück.«

»Wo steht dein Auto?«

»Da hinten. Der grüne Oldtimer ohne Dach.« Florian betrachtete Marie von der Seite.

Sie riss die Augen auf, dann kniff sie sie zusammen. »Hm. Kein Panzer.« Sie grinste ihn leicht an und zuckte die Achseln.

»Mit dem Karmann Ghia hätte ich deine Hortensien nicht angefahren«, beteuerte Florian.

Marie wurde rot. »Oh, es ist gut; lassen wir diese alte Geschichte!«

Sie gingen durch die Gruppen der essenden, trinkenden, rauchenden, singenden Festivalbesucher, vorbei an dem Kiosk der Touristeninformation und bis zu der Kaimauer über dem Fluss. Marie setzte sich und ließ unter dem Geländer ihre Füße von der Mauer baumeln. Florian tat es ihr nach. »Einen probieren?« Er hielt Marie die Papiertüte hin.

»Erzähle bitte erst, wie sie war, ihre Begegnung.«

»Es kam vollkommen überraschend. Wir sind hier ausgestiegen, weil Oma es wollte. Sie wollte diese Stadt sehen, sie wiedererkennen, sie vergleichen mit den Bildern ihrer Erinnerung … Die vielen Menschen schienen sie gar nicht zu stören«, er lachte leise. »Und dann hat sie ihn gesehen. Da stand er, Erwann, mit einem Mordsding von Seesack auf der Schulter, der ihm zu Boden glitt. Dann gingen die beiden aufeinander zu, ganz langsam. Sie sahen sich an, als gebe es nichts und niemanden auf der Welt um sie, und dann standen sie voreinander. Ich habe nicht gehört, was sie sich gesagt haben oder ob sie sich überhaupt etwas gesagt haben. Plötzlich ging ein Ruck durch die beiden, und sie lagen sich in den Armen.«

Florian merkte, dass seine Augen nass waren; er versuchte nicht, es zu verbergen. »Marie, es war schön! Ich wünschte, du wärest da gewesen.«

Sie nickte, verspürte selbst einen Kloß im Hals. »Und jetzt gehen sie spazieren?«

»Das machen sie. Unter all diesen Leuten hier, die feiern und nicht mehr viel wissen vom Krieg, weil sie so jung sind, wie Erwann und Marlene früher waren…«

Sie sahen sich an, lächelten melancholisch.

»Dann geben wir ihnen Zeit und bleiben hier sitzen«, sagte Marie.

Sie aßen ihre nach Châteaulin benannten macarons, Haselnussmacarons mit Vanillecremefüllung, innen weich und außen kross, und sahen auf die Aulne, die unter ihren Füßen Richtung Landévennec strömte. Das Summen der Stimmen um sie herum, die diversen Gerüche, das Spiel der Schatten, die über das Wasser zogen, als eine Wolke kurz die Sonne verdeckte – sie wussten, dieser Augenblick würde zuende gehen, so wie alles zuende ging, weil alles vergänglich war und fragil. Aber jetzt war der Augenblick da, und sie waren zusammen. Vor allem aber: Erwann und Marlene waren zusammen, wieder vereint. Es schien unglaublich, schier unglaublich, ein Wunder.

Irgendwann standen sie doch auf und schlenderten langsam am Fluss entlang. Und dann sahen sie zwei weiße Haarschöpfe und erkannten die Silhouetten der alten Leute. Erwann und Marlene gingen dicht nebeneinanderher, aber ohne sich zu berühren. Als Erwann als erster seine Enkelkinder erkannte, hob er grüßend die Hand.

Sie saßen im Auto, bei Marie; bei Marie, weil die Rückbank geräumiger war als die in Florians Karmann Ghia, und sie wollten nebeneinander sitzen. Sie fühlten sich beide ein wenig beklommen, weil alles so unwirklich und neu war, so über alle Vorstellungskraft gehend. Sie berührten sich nicht, sahen nur ab und zu nacheinander, wie um sich zu überzeugen, dass das keine Halluzination war.

Zu Beginn der Fahrt hatte Marie noch versucht, Konversation zu machen, auch um Marlene kennenzulernen; aber je weiter sie auf die Halbinsel fuhren, desto schweigsamer wurden sie alle drei. Dafür sahen Erwann und Marlene sich immer öfter an mit Blicken, die sagen wollten: da; erinnerst du dich? – Und sie erinnerten sich. Sie erinnerten sich, als der Ménez-Hom vor ihnen auftauchte. Die Chapelle Sainte-Marie. Marie fragte, ob sie anhalten solle; aber sie beide verneinten. Zu viel; zu früh.

Sie erinnerten sich, als der Weg sie schlängelnd Richtung Telgruc führte, und beide dachten an ein Motorrad und an die Morgensonne, die den Stechginster noch gelber gefärbt hatte. Das war im Oktober gewesen, im Oktober 1942 … Dann empfanden beide denselben Schmerz und dieselbe Unsicherheit in Telgruc, weil es nicht mehr *ihr* Telgruc war, obwohl man die Kapelle neu aufgebaut hatte. »Es ist anders geworden«, sagte Marlene, und Erwann nickte nur stumm und gedankenverloren.

Und dann kam Mengleuff. Das Tal, es war noch dasselbe, dann der Anstieg zum Dorf. Dann die scharfe Rechtskurve, und dann, zu ihrer Linken – das Haus.

»Voilà«, sagte Marie und schaltete den Motor ab.

Sie stiegen aus. Und jetzt griff Marlene nach Erwanns Arm, hakte sich unter. Und gemeinsam, nebeneinander her, Schritt für Schritt gingen sie auf das Haus zu, das alte Haus der Cadious. *Ihr* Haus war es gewesen, nur eine Woche lang, aber eine Woche lang, die in ihnen geruht hatte, die sie sich bewahrt hatten, in den tiefsten Tiefen ihrer selbst. Und ja, es *war* noch ihr Haus, war noch wie früher; nur stärker überwuchert von Efeu und Rosen und Hortensien …

»Und die Läden, die waren nicht blau«, sagte Marlene laut.

»Ils étaient marron. Sie waren braun«, bestätigte Erwann.

»Das waren sie. Weißt du, dass ich jetzt so heiße? Marlene Braun?«

»Je sais.«

So verständigten sie sich, in kurzen Sätzen und Halbsätzen in beiden Sprachen; aber mehr noch mit Gesten und mit Blicken. Und sie erkannten sich wieder, mehr und mehr.

Das Innere des Hauses verwirrte sie. Marie hatte es neu gestaltet; trotz allem erkannten sie Elodies Schrankbett; und den vaisselier mit dem Geschirr von Erwanns Eltern; und ja, das indische Schränkchen, es stand noch an seiner Stelle …

»Das ist für dich.« Erwann hielt Marlene jetzt das Figürchen hin, das er bei sich getragen hatte, verborgen in seiner Hosentasche, den japanischen Welpen.

Sie schrie leise auf, bevor sie es entgegen nahm, mit zitternden Händen.

»Marie und Florian – sie haben ihn gefunden.«

»Ich weiß es ja, ich weiß!«

Sie gab ihm ihre freie Hand. Er hielt sie mit beiden seinen Händen.

Später sahen sie den Rest des Hauses an, und den einstigen Stall, und den Garten. Es blieb wie ein Traum. Sie aßen etwas – die jungen Leute hatten gekocht; und dann ging jeder seines Weges, denn Marlene sollte mit Florian im Nachbarhaus schlafen.

Bevor sie schlafen ging, fragte Marie ihren papy, ob er noch etwas brauche. Erwann hatte darauf bestanden, auf Maries Kuschelcouch zu schlafen, nicht in ihrem Bett.

»Ich brauche nichts«, Erwann bedachte seine Enkelin mit einem erschöpften Lächeln.

Marie ging zu ihm und gab ihm einen Kuss. »Schlaf gut, und auch dir gute Nacht, Kleiner«, sie streichelte Fridu, der auf einer Wolldecke zu Füßen der Couch lag und verunsichert war; zum ersten Mal in seinem Hundeleben schlief er nicht zuhause, und zum ersten Mal hatte er sich, in den letzten Stunden, von seinem Herrn fast vergessen gefühlt. Nun drehte der Hund sich auf den Rücken streckte die Pfoten nach Marie aus. Die nahm eine Pfote in die Hand und murmelte: »Bis morgen, ihr beiden.« Sie stand auf; doch bevor sie nach oben ging, musste sie nachfragen: »Und … wie war es für dich, Marlene wiederzusehen?«

Erwann überlegte. »Ich sah eine alte Frau. Gebeugt, mit weißen Haaren, kräftiger geworden … Ein fremder Mensch. Und doch – ich wusste es gleich. Waren es ihre Augen, ihr blauer Blick? War es ihr sanftes Gesicht? Ich weiß nicht; ich wusste einfach, sie war es! Und als wir dann die Aulne entlanggingen, war es, als würden wir in der Zeit rückwärts schreiten. Obwohl unsere Beine schwer waren und uns daran erinnerten, dass wir alt geworden waren und anders – andere Menschen, mit Erfahrungen, die wir nicht geteilt haben. Aber dann haben wir uns erinnert, auf der Fahrt hierher, immer weiter erinnert, und … ich weiß auch nicht. Wie kann man sich so fremd und so nah zugleich sein?« Er lachte unsicher und doch aufgekratzt glücklich.

»Und jetzt? Wie wird es weitergehen?« Marie lehnte sich an das Treppengeländer.

»Ich habe Angst vor morgen, vor der Begegnung mit Marianne«, gestand Erwann. »Und auch Jean-Luc – wie soll ich ihm erklären, dass er eine Halbschwester hat?«

»Das weiß er doch, ich habe längst mit ihm gesprochen!«

»Trotzdem.« Erwann seufzte. »Ich spüre Angst und Neugier und Freude in gleichen Teilen.«

»Und … Paul? Wird er wirklich nicht kommen? Wir haben auch andere Freunde eingeladen, weißt du; Yvonne Le Roux hier aus dem Dorf; sie war ganz aufgeregt, als ich ihr von dem Fest erzählte; und Freunde von Florian und mir kommen, um uns mit den Festvorbereitungen und dem Grillen zu helfen… Ach ja. Und – Florian hat gesagt, dass auch seine Frau kommen wird, mit seinem Kollegen Boris, dem Besitzer des Nachbarhauses.« Marie hatte versucht, bis zum Schluss gleichmütig zu klingen.

Ihr Großvater sah sie aufmerksam an. »So viele Menschen, die man vielleicht gar nicht alle da haben will. Ich wusste nicht, dass Florian eine Frau hat. – Nun, das macht alles nur schwieriger, aufregender. Aber nein, Paul wird bestimmt nicht dabei sein. Gute Nacht!« Und er legte sich auf die Seite, das Gesicht von Marie fort.

Im Nachbarhaus hakte Florian nach: »Du willst wirklich hier unten auf der Couch schlafen?«

»Natürlich! Das macht *er* drüben doch auch so.«

»Na wenn *er* das so macht«, Florian lachte leise. »Willst du mir nicht doch verraten, Oma, worüber ihr auf eurem langen Spaziergang in Châteaulin so geredet habt?«

»Das geht dich nichts an, Florian Reinart!«

»Komm schon …«

»Nein! Aber es war gar nicht so einfach. Ich muss erst wieder besser Französisch lernen, und Erwann Deutsch. Und – man hat sich doch entfremdet, mit den Jahrzehnten …«

»Verstanden habt ihr euch trotzdem, hatte ich den Eindruck.«

»Grins nicht so, Freundchen, und geh endlich schlafen!«

Bevor Florian das tat, beugte er sich zu seiner Oma und gab ihr einen Kuss. Neben ihrem Kopfkissen lag der Elfenbeinwelpe.

»Der passt auf mich auf«, sagte seine Oma leise. »Damit alles gut geht, morgen.«

»Das wird es. Gute Nacht.«

Wenn nur Katharina nicht so plötzlich gemeldet hätte, sie wolle nachkommen – mit Boris! Nachdem Florian das Marie mitgeteilt hatte, war die schöne Stimmung zwischen ihnen natürlich gestört gewesen. Er *musste* in Ruhe mit Marie reden; aber unter vier Augen würde das morgen wohl schwierig sein …

44. Ein neuer Tag

Marie schlich die Treppe hinunter. Ihr papy schlief noch. Aber Fridu stand auf, dehnte sich und trottete auf sie zu, um ihr die Hand zu lecken. »Komm, in den Garten«, tuschelte Marie dem Hund zu und öffnete die Haustür.

Fridu wurde munter, als die Gerüche und Geräusche des Gartens ihm entgegenschlugen, und Marie sah ihm zu, wie er hin und her trabte, die Nase witternd in der Luft oder am Boden; und natürlich hob er x-mal das Bein, um sein neues Territorium in Besitz zu nehmen.

Sie schlenderte zur Ginsterhecke. Ob die beiden da drüben noch schliefen? Vermutlich. Sie musste an die SMS denken, die Florian gestern in Châteaulin erhalten hatte. Diese SMS hatte ihn sichtlich überrascht; warum? Und warum war Katharina nicht gleich mit ihm in die Bretagne gefahren? Jetzt wollte sie nachkommen, hatte sie geschrieben – warum mit diesem Boris, was hatte der mit dem Familienfest zu tun?

Voller Unmut und Ungeduld und Zweifel ging Marie vor der Hecke auf und ab. Sie musste mit Florian reden. Aber in einer ruhigen Minute, unter vier Augen, und ob sich das gerade heute arrangieren lassen würde … Das große Familienfest! Es gab viel vorzubereiten, für sie würde es ein rastloser Tag werden.

Fridu wuffte auf, Marie folgte seinem Blick. Da kam er selbst, Florian, in T-Shirt und Nachtshorts, von seiner Gartenseite an die Hecke getreten.

»Guten Morgen«, grüßte er. »Ich sehe, wir haben uns beide gleich schick gemacht für unsere Begegnung. Hoppla!« Fridu war an ihm hochgesprungen und wollte gekrault werden.

Marie musste lächeln, dachte dann aber an den Minus. »Der kleine Kater, er ist bei Yvonne?«, fragte sie.

»Ich hielt es für das Beste, ihn bei ihr zu lassen. Weißt du, Marie, ich glaube, niemand ist darüber so glücklich, wie Yvonne …«

Marie seufzte, zuckte die Achseln. »Ja, es wird ihm bei Yvonne gutgehen. – Schläft deine Oma noch?«

»Tief und fest. Und papy?«

»Pareil, genauso.« Maries Herz begann schneller zu schlagen; jetzt war er gekommen, der Moment, um ihn auf Katharina anzusprechen …

»Also, heute Abend um sieben geht's los?«, fragte Florian, der mit Marie über Katharina reden wollte, aber nicht gleich mit der Tür ins Haus fallen.

»Hast du das deinen Eltern nicht gesagt?«, fragte Marie zurück, sofort alarmiert.

»Doch doch, natürlich.«

»Gut – euh – und wann kommen sie an, in der Bretagne?«

»Sie wollten irgendwo zwischen Amiens und Rouen übernachten; dann kommen sie im Laufe des Nachmittags an.«

»Mit deinem Onkel?«

»Mit Onkel Siegfried.«

»Und – deine Frau?«

Florian trat unwillkürlich einen kleinen Schritt zurück. »Wann Katharina und Boris ankommen, weiß ich nicht. In der SMS stand nur, sie säßen im Auto, seien auf dem Weg.« Er holte tief Luft. »Über Katharina wollte ich ohnehin mit dir reden …«

»Et bien?«

»Weißt du noch, als sie plötzlich hier vor der Haustür stand?«

»Es ist nicht lange her.«

»Sicher. – Wir sind essen gegangen, in Telgruc; und danach, als wir zurück waren, da… also, da hat sie mich erst einmal dadurch überrascht, dass sie – wie soll ich sagen – von Scheidung war plötzlich keine Rede mehr und …«

Fridu bellte freudig auf und sprang weg. Marie und Florian wandten sich gleichzeitig um, um Erwann lachend seinen Hund streicheln zu sehen.

»Wir reden später, ja?«, murmelte Florian unglücklich.

Marie erwiderte nichts, sondern ging auf ihren papy zu, um ihn in die Arme zu schließen.

»Oh là, das ist eine stürmische Morgenbegrüßung«, lachte Erwann und ließ sich die Umarmung gefallen; er konnte nicht sehen, dass seine Enkelin Tränen wegblinzelte. Dabei – es hatte so kommen müssen. Sie hatte es so erwartet; und so war es gut. Alles kam wieder in seine alte Ordnung. Alles. Sie drückte ihren papy fester an sich.

Wo war sie? Marlene rieb sich die Augen. Und dann war die Erinnerung wieder da – der Schauder des Staunens, des Glücks, an das sie noch immer kaum glauben konnte …

Sie setzte sich auf, griff nach der Wolldecke, um sie sich um die Schultern zu legen und nicht im Hemd aufzustehen. Sie schlüpfte in die Pantoffeln, rief nach Florian, erhielt keine Antwort; aber die Haustür stand einen Spalt breit offen, sie ging darauf zu.

Sie kniff die Augen zusammen. Die Sonne! Diese glorreiche Sonne, ach Gott, sie hatte nicht mehr gewusst, wie sie war! Und die Luft, so leicht, und da – der Schrei einer Möwe über dem Zwitschern der Schwalben … Marlenes Herz zog sich zusammen. Es gab Dinge, die sich verändert hatten – gestern, Telgruc; aber es gab genug, das so geblieben war wie damals. Nur, damals war immer die Angst dagewesen. Und jetzt – wie friedlich das Dorf vor sich hinschlummerte …

Sie ging um das Haus herum, in den Garten. Ihre Pantoffeln wurden feucht vom betauten Gras; aber das störte sie nicht. Da waren die Rosen überall, ihr Duft; und da war der Ginster, strahlend gelb blühend. Und doch würde sie immer den Stechginster noch mehr lieben… Sie trat durch das Loch in der Hecke in den anderen Garten, »ihren« Garten, den Garten ihrer Erinnerung … Die alte Pumpe! Da war sie noch, die Wasserpumpe, aus der sie getrunken hatte, in der Nacht ihrer Flucht. – Sie wusste ja schon seit gestern, dass die Pumpe noch da war; aber gestern, das war wie ein Schlafwandeln gewesen und heute alles so wiederzusehen, ließ sie erst richtig begreifen, zutiefst begreifen, dass sie das noch erleben durfte …

Und die Bäume. Die Apfelbäume, mit dem Fallobst … Jetzt war es noch zu früh dafür, freilich. Da, der alte Stall. So unregelmäßig gebaut, gar kein rechteckiger Grundriss. Das hatte sie schon damals so schön gefunden. Aber Tiere, da waren nun keine mehr darin. Die freundliche alte Kuh und die kecke Ziege…

Sie ging weiter, bis zur Rückseite des Hauses. Aber das Fenster zur Gartenseite, das hatte man erst später in die Wand gemacht; das war noch nicht so gewesen, als sie mit Erwann das Haus bewohnt hatte. Behutsam trat sie an dieses zu neue Fenster heran, es war geöffnet. Sie schaute hinein, in den großen Raum. Und da saß er, an einem wunderbar gedeckten Frühstückstisch.

»Dann hole ich jetzt mal Marlene«, hörte sie Florian sagen, und sie meldete sich zu Wort: »Ich bin doch schon da, guten Morgen!«

Da lachten sie alle und freuten sich. Oh, dass sie das noch erleben durfte!

Später am Tag stehen sie auf dem Berg, dem Ménez-Hom, mitten im Himmelsblau. Das wilde Gras biegt sich glänzend zu ihren Füßen; das Meer liegt so blau wie der Himmel da, nur an manchen Stellen türkiser. Unter ihnen liegt Crozon, ausgefranst, grün, fast wie eine Landkarte. Der Wind zerzaust ihre Haare (sie hätte das Kopftuch umbehalten sollen), und Erwann steht neben ihr und hält ihre Hand; und auf ihrer anderen Seite steht Florian, ihr geliebter Enkelsohn. Die Möwen schreien über ihnen, und sie würde am liebsten mitschreien. Ein Knoten in ihr hat sich gelöst. Nach all den Jahren. Sie fühlt sich frei. Ein Teil von ihr ist heimgekommen.

Es würde ein schönes Fest werden, heute Abend, wusste Marlene plötzlich. Alles würde gut gehen. Es gab nichts zu befürchten.

45. Behutsame Begegnungen

Marie betrachtete sich im Spiegel. Sie hatte das rote Kleid angezogen, ihr neustes und schönstes. Es war viertel nach sechs; es würde bald losgehen. Wo blieben Florians Eltern? Auch Katharina war noch nicht da. Was die betraf: Gut so!

Als Marie die Treppe herunterkam, rief Isabelle aus: »Du siehst wirklich toll aus, in diesem Kleid!«

»Danke. Erhobenen Haupts, und so weiter …« Marie versuchte, kühl und spöttisch zu klingen. Sie hatte Isabelle in alles eingeweiht.

»Und du bist sicher, dass du Florian richtig verstanden hast?«, fragte Isabelle noch einmal. »Ihr seid doch unterbrochen worden in eurem Gespräch!«

»Jaja, stimmt alles; aber wie gesagt, sein schuldvoller Blick hat alles verraten, da musste Florian nichts weiter sagen. So genau will ich ohnehin nicht wissen, wie seine Versöhnung mit Katharina abgelaufen ist.«

Isabelle verschränkte die Arme. »Und sie will kommen? – Damit hatte ich nicht gerechnet. Ich hatte wirklich gehofft …«

»Lass gut sein, ja? Es stimmt; in den letzten Tagen und vor allem auf der Insel haben Florian und ich so – so bewegende Dinge gemeinsam erlebt, dass wir uns – vorübergehend – sehr nah gefühlt haben …« Wider Willen musste Marie schlucken, denn es *tat* weh, entsetzlich weh. Doch sie zwang sich dazu, fortzufahren: »Aber es war immer abzusehen, dass er eines Tages wieder nach Deutschland und zu seinen Verpflichtungen zurückkehren würde. Das hat er mir selbst so angekündigt, von daher … Er hat mir nichts vorgemacht, ich kann ihm nichts übelnehmen.«

Isabelle verzog das Gesicht. Das war ja nicht auszuhalten, wie Marie resignierte!

Marie versuchte, ihre Freundin anzulächeln, und sagte: »Aber es freut mich, dass es *dich* so gefreut hat, Olivier wiederzusehen.«

»Hat man mir das angemerkt, ja?«

»Frag nicht! Ihr wart heute Nachmittag meine besten Helfer und dabei ein tolles Team. – Interessiert er dich wirklich?«

»Er ist ein Mann, auf den Verlass ist, der hilfsbereit ist, mitdenkt und sich Sorgen um seine Freunde macht. Er ist so ziemlich das Gegenteil von Momo, und das ist eine schöne Abwechslung. Ich überstürze aber nichts, keine Sorge. Ich weiß auch gar nicht, ob *er* an *mir* interessiert ist, also …«

»Ah voilà, da seid ihr beiden! Marie, Florians Eltern sind angekommen, kommst du in den Garten?« Olivier stand in der Haustür und schaute von Marie zu Isabelle, an der seine Augen wie gebannt hängenblieben.

Marie wandte sich mit vielsagendem Lächeln zu ihrer Freundin. »Ich gehe dann mal …«

Florian fühlte sich ausgelaugt und doch zugleich aufgedreht; den ganzen Tag war er damit beschäftigt gewesen, sich um die alten Leute zu kümmern, sie herumzufahren, mit ihnen einkaufen zu gehen, ihnen mit ihrem Heringssalat zu helfen … Aber es war schön gewesen, bewegend wie wohl nichts, was er bisher erlebt hatte. Die behutsame Wiederannäherung zwischen ihnen zu verfolgen; zu sehen, wie die Erinnerungen sie einholten und verbanden, aber eben nicht nur die Erinnerungen, sondern auch das gemeinsame Erleben jetzt. Er wünschte sich nur, Marie wäre dabei gewesen. Sie verpasste zu viel, indem sie sich so ganz den Festvorbereitungen verschrieb; aber sie war es, die es so gewollt hatte.

Jetzt waren endlich seine Eltern angekommen, erleichtert rief Florian seinem Vater, der als erster ausgestiegen war, zu: »Na, habt ihr Mengleuff gefunden?«

»Deine Beschreibung war gut; sonst weiß ich nicht, ob wir diesen Fleck Ende der Welt so leicht entdeckt hätten …« Volkmar Reinart klopfte seinem Sohn auf die Schulter. »Und? Wie läuft's hier?«

»Alles bestens. Marlene und Erwann – es ist eine Freude, die beiden zu sehen.«

Marianne, die an ihn herantrat, musterte Florian mit skeptischem Blick, gab ihm aber einen Kuss und fragte: »Wo sind sie?«

»Im Garten. Seht ihr, es ist das Haus da drüben; und dahinter liegt der Garten, wo auch das Fest stattfindet. Es ist wunderschön, ihr werdet sehen; Marie hat gezaubert, sozusagen; Marie, das ist …«

»Wir wissen, wer das ist. Wir haben über nichts anderes als diese Familie Cadiou geredet«, bemerkte nun Florians Onkel Siegfried, der als letzter ausgestiegen war, und reichte dem Neffen die Hand.

Dieses Haus also. Marianne starrte mit verschränkten Armen auf das Feldsteinhaus mit den üppigen Rosen und Hortensien an der Frontseite. Es war noch immer ein Schock für sie, sich zu wiederholen, dass ihr Vater, den sie innig geliebt hatte, nicht ihr biologischer Vater gewesen war. Zunächst hatte sie nichts als Abwehr verspürt gegenüber der ungewollten Offenbarung; Abwehr gegenüber der Mutter, Abwehr erst recht gegenüber dem Fremden, der den Platz ihres Vaters usurpieren wollte. Dann hatte die Vernunft sich wieder eingestellt und damit eine Art trotziger Neugier. Jeder will wissen, wo er herkommt, wer seine Vorfahren waren. Sie, Marianne, wollte das auch. Sie war bereit, sah herausfordernd zu ihrem Sohn hin, der sie verstand und der sagte: »Gehen wir.«

Florian führte sie an der Frontseite des Hauses vorbei durch ein Heckenloch in einen großen Garten. Begierig sah Marianne sich um.

Das mit frisch gemähtem, sehr dichtem, samtweichem Gras bewachsene Gelände senkte sich leicht zu einer Mulde, wo wilde Blumen wuchsen, unter knorrigen Apfelbäumen, vor einer uralten Mauer. Efeu, Rosen, Brombeersträucher rankten an diesem Mauerwerk, das den Garten schützend umschloss und nur zur rechten Seite hin abgelöst wurde von üppigen, gelb blühenden Ginstersträuchern. In der Ecke zwischen Ginster und Rückwand des Hauses waren Tische und Stühle aufgebaut, nicht zu einer langen Tafel, sondern zu Grüppchen angeordnet; Marianne verstand und schätzte das: So konnte man während des Essens Platz und Gesprächspartner wechseln. Geradezu bezaubernd fand sie die Idee, so viele Lampions auf den Tischen und den alten Mauern zu platzieren, und in den Zweigen der Apfelbäume … Und jetzt, erst jetzt sah sie das alte Paar. Im tiefsten Schatten unter den Apfelbäumen, da stand eine Bank …

Marianne blieb stehen. »Florian, Volkmar, Siegfried – ich muss das allein machen.«

Ihr Bruder verzog das Gesicht, aber ihr Mann sagte: »Dann geh mal, wir warten.«

Da waren sie, endlich. Marlene erhob sich von ihrer Sitzbank und sagte: »Erwann, das ist Marianne. Ta fille.«

Erwann erhob sich seinerseits, und seine Finger suchten ihre.

Marianne sah auf den kleinen, schmalen, weißhaarigen Mann, der sehr aufrecht neben ihrer Mutter stand – Hand in Hand mit dieser. Ihr Mund war trocken, als sie sagte: »Bonjour.« Es kam nur heiser heraus.

Der alte Mann sah ihr tief in die Augen. Seine waren fast schwarz und schimmernd. Auch sie hatte dunkle Augen; als einzige in ihrer Familie … Ihre Lippen zuckten, sie wusste nicht, was sie sagen sollte. Da nahm er, behutsam, ihre beiden Hände in seine, und sagte, mit einer weichen, überraschend jungen Stimme: »Je suis si heureux, Marianne, sie heureux … Ich bin glücklich.«

Marie wusste gleich, wer der große Mann war, von dem Florian die Statur geerbt hatte. Er hatte kurzes graues Haar über einer hohen

Stirn und trug eine dunkel umrandete Brille. Der kleinere, beleibtere Mann mit dem Dreitagebart musste Florians Onkel sein; Siegfried, Marlenes Sohn.

»Bonjour, ich bin Marie Cadiou«, grüßte sie, bevor Florian sie vorstellen konnte. Sie vermied es, diesen selbst anzusehen; sein bewundernder Blick auf ihr Kleid war ihr nicht entgangen.

In der Bretagne hätte man sich die bises gegeben; aber als Florians Vater und Onkel ihr nur nacheinander die Hände reichten, war das Marie ganz recht. Sie war schrecklich aufgeregt. Und wo war seine Mutter?

»Marianne ist bei ihren Eltern«, sagte Florians Vater lakonisch, »da hinten. Man hört keine Schreie; es scheint alles ganz friedlich abzugehen.«

Marie warf ihm ein flüchtiges Grinsen zu; sie mochte seinen seltsamen Humor.

»Wir sollten hier warten, aber ich denke, jetzt können wir«, murrte Siegfried und setzte sich in Bewegung.

»Sie haben das alles hier sehr schön vorbereitet, Marie«, ließ Volkmar auf dem Weg zu den Apfelbäumen fallen. Nur ein paar Schritte; aber Marie kamen es wie Kilometer vor.

»Danke, ich hatte Hilfe von guten Freunden«, gab sie lächelnd zurück und verspürte ein prickelndes Gefühl im Nacken; Florian ging hinter ihr, direkt hinter ihr.

Unter den Bäumen standen sie dann, und ja, es sah nach Frieden aus. Sie hielten sich an den Händen, alle drei, und schienen zu bewegt zu sein, um zu reden.

Wir hätten ihnen mehr Zeit geben sollen, dachte Marie, blöder Siegfried! Jetzt hatte Marlene sie kommen sehen; und – war es Zufall? Mit Blick auf ihren Sohn ließ sie Erwanns Hand los …

»Ich bin froh, dass das geschafft ist«, sagte Florian kurz darauf, als er und Marie ins Haus gingen, um dort Getränke für alle zu holen. »Marlene hatte große Angst vor diesem Augenblick. Sie wusste nicht, wie Marianne sich verhalten würde; die war zunächst so schockiert und wütend gewesen … Aber das ist vorbei, offensichtlich.«

»Und dein Onkel?«, fragte Marie, die versuchte, sich Florian gegenüber normal zu verhalten.

»Er ist hier; das sehe ich als gutes Zeichen.«

»Ich hoffe, er macht keinen Ärger«, sagte Marie schroff und sie gingen hinein, wo Olivier und Isabelle über Eck dicht beieinander am Tisch saßen; jetzt fuhren sie auf und Olivier sagte schnell: »Ah, wir sollen helfen!«

Marie erklärte, was zu tun war, wobei sie Blickkontakt zu Isabelle suchte; doch die sah hierhin und dorthin, nur nicht in Maries amüsiert-forschende Augen.

Und dann kamen sie, eine knappe halbe Stunde später, die gesamten Cadious: Maries Eltern und Schwester Cécile samt Familie, sechs Personen auf einen Schlag. Auch wenn drei Gäste noch fehlten – Yvonne Le Roux und Katharina mit Boris –, das Fest konnte beginnen.

46. Das große Familienfest

Marie schlug mit einer Gabel gegen ihr Glas. Der feine Ton schwirrte durch den Garten; die Gespräche verklangen.

Neben Marie stand Olivier; wachsam, wichtig. Marie sah ihn an, er war so weit, nickte.

»Guten Abend und herzlich Willkommen in Mengleuff – Bonsoir et bienvenue à Mengleuff«, hob Marie an. »Ich möchte ein Paar Worte zu diesem Fest sagen; ich spreche Deutsch; und Olivier übersetzt in das Französische, so dass es für alle unterhaltsamer ist, zwei Stimmen abwechselnd zu hören.« Sie nickte Olivier zu und der legte los.

Maries Eltern sahen sich an. War das ihre Tochter, die sich das alles hier ausgedacht hatte, die alles organisiert hatte bis ins letzte Detail und die nun selbstbewusst und schön, in ihrem roten Kleid, als Rednerin auftrat?

Olivier hatte geendet und Marie fuhr fort: »Warum findet heute Abend hier dieses Fest statt? – Alles begann damit, dass ich einen neuen Nachbarn bekam, der in meine Hortensien fuhr.«

»Stimmt das?«, fragte Volkmar Reinart grinsend seinen Sohn.

»Pscht!«, machte Marianne.

»Er hieß Florian, und ich kann nicht behaupten, dass wir uns auf Anhieb sympathisch waren«, sagte Marie todernst, und Isabelle musste lachen, nachdem Olivier übersetzt hatte. Olivier machte das gut, fand Isabelle, und lächelte ihm anerkennend zu, woraufhin er errötete.

Marie fuhr unterdessen fort: »Ehrlich gesagt, am Anfang dachte ich, Florian wäre ein Fan von alten Bunkern; ich habe erst später begriffen, dass er die Orte sehen wollte, an denen seine Oma, Marlene, im Krieg gewesen war. Das stand alles in ihrem Tagebuch, das sie Florian gegeben hatte. Aber eigentlich ging es in dem Tagebuch nicht um den Krieg, sondern um eine große Liebe – eine verbotene Liebe, zu Erwann.« Marie sah zu den alten Leuten, die ihr lauschten, gebannt und gerührt.

»Aber um das herauszufinden und um herauszufinden, dass die Liebenden von damals beide noch lebten, obwohl jeder gedacht hatte, der andere ist tot – um das herauszufinden, mussten Florian und ich uns ertragen lernen und Detektiv spielen. Das Resultat ist also dieses Fest, dieses Fest einer großen, deutsch-bretonischen Patchwork-Familie!«

Es wurde gelacht, es wurde geklatscht, doch Marie hob eine Hand. »Ich muss nur noch eines sagen: Ich bin besonders glücklich darüber, dass wir hier feiern, in diesem Garten. Vor mir gehörte er meiner Großtante Elodie, Erwanns großer Schwester.«

Erwann nickte; es war richtig, dass Marie Elodie nicht vergaß.

»Elodie hätte sich mit uns gefreut, heute Abend. Sie hätte sich sehr, sehr gefreut; und sie ist bei uns in unseren Herzen und Gedanken. – Voilà, dann allons-y, wir wollen feiern! Und trinkt schnell von der Bowle; wenn das Eis geschmolzen ist, ist sie ganz verwässert …«

Da stand sie. Klein und dunkelhaarig neben ihrem großen grauhaarigen Mann. Sie musste sich die Haare färben, sie war schließlich Jahrgang 1945, schoss es Jean-Luc durch den Kopf; sechs Jahre vor ihm war sie geboren. Seine Halbschwester. Zwei Bowle-Gläser in den Händen, trat er auf Marianne zu. »Bonsoir. Do you want something?«, er hielt ihr ein Glas hin.

»Sie sind mein Halbbruder, Jean-Luc«, gab Marianne auf Französisch zurück und nahm das dargereichte Glas entgegen. Aus den Augenwinkeln nahm sie wahr, dass Volkmar einen Schritt von ihr weg machte, von jemand anderem angesprochen.

»Ah, Sie sprechen gut Französisch«, sagte Jean-Luc erleichtert.

»Das liegt daran, dass ich Französischlehrerin war«, erklärte Marianne. »Meine Mutter hat mich als junge Frau energisch dazu ermutigt, mich für das Lehrfach Französisch zu entscheiden; jetzt verstehe ich besser, warum.«

Um Jean-Lucs Augen spannten sich Lachfältchen. »Alors …«

Sie stießen an.

»Das ist gut, erfrischend«, lobte Marianne die Bowle, um etwas zu sagen.

»Ja, sehr gut. Ich staune über meine Tochter, die so viel arrangiert und nebenher noch gekocht hat, gebacken und diese Bowle zubereitet. Sie muss vom frühen Morgen an durchgearbeitet haben.«

»Sie hat viel Energie, und viel Charme«, nickte Marianne.

»Und – du hast einen reizenden Sohn.« Jean-Luc hatte sich gezwungen, die fremde Frau, die seine Verwandte war, nicht zu siezen. »Wir haben ihn kennengelernt, am 14. Juli, er aß mit uns …« Er verstummte. Gar nicht leicht, zum ersten Mal im Leben mit einer ungeahnten Schwester zu reden! Auch Marianne wusste nicht recht weiter. Da sagte Jean-Pierre, leiser und in verändertem Tonfall: »Ich hatte keine Geschwister und hätte so gerne welche gehabt. Aber niemals hätte ich damit gerechnet, so spät noch eine Schwester zu bekommen.«

Jetzt erschienen Lachfältchen um Mariannes Augen herum; zugleich war sie berührt, sie verstand den Ernst hinter dem als Scherz formulierten Bekenntnis.

»Aber du hattest einen Bruder, mit dem du aufgewachsen bist, Marianne, nicht wahr?«

»Siegfried; er steht da hinten«, Marianne wies zu ihrem deutschen Bruder hin.

»Ah, er steht bei Noëlle, meiner Frau. Sie wird ihn gut unterhalten. Spricht er Französisch?«

»Eher weniger.«

Beide sahen sie auf Noëlle, die beim Plappern temperamentvoll gestikulierte, und auf Siegfried mit seinen hängenden Armen.

»Tant pis«, bemerkte Jean-Luc; und Marianne musste losprusten und verschluckte sich fast an der Bowle.

»Ich mag deinen Humor«, sagte sie, sobald sie es wieder konnte.

»Ich mag deine Stimme«, gab Jean-Luc zurück.

»Meine Stimme?«

»Sie erinnert mich an Elodie; meine Tante, von der Marie vorhin sprach.«

»Ich klinge wie deine Tante Elodie?«

»Wenn du Französisch sprichst, fällt es besonders auf. Sie war auch deine Tante.«

Marianne sah ihren Halbbruder groß an.

»Du hast sie einmal gesehen.«

»Nein!« Entschieden schüttelte Marianne den Kopf.

»Vielleicht weißt du es nicht mehr; du warst ein kleines Mädchen …«

»Ich weiß genau, dass ich nie eine Französin dieses Namens kennengelernt habe; als Kind schon gar nicht!«

»Du hast sie nicht kennengelernt, aber du hast sie gesehen«, beteuerte Jean-Luc. »Es war ein sonniger Tag, ich denke, im Frühling. Deine Eltern und du, ihr wolltet vielleicht einen Ausflug machen; ihr wolltet in euer Auto steigen, einen VW-Käfer. Deine Mutter trug einen Trenchcoat und hatte ein Tuch lose um die Haare geknüpft; sie beugte sich zu dir, um dir etwas zu sagen. Und du, du hattest ein Röckchen an und eine helle Bluse; deine Haare waren zu Zöpfen geflochten, dunkle Zöpfe, bis zu den Schultern. Ein Auto fuhr an euch vorbei, und in dem Auto saß eine Frau auf dem Beifahrersitz, die euch fotografiert hat. Und du hast das gesehen; denn du schaust direkt in die Kamera, auf dem Foto…«

Marianne bekam eine Gänsehaut. »Ich erinnere mich wirklich an so eine Szene. Weder meine Mutter, noch mein Vater wollten mir glauben, dass die Frau mich fotografiert hatte! Als Kind hatte ich nämlich den Eindruck, die Fremde würde nur *mich* fotografieren … Sie haben gesagt, ich hätte mir das ausgedacht, und weil das so ungerecht war, habe ich es mir behalten … Und diese Frau – *das* war – ?«

»Elodie. Ich habe das Foto gesehen, das sie von euch gemacht hat. Das Original hat Erwann; aber Marie hat ein Foto des Fotos gemacht und wir haben es auf Computer vergrößert betrachtet. Marlenes Gesicht war gut zu erkennen; und auch das des kleinen skeptischen Mädchens, das *diesen* Blick hat«, Jean-Luc hob eine Braue.

Unwillkürlich hob Marianne ihre. »Ich weiß nicht, was ich sagen soll. – Dieses Foto, ich würde es gerne sehen. – Aber … dann wusste Elodie ja, dass meine Mutter noch lebte?«

»Sie wusste es. Elodie und der Mann, der mit ihr in Deutschland war – ein enger Freund von ihr und auch von Erwann –, sie wussten es beide. Doch sie schwiegen. Weil Marlene verheiratet war und ein zweites Kind erwartete, suchten sie keinen Kontakt zu ihr, und auch Erwann gegenüber verheimlichten sie ihre Entdeckung.«

Marianne schwieg, zutiefst betroffen. Nachdenklich hob sie ihr Glas, trank einen Schluck. Dann sagte sie: »Das ist schrecklich. Ich meine, vielleicht haben Elodie und dieser Freund durch ihr Schweigen das Glück meiner Familie, meines Vaters, verschont – ich meine meinen deutschen Vater, Carl Braun. Aber trotzdem, es war grausam, dass niemand Erwann und Marlene von ihrer Trauer um den anderen befreit hat!«

»Elodie hat bis ins hohe Alter Schuldgefühle deswegen gehabt; wir wussten es nur nicht, bis vor kurzem …«

»Vielleicht hätte ich auch geschwiegen«, sagte Marianne plötzlich. »Marlene wäre wahrscheinlich komplett überfordert gewesen durch eine solche Mitteilung. In ihrer Situation! Aber dass *jetzt* alles rausgekommen ist, wo es weder meinem Vater, noch deiner Mutter mehr wehtun kann, das – das ist das Beste und Schönste, was passieren konnte. Zuerst habe ich das, ehrlich gesagt, nicht so gesehen, aber jetzt … Und dass ich im selben Atemzug noch einen bretonischen Bruder bekommen habe, das freut mich, freut mich sehr.« Auf ihrem Gesicht erschien ein warmes Lächeln.

»Ich freue mich auch«, sagte Jean-Pierre und nahm Mariannes Hand.

»Ich möchte dich kennenlernen, richtig kennenlernen, Jean-Luc. Mein Mann Volkmar und ich, wir werden ein paar Tage oder Wochen in der Bretagne bleiben. Wir haben das noch nicht abgesprochen, aber Marlene will sicher auch … Wir müssen uns sehr oft sehen, ja?«

Jean-Luc drückte ihre Hand. »Das werden wir, meine Schwester!« Und er küsste sie auf die Wange.

Siegfried ging rasch auf Marlene zu. Endlich wurde seine Mutter mal nicht von anderen belagert. Vorhin, als er sie flüchtig begrüßt hatte, hatte er sich gehemmt gefühlt durch die Blicke der vielen fremden Augen. Da, jetzt sah sie in seine Richtung.

»Siegfried! Da bist du ja«, sagte Marlene und streckte ihrem Sohn die Hand entgegen.

»Gar nicht so leicht, dich mal unter vier Augen zu sprechen«, gab Siegfried zurück und drückte die Hand seiner Mutter.

»Ja, heute Abend bin ich die Königin«, Marlene lachte aufgeregt.

»Soso. Sieht ganz danach aus.«

»Setz dich doch zu mir, hier.«

Siegfried ließ sich auf den angewiesenen Stuhl fallen.

»Das Essen geht auch gleich los, bestimmt kann man sich schon etwas holen«, sagte Marlene und setzte vorsichtig, aber stolz hinzu: »Erwann und ich, wir haben den Heringssalat gemacht.«

»Kann's kaum erwarten.« Siegfried stellte hart das leere Glas vor sich auf den Tisch.

»Siegfried, du«, begann Marlene mit zusammengezogenen Brauen, »du bist doch nicht böse auf mich? Ich kann nichts dafür, dass damals geschehen ist, was nun einmal geschehen ist, lange vor deiner Geburt.«

Siegfried riss sich zusammen. »Natürlich nicht.«

Marlene wartete darauf, dass mehr kommen würde, doch ihr Sohn blieb still. »Wenn du etwas zu sagen hast, sag es«, forderte sie ihn auf. »Es nützt nichts, unguten Gedanken nachzuhängen.«

»Was willst du von mir? Ich bin hier!«, fuhr Siegfried auf.

»Und ich bin froh, dass du da bist«, sagte Marlene bewegt.

»Gut. Dann hole ich mir jetzt etwas zu essen. Willst du auch was?«

»Ich gehe mit dir und schaue selbst, was es gibt.«

Sie hakte sich bei ihrem Sohn ein, als sie den kurzen Weg zum Büffet gingen.

Maries Blick glitt über die Tischgruppen, die sich zum Beginn des Essens gebildet hatten. Sie freute sich darüber, dass Yvonne nun da war; sie saß bei Erwann und Marlene und die drei sprachen lebhaft miteinander, französisch und deutsch und mit den Händen. Das war schön. Der ganze Beginn des Festes war schön; nur zweierlei machte ihr Sorgen. Das eine war der einzige Gast, der Missmut ausstrahlte.

Marie trat an den Tisch, an dem Isabelle und Olivier zusammensaßen. »Entschuldigt, wenn ich eure Unterhaltung unterbreche«, sagte sie, »aber ich habe einen Auftrag für euch.«

»Was denn?«, wollte Isabelle sofort wissen. Marie konnte nicht umhin, das Glühen der Wangen ihrer Freundin zu bemerken und das Leuchten ihrer Augen. Sie sah glücklich aus, heute Abend, nicht zu fassen, nach den erst kürzlich vergangenen Szenen mit Momo …

»Da hinten, am Grill, steht Florians Onkel Siegfried. Ich denke, er fühlt sich hier ein wenig fremd und verloren.«

»Er sieht danach aus, in der Tat«, bemerkte Olivier.

»Ja, er sieht etwas unzufrieden aus«, bestätigte Marie, »und das soll niemand hier sein! Kümmert ihr euch ein wenig um ihn?«

Isabelle sah Olivier fragend an. »Sollen wir?«

»Wir sollen«, Olivier grinste Marie an.

»Ihr seid zwei Schätze«, grinste Marie zurück, zwickte Olivier ins Ohr und blinzelte Isabelle zu.

Dann sah sie den beiden nach, wie sie zu Siegfried an den Grill traten. Sie atmete auf. Sie hatte das ungute Gefühl gehabt, dieser Siegfried könnte seiner Mutter eine Szene machen, mal eben zwischendurch, während des Festes. Und Marlene war es wichtig, was ihr Sohn dachte und sagte; soviel hatte Marie schon verstanden.

Blieb noch das zweite, was sie beunruhigte: das Ausbleiben von Katharina und Boris. Wusste niemand sonst hier, außer Florian, dass diese beiden noch kommen wollten? Niemand sprach darüber ein Wort. Aber *sie* wusste, dass Florians Frau sich angekündigt hatte; und so angenehm es war, dass Katharina noch nicht da war, so unangenehm war das Warten auf ihr Erscheinen. Marie hätte es gerne hinter sich gebracht, das ungewollte Kennenlernen.

Ihre Augen suchten Florian. Der stand am Büffet, neben seinem Vater. Kaum ein Wort hatte sie mit ihm heute gewechselt, seit dem unterbrochenen Gespräch am frühen Morgen, im Garten. Seitdem war sie ihm aus dem Wege gegangen, hatte nicht hören wollen, was er ihr zu seiner Versöhnung mit Katharina noch hatte sagen wollen. Jetzt konnte sie nicht umhin, ihn anzustarren. Wie aus großer Entfernung; nur für einen Moment.

Als hätte er ihren Blick gespürt, wandte er sich zu ihr.

Ihre Blicke fanden sich, ihr Herz schlug höher. Würde er auf sie zukommen?

Er tat es nicht, stand nur da und sah sie an, als ob es das letzte Mal wäre.

Marie zwang sich, den Blickkontakt zu lösen. Es hatte keinen Sinn, sich so anzusehen. Keinen Sinn.

Er musste unter vier Augen mit Marie reden und es wäre gut gewesen, es wäre vor Katharinas Ankunft geschehen; dass die noch nicht da war und sich auch nicht gemeldet hatte, beunruhigte Florian allmählich, aber es verärgerte ihn auch. Erst nachkommen wollen, dann doch nicht erscheinen, was sollte das? Gut, dass er es zumindest nicht an die große Glocke gehängt hatte, dass seine Frau und sein Kollege noch erwartet wurden. Gut, dass überhaupt wenige wussten, dass er, Florian, verheiratet war; dieses Fest heute Abend, das war auch nicht Katharinas Fest im Grunde; ja ehrlich gesagt, wollte er sie nicht hier haben!

Florian sah sich nach seinem Onkel um. Mit dem hatte er auch noch reden wollen, und nun ergab sich eine Gelegenheit: Siegfried saß gerade allein an seinem Tisch, während Olivier und Isabelle, die am selben Tisch gesessen hatten, am Büffet standen. Entschlossen trat er auf seinen Onkel zu.

»Na, darf ich mich zu dir setzen?«

»Du sitzt ja schon, warum die Frage?« Siegfried grinste seinem Neffen zu. »Du hast gar nichts zu essen; hol dir ein Steak, die sind richtig gut, auch wenn man dem jungen Mann da sagen muss, er soll sie nicht zu blutig lassen.«

»Ich mache eben eine Verdauungspause«, erklärte Florian und streckte die Beine von sich.

»Das muss man den Franzosen lassen, das Essen ist exquisit hier, und auch die Weine. Prost!« Siegfried hob sein Glas.

»Schön, wenn es dir schmeckt; ich habe mich schon gefragt, wie das alles hier für dich sein würde.«

Siegfried setzte das Glas ab. »Na, mit heute Abend habe ich mich abgefunden. Aber die Sache an sich, das ist etwas anderes.« Er sah in Richtung seiner Mutter. »Sieh sie dir an, wie sie neben ihrem alten Galan sitzt. Wie ihre Hände sich streifen, und ihre Schultern berühren sich fast. Das ist schon ein seltsames Bild für mich, weißt du …«

»Kann ich mir denken«, stimmte Florian vorsichtig zu. »Für mich war es auch erstmal ein Schock, mir klarzumachen, dass Opa gar nicht mein Opa war.«

Siegfried nickte bedeutsam.

»Aber jetzt sehe ich das anders«, fuhr Florian fort. »Ich habe nur drei Jahre lang einen Opa gehabt, an den ich mich kaum erinnern kann, und dann keinen mehr. Dass ich mit Mitte dreißig einen papy finde, ist für mich ein Geschenk. Und Erwann ist ein großartiger Mensch; kein Wunder, dass Oma sich damals in ihn verliebt hat.«

»Jaja, schon gut, hat *sie* dich geschickt?«

»Wer, Marie?«

»Nein, Marlene. – Wie kommst du jetzt auf Marie? Hat *die* etwa die beiden da am Büffet ausgeschickt, um sich um mich zu kümmern? Ich meine, die sind ganz nett, aber ich komme schon klar …«

»Jetzt ärgere dich nicht, Siegfried; niemand hat mich zu dir geschickt, ich hatte noch keine Gelegenheit, dich in Ruhe anzusprechen, also tue ich es jetzt, das ist alles.«

Sie hörten beide ein Lachen; eine Stimme, die sie sofort wiedererkannten. Siegfried senkte den Blick. »So habe ich meine Mutter lange nicht mehr erlebt; vielleicht überhaupt noch nie so aufgekratzt«, sagte er unwirsch. »Und ich freue mich für sie, auch wenn ich nicht umhin kann, mich zu fragen: Was hätte mein Vater gedacht?«

»Er hat sie geliebt, und wenn er sie jetzt so sehen könnte, wäre er glücklich mit ihr«, antwortete Florian entschieden.

Siegfried zuckte die Achseln. »Wie lange will sie noch hierbleiben, weißt *du* das?«, wechselte er das Thema.

»Wir haben noch nicht darüber geredet. Blöd ist, dass Boris kommen will, mit Katharina. Da wird er selbst in seinem Haus wohnen wollen, logischerweise, und wo wir dann Quartier nehmen werden, Oma und ich, ist noch unklar.«

»Boris und deine Frau? Marianne sagte mir, dass ihr derzeit Trouble habt; aber wegen Boris?!«

»Sie reisen nur zusammen, das ist alles«, gab Florian zurück, verärgert darüber, überhaupt Katharina ins Spiel gebracht zu haben.

»Hol dir mal ein Glas, Florian, dann trinken wir einen zusammen«, Siegfried klopfte seinem Neffen versöhnlich auf den Arm.

Die blaue Stunde war angebrochen, Zeit, die Laternen und Lampions auf den Mauern und in den Ästen zu entzünden; die Lichter auf den Tischen leuchteten schon.

Marie streckte sich nach einer Laterne aus, die etwas zu hoch in den Zweigen eines Apfelbaumes hing.

»Warte, ich helfe dir.«

Sie fuhr herum. »Florian! Ich habe dich nicht kommen hören.«

Er holte die Laterne vom Ast und hielt sie ihr hin. Sie entzündete das Licht und trat schnell zurück; wortlos hängte Florian die Laterne auf.

»Da hinten ist noch eine«, sagte Marie beklommen.

Florian reichte sie ihr. »Es ist ein wunderbares Fest«, sagte er leise. Sie hörten das Summen der Stimmen, das Bellen Fridus und die Rufe der Kinder, die mit dem Hund spielten. »Nur dass wir beide nicht viel voneinander hatten, bisher.« Er hätte ihr Gesicht lesen wollen, aber dafür war es schon zu dunkel und sie schien dem Schein der Laternen auszuweichen, wie bislang ihm selbst.

»Warum ist Katharina nicht gekommen?«, fragte Marie schließlich.

»Ich weiß es nicht, sie hat sich nicht mehr gemeldet.«

»Hast du sie angerufen?«

»Nein.«

»Warum nicht, machst du dir keine Sorgen?« Das war ja toll! Sich erst wieder mit Katharina versöhnen und dann diese Gleichgültigkeit!

»Es lag bei ihr, sich zu melden, finde ich. Erst sagt sie, sie kommt, dann kommt sie doch nicht …«

»Du bist verärgert und enttäuscht«, Marie meinte, zu begreifen.

»Verärgert kaum, und enttäuscht gar nicht. Ich wollte sie heute Abend nicht hier haben.«

Das musste Marie erst einmal verdauen. Was wollte er damit sagen?

»Ich mag dein Kleid«, sagte er jetzt leise. »Man sieht es noch aus dem Blau dieser Stunde hervorglühen. Ich fand es schon hinreißend, als ich dich das erste Mal darin sah, auf dem Fest Noz …«

Er wollte Süßholz raspeln – in Abwesenheit seiner Frau?! Sie hörte ihn seufzen, und dann seine veränderte, nervöse Stimme: »Heute Morgen hat Erwann uns unterbrochen, als ich dir erklären wollte, was passiert ist, an jenem Abend hier mit Katharina …«

Marie *wollte* es nicht hören, sie rief aus: »Stopp! Bevor du etwas sagst: Sylvain hat sich gemeldet. Wir werden uns wiedersehen. Voilà, das wollte *ich* dir noch sagen.«

Florians Hand tastete nach dem Baumstamm. »Das ist nicht dein Ernst«, brachte er zuletzt hervor.

»Ah, und warum nicht?«

»Weil er nicht der richtige Mann für dich ist.«

»Und du bist der richtige Mann – – um das zu beurteilen?«

Ein leichter Wind war aufgekommen, er brachte die Zweige um sie zum Rauschen.

»Du antwortest nicht; du siehst; ah, ich muss zu den anderen …«

»Marie, warte …«

Aber sie eilte schon fort.

Das Blau des Himmels war dunkler geworden, die Sterne funkelten daraus hervor. Das Büffet war geplündert, alle hatten Käse und reichlich Desserts gegessen; nun saßen sie, mit letzten Resten von Mousse au chocolat oder Tarte vor sich, plaudernd und scherzend und erzählend an den Tischen.

Marie, die innerhalb der letzten Stunde ziemlich viel getrunken hatte, stieß mit dem Ellenbogen Isabelle an. »Sieh mal, Yvonne. Die ist Gold wert.«

»Weil sie Siegfried gezähmt hat, meinst du?«, Isabelle musste kichern. In der Tat hatten Florians Onkel und die alte Yvonne sich irgendwann als Tischpartner gefunden, und obwohl keiner der beiden die Sprache des anderen beherrschte, hatte Yvonne Siegfried gezeigt, welche Gerichte und welche Getränke er noch probieren sollte; sie selbst hatte eine Flasche Lambig mitgebracht, als Digestif, wie sie erklärt hatte, und Siegfried konnte nun schon ein Wort Bretonisch: Yehermat.

Marie nippte an ihrem Dessertwein. »Helft ihr mir morgen beim Aufräumen?«, fragte sie Pierre kläglich, der an ihrer anderen Seite saß.

»Von wegen helfen! Wenn du so weitertrinkst, liegst *du* morgen flach und *wir* müssen alles allein stemmen …«

»Sei still Pierre, wenn ich an deinen Zustand in Morgat denke«, mahnte Isabelle.

»Was hast du, ich leiste Abbitte, oder?«

»Pierre ist mein Freund«, sagte Marie und legte ihm einen Arm um die Schulter.

Pierre wurde rot und machte eine Grimasse.

Isabelle sah zu Olivier und verdrehte die Augen. »Wenn sie so weitermacht, müssen wir sie später hochtragen. Allein schafft sie es nie ins Bett!«

»He, ich bin nicht betrunken! Ich kann noch reden, das hört ihr doch … Pst! Das Lied kenne ich!«

Marie hielt den Zeigefinger hoch, lauschte. Sie sah sich um, zu ihrem papy. Der sah auch zu ihr, und beide lasen im Gesicht des anderen, an wen sie dachten: an Paul! Paul, der Marie das Lied der Partisanen beigebracht hatte; die Hymne der Résistance… Aber es war *Marlene*, die die eingängige Melodie summte! Und jetzt hörte Marie, wie Marlene laut sagte: »Komm schon, Erwann! Ich habe den Text vergessen, aber es war so schön, das Lied, als du es mir hier beigebracht hast!« Und sie sang lauter, jetzt auf lala, da sie ja den Text vergessen hatte, und an den anderen Tischen verstummten die Gespräche.

»Mais c'est le chant des partisan!«, rief Yvonne aus. Und *sie* kannte den Text, und begann mit klarer Stimme:

»*Ami, entends-tu le vol noir des corbeaux sur nos plaines? Ami, entends-tu les cris sourds du pays qu´on enchaîne?*«

Marie überkam eine Gänsehaut; wie jedes Mal, wenn sie dieses Lied hörte. Unversehens begann sie, den eindringlichen Rhythmus auf der Tischplatte mitzuklopfen. Tam – tam – tamtamtam. Tam – tam – tamtamtam. Sie sah zu ihrem papy, der sie anlächelte – und mitmachte. Und dann fielen sie beide, als ob sie es abgesprochen hätten, mit Yvonne ein:

»*Ohé, partisans, ouvriers et paysans, c´est l´alarme.*

»Jetzt weiß ich wieder«, rief Marlene dazwischen und begann, mit leuchtenden Augen mitzusingen:

»*Ce soir l´ennemi connaîtra le prix du sang et les larmes …*«

Und dann waren sie plötzlich alle am Klopfen, Tam – tam – tamtamtam, auf allen Tischen; und sie lauschten auf das Lied der Partisanen, das die drei alten Leute und die junge Marie immer lauter, immer ergriffener sangen; und Marie wusste, in diesem Moment war etwas von Elodies Geist wirklich bei ihnen, und auch Paul …

47. Der Tag danach

Olivier schlug die Augen auf. Kaum eine Armlänge von ihm entfernt lag sie, Isabelle, auf der Seite, das Gesicht ihm zugewandt.

Lange lag Olivier einfach nur da und sah die Schlafende an.

Pierre regte sich und gähnte; er lag an Oliviers anderer Seite unter dem Pavillonzelt, das sie in der vergangenen Nacht noch irgendwie gemeinsam aufgebaut hatten. An Heimfahren war nicht mehr zu denken gewesen, und die Idee, mit Isabelle – und eben mit Pierre – die Nacht in Maries Garten zu verbringen, hatte Olivier sofort elektrisiert. Und sie, Isabelle, sie hatte mitgemacht. Ohne weiteres. Keine Zicke, hatte Florian gesagt; nein; Isabelle war nicht nur keine Zicke, sie war überhaupt das Wunderbarste, Einzigartigste, das Olivier seit langem, seit sehr langem in seinem Leben begegnet war.

»Seid ihr schon wach?«, meldete Pierre sich.

»Halb«, gab Olivier zurück und setzte sich auf.

»Bequem sind Isomatten nicht gerade«, maulte Pierre, setzte sich auch auf und dehnte sich Schultern und Rücken.

Olivier schaute auf Isabelle. Ihre Augenlider flatterten, dann öffneten sie sich; Olivier lächelte; und als Isabelle ihn ansah, gab sie ihm ihr schönstes Lächeln zurück.

»Meint ihr, wir kommen irgendwie an einen Kaffee, ohne die anderen zu wecken?«, gähnte Pierre und setzte hinzu: »Oh Mann, so ein Glück, dass wir heute Morgen kein Frühstück für alle organisieren müssen! Die beste Idee überhaupt von Maries Vater, ein Brunch bei denen in Quimper vorzuschlagen. Marie hat echt genug geschuftet, und wir mit ihr! Und dann gleich das Aufräumen …« Er stöhnte.

Aber Olivier und Isabelle lächelten sich noch immer an.

Florian verließ Mengleuff mit den beiden alten Leuten erst gegen elf Uhr. Alle hatten sie das Bedürfnis gehabt, lange auszuschlafen, aber wer noch immer im Bett lag, war Marie. Isabelle hatte weitergegeben, ihre Freundin habe etwas von »später« und »Kopfweh« gebrummt und sich einfach auf die andere Seite gedreht. »Sie trinkt sonst nie viel«, hatte Isabelle entschuldigend hinzugefügt. So fuhr Florian notgedrungen ohne Marie mit Marlene und Erwann nach Quimper zu Maries Eltern, wo seine Eltern und Siegfried schon warteten.

Florian war froh, dass das alte Paar sich ohne ihn angeregt unterhielt; ihm selbst ging es nicht sonderlich gut heute. Ständig musste er an die missglückte Unterredung unter den Apfelbäumen denken: Marie wollte Sylvain wiedersehen! Und er, Florian, wusste, was das bedeutete … Er musste noch einmal mit ihr reden. Sie konnte sich nicht so wegwerfen an den! Und überhaupt, es war doch nicht denkbar, dass alles *so* enden sollte …

Doch Florian sollte im Laufe des Tages noch mehr Betrübliches erfahren; und als er Marie erst am frühen Abend allein zu Gesicht bekam, war es nicht leicht für ihn, davon zu berichten.

Marie schreckte hoch, als sie Florian vor sich sah. Sie hatte sich eben erst in den Garten gesetzt, froh darüber, endlich für eine Weile alleine zu sein. Und dann, ausgerechnet *er*! Er wollte ihr doch nicht jetzt seine Katharina vorstellen?

»Hey, bist du allein?«, fragte Florian und setzte sich Marie gegenüber an den Gartentisch.

Marie machte eine Grimasse und fragte diplomatisch: »Wo sind die anderen?«

»Sie sind alle im Bistrot in Telgruc und haben mich ausgesendet, um dich zu holen. Über Telefon warst du den ganzen Tag nicht zu erreichen.«

»Wir haben bis vor einer Stunde oder so aufgeräumt und saubergemacht und dann noch etwas getrunken; da hatte ich das Handy nicht an«, erklärte Marie abwehrend. »Was habt ihr heute alles gemacht?«

»Das Brunchen bei deinen Eltern hat lange gedauert – was mich nicht verwundert hat, ich wusste ja schon, wie Essen bei den Cadious abläuft! Es war auch im Ganzen sehr schön, man hatte fast den Eindruck, alle würden sich schon ewig kennen. Jean-Luc und Marianne jedenfalls waren ein Herz und eine Seele …«

»Aber? Es gibt ein aber, nicht wahr? Du siehst so aus …«

Florian senkte den Blick. „Es gibt nicht nur ein aber, sondern zwei. Wir sind nach dem Brunch, am späten Nachmittag erst, ans Meer gefahren, nach Benodet. Als wir auf der Strandpromenade ein paar Schritte machten, kam ein Anruf von Katharina.«

Marie verkrampfte sich. »Et bien?«

»Sie und Boris sind gestern nicht zum Fest gekommen, weil sie einen Unfall hatten. Auf der Autobahn, kurz nach Caen. Ich habe es nicht genau verstanden; es lag irgendwie an einem übermüdeten LKW-Fahrer, der plötzlich auf ihre Spur zog, so dass sie ausweichen mussten und selbst einen anderen Wagen anfuhren …«

»Sind sie verletzt?«, fragte Marie betroffen; nein, das hatte sie den beiden, auf die sie sich so gar nicht gefreut hatte, doch nicht gewünscht!

»Dem Fahrer des anderen Wagens ist nichts passiert; Katharina auch nicht, nur Boris hat ein Schleudertrauma. Der Cayenne allerdings…«

»Oh oh …«

»Boris ist untröstlich; jetzt muss der Cayenne in Caen repariert werden, Boris muss ihn abholen und weiß nicht mal genau, wann.

Zurzeit sind er und Katharina noch in Caen, aber morgen kommen sie mit dem Zug in die Bretagne, denn Boris will hier in Mengleuff auf den Anruf der Werkstatt warten …«

»Er will das Haus für sich«, begriff Marie.

Florian sah sie unglücklich an. »Ja, aber das ist nicht alles. Wir können es uns nicht leisten, gleichzeitig Urlaub zu machen. Jemand muss im Büro sein. Das heißt in diesem Fall konkret, *ich*.«

»Das heißt – du fährst Sonntag – *morgen* – nach Deutschland?« Maries Stimme war zum Ende hin immer leiser geworden.

Florian nickte.

Warum tat diese Nachricht so weh, fragte Marie sich? Das war doch die Rettung, die Lösung: Sie hatte so große Angst davor gehabt, wie es sein würde, Florian und Katharina täglich im Nachbargarten herumturteln zu sehen!

»Das ist aber immer noch nicht alles«, sagte Florian schließlich.

Marie sah ihn beklommen an. Was jetzt noch?

»Meine Oma. Sie will mit.«

»Quoi?« Marie umklammerte mit den Fingern die Tischkante; nein, *das* fasste sie nicht!

»Um es dir gleich zu sagen, ich verstehe es auch nicht, niemand versteht es! Es kam so plötzlich, aus heiterem Himmel! Etwas muss vorgefallen sein; wenn ich nur wüsste, was? Sie wollte nicht reden, nicht einmal mit mir!«

»Erzähle bitte der Reihe nach«, sagte Marie schwach.

»Marlene war heute Nachmittag auffallend still, aber ich dachte, sie wäre einfach müde. Bei unserem kleinen Spaziergang ließ sie dann Erwanns Arm keine Sekunde lang los; und einmal meinte ich, Tränen in ihren Augen zu sehen, als sie ihn ansah. Da dachte ich noch immer, das ist die Müdigkeit, die macht sie so – so wehmütig-weich, verstehst du? Dann kam Katharinas Anruf, ich erklärte allen, was Sache ist; und da sagte Marlene, einfach so: Dann fahre ich mit dir, morgen.«

»Einfach so? Und wenn sie sich gestritten haben?«

»Haben sie nicht; denn Erwann sagte sofort, wenn sie nicht in Mengleuff bleiben könne, dann könne sie mit ihm kommen, auf seine Insel. Er hat sie eingeladen – und sie hat abgelehnt! Sie hat darauf gepocht, sie *müsse* heim, und angefangen zu weinen. Ja, und da standen wir, mit der weinenden Oma auf der Promenade von Benodet; und Erwann sah wirklich aus, als würde er gleich mitweinen. Wir sind dann nicht länger in Benodet geblieben, sondern Richtung Crozon aufgebrochen. Marlene und Erwann fuhren mit mir im Auto; ein bisschen unglücklich, sie saß vorn, er allein auf der Rückbank; er musste ihr aber die ganze Fahrt über die Hand nach vorne reichen, die sie mit ihren beiden festhielt. Nein, sie haben sich definitiv nicht gestritten! Und es zerreißt Marlene offensichtlich das Herz, abreisen zu müssen; trotzdem will sie es unbedingt tun! Und ich kenne meine Oma: Wenn die sich einmal etwas in den Kopf gesetzt hat …«

»Aber wieso erklärt sie nicht, warum sie meint, dass sie weg muss?«

»Keine Ahnung. Nur, was soll ich tun? Ich kann sie nicht zwingen, hierzubleiben. Niemand kann das.«

»Nein, niemand«, echote Marie. Oh, wie traurig! Dann fiel ihr plötzlich etwas ein. »Du könntest Marlene sagen, du hast nicht genug Platz im Auto für sie, weil Katharina schon mitfährt, und dann das Gepäck… Dein Auto, ich liebe es! Es ist wirklich sehr schön; aber es ist auch sehr gut, dass es hinten so eng ist!« Maries Augen funkelten und sie lächelte spitzbübisch.

Florian konnte nicht umhin, zurückzulächeln. Er konnte sich nicht vorstellen, wie es sein würde, diese Augen und dieses Lächeln ab morgen nicht mehr zu sehen. – »Aber Katharina kann ich in diesem Fall nicht vorschieben«, sagte er in schmerzlichem Tonfall. »Sie und Boris kommen am späten Vormittag in Châteaulin an; aber so lange auf sie warten kann ich nicht, wenn ich an einem Tag die weite Reise nach Gießen machen muss.«

»Du lässt deine Frau im Stich?!«

»Ich lasse sie nicht im Stich und werde sie nicht im Stich lassen«, sagte Florian müde. »Aber sie mitnehmen im Auto, das geht eben nicht. Sie wird selbst entscheiden, was sie tun wird.«

Marie presste die Lippen zusammen. Das hörte sich nicht grade nach großer Liebe unter frisch Versöhnten an; das hörte sich resigniert an. Sie lächelte bitter. Am Ende die Resignation – konnte man das akzeptieren?

Da sah Florian sie voller Trauer und Flehen an und sagte: »Ich muss dich noch um etwas bitten, Marie: Bitte, mach keinen Fehler, schmeiß dich nicht an Sylvain weg!«

Marie stand auf, griff nach ihrem Wasserglas und der Flasche. »Ich weiß, dass du es gut meinst«, sagte sie leise und schnell, »aber du bist nicht die richtige Autorität, um mir *das* zu sagen. – Komm, wir haben lange genug geredet. Die anderen warten in der Brasserie auf uns. Oh, ich habe keine Lust, hinzufahren, zu diesem Abschiedsessen! Gestern das große Familienfest, und heute der Abschied!«

Auch Florian stand auf. Über den Tisch hinweg sahen sie sich an – beide mit nassen Augen. Dann sagte Florian rau: »Es muss nicht das Ende sein – nicht für Erwann und Marlene. Vielleicht überlegt Oma es sich anders.«

Marie presste die Lippen zusammen. »Ich hoffe es. So sehr!«

Sie brachte Glas und Flasche ins Haus; dann fuhren sie ab, bedrückt, schweigend.

48. Abschied

Marie lag im Bett und versuchte es mit Lesen. Sie legte das Buch weg und starrte an die Decke. Ihre Gedanken kreisten ständig im selben Gleis, um dasselbe Thema. Abschied! Nein, sie konnte es einfach nicht glauben, nicht akzeptieren! Manchmal fielen ihr die Augen zu, aber der Schlaf kam nicht. Irgendwann sah sie auf die Uhr; es war fünf Uhr dreißig morgens; sie wusste nicht, wann genau Florian und Marlene abfahren wollten, aber sie hielt es nicht länger im Bett aus. Sie stand auf und öffnete leise die Schlafzimmertür, sah, dass unten Licht brannte. Auch ihr papy schlief nicht. Kein Wunder!

Erwann saß auf der Couch. Marie ließ sich neben ihn sinken. »Warum?«, fragte sie leise.

»Wir haben unser Leben jeder für sich weitergelebt. Marlene ist hier nicht zuhause.«

»Hat sie dir das so gesagt?«

»Nein. Sie hat mir nichts gesagt; ich habe versucht, es mir so zu erklären.«

»Und du nimmst das einfach so hin?«

»Oh – wenn ich will, kann ich sie besuchen … Sie hat mich dazu eingeladen.« Etwas von Erwanns Schalk schlich in seine müden Augen.

»Das hat sie getan?« Ein wenig Hoffnung flackerte in Marie auf.

»Das hat sie getan«, Erwann seufzte. Dann legte er seine Hand auf die von Marie. »Und du?«

»Wie, ich?«

»Was ist mit Florian?«

Marie schluckte. Plötzlich war der Kloß im Hals da. »Er – er muss gehen; und er soll gehen, wenn er das will!«

Zweifelnd sah ihr papy sie an. Dann griff er neben sich, nach einer Mappe. Es war eine neue Mappe, DIN A4, aus roter Pappe. »Das ist für dich. Von ihm«, sagte er.

Marie starrte die Mappe an. »Für mich, von ihm – was soll das?«

»Er hat mich gestern Abend darum gebeten, dir diese Mappe zu geben, wenn er schon weg ist. Aber ehrlich gesagt – ich habe keine Lust mehr zu warten. Du?«

Mit gerunzelter Stirn schlug Marie die Mappe auf – und sah in ihr Gesicht …

»Zeig mal … Oh là là, wie gut er dich getroffen hat! Diesen Blick, den du manchmal hast, wenn man sich fragen muss, was dir durch den Kopf geht …« Erwann musterte seine Enkelin von der Seite.

Die nahm das Blatt aus der Mappe. Das Portrait war datiert auf den 24. Juli – da war er in Gießen gewesen, um seine Oma zu holen. »Er hat das aus dem Gedächtnis gezeichnet«, sagte sie bestürzt.

Erwann wartete.

Sie drehte das Blatt um. »*Für Marie. Du bist in meinem Leben mehr als eine Skizze. Dein Florian*«

Ihr Mund war trocken, ihr Herz schlug ihr bis zum Halse. »Aber er ist wieder zusammen mit Katharina!«, rief sie gequält aus.

»Bist du sicher?«

In diesem Moment hörten sie beide den Motor des Karmann Ghias im Nachbarhof.

»Die Abkürzung über die Felder!«, rief Erwann aus, und Marie sprang auf.

Langsam fuhren sie an Yvonnes Haus vorbei. Flüchtig dachte Florian an den Winzling, von dem er gar nicht mehr richtig Abschied genommen hatte. Mach's gut, kleiner Bretone, wünschte er dem Katerchen im Stillen, und sein Herz zog sich zusammen. Ach, warum war alles so gekommen! »Oma, ich verstehe einfach nicht«, brach es aus ihm heraus.

»Was gibt es da zu verstehen? Ich will heim«, gab Marlene müde zurück; müde und mit einem Anflug von Trotz in der Stimme.

Florian fuhr an den letzten Häusern des Dorfes entlang und bog dann ab, in die Talsenke. »Aber du magst ihn doch«, setzte er nach.

Marlene biss die Zähne zusammen.

»Du langweilst dich im Altenheim.«

»Vielleicht; aber da gehöre ich hin.«

Sie waren im Talgrund; es war noch dunkel draußen, und im Scheinwerferlicht tanzten die Mücken. Florian beschleunigte an der Steigung. Er hielt an der Kreuzung zur Landstraße an, schüttelte den Kopf und sagte: »So ein Blödsinn! In dieses Heim hast du nie hingehört; auch nicht, bevor du Erwann wiedergefunden hast.«

Er fuhr auf die autofreie Landstraße auf.

»In meinem Alter *ist* das Heim das Richtige für mich«, beharrte Marlene, »das meint auch der Siegfried!«

Florian bremste scharf. Der Wagen hielt. »Siegfried«, wiederholte Florian.

»Ja! Mein Sohn.«

Florian schaltete den Motor aus. »Was hat er noch gesagt?«

»Du kannst hier nicht stehenbleiben, mitten auf der Straße!«

»Oh doch! Ich fahre keinen Zentimeter weiter, bis das nicht geklärt ist!« Zur Bekräftigung machte Florian die Scheinwerfer aus. Da saßen sie, im Dunkeln. »Also. Hat Siegfried mit deinem Entschluss zu tun, so plötzlich abreisen zu wollen?«

Marlene sah in ihren Schoß. »Und er hat Recht«, sagte sie leise.

Florian atmete tief ein und tastete nach ihrer Hand. »Womit denn?«

»Er meint es nur gut mit mir.«

Florian drückte die Hand in seiner und schwieg. Er war froh, dass seine Oma ihm nicht vom Gesicht ablesen konnte, wie gerne er

Siegfried gekillt hätte ... »Wann hat er überhaupt mit dir geredet?«, fragte er, bemüht sanft.

»Gestern. Bevor er abfuhr, nach dem Brunch.«

Florian nickte. Siegfried war nicht mit in Benodet gewesen. Er hatte ein Zugticket für den späten Nachmittag gehabt; Florian hatte sich gefragt, warum sein Onkel nicht erst am nächsten Morgen abreisen wollte, da wäre er zu einer akzeptableren Uhrzeit in Frankfurt angekommen, nicht in den frühesten Morgenstunden. »Und unter all diesen freundlichen Cadious hat Siegfried dich einfach mal so beiseite genommen ...« Florian verstummte.

»Ich habe ihn ja nach draußen begleitet, zum Warten aufs Taxi. Da hat er mir gesagt, dass er sich Sorgen macht um mich, weil das alles doch so anstrengend für mich sein müsse; und er fragte, wann ich denn heimfahren wolle, und mit wem. Das konnte ich ihm nicht sagen. Da hat er gemeint, das sei alles nicht gut organisiert, und es wäre schlimm für ihn, jetzt so ohne weiteres abfahren zu müssen, ohne mich.«

»Hm«, brachte Florian nur heraus. Wenn er Siegfried erst wiedersehen würde ...

»Und dann wollte er wissen, ob ich – länger hier bleiben wolle ... Länger, so hat er gesagt. Und er hat mich darum gebeten, mir das sehr gut zu überlegen. Weil man nämlich im Heim zuhause medizinisch so viel besser aufgehoben ist, und mit dem Personal oder mit dem Arzt problemlos reden kann. Und außerdem sei es immer das Beste, in der Nähe der eigenen Familie zu sein, anstatt über tausend Kilometer weit weg; und auch für die Familie sei es so schwer, eine Verwandte, und gar eine Mutter, auf diese Weise zu verlieren ... Ja, und dann ist alles aus ihm herausgeplatzt: dass er erst zornig war, weil ich seinen Vater verraten hätte, und dass er selbst sich hintangestellt fühle, und wenn ich wegziehen würde von ihm, dann erst recht.«

Florian räusperte sich. Nein, er durfte jetzt nicht explodieren. Mühsam beherrscht sagte er: »Siegfried wohnt in Frankfurt, was nicht so weit weg ist von Gießen, aber er besucht dich trotzdem nur alle paar Monate.«

»Du weißt, dass er kein Auto hat ...«

»Es gibt den Zug. Und du hast Opa *nicht* verraten; und ich sehe nicht ein, warum Siegfried sich hintangestellt fühlt. – Oma. Niemand erwartet von dir die Entscheidung, ab heute in der Bretagne zu leben. Die Rede war von einem Besuch, bei Erwann auf seiner Insel. Wie lange dieser Besuch dauern wird, das wird sich finden, das entscheidet ihr beide, *ihr*; und niemand anders.«

»Aber das Heim wird es wissen wollen; sie werden nicht einverstanden sein«, warf Marlene unglücklich ein.

»Das mit dem Heim werde ich regeln. Solange die ihr Geld sehen, ist es denen egal, ob du da bist oder im Urlaub. – Oma, das ist alles unwichtig. Wichtig ist hier nur eines: Was willst *du*?«

Marlene krallte sich unwillkürlich in die Hand ihres Enkels. »Ich – ich will niemandem wehtun«, brach es aus ihr heraus.

»Schon klar; aber Erwann oder Siegfried, einer der beiden wird eben leiden. Die eigentliche Frage bleibt: Was willst *du*?«

»Ich glaube – Erwann würde mehr leiden.«

»Glaube ich auch; aber *du*, Oma, was willst *du*?«

»Ja, also, ich – würde gern bleiben …«

Florian schloss die Augen, atmete aus. Trotzdem hakte er nach: »Sicher?«

»Ja. – Ja.«

»Schön. Dann fahre ich dich jetzt zurück nach Mengleuff; vorausgesetzt, du lässt meine Hand los.«

Marlene tat es, und Florian startete den Wagen. Doch als er die Scheinwerfer wiedereinschaltete, sprang ein Schatten hinein – kein Schatten, es war Marie.

»Los, steige schon aus«, sagte Marlene.

»Da seid ihr!«, stieß Marie aus, schwer atmend. Sie erahnte Florians Silhouette neben der Autotür; jetzt schlug er die Tür zu und kam auf sie zu.

»Oma wird hierbleiben«, hörte sie ihn sagen, und dann sein leises Lachen.

»Sie – sie bleibt?!«

»Ja!«

»Ha!« Sie wollte ihm um den Hals fallen; sie beherrschte sich.

»Wo bist du? Es ist noch so dunkel«, Florian suchte Maries Hand. Er fand sie; wie gut sich das anfühlte …

»Ich weiß, ich klinge wie ein Papagei, aber – was ist mit Katharina?«, hörte er Maries trotzige Stimme.

Florian musste lachen; er war so aufgedreht nach dem Gespräch mit seiner Oma; und dann, sie war ihm nachgerannt! Er streichelte mit dem Daumen Maries Handrücken und sagte leise, aber eindringlich: »Katharina ist ein Problem, aber kein Großes; was ist mit Sylvain?«

»Du zuerst!«

»Okay. Katharina ist schwanger. Nicht von mir, von dem Mann, mit dem sie kurz ein Verhältnis hatte. Das ist vorbei; und sie hatte in ihrer Angst vor der Zukunft als alleinerziehende Mutter wirklich die Idee, mich hier in Mengleuff zu verführen, um mir das Kind anzuhängen. Dazu ist es aber nicht gekommen, aus zwei Gründen nicht: Zum einen wollte ich mich nicht verführen lassen – nicht von ihr … Und zum anderen hatte sie selbst ein schlechtes Gewissen und hat mir alles gestanden.«

»Und jetzt seid ihr wegen des Kindes wieder zusammen?«, fragte Marie irritiert. »Aber das ist doch ein großes Problem!«

»Eben nicht! Sie will auch gar nicht mehr mit mir zusammen sein; ihr ging es nur um die Unterhaltszahlungen! Und ich habe ihr versprochen, sie nicht im Stich zu lassen; weder als Freund, noch finanziell.« Florian verstummte; Marie sagte nichts. Da fuhr er fort, mit wachsender Erregung: »Das bedeutet, dass ich schon noch ein Stück weit abhängig in meinen Entscheidungen bin, durch diese Verpflichtung gegenüber Katharina; aber weniger als zuvor … Marie – was ist mit Sylvain?«

»Nichts ist mit ihm. Ich will ihn nicht wiedersehen. Ich habe gelogen.«

»Du hast …«

Aber da stand sie plötzlich dicht vor ihm, so dicht, dass er die Wärme ihres Körpers vor seinem spürte. »Es ist gut, dass es kein Licht gibt«, sagte sie leise.

»Warum?«, hauchte er zurück.

»Weil ich furchtbar aussehen muss; schlimmer als an dem Tag, als wir wegen der Hortensien stritten.«

»Ich habe dich schon damals hinreißend gefunden.«

»Willst du endlich aufhören zu reden und mich küssen?«

Seine linke Hand fand ihre Taille, er zog sie noch näher an sich heran, bis er ihr Herz gegen seine Brust schlagen spürte. Mit den Fingerspitzen der rechten fuhr er an ihrem Hals entlang, an ihrer Wange hoch und über das Ohr, durch ihr Haar hinunter zum Nacken. Er beugte sich zu ihr – dieser vertraute Duft von Vanille – und seine Lippen fanden eine Augenbraue, dann die andere (die Augenbrauen Erwanns); ein geschlossenes Augenlid; einen Wangenknochen; ein Grübchen im Mundwinkel… Das verzückte Schaudern durchkribbelte beide zugleich, als ihre Lippen sich endlich berührten, bebend und zärtlich suchend; dann, allmählich, immer leidenschaftlicher; und beide wussten, nach diesem Kuss würde nichts mehr sein wie zuvor.

»Fridu, komm her«, befahl Erwann, der das Warten nicht länger ertragen konnte. In Pyjama und charantaises konnte Marie nicht nach Deutschland aufgebrochen sein; wo blieb sie? Mittlerweile war es schon nicht mehr ganz dunkel; nein, eine Taschenlampe brauchte er nicht. Erwann öffnete die Haustür; Fridu voran, verließ er zügigen Schrittes das Dorf. Keine Spur von Marie; aber als er fast schon an der Landstraße nach Telgruc war, schlug sein Herz schneller, und das kam nicht vom Bergaufgehen aus der Talsenke: Auf ihn zu kam Marlene!

Nimm dich zusammen, schalt Erwann sich; er konnte sich ihr schlecht an den Hals werfen, wo sie ihn verlassen wollte, warum auch immer so plötzlich. »Weißt du, wo sie sind?«, fragte er daher nur, etwas außer Atem, als er vor ihr stand.

»Ach, Erwann, ich habe eine Dummheit gemacht«, gestand Marlene, anstatt ihm direkt zu antworten.

Fragend hob Erwann eine Augenbraue. Dass sein Herz plötzlich vor neuer Hoffnung pochte, versuchte er zu verbergen.

»Ich hatte Angst; es ging alles so schnell, und dann mein Sohn, Siegfried … Aber gleichwie: Sagtest du, du hättest ein Gästezimmer in deinem Haus?«

»Du – willst nicht nach Deutschland?«, fragte Erwann atemlos.

»Nein«, sagte Marlene und senkte den Kopf.

Die erwachenden Vögel hatten ein Konzert um sie herum begonnen; als wäre es wirklich für sie, dachte Erwann, zwischen Unglaube und haltloser Freude.

»Du willst nicht gehen!«, wiederholte er. »Ah, du wirst sehen, die Île de Sein wird dir gefallen!«

»Ich will bei *dir* sein; da ist es egal, wo«, und sie sah ihn an, mit ihren so klaren, so sanften Augen; mit diesen Augen, die so oft vor ihm aufgetaucht waren, in seinem Gedächtnis, sein Leben lang; manchmal, wenn er es gewollt hatte, und sehr oft ungefragt, in seinen von wirren Träumen geplagten Nächten. Jetzt stand sie vor ihm, leibhaftig, und nicht im Traum. Da trat Erwann einen Schritt näher, nahm das Gesicht seiner Marlene zwischen beide Hände und küsste sie, langsam und behutsam.

Danach schlossen sie sich fest in die Arme.

»Ich – ich fühle mich *jung*«, rief Marlene leise aus.

»Das ist erst der Anfang«, schmunzelte Erwann und küsste sie wieder, und Fridu sprang aufgeregt bellend um sie herum.

Paul saß bedrückt an einem der Bistrottische im Chez Michel. Er versuchte, sich auf seine Zeitung zu konzentrieren, aber es gelang nicht. Erwann war von ihm gegangen – ja, er war für ihn verloren, als wäre er tot. Paul fühlte sich, als wäre er noch einmal verwitwet. Jetzt hatte er niemanden mehr, der erlebt hatte, was er erlebt hatte, der gekannt hatte, wen er gekannt hatte, der sein Leben geteilt hatte seit über sechzig Jahren. Paul wusste sehr gut, dass sein Enkelsohn ihn nicht aus Liebe im Haus behielt, sondern weil es noch immer Pauls Haus war. Manchmal fragte er sich, ob Michel nicht darauf wartete, dass er endlich starb. Auch hatte Paul die Nase voll von diesem Leben, in dem er »der Letzte« war, alle anderen, zu denen er gehört hatte, längst tot. Und jetzt auch Erwann, wie tot.

»Pépé, da kommen Touristen, eine ganze Welle, die Terrasse reicht vielleicht nicht. Gehst du mal hoch?« Michels Frage war als Befehl gemeint.

Paul nickte nur und rappelte sich auf. Ohne zur Tür zu sehen, die sich geöffnet hatte, ging er auf seinen Stock gestützt Richtung Treppe. Da leckte ihn eine warme Zunge an der Hand.

»Fridu«, stieß Paul aus, dann stand Erwann vor ihm. Paul starrte ihn an, der Kloß im Hals ließ ihn kein Wort hervorbringen.

»Komm mit, raus auf die Kaimauer. Das Wetter ist schön, hier drinnen ist es finster wie in einer Grube«, sagte Erwann gespielt heiter, aber insgeheim erschrocken über den elend aussehenden Freund. Er griff Paul am Ellenbogen, und der, noch immer stumm vor freudiger Überraschung und Rührung, ließ sich führen. »Wie – wie geht es Marie und Florian?«, brachte er schließlich hervor; er wollte nicht gleich nach der Begegnung Erwanns mit seiner deutschen Jugendliebe fragen.

»Oh, den beiden geht es erstklassig. Seit gestern sind sie in Deutschland, weil Florian wieder arbeiten muss; die Ferien sind also vorbei, aber trotzdem: Ich habe niemals glücklichere junge Leute gesehen …«

»Sind sie – euh, zusammen?«

»Das kann man wohl sagen.« Erwann lachte leise.

Paul lächelte mit. So etwas, wie das Leben manchmal so spielte … Aber als sie auf die Kaimauer zugingen, verging ihm das Lächeln. Er sah sie, die alte Frau. Sie saß auf der Mauer und blickte auf das Meer, Paul konnte ihr Gesicht nicht sehen, aber er wusste genau, wer das sein musste. Er blieb stehen.

»Du hast sie mitgebracht?«, fragte er besorgt und bitter.

»Aber natürlich«, sagte Erwann ruhig.

»Für lange?«

»Das weiß ich noch nicht, aber ich brauche deine Hilfe. Ich will nämlich, dass sie unbegrenzt bleibt, du verstehst.«

»Ah. Und wie kann gerade ich dabei dienen?«, fragte Paul ironisch.

»Du bist mein bester Freund, du bist mein Bruder, und ich habe dich vermisst, als ich drüben auf dem Festland war. Also müsst ihr euch vertragen, kapiert? Lass deinen Charme spielen, sei ein Gentleman. Damit auch sie einen Freund in dir findet.«

Paul legte Erwann eine Hand auf den Arm. »Du hast mich wirklich vermisst, da drüben?«, fragte er leise.

»Ja«, knurrte Erwann, »natürlich.«

»Und was weiß sie über mich?«

»Alles. Sie nimmt dir nichts übel. Überhaupt, das ist lange her. Was zählt, sind die Tage, die bleiben. Also?«

Paul nickte langsam. »Gut gesagt. Was zählt, sind die Tage die bleiben. Hm. Dann mal los.«

Sie gingen auf die alte Frau zu, die ihnen noch immer den Rücken zuwandte. Aber als Marlene ihre Schritte hörte, drehte sie sich um und warf ihnen ein so strahlendes Lächeln entgegen, dass Paul unwillkürlich stehenblieb. »Ich verstehe«, sagte er, voller Bewunderung, zu Erwann. Dann richtete er sich soweit auf, wie möglich, schritt auf Marlene zu, schaffte eine kleine galante Verbeugung und sagte: »Bonjour, Madame, ich bin Paul. Ich möchte Ihr Freund werden. Ich bin es jetzt schon, in meinem Herzen.«

»Wie bitte?«, fragte Marlene, die nicht alles verstanden hatte, auf Deutsch.

»Ihr – Freund«, bemühte Paul, sich auf Deutsch zu sagen, und gab ihr, die ihn freudig überrascht ansah, feierlich die bises.

»Gut gut, das reicht erstmal«, lachte Erwann und legte Marlene den Arm um die Taille. Die sah verlegen und verschmitzt vom einen zum anderen und dachte flüchtig daran, dass es im Altenheim bald Zeit zum Abendessen und Zubettgehen wäre.

Sie lagen am See, in Heuchelheim. Es war nicht der Atlantik, aber immerhin: Bei den schwülwarmen Temperaturen sorgte auch der aufgeheizte Baggersee noch für eine kleine Erfrischung. Es war früher Abend; sie lagen unter einem Baum am Ufer, und Florian sah hoch in die lichtdurchfluteten Blätter; schräge Sonnenstrahlen verirrten sich durch sie hindurch und tanzten über sein Gesicht. Er dachte an die Apfelbäume in Maries Garten. »Wir könnten auch in der Bretagne leben«, sinnierte er laut.

»Ah, bei Erwann und Marlene! Solange wir sie noch haben … Aber wovon würden wir leben?«, fragte Marie, unterdrückte ein Gähnen (sie hatten nicht viel geschlafen in den vergangenen Nächten) und drehte den Kopf, um Florian ins Gesicht zu sehen.

Ein langer Kuss erwartete sie, als erste Antwort; dann murmelte Florian, der sie an sich zog, ihr ins Ohr: »Wir sind jung genug, wir haben Ideen, wir können Wege finden. Ich kaufe Boris' Haus und wir vermieten es an Touristen …« Er küsste ihren Halsansatz, unterhalb des Ohrläppchens.

»Aber kein Tourist will in Boris' Haus«, Marie streichelte ihm durch das weiche Haar.

»Du wirst schon sehen. Der Trick ist, dass ich es restauriere … Das ist überhaupt die Idee: Ich spezialisiere mich auf die Restaurierung alter bretonischer Häuser … auf die Restaurierung und dezente Modernisierung, so dass das Neue zum ursprünglichen Charakter passt, ihn aufgreift, ihn abwandelt – ja, das wäre es …«

»Hm, très bonne idée«, brummte Marie wohlig und kuschelte sich noch enger an ihn.

»Und du – du machst eine eigene Praxis auf«, flüsterte Florian, und seine Finger begannen zu wandern.

»Ich – ich würde nicht nein sagen …«, hauchte Marie.

»Soll ich mir das merken, als Trick, wie man dich zum Ja-Sagen bringt?« Seine verschmitzten Augen suchten flüchtig ihre.

»Wie meinst du das?« Sie legte die Hand auf seine tastenden Finger, hielt sie fest und sah ihn groß an.

»Erkläre ich dir später … wir haben ja Zeit …«, und seine Finger glitten unter ihren hervor und wanderten weiter, bis Marie schwach protestierte: »Florian – hier sind Leute…«

Mein herzlicher Dank gilt …

… meinen gründlichen und produktiv kritischen Lektoren, Katja Kotowski und Wolfgang Meckel …

…der Korrekturleserin mit den Luchsaugen, Josiane Hoefer-Lézénès …

… Klaus Frahm für die anregenden Gespräche über die ersten Ideen zum Roman sowie Waltraud Kraffert und Sylvie Quémener, die den Weg von den Ideen zum Buch mit offenen Ohren begleitet haben …

… Jérôme Hoefer für die Unterstützung bei Formatierungsfragen …

… Detlef „Teddy" Gulde für die Geduld, mit der er mich mit Marie, Florian & Co. geteilt hat, lange genug, wobei er nie verstehen konnte, wie ich, abgetaucht in meine Roman-Welt, das Anbrennen der Möhren nebenan in der Küche so schlichtweg überriechen konnte …

…und natürlich Iago, denn ohne die langen Spaziergänge mit ihm hätte das Gedankenspinnen nicht so viel Spaß gemacht!

IM WESTEN -
GEGEN DEN STROM

Autor: Natascha N. Hoefer
ISBN 978-3-88778-614-4
336 Seiten
Format: 14 x 20 cm
Sprache: deutsch
1. Auflage / Hardcover
22,00 € Versandkostenfrei (DE), inkl. 7% MwSt.

JAMES SIMON
BERLINS GRÖßTER
KUNSTMÄZEN

Autor: Catarina Schmidt Arcangeli
ISBN 978-3-88778-603-8
200 Seiten
Format: 17 x 24 cm
Sprache: deutsch
1.Auflage / Hardcover
28,80 € Versandkostenfrei (DE), inkl. 7% MwSt.

RÖMISCHE GESCHICHTEN

Autor: Ulrich von Dobschütz
ISBN 978-3-88778-610-6
136 Seiten
Format: 12,5 x 20,5 cm
Sprache: deutsch
1. Auflage / Softcover
16,80 € Versandkostenfrei (DE), inkl. 7% MwSt.

TE MERAU - ICH SCHWÖRE BRUDER

Autor: Andrzej Wisniewski
ISBN 978-3-88778-592-5
104 Seiten
Format: 14 x 22 cm
1. Auflage / Softcover
14,80 € Versandkostenfrei (DE), inkl. 7% MwSt.

MANOELLO GIUDEO, DANTES FRIVOLER KOLLEGE

Autor: Amadé Esperer
ISBN 978-3-88778-056-2
104 Seiten
Format: 14 x 22 cm
Sprache: deutsch
1. Auflage / Softcover
Erscheinungstermin: Januar 2022
16,80 € Versandkostenfrei (DE), inkl. 7% MwSt.

VERFEMT VERFOLGT VERRATEN

Autor: Horst Selbiger
ISBN 978-3-88778-458-4
200 Seiten
Format: 14 x 22 cm
1.Auflage / Hardcover
Sprache: deutsch
17,80 € Versandkostenfrei (DE), inkl. 7% MwSt.

KAUM ZU GLAUBEN
ERDICHTETES
UND ERDACHTETES

Autor: Hertha Gerlinger
ISBN 978-3-88778-624-3
112 Seiten
Format: 21 x 21 cm
Sprache: deutsch
1. Auflage / Hardcover
Erscheinungstermin: Dezember 2021
19,80 € Versandkostenfrei (DE), inkl. 7% MwSt.

AUF VIELEN STRAßEN DIESER WELT

Autor: Hans Bollinger
ISBN 978-3-88778-608-3
288 Seiten
Format: 17,5 x 24,5 cm
Sprache: deutsch
1. Auflage / Hardcover
24,80 € Versandkostenfrei (DE), inkl. 7% MwSt.